The House of the Scorpion
전갈의 아이

The House of the Scorpion
전갈의 아이

낸시 파머 글 · 백영미 옮김

비룡소

THE HOUSE OF THE SCORPION
by Nancy Farmer

Copyright © 2002 by Nancy Farmer

All rights reserved.

Korean Translation Copyright © 2004 by BIR

Korean translation edition is published by arrangement with
Atheneum Books for Young Readers,
an imprint of Simon & Schuster Children's Publishing through KCC.

이 책의 한국어판 저작권은 KCC를 통해 Atheneum Books for Young Readers,
an imprint of Simon & Schuster Children's Publishing과
독점 계약한 (주)비룡소에 있습니다.

저작권법에 의해 한국 내에서 보호를 받는 저작물이므로
무단 전재와 무단 복제를 금합니다.

변함없는 사랑과 지지를 보내주는
해럴드와 우리 아들 다니엘에게,
오빠 엘먼 리 코 박사와, 여동생 마리 매리멈 스타우트에게,
마지막으로, 누구 못지않게 중요한
이 책의 편집자, 리처드 잭슨에게
이 책을 바칩니다.

차례

유년 0세에서 6세 · 13

1. 맨 처음
2. 양귀비 밭의 작은 집
3. 알라크란 가의 자산
4. 마리아
5. 감옥

중년 7세에서 11세 · 105

6. 엘 파트론
7. 교사
8. 메마른 들판의 이짓
9. 비밀 통로
10. 아홉 번 사는 고양이
11. 선물 교환
12. 침상 위의 그것
13. 연지
14. 셀리아의 사연

노년 12세에서 14세 · 285

15. 굶어 죽은 새
16. 늑대 형제
17. 이짓 우리
18. 용의 재물
19. 성년
20. 에스페란사
21. 피의 결혼식
22. 배신

14세 · 443

23. 죽음
24. 마지막 인사
25. 농장 경비대

두 번째 삶 · 497

26. 미아 소년들
27. 다리가 다섯 개 달린 말
28. 플랑크톤 공장
29. 마음의 때 씻기
30. 고래의 다리가 없어졌을 때
31. 톰톰
32. 발각
33. 공동묘지
34. 새우 채취기
35. 사자의 날
36. 언덕 위의 성
37. 귀향
38. 영원의 집

옮긴이의 말 · 734

등장인물

알라크란 가

마트: 마테오 알라크란, 클론

엘 파트론: 원본 마테오 알라크란, 힘센 마약 왕

펠리페: 엘 파트론의 아들. 오래전에 사망했다.

엘 비에호: 엘 파트론의 손자이며 알라크란 씨의 아버지. 폭삭 늙은 노인

알라크란 씨: 엘 파트론의 증손자. 펠리시아의 남편이며, 베니토와 스티븐의 아버지

펠리시아: 알라크란 씨의 아내. 베니토와 스티븐, 탐의 엄마

베니토: 알라크란 씨와 펠리시아 사이에 난 큰아들

스티븐: 알라크란 씨와 펠리시아 사이에 난 둘째 아들

탐: 펠리시아와 맥그리거 씨 사이에 난 아들

파니: 베니토의 아내

알라크란 가의 손님과 친구들

멘도자 상원의원: 미합중국의 유력한 정치인.
　　　　　　　　에밀리아와 마리아의 아버지.
　　　　　　　　다다라고 불리기도 한다.
에밀리아: 멘도자 상원의원의 큰딸
마리아: 멘도자 상원의원의 막내딸
에스페란사: 에밀리아와 마리아의 엄마.
　　　　　　　마리아가 다섯 살 때 없어졌다.
맥그리거 씨: 마약 왕

노예와 하인들

셀리아: 수석 요리사이자 마트의 보모
탬 린: 엘 파트론과 마트 두 사람의 경호원
대프트 도널드: 엘 파트론의 경호원
로사: 가정부. 마트의 간수 노릇을 한다.
윌럼: 알라크란 가의 수석 의사, 로사의 연인
오르테가 씨: 마트의 음악 선생
선생님: 어느 이짓
휴, 랠프, 위 윌리: 농장 경비대의 경비원들

아즈틀란 사람들

라울: 파수꾼
카를로스: 파수꾼
호르헤: 파수꾼
차초: 미아 소년
피델리토: 미아 소년. 여덟 살
톤톰: 미아 소년. 새우 채취기 운전사
플라코: 미아 소년들 중에서 가장 나이 많은 소년
루나: 양호실을 담당하는 미아 소년
과포: 사자의 날 만난 할아버지
콘수엘라: 사자의 날 만난 할머니
이네스 수녀: 산타클라라 수녀원의 간호사

기타

복슬이: 마리아의 개
엘 라티고 네그로: 검은 채찍, 옛날 텔레비전 드라마의 주인공
돈 세군도 솜브라: 제이의 그림자, 옛날 텔레비전 드라마의 주인공
이짓들: 뇌에 컴퓨터 칩이 이식된 사람들. 좀비라고도 한다.
라 요로나: 우는 여자. 한밤중에 잃어버린 자식들을
 찾아 헤매는 상상 속의 여인
추파카브라: 염소 흡혈귀. 염소와 닭의 피를 빤다는
 상상 속의 짐승. 가끔씩은 사람의 피를 빨기도 한다.

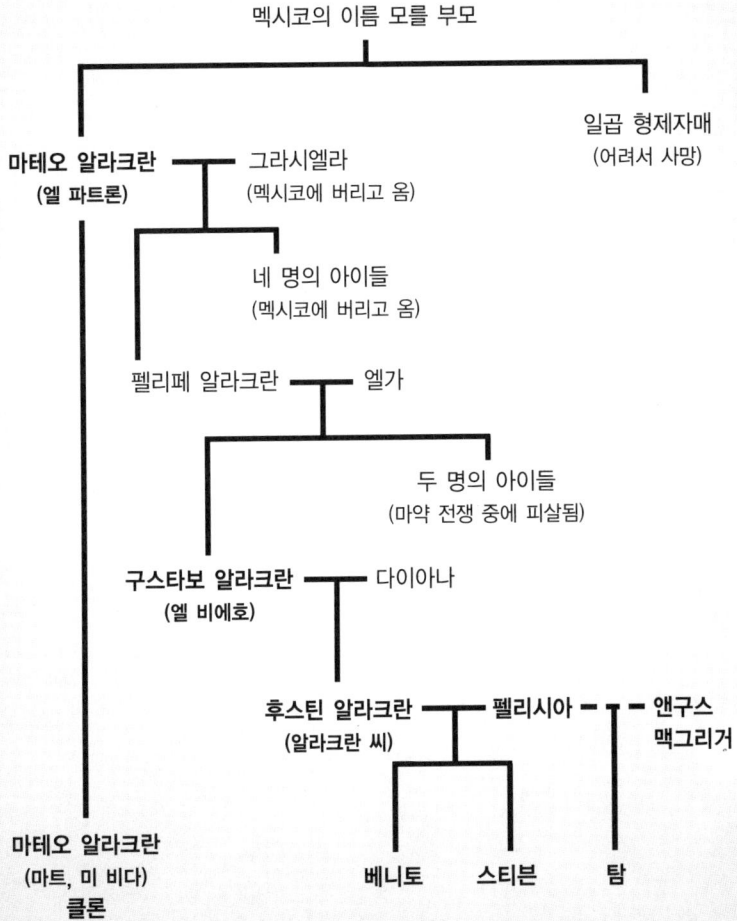

유년

0세에서 6세까지

1
맨 처음

맨 처음에는 서른여섯 명이었다. 에두아르도가 현미경을 통해서만 간신히 볼 수 있는 미세한 생명의 방울은 총 서른여섯 개였다. 그는 어둑한 방에서 그것들을 걱정스레 들여다보았다.

따뜻하고 축축한 벽을 따라 구불텅구불텅 늘어져 있는 튜브들 속에서 물방울이 뽀글거렸다. 배양실 안으로 공기가 빨려 들어갔다. 흐릿한 붉은 조명이 작은 유리 접시를 앞에 놓고 들여다보는 작업자들의 얼굴을 비춰 주었다. 어느 접시에나 한 방울의 생명이 들어 있었다.

에두아르도는 접시들을 하나씩 가져다가 현미경의 렌즈 밑에 놓았다. 세포들은 완벽했다. 아니, 겉으로는 그렇게 보였다. 어느 세포든 성장에 필요한 모든 것을 공급받고 있었다. 저 미세한 세계 안에 그토록 많은 지식이 숨어 있다니! 그 과정을 훤히 꿰뚫고 있는 에두아르도조차 찬탄을 금치 못했다. 세포는 자신이 앞으로 어떤 색깔의 머리를 갖게 될 것인지, 키는 얼마나 자랄 것인지, 심지어 브로콜리보다 시금치를 더 좋아하게 될지조차 이미 알고 있었다. 어쩌면 음악이나 글자 맞추기 게임에 대한 어렴풋한 욕구를 간직하는지도 몰랐다. 그 모든 것이 이 작은 방울 속에 숨어 있었다.

드디어 둥근 윤곽선이 떨리면서 선이 나타나더니, 세포들이 둘로 쪼개졌다. 에두아르도는 한숨을 쉬었다. 이 세포들은 잘 분열할 것이다. 그는 표본들이 자라는 걸 지켜보다가 그것들을 조심조심 인큐베이터로 옮겼다.

그러나 세포 분열은 잘 되지 않았다. 영양 공급, 온도, 빛 중에서 뭔가가 맞지 않았는데, 그게 뭔지 몰랐다. 순식간에 절반이 넘는 숫자가 죽어 버렸다. 남은 것은 고작 열다섯이었고, 에두아르도는 속이 울렁거리는 걸 느꼈다. 실패한다면 그는 농장으로 쫓겨날 것이다. 그러면 안나와 아이들과 늙으신 아버지는 어찌될까?

"괜찮아."

어느새 리사가 바짝 다가와 말하는 바람에, 에두아르도는 깜짝 놀랐다. 리사는 경험이 풍부한 기술자였다. 오랜 세월 동안 어둠 속에서 일해 온 까닭에 그녀의 얼굴은 분필처럼 희고, 살갗의 정맥이 푸르게 내비쳤다.

에두아르도가 말했다.

"이게 어떻게 괜찮은 거예요?"

"세포들은 백 년 이상 냉동 상태에 있었어. 어제 채취한 표본처럼 건강할 수는 없지."

"그렇게나 오래!"

사내는 놀라움을 금치 못했다.

"그래도 몇 개는 성장해야 해."

리사는 단호하게 말했다.

그래서 에두아르도는 다시 근심에 빠졌다. 한 달은 무사히 지나갔다. 미세한 배아를 씨받이 암소의 태내에 이식하는 날이 왔다. 암소들은 나란히 서서 참을성 있게 기다렸다. 소들은 튜브로 영양을 공급받았고, 강제로 운동을 했다. 커다란 금속 팔이 암소의 다리를 붙잡고, 마치 너른 들판을 걸어 다닐 때처럼 다리를 구부렸다 폈다 했다. 어느 소는 되새김질을 하려는 듯이 이따금 턱을 움직였다.

저 소들은 민들레 꿈을 꿀까? 에두아르도는 궁금했다. 소들은 보이지 않는 바람에 키가 큰 풀이 흔들리며 자기 다리를 어루만진다고 느낄까? 소들의 뇌는 두개골 안에 이식된 칩에서 퍼뜨리는 고요한 기쁨으로 가득했다. 소들은 자기들의 자궁 속에서 인간의 아이가 자라고 있다는 걸 알까?

암소들은 자기들이 겪는 일이 못마땅한 모양이었다. 소들은 배아를 단호히 거부했다. 이제는 작은 물고기만큼 자란 태아들이 차례차례 죽었다.

남은 것은 겨우 하나였다.

에두아르도는 밤잠을 설쳤다. 그는 자다가 소리를 질렀고, 안나는 무슨 일이 있느냐고 물었다. 그는 아내에게 말할 수 없었다. 하나 남은 태아가 죽으면 일을 빼앗길 거라는 얘기를 차마 할 수가 없었다. 자신은 농장으로 쫓겨날 것이다. 그러면 안나와 아이들과 아버지는 이곳에서 내쫓겨 먼지 풀풀 날리는 뜨거운 길을 걷게 될 것이다.

그러나 하나 남은 배아는 팔다리와 꿈꾸는 듯 귀여운 얼굴을 갖춘 존재로 자라났다. 에두아르도는 스캐너를 통해 그것을 관찰했다.

"내 목숨이 너한테 달려 있다."

그는 태아에게 말했다. 태아는 저도 들을 수 있다는 듯, 자궁 속에서 그 조그만 몸뚱이를 한껏 구부렸다가 사내를 향해 틀었다. 그러자 에두아르도는 까닭 모를 애정이 샘솟는 걸 느꼈다.

그날이 왔을 때, 에두아르도는 제 자식이나 되는 것처럼 신생아를 두 손에 받쳐 들었다. 그리고 눈물을 글썽이며 아기를 요람에 누이고, 아기의 지능을 파괴하는 주사기를 향해 손을 뻗었다.

"그 주사는 안 돼."

리사가 얼른 사내의 팔을 붙들며 말했다.

"이 애는 마테오 알라크란이야. 이 애들은 항상 말짱하게 그냥 놔둔다고."

이게 과연 너한테 친절을 베푼 셈이 되는 걸까? 에두아르도는 아기를 바라보며 생각에 잠겼다. 아기는 바쁘게 돌아치는 풀 먹인 하얀 제복의 간호사들을 향해 고개를 돌리고 있었다. *너는 나중에 이 일에 대해서 나한테 고맙다고 할까?*

2

양귀비 밭의 작은 집

 마트는 문을 막고 서서 셀리아가 가지 못하게 양팔을 벌렸다. 좁아터진 거실은 새벽빛으로 아직도 푸르게 물들어 있었다. 태양은 멀리 지평선을 이루는 산 위로 아직 떠오르지 않았다.

 셀리아가 말했다.

 "지금 뭐 하는 거야? 넌 이제 다 컸잖아. 여섯 살이 다 됐잖니. 너도 알다시피 난 일하러 가야 해."

 여인은 아이를 번쩍 들어서 옆에 내려놓았다.

"나도 데려가."

마트는 두 손으로 여인의 옷자락을 말아 쥐고 애걸했다.

"그만하렴. 미 비다(나의 생명), 넌 못 가. 넌 착한 생쥐처럼 굴속에 꼭꼭 숨어 있어야 해. 저 밖에는 어린 생쥐를 잡아먹는 매가 있어요."

셀리아는 아이의 손을 가만히 떼어 냈다.

"난 쥐가 아냐!"

마트는 꽥 소리를 질렀다. 그리고 일부러 듣기 싫은 고음으로 목청껏 고함을 질렀다. 셀리아의 입에서 호되게 꾸짖는 소리가 나올 때까지 붙잡아 두는 것만 해도 그만한 가치가 있었다. 또 하루를 혼자 지낸다는 건 견디기 힘든 노릇이었다.

셀리아는 아이를 떠밀었다.

"입 다물어! 날 귀머거리로 만들 작정이냐? 넌 머릿속에 옥수수 가루만 잔뜩 든 꼬마구나!"

마트는 풀 죽은 얼굴로 커다란 안락의자에 털썩 주저앉았다. 셀리아는 곧 쪼그리고 앉아서 아이를 껴안아 주었다.

"미 비다, 울지 마. 나는 세상에서 너를 제일 사랑한단다. 네가 좀 더 크면 다 설명해 줄게."

하지만 그런 일은 없을 것이다. 셀리아는 전에도 똑같은 약속을 했었다. 마트는 불현듯 전의를 상실했다. 셀리아가 매일 자신을 버려 두고 가는 이유가 무엇이던 간에 그것과 맞서 싸우기에 자신은 너무 작고 힘이 없었다.

"나한테 선물 갖다 줄 거야?"

아이는 그녀의 입맞춤을 피하며 말했다.

"그럼! 언제는 안 갖다 줬나?"

여인은 외쳤다.

결국 마트는 셀리아를 보내 주었지만, 그래도 골이 났다. 그런데 우습게도 골이 났는데 왠지 울고 싶었다. 노래를 부르고, 냄비를 탕탕 내려놓고, 생전 본 적도 볼 일도 없는 사람들에 대한 이야기를 들려주는 셀리아가 없는 집은 너무도 외로웠다. 셀리아가 잠을 자고 있어도(그녀는 큰집에서 하루 종일 요리를 하고 온 탓에 금세 곯아떨어졌다.) 집 안은 그녀의 따뜻한 존재로 꽉 찬 느낌이 들었다.

좀 더 어렸을 때는 그것이 아무렇지도 않았다. 자신은 장난감을 갖고 놀거나 텔레비전을 보았다. 창밖을 내다보면 하얀 양귀비 밭이 그늘진 산자락까지 끝없이 펼쳐져 있었다. 그 순백의 빛 때문에 눈이 아파지면, 마음 놓고 서늘하고 어둑한 집 안으로 눈길을 돌렸다.

하지만 요즘 들어 마트는 사물을 좀 더 주의 깊게 바라보게 되었다. 양귀비 밭에 인적이 완전히 끊어진 것은 아니었다. 그림책에 가끔 나오는 말들이 하얗게 꽃 핀 이랑 사이를 걸어 다니는 게 보였다. 너무 환해서 말을 탄 사람이 누군지 알아보는 게 쉽지는 않았지만, 그것은 어른이 아니라 마트 자신과 같은 아이들 같았다.

그런 사실을 알게 되자 그 애들을 좀 더 가까이서 보고 싶은 마음이 커져갔다.

텔레비전을 보면 아이들이 나왔다. 그 애들은 혼자 있는 일이 거의 없었다. 그 애들은 함께 성을 쌓거나, 공을 차거나, 싸움질을 했다. 싸움질조차 다른 사람들이 옆에 있다는 뜻이니까 재미있었다. 자신은 셀리아와 매달 한 번씩 오는 의사 말고는 아무도 본 적이 없었다. 의사는 밉살스러운 남자였고 자신을 눈곱만큼도 좋아하지 않았다.

마트는 한숨을 쉬었다. 뭐라도 하려면 밖으로 나가야 할 텐데, 셀리아는 그게 아주 위험하다는 얘기를 하고 또 했다. 게다가 문과 창문은 모조리 잠겨 있었다.

아이는 자그마한 나무 탁자 앞에 앉아서 책 한 권을 펼쳤다. 표지에는 『페드로 엘 코네호』라고 쓰여 있었다. 마트는 영어와 스페인 어를 둘 다 조금씩 읽을 줄 알았다. 사실 셀리아하고는 두 언어를 섞어서 썼지만, 아무렇지도 않았다. 둘 다 서로의 말을 이해하는 데 아무 문제가 없었다.

페드로 엘 코네호는 양상추를 먹어 치우려고 세뇨르 맥그리거 네 정원으로 숨어든 못된 새끼 토끼였다. 세뇨르 맥그리거는 페드로를 파이 속에 집어넣으려고 했지만, 페드로는 갖가지 소동을 벌인 뒤에 도망쳤다. 그것은 마음에 쏙 드는 얘기였다.

마트는 일어나서 부엌으로 들어갔다. 부엌에는 작은 냉장고와 전자레인지가 있었다. 전자레인지에는 '위험!!!'이라고 쓰인 경고문과 'NO! NO! NO! NO!'라고 쓰인 노란 종이쪽지들이 붙어 있었다. 셀리아는 그래도 혹시 몰라서, 전자레인지 문짝을 줄로 한 번 감고 거기에 자물쇠를 달았다. 그녀는 자신이 일하러 간 사이에 아이가 혹시라도 전자레인지 문을 열고 '자기의 내장을 요리할까 봐' 마음을 놓지 못했다.

마트는 내장이 뭔지 몰랐고 알고 싶지도 않았다. 아이는 위험한 기계를 빙 돌아서 냉장고로 갔다. 그것은 분명히 자신의 영역이었다. 셀리아는 밤마다 냉장고 속에 맛있는 것들을 쟁여 놓았다. 그녀는 큰집에서 요리사로 일했기 때문에 항상 먹을 것은 많았다. 초밥, 타말레*, 파코라**, 블린츠*** 등 큰집 사람들이 먹는 것은 다 먹었다. 그리고 큼직한 팩 우유와 병에 든 과일 주스가 떨어지는 일이 없었다.

아이는 그릇에 음식을 담아 셀리아의 방으로 들고 갔다.

가운데가 푹 꺼진 커다란 침대가 벽에 붙어 있고, 침대 위에는 코바늘로 뜬 베개와 동물 인형들이 놓여 있었다. 머리맡에는 대형 십자가와 다섯 개의 단검에 가슴을 꿰뚫린 예수의 그림이 있었다. 마트는 그 그림이 무섭기 짝이 없었다. 십자가는 한층 더 나빴는데, 야광이기 때문이었다. 마트는 그쪽으로 등을 돌렸지만, 그래도 셀리아의 방이 좋았다.

아이는 베개 위에 엎드려서 강아지, 곰, 토끼(아니 코네호야, 마트는 이렇게 고쳐서 생각했다.) 인형에게 밥을 먹이는 척했다. 한동안은 재미있었지만, 곧 마음속에 공허감이 싹텄다. 그것들은 진짜 동물이 아니었다. 자신은 무슨 말이든

---

* 옥수수 가루, 다진 고기, 고추로 만든 멕시코 요리 — 옮긴이
** 인도의 튀김 요리 — 옮긴이
*** 치즈나 잼을 채워서 구운 팬케이크 — 옮긴이

할 수 있었다. 하지만 그것들은 알아듣지 못했다. 마트가 건드리지 않으면 그것들은 움직일 수도 없었다.

마트는 인형들을 몽땅 벽을 향해 돌려놓았다. 인형들이 진짜 동물이 아닌 것에 대해 벌을 주고 싶었다. 그리고 자기 방으로 갔다. 마트의 방은 훨씬 작아서, 침대가 방의 절반을 차지했다. 셀리아는 잡지에서 뜯어 낸 사진으로 벽을 도배하다시피 했다. 그것은 영화배우, 동물, 아기(마트는 별로였지만, 셀리아는 아기들을 끔찍이 예뻐했다.), 꽃, 진기한 장면을 찍은 사진들이었다. 그중에는 곡예사들이 서로를 딛고 올라서서 거대한 피라미드를 이루고 있는 사진도 있었다. 사진 설명은 이랬다. 64층! 달 식민지의 신기록.

마트는 사진 설명을 너무도 자주 보았기 때문에, 몽땅 외우고 있었다. 또 다른 사진은 황소개구리를 사이에 끼운 빵을 쥐고 있는 남자의 사진이었다. 호밀 빵 위의 개골이! 사진 설명은 이랬다. 마트는 개골이가 뭔지 몰랐지만, 셀리아는 그걸 볼 때마다 배꼽을 잡았다.

아이는 텔레비전을 켜고 드라마를 보았다. 드라마에 나오는 사람들은 항상 서로를 향해 고함을 질렀다. 그것은 별 의미가 없었는데, 무슨 의미가 있을 때는 재미가 없었다. '이건 진짜가 아니야. 이건 그 동물 인형들하고 똑같은 거야.' 이렇게 생각하자 더럭 무서운 마음이 들었다. 자신은 말을 하고 또 할 수 있지만, 자신의 말을 들을 수 있는 사람은 없었다.

한없는 적막감이 밀려오자, 죽을 것만 같은 느낌이 들었다. 마트는 비명을 지르지 않으려고 제 몸을 꼭 껴안았다. 흑흑 흐느껴 울었다. 눈물이 볼을 타고 흘러내렸다.

그런데…… 그런데, 드라마의 소음과 자신의 흐느낌 사이에서 어떤 목소리가 들려왔다. 쩽쩽 울리는 그 목소리는 아이의 목소리였다. 그리고 그것은 진짜였다.

마트는 창가로 달려갔다. 셀리아는 창밖을 내다볼 때는 조심해야 한다고 항상 주의를 주었지만, 아이는 흥분한 나머지 그 말에 신경 쓸 여유가 없었다. 처음 눈에 들어온 것은 눈부시게 새하얀 양귀비꽃이었다. 그런데 웬 그림자가 창문 앞을 휙 스쳐갔다. 마트는 잽싸게 물러서다가 바닥에 나뒹굴었다.

"이 더러운 집은 뭐야?"

누군가 밖에서 말했다.

"일꾼들 오두막."

또 다른 쨍쨍 울리는 목소리가 말했다.

"아편 밭에 살아도 되는 사람이 있는 줄은 몰랐는데."

"창고인가 보지. 문을 열어 보자."

문손잡이가 달그락거렸다. 마트는 두근거리는 가슴으로 바닥에 쪼그리고 앉아 있었다. 누군가 어둑한 집 안을 들여다보려고 이마에 손을 얹은 채, 유리창에 얼굴을 바짝 가져다 댔다. 마트는 몸이 얼어붙었다. 친구를 원했지만, 일이 너무도 순식간에 벌어지고 있었다. 자신이 꼭 세뇨르 맥그리거의 정원에 들어간 페드로 엘 코네호가 된 기분이었다.

"야, 이 안에 애가 있다!"

"뭐? 어디 봐."

또 다른 얼굴이 창문에 달라붙었다. 그 애는 검은 머리에 올리브색 피부가 꼭 셀리아 같았다.

"야, 창문 좀 열어 봐. 너 이름이 뭐니?"

하지만 마트는 겁에 질린 나머지 아무 말도 못 했다.

여자 아이가 재미없다는 듯 말했다.

"쟤, 바본가 봐. 야, 너 바보니?"

마트는 고개를 흔들었다. 여자 아이가 웃음을 터뜨렸다.

"나 여기 누가 사는지 알아. 탁자 위의 저 사진을 보니까 알겠어."

갑자기 남자 아이가 말했다.

마트는 셀리아가 지난번 자신의 생일날 준 사진을 기억해 냈다.

"그 뚱뚱한 늙은 요리사 있잖아. 이름이 뭐더라? 어쨌든 그 여자는 다른 하인들하고 같이 안 살아. 이건 틀림없이 그 여자 소굴이야. 그런데 애를 데리고 있는 줄은 몰랐는데."

소년이 말했다.

"남편도 말이야."

여자 아이가 덧붙였다.

"아, 맞아. 이제야 앞뒤가 맞는군. 아버님께서 아시는지 모르겠는데. 한번 물어봐야지."

"안 돼! 그러면 요리사가 곤란해질 거야."

여자 아이가 꽥 소리 질렀다.

"야, 여기는 우리 집안의 농장이야. 그리고 우리 아버지는 뭐든지 주의 깊게 살펴보라고 하셨어. 너는 그냥 놀러 온 거 잖아."

"상관없어. 우리 다다는 하인들도 사생활을 가질 권리가 있다고 하셨어. 그리고 우리 다다는 미국 상원의원이니까,

우리 다다 의견이 더 중요해."

"너희 다다는 양말 갈아 신는 것보다 더 자주 의견을 바꾸잖아."

소년이 말했다.

마트는 여자 애가 이 말에 뭐라고 대꾸했는지 듣지 못했다. 아이들은 집에서 멀어지고 있었고, 마트가 알아들을 수 있는 것은 여자 아이의 화난 듯한 말투뿐이었다. 마트는 셀리아가 말해 준 바깥세상에 출몰한다는 괴물들, 어쩌면 그중에서도 추파카브라를 만난 것처럼 온몸이 와들와들 떨렸다. 추파카브라는 사람이 오래된 멜론 껍질처럼 쪼그라들 때까지 피를 빤다고 했다. 일은 너무 순식간에 벌어졌다.

하지만 아이는 그 여자 애가 마음에 들었다.

그날 내내 마트는 두렵고도 기쁜 마음을 주체하지 못했다. 셀리아는 누가 오면 절대로 창가로 나가지 말라고 주의를 주었다. 그런 일이 있을 때는 숨어야 했다. 하지만 그 아이들은 너무도 멋진 놀라움이었으므로, 그 애들을 보러 뛰어나가지 않을 수 없었다. 그 애들은 자신보다는 나이가 많았다. 얼마나 더 많은지는 알 수 없었다. 하지만 어른이 아닌 것은 분명했고, 그래서 위험해 보이지 않았다. 그래도 셀리아는 사실을 알면 노발대발할 것이다. 마트는 셀리아에게 말하지 않기로 마음먹었다.

그날 밤 셀리아는 마트에게 큰집 아이들이 던져 버린 색칠공부 책을 갖다 주었다. 그것은 겨우 반만 사용한 것이었으므로, 마트는 저녁 먹기 전에 셀리아가 지난번에 갖다 준 몽당크레용을 갖고 삼십 분 정도 즐거운 시간을 보냈다. 튀긴 치즈와 양파 냄새가 부엌에서 흘러나왔고, 마트는 셀리아가 아즈틀란 음식을 만들고 있다는 걸 알았다. 그것은 별식이었다. 셀리아는 대개 집에 오면 너무 피곤해서 남은 음식을 데워서 끼니를 때웠다.

마트는 풀밭 전체를 녹색으로 칠했다. 크레용이 거의 다 닳았으므로 조심스럽게 쥐고 써야 했다. 그 녹색 때문에 행복해졌다. 눈부시게 하얀 양귀비꽃 대신 그런 풀밭을 내다볼 수 있다면 얼마나 좋을까. 아이는 풀이 침대처럼 부드럽고 비 냄새를 풍길 거라고 확신했다.

"마트, 아주 잘 그렸구나."

셀리아가 어깨 너머로 들여다보며 말했다.

마지막 남은 크레용 조각이 마트의 손가락 사이에서 부스러졌다.

"가엾어라! 큰집에 가면 더 있는지 찾아봐 주마. 그 애들은 아주 부자라서, 내가 한 상자 통째로 가져온대도 눈치 채지 못할 거다."

셀리아는 한숨을 쉬었다.

"하지만 난 몇 개만 들고 올 거야. 버터에 발자국을 남기지 않는 생쥐가 꼬리를 잡히지 않는 법이니까."

저녁 메뉴는 케사디야*와 엔칠라다**였다. 마트는 배불리 먹었다.

"엄마, 큰집 애들 얘기 또 해 줘."

아이는 무심코 말했다.

"날 엄마라고 부르지 마."

셀리아가 날카롭게 대꾸했다.

"잘못했어요."

마트가 말했다. 엄마란 말은 저도 모르게 나왔다. 셀리아는 자신이 진짜 엄마가 아니라는 얘기를 이미 오래전에 해

---

* 얇은 밀전병에 치즈를 넣은 멕시코 요리 ― 옮긴이
** 옥수수 가루에 고추로 양념한 멕시코 파이 ― 옮긴이

주었다. 하지만 텔레비전에 나오는 아이들에게는 다 엄마가 있었으므로, 마트는 셀리아를 그런 식으로 생각하는 버릇을 들이게 되었다.

여인은 얼른 말했다.

"나는 세상에서 너를 제일 사랑한단다. 절대로 그걸 잊지 마라. 하지만 미 비다, 나는 너를 대여 받았을 뿐이야."

마트는 '대여' 란 말을 잘 이해하지 못했다. 그건 누가 뭔가를 한참 동안 내준다는 뜻인 것 같았다. 그것은 자신을 '대여' 해 준 사람이 누구든 간에 앞으로 되찾아 가리라는 걸 의미했다.

"어쨌거나, 큰집 애들은 못돼 처먹었지. 정말이다."

셀리아는 말을 계속했다.

"고양이처럼 게으른 데다 고마워할 줄도 모르거든. 저희들이 잔뜩 어질러 놓고 하녀들한테 치우라고 명령한단다. 그러면서도 절대로 고맙다는 소리는 안 하지. 또 몇 시간씩 애를 써서 설탕 장미하고 제비꽃하고 녹색 이파리로 장식한 특별 케이크를 만들어 줘 봤자, 당최 고맙다는 말을 할 줄 모르거든. 한심한 어린 영혼들 같으니라고. 볼이 미어터지도록 먹으면서 말로는 흙 맛이 난다더라!"

그 일이 있었던 게 얼마 전이었는지 셀리아는 무척 화난 얼굴이었다.

"스티븐하고 베니토라는 애들이 있어."

마트가 셀리아에게 일깨워 주었다.

"베니토가 맏이지. 진짜 악마란다! 갓 열일곱이지만, 농장 처녀들치고 그 녀석 손을 타지 않은 아이가 없지. 하지만 마트 너는 그런 건 몰라도 된다. 어른들 일이고 아주 지루한 거니까. 어쨌거나 베니토는 제 아비하고 똑같단다. 말하자면 인간의 탈을 쓴 개라는 뜻이지. 그 녀석은 올해 대학에 간단다. 다들 그 녀석 꼴을 안 보면 속이 시원할 거다."

"그럼 스티븐은?"

마트는 끈질기게 물었다.

"그 애는 그렇게 나쁘지는 않아. 가끔 그 애한테도 영혼이 있을지 모른다는 생각이 들지. 그 애는 멘도자네 딸들하고 붙어 다닌단다. 그 애들은 괜찮아. 물론 그 애들이 우리한테 하는 걸 보면 하느님이라도 기꺼워하시지는 않겠지만 말이다."

"스티븐은 어떻게 생겼어?"

어떤 때는 꼭 알고 싶은 얘기를 듣는 데 시간이 한참 걸렸다. 이번에 알고 싶은 것은 집에 온 아이들의 이름이었다.

"그 애는 열세 살이지. 나이에 비해 덩치가 큰 편이란다. 금발에 푸른 눈."

아까 그 남자 애가 스티븐이 틀림없어. 마트는 속으로 생각했다.

"지금 멘도자네 집 딸들이 와 있단다. 에밀리아도 열세 살인데 아주 예쁘지. 검은 머리에 갈색 눈이야."

아까 그 여자 애가 분명해. 마트는 속으로 생각했다.

"그 애는 적어도 예의는 바르단다. 그 애 동생 마리아는 네 또래고 탐이랑 놀지. 하지만 글쎄, 그걸 놀이라고 할 수 있으려나. 열에 아홉은 마리아가 눈이 빠지도록 우는 걸로 끝나니까."

"왜?"

마트는 탐이 잘못한 이야기를 듣는 게 기분 좋았다.

"탐은 베니토보다 열 배는 더하거든! 그 녀석은 그 크고 순진한 눈망울로 사람들의 간장을 녹이지. 모두 다 거기 넘어가지만, 난 아니다. 그 녀석은 오늘 마리아한테 레모네이드 한 병을 줬단다. '이게 마지막 남은 거야. 정말 시원해. 너한테 주려고 특별히 내가 숨겨 놓은 거야.' 녀석은 이렇게 말했지. 그런데 그 안에 뭐가 들어 있었는지 아니?"

"몰라."

마트는 궁금해서 조바심을 쳤다.

"오줌! 그게 믿어지니? 녀석은 병에 뚜껑까지 씌워 놓았단다. 말 마, 마리아는 울고 또 울었단다. 가엾은 어린 것. 번번이 그렇게 당하기만 하니."

셀리아는 불현듯 흥을 잃었다. 그녀는 크게 하품했다. 마트는 그녀의 몸에 피로가 실리는 것을 보았다. 새벽부터 밤까지 일한 데다 집에 와서도 새로 음식을 장만한 것이다.

"마트, 미안하다. 아줌마가 너무 피곤하구나."

셀리아가 몸을 씻는 동안, 마트는 접시를 헹궈서 설거지 기계에 차곡차곡 집어넣었다. 셀리아는 헐렁한 분홍색 가운을 걸치고 나와 깨끗이 치워진 식탁을 보고 졸린 얼굴로 고개를 끄덕였다.

"참 착한 아이구나."

셀리아는 아이를 번쩍 안아 들고 침실로 갔다. 그녀는 아무리 피곤해도(어떤 때는 피로한 나머지 넘어질 뻔한 적도 가끔 있었는데) 이 일만큼은 거르지 않았다. 그녀는 아이를 침대에 누이고 과달루페의 성모상 앞에 성스러운 촛불을 밝했다. 이 마리아 상은 그녀가 아즈틀란의 고향 마을에서 가져온 것이었다. 성모의 옷자락에는 조그만 흠집이 있었는데, 셀리아는 조화로 그것을 가려놓았다. 성모의 발은 먼지 낀 석고 장미 위에 놓여 있었고, 반짝이는 별이 그려진 옷자락은 밀랍으로 얼룩져 있었지만, 촛불 너머를 응시하는 얼굴에는 셀리아의 침실에서와 같은 부드러움이 어려 있었다.

"미 비다, 난 옆방에 있단다. 무서우면 날 부르렴."

여인은 마트의 머리꼭지에 키스하며 속삭였다.

곧 셀리아의 코고는 소리가 집 안을 뒤흔들었다. 마트에게 그 소리는 가끔 산 너머에서 천둥치는 소리처럼 자연스럽게 들렸다. 그 때문에 잠을 못 이루는 일은 없었다.

"스티븐하고 에밀리아."

마트는 그 이름들을 조그맣게 말해 보았다. 그 이상한 아이들이 다시 나타나면 무슨 말을 해야 할지는 몰랐지만, 일단 말을 건네 보기로 작정했다. 그리고 연습 삼아 몇 마디를 해 보았다.

"내 이름은 마트야. 난 여기 살아. 너희들 그림에 색칠하고 싶니?"

안 된다. 색칠공부 책이나 크레용 얘기를 꺼낼 수는 없었다. 그것은 훔쳐온 것이었으니까.

"뭐 좀 먹을래?"

하지만 음식도 훔쳐온 건지 모른다.

"나랑 놀래?"

이건 좋다. 스티븐과 에밀리아가 뭔가를 제안할지도 모르는데, 그러면 한결 수월해질 것이다.

"나랑 놀래? 나랑 놀래?"

아이는 눈을 꼭 감고 중얼거렸다. 과달루페 성모의 부드러운 얼굴이 촛불 속에서 아른거렸다.

3

알라크란 가의 자산

 셀리아는 새벽에 나갔고, 마트는 온종일 아이들을 기다렸다. 하지만 희망을 버렸을 때, 해 지기 직전에 양귀비 밭에서 사람 소리가 들려왔다. 그 소리는 점점 가까워지고 있었다.

 마트는 창가에 꼼짝 않고 서서 기다렸다.

 "저기 있다! 봐, 마리아. 내가 거짓말한 거 아니잖아."

 에밀리아가 소리쳤다. 에밀리아는 훨씬 작은 여자 애 어깨에 손을 올려놓고 있었다.

 "쟤는 우리한테는 말하지 않을 거야. 하지만 너는 쟤랑 비숫한 또래잖아. 너라면 안 무서워할 거야."

에밀리아는 작은 아이를 앞으로 밀쳐 내고, 자기는 뒤에 남아서 스티븐을 기다렸다.

마리아는 조금도 망설이지 않고 창가로 다가왔다.

"야! 너 이름 뭐니? 나랑 놀래?"

마리아는 주먹으로 유리창을 탕탕 두드리며 소리쳤다.

단 한마디로, 마리아는 마트가 조심스레 준비해 놓은 말을 가로채 버렸다. 마트는 무슨 말을 해야 좋을지 몰라서 빤히 쳐다보기만 했다.

"좋다는 거야, 싫다는 거야?"

마리아는 다른 두 아이를 돌아보았다.

"애한테 문 좀 열라고 해."

"그건 쟤 마음이야."

스티븐이 말했다.

마트는 자기한테는 열쇠가 없다는 말을 하고 싶었지만, 도무지 입이 떨어지지 않았다.

"그래도 오늘은 숨지는 않네."

에밀리아가 지적했다.

"문을 못 열면 창문이라도 열어 봐."

마리아가 말했다.

마트는 안 된다는 걸 잘 알면서도 한번 해 보았다. 셀리아는 창문에 못을 쳐 놓았다. 마트는 두 손을 번쩍 들었다.

"우리가 하는 말은 다 알아듣네."

스티븐이 말했다.

"야! 뭘 하든지 네가 빨랑빨랑 하지 않으면, 우리는 그냥 가 버릴 거야."

마리아가 소리쳤다.

마트는 필사적으로 생각했다. 뭔가 아이들의 흥미를 끌 만한 것이 필요했다. 마트는 셀리아가 자신에게 기다리라고 할 때 그러듯이 손가락을 치켜세웠다. 그리고 마리아의 요구에 동의하며 자신도 뭔가를 하려고 한다는 걸 보여 주기 위해 고개를 끄덕였다.

"저게 무슨 뜻이지?"

에밀리아가 말했다.

"두고 봐. 저 애는 벙어리라 말을 못할 거야."

스티븐이 의견을 말했다.

마트는 침실로 달려갔다. 그리고 벽에서 황소개구리 샌드위치를 들고 있는 남자의 사진을 잡아뗐다. 셀리아는 이걸 보고 배꼽을 잡았었다. 저 애들도 이걸 보면 웃을지 모른다. 아이는 다시 뛰어나가서 창문에 신문을 붙였다. 세 아이는 그게 뭔지 보려고 다가왔다.

"뭐라고 쓰여 있어?"

마리아가 물었다.

스티븐이 읽어 주었다.

"호밀 빵 위의 개골이. 알겠니? 이건 개골, 개골, 개골 하는 황소개구리야. 그런데 이게 호밀 빵 사이에 끼워져 있어. 정말 웃겨."

에밀리아는 깔깔거렸지만, 마리아는 확신이 서지 않는 듯했다.

"사람들은 황소개구리를 안 먹어. 내 말은, 산 채로는 안 먹는다는 거야."

어린 소녀는 말했다.

"이 머저리 같으니라고. 이건 장난이야."

"난 머저리가 아니야! 황소개구리를 먹는 건 더럽고 나쁜 짓이야! 난 하나도 재미없어."

"오, 이짓들한테서 저를 구해 주소서."

스티븐이 눈알을 굴리며 말했다.

"난 이짓도 아냐!"

"어휴, 마리아, 얼굴 펴."

에밀리아가 말했다.

"언니가 어떤 남자 애를 보여 준다고 날 여기로 데려왔잖아. 우리는 양귀비 밭을 지나서 엄청 멀리 왔어. 난 피곤하고, 그리고 쟤는 말을 안 할 거야. 언니 미워!"

마트는 놀란 마음으로 이 장면을 지켜보았다. 이런 결과를 원했던 것은 아니었다. 마리아는 울고 있었고, 에밀리아는 골이 난 듯했고, 스티븐은 두 여자 애한테 등을 돌리고 있었다. 마트는 창문을 탕탕 두들겼다. 마리아가 고개를 들자, 마트는 사진을 흔든 다음 그걸 똘똘 뭉쳤다. 그리고 안간힘을 다해 방 저쪽으로 던져 버렸다.

"저 봐, 쟤도 나랑 같은 생각이야."

마리아는 눈물범벅이 된 얼굴로 소리쳤다.

"갈수록 황당해지는군. 난 처음부터 저 이짓을 데려오지 말아야 한다는 걸 알고 있었어."

스티븐이 말했다.

"난 저 애가 자기 또래한테는 말할 줄 알았어. 가자, 마리아. 어두워지기 전에 돌아가야 해."

에밀리아가 말했다.

"난 이제 한 발짝도 안 걸을 테야!"

어린 소녀는 바닥에 털썩 주저앉았다.

"야 이 뚱보야, 내가 널 안고 갈 줄 아니? 그냥 놔두고 가자."

스티븐이 말하고 걷기 시작했다. 잠시 후 에밀리아가 그 뒤를 따랐다.

마트는 겁이 덜컥 났다. 큰 애들이 가 버리면, 마리아 혼자 남을 것이다. 곧 어두워질 테고, 셀리아가 돌아오려면 몇 시간은 더 있어야 한다. 마리아는 텅 빈 양귀비 밭에 혼자 남을 것이다. 그러면 그…….

추파카브라. 어두워진 뒤에 나타나서 사람이 오래된 멜론 껍질처럼 쪼그라들 때까지 피를 빠는 추파카브라!

마트는 문득 자신이 할 일이 뭔지 깨달았다. 마리아는 창가에서 몇 걸음 더 걸어간 다음 다시 주저앉았다. 그리고 모습을 감춘 스티븐과 에밀리아를 향해 큰 소리로 욕을 했다. 마트는 셀리아가 메누도를 요리할 때 쓰는 큼직한 무쇠 냄비를 움켜잡고 휘둘렀다. 셀리아가 어떻게 나올지에 대해서는 걱정할 새가 없었다. 무척 화를 내겠지! 하지만 이것은 마리아의 목숨을 구하기 위한 것이다. 창문 유리가 와장창 박살났다. 파편들이 바닥에 좌르르 떨어져 내렸다. 마리아는 깜짝 놀라 펄쩍 뛰었다. 양귀비 밭에 숨어 있던 스티븐과 에밀리아가 벌떡 일어섰다.

"맙소사!"

스티븐이 말했다. 셋은 입을 딱 벌리고, 조금 전까지 유리창이 있던 텅 빈 구멍을 똑바로 쳐다봤다.

"내 이름은 마트야. 난 여기 살아. 나랑 같이 놀래?"

마트는 다른 할 말을 생각해 내지 못했기 때문에 이렇게 말했다.

"말을 할 줄 아네."

에밀리아는 충격이 좀 가라앉자 이렇게 말했다.

스티븐이 말했다.

"꼬마야, 너는 평소에도 문을 그런 식으로 여니? 마리아, 뒤로 물러서. 바닥이 온통 유리 투성이다."

스티븐은 조심조심 창가로 다가와 막대기로 남은 유리 조각을 두드려서 떼냈다. 그런 다음 집 안을 휘 둘러보았다. 마트는 다른 방으로 달아나고 싶은 충동을 꾹꾹 참았다.

"이거 섬뜩한데! 창문에 못을 쳐서 잠가 놨어. 넌 뭐냐?

무슨 죄수라도 되니?"

"난 여기 살아."

마트가 말했다.

"그 애긴 벌써 했잖아."

"나랑 같이 놀래?"

"쟤 혹시 앵무새처럼 몇 마디밖에 모르는 거 아닐까."

에밀리아가 의견을 말했다.

"나 놀고 싶어."

마리아가 말했다.

마트는 승낙의 뜻으로 그쪽을 바라보았다. 소녀는 언니의 팔을 뿌리치려고 애쓰고 있었다. 이쪽으로 오려고 하는 것이 분명했다. 스티븐은 고개를 절레절레 흔들며 돌아섰다. 이번에는 정말 가려고 하는 것 같았다.

마트는 결단을 내렸다. 무섭긴 했지만 이런 기회는 한 번도 없었고, 앞으로도 다시 없을 것이다. 아이는 의자를 깨진 창문 앞에 밀어 놓고 그 위로 기어 올라간 다음, 뛰어내렸다.

"안 돼!"

스티븐이 소리치며 마트를 붙잡으려고 달려왔지만, 너무 늦었다.

끔찍한 고통이 마트의 발을 갈가리 찢었다. 마트는 엎어졌고, 두 손과 두 무릎이 유리 파편에 닿았다.

"얘는 신발도 안 신었어! 어휴! 어휴! 이제 어떻게 하지!"

스티븐은 마트를 일으켜서 파편이 없는 곳으로 옮겨 놓았다. 마트는 멍한 눈으로 손발에서 뚝뚝 떨어지는 피를 바라보았다. 양쪽 무릎에서 붉은 피가 펑펑 솟았다.

에밀리아가 겁에 질린 음성으로 날카롭게 외쳤다.

"유리를 빼! 마리아, 저리 가!"

"나도 보고 싶어!"

작은 소녀가 소리 질렀다. 짝 하는 소리, 그리고 마리아가 악쓰는 소리가 들렸다. 머리가 빙글빙글 돌고 있었다. 토하고 싶었지만, 그 전에 모든 게 깜깜해졌다.

아이는 누군가에게 들려 가는 느낌에 정신을 차렸다. 속이 메슥거렸지만, 그보다 더 나쁜 것은 몸이 무섭게 떨리고 있다는 것이었다. 아이는 목청껏 비명을 질렀다.

"잘한다!"

마트의 어깨를 붙잡은 스티븐이 헐떡거리며 말했다. 에밀리아는 다리를 잡고 있었다. 에밀리아의 셔츠와 바지는 피로, 마트 자신의 피로 흠뻑 젖어 있었다. 마트는 또다시 비명을 질렀다.

"조용히 해! 우리는 최대한 빨리 달려가는 거야!"

스티븐이 소리 질렀다.

양귀비는 긴 산 그림자에 묻혀 이제는 푸른색을 띤 채, 사방에 펼쳐져 있었다. 스티븐과 에밀리아는 흙 길을 따라 달음박질치고 있었다. 마트는 숨넘어가게 흐느껴 울었다. 숨을 들이쉬기가 힘들었다.

에밀리아가 외쳤다.

"잠깐만! 여기서 마리아를 기다려야 해."

두 아이는 허리를 굽히고 마트를 바닥에 내려놓았다. 곧 타박타박 달려오는 발소리가 조그맣게 들려왔다.

"나도 쉬고 싶어. 가도 가도 끝이 없잖아. 다다한테 언니가 날 때렸다고 이를 거야."

마리아가 요구했다.

"얼마든지."

에밀리아가 말하자 스티븐이 명령했다.

"모두들 조용히 해. 꼬마야, 넌 이제 피는 안 나. 그러니까 그렇게 위험한 상태는 아닐 거야. 이름이 뭐라고?"

"마트."

마리아가 대신 대답했다.

"마트, 여기서 집이 멀지 않아. 그리고 너는 운이 좋아. 오늘 밤에는 의사가 집에 있을 거야. 너 많이 다쳤니?"

"몰라."

마트가 말했다.

"맞아, 넌 많이 다쳤어. 넌 소리를 질렀어."

마리아가 말했다.

"난 '많이' 다친 게 어떤 건지 몰라. 이렇게 다쳐 본 적이 없어."

마트가 설명했다.

"음, 넌 피를 흘렸어. 하지만 그렇게 많이는 아냐."

마트가 다시 몸을 떨기 시작하자 스티븐이 덧붙였다.

"분명히 '많이' 같은데."

마리아가 말했다.

"이잇, 조용히 해."

큰 아이들이 앞뒤에서 마트를 들고 일어섰다. 마리아는 길이 먼 데다, 이잇이라는 소리를 들었다고 큰 소리로 투덜거리며 따라왔다.

좌우로 몸이 흔들거리며, 일종의 무거운 졸음 같은 것이 마트를 덮쳐 왔다. 고통은 가라앉았고, 스티븐의 말에 따르면 피를 그렇게 많이 흘린 것은 아니었다. 마트는 머리가 몽롱해져서, 셀리아가 깨진 유리창을 보면 뭐라고 할지 걱정할 수도 없었다.

마지막 햇빛이 산 너머로 자취를 감추었을 때 아이들은 양귀비 밭의 끄트머리에 도착했다. 흙 길은 널따란 잔디밭으로 바뀌었다. 잔디는 희미하게 반짝이는 녹색이었는데, 푸른 저녁 빛 속에서 그 빛깔이 더욱 짙어지고 있었다. 마트는 평생 그런 녹색을 본 적이 없었다.

이게 풀밭이구나. 그런데 여기서는 정말 비 냄새가 나네. 마트는 꾸벅꾸벅 졸며 생각했다.

아이들은 어두워지는 대기 속에서, 은은히 반짝이는 폭넓은 대리석 계단을 오르기 시작했다. 계단 양편에 오렌지 나무들이 줄지어 서 있었다. 갑자기 잎사귀들 사이에서 일제히 가로등이 켜졌다. 가로등은 위쪽에 있는 거대한 저택의 하얀 벽을 따라 늘어서서 기둥과 조각상들, 어디로 이어지는지 모를 문들을 비추고 있었다. 아치 문 한가운데 전갈 한 마리가 돋을새김으로 새겨져 있었다.

"아이고머니! 이게 웬일이람?"

여자들이 요란하게 소리 지르며 계단을 뛰어내려와, 스티븐과 에밀리아의 손에서 마트를 받아 안았다.

"얘가 누구예요?"

하녀들이 물었다. 모두들 검은 드레스에 하얀 앞치마를 두르고, 풀 먹인 하얀 모자를 쓰고 있었다. 그중 한 사람, 입가에 굵은 주름이 패고 매서운 얼굴을 한 여인이 마트를 안았고, 다른 하녀들은 문을 열러 앞서갔다.

"난 애를 양귀비 밭에 있는 집에서 찾아냈어."

스티븐이 대답했다.

"그건 셀리아네 집인데. 셀리아는 거만한 여자라 우리랑 같이 살지 않아요."

어느 하녀가 말했다.

"그 여자가 애를 숨기고 있었다 해도 놀라운 일은 아니지. 꼬마야, 네 아버지가 누구냐?"

마트를 안은 여인이 물었다. 셀리아가 빨랫줄에서 막 옷을 걷어 왔을 때처럼 그녀의 앞치마에서 햇빛 냄새가 났다. 마트는 여인의 옷깃에 꽂힌 핀을 멍하니 쳐다보았다. 그것은 꼬리가 구부러진 은제 전갈이었다. 전갈 밑에는 '로사' 라는 이름표가 붙어 있었다. 마트는 말할 기운도 없었고, 게다가 아버지가 누군지가 뭐가 그렇게 중요하단 말인가? 마트는 답을 알지도 못했다.

"애는 말을 별로 안 해."

에밀리아가 말했다.

"의사는 어디 있어?"

스티븐이 말했다.

"기다려야 해요. 의사는 지금 할아버님을 치료하고 있어요. 그 사이에 우리가 애를 소독하면 돼요."

로사가 말했다.

하녀들이 문을 열자 마트가 생전 처음 보는 너무도 아름다운 방이 나타났다. 천장의 나무 들보에는 조각이 새겨져 있었고 수백 마리의 새들이 벽지를 장식하고 있었다. 마트의 어지러운 눈에는 벽지의 새들이 움직이는 것처럼 비쳤다. 긴 의자가 눈에 들어왔다. 의자에는 비둘기의 날개 깃털처럼 명암이 또렷하게 그려진 라벤더와 장미꽃 무늬 커버가 씌워져 있었다. 로사는 마트를 안고 그 의자를 향해 가고 있었다.

"나는 너무 지저분한데."

마트가 중얼거렸다. 전에 셀리아의 침대에 흙 묻은 발로 올라갔다가 혼난 적이 있었다.

"그 얘기는 나중에 해도 된다."

로사가 쏘아붙였다. 다른 여자들이 빳빳한 하얀 홑이불을 펼쳐서 멋진 의자에 씌웠고 마트는 그 위에 눕혀졌다. 아이는 자신이 홑이불에 피를 흘려도 그때처럼 혼날지 모른다고 생각했다.

로사는 족집게를 가져와서 아이의 손발에서 유리 파편을 뽑기 시작했다.

"그래! 안 우는 걸 보니 참 용감한 아이구나."

그녀는 유리 파편을 컵에 떨어뜨릴 때마다 이렇게 중얼거렸다.

하지만 마트는 자신이 용감하다는 기분은 들지 않았다. 어떤 감각도 느껴지지 않았다. 자신의 몸이 멀찌감치 떨어져 있는 것 같았고, 로사를 텔레비전에 나오는 사람처럼 쳐다보고 있었다.

"쟤, 아까는 비명을 질렀는데."

마리아가 기억해 냈다. 소녀는 주위를 맴돌면서, 지금 벌어지고 있는 일들을 하나도 놓치지 않고 보려고 애쓰고 있었다.

"그렇게 잘난 척하지 마. 손가락에 쪼끄만 가시 하나만 박혀도 머리가 떨어져 나가도록 소리 지르면서."

에밀리아가 말했다.

"안 그래!"

"그래!"

"언니 미워!"

"난 신경 안 써."

에밀리아가 말했다. 마트의 상처에서 다시 피가 솟구치기 시작하자 에밀리아와 스티븐은 홀린 듯이 지켜보았다.

"난 크면 의사가 될 거야. 이건 나한테 아주 좋은 경험이야."

에밀리아가 큰 소리로 말했다.

다른 하녀들이 물 한 양동이와 수건을 가져왔지만, 로사의 허락이 떨어진 뒤에야 마트의 몸을 닦기 시작했다.

"조심해라. 오른쪽 발을 심하게 베었으니까."

로사가 말했다.

마트는 귀가 웅웅거렸다. 따뜻한 물이 느껴지자 돌연 고통이 되살아났다. 발에서 정수리까지 온몸이 쿡쿡 쑤셔 댔다. 비명을 지르려고 입을 딱 벌렸지만, 아무 소리도 나오지 않았다. 충격으로 목이 콱 막혀 있었다.

"이런, 세상에! 안에 유리가 남아 있나 봐."

로사가 외쳤다. 그녀는 마트의 어깨를 움켜쥐고 겁먹지 말라고 명령했다. 거의 화난 사람처럼 보였다.

좀 전의 몽롱한 느낌이 사라졌다. 손과 발, 무릎이 아까보다 심한 고통으로 욱신거렸다.

"얘 아까 울었다고 했잖아."

마리아가 말했다.

"조용히 해!"

에밀리아가 말했다.

"이거 봐! 발에 글씨가 있어."

어린 소녀가 외쳤다. 마리아는 가까이 가 보려고 했지만, 에밀리아가 잡아끌었다.

"의사가 될 사람은 나야. 젠장! 읽을 수가 없네. 피가 너무 많이 묻어 있어."

에밀리아는 수건을 홱 낚아채서 마트의 발을 닦았다.

이번에는 고통이 그리 심하지 않았지만, 마트는 신음하지 않을 수 없었다.

"언니가 애를 아프게 하잖아! 이 깡패!"

마리아가 아우성을 쳤다.

"잠깐! 겨우 보인다. '알라크란······.' 글씨가 너무 작아! '······가의 자산.'"

"알라크란 가의 자산? 그건 우리잖아. 말도 안 돼."

스티븐이 말했다.

"무슨 일이냐?"

낯선 목소리가 들려왔다. 덩치가 크고, 사납게 생긴 남자가 방 안으로 뛰어 들어왔다. 스티븐은 얼른 자세를 고쳤다. 에밀리아 그리고 마리아조차 겁을 먹은 듯했다.

"아버님, 우리는 양귀비 밭에서 웬 꼬마를 발견했어요. 그런데 애가 다쳐서요, 전 의사가······ 의사가······."

스티븐이 말했다.

"이 머저리 같은 녀석! 이런 짐승 새끼한테 필요한 건 수의사다! 네가 감히 이 집을 더럽혀?"

사내가 고함을 질렀다.

"애가 피를 흘려서······."

스티븐이 입을 열었다.

"그래! 시트가 피투성이구나! 그건 태워 버려야겠다. 그 짐승을 당장 밖에 내다 놓아라."

로사는 어찌할 바를 모르고 머뭇거렸다.

사내는 몸을 굽히고 로사의 귀에 뭐라고 속삭였다.

로사의 얼굴에 혐오의 빛이 스쳐 지나갔다. 그녀는 냉큼 아이를 안아 들고 달려 나갔다. 스티븐이 재빨리 뛰어나가서 문을 열어 주었다. 소년의 얼굴은 하얗게 질려 있었다.

"어떻게 나한테 감히 그런 식으로 말을 하지?"

스티븐은 식식거렸다.

"일부러 그러신 건 아니야."

에밀리아가 마리아를 잡아당기며 말했다.

"흥, 아냐. 아버지는 날 미워해."

스티븐은 말했다.

로사는 재빨리 계단을 뛰어 내려가더니 아이를 잔디밭에 내동댕이쳤다. 그리고 한마디 말도 없이, 재빨리 돌아서서 집 안으로 뛰어 들어갔다.

4

마리아

 마트는 눈을 들었다. 수백 개의 별들이 검은 비단 같은 하늘에 밝은 얼룩을 만들고 있었다. 그것은 은하수였다. 셀리아는 성모가 아기 예수에게 처음으로 젖을 먹일 때 젖가슴에서 은하수가 용솟음쳤다고 했다. 등 밑에 풀이 눌려 있었다. 그것은 전에 상상했던 것만큼 부드럽지는 않지만 상쾌한 냄새가 났고, 또 서늘한 공기도 기분 좋았다. 무척 더웠고 몸에서 열이 났다.

 무시무시한 고통은 둔한 아픔으로 잦아들었다. 다시 밖으로 나온 것이 기뻤다. 하늘은 친숙하고 안전하게 느껴졌다. 양귀비 밭의 작은 집 위에도 똑같은 별들이 걸려 있었다. 셀리아는 낮에는 절대로 밖에 데리고 나가지 않았지만, 밤에는 가끔 작은 집의 현관에 나가 앉아 있곤 했다. 셀리아는 이야기를 들려주다가 별똥별을 가리키고는 했다.

"저건 신에게 응답받은 기도란다. 천사가 신의 명령을 받들기 위해서 내려오는 중이지."

마트는 이제 셀리아에게 와서 구해 달라고 기도했다. 셀리아는 창문을 보면 언짢아하겠지만, 그 정도는 견뎌 낼 수 있었다. 셀리아가 아무리 큰 소리로 고함을 지르더라도, 속으로는 여전히 자신을 사랑한다는 걸 알고 있었다. 아이는 하늘을 지켜보았지만, 별똥별은 없었다.

"쟤 좀 봐, 꼭 동물처럼 저기 누워 있다."

에밀리아가 멀리서 말했다. 마트는 화들짝 놀랐다. 아이들을 깜빡 잊고 있었다.

"쟤는 동물이야."

스티븐이 잠시 뜸을 들였다가 말했다. 아이들은 저택으로 올라가는 계단 맨 아래에 앉아 있었다. 마리아는 나무에서 오렌지를 따서 계단 밑으로 굴려 보내느라 바빴다.

"난 이해가 안 가."

에밀리아가 말했다.

"난 바보짓을 했어. 난 저 애, 아니 저것을 보자마자 뭔지 알아차렸어야 했어. 하인들은 허락 없이 아이를 데리고 있거나 다른 사람들하고 떨어져서 혼자 살 수 없거든. 난 베니토한테 사정을 다 들었으면서도, 그게 어딘가 다른 데 살고 있다고만 생각했지. 동물원 같은 데 말이야. 저런 것들이 수용되는 곳."

"그게 무슨 얘기야?"

"쟤는 클론이야."

스티븐이 말했다.

에밀리아는 깜짝 놀랐다.

"그럴 리가 없어! 쟤는 아냐. 난 클론을 봤는데 정말 끔찍했어! 침을 질질 흘리고 바지를 입은 채로 싼다고. 그리고 짐승 같은 소리를 질러."

"저건 달라. 베니토가 그랬어. 원래 클론들은 태어나자마자 기술자들이 정신을 파괴하게 되어 있대. 법적으로는 말이야. 하지만 엘 파트론은 자기 클론이 진짜 아이처럼 크기를 바랐어. 그분은 그렇게 부자니까, 무슨 법이든지 마음대로 어길 수 있지."

"정말 구역질난다. 클론은 인간이 아니야."

에밀리아가 외쳤다.

"당연하지."

에밀리아는 두 무릎을 껴안았다.

"그 얘기를 들으니 소름이 끼친다. 난 저걸 만졌어. 내 몸에 저것의 피를 묻혔다고. 마리아! 오렌지 그만 굴려!"

"날 잡아 봐."

마리아가 놀렸다.

"난 일 초 안에 너를 계단 밑으로 굴려 버릴 거야."

어린 소녀는 혀를 날름 했다. 그리고 오렌지 하나를 아주 세게 내던졌는데, 그것은 계단 바닥을 정통으로 맞고 튀어나가 잔디밭에 철썩 떨어졌다.

"마트, 내가 오렌지 껍질 벗겨 줄까?"

마리아가 물었다.

"안 돼."

에밀리아가 말했다. 그 목소리의 예사롭지 않은 느낌 때문에 마리아는 멈칫했다.

"마트는 클론이야. 가까이 가서는 안 돼."

"클론이 뭐야?"

"나쁜 동물."

"얼마나 나쁜데?"

마리아는 궁금한 듯 물었다.

에밀리아가 미처 대답하기도 전에 사나운 남자와 의사가 계단 위에 나타났다.

"저를 먼저 부르셨어야지요. 저것을 건강하게 지키는 게 제 일입니다."

의사가 말했다.

"나도 거실 앞을 지날 때까지는 몰랐네. 사방이 피투성이더군. 난 내 목이 달아난 줄 알았다네. 그래서 로사한테 저걸 밖에 내다 놓으라고 일렀지."

사나운 남자는 이제는 아까만큼 무서워 보이지 않았지만, 그래도 마트는 피하려고 몸을 꿈틀거렸다. 몸을 움직이자 극심한 통증이 발을 훑고 지나갔다.

"우리는 저걸 어딘가 다른 곳에 데려다 놔야 합니다. 잔디 위에서는 수술할 수가 없으니까요."

"하인들 구역에 빈 방이 하나 있네."

사나운 남자가 말했다. 그가 로사를 소리쳐 부르자, 계단을 뛰어 내려오는 발소리와 함께 그녀가 골난 표정으로 나타났다. 로사는 마트를 작은 손수레에 싣고 저택의 다른 구역으로 향했다. 곰팡내 풍기는 침침한 복도가 나타났다. 스티븐, 에밀리아, 마리아에게는 물러가서 씻고, 옷을 갈아입으라는 명령이 떨어졌다.

마트는 아무것도 씌우지 않은 딱딱한 매트리스로 옮겨졌다. 방은 비좁고 길쭉했다. 한쪽 끝에는 방문이 있었고, 반대편 끝에는 쇠창살이 달린 창문이 나 있었다.

"너무 어둡습니다."

의사가 무뚝뚝하게 말했다.

사나운 남자가 등불을 가져왔다.

"꼭 잡으시오."

의사가 로사에게 지시했다.

"주인님, 제발. 이건 불결한 클론입니다요."

여인이 저항했다.

"너한테 뭐가 좋은지 알면 시키는 대로 해."

사나운 남자가 을러댔다. 로사는 마트를 몸으로 찍어 누르고 양쪽 발목을 잡았다. 마트는 그녀의 몸무게 때문에 숨조차 쉬기 힘들 정도였다.

"싫어. 싫어!"

아이는 울부짖었다. 의사는 마트가 버둥거리며 애원하는 동안 핀셋으로 가장 깊은 상처를 헤집었다. 마침내 가느다란 유리 조각이 뽑혀 나왔을 때 마트는 완전히 탈진했다. 로사는 아이의 발목을 단단히 붙들고 있느라, 손가락에 불이 붙은 듯했다. 의사가 상처를 소독하고 봉합을 한 뒤에야, 마트는 놓여 났다. 아이는 몸을 공처럼 오그라뜨리고, 두려움에 찬 눈으로 고문자들을 쳐다보았다. 저들에게 또 무슨 꿍꿍이속이 있는지 모른다.

"이것한테 파상풍 예방주사를 놨습니다. 오른쪽 발에는 흉터가 영구적으로 남을지도 모릅니다."

의사는 기구를 챙기면서 말했다.

"저걸 도로 양귀비 밭으로 돌려보내도 되겠소?"

사나운 남자가 물었다.

"너무 늦었습니다. 아이들이 이걸 보았으니까요."

두 남자와 로사는 방을 나갔다. 마트는 이제 어떻게 되는 걸까 하고 생각했다. 지금 열심히 기도하면, 셀리아가 반드시 와 줄 것이다. 그리고 자신을 꼭 껴안고 침대로 데려간 다음, 과달루페의 성모상 앞에 성스러운 촛불을 켤 것이다.

하지만 성모는 멀리 그 작은 집에 있었고, 셀리아는 또 자신이 있는 곳을 알지 못할 수도 있었다.

로사가 문을 벌컥 열고 들어와서 방바닥에 신문지를 깔았다. 그녀는 말했다.

"의사 얘기로는 네 녀석이 똥오줌은 가린다고 하더라만, 그래도 혹시 모르니까. 너한테도 생각이 있다면 그 양동이에다 일을 봐라."

그녀는 침대 옆에 양동이를 내려놓고 등불을 집었다.

"잠깐만."

마트가 말했다.

로사는 걸음을 멈췄다. 온몸에서 싸늘한 냉기가 흘렀다.

"셀리아한테 내가 여기 있다고 말해 줄 수 있어?"

하녀는 심술궂게 웃었다.

"셀리아가 널 만나는 건 금지됐다. 의사의 명령이야."

그녀는 밖으로 나가서 문을 쾅 닫았다.

창살 틈으로 흘러 나가는 희미한 노란 불빛이 아니라면, 방 안은 깜깜했을 것이다. 마트는 목을 길게 빼고 불빛이 어디서 비치는지 둘레둘레 살폈다.

천장에 알전구 하나가 줄에 매달려 있는 게 보였다. 그것은 셀리아가 크리스마스트리를 장식할 때 쓰는 전구만큼이나 작았으나, 씩씩하게 빛을 내어 어둠을 누그러뜨리고 있었다. 그게 없었다면 방 안은 암흑천지였을 것이다.

방 안에는 침대와 양동이 말고는 아무것도 안 보였다. 벌거숭이 바람벽에, 천장은 높고 침침했다. 공간이 비좁은 탓에 꼭 상자에 갇힌 기분이었다.

마트는 한 번도, 단 한 번도 혼자 침대에 든 적이 없었다. 언제나, 시간은 아주 늦어질지 몰라도, 셀리아가 돌아오리라는 철썩 같은 믿음이 있었다. 밤에 깨어 있으면, 옆방에서 들려오는 코고는 소리에 마음이 놓였다. 여기에는 아무것도 없었다. 양귀비 밭을 지나는 바람 소리도, 혹은 지붕 위에 둥지를 튼 비둘기들이 구구거리는 소리도.

고요는 무서웠다.

마트는 계속 울었다. 자꾸만 슬퍼졌다. 슬픔이 좀 가라앉을 만하면, 셀리아가 생각나서 다시 울음이 나왔다. 아이는 눈물로 흐려진 눈으로 노란 꼬마전구를 올려다보았다. 그것은 불꽃처럼 일렁이고 있는 듯했다. 그걸 보자 성모상 앞의 성스러운 촛불이 생각났다. 결국 성모님은 어디든 원하는 곳으로 갈 수 있는 것이다. 성모님은 사람과는 달리 갇히지 않는다. 텔레비전에 나오는 슈퍼맨처럼 공중을 휙휙 날거나, 담벼락을 무너뜨릴 수도 있다. 그저 그렇게 하지 않을 뿐이다. 물론, 예수님의 어머니 되시는 분이니까. 성모님은 지금도 밖에 서서 이 방 창문을 통해 지켜보고 있는지도 모른다. 마음속에서 뭔가 맺혔던 것이 풀렸다. 마트는 크게 한숨을 쉬고 금세 잠이 들었다.

마트는 누군가 방문을 여는 소리에 눈을 떴다. 일어나려고 했지만 아픔 때문에 도로 드러눕지 않을 수 없었다. 손전등 불빛이 눈을 찔렀다.

"다행이다. 방을 잘못 찾았을까 봐 걱정했는데."

작은 형체가 침대로 달려와 배낭을 내려놓고, 음식을 꺼내기 시작했다.

"마리아?"

마트가 말했다.

"로사가 너한테 저녁을 안 줬다고 했어. 정말 못된 여자야! 나는 집에서 개를 한 마리 기르는데, 밥을 안 주면 낑낑거리거든. 너 망고 주스 좋아하니? 이건 내가 좋아하는 건데."

마트는 불현듯 무척 목이 마르다는 걸 깨달았다. 아이는 단숨에 주스 한 병을 꿀꺽꿀꺽 다 마셔 버렸다. 마리아는 치즈 몇 조각과 페퍼로니를 가져왔다.

"내가 입에 하나씩 넣어 줄게. 하지만 그 전에 물지 않겠다고 약속해야 해."

마트는 성난 목소리로 자신은 원래 사람을 물지 않는다고 말했다.

"글쎄, 그건 모르는 일이잖아. 에밀리아는 클론이 늑대 인간만큼 사납대. 너 텔레비전에서 보름달이 뜰 때마다 온 몸이 털투성이가 되는 남자 애 얘기 봤니?"

"응!"

마트는 자신과 마리아가 뭔가를 공유하고 있다는 걸 알고 기쁨을 감추지 못했다. 아이는 그 영화를 보고 나서 셀리아가 올 때까지 화장실에 숨어 있었다.

"너는 털 같은 거 안 나지? 응?"

마리아가 물었다.

"그런 거 난 적 없어."

마트는 맹세했다.

"좋아."

마리아는 말했다. 그리고 마트가 배가 불러 더 이상 못 먹을 때까지 입 안에 먹을 걸 넣어 주었다.

둘은 영화 얘기를 했고, 그 다음에는 셀리아가 말해 준 어둠 속에 숨어 있는 위험한 것들에 관한 얘기를 했다. 마트는 꼼짝 않고 가만히 있으면, 상처가 그렇게 아프지는 않다는 사실을 깨달았다. 마리아는 까불거리다가 이따금 상처를 건드렸지만, 마트는 감히 뭐라고 말하지 못했다. 이 아이가 화를 내고 가 버릴까 봐 두려웠기 때문이었다.

"셀리아는 괴물을 쫓으려고 문간에 부적을 걸어 놓았어."

마트가 말했다.

"그게 효과가 있어?"

"그럼. 부적은 또, 무덤 속에서 나와 돌아다니는 죽은 사람들도 쫓아낸대."

"여기는 부적 같은 게 없어."

마리아가 불안한 듯 말했다.

마트도 그 생각을 했지만, 마리아가 가 버리는 건 원치 않았다.

"큰집에는 부적이 필요 없어. 여기는 사람들이 굉장히 많잖아. 그런데 괴물들은 붐비는 걸 싫어하거든."

마트는 설명해 주었다.

마리아가 호기심을 보이자 마트는 점점 열을 올렸다. 아이는 열변을 토했고, 말을 멈출 수가 없었다. 순전히 흥분 때문에 이가 딱딱 마주쳤다. 여태까지 남에게 이런 관심을 받아 본 건 처음이었다. 셀리아는 자신의 말을 들어 주려고 애쓰긴 했지만, 대개는 너무 피곤했다. 그런데 마리아는 제 목숨이 자신의 이야기에 달려 있기라도 한 것처럼 이야기에 매달렸다.

"너, 추파카브라라고 아니?"

마트가 말했다.

"뭐? 추파카브라?"

마리아가 조금 높은, 숨찬 듯한 목소리로 물었다.

"있잖아. 염소 흡혈귀."

"못된 놈 같아."

마리아가 마트 곁에 바싹 다가앉았다.

"맞아! 그놈은 등에 뿔이 돋쳤고 발톱이 길고 이빨이 오렌지색이야. 그리고 피를 빨아먹어."

"거짓말!"

"셀리아가 그러는데 그놈은 사람 얼굴을 하고 있대. 그런데 눈 안쪽이 검은색이래. 속이 빈 구멍처럼 말이야."

마트가 말했다.

"윽!"

"그놈은 염소를 제일 좋아해. 하지만 정말 배가 고프면 말이나 소도 먹는대. 애들도 먹고."

마리아는 이제 마트에게 찰싹 달라붙어 있었다. 마리아가 두 팔로 자신을 껴안자, 심한 통증이 몰려왔다. 마트는 몸을 움츠리지 않으려고 이를 악물었다. 마리아의 손이 얼음장처럼 차가운 게 느껴졌다.

"셀리아는 지난달에 그놈이 닭장에 있는 닭을 다 잡아갔다고 했어."

마트는 말했다.

"나도 그 얘기 들었어. 스티븐이 그러는데 불법 입국자들이 훔쳐간 거라고 하던데."

"그건 사람들이 너무 무서워서 다 도망갈까 봐 꾸며낸 얘기야. 사막에서 닭을 찾아냈을 때는 몸에 피가 다 빠져나가고 없더래. 닭들은 꼭 마른 멜론 껍질처럼 굴러다녔대."

마트는 셀리아한테 들은 대로 옮겼다.

마트는 스티븐과 에밀리아는 두려웠지만, 마리아는 달랐다. 마리아는 자기와 같은 또래였고 자신을 기분 나쁘게 하지도 않았다. 로사가 나를 뭐라고 불렀더라? '불결한 클론.' 마트는 그게 뭔지 몰랐지만, 그 말을 들었을 때 그게 모욕적인 표현이라는 건 눈치 챘다. 로사는 자신을 미워했고, 그건 그 사나운 남자와 의사도 마찬가지였다. 큰 아이들 둘도 자신이 누구라는 걸 알게 되자 태도가 달라졌다. 마트는 클론이 뭔지 묻고 싶었지만, 괜히 그 말을 꺼냈다가 마리아마저 자신을 미워하게 될까 봐 겁이 났다.

그러면서 마트는 셀리아한테 들은 얘기를 되풀이하는 게 놀라운 힘을 갖는다는 걸 깨달았다. 자신은 셀리아의 이야기에 넋이 나갔었는데, 이제 그것은 마리아에게 그토록 강한 인상을 주어서 마리아는 꼭 풀이라도 붙인 것처럼 자신에게 찰싹 달라붙어 있었다.

"밤에 나타나는 건 추파카브라만이 아냐. 라 요로나도 밤에 돌아다녀."

마트는 으쓱한 기분으로 말했다.

마리아가 뭐라고 중얼거렸다. 하지만 마트의 셔츠에 얼굴을 찰싹 붙이고 있어서, 무슨 말인지 알아듣기가 힘들었다. 마트는 계속 말했다.

"라 요로나는 애인한테 화가 나서 자기 애들을 물에 빠뜨려 죽였어. 그 다음에 너무 후회스러워서 자기도 물에 빠져 죽었대. 그 여자가 천국에 가자 성 베드로가 소리를 질렀어. '이 못된 여인아! 네 자식들을 데려오지 않으면 여기에 들어올 수 없다.' 그래서 그 여자는 지옥으로 뛰어 내려갔어. 하지만 악마가 코앞에서 문을 쾅 닫아 버렸어. 그래서 그 여자는 지금도 밤새도록 앉지도 자지도 못하고 돌아다닌대. 그 여자는 이렇게 울부짖는대. '오오오오오…… 오오오오오. 내 아기들은 어디 있지?' 바람이 불면 그 소리를 들을 수 있어. '오오오오오…… 오오오오오. 내 아기들은 어디 있지?' 그리고 그 여자는 창가로 다가와 긴 손톱으로 창문을 긁으면서……."

"그만해! 그만하라고 했잖아! 내 말 안 들려?"

마리아가 악을 썼다.

마트는 멈칫했다. 내 말이 어디 틀린 데가 있나? 자신은 셀리아한테 들은 그대로 말하고 있었다.

"라 요로나 같은 건 없어! 네가 꾸며 낸 거야!"

"아냐, 난 안 꾸며 냈어."

"흥, 그게 정말이라고 해도 난 알고 싶지 않아!"

마트는 손을 내밀어 마리아의 얼굴을 만져 보았다.

"너 울고 있구나!"

"아냐, 이짓 같으니라고! 난 기분 나쁜 얘기가 싫은 거야!"

마트는 파랗게 질렸다. 마리아한테 이렇게 겁을 줄 생각은 전혀 없었다.

"미안해."

"당연히 그래야지."

마리아는 코를 훌쩍이며 중얼거렸다.

"저 쇠창살을 뚫고 들어올 수 있는 건 아무것도 없어. 그리고 이 집에는 사람들이 엄청 많잖아."

마트는 말했다.

"복도에는 아무도 없어. 내가 밖에 나가면 괴물들이 날 잡아갈 거야."

마리아가 말했다.

"안 그럴 거야."

"흥, 잘한다! 안 그럴 거라고! 내가 침대에 없다는 걸 언니가 알면 정말 큰일이야. 언니는 다다한테 말할 거고, 다다는 나한테 구구단을 몇 시간씩 외우게 시킬 거야. 그리고 그건 전부 네 탓이야!"

마트는 뭐라고 말해야 좋을지 몰랐다.

"난 아침까지 여기서 있어야 해. 하지만 정말 난리가 날 거야. 그래도 최소한 추파카브라한테 잡아먹히지는 않겠지. 저리 좀 비켜."

마리아는 결론을 내렸다.

마트는 애써 자리를 만들어 주었다. 침대는 아주 좁았고, 겨우 몇 센티미터 움직이는 데도 무척 아팠다. 침대 가장자리로 바싹 붙고 나니, 손발이 욱신거렸다.

"넌 정말 돼지구나. 이불은 없어?"

마리아가 투덜거렸다.

"응."

마트가 말했다.

"잠깐 기다려."

마리아는 침대에서 뛰어내리더니 로사가 바닥에 깔아 놓은 신문지를 긁어모았다.

"이불을 덮을 필요 없어."

마리아가 신문지를 침대 위에 차곡차곡 펼쳐 놓기 시작하자 마트가 참견했다.

마리아는 신문지 밑으로 기어 들어갔다.

"이렇게 하면 훨씬 아늑한 기분이 들어. 그렇게 나쁘지는 않네. 나는 항상 개를 데리고 자. 너, 사람 물지 않는 거 확실하지?"

"물론이야."

마트가 말했다.

"그래, 다행이다."

마리아는 말하고, 마트에게 바싹 붙었다. 마트는 마리아가 자신에게 음식을 갖다 주었기 때문에 벌을 받아야 한다고 생각하니 마음이 언짢았다. 구구단이 뭔지는 몰랐지만, 그건 아주 끔찍한 것이 틀림없었다.

너무도 많은 일이 너무도 짧은 시간에 일어났는데, 마트는 그 일을 반도 이해하지 못했다. 모두들 처음에는 열심히 도와주려고 하다가 갑자기 자신을 잔디밭에 내동댕이친 이유가 무엇일까? 그 사나운 남자가 자신을 '짐승 새끼'라고 부른 이유는 무엇일까? 에밀리아는 왜 마리아에게 자신이 '나쁜 동물'이라고 했을까?

그것은 클론이라는 것과 그리고 아마도 자신의 발바닥에 있는 글씨와 관계가 있는 것 같았다. 마트는 언젠가 셀리아에게 발에 있는 글씨에 대해 물어본 적이 있었다. 그때 셀리아는 아기를 잃어버리지 않게 그런 걸 새겨 놓는다고 말해 주었다. 그래서 마트는 모두들 몸에 글씨가 있는 줄 알았다. 하지만 스티븐의 반응을 보니, 모두가 그런 건 아닌 듯했다.

마리아는 자면서 몸부림을 치고 한숨을 쉬고 팔을 휘둘렀다. 신문지는 금세 바닥으로 떨어졌다. 마트는 걷어차이지 않으려고 침대 가장자리로 얼른 피하지 않으면 안 되었다. 한번은 악몽을 꾸는 듯, '엄마, 엄마!' 하고 소리 질렀다. 마트가 깨우려고 하자, 마리아는 주먹질을 했다.

푸르스름하게 먼동이 터오자 마트는 일어나야 했다. 발의 통증 때문에 숨이 막혔다. 아픔은 지난밤보다 훨씬 더 했다.

마트는 양동이를 밀면서, 가능한 소리 나지 않게 엉금엉금 기었다. 그리고 마리아가 볼 수 없을 거라고 생각되는 침대 발치에 양동이를 갖다 놓고, 소리 나지 않게 오줌을 누려고 했다. 마리아가 몸을 뒤척였다. 마트는 그 소리에 펄쩍 뛰었다. 양동이가 엎어졌다. 마트는 신문지를 그러모아 엎질러진 소변을 덮었다. 그 다음에는 손발의 통증이 너무 심해서 벽에 기대앉아 휴식을 취해야 했다.

"이 못된 것!"

문이 벌컥 열리며 로사가 소리 질렀다. 뒤에는 한 무리의 하녀들이 목을 길게 빼고 방 안을 기웃거리고 있었다.

"우리는 널 찾아서 집 안을 온통 뒤지고 다녔다. 그동안 너는 이 불결한 클론이랑 같이 숨어 있었구나. 흥, 이제 큰일 난 줄 알아라! 당장 집으로 쫓겨 가게 될 거다."

로사가 고함을 질렀다.

마리아는 일어나 앉아서, 갑자기 문으로 쏟아져 들어오는 빛에 눈을 끔뻑거렸다. 로사는 소녀를 냉큼 안아 들고, 벽에 기댄 채 몸을 움츠리고 있는 마트를 향해 인상을 썼다.

그녀는 젖은 신문지를 발로 걷어내며 무섭게 말했다.

"이제 보니 너는 똥오줌도 못 가리는구나, 이 짐승 녀석아. 솔직히 그동안 셀리아가 어떻게 이런 걸 견뎌 냈는지 모르겠다."

5

감방

그날 밤, 로사가 저녁을 가져왔을 때 마트는 마리아가 언제 오느냐고 물었다.

가정부가 무섭게 말했다.

"다시는 안 올 거다! 그 애는 제 언니랑 같이 집으로 쫓겨 갔다. 아주 속이 다 시원구나! 저희 아버지가 상원의원이라고, 멘도자 네 딸들은 우리 앞에서 콧대를 세워도 되는 줄 아는데! 쳇, 멘도자 상원의원은 엘 파트론께서 지갑에 손을 댈 때마다 앞발을 내미는 게 그렇게 자랑스럽지는 않을 거다."

의사는 날마다 찾아왔다. 마트는 그때마다 움츠러들었지만, 그는 전혀 눈치 채지 못하는 것 같았다. 그는 사무적으로 마트의 발을 붙잡고 소독약을 뿌린 다음, 봉합한 부위를 검사했다. 한번은 상처에 붓기가 있고 열이 나자 항생제를 놔준 적도 있었다. 의사는 이야기를 걸려는 노력을 전혀 안 했고, 마트는 오히려 그쪽이 마음 편했다.

하지만 의사는 로사하고는 이야기를 했다. 두 사람은 함께 있는 걸 좋아하는 것 같았다. 의사는 키가 크고 깡말랐다. 머리는 가장자리에만 빙 둘러 오리 궁둥이의 솜털 같은 털이 나 있었고, 말을 할 때는 침을 튀겼다. 로사도 키가 컸는데, 전에 그녀의 손아귀를 뿌리치려고 했을 때 알아낸 사실이지만 무척 힘이 좋았다. 항상 얼굴을 찡그리고 있었지만, 의사가 농담을 할 때는 가끔 웃기도 했다. 마트는 로사의 웃음이 찡그린 표정보다 더 흉해 보인다는 걸 깨달았다.

"엘 파트론께서 이 짐승에 대해 묻지 않으신 것이 벌써 몇 년째요."

의사가 말했다.

마트는 그 짐승이 자신을 말한다는 걸 알아차렸다.

"잊어버리셨나 보지."

로사가 중얼거렸다. 그녀는 비눗물이 든 양동이 앞에 엎드린 채, 부지런히 방구석을 닦고 있었다.

"그랬으면 좋게. 어떤 때는 엘 파트론은 아주 노쇠해 보인다오. 며칠씩 말도 않고 창밖을 바라보고만 계시지. 그런데 어떤 때는 예전의 그 산적으로 돌아간 것처럼 총기가 좋으시거든."

의사는 말했다.

"그 양반은 지금도 산적, 악당이야."

로사가 말했다.

"아무리 내 앞이라도 그런 말은 삼가시오. 엘 파트론께서 진노하시는 모습을 보고 싶지 않거든 말이오."

마트가 보기에 가정부와 의사는 가볍게 몸을 떠는 듯했다. 아이는 엘 파트론이 그렇게 늙고 쇠약하다면서, 왜 그렇게 무서워하는 건지 궁금했다. 자신이 엘 파트론의 클론이라는 건 알고 있었지만, 클론이 무슨 뜻인지는 확실치 않았다. 아마도 엘 파트론이 자신을 셀리아에게 대여했고 언젠가는 돌려받을 거라는 얘기겠지.

셀리아를 생각하자 두 눈에 눈물이 고였다. 마트는 눈물을 삼켰다. 자신을 고문한 이들 앞에서 약한 꼴을 보일 수는 없었다. 아이는 자신이 두 사람에게 약점을 보이면, 한층 더 괴로워지리라는 걸 본능적으로 알고 있었다.

"로사, 당신 향수 뿌렸구려."

의사가 음흉하게 말했다.

"흥! 윌럼, 내가 당신을 즐겁게 해 주려고 뭘 할 사람 같소?"

하녀는 벌떡 일어나 비눗물 묻은 손을 앞치마에 닦았다.

"내 생각에는 귀 뒤에 뿌린 것 같은데."

"이건 내가 화장실 청소할 때 쓰는 소독제 냄새요. 물론 의사한테야 향긋하게 느껴질 테지만."

로사가 말했다.

"그 말이 맞소, 가시 돋친 나의 여인 로사."

윌럼은 여자를 껴안으려고 했지만, 그녀는 몸을 비틀어 의사의 품에서 빠져나갔다.

"저리 가요!"

가정부는 의사를 거칠게 떠다밀며 소리 질렀다. 그녀가 사납게 대하는데도, 의사는 그녀를 좋아하는 성싶었다. 그래서 마트는 마음이 편치 못했다. 두 사람이 합세해서 자신을 밀어내는 느낌이었다.

방을 나가면서 로사는 늘 문을 잠갔다. 마트는 그녀가 혹시 잊지 않았는지 보려고 매번 문손잡이를 돌려 보았지만, 그런 일은 일어나지 않았다. 아이는 창살을 잡아당겼다. 그것은 여느 때와 다름없이 단단히 고정돼 있었다. 아이는 슬픔에 잠겨 바닥에 주저앉았다.

창밖으로 뭔가 재미난 것이 보이기라도 하면 얼마나 좋을까. 그러나 담장이 시야를 막고 있었다. 담장 사이의 비좁은 틈으로 녹색 잔디와 환한 분홍색 꽃들이 보였지만, 그것은 좀 더 보고 싶다는 안타까운 욕망을 불러일으킬 뿐이었다. 끈처럼 좁다란 하늘로 햇빛이 들어왔고 밤에는 서너 개의 별이 떴다. 귀를 기울여 봐도 사람 소리는 들리지 않았다.

발바닥에 매듭 같은 흉터가 남았다. 아이는 알라크란 가의 자산이라고 쓰인 글씨를 자주 들여다보았는데, 자잘한 글씨를 가로질러 흉터가 생겨나 있었다. 글자를 알아보는 것은 더욱 어려워졌다.

어느 날 로사와 의사가 말다툼을 무섭게 벌였다.

"엘 파트론께서 날 곁에 두고 싶어 하오. 난 매달 한 번씩 여기 올 거요."

사내가 말했다.

"그건 날 피하려는 구실에 불과해."

로사가 말했다.

"이 바보 같은 여자야, 난 일해야 해."

"나한테 바보 같다고 하지 마! 난 거짓말하는 사기꾼은 금방 알아볼 수 있어."

여인이 사납게 소리 질렀다.

"나에게는 선택의 여지가 없소."

윌럼이 굳은 얼굴로 말했다.

"그럼 왜 날 데려가지 않는 거야? 난 거기 가서 가정부 노릇을 할 수 있어."

"엘 파트론께는 가정부가 필요 없소."

"오호, 그래! 참 편리하군! 그런데 내가 여기서 일하는 게 얼마나 끔찍한지 알아? 다른 하인들이 날 비웃고 있어. '저 여자가 그 짐승을 돌보고 있어. 저 여자도 짐승보다 나을 게 없지 뭐.' 사람들은 날 인간쓰레기 취급을 한다고."

그녀는 마구 소리 질렀다.

"그건 과장이오."

그녀는 빽 소리 질렀다.

"아냐, 난 과장하는 게 아냐! 윌럼, 제발 날 데려가 줘. 제발! 당신을 사랑해. 당신을 위해서라면 뭐든지 할게!"

의사는 애써 여자의 팔을 떼어놓았다.

"당신은 히스테리를 일으키고 있어. 약을 좀 두고 가겠소. 그리고 한 달 뒤에 봅시다."

의사가 방문을 닫자, 로사는 양동이를 벽에 내던지고 의사의 조상들을 몽땅 들먹이며 악담을 퍼부었다. 그녀의 얼굴은 양쪽 뺨의 붉은 반점을 빼고, 분노로 백지장처럼 하얘졌다. 마트는 그렇게 화난 사람을 본 적이 없었기 때문에 무서워서 견딜 수가 없었다.

"이건 다 네 탓이야!"

로사는 악을 썼다. 그리고 아이의 머리채를 움켜쥐고 일으켜 세웠다.

"악!"

마트는 비명을 질렀다.

"징징 짜 봤자 소용없어. 이 아무짝에도 쓸모없는 짐승아. 네 목소리를 들을 수 있는 사람은 없어. 이 구역 전체가 다 비어 있단 말이다. 왜냐하면 네가 여기 있으니까! 사람들은 여기에 돼지 새끼도 넣어 놓지 않는단다!"

로사는 마트의 얼굴을 자신의 코앞까지 바싹 끌어올렸다.

팽팽하게 당겨진 피부 아래로 광대뼈가 도드라졌다. 눈을 부릅뜨자, 허옇게 흰자위가 드러났다. 그녀는 셀리아가 교회에서 가져온 만화책에 나오는 악마처럼 보였다.

로사는 나직하게 말했다.

"난 널 죽일 수도 있어. 난 네 시체를 마루 밑에 묻어 버릴 수도 있어. 그리고 난 그렇게 할 거다."

그녀는 아이를 다시 내려놓았다. 마트는 로사에게 잡혔던 머리를 쓰다듬었다.

"하지만 그렇게 안 할 수도 있지. 너는 어떻게 될지 전혀 모르겠지. 하지만 네가 알아둬야 할 게 하나 있다. 이제 난 네 주인이다. 만약에 내 성질을 건드리면……. 조심해라!"

로사는 문을 쾅 닫고 나갔다. 마트는 몸이 얼어붙은 것처럼 가만히 앉아 있었다. 심장은 쿵쿵거리고 몸에는 비지땀이 흘렀다. 그게 무슨 뜻일까? 그 여자는 방금 말한 것 말고 또 무슨 일을 할 수 있을까? 잠시 후 몸의 떨림이 멎으면서 호흡이 정상으로 돌아왔다. 마트는 문손잡이를 돌려 보았으나, 미친 듯이 화를 내는 와중에도 로사는 문을 잠그는 것만큼은 잊지 않았다. 아이는 절룩거리며 창가로 다가가 좁다란 환한 풀밭과 꽃들을 바라보았다.

그날 밤, 정원사 둘이 마트의 침대를 내갔다. 둘은 한사코 아이의 얼굴을 외면했다. 로사는 냉혹한 얼굴에 만족스러운 표정을 띠고 옆에서 지켜보았다. 그리고 그녀는 마트에게 쓰라고 내 준 분뇨통을 도로 가져갔다.

"구석에 있는 신문지에 싸라. 개들은 다 그렇게 하거든."

로사가 말했다.

마트는 홑이불 한 장 없이 시멘트 바닥에서 자야 했다. 물론 베개도 없었다. 밤에는 잠을 설쳤고 아침이 되면 온몸이 쑤셔 왔다. 방구석의 신문지에 일을 볼 때는 자신이 더럽게 느껴졌고 수치스러웠다. 이런 상태가 얼마나 계속될 것인지?

로사는 아침 식사 쟁반을 탕 내려놓고 쌩하니 가 버렸다. 야단을 치지도 않았다. 마트는 처음에는 안심했지만, 시간이 지날수록 고약한 기분이 들기 시작했다. 아무리 성난 말이라도 침묵보다는 나았다. 집에서라면 곰과 강아지 인형 그리고 페드로 엘 코네호를 친구로 삼았을 것이다. 인형들은 말은 못 했지만, 그것들을 껴안아 줄 수는 있었다. 인형들은 지금 어디 있을까? 자신이 돌아오지 않는다는 걸 알고 셀리아는 갖다 버렸을까?

마트는 울면서 밥을 먹었다. 눈물이 입 안으로 흘러들었고 로사가 가져다준 메마른 토스트 위로 떨어졌다. 마트는 토스트와 오트밀, 코리조 소시지를 곁들인 볶은 달걀, 플라스틱 잔에 담은 오렌지주스, 차가운 베이컨을 먹었다. 로사는 적어도 굶기지는 않았다.

저녁때는 시멘트 색깔의 육수로 만든 맛없는 스튜를 갖다줬다. 수저가 없었으므로 마트는 개처럼 그릇에 코를 박고 할짝할짝 먹어야 했다. 스튜와 함께 삶은 호박, 사과 한 알, 물 한 병이 나왔다. 배가 고팠기 때문에 먹었다. 마트는 로사가 갖다 준 음식을 무척 싫어했다. 그것들을 보면 셀리아의 요리가 얼마나 훌륭했는지가 생각났기 때문이었다.

며칠이 지났다. 로사는 절대로 말을 거는 법이 없었다. 마치 얼굴에 셔터를 내린 것 같았다. 아이와 눈을 마주치지도 않고 질문에 대답해 주지도 않았다. 마트는 그녀의 침묵 때문에 미칠 지경이 되었다. 로사가 오면 열에 들뜬 것처럼 지껄여 댔으나, 곰 인형만큼도 시선을 끌지 못했다.

한편 방 안의 냄새는 지독해졌다. 로사는 매일 방구석을 청소했으나, 악취는 시멘트에 스며들었다. 마트는 익숙해졌다. 로사는 그렇지 못했고, 그래서 어느 날 그녀의 분노가 또다시 폭발했다.

"내가 이만큼 시중을 들어 줬으면 됐지, 얼마나 더 해야 하느냐?"

그녀는 소리소리 질렀고, 마트는 창가에서 몸을 움츠리고 있었다.

"차라리 닭장을 청소하는 게 낫겠다! 닭들은 쓸모나 있지! 너는 무슨 소용이냐?"

그러다 무슨 좋은 생각이 떠오른 모양이었다. 그녀는 도중에 말을 멈추더니 아이를 곰곰이 뜯어보며 생각에 잠겼다. 마트는 발가락 끝까지 소름이 끼쳤다. 대체 무슨 꿍꿍이속이 있는 걸까?

음침한 얼굴의 정원사들이 다시 왔다. 그들은 문간에 야트막한 칸막이를 세웠다. 마트는 호기심에 차서 그것을 바라보았다. 칸막이는 자신의 허리 높이였다. 자신을 가둬 놓을 수 있을 만큼 높지는 않지만, 도망치려고 할 때 장애물이 되기에는 족했다. 로사는 복도에 버티고 서서 일하는 것을 지켜보며 흠을 잡았다. 정원사들은 마트가 처음 들어보는 말을 몇 마디 지껄였고, 그러자 로사는 화가 나서 안색이 싹

변했다. 하지만 아무 대꾸도 하지 않았다.

칸막이 공사가 끝난 뒤, 로사는 마트를 번쩍 들어 복도에 내놓고 팔을 꼭 붙잡았다. 아이는 열심히 사방을 둘러보았다. 회색 복도는 텅 비어 있었고, 흥미를 끌 만한 건 거의 없었지만, 최소한 방하고 다르기는 했다.

그런데 너무 놀라 벌린 입을 다물지 못하게 만드는 일이 벌어졌다. 정원사들이 톱밥을 잔뜩 쌓아 올린 외바퀴 수레를 끌고 온 것이다. 그들은 방 안에 차례로 톱밥을 부려 놓았다. 두 사람은 톱밥 더미가 문간에 설치한 칸막이 높이에 이를 때까지 왔다 갔다 했다.

로사는 갑자기 아이의 두 팔을 잡고 번쩍 들어서 방 안에 내동댕이쳤다. 마트는 퍽 소리와 함께 톱밥 위에 떨어진 다음, 콜록거리며 일어나 앉았다.

"더러운 짐승들은 이런 데서 살게 되지."

로사가 문을 쾅 닫으며 말했다.

마트는 너무 놀라 아무 생각도 떠오르지 않았다. 방 안에는 회갈색 가루가 자욱했다. 바닥은 푹신했다. 침대처럼 톱밥 위에서 잘 수도 있었다. 아이는 이게 왜 갑자기 자신의 세계에 나타났는지 알아보려고 톱밥 더미를 헤치고 다녔다.

적어도 그건 색다르기는 했다.

마트는 톱밥 더미에 굴을 뚫었다. 산을 쌓기도 했다. 톱밥을 공중에 집어던지고 그게 먼지 구름을 일으키며 분분히 떨어져 내리는 모습을 지켜보았다. 한참을 이런 식으로 놀았지만, 점차 톱밥을 갖고 하는 놀이를 그만두게 되었다.

로사는 해 질 녘에 먹을 것을 가져왔다. 그녀는 한마디도 하지 않았다. 아이는 천천히 음식을 씹으면서, 성모의 것인 희미한 노란 불빛을 쳐다보고, 집의 다른 구역에서 들려오는 아득한 소리에 귀 기울였다.

"하느님의 녹색 지구에서 당신은 도대체 무슨 짓을 한 거요?"

의사가 마트의 새로운 환경을 보고 외쳤다.

"푹신한 깔짚이지."

로사가 말했다.

"당신 미쳤소?"

"당신이 무슨 상관이야?"

"로사, 물론 나는 상관이 있어."

의사는 말하며 가정부의 손을 잡으려 했다. 그녀는 사내를 밀쳐 냈다.

"그리고 나는 이 클론의 건강에 신경 써야 해. 맙소사, 애가 죽으면 어떤 일이 생길지 알기나 하오?"

"당신은 그저 자기한테 무슨 일이 생길까 봐 걱정하는 거야. 하지만 월럼, 잠 안 자고 그런 걱정할 필요 없어. 나는 어려서 양계 농장에서 자랐어. 닭을 건강하게 키우는 데 푹신한 깔짚만큼 좋은 건 없다고. 암탉들은 그 위에서 마음대로 돌아다닐 수 있고, 똥오줌은 바닥으로 가라앉지. 이건 발에 염증이 생기는 것도 막아 줘."

월럼은 큰 소리로 웃음을 터뜨렸다.

"로사, 당신은 참 이상한 여자야. 하지만 이 짐승의 건강 상태가 좋다는 건 인정할 수밖에 없군. 그런데 내 기억에 따르면 이게 셀리아의 집에서 살 때는 말을 했거든. 지금은 한마디도 안 하잖아."

"이건 음침하고, 성질 더러운 동물이야."

로사는 말했다.

의사는 한숨을 쉬었다.

"클론들은 결국 그렇게 변하지. 난 이건 다른 것들보다 훨씬 영리하다고 생각했어."

마트는 두 남녀한테서 제일 먼 구석으로 가서 쪼그리고 앉은 채, 아무 말도 하지 않았다. 셀리아의 집에서 외롭게 지내던 날들 동안, 아이는 조용히 있는 법을 배웠다. 게다가 윌럼과 로사의 주의를 끄는 건 고통을 자초하는 일이 될 수도 있었다.

낮이 고통스러우리만큼 천천히 지나가면, 비참한 밤이 찾아들었다. 쇠창살 처진 창문 너머로는 거의 아무것도 보이지 않았다. 분홍 꽃들은 시들었다. 긴 띠 같은 하늘은 낮에는 파랑, 밤에는 검은색이었다. 꿈에서는 작은 집과 셀리아와 그토록 짙은 녹색 풀밭이 나타났고, 그래서 아이는 깨고 나면 울음을 터뜨렸다. 생각만 해도 고통스러웠기 때문에 아이는 그 생각을 마음속에서 지워 버렸다. 한사코 셀리아 생각을 하지 않으려고 했고, 생각이 나면 그녀의 얼굴을 마음속에서 몰아내기 위해 얼른 딴것을 생각했다. 한참 뒤 아이는 셀리아가 어떻게 생겼는지 잊어버렸다. 적어도 꿈을 꾸지 않는 동안에는.

하지만 아이는 아직도 자신을 집어삼키려는 단조로움과 싸우고 있었다. 아이는 톱밥 속에 음식을 저장해 놓았는데, 그것은 나중에 먹으려는 것이 아니라 벌레를 유인하기 위해서였다. 창문에는 유리가 끼워져 있지 않았으므로, 온갖 종류의 작은 생물들이 쇠창살 사이로 들어올 수 있었다.

먼저 사과 조각으로 말벌을 유인했다. 그 다음에는 상한 고기 한 점으로 앵앵거리는 눈부신 파리 한 마리를 끌어들였다. 녀석은 저녁 식사에 초대받기라도 한 것처럼 고기 위에 앉더니, 먹을 것을 흡족하게 바라보며 털 난 앞발을 비벼댔다. 나중에 보니 그 고기 조각에서 벌레들이 꼬물거리고 있었다. 가만히 관찰해 보니 벌레들은 점점 자라서 나중에는 모두 앵앵거리는 파리 떼로 탈바꿈했다. 그것은 퍽이나 흥미로운 광경이었다.

그 다음에는, 당연히 바퀴벌레가 있었다. 자그마한 갈색 바퀴벌레들이 톱밥을 헤치고 다녔다. 그 가죽질의 커다란 폭격기들이 공중으로 급상승하는 바람에 로사는 비명을 질렀다.

"이 괴물 같으니라고! 네가 저것들을 처먹는다고 해도 난 놀라지 않을 거다!"

그녀는 소리 질렀다.

우와! 벌레를 갖고 노는 방법은 무궁무진했다.

어느 마술에 걸린 날, 비둘기 한 마리가 쇠창살 틈으로 밀고 들어와 톱밥 속을 헤집고 다녔다. 마트는 꼼짝 않고 앉아서, 새의 아름다움에 취해 있었다. 새가 날아가 버린 뒤, 진줏빛 깃털 하나가 남았고, 아이는 로사의 눈에 띄지 않게 그걸 감춰 두었다. 그녀는 아름다운 것이라면 뭐든지 다 망가뜨릴 것이다.

아이는 셀리아가 불러 주던 자장가 중 한 곡을, 로사가 듣지 못하도록 속으로 가만히 불러 보았다. '하얀 비둘기야 잘 잤니. 난 오늘 너한테 인사하러 왔단다.' 셀리아는 그게 성모님께 바치는 노래라고 했다. 문득 아까 그 비둘기가 성모님이 보낸 새라는 생각이 들었다. 그렇다면 이 깃털은 성모님이 그 작은 집에서처럼 여기서도 자신을 굽어보고 계시다는 의미였다.

어느 날 바깥에서 발소리가 났다. 고개를 들자 창밖에 낯선 얼굴 하나가 나타났다. 자신보다 나이가 좀 들어 보이는 소년이었다. 뻣뻣한 붉은 머리칼에 얼굴에는 주근깨가 박혀 있었다.

"더러워. 넌 꼭 돼지우리 속의 꿀돼지 같구나."

소년이 말했다.

마트는 뭐라고 대꾸하고 싶었지만, 그새 침묵을 지키는

습관이 너무 강해져 있었다. 그저 침입자를 노려볼 수밖에 없었다. 마음속 아득한 곳에서 탐이라는 아이가 떠올랐다. 그 애는 나쁜 애였다.

"뭔가 좀 해 봐. 꿀꿀대면서 돌아다녀 봐. 벽에다 살진 엉덩이를 문지르든가. 마리아한테 뭔가 할 말이 있어야 하니까."

탐이 말했다.

마트는 움찔했다. 검은 머리의 명랑한 소녀가 생각났다. 그 애는 자신을 걱정해 주고 음식을 갖다 주었기 때문에 벌을 받았다. 그런데 그 애가 다시 온 것이다. 하지만 자신을 보러오지 않았다.

"생각났구나, 그치? 잠깐 기다려. 네 여자 친구한테 네가 지금 얼마나 귀여운지 말해 줄 테니까. 넌 아주 돼지 똥 냄새를 풍기는구나."

아이는 벌레 먹이로 쓰려고 숨겨 놓았던 것을 찾아서, 천천히 톱밥 속을 뒤졌다. 그것은 오렌지였다. 맨 처음에 그것은 녹색이었지만, 시간이 지나자 푸른색으로 바뀌면서 아주 말랑해졌다. 그 속에는 벌레들이 가득 차서, 꼬물거리는 몸뚱이로 자신을 즐겁게 해 주었다. 마트는 오렌지를 싸쥐었다. 그것은 형태를 유지하고 있었다, 간신히.

"이런, 깜빡했네. 네가 말도 못 하는 머저리라는 걸 말이야. 너는 바지에다 오줌 싸고 제 발에다 토하는 머저리 클론이야. 이해하기 쉽게, 네가 아는 말로 해 줄게."

탐은 창살에 얼굴을 바짝 대고 꿀꿀거렸다. 바로 그 순간 마트는 오렌지를 날렸다. 오랫동안 과일로 목표물을 맞히는 연습을 해 왔기 때문에, 조준은 정확했다.

썩은 오렌지가 탐의 얼굴에서 터져 버렸다. 탐은 펄쩍 뛰며 비명을 질렀다.

"움직인다! 움직여!"

과육이 턱을 타고 줄줄 흘러내렸다. 꼬물거리는 벌레들이 옷깃 속으로 들어갔다.

"너 죽을 줄 알아!"

탐은 달아나며 악을 썼다.

마트는 마음속 깊이 평화로움을 느꼈다. 로사의 눈에 방은 아무 특징 없는 사막으로 보일지 몰라도 자신에게 그것은 감춰진 기쁨의 왕국이었다. 톱밥 속의 창고에는 견과류 껍데기, 씨앗, 뼈, 과일, 연골이 숨겨져 있었는데, 자신은 뭐가 어디에 있는지 정확히 알고 있었다. 연골은 특히 귀중했다. 그것은 잡아당길 수도 구부릴 수도 전등에 비춰 볼 수도 있고, 아주 오래된 것이 아니라면 빨 수도 있었다. 뼈다귀는 인형이었다. 그것들은 모험을 했고 자신에게 말을 걸었다.

마트는 눈을 감았다. 로사와 의사를 가둬 놓고 싶었다. 그들에게 벌레 투성이 오렌지와 시큼한 우유를 먹여 줄 작정이었다. 둘은 풀어 달라고 애원하겠지만, 풀어 주지 않을 것이다. 절대로.

아이는 비둘기 깃털을 건져 올려 그 부드러운 색깔을 음미했다. 그걸 보면 대개 마음이 놓였는데, 지금은 불안해졌다. 셀리아는 성모께서 온갖 친절하고 상냥한 것들을 사랑하신다고 했다. 성모께서는 탐이 아무리 나쁜 짓을 했어도 얼굴에 썩은 오렌지를 던지는 일은 찬성하지 않으실 것이다. 자신의 마음속을 들여다보고, 로사와 의사에 대한 나쁜 생각들을 보며 슬퍼할 것이다.

마트도 슬펐다. *난 그 사람들한테 진짜로 해를 끼치지는 않을 거예요.* 아이는 성모께서 보시고 웃을 수 있도록 이렇게 생각했다. 그래도 탐을 쫓아낸 일을 생각하면 훈훈한 즐거움을 느끼지 않을 수 없었다.

하지만 언젠가 셀리아가 말해 준 것처럼, 현명한 사람은 바람 부는 데 대고 침을 뱉지 않는다. 누군가의 얼굴에 썩은 오렌지를 던지면, 조만간 그것은 도로 날아오게 되어 있는 것이다. 한 시간도 채 못 되어 탐이 콩알 총을 갖고 돌아왔다. 마트는 고작 팬티 한 장을 걸쳤을 뿐이어서, 콩알은 맨살에 적중했다. 처음에는 피하려고도 해 보았지만, 좁아터진 방에서 달아날 곳은 아무 데도 없었다. 아이는 구석에 쪼그리고 앉아서 얼굴을 보호하기 위해 두 팔로 머리를 감쌌다.

마트는 아무 반응을 보이지 않아야 탐이 흥미를 잃어버릴 거라는 사실을 본능적으로 이해하고 있었다. 그래도 시간은 한참 걸렸다. 창밖의 소년은 콩알이 절대 떨어지지 않을 것 같았지만, 결국에는 욕을 좀 퍼붓고 가 버렸다.

마트는 확실해질 때까지 한참을 기다렸다. 참는 것은 얼마든지 할 수 있었다. 세뇨르 맥그리거 네 정원을 뒤지러 갔다가 옷을 몽땅 잃어버린 페드로 엘 코네호를 생각했다. 자신도 팬티만 빼고, 옷은 몽땅 잃어버렸다. 로사는 자신이 옷을 입고 있어 봤자 더럽히기만 할 거라고 했다.

마침내 아이는 고개를 들었다. 자신만의 왕국이 쑥대밭이 되어 있었다. 사방을 뛰어다닌 탓에 속에 무엇이 들었는지 알려 주는 표시들이 망가져 버렸다. 아이는 한숨을 쉬면서 보수 작업을 했다. 우선 보물을 찾아 톱밥 속을 더듬었다. 그리고 표면을 매끄럽게 다듬은 다음, 어디에 무엇이 있는지를 알려 주는 선과 구멍들을 다시 만들어 놓았다. 그것은 셀리아가 가구를 옮겨 놓고 융단의 먼지를 청소한 다음, 가구를 도로 제자리에 옮겨 놓는 일과 아주 흡사했다.

작업을 끝낸 뒤, 마트는 구석에 앉아서 로사가 저녁을 갖다 주기를 기다렸다. 하지만 도저히 믿을 수 없는 충격적인 일이 벌어졌다.

"내 아들! 내 아들!"

셀리아가 창 밖에서 외쳤다.

"오, 아가! 우리 아가! 난 네가 여기 있는 줄은 몰랐구나. 오, 하느님! 저들은 네가 엘 파트론한테 가 있다고 말했단다. 난 몰랐구나."

셀리아는 마리아를 안고 있었다.

"전하고 달라 보여."

마리아가 마트를 관찰하며 말했다.

"그것들이 저 애를 굶긴 거야. 짐승 같은 것들! 그리고 애 옷을 빼앗아 갔어! 애야, 이리 와 보렴. 손 한 번 잡아 보자꾸나. 어디 보자, 미 비다. 도저히 믿어지지가 않는구나."

셀리아는 큰 손을 창살 사이로 내밀었다.

하지만 마트는 멀뚱멀뚱 보고만 있을 뿐이었다. 달아나고 싶었다. 오로지 이 순간만을 꿈꿔 왔지만, 정작 그 순간이 닥치자 꼼짝도 할 수 없었다. 너무 좋아서 현실 같지가 않았다. 시키는 대로 셀리아한테 달려가면 뭔가 나쁜 일이 생기지 않을까. 셀리아는 로사로 변하고, 마리아는 탐으로 변하지 않을까. 마트는 그때의 실망을 견뎌 낼 자신이 없었다.

"야, 이짓, 난 여기 오려고 별짓을 다 했어."

마리아가 말했다.

드디어 셀리아가 울음을 터뜨렸다.

"너 힘이 없어서 못 일어나는 거니? 오, 하느님! 그것들이 네 다리를 부러뜨렸니? 무슨 말이라도 해 다오. 혹시 네 혀를 잡아 뽑았니?"

그녀는 라 요로나처럼 흐느끼기 시작했다. 그녀는 창살 사이로 손을 뻗었다. 마트는 셀리아가 괴로워하는 걸 보고 가슴이 쓰렸지만, 몸을 움직일 수도 말을 할 수도 없었다.

"숨이 막혀 죽겠어."

마리아가 투덜거리자, 셀리아는 소녀를 바닥에 내려놓았

다. 소녀는 까치발을 하고서야 겨우 방 안을 들여다볼 수 있었다.

"우리 복슬이가 들개 사냥꾼한테 잡혀갔을 때랑 똑같아. 나는 다다가 복슬이를 찾아올 때까지 계속 울기만 했어. 복슬이는 하루 종일 먹지도 않고, 나를 쳐다보지도 않으려고 했지만, 나중에는 괜찮아졌어. 마트도 분명히 그럴 거야."

"아기들 입에서 지혜로운 말이 나오는 법이지."

셀리아가 말했다.

"난 아기가 아냐!"

"물론 아니다, 우리 귀염둥이. 하지만 난 네 말을 듣고서야 마트를 꺼내 주는 게 제일 중요하다는 생각이 났구나. 다른 문제는 나중에 걱정해도 되지. 그런데 아줌마가 편지를 주면, 다른 사람들한테 비밀로 할 수 있겠니? 특히 탐한테?"

셀리아는 소녀의 머리를 쓰다듬으며 말했다.

"그럼."

마리아가 말했다.

"진짜 그러고 싶진 않지만, 진짜 진짜 그러고 싶진 않지만, 마트를 구해 줄 수 있는 사람은 오직 한 사람밖에 없구나. 마리아, 아줌마가 주는 편지를 다다에게 전해 드려라. 다다는 그걸 어디에 보내야 할지 아실 거다."

셀리아는 혼잣말 비슷하게 중얼거렸다.

"알았어. 야, 마트. 오늘 밤에 셀리아 아줌마가 탐의 코코아에 고춧가루를 뿌려 줄 거야. 너만 아무한테도 말하지 않으면 돼."

마리아는 명랑하게 말했다.

"그런데 너도 말하면 안 된다."

셀리아가 말했다.

"알았어."

"얘야, 걱정 마라. 코요테 할아범의 몸에 있는 벼룩보다 더 많은 꾀가 내 머릿속에 들어 있으니까 말이야. 사랑하는 아가야, 거기서 꼭 꺼내 주마!"

여인이 마트에게 소리쳤다.

마트는 두 사람이 떠나는 걸 보고 솔직히 마음이 놓였다. 그들은 자신이 만들어 놓은 질서 정연한 세계에 멋대로 침입한 불청객이었다. 이제 그들에 대해서는 잊어버리고 다시 왕국을 관찰하는 일로 돌아갈 수 있었다. 톱밥의 표면은 평평하게 빗질되어 있었고, 그 속에 숨겨진 보물의 위치를 나타내는 표시는 왕인 자신만이 이해하고 있었다. 꿀벌 한 마리가 날아 들어왔다가 아무것도 찾지 못하고 도로 날아갔다. 거미 한 마리가 천장 근처에서 그물을 수선하고 있었다. 마트는 비둘기 깃털을 꺼내 들고 그 매끈함과 완벽함에 넋을 잃었다.

중년

7세에서 11세

6

엘 파트론

"일어나! 어서!"

로사가 소리쳤다. 마트는 몸의 형태대로 움푹 파인 구덩이에서 자고 있었다. 자다 보면, 몸이 점점 가라앉아 톱밥으로 뒤덮이다시피 되었다. 갑자기 잠이 깨면서 아이는 숨을 들이쉬었다. 그러자 톱밥이 코로 올라왔고, 아이는 허리를 꼬부리고 콜록거리며 구역질을 해 댔다.

"일어나! 아이고, 이를 어쩌나. 씻기고 옷을 입혀야겠다. 그럼 누가 알게 뭐람. 넌 항상 골칫덩이구나!"

로사는 아이의 머리채를 잡고 일으켜서 밖으로 질질 끌어냈다.

마트는 종종걸음으로 때 묻은 복도로 끌려 나가, 마찬가지로 비좁고 음침한 방으로 들어가는 문들을 지나갔다. 하녀 하나가 큼직한 솔로 바닥을 문지르고 있었다. 그녀는 로사가 아이를 끌고 내닫는 걸 보고 믿기지 않는다는 듯 눈을 동그랗게 떴다.

로사는 아이를 김이 자욱한 욕실로 밀어 넣었다. 녹슨 욕조에는 벌써 물을 가득 받아 놓았다. 여인은 마트가 무슨 일인지 깨닫기도 전에 팬티를 홀랑 벗기고 욕조에 첨벙 집어 넣었다.

감금된 다음에 처음 하는 목욕이었다. 마트는 자신의 몸이 마른 스펀지처럼 물을 빨아들여 거의 움직일 수도 없을 정도로 무거워지는 걸 느꼈다. 가렵고 벌겋게 부풀어 올랐던 피부는 따뜻한 물을 만나 진정되었다.

"일어나! 하루 종일 이러고 있을 수는 없으니까."

로사는 복도에서 쓰던 것만큼이나 커다란 솔을 쥐고, 성난 목소리로 말했다.

로사는 마트의 몸이 분홍색이 돌 때까지 박박 문지른 다음, 뽀송뽀송한 커다란 수건으로 물기를 말리고, 헝클어진 머리를 빗질하려고 했다. 하지만 머리가 제대로 빗겨지지 않자 벌컥 화를 내더니 가위를 움켜잡고 머리칼을 싹둑싹둑 잘라 버렸다.

"그쪽에서 깔끔한 걸 원하니, 그렇게 해 줘야지."

그녀는 입속말로 중얼거렸다. 그리고 마트에게 긴 소매 셔츠와 바지를 입히고, 고무 샌들을 신으라고 내 주었다.

곧이어 마트는 로사에게 끌려 집의 다른 구역으로 가는 정원을 서둘러 지나고 있었다. 걷다 보니 다리가 아파 왔다. 정원을 반쯤 지났을 때는 익숙지 않은 샌들 때문에 발이 얽혀 넘어질 뻔하다가 로사를 붙들었다.

로사는 기회를 놓치지 않고 일장 연설을 했다.

"의사가 거기 와 있을 거다. 그리고 집안 어른들도 와 계실 거고. 그분들은 네가 건강하다는 걸 확인하고 싶어 하신다. 무슨 질문을 받든 대답하지 마라. 무엇보다 나에 대해서는 한마디도 하지 마."

그녀는 아이의 코앞에 얼굴을 바싹 들이밀었다. 그녀는 소곤거렸다.

"넌 그 작은 방에서 나랑 단둘이 있게 될 거다. 만약 무슨 문제를 일으키면, 맹세코 널 죽여서 마루 밑에 파묻을 테다."

마트는 그 말을 눈곱만큼도 의심하지 않았다. 그리고 후들거리는 다리를 억지로 놀려 로사를 따라 저택의 다른 구역으로 갔다. 그곳은 자신이 있던 감방과는 태양과 촛불만큼이나 달랐다. 사방의 벽은 크림색, 분홍색, 연녹색으로 칠해져 있었다. 그곳은 너무도 밝고 환해서 로사의 무시무시한 협박에도 불구하고 기분이 절로 좋아졌다. 마루는 니스 칠로 광택을 내 놓아서, 마치 물 위를 걷는 듯했다.

창문들은 분수가 있는 정원을 향해 나 있었다. 분수는 햇빛 속에서 찬란히 물을 뿜고 있었다. 녹색의 긴 꼬리를 가진 멋쟁이 새 한 마리가 우아한 걸음걸이로 길 위를 걷고 있었다. 마트는 걸음을 멈추고 싶었지만, 로사가 조그맣게 욕을 퍼부으며 등을 떠밀었다.

마침내 두 사람은 큰 방으로 들어섰다. 바닥에는 새와 포도 덩굴 무늬를 섞어서 짠 고급 양탄자가 깔려 있었다. 마트는 무릎을 꿇고 그것을 만져 보고 싶었다.

"똑바로 서!"

로사가 식식거렸다. 바닥에서 천장까지 닿는 창문들이 보였다. 양쪽 끝에는 푸른 커튼이 드리워져 있었다. 찻주전자, 찻잔, 쿠키를 담은 은쟁반이 놓인 작은 탁자가 있었고, 그 앞에는 꽃무늬 팔걸이의자가 놓여 있었다. 쿠키를 보자 마트는 입에 침이 고였다.

"애야, 좀 더 가까이 오려무나."

늙은, 정말 늙은 목소리가 들려왔다.

로사는 흠칫했다. 그녀는 마트의 어깨에 손을 얹으며 소곤거렸다.

"엘 파트론이시다."

그쪽을 쳐다보니, 비어 있는 줄 알았던 팔걸이의자에 사실은 사람이 앉아 있었다. 무척이나 마른 데다 얼굴은 너무도 쪼글쪼글하게 주름져 있어서 비현실적으로 보일 정도였다. 어깨까지 닿는 흰 머리는 단정하게 빗어서 늘어뜨리고 있었다. 마트가 노인을 의자의 일부로 착각한 것은 그가 덮고 있는 담요 때문이었다.

"괜찮다."

등 뒤에서 셀리아의 목소리가 들려왔다. 얼른 돌아보니 셀리아가 문 앞에 서 있는 게 보였다. 마음이 놓이며 가슴이 흔들거렸다. 셀리아는 로사의 옆으로 다가와 아이의 손을 잡았다.

"미 파트론, 이 아이는 힘든 시간을 보냈습니다. 여섯 달 동안 야생 동물처럼 갇혀 있었지요."

"거짓말!"

로사가 성난 목소리로 외쳤다.

"내 눈으로 똑똑히 봤어. 마리아 멘도자가 말해 줬다고."

"마리아는 아기야! 누가 아기 말을 믿겠어?"

"나는 믿지. 그 애는 여섯 달 만에 이 집에 왔어. 여기 오자마자 마트를 만나게 해 달라고 했는데, 탐이 마트를 쏘아 죽였다고 자랑했다더군. 그 애는 그길로 나한테 달려왔어."

셀리아가 침착하게 대답했다.

"애를 쏘았다고? 애가 다쳤는가?"

노인이 물었다.

"이 아이는 전에도 다친 적이 있습니다."

셀리아는 깨진 유리 때문에 다쳤던 일을 설명했다.

"왜 아무도 나한테 말해 주지 않았나?"

엘 파트론이 물었다. 그의 목소리는 나직했으나, 그 속에는 곤경에 처한 당사자가 아닌, 이번만은 마트조차 부들부들 떨게 만드는 냉기가 서려 있었다.

"그건 의사 책임입니다."

로사가 소리쳤다.

"그건 모두의 책임이야. 애야, 윗옷을 벗어 봐라."

노인은 한결같이 싸늘한 목소리로 말했다.

마트는 거역하는 것은 꿈도 꾸지 못했다. 아이는 재빨리 셔츠 단추를 풀었고 옷은 바닥에 떨어졌다.

"오, 주여! 이 멍든 자국은 탐의 콩알 총에 맞아서 생긴 게 분명합니다. 미 파트론, 아이가 얼마나 말랐는지 보이십니까? 그리고 몸에 발진도 생겼고요. 저희 집에 있을 때는 이렇지 않았습니다."

셀리아는 울음이 터질 것 같은 목소리로 말했다.

"의사를 불러라!"

윌럼이 당장 들어와서(그는 문밖에서 대기하고 있었던 게 분명했다.) 마트를 진찰하기 시작했다. 그는 아이의 상태를 보고 정말 놀란 것처럼 고개를 절레절레 흔들었다.

의사가 말했다.

"아이는 가벼운 영양실조에 걸린 상태입니다. 입 안은 헐었습니다. 피부는 때가 낀 데다 양계장 깔짚에 대해 알레르기 반응을 나타내고 있는 듯합니다."

"양계장 깔짚?"

노인이 말했다.

"제가 알게 된 바에 따르면, 아이는 청소를 안 해도 되게 톱밥을 깔아 놓은 방에 갇혀 있었습니다."

"윌럼, 그건 당신도 알고 있었어. 당신은 그게 나쁘다는 말은 하지 않았어."

로사가 외쳤다.

"저는 오늘에야 알았습니다."

의사가 말했다.

"그건 거짓말이야! 윌럼, 솔직히 말해! 당신은 그게 재미있다고 생각했어. 당신은, 이 짐승! 이 아이의 상태가 좋다고 했어!"

"이 여자는 망상 증세를 나타내고 있습니다. 이렇게 불안정한 여자를 책임 있는 지위에 앉혀 놓는다는 건 수치스러운 일입니다."

의사가 엘 파트론에게 말했다.

로사는 비호같이 의사에게 달려들어, 그에게 손목을 잡히기 전에 얼굴에 손톱자국을 내 놓았다. 분을 못 이긴 여인은 악을 쓰며 발길질을 해 댔고, 윌럼은 비칠거리며 뒤로 밀렸다. 로사는 들짐승처럼 이빨을 드러내고 있었다. 마트는 그녀가 사내의 목에 이빨을 꽂아 넣을 수 있을지 자못 흥미롭게 지켜보았다. 셀리아와 노인의 갑작스러운 출현이며, 자신을 괴롭히던 두 원수 사이에서 벌어진 혈투 등 이 모든 것이 다 비현실적으로 보였다. 꼭 텔레비전을 보는 것 같았다.

하지만 로사가 의사에게 어떤 치명적인 해를 입히기 전에, 건장한 사내 둘이 뛰어 들어와서 그녀를 끌고 나갔다.

"윌럼! 윌럼!"

그녀는 울부짖었다. 그녀가 먼 곳으로 끌려가면서 목소리는 점점 희미해졌다. 어디선가 방문이 쾅 닫히는 소리가 나더니 더 이상 아무 소리도 들리지 않았다.

마트는 셀리아가 자신을 껴안고 있는 걸 의식하게 되었다. 셀리아에게 꼭 안기고 보니 그녀는 몸을 떨고 있었다. 의사는 손수건으로 얼굴을 훔쳤다. 십여 군데의 할퀸 자국에 피가 맺혀 있었다. 오직 엘 파트론만이 침착해 보였다. 그는 팔걸이의자에 몸을 묻고 앉아서, 핏기 없는 입술로 미소를 짓고 있었다.

"흠, 이렇게 흥미진진한 광경은 오랜만이야."

그는 말했다.

"미 파트론, 사과드립니다. 지금 엄청난 충격을 받으셨을 줄로 압니다. 당장 혈압을 재 드리겠습니다."

윌럼이 떨리는 목소리로 말했다.

엘 파트론이 손을 내저으며 말했다.

"아, 괜한 소동 피우지 마라. 요즘 내 생활은 지나치게 조용했다. 이렇게 재미난 일은…… 오랜만이야."

노인은 마트에게 시선을 돌렸다.

"그래서 그것들이 너를 양계장의 닭처럼 깔짚 위에서 재웠구나. 애야, 말해 봐라, 꼬꼬댁거리는 걸 좀 배웠느냐?"

마트는 빙긋이 웃었다. 아이는 본능적으로 엘 파트론이 마음에 들었다. 왠지 노인의 모습에는 꼭 맞는 느낌이 있었다. 눈은 좋은 색깔이었다. 그게 왜 좋은지는 몰랐지만, 그냥 그랬다. 얼굴은 묘하게도 낯이 익었고, 푸른 정맥이 불거진 여윈 두 손의 생김새는 마음 깊이 와 닿았다.

"애야, 이리 오너라."

마트가 지체 없이 의자 앞으로 다가가자, 노인은 종잇장처럼 마른 손으로 아이의 얼굴을 쓰다듬었다.

"정말 어리구나."

엘 파트론이 중얼거렸다.

"미 비다, 이제 말해도 된다."

셀리아는 말했지만, 마트는 아직 그만한 준비는 되어 있지 않았다.

노인은 웃으며 말했다.

"미 비다, 나의 생명이라고? 그 이름 참 마음에 드는구나. 정말 마음에 들어. 나도 이 아이를 그렇게 불러야겠다. 이 아이가 말은 할 줄 아는가?"

"애가 충격을 받은 것 같습니다. 저희 집에서는 참새처럼 재잘거렸지요. 그리고 영어와 스페인 어를 읽을 줄 압니다. 미 파트론, 그 아이는 머리가 아주 좋습니다."

"당연하다. 나의 클론이니까. 미 비다, 말해 봐라. 넌 과자를 좋아하느냐?"

마트는 고개를 끄덕였다.

"그럼 먹으려무나. 셀리아, 아이 옷을 도로 입히고 의자를 갖다 주어라. 우리는 할 얘기가 많다."

그 다음에 꿈결 같은 시간이 흘러갔다. 노인은 의사와 셀리아를 둘 다 밖으로 내보냈다. 둘은 마주보고 앉아서 과자뿐만 아니라, 크림을 얹은 닭고기, 으깬 감자 요리 그리고 사과소스도 먹었다. 하녀 하나가 주방에서 음식을 날라 왔다.

엘 파트론은 자신이 그 음식들을 좋아한다고 말했고, 그래서 마트도 자기도 그것들을 좋아하기로 마음먹었다.

엘 파트론은 둘이서 할 얘기가 많다고 했지만, 말을 한 사람은 노인뿐이었다. 그는 아즈틀란에서 보낸 젊은 시절에 대해 한참 동안 이야기했다. 노인이 어렸을 때 멕시코는 아즈틀란이라는 이름으로 불리었다고 했다. 그는 두랑고라는 고장 출신이었다.

"두랑고 출신을 알라크란, 즉 전갈이라고들 부른단다. 왜냐하면 그곳에는 전갈들이 정말 많거든. 내가 처음으로 백만 달러를 벌었을 때, 나는 성을 알라크란으로 바꿨다. 마테오 알라크란. 이건 네 이름이기도 하다."

마트는 빙긋이 웃었다. 자신이 엘 파트론과 뭔가를 나누고 있다는 게 기쁘기 짝이 없었다.

노인의 얘기를 들으면서, 마트는 두랑고의 먼지 날리는 옥수수 밭과 황토색 산들을 마음속에 그려 보았다. 연중 두 달은 물이 콸콸 흐르고 열 달은 뼈다귀처럼 바싹 말라붙은 시내가 떠올랐다. 엘 파트론은 형제들과 함께 헤엄을 쳤지만, 아아, 그의 형제들은 미처 어른이 돼 보기도 전에 이런저런 이유로 죽었다. 누이동생들은 아주 어렸을 때 장티푸스 때문에 저세상으로 갔는데, 그 애들은 너무 작아서 발뒤꿈치를 들고서도 창밖을 내다보지 못할 정도였다.

마트는 마리아를 생각하고 근심에 빠졌다. 엘 파트론의 누이동생들은 마리아보다 어렸을 때 장티푸스 때문에 저세상으로 갔다. 아이는 장티푸스라는 괴물이 추파카브라를 닮았는지 궁금했다. 그 많은 형제자매 중에서 오직 한 아이만 살아남았다. 그가 마테오 알라크란이었다. 그는 코요테처럼 깡말랐고, 손에 쥐고 비벼 볼 단돈 2페소도 없었지만 살아남겠다는 뜨거운 욕망으로 가득했다.

마침내 말소리가 끊어졌다. 고개를 들어 보니 엘 파트론은 의자에 앉은 채 잠들어 있었다. 마트도 피곤했다. 너무 배가 불렀고, 그래서 잠깐 깜빡 졸았다. 로사를 데려간 그 남자들이 다시 들어와서 엘 파트론을 살며시 안아 휠체어에 태운 다음 밀고 나갔다.

마트는 이제 자신은 어떻게 되는 건지 걱정스러웠다. 로사가 돌아와서 자신을 톱밥 구덩이에 내던질까? 자신을 산 채로 파묻겠다는 협박을 정말로 실행에 옮길까?

하지만 기세 좋게 마트를 데려간 사람은 셀리아였다. 그녀는 저택 내에 새로 얻은 숙소로 아이를 데려갔다. 옛집의 세간을 이미 옮겨다 놓았기 때문에, 마트는 집에 가지 않는다고 그렇게 실망하지는 않았다. 성모상은 항상 그랬듯이, 자신의 침대 옆 탁자에 자리 잡고 있었다. 성모의 옷자락 근처에는 새로운 조화 다발이 놓여 있었고, 발밑에는 하얀 레이스 식탁보가 깔려 있었는데, 그것은 아이를 무사히 되찾은 데 대한 셀리아의 감사 표시였다.

무엇보다도 마트는 그런 변화가 기뻤다. 비록 지붕 위에서 구구거리는 비둘기와 양귀비 밭 사이를 불어가는 바람이 그립기는 했지만.

"내 말 잘 들어, 이짓. 사람들은 내가 네 입을 열 수 있다고 생각해."

마리아가 호령했다. 마트는 어깨를 으쓱했다. 말하는 데는 관심 없었다. 게다가 마리아가 자기 몫까지 충분히 하고 있었다.

"난 네가 할 수 있다는 걸 알아. 셀리아는 네가 충격을 받았다고 하지만, 나는 그냥 네가 게으른 거라고 생각해."

마트는 하품을 하고 겨드랑이를 긁적거렸다.

"엘 파트론이 오늘 가신대."

드디어 마리아는 마트의 관심을 사로잡았다. 노인이 떠난다니 불안해졌다. 그날 이후로는 한 번도 보지 못했다. 셀리아는 140세가 된 사람에게 흥분이 도를 지나쳤다고 했다. 엘 파트론은 치리카화 산맥에 있는 별장까지 갈 수 있을 만큼 몸이 회복되기까지 자리에 계속 누워 있어야 했다.

"우리는 엘 파트론한테 작별 인사를 하러 가야 해. 모두 나올 텐데 말을 하는 게 좋을 거야. 안 그러면 큰일 날걸."

마리아는 말을 끄집어내기라도 할 것처럼 마트의 입술을 잡아당겼다. 마트는 그 손을 물었다. 어린 소녀는 얼른 손을 뺐다.

"나한테 안 문다고 했잖아!"

마리아는 악을 썼다. 그리고 베개를 움켜쥐고 마트를 서너 번 때린 다음 침대 위로 몸을 던졌다.

"나쁜 클론 같으니라고!"

마리아는 베개를 꼭 껴안고 말했다.

마트는 잠시 생각해 보았다. 클론은 어떤 행동을 하든 나쁜 거라면, 왜 구태여 착하게 굴어야 하나? 아이는 손을 내밀어 마리아의 손을 쓰다듬어 주었다.

"야, 왜 말을 안 하는 거야? 벌써 일주일이 넘었어. 우리 복슬이는 들개 사냥꾼한테 잡혀갔을 때 겨우 하루 만에 날 용서해 줬단 말이야."

마리아가 마구 소리 질렀다.

마트는 마리아의 화를 돋우려고 그러는 게 아니었다. 말을 할 수가 없었다. 무슨 말인가를 입 밖에 내려고 하면, 공포에 사로잡혔다. 말한다는 것은 자신이 조심조심 쌓아 올린 성채의 문을 열어젖히는 일이었다. 뭐가 쳐들어올지 몰랐다.

"마트는 복슬이보다 훨씬 오래 갇혀 있었잖니."

셀리아가 방에 들어오며 말했다. 그녀는 무릎을 꿇고 마트의 얼굴을 쓰다듬어 주었다.

"복슬이는 겨우 이틀 잡혀가 있었어. 마트는 여섯 달 동안 갇혀 있었지. 회복하는 데 시간이 걸린단다."

어린 소녀가 물었다.

"다 그런 거야? 오래 아플수록 낫는 데 시간이 더 많이 걸리는 거야?"

셀리아는 고개를 끄덕였다. 그러면서 마트의 얼굴, 머리, 두 팔을 쉬지 않고 쓰다듬었다. 마치 아이의 몸속으로 다시 감정을 불어넣으려고 하는 것 같았다.

마리아는 느릿느릿 말했다.

"그럼 말이야, 엘 파트론이 나으려면 몇 년은 걸리겠네."

"그런 얘기는 하지 마라!"

셀리아가 하도 날카롭게 소리치는 바람에 마리아는 베개를 꺼안고 두 눈을 동그랗게 뜬 채 여인을 응시했다.

"엘 파트론에 대해서는 아무 말도 하지 마! 쉿! 난 너희들하고 노닥거릴 시간 없다."

셀리아는 소녀를 향해 행주치마를 휘둘렀고, 아이는 아무 말 없이 달아나 버렸다.

마트는 마리아가 가여웠다. 그래서 셀리아가 옷을 입히는 데 힘이 들도록 일부러 몸에 힘을 주고 뻣뻣이 서 있었다. 하지만 셀리아는 화내지 않았다. 그녀는 아이를 껴안고 평소에 즐겨 부르던 자장가를 불러 주었다.

"하얀 비둘기야, 잘 잤니. 난 오늘 너한테 인사하러 왔단다."

마트는 몸을 후드득 떨었다. 그것은 모든 순한 것들을 사랑하시고, 감옥에 갇힌 자신을 돌봐 주셨던 성모님께 바치는 노래였다. 마트는 셀리아에게 못되게 구는 건 잘못이라는 걸 깨닫고 다시 몸의 힘을 뺐다.

"우리 착한 아이, 넌 착한 아이란다. 그리고 사랑해."

여인이 소곤거렸다.

마트는 셀리아가 자신을 데리고 밖으로 나가려고 하자 순간적으로 극도의 공포심에 사로잡혔다. 동물 인형과 책장이 너덜거리는 『페드로 엘 코네호』를 가지고 자신의 낡은 침대 속에 들어가 있으면 마음이 놓였다. 창밖으로는 담장으로 둘러싸인 아름다운 정원이 내다보이는데도, 항상 커튼을 내리고 있었다. 아이는 자신의 삶에서 새로운 것은 전혀 원치 않았다. 그것이 아무리 아름답다 해도.

"괜찮다. 내가 아무도 너한테 손대지 못하게 할게."

셀리아가 아이를 번쩍 안아 올리며 말했다.

마트는 아직 큰집의 정면은 본 적이 없었다. 대리석으로 장식한 출입구와 짧은 날개를 단 통통한 아기들의 조각상은 매혹적이었다. 중앙에는 수련으로 뒤덮인 검은 연못이 있었다. 때마침 연못 한가운데서 커다란 물고기가 수면 위로 솟구쳐 올라와 똥그란 노란 눈으로 마트를 쳐다보았다. 그러자 아이는 셀리아의 옷자락을 꼭 붙들었다.

두 사람은 세로 홈을 판, 하얀 기둥들 사이를 지나갔다. 그 끄트머리에 현관이 있었고, 드넓은 계단을 내려가면 진

입로가 나왔다. 가족과 하인들이 모두 나와서, 두 줄로 마주 보고 현관 앞에 죽 늘어서 있었다. 스티븐, 에밀리아, 마리아가 차렷 자세로 서 있는 게 보였다. 마리아가 주저앉으려고 하자, 에밀리아가 동생을 잡아 일으켰다. 마트는 탐이 마리아의 손을 잡고 있는 걸 보자 참기 힘들 만큼 화가 치솟았다. 저 자식이 어떻게 감히 저 애와 친구로 지내는 거지! 또 저 애는 어떻게 저런 자식과 친구로 지내느냔 말이야. 벌레 먹은 오렌지가 더 있었다면, 마트는 기필코 탐에게 다시 던졌을 것이다.

엘 파트론은 무릎에 담요를 덮고 휠체어에 앉아 있었다. 전에 본 적 있는 건장한 남자들이 그를 지키고 있었다. 윌럼은 날씨에 비해 더워 보이는 회색 정장 차림으로, 옆에 서 있었다. 그의 얼굴은 땀으로 번들거렸다. 로사는 그림자도 보이지 않았다.

"미 비다, 이리 오너라."

엘 파트론이 말했다. 새들이 지저귀는 소리와 분수의 물소리에도 불구하고 노인의 목소리는 또렷하게 들렸다. 그 목소리는 약했지만 사람을 사로잡는 힘이 있었다. 셀리아는 마트를 내려놓았다.

마트는 얼른 휠체어 앞으로 나갔다. 엘 파트론의 모든 것, 목소리, 얼굴 생김새, 눈이 마음에 들었다. 노인의 눈은 물고기가 한가운데 숨어 있는 검은 연못과 똑같은 색깔이었다.

"윌럼, 이 아이를 가족에게 소개해라."

노인이 말했다.

의사의 손은 축축했다. 마트는 그에게 혐오감을 느꼈으나, 순순히 그를 따라 현관 앞으로 갔다. 의사는 아이를 알라크란 씨에게 소개했다. 그는 첫날 밤에 아이를 밖에 내다 버린 사나운 남자였다. 베니토, 스티븐, 탐이 그의 자식들이었다. 베니토는 대학을 다니느라 나가 있으니 나중에 만나게 될 거라는 설명이 있었다. 알라크란 씨가 마트를 바라보는 시선에는 숨길 수 없는 혐오가 드러나 있었다.

알라크란 씨의 아내 펠리시아는 길고 신경질적인 손가락을 가진 허약한 여자였다. 의사의 말에 따르면, 그녀는 한때 훌륭한 피아니스트였으나 병 때문에 무대에서 은퇴할 수밖에 없었다고 했다. 펠리시아는 윌럼에게 얼핏 미소를 보였으나 아이를 바라보는 시선은 싸늘했다. 펠리시아의 옆에는 알라크란 씨의 아버지가 서 있었는데, 그는 머리털이 허연 노인이었고 자신이 왜 현관에 나와 있는지 잘 모르는 것 같았다.

다음 차례는 스티븐, 에밀리아, 마리아 그리고 탐이었다. 탐은 마트를 보고 인상을 썼고, 마트도 똑같은 표정으로 응수했다. 마리아를 빼면 마트를 만난 걸 좋아하는 사람은 없는 듯 했지만, 그래도 모두들 정답게 굴었다.

그건 이 사람들이 엘 파트론을 두려워하기 때문이야. 마트는 깨달았다. 그 이유는 몰랐지만, 어쨌든 그것은 아주 잘 된 일이었다.

"아직도 고양이가 네 혀를 물어 갔느냐?"

드디어 마트가 휠체어로 돌아오자 노인이 물었다. 마트는 고개를 끄덕였다.

"그 점에 대해서는 셀리아가 노력해야 할 거다. 모두들 잘 들어라."

엘 파트론이 목소리를 조금 높여서 말했다.

"이 아이는 나의 클론이다. 내 인생에서 제일 중요한 사람이다. 혹시 너희들 중에서 자기가 그런 사람이라고 착각하고 있는 자가 있다면, 미안하지만 생각을 고쳐먹어야 할 거다."

노인은 나지막하게 웃었다.

"마트를 나를 대할 때와 똑같이 존중하는 마음으로 대해야 한다. 이 아이를 잘 가르치고, 잘 먹이고, 잘 대접해 줘라. 이 아이를 학대하는 일이 있어서는 안 된다."

엘 파트론이 탐을 똑바로 쳐다보자, 탐은 얼굴을 붉혔다.

"누구든, 누구든지 간에 마트의 몸을 상하게 하면 호된 대가를 치를 것이다. 내 말 똑똑히 알아들었나?"

"예, 미 파트론."

여럿이 중얼거렸다.

"그래도 혹시 몰라서 나는 경호원 하나를 여기 남겨 두고 가려고 한다. 너희 두 촌뜨기 중에 자진해서 임무를 맡을 사람 있나?"

경호원들은 양쪽 발을 바꾸며 눈을 내리깔았다.

"알겠다, 부끄러움을 타는구나. 나는 이놈들을 스코틀랜드에서 뽑아 왔다. 축구장 밖에서 서로 머리통을 들이받던 놈들이지. 마트, 경호원은 항상 다른 나라에서 골라 오너라. 그래야 저희들끼리 뭉쳐서 주인을 배신하기가 어렵지. 자, 마트, 네가 선택해라. 이 수줍은 꽃들 중에서 누구랑 놀고 싶으냐?"

엘 파트론이 말했다.

마트는 간이 콩알만 해져서 두 사내를 쳐다보았다. 세상에서 놀이 친구로 그들만큼 어울리지 않는 상대도 없을 것이다. 그들은 목이 굵고 무지막지해 보이는 데다, 코는 짜부라졌고 얼굴과 팔에는 온통 흉터투성이였다. 둘 다 짧게 친 갈색 곱슬머리에 불그레한 얼굴, 밝은 푸른색 눈을 하고 있었다.

"저쪽이 대프트 도널드, 볼링공을 갖고 재주 부리는 걸 좋아하지. 탬 린은 귀가 재미있게 생긴 녀석이고."

마트는 두 사내를 차례로 살펴보았다. 대프트 도널드가 좀 더 젊어 보이고 흉터가 적었다. 곁에 있더라도 좀 더 마음이 놓일 것 같았다. 탬 린의 귀는 누가 물어뜯어 놓은 것처럼 정말 모양이 흉측했다. 하지만 마트는 탬 린의 눈을 들여다본 순간, 호의적인 눈빛을 보고 깜짝 놀랐다.

자신의 삶에서 호의란 정말 드물었으므로, 아이는 당장 그를 가리켰다.

"잘 골랐다."

엘 파트론이 속삭였다. 소개를 마치자, 그는 탈진한 것 같았다. 그는 휠체어에 몸을 묻고 눈을 감았다.

"잘 있어라, 미 비다. 다시 만날 때까지."

노인은 중얼거렸다.

알라크란 집안사람들이 모여들어 엘 파트론에게 다정한 작별 인사를 건넸다. 노인은 들은 척 만 척했다. 대프트 도널드는 그를 휠체어째로 번쩍 들어서 계단을 내려가 대기 중인 리무진에 태웠다. 모두들 뒤를 따르며, 안녕히 가시라고 큰 소리로 인사했다. 차가 떠나자 가족들은 부리나케 자리를 떴다. 하인들은 마트가 시냇물 속에 박힌 바위라도 되는 것처럼 빙 돌아서 집 안으로 들어갔다.

아이는 무시당했다. 학대받은 건 아니고, 그저 무시당했다. 오직 마리아만이 큰 소리로 투덜거리며 저쪽으로 끌려가고 있었다.

셀리아는 끈기 있게 사람들이 흩어지기를 기다렸다. 그리고 탬 린도.

"자, 총각, 얼마나 단단한지 볼까."

탬 린이 울퉁불퉁한 한 팔로 마트를 냉큼 들어 올려 어깨에 둘러멨다.

7

교사

마트는 웬만하면 안전한 피난처인 셀리아의 숙소에 붙어 있으려 했다. 하지만 셀리아와 마리아는 마트를 꾀어내 점차로 담장으로 둘러싸인 정원으로 데리고 나갔고, 또 거기서 큰집의 다른 구역으로 데려갔다.

마트는 이런 외출을 좋아하지 않았다. 하인들은 자신을 무슨 불결한 물건이나 되는 것처럼 피해 다녔고, 스티븐과 에밀리아는 자신이 다가가는 걸 보면 다른 길로 돌아갔다. 그리고 항상 탐과 마주칠 위험이 도사리고 있었다.

탐은 계속 마리아랑 놀았다. 탐은 마리아를 울렸지만, 마리아는 한결 같이 용서해 주었다. 그리고 마트가 적의를 보이는 데도 불구하고, 아니 어쩌면 바로 그 때문에 마리아를 따라 셀리아의 숙소까지 왔다. 탐은 환영받지 못하는 곳에 있는 걸 즐기는 듯했다.

탐은 마트가 애지중지하는 곰 인형을 집어 들며 말했다.

"여기 참 좋은데. 마리아, 받아."

탐은 심술궂게도 곰 인형의 너덜거리는 귀를 잡고 빙빙 돌리다가 마리아의 얼굴을 정통으로 맞혔다. 귀가 떨어져 나갔다. 탐은 그것을 바닥에 팽개쳤다.

"악!"

마리아가 꽥 소리 질렀다. 마트는 얼른 귀를 주우려고 했지만, 탐이 그것을 발로 밟고 있었다. 마트는 탐에게 덤벼들었고, 둘은 곧 바닥을 뒹굴며 발길질과 주먹질을 교환했다. 마리아가 탬 린을 데리러 뛰어갔다.

경호원은 잠시 무표정하게 지켜보다가, 허리를 구부리고 두 소년을 떼어 놓았다.

"탐 도련님, 마트를 그냥 놔두라는 얘기 들으셨지요."

그는 말했다.

"쟤가 먼저 날 때렸어."

탐이 아우성쳤다.

"맞아, 하지만 탐이 먼저 못되게 굴었어."

마리아가 말했다.

"거짓말!"

탐이 소리 질렀다.

"아냐!"

마트는 아무 말도 하지 않았다. 탐을 바닥에 넘어뜨리고 싶었다. 탬 린도 발로 차 주고 싶었다. 큰 소리로 욕을 퍼부으려고 했지만, 목구멍에서 말이 나와 주지 않았다. 마음속에서 맴돌던 말이 점점 부풀어 올라서, 나중에는 구역질까지 났다.

갑자기 탐이 말했다.

"네 말이 맞아. 내가 못되게 굴었어. 마트, 정말 미안하다."

마트는 아연실색했다. 탐이 자기가 보는 앞에서 확 달라졌다. 뺨에서는 발갛게 화난 기운이 사라졌고, 두 눈은 맑고 초롱초롱했다. 이 아이가 불과 일 분 전까지 자신을 걷어차며 소리 지르던 바로 그 아이인가 의심스러울 정도였다.

마트는 자신도 그렇게 빨리 원래대로 돌아갈 수 있기를 간절히 바랐다. 마음이 아프거나 화가 나거나 슬퍼질 때마다 그런 감정들은 자신에게 찰싹 달라붙어 좀체 떠나지 않으려 했다. 어떤 때는 그런 감정들이 사라지는 데 몇 시간씩 걸리기도 했다.

탬 린은 탐의 진지한 얼굴을 얼핏 살피더니 잡고 있던 셔츠 자락을 놓아 주었다.

"그럼 됐습니다."

그는 말했다. 그리고 마트도 놓아 주었다. 마트는 당장 탐과 마리아의 손을 붙잡고 문 쪽으로 잡아끌었다. 두 아이에게 퍼붓고 싶었던 모든 말들이 마음속에서 부풀어 오르는 느낌이었다.

"우리가 갔으면 좋겠어? 다 화해했는데도?"

마리아가 소리쳤다.

마트는 고개를 끄덕였다.

"좋아, 너는 꿀돼지야! 그리고 나는 네가 탐을 싫어한다고 해서 탐한테 못되게 굴지는 않을 거야. 게다가 모두들 네가 끔찍하다고 생각해."

마리아는 문을 쾅 닫고 나갔다.

마트는 털썩 주저앉아서 눈물을 줄줄 흘리며 돼지처럼 코를 훌쩍거렸다. 그렇게 하는 자신이 너무 미웠지만 도저히 멈출 수가 없었다. 셀리아가 여기 있다면 자신을 위로해 주었을 것이다. 하지만 탬 린은 어깨를 들썩하고 스포츠 신문을 읽는 일로 되돌아갔을 뿐이었다. 한참 있다가 기분이 한결 나아진 마트는 곰의 귀를 찾아보았지만, 그것은 아무 데도 없었다.

탐은 약 올리기의 명수였다. 자기 말로는 가라테 연습을 한다면서 마트의 머리통 근처에 주먹질을 했다. 그리고 다른 사람은 듣지 못할 만큼 작은 소리로 소곤소곤 욕을 했다. 탐은 들릴락말락하게 말했다.

"넌 클론이야. 그게 뭔지 알아? 토하는 거랑 비슷한데, 넌 암소가 토해 냈어."

탐은 중요한 사람들에게는 깍듯이 예의를 지켰다. 안녕하시냐고 인사하고, 공손히 대답에 귀 기울였다. 엄마한테는 마실 것을 갖다 드리고 할아버지를 위해 문을 열어 드렸다. 탐은 사려가 깊었다. 하지만······.

탐이 하는 모든 행동에는 약간 수상쩍은 데가 있었다. 제 엄마에게 마실 것을 갖다 주기는 했지만, 그 잔이 항상 깨끗해 보이지는 않았다. 할아버지를 위해 문을 열어 주기는 했지만, 잡고 있던 문을 갑자기 놓아서 노인의 발꿈치를 맞혔다. 노인은 넘어지는 않았지만, 그 때문에 크게 다칠 수도 있었다. 모두들 탐을 신뢰했는데, 그것은 그 애의 솔직하고 순진무구한 얼굴 때문이었다. 하지만 탬 린은 성난 목소리로 '괴상한 바구미 같은 놈'이라고 말했다. 마트는 경호원도 탐을 좋아하지 않는다는 걸 알고 안심했다.

탬 린.

처음 몇 주 동안 마트는 발뒤꿈치를 들고 그를 살살 피해 다녔다. 그는 덩치가 엄청 큰 데다가 인상이 험악했다. 꼭 길들인 회색 곰을 집 안에 데려다 놓은 것 같았다. 탬 린은 셀리아의 안락의자에 버티고 앉아서, 마리아와 셀리아가 마트를 구슬려서 같이 책을 읽거나 수수께끼를 풀거나 음식을 먹는 모습을 묵묵히 지켜보았다. 마트는 그런 걸 하는 것도 좋았지만, 남들이 자신을 어르는 게 더 좋았다. 마리아가 답답한 나머지 거의 비명을 지르게 만들 수도 있었다. 셀리아는 그저 아이의 머리를 쓰다듬으며 한숨짓곤 했다. 경호원은 신문을 읽고 있는 듯 했지만, 가끔씩 고개를 들어 눈앞에서 벌어지는 일을 파악한 다음 다시 눈길을 떨어뜨렸다.

마트는 탬 린의 표정을 분간하기는 힘들지만, 그가 꼭 화난 사람처럼 보인다고 생각했다. 평상시 탬 린은 그렇게 즐거워 보이지는 않았다.

마트가 기침을 하기 시작했기 때문에 의사가 자주 찾아왔다. 처음에는 별거 아닌 것 같았지만, 어느 날 밤에 깨어 보니 목구멍이 액체로 꽉 막혀 있었다. 도대체 숨이 쉬어지지 않았다. 마트는 비틀거리며 셀리아의 방으로 가서 허리를 꺾으며 쓰러졌다. 셀리아는 비명을 지르며 탬 린을 불렀다.

경호원은 문을 박차고 들어와 마트를 거꾸로 들고, 등을 세차게 두드렸다. 마트는 끈끈한 점액 한 덩어리를 뱉어 냈다. 탬 린은 무표정하게 아이의 입 안에 손가락을 집어넣고 나머지를 꺼냈다.

"아빠 농장에 있을 때 새끼 양을 데리고 이런 걸 해 봤어요."

그는 셀리아에게 도로 아이를 안겨 주며 말했다.

나중에 윌럼이 왔을 때, 탬 린은 의사의 처치를 처음부터 끝까지 지켜보았다. 경호원은 아무 말도 안 했지만, 그가 거기에 있는 것만으로도 윌럼은 비지땀을 흘렸다. 마트는 의사가 탬 린을 왜 그렇게 두려워하는지 몰랐지만, 그런 모습을 보니 마음이 흡족했다.

그 다음부터는 마트가 콜록거리기만 하면 셀리아와 마리아는 겁에 질리곤 했다. 그것은 퍽이나 뿌듯한 일이었다. 마트는 정말로 호흡 곤란을 겪은 적도 있었지만, 그저 누군가가 자신에게 신경 쓰고 있다는 사실을 확인하고 싶었던 적도 있었다.

"야, 이짓. 난 학교에 가야 해. 방학이 끝났어."

마리아가 말했다. 마트는 마리아가 자신을 버리고 가는 데 대한 보복으로 창밖만 뚫어지게 바라봤다.

"있잖아, 난 여기 안 살아. 어쩌면, 가끔 사람들이 널 우리 집에 보내 줄지도 몰라. 넌 정말 마음에 들 거야. 난 개랑 거북이랑 앵무새를 한 마리씩 키우고 있거든. 앵무새는 말을 하지만, 무슨 뜻 같은 건 없어."

마트는 거부 의사를 좀 더 명확히 표시하기 위해 자세를 고쳤다. 마리아가 자신이 냉대 받고 있다는 걸 알아채지 못한다면, 모든 게 헛수고였다.

마리아는 쉴 새 없이 종알거렸다.

"너도 마음만 먹으면 말할 수 있을 거야. 다들 네가 바보 천치라고 하지만, 난 그 말 안 믿어. 마트, 제발."

마리아는 부드럽게 달랬다.

"내가 보고 싶을 거라고 말해 줘. 아니면 날 안아 주든가. 그럼 그렇게 알아들을게. 우리 복슬이는 내가 집을 나가면 낑낑거린단다."

마트는 등을 홱 돌렸다.

"너 정말 못됐구나! 난 널 학교에 데려가고 싶지만, 클론은 받아 주지 않아. 게다가 다른 애들이······."

마리아는 말꼬리를 흐렸다. 마트는 쉽게 짐작할 수 있었다. 다른 애들은 스티븐이나 에밀리아처럼 자신을 피해 다닐 것이다.

"내가 토요일마다 올게. 그리고 선생님이 집에서 너한테 공부를 가르칠 거야."

마리아는 머뭇거리며 손을 내밀었다. 마트는 그 손을 홱 밀쳐 버렸다.

"너무해."

마리아는 목 메인 목소리로 말했다.

애는 툭하면 울어. 마트는 생각했다.

문이 열리면서 찬바람이 들어왔다. 어떻게 날 배신하고

그냥 가 버릴 수가 있지? 마리아는 아마 당장 탐한테 가서 나는 네가 더 좋으니까 나랑 같이 학교에 가자고 말할 것이다. 그 괴상한 바구미 같은 놈한테.

"좀 더 부드럽게 대해 주지 그랬니."

탬 린이 한 마디 던졌다. 마트는 계속 창밖만 뚫어지게 쳐다보고 있었다. 자기가 무슨 상관이라고 마리아를 걱정한담? 당신은 마리아가 아니라, 내 경호원이야.

사내는 말했다.

"허어, 넌 내 말을 알아들을 수 있어. 난 그동안 너를, 네 날카로운 눈을 지켜봐 왔다. 너는 사람들이 하는 얘기를 하나도 빼놓지 않고 접수하고 있어. 그 영감이랑 비슷해. 난 학교 문턱을 마지막으로 밟아 본 게 열두 살 때였기 때문에 그 클론 관계의 일에 대해서는 잘 모른다. 하지만 난 네가 그 영감의 복사판이라는 건 알아. 그 늙은 독수리가 제이의 기회를 얻은 거나 마찬가지지."

마트는 탬 린이 고른 표현을 듣고 눈이 휘둥그레졌다. 여태까지 엘 파트론을 나쁘게 말하는 사람은 없었다.

"이거 하나는 말해 주마. 엘 파트론한테는 좋은 면과 나쁜 면이 같이 있다. 마음먹기에 따라서 우리 전하께서는 진짜 음흉한 사람이 될 수도 있지. 젊었을 때 그 양반은 선택을 했다. 이쪽으로 가지를 뻗어야 할지 아니면 저쪽으로 가지를 뻗어야 할지 판단하는 나무처럼 말이다. 그런데 그 양반은 점점 무성해져서 숲 전체를 자기 그림자로 뒤덮을 정도가 되었지만, 그 가지들은 대부분 뒤틀려 있단다."

탬 린은 셀리아의 의자에 앉아 있었다. 마트는 그의 무게에 눌려 스프링이 신음하는 소리를 들을 수 있었다.

"총각, 지금은 내 말이 잘 이해가 안 될지도 모른다. 내가 말하고 싶은 건 바로 이거다. 사람들은 아직 어릴 때 어느 방향으로 자랄 것인지 선택한다는 거지. 네가 지금 친절하고 너그럽다면 친절하고 너그러운 어른으로 자랄 터이다. 하지만 지금 엘 파트론과 비슷하다면…… 생각을 좀 해 봐라."

경호원은 방을 나갔다. 담장으로 둘러싸인 정원에서 그의 목소리가 들려왔다.

탬 린은 에너지가 넘치는 사람이었고, 셀리아의 숙소를 경호하는 일 정도로는 힘이 남아돌았다. 그래서 그는 담장 앞에 역기를 가져다 놓았다. 그가 끙끙대며 역기를 드는 소리가 들려왔다.

탬 린의 얘기는 대부분 이해가 잘 안 갔다. 마트는 어른이 된다는 것에 대해서는 별로 생각해 본 적이 없었다. 앞으로 어른이 되리라는 것을 머릿속으로는 알고 있었으나, 지금보다 더 자란 모습을 상상하기는 힘들었다. 지금 남들에게 못되게 굴면, 언제까지나 못된 사람으로 남을 거라는 생각은 해 본 적이 없었다.

셀리아는 늘 인상을 쓰고 있으면, 얼굴이 그렇게 굳어질 거라고 했다. 그러면 생전 웃을 줄 모르게 되는데, 그런 사람이 거울을 들여다보면 거울이 산산조각난다고 했다.

마리아는 에밀리아와 함께 가 버렸다. 곧 스티븐과 탐도 기숙학교로 떠났고, 큰집에 남은 아이는 마트뿐이었다. 말하자면 마트가 아이라면 그렇다는 거였다. 탐의 말에 따르면 클론은 아이가 아니라고 했다. 둘은 비슷하지도 않다고 했다.

마트는 셀리아의 숙소에 있는 화장실에서 거울을 들여다보았다. 자신이 탐과 그렇게 다른 점은 없는 것 같았다. 그렇다면 다른 부분은 안쪽인가? 한번은 의사가 로사에게 클론들은 나이가 들면 산산조각이 난다고 했다. 그게 무슨 뜻일까? 몸이 실제로 부서져 내린다는 건가?

마트는 제 몸을 꼭 껴안았다. 팔다리가 몸통에서 떨어져 나갈지도 모른다. 머리가 전에 괴물 영화에서 봤던 것처럼 저 혼자 굴러다닐 것이다. 셀리아는 그걸 보고 뛰어 들어와 텔레비전을 꺼 버렸다. 생각만 해도 온몸에 소름이 끼쳤다.

"총각, 공부할 시간이다."

탬 린이 소리쳤다.

여전히 자신의 몸을 꼭 껴안은 채 마트는 화장실에서 나왔다. 낯선 여자가 거실에 서 있었다. 그녀는 마트를 보고 미소 짓고 있었는데, 그게 어딘가 이상해 보였다. 웃음이 입 꼬리에서 딱 멈춰 있었는데, 웃음이 더 번지는 걸 막는 장벽이라도 있는 것 같았다. 여자가 말했다.

"안녕! 난 새로 온 선생님이야. 날 그냥 선생님이라고 불러요, 하하. 그게 기억하기 쉬우니까요."

그 웃음 또한 묘했다.

마트는 슬금슬금 방으로 들어갔다. 탬 린이 밖으로 나가는 출입문을 가로막고 있었다.

"공부는 재미있어요! 너는 분명히 똑똑한 아이일 거야. 너는 분명히 모든 과목을 빨리 배워서 엄마를 자랑스럽게 해 드릴 거야."

선생님이 말했다.

마트와 탬 린은 놀란 얼굴로 서로를 마주보았다.

"이 아이는 고아입니다."

탬 린이 말했다.

선생님은 이해하기 힘든지 잠시 말이 없었다.

"아이가 말을 안 합니다. 제가 대신 대답하는 이유가 바로 그겁니다. 하지만 조금 읽을 줄도 알지요."

경호원이 설명했다.

"읽기는 재미있어요!"

선생님이 친절하게 말했다.

그녀는 천 가방에서 종이, 연필, 크레용, 색칠공부 책을 꺼냈다. 마트는 글자를 베끼고 그림에 색칠을 하면서 아침 나절을 보냈다. 한 과목을 끝낼 때마다 선생님은 "정말 잘했어요!"라고 외치며 공책에 웃는 얼굴 도장을 찍어 주었다. 잠시 후 마트는 자리에서 일어나려고 했지만, 선생님은 단호하게 아이를 도로 눌러 앉혔다.

"안 돼요. 그러면 금별을 못 받을 거예요."

그녀는 어르듯이 말했다.

"그 애는 휴식이 필요합니다. 나도 그렇고 말이오."

템 린이 툴툴거렸다. 그는 조그맣게 말하며 마트를 주방으로 데리고 가서 우유와 과자를 주었다. 그리고 선생님에게도 커피를 가져다주고 그녀가 그걸 마시는 모습을 유심히 관찰했다. 그는 여선생 때문에 마트만큼이나 당황한 것 같았다.

그 다음부터는 구슬, 사과, 꽃 등 물건을 세는 공부만 했다. 똑같은 것을 자꾸 되풀이하여 마트는 지루하기 짝이 없었다. 셈하는 법은 벌써 알고 있었지만, 그래도 조용히 셈을 하고 답을 말하는 대신 종이에 적어 냈다.

늦은 오후가 되어서야 겨우 선생님은 마트에게 아주 잘했다고, 엄마가 아주 자랑스러워하실 거라고 말했다.

셀리아가 돌아오고, 저녁 식사를 하는 자리에서 템 린은 마트의 성적표를 보여 주었다.

"똑똑한 우리 아이."

그녀는 다정하게 말하며, 마트에게 애플파이 한 조각을 더 주었다. 템 린에게는 파이를 통째로 주었다.

"그렇습니다. 그건 사실이지요. 하지만 그 선생한테는 좀 이상한 데가 있어요. 한 얘기를 자꾸 되풀이하거든요."

경호원은 입에 음식을 가득 넣고 우물거리며 말했다.

"원래 꼬마들은 그렇게 가르치는 거야."

셀리아가 말했다.

"그럴지도 모르지요. 제가 뭐 교육 전문가로 행세할 만한 처지는 아니니까요."

탬 린이 말했다.

그 다음 날은 첫날과 똑같이 지나갔다. 마트는 전날도 지루하다고 생각했지만, 그것은 똑같은 글자를 베끼고, 똑같은 그림에 색칠하고, 똑같은 싸구려 구슬과 꽃 들을 다시 세는 일에 비교하면 아무것도 아니었다. 하지만 마트는 셀리아에게 자랑스러운 아이가 되기 위해 열심히 했다. 사흘, 나흘, 닷새가 판에 박은 듯 똑같이 지나갔다.

탬 린은 밖에 나가서 역기와 씨름했다. 그리고 담장을 두른 정원 안에 셀리아를 위한 채소밭을 만들었다. 마트는 자신도 그렇게 쉽게 도망칠 수 있으면 좋겠다고 생각했다.

"여기 사과가 몇 개 있는지 아는 사람? 우리 착한 아이는 당연히 알 거야!"

엿새째 되는 날 선생님이 노래하듯 말했다.

마트가 느닷없이 쏘아붙였다.

"난 착한 아이가 아니야! 난 나쁜 클론이야! 그리고 난 셈하는 게 싫고 선생님이 싫어!"

아이는 소리 질렀다. 마트는 선생님이 조심조심 늘어놓은 사과를 닥치는 대로 집어서 사방으로 던져 버렸다. 그리고 크레용을 바닥에 내던지고, 선생님이 주우려고 하자 있는 힘을 다해 그녀를 밀쳐 버렸다. 그런 다음 바닥에 털썩 주저앉아 울음을 터뜨렸다.

"이러면 성적표에 웃는 얼굴을 못 받을 거야."

선생님은 벽에 기대서 가쁜 숨을 쉬며 말했다. 그러더니 겁에 질린 짐승처럼 흐느끼기 시작했다.

탬 린이 방으로 뛰어 들어와 선생님을 꼭 껴안아 주었다.

"울지 말아요. 당신은 아주 잘 했어요. 당신은 우리가 어떻게 해결해야 할지 갈피를 못 잡고 있던 문제를 해결해 주었으니까요."

그는 여자의 머리칼에 대고 말했다. 선생님의 숨소리가 점점 느려지더니 흐느낌을 멈췄다.

마트는 너무 놀라서 울음을 그쳤다. 방금 막 뭔가 중대한 일이 일어났다는 걸 깨달았던 것이다.

"난 말할 수 있어."

아이는 중얼거렸다.

탬 린이 선생님의 머리칼에 대고 말했다.

"아가씨, 당신은 오늘 성적표에 금 별 두 개를 받았어요. 이 가엾고 슬픈 것아. 난 여태까지 눈으로 직접 보면서도 뭐가 뭔지 몰랐어."

그는 여자를 부드럽게 일으켜 밖으로 데리고 나갔다. 마트는 탬 린이 복도를 내려가면서 쉬지 않고 선생님에게 말하는 소리를 들었다.

"내 이름은 마테오 알라크란이야."

마트는 새로 회복한 목소리를 시험해 보려고 말했다.

"나는 착한 아이야."

어지러울 만큼 행복했다. 셀리아는 이제 나를 정말 자랑스러워하겠지! 난 이 세상에서 제일 좋은 학생이 될 때까지 읽고, 색칠하고, 셈할 거야. 그럼 아이들은 날 좋아할 거고 나를 피하지 않을 거야.

마트가 황홀한 생각에 젖어 있는데 탬 린이 말을 건넸다.

"이게 일시적인 건 아니길 바란다. 그게 무슨 말이냐면, 너 정말 말할 수 있니?"

"할 수 있어, 할 수 있어, 할 수 있어!"

마트는 노래하듯 말했다.

"아주 좋아. 난 구슬을 세는 데 진짜 돌아 버리는 줄 알았다. 불쌍한 것. 그 여자가 할 줄 아는 건 그게 다였거든."

"그 여자는 이짓이야."

마트는 마리아한테 배운 제일 심한 욕을 했다.

탬 린이 말했다.

"너는 그 말이 무슨 뜻인지 모른다. 총각, 어떠냐? 축하할 일이 생겼잖느냐. 우리 소풍 가자."

"소풍?"

마트는 그 말을 되뇌며 말뜻을 기억해 내려고 애썼다.

"가는 길에 설명해 주지."

탬 린이 말했다.

8

메마른 들판의 어짓

마트는 미친 듯이 흥분했다. 소풍만이 아니라, 말도 타게 된다고 했다. 마트는 그 작은 집의 창가에서 말을 본 적이 있었다. 물론 텔레비전에서도 봤다. 카우보이와 덩치가 산만 한 거친 산적들이 말을 타고 다녔다. 마트가 제일 좋아하는 주인공은 엘 라티고 네그로, 검은 채찍이라는 뜻의 이름을 가진 사람었다. 엘 라티고 네그로는 주말마다 하는 텔레비전 프로그램의 주인공이었다. 그는 검은 복면을 한 채 못된 부자의 손에서 가난한 이들을 구해 주었다. 그가 즐겨 쓰는 무기는 기다란 채찍이었는데, 그는 채찍을 휘둘러서 나무에 매달린 사과 껍질도 벗길 수 있을 정도였다.

마트는 탬 린이 끌고 나온 말이 엘 라티고 네그로가 타고 다니던 기운 좋은 말이 아니라, 조는 듯한 회색 말인 걸 보고 실망을 금치 못했다.

"총각, 정신 차려라. 우리한테 중요한 건 속도가 아니라 안전이니까. 네가 말안장에서 거꾸로 떨어지기라도 하면 엘 파트론이 가만 있지 않을 거다."

경호원은 안장의 뱃대끈을 졸라매며 말했다.

일단 탬 린과 함께 안장에 앞뒤로 앉자, 조금 전의 실망감은 순식간에 날아가고 말았다. 나 말 탔다! 마트는 말 냄새에 흠뻑 젖은 채, 공중에서 흔들거리며 가고 있었다. 아이는 갈기의 거친 털을 느끼며, 두 발목을 짐승의 따뜻한 거죽에 꼭 붙였다.

말을 못 하고 몇 달을 보냈으므로, 그걸 벌충하려면 단 한 순간도 쉴 수가 없었다. 아이는 눈에 들어오는 모든 것에 대해 떠들어 댔다. 푸른 하늘, 새들, 말의 귓가에서 윙윙거리는 파리들에 대해.

탬 린은 막지 않았다. 이따금씩 콧소리를 내서 자신이 듣고 있다는 걸 알려 주었고, 흙 길을 따라가는 말에게 방향을 지시했다. 말은 또각또각 걸어서 양귀비 밭을 지났다. 큰집에서 멀어지며 수평선에 누워 있는 회갈색 산맥이 점점 가까워졌다.

맨 처음 만난 밭에는 새싹이 안개처럼 덮여 있었다. 그것은 묘목이 자라는 밭이었다. 마트는 작은 집의 창가에서 아편의 성장 주기를 쭉 지켜보았으므로, 그 다음에 어떻게 될지 잘 알고 있었다. 나온 지 좀 오래된 것들은 점점 커지면서 작은 양배추처럼 둥글둥글해졌다. 그리고 이파리에는 푸른 기가 돌았다. 말을 타고 들어갈수록, 양귀비의 키가 점점 커지더니 말의 허리까지 차게 되었다. 꽃봉오리는 뜨거운 태양 아래서 눈부시게 하얀 주름진 꽃잎들을 펼치고 있었다. 희미한 향내가 공중에서 떠돌았다.

이제는 꽃이 져 버린 밭이 나왔다. 꽃잎은 사방에 흩날리고 있었고, 꽃이 진 자리에서는 녹색 엄지만한 열매가 삐죽이 솟아올랐다. 열매들이 달걀만한 크기가 될 때까지 부풀어 오르면 이때가 수확의 적기였다.

처음으로 농장 일꾼들이 눈에 띄었다. 전에도 일꾼들을 본 적이 있지만, 셀리아가 낯선 사람들 앞에 나서지 말라고 주의를 주는 통에 그들을 가까이서 지켜본 적은 없었다. 이제 황갈색 제복을 입고, 챙이 넓은 밀짚모자를 쓴 남녀들이 보였다. 그들은 구부정한 자세로 천천히 움직이며, 조그만 칼로 양귀비 열매에 상처를 내고 있었다.

"왜 저렇게 하는 거야?"

마트가 물었다.

"아편을 추출하려는 거지. 저렇게 해 두면 즙이 흘러나와서 밤새 단단하게 굳는단다. 그러면 일꾼들이 아침에 그걸 긁어내지. 양귀비 한 포기에서 네 번이나 다섯 번 정도 채취할 수 있다."

탬 린이 대답했다.

말은 쉬지 않고 또각또각 걸었다. 들판은 열기로 이글거렸고, 그 한가운데서 부패한 듯한 들큼한 냄새가 퍼졌다. 일꾼들은 최면에 걸린 것처럼 율동적으로 구부렸다 베고, 또 구부렸다 베었다. 그들은 말하지 않았다. 얼굴에 흘러내리는 땀조차 닦지 않았다.

"저 사람들 피곤하지 않아?"

마트가 물었다.

"아, 그래. 피곤하지."

탬 린이 말했다.

드디어 말은 수확이 끝난 밭에 이르렀다. 양귀비는 시들어 가고 있었다. 더운 바람에 이파리가 서걱거렸다.

"저기 봐! 땅바닥에 사람이 누워 있어."

마트가 외쳤다.

탬 린은 말을 세우고 내렸다.

"가만히 있어."

그는 말에게 명령을 내렸다. 마트는 갈기를 꼭 붙들고 있었다. 말 등에 높직이 올라탄 게 그렇게 안전하게 느껴지지는 않았다. 탬 린은 그 남자에게 성큼성큼 다가가서, 허리를 구부리고, 목을 만져 보았다. 그러더니 고개를 저으며 돌아왔다.

"우리가, 우리가 도와주면 안 돼?"

마트는 말을 더듬었다.

"저 불쌍한 친구는 너무 늦었다."

경호원이 화난 목소리로 말했다.

"의사를 부르면?"

"너무 늦었다고 했잖아! 귀가 먹었니?"

탬 린은 안장에 도로 올라타고 말에게 어서 가라고 명령했다. 마트는 눈물이 글썽한 눈으로 뒤를 돌아보았다. 그 남자는 순식간에 양귀비 사이로 모습을 감췄다.

왜 너무 늦었다는 걸까? 마트는 궁금했다. 땡볕을 받으며 누워 있자면, 엄청나게 더울 게 분명했다. 가던 길을 잠깐 멈추고 물을 주면 왜 안 되는 걸까? 마트는 탬 린이 물을 가져왔다는 걸 알고 있었다. 그의 배낭에서 찰랑거리는 물소리가 들려왔다.

"우리 돌아가서……."

마트는 다시 말을 시작했다.

"이런 젠장!"

경호원이 고함을 질렀다. 그는 말을 세우더니, 한동안 숨을 거칠게 몰아쉬며 앉아 있었다. 마트는 땅바닥을 쳐다보며 탬 린이 진짜로 화를 내더라도 말에서 뛰어내릴 용기가 자신에게 있는지 생각해 보았다.

드디어 그가 입을 열었다.

"내가 깜빡했구나. 너만 한 애들은 아무것도 모른다는 걸 말이다. 그 남자는 죽었다. 더위 아니면 갈증 때문에 죽은 거야. 이따 저녁 때 정리 요원들이 발견하겠지."

말은 다시 걷기 시작했다. 마트는 이번에는 질문할 것이 더 많았지만, 탬 린이 화를 낼까 봐 물어볼 수 없었다. 그 남자는 왜 아플 때 집에 가지 않았을까? 다른 일꾼들은 왜 그를 도와주지 않았을까? 그는 *왜 쓰레기처럼 저기 버려져 있는 걸까?*

어느새 두 사람은 들판에 잇닿은 산맥을 따라 가고 있었다. 이제는 산속으로 이어지는 메마른 시내로 접어들었다. 탬 린은 말에서 내리더니, 말을 끌고 그늘진 절벽 아래로 갔다. 근처에 구유와 펌프가 있었는데, 그는 세차게 펌프질을 해서 물을 퍼 올렸다. 말은 땀을 흘리고 있었다. 말의 눈은 구유를 향하고 있었지만, 왠지 꼼짝 않고 서 있었다.

"마셔라."

탬 린이 말했다. 말은 타박타박 다가가 주둥이를 물속에 들이밀었다. 말은 코를 불며 허겁지겁 물을 마셨다.

"이제부터는 걸어가자."

"말을 데려가면 안 돼?"

마트는 산 속으로 구불구불 뻗어 있는 시내를 의심스럽게 쳐다보며 말했다.

"녀석이 말을 듣지 않을 거다. 농장 안에서만 다니도록 프로그램돼 있거든."

"무슨 말인지 모르겠어."

"이건 안전마라는 거다. 머리 속에 칩이 이식되어 있다는 얘기지. 이건 갑자기 내닫지도 뛰지도 않는다. 명령이 없으면 물을 마시지도 않아."

마트는 잠시 동안 그 말의 의미를 곰곰이 따져 보았다.

"아주 목이 마를 때도?"

아이는 마침내 물었다.

탬 린이 말했다.

"녀석은 방금 아주 목이 말랐지. 하지만 물을 마시라는 명령을 받지 않았다면, 녀석은 죽을 때까지 구유 앞에 멍하니 서 있었을 거다."

그리고 그는 말에게 말했다.

"여기 있어."

탬 린은 배낭을 메고, 마른 시내를 오르기 시작했다. 마트는 얼른 그 뒤를 따랐다. 처음에 길은 어려워 보이지 않았지만, 이내 바위들이 앞을 막는 바람에 바위를 기어올라야 했다. 마트는 움직이는 게 익숙지 않아서, 금세 숨이 차올랐다. 하지만 마트는 탬 린이 자신을 남겨 놓고 갈까 봐 무서워서 걸음을 멈출 수가 없었다. 결국 경호원은 아이가 헐떡거리는 소리를 듣고 뒤를 돌아보았다. 그는 배낭 속을 뒤졌다.

"여기 있다. 물을 좀 마셔라. 소고기 육포도 좀 먹고. 소금도 도움이 될 거다."

마트는 허겁지겁 육포를 물어뜯었다. 맛이 기가 막혔다.

"총각, 얼마 안 남았다. 넌 온실 속의 화초치고는 아주 잘하는 편이구나."

거대한 바위가 버티고 서 있는 곳까지 왔다. 마트는 그게 길을 막고 있는 줄 알았으나 가만히 보니, 바위 한가운데 둥근 구멍이 뚫려 있었다. 그것은 도넛의 구멍처럼 매끄럽게 생겼다. 탬 린은 그 속으로 기어 올라간 다음, 손을 내밀어 마트를 잡아 주었다.

그 너머의 풍경은 전혀 예상치 못한 것이었다. 크레오소트 관목과 팔로베르데 나무들이 자그마한 협곡을 에워싸고 있었고, 그 한가운데 물웅덩이가 있었다. 맨 끝에는 엄청나게 큰 포도 덩굴이 사람의 손으로 만든 정자를 타고 오른 게 보였다. 물속에서는 갈색의 자잘한 물고기 떼가 아이의 그림자를 피해 황급히 달아났다.

"이게 오아시스라는 거다. 어때, 괜찮지?"

탬 린이 배낭을 내려놓고, 소풍 음식을 꺼내며 말했다.

"응, 정말 좋은데!"

마트가 샌드위치를 받아 들며 동의했다.

"내가 여기를 발견한 것은 엘 파트론 밑에서 막 일을 시작했을 때였어. 알라크란 가에서는 전혀 모르고 있지. 만약 알게 되는 날이면, 여기에 파이프를 연결해서 물을 몽땅 빼 갈 거다. 네가 비밀을 지켜 주기 바란다."

마트는 샌드위치를 한입 가득 우물거리면서 고개를 끄덕였다.

"마리아한테도 말하지 마라. 그 애는 어쩔 수 없는 수다쟁이니까."

"알았어."

마트는 말했다. 자신이 비밀을 지킬 수 있을 만큼 책임감이 강하다고 탬 린에게 인정받은 게 자랑스러웠다.

"내가 널 여기에 데려온 건 두 가지 이유가 있어서다. 첫째는 여기가 좋으니까. 그리고 둘째는 도청을 걱정하지 않고 네게 몇 가지 얘기를 해 주고 싶어서다."

경호원이 말했다.

마트는 흠칫 놀라서 고개를 들었다.

"그 집에서는 누가 네 말을 듣고 있는지 모른다. 너는 많은 걸 이해하기에는 너무 어리다. 그리고 난 네가 진짜 아이였다면 아무 말도 하지 않았을 거야."

탬 린은 빵 부스러기를 웅덩이 속에 털어 넣었다. 작은 물고기들이 그걸 먹으려고 수면으로 올라왔다. 그는 말을 이었다.

"하지만 너는 클론이다. 너한테는 상황을 설명해 줄 사람이 아무도 없다. 너는 진짜 인간들은 이해할 수 없는 방식으로 혼자다. 설령 고아라고 해도 사진을 들여다보면서 '이건 우리 엄마고 이건 우리 아빠야.' 라고 말할 수 있거든."

"난 기계야?"

마트가 불쑥 말했다.

"기계냐고? 오, 아니."

"그럼 난 어떻게 해서 생겼어?"

탬 린은 웃음을 터뜨렸다.

"네가 진짜 아이라면, 난 그렇게 까다로운 질문은 너희 형한테 하라고 말해 줄 거다. 글쎄, 총각, 굳이 말하자면 이렇다. 아주 아주 오래전에, 어떤 의사들이 엘 파트론의 피부를 한 조각 떼어 냈단다. 그리고 그걸 냉동해서 보관했지. 그 뒤, 지금으로부터 약 팔 년쯤 전에 의사들은 그 피부를 조금 떼 내서 새로운 또 하나의 엘 파트론으로 성장시켰단다. 하지만 처음에는 아기로 시작해야 했지. 그게 바로 너야."

"그게 나라고?"

마트가 물었다.

"그래."

"그럼 나는 그냥 피부 조각이야?"

탬 린이 말했다.

"드디어 내가 너를 헷갈리게 했구나. 그 피부는 일종의 사진과 같은 거다. 모든 정보가 그 안에 들어 있단다. 그리고 그것은 진짜 인간의 피부, 머리카락, 뼈, 두뇌를 그대로 베긴 복사본으로 성장하게 되지. 넌 일곱 살 때의 엘 파트론과 완전히 일치한다."

마트는 자신의 발끝을 내려다보았다. 나는 겨우 그런 거였구나. 사진.

"의사들은 그 피부 조각을 특수한 암소의 몸에 집어넣었다. 너는 암소의 몸에서 자랐고, 때가 되자 태어났어. 물론 너한테는 아버지도 어머니도 없지만."

"탐이 그러는데 암소가 날 토해 냈대."

마트가 말했다.

"탐은 더러운 고름 같은 녀석이다. 다른 식구들도 다 마찬가지고. 하지만 네가 내가 그런 얘기를 했다고 누군가에게 말한다면, 난 아니라고 할 거다."

탬 린이 말했다. 그러면서 그는 휴대용 식량을 한 봉지 꺼내서 마트에게 건네주었다.

"하던 얘기를 마저 하자면, 클론이 된다는 것은 색다른 사람이 된다는 거고, 많은 사람들한테 두려움의 대상이 된다는 거지."

"사람들은 날 미워해."

마트가 간단하게 말했다.

"그래, 그런 사람들도 있지."

탬 린은 일어나서 기지개를 폈다. 그리고 근처의 모래밭을 오락가락했다. 그는 오랫동안 꼼짝 않고 앉아 있는 걸 싫어했다.

"하지만 널 좋아하는 사람들도 있어. 마리아를 말하는 거야. 물론, 셀리아도."

"그리고 엘 파트론."

"아, 글쎄. 엘 파트론은 특별한 경우지. 솔직히 말하자면, 널 사랑하는 사람들은 조금인데, 널 미워하는 사람들은 많

아. 그들은 네가 클론이라는 사실을 잊지 못하지. 그래서 널 학교에 보내는 게 어려운 거야."

"나도 알아."

마트는 쓰라린 심정으로 마리아를 생각했다. 그 애가 나를 정말 좋아한다면, 날 학교에 데려가고 다른 애들이 뭐라고 하든 신경 쓰지 않을 것이다.

"엘 파트론은 널 교육시키고, 가능한 정상적인 삶을 살게 하라고 강조한다. 문제는 클론을 가르치고 싶어 하는 가정교사가 없다는 거야. 그래서 알라크란 가에서는 이짓을 데려왔지."

마트는 화들짝 놀랐다. 이짓이란 말은 너무도 자주, 주로 마리아한테 들어왔다. 하지만 그건 돌대가리라든가 벼룩이 얼굴 같은 욕인 줄만 알았다.

"이짓이란 머리 속에 칩이 이식된 사람이나 동물을 말한다."

탬 린이 말했다.

"아까 그 말처럼?"

마트는 끔찍한 생각을 떠올리며 말했다.

"바로 그거야. 이짓은 아주 단순한 일만 할 수 있지. 열매를 따거나 바닥 청소를 하거나, 아니면 아까 보았다시피 아편을 채취하는 일."

"그럼 농장 일꾼들이 이짓이네!"

마트가 소리쳤다.

"바로 그 때문에 그 사람들은 감독이 그만하라는 명령을 내릴 때까지 쉬지 않고 일하는 거고, 또 그 때문에 누가 말해 주지 않으면 물을 마시지 않는 거야."

마트는 머릿속이 빙글빙글 돌았다. 말이 물이 든 구유 앞에서 멍하니 서 있다 죽을 수도 있다면, 그렇다면 그 남자는…….

"그 남자는……."

아이는 큰 소리로 말했다.

탬 린이 말했다.

"넌 정말 단추처럼 반짝거리는 아이구나. 땅에 쓰러져 있던 그 남자는 아마 뒤에 처졌다가 그만하라는 감독의 명령을 못 들었을 거다. 밤새도록 일했겠지. 갈증은 점점 심해지고……."

"그만!"

마트는 꽥 소리 질렀다. 그리고 귀를 틀어막았다. 너무 끔찍해! 더 이상 알고 싶지 않아.

탬 린이 얼른 옆으로 달려왔다.

"하루 수업으로는 이만하면 족하다. 우리는 소풍을 왔는데 아직 재미있게 못 놀았잖니. 가자. 너한테 벌집이랑 코요테 굴을 보여 주마. 사막에서는 모든 게 다 물가에서 살거든."

그 다음부터는 둘이서 짐승이 사는 굴, 절벽의 틈새, 비밀 계곡에 숨어 있는 굴들을 찾아다녔다. 탬 린은 학교는 별로 다니지 않았는지 몰라도 자연에 대해서는 해박한 지식을 갖고 있었다. 그는 마트에게 가만히 앉아서 접근해 오는 것들을 기다리는 법을 가르쳐 주었다. 윙윙거리는 소리를 듣고 벌통의 상태를 판단하는 법도 알려 주었다. 그는 짐승의 배설물, 발자취, 뼈 조각을 분간할 줄 알았다.

마침내 오아시스가 그늘에 잠기기 시작할 무렵, 탬 린은 마트가 바위 구멍을 내려갈 수 있게 잡아 주었다. 둘은 말을 세워둔 곳으로 돌아갔다. 말은 아까 그 자리에서 꼼짝 않고 기다리고 있었다. 탬 린은 출발하기 전에 다시 물을 마시라는 명령을 내렸다.

밭에는 아무도 없었고, 기다란 산 그림자가 대지 위로 점점 늘어나고 있었다. 산 그림자가 끝나는 곳에서, 저녁 햇살이 양귀비를 찬란한 금빛으로 물들이고 있었다. 둘은 남자의 시체가 놓여 있던 메마른 밭을 지났지만, 시체는 이미 사라졌다.

"선생님이 이짓이었어."

마트가 침묵을 깨뜨렸다.

"비교적 똑똑한 축에 속했지. 그래 봤자, 그 여자는 오직 한 가지 수업밖에 할 줄 몰랐지만."

탬 린이 말했다.

"또 올까?"

경호원은 한숨을 쉬었다.

"아니. 그 여자는 커튼을 수선하거나 토마토를 자르는 일을 배당받게 될 거야. 뭔가 좀 더 즐거운 얘기를 해 보자꾸나."

"아저씨가 공부를 가르쳐 주면 안 돼?"

마트가 물었다.

탬 린은 진짜 폭소를 터뜨렸다.

"네가 가라테 권법으로 책상을 부수는 법을 배우고 싶다면 가르쳐 줄 수 있지. 내 생각에 너는 텔레비전으로 통신 교육을 받게 될 거다. 나는 근처에 있다가 네가 공부를 안 하는 것 같으면 발목을 잡고 창밖에 거꾸로 매달아 주마."

9

비밀 통로

표면적으로 마트의 생활은 경쾌한 리듬을 되찾았다. 마트는 텔레비전으로 통신 학습을 했는데, 탬 린이 과제물을 부치면 그것은 높은 점수가 매겨져서 되돌아왔다. 셀리아는 마트를 아낌없이 칭찬해 주었다. 마리아도 올 때마다 칭찬해 주었다. 탐의 성적이 바닥을 긴다는 것, 그래서 알라크란 씨가 교장에게 거액을 기부한 덕분에 간신히 기숙학교에 붙어 있다는 사실도 기분 나쁘지는 않았다.

하지만 마트의 마음속에는 공허함이 가득했다. 아이는 자신이 한 인간의 사진에 불과하다는 것, 그것은 자신이 진짜 중요한 존재는 아니라는 의미란 걸 이해하고 있었다. 사진이란 서랍 속에 처박힌 채 몇 년이고 까맣게 잊힐 수도 있는 물건이었다. 또한 쓰레기통에 처박힐 수도 있었다.

마트는 적어도 매주 한 번은 밭에서 죽은 그 남자의 꿈을 꾸었다. 그는 눈을 치켜뜬 채 태양을 올려다보고 있었다. 그는 끔찍한 갈증에 시달렸다. 마트는 그의 입이 먼지 투성이라는 것, 하지만 그곳에는 오직 메마른 서걱거리는 양귀비뿐 어디에도 물은 없다는 걸 알 수 있었다. 너무도 안 된 생각이 들어서, 마트는 머리맡에 물 한 주전자를 놓아 달라고 부탁했다. 꿈속에서 그 주전자를 집어들 수만 있다면 얼마나 좋을까. 꿈에서도 주전자가 거기 있어서, 그 남자의 먼지 투성이 입술에 물을 부어 줄 수만 있다면. 하지만 마트는 그렇게 하지 못했다. 그래서 잠에서 깨고 나면 양귀비 벌판의 그 메마른 죽은 느낌을 지우려고 물을 몇 잔씩 연거푸 들이켰다. 그러고 나면 물론 화장실에 가야 했다.

그런 경우에는 발꿈치를 들고 셀리아의 침실 앞을 살금살금 지나갔다. 셀리아의 코고는 소리 다음에는, 건너편 침실에서 템 린이 천둥치듯 응답하는 소리가 들려왔다. 그런 소리를 들으면 마음이 놓여야 마땅했다. 하지만 죽은 남자가 화장실 안에 누워서 천장 한가운데 박힌 커다란 전등을 올려다보고 있을지도 모르는 탓에 화장실 문을 열어 보기 전까지는 마음이 조마조마했다.

마리아는 올 때마다 복슬이를 데려오게 되었다. 복슬이는 낑낑거리기 잘하는 생쥐만 한 개였는데, 흥분하면 아무 데나 대소변을 쌌다. 탬 린은 복슬이란 녀석을 놈이 싸 붙인 똥과 함께 진공청소기로 빨아들이겠다고 자주 협박했다.

"녀석은 청소기에 쏙 들어갈 거다."

마리아가 혼비백산해서 항의하면 그는 한층 더 큰소리로 말했다.

"틀림없어, 쏙 들어갈걸."

마트는 모두들 자신과 복슬이를 똑같이 여겼기 때문에 복슬이가 싫었다. 자신이 공부를 잘하고 예절 바른 것은 중요하지 않았다. 둘 다 짐승이고 그래서 둘 다 중요하지 않은 존재였다.

부활절 방학 기간에 탐은 예절을 배우는 것은 구르기나 죽은 척하기를 배우는 것처럼 식은 죽 먹기라고 말했다. 마트는 탐에게 덤벼들었고, 마리아는 탬 린을 소리쳐 부르며 뛰어나갔다. 탐은 저녁 식사도 못 먹고 방에만 있어야 했다. 마트는 아무 벌도 받지 않았다.

그것은 좋은 일이긴 했지만, 단 한 가지, 복슬이도 잘못을 해도 벌을 받지 않는다는 점이 걸렸다. 복슬이는 옳고 그른 것을 구분하지 못했다. 복슬이는 멍청한 짐승인데, 자신 또한 그렇다는 것이 명백했다.

마리아가 놀러 오지 않을 때는 마트는 집 안 구석구석을 돌아다니며 놀았다. 아이는 자신이 적의 요새에 숨어든 엘 라티고 네그로인 척했다. 검은 망토를 두르고, 손에는 채찍 대신 길고 가느다란 가죽 허리띠를 들었다. 그리고 커튼과 가구 뒤쪽으로 살금살금 다니다가, 먼발치에 알라크란 가 사람이 보이면 얼른 숨었다.

베니토, 스티븐, 탐의 엄마인 펠리시아는 오후가 되면 피아노를 쳤다. 그녀가 연주하는 아름다운 화음이 음악실에서 울려 나왔다. 그녀는 평소의 느려터진 모습과는 완전히 다른, 격정에 들뜬 모습으로 피아노를 두드렸다. 마트는 화분 뒤에 숨어서 그녀의 연주를 듣는 걸 좋아했다.

펠리시아의 손가락은 건반의 이쪽 끝에서 저쪽 끝까지 획획 날아다녔다. 그녀는 눈을 지그시 감은 채 인상을 쓰고 있있는데, 고통스러워 보이지는 않았지만 그것과 매우 흡사한 어떤 느낌을 드러내고 있었다. 하지만 음악은 그지없이 훌륭했다.

한참 뒤 펠리시아는 기력이 다했다. 그러면 창백한 얼굴로 몸을 떨며 건반 위에 엎드렸고, 이것을 신호로 하인이 갈색 액체가 담긴 아름다운 크리스털 병을 가져왔다. 하인은 칵테일을 만들어서 펠리시아의 손에 쥐어주었다. 얼음이 달그락거리는 소리가 무척이나 듣기 좋았다.

그녀는 떨림이 진정될 때까지 마셨다. 그러고 나면, 탬 린이 셀리아가 심어 놓은 정원의 시금치에 깜빡하고 물을 주지 않았을 때처럼 맥을 못 추고 피아노 위로 엎어졌다. 하녀들은 그녀를 방으로 떠메고 가야 했다.

어느 날 펠리시아는 시간이 되어도 오지 않았다. 마트는 피아노에 다가가고 싶은 마음에 용기를 쥐어짜면서 화분 뒤를 어슬렁거렸다. 만일 펠리시아에게 잡힌다면, 그 방에서 영구히 추방될 거라는 사실을 잘 알고 있었다. 아이의 손가락은 피아노를 치고 싶은 욕망으로 찌릿찌릿했다. 그것은 너무도 쉬워 보였고, 게다가 머릿속에서는 음악이 울려 퍼지고 있었다.

마트는 숨어 있던 곳에서 살며시 빠져나왔다. 건반을 향해 손을 내미는데, 복도에서 펠리시아의 불안정한 목소리가 들려왔다. 그녀는 하인에게 마실 것을 가져오라고 말하고 있었다. 마트는 혼비백산해서, 얼른 피아노 뒤쪽의 벽장 속으로 뛰어 들어갔다. 벽장문을 닫는 순간 펠리시아가 들어왔다. 그녀는 곧장 연주를 시작했다. 마트는 벽장 속의 자욱한 먼지 때문에 재채기를 했지만, 펠리시아는 무척 큰 소리를 내고 있었기 때문에 듣지 못했다. 마트는 벽을 더듬어서 전등 스위치를 찾아냈다.

그곳은 실망스러운 장소였다. 낱장으로 된 악보가 벽 쪽에 쌓여 있었고, 한쪽 구석에는 접는 의자가 무더기로 쌓여 있었다. 그리고 그 위에는 먼지와 거미줄이 덮여 있어서 다시 재채기를 했다. 마트는 악보 한 장을 돌돌 말아서 안쪽 벽을 문지르기 시작했다. 호기심 때문이라기보다는 뭔가 할 일을 찾아서였다.

안쪽 벽 위에, 드라큘라가 보았으면 기뻐했을 만한 거미줄 뭉치 밑에 또 다른 전등 스위치가 보였다. 마트는 스위치를 올렸다.

벽의 일부가 여닫이문처럼 열리면서 먼지를 풀썩 피워 올리자, 마트는 캑캑거리며 악보 더미를 향해 뒷걸음질 쳤다. 그리고 셀리아의 고집에 따라 항상 몸에 지니고 다니는 천식용 흡입기를 꺼냈다. 먼지가 가라앉자 어둡고 좁다란 복도가 눈에 들어왔다.

아이는 모퉁이를 살폈다. 텅 빈 통로가 좌우 양쪽으로 뻗어 있었다. 이제 펠리시아는 연주를 그쳤다. 마트는 잔에서 얼음이 쩽그랑거리는 소리를 들으며 가만히 있었다. 잠시 후 하녀들이 펠리시아를 떠메고 가는 소리가 들렸다.

마트는 다시 한번 스위치를 건드렸고, 천만다행으로 이번에는 벽이 도로 닫혔다. 아이는 옷장에서 빠져나와, 카펫에 먼지 투성이 발자국을 남기며 돌아갔다. 셀리아는 마트의 옷과 머리 꼴을 보고 꾸짖었다.

이건 엘 라티고 네그로의 모험보다 재미있어. 마트는 그곳을 비밀로 간직하기로 했다. 그곳은 자신만의 공간이었다. 자신이 숨으려고만 한다면, 아무리 탬 린이라도 찾아내지 못할 터였다.

다음 몇 주에 걸쳐, 마트는 천천히 그리고 조심스럽게 이 새로운 영역을 탐험했다. 그곳은 집 안 이곳저곳을 구불구불 관통하는 듯했다. 벽에 조그만 감시용 창구멍이 뚫려 있는 것도 발견했지만, 그것을 통해 보이는 거라곤 의자와 탁자뿐인 텅 빈 방들이었다. 한 번은 하인 하나가 가구의 먼지를 떨어내는 광경을 보기도 했다.

몇몇 창구멍은 음악실에 있는 것과 같은 어둑한 벽장 속으로 뚫려 있었다. 어느 날, 더듬거리며 복도를 나아가다가 우연히 또 다른 스위치를 건드렸을 때 마트는 비로소 그 사실을 알았다.

마트는 스위치를 켰다.

음악실에 있는 것과 마찬가지로 벽이 스르르 열렸다. 심장이 몹시 두근거렸다. 자신은 벽장 안으로 직접 들어갈 수도 있는 것이다! 벽장 안은 곰팡내 나는 옷가지와 낡은 신발로 가득했지만, 그것들을 한쪽으로 밀쳐놓으면, 저쪽 편에 난 문까지 갈 수 있었다. 사람들의 목소리가 들렸다. 의사와 알라크란 씨가 웅얼거리며 말하는 어떤 사람을 설득하고 있었다. 의사의 엄격한 말투는 마트에게 괴로운 기억을 불러일으켰다. 윌럼은 호통 치듯이 말했다.

"그렇게 하십시오! 그렇게 해야 한다는 걸 잘 아시잖습니까!"

"아버지, 제발."

알라크란 씨가 이렇게 부드럽게 말하는 건 처음 들어 보았다.

"아니다, 아니야."

알라크란 씨의 아버지는 신음했다.

"약물 치료를 받지 않으면 돌아가실 거예요."

아들이 애걸했다.

"신께서 나를 원하신다."

"하지만 저도 여기서 아버지를 원합니다."

알라크란 씨가 호소했다.

"여기는 그림자와 악의 소굴이다!"

노인은 제정신이 아닌 게 분명했다.

"최소한 간은 새로 이식받으십시오."

윌럼이 목 쉰 소리로 말했다.

"날 그냥 내버려두어라."

노인이 울부짖었다.

마트는 복도로 나와 문을 닫았다. 그들이 무엇에 대해 언쟁을 벌이고 있는지는 몰랐지만, 엿듣다가 들키기라도 하는 날에는 어떤 일이 벌어질지 잘 알고 있었다. 아마 감금당할 것이다. 어쩌면 로사의 손에 다시 넘겨질지도 모른다.

마트는 음악실로 나왔고, 비밀 통로를 탐험하는 일을 한동안 그만두었다. 하지만 펠리시아의 연주를 듣는 일은 계속했다. 음악은 아이의 내면을 사로잡았고, 그게 아무리 위험한 일이라 해도 음악을 듣지 않고는 견딜 수가 없었다.

어느 날 오후, 마트는 하인이 아니라 의사가 마실 것을 가져온 걸 보고 깜짝 놀랐다. 그녀는 의사가 얼음을 섞는 동안 신음했다.

"오, 윌럼. 그이는 더 이상 나한테 말을 안 해. 꼭 내가 거기 없는 것처럼 무심한 눈으로 쳐다본다니까."

의사가 달래 주었다.

"괜찮습니다. 제가 여기 있잖습니까. 제가 보살펴 드리지요."

그는 검은 가방을 열고 주사기를 꺼냈다. 마트는 숨을 멈췄다. 전에 아팠을 때 의사에게 주사를 맞은 적이 있었는데, 너무도 싫었다! 마트는 의사가 펠리시아의 팔을 면봉으로 닦고 바늘을 꽂아 넣는 모습을 홀린 듯이 지켜보았다. 저 여자는 왜 울지 않을까? 느끼지를 못하는 걸까?

윌럼은 여자에게 바짝 붙어 앉아 어깨에 팔을 둘렀다. 그가 뭐라고 중얼거렸지만 들리지는 않았다. 펠리시아는 그 말을 듣고 기분이 좋았는지, 생긋이 웃으며 의사의 가슴팍에 머리를 기댔다. 잠시 후 그는 여자를 데리고 음악실을 나갔다.

마트는 당장 숨어 있던 곳에서 나왔다. 그리고 쿵쿵 잔의 냄새를 맡아 보고 안에 든 것을 맛보았다. 으웩! 썩은 과일 맛이 났다. 아이는 얼른 퉤하고 뱉어 냈다. 그리고 밖에서 발소리가 나는지 주의 깊게 귀 기울이며 피아노 앞에 앉았다. 조심조심 건반을 눌러 보았다.

음정이 음악실 안에서 부드럽게 울렸다. 황홀했다. 다른 건반도 눌러 보았다. 모두가 한결같이 아름다웠다. 너무도 황홀한 마음에 복도를 내려오는 하인의 발소리를 놓칠 뻔했지만, 다행히도 금방 정신을 차리고 화분 뒤로 잽싸게 숨었다.

그 날 이후, 마트는 언제 음악실에 가도 되는지 알아보려고 하인들의 출입을 유심히 관찰했다. 펠리시아는 오전에는 절대로 그곳에 들르지 않았다. 사실상 그녀는 오후가 되어야 자리에서 일어나 한두 시간 정도 활동할 뿐이었다.

마트는 한 손가락을 써서 셀리아가 불러 준 노래들을 칠 수 있다는 걸 깨달았다. 펠리시아는 열 손가락을 다 사용했지만, 자신은 아직 그렇게 하는 법을 배우지 못했다. 그렇다 해도 음악을 빚어내는 능력은 억누르기 힘든 기쁨을 가져다 주었다. 아이는 자신이 있는 곳을 잊어버렸다. 자신이 클론이라는 사실을 잊어버렸다. 음악은 모든 것, 즉 하인들의 말 없는 멸시, 스티븐과 에밀리아의 냉대, 탐의 미움을 보상해 주었다.

"그래, 네가 드나드는 곳이 바로 여기구나."

탬 린이 말했다. 마트는 뒤를 휙 돌아보다가 하마터면 의자에서 떨어질 뻔했다.

"계속 해라. 너는 그 방면으로 진짜 재주가 있구나. 재미있구나, 난 엘 파트론이 음악적이라고 생각해 본 적은 한 번도 없거든."

마트의 가슴이 거세게 방망이질 쳤다. 이제 여기 오는 걸 금지 당하게 될까?

"너한테 음악적 재능이 있다면, 틀림없이 그 양반도 그렇겠지. 하지만 그 양반은 피아노를 배울 시간이 없었을 거다. 예전에 살던 곳에서는 사람들이 피아노를 패서 장작으로 썼지."

경호원이 말했다.

"아저씨도 피아노 칠 수 있어?"

마트가 물었다.

"무슨 농담을. 이 손을 보렴."

마트는 크고 투박한 손과 뭉뚝한 손가락을 쳐다보았다. 그중 몇 개의 손가락은 부러졌다가 다시 붙은 것처럼 구부러져 있었다.

"한 손으로도 칠 수 있어."

아이는 말했다.

탬 린은 껄껄 웃었다.

"총각, 음악은 먼저 머릿속에 들어 있어야 한다. 주께서는 그 재능을 나눠 주실 때 나를 빼놓으셨지. 하지만 너는 받았어. 그러니 그걸 쓰지 않는 것은 부끄러운 일이다. 너한테 선생이 필요하다고 엘 파트론에게 말씀드려 주마."

그것은 쉽지 않은 일이었다. 어떤 인간도 클론을 가르치고 싶어 하지 않았고, 또 그럴 수 있을 만큼 영리한 이짓은 없었다. 드디어 탬 린은 일을 찾아 헤매던 귀머거리 사내를 찾아냈다. 마트는 듣지도 못하는 사람이 음악을 가르칠 수 있다는 게 이상했지만, 그것은 가능했다. 오르테가 씨는 두 손으로 음악을 느꼈다. 마트가 피아노를 치는 동안, 그는 두 손을 피아노에 얹고 마트의 모든 실수를 빼놓지 않고 잡아냈다.

오래지 않아 마트는 점점 늘어나는 성취 목록에 음악적 능력을 보탰다. 마트는 자신의 수준보다 10년 앞선 내용을 읽었고, 탬 린을 쩔쩔매게 하는(그리고 짜증스럽게 만드는) 수학 문제를 풀었으며, 영어와 스페인 어를 둘 다 유창하게 말했다. 게다가 음악적 재능은 날이 갈수록 빛을 발했다. 마트는 자신에게 주어진 모든 것을 공부하는 데 전력을 다했다. 행성들과 제일 밝은 별들 그리고 모든 별자리의 이름을 줄줄이 읊어 댈 수 있었다. 나라 이름과 각국의 수도, 주요 수출품에 대해서도 외웠다.

마트는 미친 듯이 공부에 몰두했다. 누구보다 잘 할 생각이었다. 그러면 모두들 자신을 사랑할 거고, 자신이 클론이라는 사실을 잊게 될 터였다.

10

아홉 번 사는 고양이

"넌 꼭 들짐승 같구나. 동굴 속의 곰처럼 여기 숨어 있으니 말이야."

마리아가 마트의 방문 앞에 서서 투덜거렸다.

마트는 커튼을 내린 창문을 무심하게 쳐다보았다. 아이는 아늑하고 편안한 어둠이 좋았다.

"나는 짐승이야."

마트는 대꾸했다. 옛날 같았으면 그런 말들이 고통스러웠겠지만, 이제는 자신의 처지를 받아들이고 있었다.

"내가 보기에 넌 그냥 뒹굴거리는 걸 좋아하는 거야."

마리아는 서슴없이 들어와서 커튼과 창문을 열어젖혔다. 밖에 보이는 셀리아의 정원에는 옥수수, 토마토, 콩, 완두가 가득히 넘실거렸다.

"어쨌든 오늘은 엘 파트론의 생신이야. 그건 네가 그 우거지상을 펴는 게 낫다는 뜻이지."

마트는 한숨을 내리쉬었다. 자신이 인상을 쓰고 쳐다보면 거의 모두가 꼬리를 내리는데, 마리아만은 예외였다. 이 애는 웃음을 터뜨릴 뿐이었다. 물론 어쩌다 엘 파트론이 왔을 때, 노인네를 향해 으르렁거릴 생각은 추호도 없었다. 그렇게 하는 것은 상상도 할 수 없는 일이었다. 만날 때마다 엘 파트론은 더 약해진 것 같았고, 마음은 더욱 혼란스러운 것 같았다.

그런 모습을 볼 때마다 마트의 가슴은 무너져 내렸다. 아이는 엘 파트론을 사랑했다. 자신은 모든 걸 그분에게 빚지고 있었다.

마트는 삼 년 전의 그 끔찍한 나날을 거의 잊고 있었다. 그때는 바퀴벌레를 벗 삼아, 오래된 닭 뼈다귀를 장난감 삼아 우리에 갇혀 있었다. 만약 노인이 구해 주지 않았다면 아직도 그곳에 갇혀 있거나, 아니면 로사의 손에 마루 밑에 묻혔으리라.

"엘 파트론은 오늘 백마흔세 살이 돼."

마트가 말했다.

마리아는 몸을 떨었다.

"그렇게 나이를 먹는다는 건 상상할 수도 없어!"

"셀리아가 그러는데, 케이크 위에 그만한 숫자의 촛불을 켜 놓으면, 벽의 페인트가 녹아서 흘러내릴 거래."

"엘 파트론은 지난번에 여기 왔을 때 좀 이상했어."

마리아가 말했다.

그렇게 표현하는 것도 한 가지 방법이지. 마트는 생각했다. 엘 파트론은 건망증이 너무 심해져서, 똑같은 얘기를 자꾸만 되풀이했다.

"내가 이제 죽었느냐?"

노인은 물었다.

"내가 이제 죽었느냐?"

노인은 다시 물었다. 그리고 손을 펴서 눈앞에 바짝 대고, 자신이 아직 여기 있다는 걸 확인하려는 듯 손가락을 하나하나 들여다보았다.

"준비됐니?"

셀리아가 방 안으로 뛰어 들어와서 소리쳤다. 그녀는 마트를 돌려세우고 셔츠 깃을 바로잡아 주었다.

"기억해 둬라. 너는 오늘 밤에 엘 파트론의 옆 자리에 앉게 될 거다. 정신 바짝 차리고 질문에 잘 대답해라."

"만약에 엘 파트론이 무섭게 굴면?"

마트가 말했다. 지난번에 노인이 왔을 때 "내가 이제 죽었느냐?"라는 질문에 대답을 하고 또 했던 일이 기억났던 것이다.

셀리아는 셔츠를 만지던 손길을 멈추고 아이 앞에 쪼그리고 앉았다.

"아가야, 내 말 잘 들어. 만약 오늘 밤에 무슨 안 좋은 일이 생기면, 곧장 나한테 오너라. 주방 뒤쪽의 식기실로 말이다."

"안 좋은 일이라니, 그게 뭔데?"

"그건 말할 수 없다. 내 말을 잊지 않겠다고 약속하기만 하면 돼."

셀리아는 은밀히 방 안을 둘러보았다.

마트는 그런 약속을 하는 건 곤란하다고 생각했다. 일부러 잊어버리는 사람은 없으니까. 하지만 고개를 끄덕여 주었다.

"오, 내 아들, 널 정말 사랑한다!"

셀리아는 아이를 끌어안으며 울음을 터뜨렸다. 마트는 놀라기도 하고 당황하기도 했다. 도대체 무엇이 셀리아를 이렇게 뒤흔들어 놓았을까? 마트는 마리아를 곁눈질했다. 표정을 보니 마리아가 이 같은 감정의 분출에 푹 젖었다는 걸 알 수 있었다. 그것은 요즘 들어 마리아가 애용하는 표현이었다. 푹 젖었다는 것. 그 애는 탬 린한테서 이 말을 배웠다.

"약속할게."

마트가 말했다.

셀리아는 얼른 뒤로 물러나 앉으며 행주치마로 눈물을 훔쳤다.

"내가 바보지. 네가 안다고 한들 그게 무슨 소용이겠니? 상황이 더 나빠지기만 할 텐데."

그녀는 혼잣말을 하는 것 같았고, 마트는 그녀를 걱정스레 지켜보았다. 셀리아는 일어나서 앞치마의 주름을 폈다.

"얘들아, 너희 둘이 같이 가거라. 파티에서 재미있게 놀렴. 난 주방에서 너희들이 듣도 보도 못한 최고의 저녁 식사를 준비할 테니까. 너희들 꼭, 영화 속에서 빠져나온 애들처럼 미끈하구나."

자신만만한 늙은 셸리아가 주방으로 돌아가자 마트는 마음이 놓였다.

"난 복슬이를 데리러 내 방으로 가야 해."

방을 나가며 마리아가 말했다.

"아, 안 돼! 녀석을 저녁 식사에 데려갈 수는 없어."

"난 내 마음대로 할 수 있어. 난 복슬이를 몰래 무릎에 올려놓고 있을 거야."

마트는 한숨을 쉬었다. 다퉈 봤자 소용없는 일이었다. 마리아는 어디든 복슬이를 데리고 다녔다. 탬 린은 그건 개가 아니라 마리아의 팔에 솟아난 털 난 혹이라고 투덜거렸다. 탬 린은 마리아에게 의사한테 가서 절제 수술을 받아보지 않겠느냐고 제안했다.

탐은 마리아의 방에 와 있었고, 복슬이는 아무 데도 보이지 않았다.

"네가 밖에 내놓지 않았어?"

마리아는 침대 밑을 살피면서 외쳤다.

"난 그 녀석을 본 적도 없어."

탐은 마트를 노려보며 말했다. 마트도 지지 않고 노려보았다. 탐은 뻣뻣한 빨강 머리를 매끈하게 빗어 넘기고, 하얀 반달이 드러난 손톱을 깔끔하게 손질하고 있었다. 탐은 이런 때에는 항상 완벽하게 단장하는 걸 잊지 않았고, 덕분에 엘 파트론의 생일 파티에 참석한 여자들한테서 숱하게 칭찬의 말을 들었다.

"그 애가 없어졌어! 그 애는 길을 잃으면 겁을 먹는단 말이야. 엉, 제발 그 애를 좀 찾아봐 줘!"

마리아가 울먹였다.

탐과 마트는 어쩔 수 없이 눈싸움을 그만두고, 베개 밑, 커튼 뒤, 옷장 서랍 속을 뒤졌다. 마리아는 홀쩍거리며 울었고, 아무 성과도 없이 개를 찾는 일은 길어졌다.

"녀석은 아마 집 밖에서 뛰어다니면서 재미있게 놀고 있을 거야."

마트가 말했다.

"그 애는 밖에 있는 거 싫어해."

마리아가 울면서 말했다. 마트는 그 말이 맞다는 것을 인정할 수밖에 없었다. 복슬이 녀석은 한심하기 짝이 없어서 참새 떼만 봐도 달아났다. 하지만 녀석은 밖에 있는 게 분명했다. 숨을 곳이 천 군데는 될 것이다. 저녁 식사 전까지 녀석을 찾는 것은 불가능했다. 그런데 뭔가 이상한 게 눈에 띄었다.

그것은 탐이었다.

탐은 여기저기 뒤지고는 있었지만, 진짜로 찾는 것 같지는 않았다. 뭐라고 설명하기가 힘들었다. 탐은 몸을 움직이면서도 눈으로는 마리아를 보고 있었다. 마트는 동작을 멈추고 가만히 귀 기울였다.

"무슨 소리가 들린다!"

마트는 외쳤다. 그리고 화장실로 뛰어 들어가 변기 뚜껑을 열었다. 복슬이가 거기 있었다. 복슬이는 물에 흠뻑 젖은 채 녹초가 되어서, 들릴락말락하게 낑낑거릴 뿐이었다. 마트는 개를 꺼내서 얼른 바닥에 내려놓았다. 그리고 수건을 집어 들어 복슬이의 몸을 감싸 주었다. 개는 너무 지쳐서 물어뜯으려는 시늉도 하지 않았다. 완전히 뻗어 있는 녀석을 마리아가 냉큼 집어 들었다.

"얘가 어떻게 저길 들어갔지? 누가 뚜껑을 덮어 놓은 거야? 오, 아가야, 예쁜, 예쁜 우리 복슬이, 이제 괜찮아. 우리 착한 강아지. 내 귀염둥이."

마리아는 뻗대는 짐승을 얼굴에 대고 비볐다.

"그 녀석은 매일 변기 물을 마시잖아. 오늘도 그러다가 밑으로 떨어졌겠지. 그러고 나서 변기 뚜껑을 끌어당겼을 거야. 내가 하녀를 불러서 목욕시키라고 할게."

탐이 말했다.

하지만 탐이 밖으로 나가기 전에, 마트는 탐의 얼굴에 진짜 화난 빛이 스치는 걸 보았다. 뭔가를 원했지만 그걸 얻지 못한 것이다. 마트는 탐이 복슬이를 변기 속에 처넣었다고 확신했다. 물론 그동안 탐이 개를 싫어하는 태도를 보인 적은 없었다. 그렇지만 그것은 지극히 그 애다웠다. 탐은 겉으로는 공손하게 도와주는 척해도, 속으로는 무슨 마음을 먹고 있는지 종잡을 수가 없었다.

마트는 오싹했다. 자신이 찾아내지 못했다면 복슬이는 물에 빠져 죽었을 것이다. 사람이 어찌 그리 잔인할 수 있을까? 탐은 왜 마리아처럼 마음씨 고운 아이에게 해를 끼치려는 것일까? 마리아는 검은과부거미도 구해 줄 아이였다. 마트는 탐이 복슬이에게 그런 짓을 한 거라고 자기가 말해도 아무도 믿어 주지 않으리란 걸 잘 알고 있었다. 자신은 클론에 불과했고, 그래서 자신의 의견 따위는 중요하지 않았다.

아냐, 언제나 그런 건 아니라고. 마트는 생각했다. 신나는 계획이 떠올랐다.

하인들은 대개 마트를 무시했고, 알라크란 가 사람들은 아이가 유리창에 붙은 벌레라도 되는 양 무심한 눈길로 쳐다보았다. 음악 교사인 오르테가 씨는 거의 아무 말도 하지 않았고, 마트가 건반을 잘못 눌렀을 때 "아냐! 아냐! 아냐!" 하고 외치는 게 전부였다. 오르테가 씨는 이제는 "아냐! 아냐! 아냐!" 하는 말도 그렇게 자주 하지 않았다. 마트는 뛰어난 연주자였고, 그래서 선생이 이따금씩 "좋아!" 하고 말한다고 해서 그리 나쁠 건 없으리라고 생각했다. 하지만 오르테가 씨는 절대로 그런 말을 하는 법이 없었다. 하지만 아이의 피아노 연주가 괜찮으면 그의 얼굴에는 칭찬과 다름없는 기쁜 표정이 스쳤다. 그리고 연주가 진짜 진짜 괜찮으면, 마트 자신이 너무도 황홀해서 음악 선생이 어떻게 반응하는지에 대해 신경 쓸 여유가 없었다.

해마다 열리는 생일 파티 때는 모든 게 달라졌다. 그것은 정말로 엘 파트론의 파티였고, 덩달아 마트도 축하받았다. 적어도 셀리아, 탬 린, 마리아, 엘 파트론은 마트를 축하해 주었다. 그밖에 사람들은 이를 악물고 그날을 견뎌 냈다.

그것은 마트가 원하는 것을 뭐든 요구할 수 있는 유일한 기회였다. 마트는 알라크란 가 사람들이 억지로라도 자신에게 주의를 돌리게 만들 수 있었다. 스티븐과 탐이 저희 친구들 앞에서 자신에게 공손한 태도를 취하도록 만들 수도 있었다. 누구도 감히 엘 파트론의 노여움을 사려 하지 않았고, 따라서 누구도 감히 마트를 무시하지 못했다.

큰집을 에워싸고 있는 드넓은 정원의 한편에 파티 테이블이 차려졌다. 잔디밭은 흠잡을 데 없이 매끈했고, 모든 풀은 키가 다 똑같았다. 정원 일을 담당한 이짓들은 행사를 치르기 직전에 가위로 잔디를 다듬었다. 내일이 되기도 전에 짓밟히고 잊혀지겠지만, 그래도 지금 잔디밭은 온화한 석양 속에서 녹색 보석처럼 반짝거렸다.

테이블마다 티 없이 하얀 식탁보가 씌워져 있었다. 가장자리에 금박을 두른 접시와 반질반질하게 윤을 낸 은제 식기가 놓여 있었고, 접시 옆에는 크리스털 술잔이 놓였다.

부겐빌레아로 지붕을 덮은 구석의 정자에는 선물이 엄청나게 쌓여 있었다. 엘 파트론이 이미 갖고 있지 않은 것은 없었고, 백마흔세 살의 나이에 즐길 수 있는 것도 많지 않았지만, 그래도 모두들 선물을 가져왔다. 심지어 마트에게 주는 선물도 몇 가지 있었는데, 셀리아와 마리아의 애정이 듬뿍 담긴 자그마한 선물과 탬 린이 주는 실용적인 물건 그리고 엘 파트론의 크고 값비싼 증정품이 그것이었다.

손님들은 어슬렁거리고 돌아다니며 하녀들이 쟁반에 담아서 내온 맛있는 음식들을 골랐다. 웨이터들은 가지각색의 음료를 제공했고, 담배 피울 손님들을 위해 수연통을 내왔다. 상원의원과 유명한 배우들, 장군들, 세계적으로 유명한 의사들, 전직 대통령 서넛 그리고 마트가 텔레비전을 통해 본 나라의 독재자 대여섯이 와 있었다. 심지어 늙수그레한 공주도 있었다. 그리고 물론 다른 농부들도 있었다. 여기서는 농부가 진짜 귀족이었다. 그들은 미국과 아즈틀란 사이에 자리 잡은 마약 제국을 지배했다.

농부들은 마트가 처음 보는 남자를 에워싸고 있었다. 그는 뻣뻣한 붉은 머리에 얼굴은 보드랍고 창백했으며, 눈 밑에는 깊은 그늘이 져 있었다. 건강해 보이지는 않았지만, 그래도 기분은 좋아 보였다. 그는 듣기 싫은 목소리로 열변을 토하면서, 말하는 사이사이에 다른 사람들의 가슴을 손가락으로 쿡쿡 찔러 댔다. 그것 하나만 봐도 마트는 그가 농부가 틀림없다는 걸 알았다. 그렇게 무례하게 굴 사람은 달리 없을 터였다.

"저 사람이 맥그리거 씨야."

마리아가 말했다. 마리아는 털을 뽀송뽀송하게 말린 복슬이를 팔에 걸치고, 마트의 뒤에 서 있었다.

"누구?"

순간적으로 마트는 양귀비 밭의 그 작은 집으로 되돌아갔다. 나이는 여섯 살이었고, 세뇨르 맥그리거 네 정원에 갇힌 페드로 엘 코네호 얘기가 나오는 너덜거리는 책을 읽고 있었다.

"저 사람은 샌디에이고 근처에서 농장을 하고 있어. 난 저 사람 소름끼쳐."

마리아가 말했다.

마트는 그 남자를 좀 더 유심히 살펴보았다. 그는 책에 나오는 세뇨르 맥그리거와는 딴판이었지만, 어딘가 불쾌한 데가 있는 것은 확실했다.

"모두들 살롱으로 들어가라는 신호를 보내고 있네."

마리아가 말했다. 그리고 복슬이를 끌어올려 좀 더 편안한 자세를 취해 주었다.

"너 짖지 않는 게 좋을 거다. 옆에 아무리 끔찍한 사람들이 있어도 말이야."

마리아는 개에게 말했다.

"제발 그래 주면 고마울 텐데."

마트가 말했다.

살롱은 정원에서 올라가는 대리석 계단 꼭대기에 있었다. 파티장의 손님들은 엘 파트론에게 인사드리라는 전갈을 의무적으로 따르기 위해 그쪽으로 밀려갔다. 마트는 충격에 대비했다. 그동안 엘 파트론은 볼 때마다 한층 더 노쇠해져 있었다.

손님들은 반원을 그리며 섰다. 살롱의 가장자리에는 거대한 꽃병과 엘 파트론이 그토록 아끼는 대리석 조각상들이 빙 둘러 서 있었다. 말소리가 뚝 그쳤다. 새 소리, 분수 물소리가 한층 또렷해졌다. 근처의 정원에서 비둘기 한 마리가 구구거렸다. 마트는 잔뜩 긴장한 채 엘 파트론의 전동 휠체어 소리에 귀 기울였다.

그런데 놀랍게도 살롱의 맨 끝에 드리워진 커튼이 열리더니 엘 파트론이 걸어 들어왔다. 천천히 움직이고 있었지만 정말로 걷고 있었다. 마트는 기뻤다. 뒤에서 대프트 도널드와 템 린이 휠체어를 하나씩 밀고 따라 들어왔다.

장내에 놀라움의 물결이 퍼져나갔다. 누군가(마트는 늙은 공주라고 생각했다.) 외쳤다.

"만세!"

그러자 모두들 환호했고, 마트도 안도와 기쁨에 넘쳐 환호성을 질렀다.

뒤에서 누군가 중얼거렸다.

"늙은 흡혈귀 같으니라고. 이번에도 관에서 기어 나오는 데 성공했군."

마트는 누군지 보려고 잽싸게 돌아보았지만, 파티 참석자 중에 누가 그런 말을 했는지는 알 수 없었다.

엘 파트론은 살롱 한가운데 이르자, 템 린에게 신호를 보내 휠체어를 가져오도록 했다. 노인이 앉자, 템 린은 빙 돌아서 쿠션을 고여 주었다. 그런데 정말 놀랍게도 맥그리거 씨가 앞으로 나가더니 또 다른 휠체어에 앉았다.

그럼 둘이 친구라는 거잖아. 마트는 생각했다. 왜 그동안 맥그리거 씨를 한 번도 못 봤을까?

"잘 오셨소."

엘 파트론이 말했다. 목소리는 나직했으나, 사람들의 주의를 끄는 힘이 있었다.

"내 백마흔세 번째 생일 파티에 잘들 오셨소. 여러분 모두는 내 친구이자 동맹, 혹은 일가친척들이오."

노인은 나지막하게 웃었다.

"저들은 지금쯤 내가 무덤 속에 누워 있는 걸 보고 싶었겠지만, 저들에게 그런 행운은 없소이다. 나에게는 세계 최고의 의사들이 있고, 나는 경이롭기 짝이 없는 새 치료법의 혜택을 받았소. 그리고 이제 나의 절친한 친구 맥그리거가 같은 의료진에게 치료받을 예정이오."

맥그리거 씨는 빙긋이 웃으며, 심판이 승리한 권투 선수의 팔을 들어 올리듯 엘 파트론의 팔을 들어 올렸다. 그 남자의 무엇이 그토록 혐오스러웠을까? 마트는 속이 느글거리는 걸 느꼈지만, 딱히 그가 싫을 이유는 없었다.

"기적의 일꾼들, 앞으로 나오게."

엘 파트론이 말했다. 군중 속에서 두 남자와 두 여자가 나왔다. 그들은 휠체어 앞으로 다가가 고개 숙였다.

"나는 여러분이 나의 진심어린 감사만으로도 만족하리라고 확신한다."

엘 파트론은 킬킬거렸고, 의사들은 실망감을 감추려고 애섰다.

"하지만 여러분은 이 백만 달러짜리 수표들을 보면 훨씬 더 만족할 것이다."

의사들은 당장 뛸 듯이 기뻐했지만, 여자 하나는 얼굴을 붉힐 정도의 품위는 있었다. 모두들 박수갈채를 보냈고, 의사들은 엘 파트론에게 감사했다.

탬 린은 마트와 눈을 맞추고 고갯짓을 해 보였다. 마트는 앞으로 나갔다.

"미 비다."

엘 파트론은 진정 따뜻한 목소리로 말했다. 그는 마디가 불거진 손으로 손짓했다.

"이리 가까이 와서 얼굴을 좀 보여다오. 내가 이렇게 훤칠하게 잘 생겼었던가? 그랬겠지."

노인은 한숨을 쉬고 침묵했다. 마트는 탬 린이 가리키는 대로 휠체어 옆에 섰다.

"난 가난한 마을에서 자란 가난한 아이였소."

엘 파트론은 그 자리에 모인 대통령, 독재자, 장군 및 여러 유명 인사들을 향해 일장 연설을 시작했다.

"어느 해인가 5월 5일에, 우리 땅의 임자였던 농장주가 퍼레이드를 벌였고, 나하고 다섯 형제들은 구경하러 갔었소. 어머니는 어린 여동생들을 데려갔소. 한 아이는 어머니한테 안겼고, 다른 한 아이는 엄마 치마꼬리를 잡고 뒤에서 졸졸 따라갔소."

마트는 두랑고의 먼지 날리는 옥수수 밭과 황토색 산들을 보았다. 연중 두 달은 물이 콸콸 흐르고 나머지 열 달은 뼈다귀처럼 말라붙은 시내를 보았다. 그 얘기는 엘 파트론한테서 귀에 못이 박히도록 들어서, 마음속으로 줄줄 외우고 있었다.

"퍼레이드에서 시장은 멋진 백마를 타고 구경꾼을 향해 돈을 던졌소. 그 동전을 주우려고 얼마나 아귀다툼을 벌였던지! 얼마나 돼지처럼 흙바닥에서 굴렀던지! 하지만 우리한테는 그 돈이 필요했소. 우리는 너무도 가난해서 손에 쥐고 비벼 볼 단돈 2페소도 없었더랬소. 나중에 농장주는 큰 잔치를 베풀었소. 우리는 마음껏 먹을 수가 있었소. 사람들의 위장이 하도 쪼그라들어서 칠리 콩이 뱃속에 들어가려고 해도 줄을 서야 했던 형편에 그것은 멋진 기회였소.

내 누이동생들은 그 잔치에 갔다가 장티푸스에 걸렸소. 그 아이들은 한날한시에 죽었소. 그 애들은 너무 작아서, 발뒤꿈치를 들고서도 창밖을 넘겨다 보지 못할 정도였소."

살롱은 쥐 죽은 듯 조용했다. 마트는 정원 먼 곳에서 비둘기 우는 소리를 들었다. 노 호프(No hope, 희망이 없다.), 비둘기는 이렇게 울었다. 노 호프. 노 호프.

"그 다음에 몇 년에 걸쳐 내 다섯 형제들이 차례로 죽어갔소. 둘은 물에 빠져 죽었고, 하나는 맹장이 터졌는데, 우리는 의사를 부를 돈이 없었소. 남은 두 형제는 경찰한테 맞아 죽었소. 우리는 전부 여덟 명이었소. 그런데 살아서 어른이 된 건 나 혼자뿐이오."

엘 파트론이 말했다.

마트는 청중들이 지루하지만 애써 그걸 감추려고 하는 것 같다고 생각했다. 그들은 수십 년간 똑같은 연설을 들어 온 것이다.

"내 형제자매들 모두가 나보다 일찍 죽었고, 내 적들도 모두 나보다 일찍 죽었소. 물론, 적이야 항상 더 생겨날 수 있는 거지만 말이오."

엘 파트론은 좌중을 둘러보았고, 몇몇 사람들은 미소를 지으려고 했다. 하지만 엘 파트론의 냉혹한 눈과 마주치자 금세 싸느랗게 얼어붙었다.

"여러분은 나를 아홉 번 사는 고양이라고 할 수도 있소. 그러나 잡을 쥐새끼들이 남아 있는 한, 나는 사냥을 계속할 거요. 그리고 의사들 덕분에 나는 아직도 사냥을 즐길 수 있소. 이제 박수를 쳐도 좋소."

노인은 이글거리는 눈으로 청중들을 노려보았고, 사람들은 머뭇거리며 박수를 치기 시작했다. 박수 소리는 이내 커졌다.

"꼭 로봇 같은 사람들이야."

엘 파트론이 들릴락말락하게 중얼거렸다. 그는 좀 더 큰 소리로 말했다.

"난 이제부터 잠깐 쉴 테니까, 저녁은 그 다음에 다 함께 들도록 합시다."

11

선물 교환

마트는 정원 이곳저곳을 돌아다니다가, 얼음 조각과 얄팍하게 썬 오렌지들이 붉은 웅덩이에 동동 떠 있는 포도주 분수를 보고 감탄을 금치 못했다. 분수에 손가락을 담가 맛을 보았다. 보기와는 달리 맛은 별로였다.

테이블 위에 놓인 좌석표를 살펴보았다. 여느 때와 마찬가지로, 자신은 엘 파트론의 바로 옆자리였다. 맥그리거 씨는 그 반대쪽 옆자리였다. 그밖에 귀빈으로는 알라크란 씨와 펠리시아, 대학에서 돌아온, 아니 차라리 쫓겨났다고 해야 할 베니토와 스티븐, 탐이 있었다. 알라크란 씨의 아버지는 상석을 돌며 손님들에게 인사하고 있었다. 요즘은 모두들 그를 엘 비에호(노인)라고 불렀는데 왜냐하면 그가 엘 파트론보다 더 나이가 들어 보였기 때문이었다.

마트는 콧노래를 흥얼거리며 탐의 좌석표를 유아석으로 옮겨 놓았다. 유아석 테이블 양 끝에는 질서를 유지하기 위해 유모가 한 사람씩 앉았고, 높다란 의자들이 양쪽으로 줄지어 놓여 있었다. 마트는 마리아의 좌석표를 찾아서 자기 옆자리에 갖다 놓았다.

그 다음에 정원의 가장자리를 살펴보았다. 경호원들이 음침하고 어두운 반원을 그린 채 빙 둘러서 있었다. 대통령, 독재자, 장군들은 저마다 자신의 보호자들을 데려왔고, 알라크란 가에서는 물론 파티 경호를 위해 작은 부대를 고용했다. 세어 보니 이백 명이 넘었다.

경호원들은 누구로부터 이 사람들을 지키는 걸까? 마트는 의아했다. 누가 양귀비 밭을 가로질러 쳐들어오려고 하겠는가? 하지만 집안 행사 때마다 나타나는 경호원들에게 익숙해져서, 그들이 와 있는 게 자연스러워 보였.

해가 지며 정원은 서늘한 녹색 빛으로 물들었다. 아조 산맥은 저 멀리서 여전히 자주색과 갈색으로 빛났다. 마트는 양귀비 밭을 물들인 황금빛이 점점 희미해지는 걸 보았다. 나무들 사이에서 가로등이 켜졌다.

"이 돼지! 단 한 번이라도 탐한테 잘해 줄 수 있잖아. 내가 그 애 좌석표를 도로 제 자리에 갖다 놨어."

마리아가 복슬이를 숨겨 넣은 가방을 둘러메고 소리쳤다.

"탐은 복슬이를 물에 빠뜨려 죽이려고 했기 때문에 내가 벌을 주는 거야."

마트가 말했다.

"도대체 무슨 말을 하는 거야?"

"복슬이가 변기 속에 떨어진 다음에 뚜껑을 잡아당길 수는 없었어. 그건 말도 안 돼. 탐이 그렇게 한 거야."

"그 애가 그런 악마일 리는 없어."

마리아가 말했다.

"언제부터? 어쨌든 이건 내 파티니까 누가 어디에 앉을지는 내가 정하는 거야."

마트는 마리아에게 점점 인내심을 잃고 있었다. 기껏 잘해 주려고 하는데, 이 애는 모든 걸 엉뚱하게 받아들이고 있는 것이다.

"유아석에서는 옥수수 죽을 먹어."

"잘 됐네."

마트는 말했다. 그리고 탐의 좌석표를 집어다가 도로 그 자리에 갖다 놓았다. 마리아는 다시 그걸 집으려고 했지만, 마트는 마리아의 손목을 세게 움켜잡았다.

"악! 아파! 그럼 나도 여기 있을 거야."

"넌 안 돼."

마트가 말했다.

"난 내가 하고 싶은 대로 할 거야."

둘은 다시 상석으로 뛰어갔고 마리아는 마트를 밀치고 자신의 좌석표를 집으려고 했다. 엘 파트론이 맥그리거를 비롯한 다른 사람들과 함께 와 있었다.

"뭐 하는 게냐? 뭐 하는 게야?"

엘 파트론이 말했다. 마트와 마리아는 얼른 동작을 멈추었다.

"저는 애를 제 옆에 앉히고 싶어요."

마트가 말했다.

노인은 웃음을 터뜨렸다. 메마르고, 탁한 소리.

"그 애가 네 여자 친구, 네 노비아(애인)냐?"

"구역질나는군."

알라크란 씨가 말했다.

"그러냐? 마트는 저 나이 때의 나하고 똑같다."

엘 파트론이 클클거렸다.

"마트는 클론입니다!"

"저 애는 나의 클론이야. 계집아이는 여기 앉아라. 탬 린, 저 애한테 자리를 만들어 줘라."

탬 린은 마리아의 자리를 만들어 주었다. 그는 마트를 향해 얼굴을 찌푸렸다.

"탐은 어디 있지?"

펠리시아가 말했다. 모두들 그녀를 돌아보았다. 펠리시아는 너무도 조용했고 또 좀처럼 눈에 띄는 법이 없어서 대부분의 사람들이 그녀의 존재를 잊고 있는 것 같았다.

"탐은 어디 있느냐?"

엘 파트론이 마트를 돌아다보았다.

"그 애 좌석표는 유아석에 갖다 놓았어요."

마트가 말했다.

"이 돼지!"

마리아가 소리쳤다.

엘 파트론은 웃음을 터뜨렸다.

"미 비다, 바로 그거다. 할 수 있을 때 적을 제거해라. 나도 탐을 좋아하지 않으니, 만찬에는 그 애가 빠지는 게 낫겠구나."

펠리시아는 냅킨을 손으로 꼭꼭 뭉쳤지만, 일언반구도 하지 않았다.

"난 여기 있기 싫어! 난 탐이랑 같이 있을래!"

마리아가 외쳤다.

"흥, 넌 안 돼."

마트는 딱 잘라 말했다. 마리아는 왜 항상 그 녀석한테 찰싹 붙어 있는 걸까? 이 애는 곰곰이 생각해 볼 줄을 모른다. 복슬이란 녀석이 머리 위의 변기 뚜껑을 잡아당기는 것은 불가능하다. 하지만 마리아는 내가 '구역질나는 클론'에 불과하기 때문에 내 말을 믿지 않는다. 그런 부당함에 대한 둔한 분노가 한꺼번에 치밀어 올랐다.

"계집애야, 시키는 대로 해라."

엘 파트론은 불현듯 드라마에 대한 흥미를 잃어버리고 옆자리의 맥그리거 씨를 향해 몸을 돌렸다.

탬 린은 울음을 삼키고 있는 마리아를 자리에 앉혔다.

"탬이 다른 사람들이랑 똑같은 음식을 먹을 수 있게 해 줄게."

탬 린이 속삭였다.

"안 돼, 그러지 마."

마트가 말했다.

탬 린은 눈썹을 치켜 올렸다.

"마트 도련님, 그건 명령입니까?"

"응."

마트는 마리아가 다른 사람들의 시선을 끌지 않으려고 애쓰며 조그맣게 훌쩍거리는 걸 애써 모른 척했다. 마리아가 직접 탬을 혼내 주지 못한다면, 내가 대신 혼내 줄 거야. 음식이 날라져 왔다. 마리아는 복슬이에게 먹이기 위해 몇 가지를 고른 뒤 자신의 무릎만 내려다보았다.

"태아 뇌 조직 이식이라. 언젠가는 그걸 해 봐야겠군. 자네는 놀라운 효과를 보았구먼."

맥그리거가 말했다.

"수술을 너무 오래 미루지는 말게. 의사들이 주문을 받아서 그걸 키우는 데 적어도 다섯 달은 필요하지. 여덟 달이면 더 좋고."

엘 파트론이 충고했다.

"녀석을 써먹을 수는 없을까?"

"아, 안 돼. 그 애는 너무 나이가 많아."

펠리시아는 거의 마리아만큼 풀이 죽어서 접시를 내려다보고 있었다. 그녀는 음식을 먹는 시늉도 하지 않았다. 그녀가 큰 잔을 들어 마시면, 하인이 규칙적으로 잔을 채워 주었다. 펠리시아는 호소하는 듯한 눈빛으로 맥그리거를 바라보았는데, 마트는 그녀가 맥그리거에게서 무얼 바라는지 알 수가 없었다. 어쨌거나 맥그리거는 모른 척했고, 그 점에 대해서라면 그녀의 남편과 다른 사람들도 다 마찬가지였다.

알라크란 씨의 아버지, 엘 비에호는 음식을 엎질러서 식탁보를 더럽혔다. 그에게 주의를 기울이는 사람도 없었다.

"봐라, 필요한 데도 이식 수술을 받지 않는 사람의 표본이 저기 있다."

엘 파트론이 엘 비에호를 가리키며 말했다.

"아버님은 이식 수술을 받지 않기로 결정하셨습니다."

알라크란 씨가 말했다.

"그렇다면 놈이 바보야. 마트, 저 애를 좀 봐라. 저 애가 내 손자라는 게 믿어지느냐?"

마트는 엘 비에호와 엘 파트론 간의 정확한 관계를 이해하지 못했다. 그것은 별로 중요한 일 같지 않았다. 엘 파트론이 노령으로 보이는 것은 틀림없는 사실이었으나, 그의 정신은 날카로웠다. 적어도 지금은 그랬다. 그 무슨 이식 수술이라나 하는 걸 받은 뒤에는. 하지만 엘 비에호는 한 문장도 제대로 말하지 못했고, 어떤 때는 방에 있다가 고함을 지를 때도 있었다. 셀리아는 노인네들은 그럴 때가 있다며 걱정하지 말라고 했다.

"저는 엘 비에호께서 엘 파트론의 할아버지라면 믿겠어요."

마트가 말했다.

엘 파트론은 푸하하 웃음을 터뜨렸다. 입 안의 음식 찌꺼기가 접시 위로 튀었다.

"제 몸을 돌보지 않으면 저렇게 되는 거다."

"아버님은 이식 수술이 부도덕하다고 판단하셨습니다. 그리고 저는 아버님의 판단을 존중합니다."

알라크란 씨가 말했다. 주변에서 웅성거리는 소리를 듣고, 마트는 알라크란 씨가 뭔가 위험한 얘기를 했다는 걸 알았다.

"아버님은 신앙심이 깊으신 분입니다. 아버님은 신께서 정해진 기간 동안의 지상의 삶을 주신 것이므로, 그 이상을 요구하면 안 된다고 생각하십니다."

엘 파트론은 알라크란 씨를 한참 노려보았다. 그는 마침내 입을 열었다.

"네 무례를 눈감아 주겠다. 오늘은 내 생일이고, 난 기분이 좋으니까 말이다. 하지만 언젠가는 너도 늙을 거다. 몸은 망가지기 시작하고 뇌는 둔해질 거다. 그때도 네가 그렇게 고상한 척 하는지 두고 보자."

엘 파트론이 다시 음식을 들기 시작하자, 모두들 마음을 놓았다.

"탐한테 가 보고 올까?"

펠리시아가 불안정한 말투로 물었다.

"잠자코 있어."

알라크란 씨가 성난 목소리로 말했다.

"난, 난 그냥 그 애가 음식을 먹고 있는지 보려는 거야."

"맙소사! 그 녀석은 뒷다리로 일어설 수 있으니 알아서 찾아 먹겠지!"

마트의 심정도 그와 똑같았으나, 그래도 알라크란 씨가

펠리시아에게 성질을 부리는 걸 보고 놀라지 않을 수가 없었다. 어떻게 저런 여자한테 화를 낼 수가 있지? 그녀는 너무도 무력했다. 펠리시아는 고개를 수그리고 침묵 속으로 물러났다.

만찬이 끝난 뒤 탬 린은 엘 파트론의 휠체어를 부겐빌레아 정자로 밀고 갔다. 선물 증정을 위해서였다. 맥그리거 씨는 수술을 앞두고 휴식을 취해야 하기 때문에 물러갔다. 그가 가는 걸 보자 마트는 기분이 좋았다.

엘 파트론은 선물에 대단히 큰 의미를 부여했다.

"선물의 크기를 보면 상대가 나를 얼마나 사랑하는지 알 수 있다."

그는 마트에게 자주 말했다. 그리고 그는 선물을 주기보다는 받기를 더 좋아했다.

"부의 흐름은 말이지, 외부에서……"

엘 파트론은 누군가를 안는 것처럼 두 팔을 크게 벌렸다.

"……안으로 들어와야 한다."

이렇게 말하고는 자신의 몸을 꼭 껴안았다. 마트는 그 모습이 무척 우스웠다.

대프트 도널드와 탬 린이 엘 파트론에게 선물 상자를 가져다주었다. 마트는 카드를 읽고 포장지를 뜯었다. 비서가 누가 무엇을 주었는지와 선물 가격을 기록했다. 시계, 보석, 그림, 조각상, 월석들이 잔디밭에 수북이 쌓였다. 마트는 월석이 아조 산맥에 굴러다니는 흔해 빠진 돌멩이들과 비슷하다고 생각했으나, 그것들에는 보증서가 첨부되어 있었고 가격이 무지하게 비쌌다.

늙은 공주는 엘 파트론에게 날개 달린 벌거숭이 아기 조각상을 주었는데, 그것은 노인이 마음에 들어 하는 듯 했던 몇 안 되는 선물 가운데 하나였다. 마트는 지갑을 선물했는데, 그것은 카탈로그 속에서는 괜찮아 보였지만, 다른 선물과 나란히 놓이니 초라해 보였다.

"엘 파트론의 지폐를 집어넣으려면 그랜드 캐니언만 한 지갑이 필요할 거다. 그리고 그 양반이 가진 잔돈을 담으려면 캘리포니아 만의 물을 빼내야 할 거야."

셀리아는 이렇게 말한 적이 있었다.

농부들은 너나없이 무기를 주었다. 사람의 목소리에 감응하는 총, 벽을 사이에 두고도 침입자를 감자튀김처럼 만들어 버릴 수 있는 레이저 광선, 적의 피부에 저절로 달라붙는 소형 미사일. 미사일은 특정 인물을 인식할 수 있도록 프로

그램 되어 있었다. 탬 린은 마트가 포장을 뜯자마자 무기를 가져갔다.

"미 비다, 네 선물을 풀어 봐라."

엘 파트론이 한참 뒤에 말했다. 그는 눈을 반쯤 감고 있었는데, 그 모든 선물로 인해 부하게 부풀어 오른 것처럼 보였다. 새로운 소유물이 휠체어 주위에 산더미처럼 쌓여 있었다.

마트는 얼른 셀리아가 준 작은 상자를 뜯어보았다. 손으로 짠 스웨터였다. 대체 어디서 뜨개질할 시간을 찾아냈는지 알 수가 없었다. 탬 린은 사막에서 식용 식물을 구별하는 법에 관한 책을 주었다. 엘 파트론은 배터리로 움직이는 차를 주었는데 그것은 운전석에 앉을 수 있을 정도로 컸다. 깜빡이등과 사이렌도 달려 있었다. 마트는 그런 것을 갖고 놀 나이가 지났지만, 그 차가 아주 비싸다는 것, 그러니 엘 파트론은 자신을 무척 사랑하는 게 틀림없다는 걸 알았다.

마리아는 자신이 준 선물을 낚아채며 소리쳤다.

"너한테는 아무것도 주고 싶지 않아!"

"돌려 줘."

마트는 마리아가 모두들 앞에서 소동을 벌인 것에 화가

났다.

"넌 이걸 받을 자격이 없어!"

마리아는 달아나려고 했는데, 그 앞을 막아선 사람은 아버지 멘도자 상원의원이었다.

"쟤한테 선물을 줘라."

멘도자 상원의원이 말했다.

"쟤는 탐한테 못 되게 굴었어!"

"어서."

마리아는 잠시 머뭇거리다가 선물 상자를 힘껏 내던졌다.

"주워서 나한테 갖다 줘."

마트는 말했다. 차가운 분노가 마음속에서 스멀거렸다.

"저 애를 그냥 보내 줘."

탬 린이 나지막하게 말했지만, 마트는 누구 얘기에 귀 기울일 기분이 아니었다. 모두가 보는 앞에서 모욕을 당했으니, 이제 그걸 갚아 줄 생각이었다.

"바로 그거다. 네 여자가 복종하게 만들어라."

엘 파트론이 흐뭇하게 말했다.

"어서 주워."

마트는 차갑고, 무서운 목소리로 말했다. 엘 파트론이 겁에 질린 하인들에게 그와 똑같은 목소리로 말하던 걸 들은 적이 있었다.

"마리아, 어서."

멘도자 상원의원이 부드럽게 달랬다.

마리아는 흐느끼며 선물을 도로 가져다가 마트에게 내밀었다.

"이거 먹다가 목에나 걸려라!"

마트는 부들부들 떨고 있었다. 자제력을 잃고 울음을 터뜨릴까 봐 겁이 났다. 문득 아까 엘 파트론이 한 말이 기억났다. *그 애가 네 여자 친구냐?* 왜 마리아가 내 여자 친구가 되면 안 된단 말인가? 내가 클론이라고 해서 다른 사람들과 달라야 하는 법이 어디 있는가? 거울을 들여다보면, 자신이 다른 사람과 뭐가 다른지 알 수 없었다. 자신은 공부도 잘하고, 행성과 가장 밝은 별, 별자리 들의 이름도 다 외울 수 있는데 복슬이와 똑같은 취급을 받는다는 건 불공평했다.

"하나 더, 나한테 생일 축하 키스를 해줘."

마트는 말했다.

놀라움의 물결이 사람들 사이로 퍼져 나갔다. 멘도자 상원의원은 하얗게 질린 채, 딸을 보호하려는 것처럼 아이의 어깨에 두 손을 올려놓았다.

"그러지 마,"

탬 린이 소곤거렸다.

엘 파트론은 드러내 놓고 즐거워했다.

"이건 내 파티이기도 해. 그러니 나는 원하는 건 뭐든지 다 가질 수 있어. 미 파트론, 그렇지 않은가요?"

마트가 말했다.

"그렇고말고, 귀여운 싸움닭 같으니라고. 계집애야, 그 애한테 키스해 줘라."

"저 아이는 클론입니다!"

멘도자 상원의원이 외쳤다.

"이 아이는 나의 클론이다."

엘 파트론은 돌변했다. 그는 더 이상 유쾌한 파티의 주인공이 아니었다. 그는 밤처럼 캄캄하고 위험해 보여서 한밤중에 만나면 그냥 부딪치고 말 것 같았다. 마트는 탬 린이 자신의 주인에 대해 한 말을 기억해 냈다. 그 양반은 점점 크고 푸르러져서 숲 전체를 자기 그림자로 뒤덮을 정도가 되었지만, 그 가지들은 대부분 뒤틀려 있단다. 마트는 이런 사단을 일으킨 게 후회스러웠지만, 때는 이미 늦었다.

"해 줘라, 마리아. 내 다시는 이런 일이 없도록 하마. 약속할게."

멘도자 상원의원이 말했다.

상원의원은 마리아가 마트에게 몇 번 키스해 준 적이 있다는 걸 알지 못했다. 마리아는 복슬이를 비롯해서 자신을 기쁘게 해 주는 것들에게 뽀뽀해 주는 것과 똑같이 그렇게 한 것이다. 하지만 마트는 이번만큼은 경우가 다르다는 걸 알고 있었다. 자신은 그 애를 모욕하고 있었다. 키스를 요구한 쪽이 톰이었다면, 아무도 개의치 않았을 것이다. 사람들은 소년이 자기 애인을 희롱하는 걸 귀엽다고 생각했을 것이다.

하지만 마트는 소년이 아니었다. 한 마리 짐승이었다.

마리아는 더 이상 화내거나 저항하지 않고, 마트에게 다가갔다. 마트는 펠리시아가 접시 위로 슬프게 머리를 수그리고 있는 모습을 떠올렸다. 순간, 이렇게 외치고 싶었다. *하지 마. 그건 농담이었어. 진심이 아니었어.* 하지만 너무 늦었다. 엘 파트론은 노골적으로 즐거워하며 지켜보고 있었고, 마트는 이제 와서 발을 빼는 게 위험하다는 걸 깨달았다. 지금 노인의 여흥을 망쳐 놓는다면 그가 마리아에게 어떤 벌을 내릴지 누가 알겠는가?

마리아의 얼굴이 다가왔고, 마트는 차가운 입술이 스쳐가는 걸 느꼈다. 다음 순간 소녀는 아버지에게 달려가서 울음을 터뜨렸다. 상원의원은 아이를 번쩍 안아 들고 사람들을 헤치고 나아갔다. 모두들 마비 상태에서 풀려났다. 다들 웅성거리며 이야기를 나누기 시작했는데, 그것은 방금 일어난 일이 아닌 다른 무엇인가에 관한 얘기들이었다. 하지만 마트는 자신에게 쏟아지는 시선을 느꼈다. 비난하는 듯한, 메스꺼움과 구역질이 묻어 있는.

엘 파트론은 흥분 끝에 몹시 피곤해했다. 그가 탬 린과 대프트 도널드에게 자신을 데려가라고 손짓하기가 무섭게 그는 이미 계단을 들려 올라가고 있었다.

엘 파트론이 퇴장하자 파티는 이제 새로운 활력을 얻어 계속되었지만, 마트에게 말을 거는 사람은 아무도 없었다. 아이가 거기 있다는 사실조차 아무도 모르는 것 같았다. 잠시 후 마트는 작은 선물들을 주섬주섬 챙겨 가지고 일어섰다. 배터리로 움직이는 차는 하인들더러 치우라고 놔뒀다.

마트는 숙소로 돌아가 셀리아가 준 스웨터와 탬 린의 책을 내려놓았다. 그리고 마리아의 선물을 열어 보았다. 그것은 그 애가 직접 만든 태피* 한 상자였다. 마트는 마리아한테 미리 얘기를 들었기 때문에 이미 알고 있었다. 그 애는 비밀을 지키는 데는 젬병이었다.

마트는 마리아가 낡은 내의, 망가진 장난감, 선물 포장지 같은 물건들을 모은다는 것과 뭔가가 없어지면 소동을 피운다는 걸 잘 알고 있었다. 셀리아의 말에 따르면 그것은 그 애가 겨우 다섯 살 때 엄마를 잃었기 때문이라고 했다.

어느 날 마리아의 엄마는 집을 나가서 다시는 돌아오지 않았다. 아무도 그녀가 간 곳을 몰랐고, 설령 안다고 해도 사람들은 입을 굳게 다물었다. 어렸을 때 마리아는 엄마가 사막에서 길을 잃었다고 상상했다. 엄마의 목소리가 들린다며 밤중에 울면서 깬 적도 있었지만, 물론 그것은 사실이 아니었다. 셀리아 말에 따르면, 마리아는 그 다음부터 물건에 집착하게 되었다는 것이다. 복슬이를 항상 눈에 띄는 곳에 놔두는 것도, 개가 그렇게 겁쟁이가 된 것도 다 그 때문이라는 것이다.

마리아는 평소에 애지중지하던 선물 포장지를 잘라내서

---

* 설탕, 버터, 땅콩을 섞어 만든 사탕의 일종—옮긴이

마트에게 줄 태피를 샀다. 마트는 그걸 보니 견디기 힘들었다. 탬 린이 그냥 보내 주라고 했을 때 왜 그 말을 듣지 않았을까? 아이는 상자 뚜껑을 닫고 한쪽으로 치워 놓았다.

셀리아는 마트의 방에 커튼을 쳐 놓았다. 그리고 여느 때와 다름없이, 성모상 앞에 촛불을 켜 놓았다. 성모상은 조각이 떨어져 나간 옷을 가린 싸구려 조화 때문에 초라해 보였지만, 마트는 성모가 다른 모습을 하고 있는 것은 원치 않았다. 아이는 침대 속으로 기어 들어갔다. 그리고 곰 인형을 찾아서, 불룩 튀어 나온 곳을 찾아 사방을 더듬었다. 아직도 그런 걸 껴안고 잔다는 걸 마리아 앞에서 인정하느니 차라리 죽는 편이 나았다.

12

침상 위의 그것

마트는 입 안이 컬컬하고 더워서 잠을 깼다. 성모상 앞의 촛불은 다 타서 밀랍 냄새를 풍겼고, 커튼이 그 냄새를 가두고 있었다. 마트는 갑작스레 쳐들어오는 햇살에 얼굴을 찌푸리며 창문을 열었다. 늦은 아침이었다. 셀리아는 벌써 일하러 가고 없었다.

마트는 두 눈을 비비며 시렁에 얹힌 마리아의 선물을 바라보았다. 생일 파티의 기억이 기분 나쁠 정도로 선명하게 되살아났다. 자신의 잘못을 보상해야 한다는 건 알고 있었지만, 그 애가 감정을 가라앉히려면 시간이 필요하다는 것도 알고 있었다. 지금 접근해 봤자, 마리아는 코앞에서 문을 쾅 닫고 말 것이다.

마트는 시원한 옷을 입고 아침 식사로 남겨진 피자를 찾아냈다. 숙소는 비어 있었고, 담장으로 둘러싸인 정원에는 오로지 새들뿐이었다. 마트는 밖에 나가서 채소밭에 물을 주었다.

생일 파티 다음 날에는 항상 환멸이 찾아왔다. 엘 파트론의 클론으로서 누렸던 권력은 흔적도 없이 사라졌다. 하인들은 다시 자신을 무시했다. 알라크란 집안 사람들은 자신을 복슬이가 카펫에 토해 놓은 오물처럼 대했다.

지루한 시간이 흘러갔다. 마트는 기타 연습을 했다. 그것은 오르테가 씨의 도움 없이 연마 중인 기술이었다. 음악 스승은 기타에 두 손을 대고 있을 수가 없었으므로, 실수를 잡아낼 수 없었다. 한참 뒤 마트는 탬 린이 선물한 책을 집어 들었다. 경호원은 자연에 관한 책을 좋아했지만, 책 읽는 속도는 고통스러울 만큼 느렸다. 마트는 이미 야생의 생물, 캠핑, 독도법, 생존 기술에 관한 책들을 갖고 있었는데, 탬 린은 마트가 그런 것들을 충분히 익히기를 바랐다. 그는 아주 산맥으로 원정을 갈 때마다 아이를 훈련시켰다.

원래 마트의 모든 활동은 안전한 것이어야 했다. 그래서 마트는 오로지 안전마만 탈 수 있었고, 구명 요원 둘이 보는 앞에서만 수영할 수 있었다. 또 밑에 매트리스가 산더미 같이 깔려 있어야 로프를 타고 오를 수 있었다. 몸에 멍이 들거나 상처가 나면 무조건 극도로 세심한 치료를 받았다.

하지만 탬 린은 매주 한 번씩 마트를 데리고 야외 교육을 나갔다. 이러한 야외 교육은 알라크란 가의 핵발전소나 아편 가공 공장(아무리 이짓이라고 해도 견디지 못할 소음과 악취를 뿜어내는 흉물)을 견학한다는 명분으로 위장했다. 탬 린은 그런 곳을 향해 반쯤 가다가 산으로 기수를 돌리곤 했다.

마트는 이런 원정을 하는 재미로 살았다. 엘 파트론은 마트가 얼마나 많은 절벽을 오르고, 얼마나 많은 방울뱀을 바위에서 불러냈는지를 안다면 심장 마비를 일으킬 것이다. 하지만 이런 활동을 통해 마트는 힘과 자유를 느꼈다.

"들어가도 되니?"

희미한 불안정한 목소리가 들려왔다. 마트는 화들짝 놀랐다. 자신도 모르는 새에 공상에 빠져 있었던 것이다. 누군가 거실로 들어오는 소리가 났다.

"나……. 펠리시아."

펠리시아는 자신이 누군지 확신이 서지 않는 것처럼, 머뭇거리며 말했다.

정말 묘한 일이네. 마트는 생각했다. 펠리시아는 그동안 자신에게 눈곱만큼도 관심을 보여 준 적이 없었다.

"원하는 게 뭐예요?"

아이가 물었다.

"난……. 와도 되는 줄…… 알았지."

펠리시아는 금방이라도 곯아떨어질 것처럼 눈꺼풀이 무거워 보였다. 계피 냄새가 희미하게 풍겨왔다.

"왜요?"

마트는 자신이 무례하게 굴고 있다는 걸 알았다. 하지만 알라크란 집안 사람들이 자신에게 조금이라도 다른 태도를 보인 적이 있었던가? 게다가 펠리시아가 앞뒤로 흔들거리는 모습에는 어딘가 오싹한 데가 있었다.

"나…… 앉아도 돼?"

마트는 그녀가 제 힘으로 할 수 있을 것 같지 않아서, 의자를 끌어다 놓아 주었다. 그리고 앉는 걸 도와주려고 했지만, 그녀는 아이를 밀쳐 냈다.

당연한 일. 마트는 클론이었다. 클론은 사람들에게 손을 대면 안 되는 것이다. 펠리시아는 쓰러지다시피 의자에 앉았고, 둘은 잠시 서로를 빤히 쳐다보았다.

"넌 후, 후, 훌륭한 음악가다."

펠리시아는 못내 인정하기가 싫은 듯 더듬거렸다.

"어떻게 아세요?"

마트는 펠리시아가 주변에 있을 때 피아노를 친 기억이 없었다.

"다들…… 그렇게 말하지. 정말 놀라운 일이야. 엘 파트론한테는 음, 음악적 재능이…… 없다."

"그분은 듣는 걸 좋아해요."

마트는 말했다. 엘 파트론을 나쁘게 말하는 건 싫었다.

"안다. 내 연주를 듣곤 했지."

마트는 불안했다. 펠리시아가 다른 사람들로부터 그나마 주목받던 부분을 자신이 빼앗은 것이리라.

"난 전에는 대단한 연주자였다."

그녀는 말했다.

"아줌마가 연주하는 걸 들었어요."

펠리시아는 눈을 크게 떴다.

"네가? 아. 그 음악실. 예전엔 훨씬 잘 쳤다······. 하지만 그놈의 신경, 신경······."

"신경 쇠약."

마트는 말했다. 펠리시아의 더듬거리는 말투가 신경을 긁어 대고 있었다.

"하지만 내가 여기 온 건······ 그것 때문이 아니다. 나는, 나는······."

마트는 초조하게 기다렸다.

"널 돕고 싶다."

펠리시아가 말을 맺었다.

또다시 긴 침묵이 끼어들었고, 마트는 그녀가 자신에게 어떤 도움을 주겠다는 건지 궁금했다.

"마리아는 너 때문에 화가 났어. 그 애는 밤새도록 울었다."

마트는 불편해졌다. 펠리시아가 무슨 상관이란 말인가?

"그 애는 널······ 만나고 싶어 해."

"좋아요."

마트가 말했다.

"하지만 그 애는……. 알겠니? 그 애 아버지는 그 애가 여기 오는 걸 허락하지 않을 거다. 그건 너한테 달렸어."

"제가 어떻게 해야 하죠?"

"그 애한테 가라. 당장 가거라."

펠리시아는 마트의 예상과는 달리 기운차게 소리쳤다. 한바탕 용을 쓰고 나서 그녀는 지친 모양이었다. 고개를 떨구고 눈을 감았다.

"혹시 여기에 뭔가…… 마실 것은 없겠지?"

그녀는 들릴락말락하게 말했다.

"셀리아는 술은 안 갖다 놔요. 하녀를 부를까요?"

마트가 말했다.

"괜찮다."

펠리시아는 한숨을 쉬고, 억지로 몸을 일으켜 세웠다.

"마리아는 병원에서 기다리고 있다. 아주…… 중요한 일이다."

그 말과 함께 펠리시아는 문으로 나갔고, 계피 냄새를 풍기는 유령처럼 휘청거리며 복도를 걸어갔다.

병원은 마트가 흔쾌히 가는 곳이 아니었다. 다른 건물과 뚝 떨어져 있는 병원은, 바닥을 납작하게 기고 있는 메기 덩굴과 모래 황무지로 둘러싸여 있었다. 덩굴은 가장 심술궂은 가시로 제 영역을 보호하고 있었는데, 그 가시는 신발도 꿰뚫을 수 있었다.

마트는 황무지를 조심조심 골라 디뎠다. 지면에서 올라오는 열기 때문에 창문 없는 회색 건물이 흔들거렸다. 병원은 꼭 감옥 같았고, 신경을 자극하는 야릇한 냄새가 내부의 온갖 것들에 다 배어 있었다. 마트는 일 년에 두 번씩 그곳으로 끌려가서 고통스럽고 치욕적인 검사를 받았다.

마트는 정면 계단에 앉아서 가시가 박히지 않았는지 샌들을 살펴보았다. 마리아는 십중팔구 대기실에 있을 터였다. 의자와 잡지책과 시원한 음료 자판기가 있는 그곳은 그렇게 나쁘지는 않았다. 얼굴에서 땀이 줄줄 흘렀고 셔츠는 가슴팍에 들러붙었다. 문을 열었다.

"내가 왜 너랑 얘기해야 하는지 정말 모르겠다."

마리아가 말했다. 소녀는 의자에 앉아서 잡지책을 무릎에 펴 놓고 있었다. 눈이 퉁퉁 부어 있었다.

"그건 네 생각이었잖아."

마트는 이렇게 말하고 혀를 깨물었다. 마리아와 화해하고 싶은 거지 싸움을 걸려는 건 아니었다.

"내 말은, 그건 좋은 생각이라는 거야."

"이리로 오라고 한 건 너잖아. 좀 괜찮은 데를 찾아볼 수는 없었니? 여기는 으스스해."

마리아가 말했다.

마트의 마음속에서 당장 경계경보가 울렸다.

"난 너한테 여기로 오라고 하지 않았어. 잠깐!"

마리아가 일어서려고 하자 마트가 소리쳤다.

"정말 널 만나고 싶었어. 생일 파티에서 난 정말, 정말 돼지같이 굴었던 것 같아."

"같아?"

마리아가 비웃었다.

"좋아, 난 돼지같이 굴었어. 하지만 그 선물을 도로 가져갈 필요까진 없었잖아."

"아냐, 그렇지 않아. 화가 나서 주는 선물은 아무 소용도 없는 거야."

마트는 뭐라고 말을 하려다가 얼른 마음을 고쳐먹었다.

"그건 여태까지 받은 선물 중에서 제일 좋았어."

"하, 그렇겠지! 엘 파트론이 준 그 작은 스포츠카보다 좋다는 거지!"

마트는 마리아 곁에 다가앉았다. 마리아는 최대한 멀찍이 물러났다.

"포장도 정말 마음에 들었어."

"포장지를 고르는 데 시간이 한참 걸렸어. 그래 봤자 넌 그걸 구겨서 던져 버리고 말 텐데 말이야."

마리아의 목소리가 떨려 나왔다.

"아냐, 안 그럴 거야. 난 잘 펴서 언제까지나 간직해 둘 거야."

마트가 약속했다.

마리아는 아무 말도 하지 않았다. 자신의 손을 내려다보고 있을 뿐이었다. 마트는 조금 더 다가앉았다. 사실을 말하자면, 마리아가 키스해 주는 게 좋았다. 비록 마리아는 복슬이한테 오십 배는 더 자주 키스해 주지만. 한 번도 답례 키스를 한 적이 없는데, 지금 해 봐도 괜찮지 않을까. 화해를 위해서.

"잘 됐군. 둘 다 여기 있구나."

마트는 몸을 사렸다. 탐이 문 앞에 서 있었다.

"우리를 어떻게 찾았지?"

마트는 성난 소리로 말했다.

"탐이 우리가 어디 있는지 아는 건 당연해. 네가 쟤한테 날 여기로 데려오라고 했잖아."

마리아가 말했다.

"난 그런 적 없어."

마트가 말했다. 이제야 전후 사정이 또렷이 이해되었다. 탐은 마리아에게 거짓 메시지를 전했고, 자신에게는 펠리시아가 똑같은 짓을 한 것이다. 둘이 공모한 것이 틀림없었다. 마트는 펠리시아를 위험인물로 생각한 적이 없었는데, 그녀를 잘 몰랐던 셈이었다.

"너희들이 보고 싶어 할 만한 게 있어."

탐이 말했다. 소년의 얼굴은 솔직하고 다정했으며, 푸른 눈은 순진하게 빛났다. 마트는 녀석을 메기 덩굴 속에 굴리고 싶었다.

"여기에?"

마리아가 의심스럽게 물었다.

"핼러윈 때하고 똑같은 거야. 그보다 훨씬 낫다 뿐이지. 너희들, 그렇게 못생기고 천치 같은 건 못 봤을 거다. 너희들은 보나마나 바지에 오줌을 쌀걸."

탐이 말했다.

마리아가 코웃음 쳤다.

"내가 어떤 일을 했는지 알면 네 눈이 튀어나올 거다. 탬 린은 나한테 전갈 집는 법을 보여 줬고, 그리고 타란툴라(독 거미의 일종)가 내 팔을 타고 올라가게 했어."

마트는 마리아의 대담함에 깜짝 놀랐다. 탬 린은 자신에게도 똑같은 것을 보여 줬는데, 자신은 탐의 말처럼 바지에 오줌을 쌀 뻔했다.

"이건 더 심한 거야. 네가 추파카브라가 밖에 와 있다고 생각했던 그 핼러윈 기억나니? 마트가 네 침대 속에 닭 내장을 넣어 놓았었잖아."

탐이 말했다.

"난 안 그랬어! 그건 네가 한 거잖아!"

마트가 소리쳤다.

탐은 마트의 말은 들은 척도 안 하고 이렇게 말했다.

"넌 그걸 정통으로 만졌지. 그리고 머리가 떨어져 나갈 정도로 비명을 질렀잖아."

"그건 정말 악한 짓이었어."

마리아가 말했다.

"난 안 그랬다니까!"

마트가 항변했다.

"그런데 이건 더 지독한 거야. 미안한 얘기지만, 너희들이 그걸 견딜 만한 배짱이 있는지 모르겠다."

탐이 고소해하며 말했다.

"마리아는 안 볼 거야."

마트가 말했다.

"나한테 이래라 저래라 하지 마!"

마리아의 두 눈에 고집스러운 빛이 어렸다. 마트는 가슴이 덜컥 내려앉았다. 탐이 뭔가 구역질나는 일을 계획하고 있다는 건 알겠는데, 아직은 그게 뭔지 통 짐작이 안 갔다.

"진정해. 쟤는 그저 소동을 일으키려는 거라고."

마트는 마리아의 손을 잡으려고 했지만, 소녀는 매몰차게 뿌리쳤다.

"자, 들어 봐."

탐은 대기실에서 병원의 다른 곳으로 통하는 문을 열어젖혔다. 마트는 속이 느글거렸다. 그중 서너 개의 방에 대해선 고약한 추억이 있었다.

탐의 얼굴은 기쁨으로 반짝였다. 가장 위험한 인물이 바로 탐이라는 사실을 마트가 깨달은 것은 바로 그 때였다. 탬린의 말마따나 탐을 잘 모르는 사람들은 그 애를 천국의 문 열쇠를 가져다주는 천사로 착각할 것이다.

멀리서 힘없는 울음소리가 들려왔다. 그것은 잠깐 들리더니 멈췄다가 다시 들렸다.

"저거 고양이니?"

마리아가 물었다.

만약에 그렇다면 저건 우유를 달라고 우는 소리가 아니야. 마트는 생각했다. 그 소리에는 머리털을 쭈뼛하게 만드는, 모종의 공포와 절망이 담겨 있었다. 마트는 이번에는 마리아의 손을 잡았다.

느닷없이 마리아가 소리쳤다.

"지금 고양이를 상대로 무슨 실험을 하는 거야! 오, 제발! 너희는 나랑 같이 가서 고양이를 구해야 해!"

"먼저 허락을 받는 게 좋겠어."

마트가 말했다. 정말이지 저 문을 지나는 게 꺼림칙했다.

"절대 허락은 못 받을 거야. 모르겠니? 어른들은 그런 실험이 뭐가 나쁜지 몰라. 우리가 가서 고양이를 데려와야 해. 다다가 도와줄 거야. 그럼 의사들은 고양이가 어디로 갔는지 짐작도 못 할걸."

마리아가 기세 좋게 외쳤다.

"그래 봤자 어디서 더 구해 올 텐데."

마트는 끊임없이 이어지는 그 소리를 듣고 있노라니 오싹한 기분이 들었다.

"사람들은 항상 그런 식으로 발뺌하지! 아무도 도와주지 마라. 그래 봤자 불법 입국자를 더 찾아다가 노예로 삼고, 가난한 사람들을 더 찾아내서 굶기고, 아니면, 아니면 고양이를 더 데려다가 고문할 테니."

마리아는 점점 흥분하고 있었다. 마트는 조리에 맞는 얘기로 마리아를 설득하는 걸 단념했다.

"내 말 좀 들어 봐, 우리 너희 다다한테 먼저 물어 보는 게……."

마트는 말을 시작했다.

"난 저 고양이가 괴로워하는 걸 잠시도 더 듣고 있지 않을 거야! 너희들 나랑 같이 갈래 말래? 너희들이 안 간다면, 나 혼자 가겠어!"

"난 너랑 같이 갈래."

탐이 말했다.

그러자 마트는 결정을 내렸다. 탐이 어떤 흉측한 물건을 숨겨 놓았든 마리아 혼자만 데리고 가게 할 수는 없었다.

마리아는 거침없이 복도를 걸어갔지만, 울음소리에 가까워질수록 걸음이 느려졌다. 마트는 여전히 마리아의 손을 잡고 있었다. 그 손은 차갑고 축축했다. 아니 차갑고 축축한 것은 자신의 손이었는지도 몰랐다. 그 소리는 고양이 울음소리 같지는 않았다. 그것은 전에 들어 본 어떤 소리와도 달랐지만, 그 속에 고통이 스며 있는 것만은 틀림없는 사실이었다. 때로 그 소리는 비명에 가까울 만큼 커졌지만, 소리를 내는 게 뭔지는 몰라도 몹시 지친 듯이 다시 약해졌.

셋은 소리가 나는 방문 앞에 도착했다. 문은 닫혀 있었는데, 마트는 겁에 질려서 그것이 잠겨 있기를 바랐다.

방문은 잠겨 있지 않았다.

탐은 문을 활짝 열어젖혔다. 눈앞의 침상에 있는 것이 무엇인지 분간하기는 힘들었다. 그것은 눈알을 굴리며, 팔다리가 묶인 상태에서 무력하게 몸부림치고 있었다. 그러다가 갑자기 나타난 아이들을 보고 입을 O자 모양으로 벌리고, 마트가 예상했던 것보다 더 큰 소리로 소름 끼치게 비명을 질렀다. 숨이 찰 때까지 비명을 지르더니, 그 다음에는 힘이 다할 때까지 씨근거렸다. 그러다가 벌렁 누워서 숨을 몰아쉬었다.

"사내아이야."

마리아가 속삭였다.

그랬다. 처음에 마트는 그게 무슨 짐승인 줄 알았는데, 그 얼굴은 너무도 괴상하고 끔찍했다. 그것은 건강치 못한 창백한 피부에 머리는 뻣뻣이 곤두선 빨강머리였다. 한 번도 햇빛을 보지 못한 듯했고, 꽁꽁 묶인 두 손은 갈고리 발톱처럼 비틀려 있었다. 그것은 녹색 환자복을 입고 있었지만, 공포에 질려 옷에 대소변을 지려 놓았다. 가장 끔찍한 것은 그 몸뚱이에 흐르는 무시무시한 에너지였다. 그것은 결코 가만히 있는 법이 없었다. 마치 보이지 않는 뱀들이 몸속에서 꿈틀거리는 듯 끊임없이 자유를 요구하며 팔 다리를 흔들어댔다.

탐이 비웃음을 띠고 말했다.

"저건 사내애가 아냐. 저건 클론이야."

마트는 복부를 강타 당한 느낌이었다. 다른 클론을 본 적은 한 번도 없었다. 그저 인간들이 그런 존재에 대해 갖는 증오의 무게를 느꼈을 뿐이었다. 마트는 그런 게 이해가 안 갔는데, 왜냐하면 결국 클론이란 개나 고양이와 같은 존재이기 때문이었다. 그런데 인간들은 개나 고양이는 사랑하지 않는가. 마트는 그 문제에 있어 자신은 일종의 애완동물이되 그저 대단히 총명한 점이 다를 뿐이라고 추측했다.

마트는 마리아가 슬그머니 손을 빼낸 것을 의식했다. 마리아는 탐을 향해 뒷걸음질 쳤고, 탐은 마리아의 어깨를 감싸 안았다. 그것, 클론은 에너지를 재충전하여 다시 비명을 지르고 있었다. 왠지 모르지만 세 아이 때문에 공포에 사로잡혀 있었다. 어쩌면 항상 공포에 사로잡혀 있는지도 몰랐다. 그것은 혀를 입 밖으로 내밀고 있었고 침이 턱을 타고 흘러내렸다.

"누구의?"

마리아가 속삭였다.

"맥그리거 씨의 클론이야. 그 노인네 진짜 허약하거든. 술 때문에 간이 완전히 망가졌어."

탐은 아무렇지도 않게 수다스럽게 지껄였다.

"엄마가 그러는데 그 사람은 저승사자가 깜빡 잊고 남겨놓고 간 사람 같대."

엄마라면…… 펠리시아. 마트는 생각했다.

"그럼 언제?"

마리아가 말했다.

"오늘 밤."

탐이 말했다.

"더 이상 못 보겠어! 난 그런 거 생각하고 싶지 않아!"

마리아가 울부짖었다. 탐은 마리아를 잡아당겼고, 마트는 탐이 이 순간을 무척 즐기고 있다는 걸 알았다.

"너희 둘만 남겨 놓고 갈까?"

탐이 문간에서 마트에게 물었다.

마트는 침상 위의 그것에서 눈을 떼지 못하고 있었다. 자신이 이 녀석과 같은 종류라는 건 말이 안 되는 얘기였다. 말이 안 된다! 그 생물은 다시 한번 무시무시한 비명을 지르기 위해 입을 벌렸는데, 마트는 불현듯 그게 누굴 닮았는지 깨달았다.

그것은 물론 맥그리거를 닮았다. 그의 클론이니까. 하지만 맥그리거는 어른이고 여러 면에서 차이가 나므로 둘 사이의 관계를 알아보기는 힘들었다. 그것은 다른 사람을 훨씬 더 닮았다. 혈연관계를 드러내기에 충분할 만큼.

"저건 너를 닮았어."

마트는 탐에게 말했다.

"그랬으면 좋겠다는 거지! 그랬으면 좋겠다는 거야!"

싱글벙글하던 탐이 안색이 변해서 고함을 질렀다.

"잘 봐, 마리아. 빨간 머리하고 귀가 탐하고 똑같아."

하지만 마리아는 눈을 들려고 하지 않았다.

"날 여기서 내보내 줘."

마리아는 탐의 셔츠에 얼굴을 묻고 신음했다.

"난 저것하고 닮지 않았어! 네 눈으로 직접 봐!"

마트가 소리쳤다.

마트는 마리아를 탐에게서 떼어 내려고 했다. 그러자 소녀가 날카롭게 소리쳤다.

"내 몸에 손대지 마! 난 그런 거 생각하고 싶지 않아!"

마트는 절망으로 제정신이 아니었다.

"넌 고양이를 구하러 여기 오고 싶어 했잖아. 자, 저걸 봐. 저건 구조가 필요해!"

"싫어, 싫어, 싫어."

마리아는 흐느꼈다. 소녀는 완전히 겁에 질려 있었다.

"날 내보내 줘!"

마리아는 울부짖었다.

탐은 얼른 마리아를 데리고 복도를 올라갔다. 그러다가 득의에 찬 싸늘한 얼굴로 힐끗 뒤를 돌아보았고, 마트는 쫓아가서 녀석을 죽도록 패 주고 싶은 충동을 억누르기 위해 이를 악물었다. 그래 봤자 마리아한테는 아무 소용이 없을 것이다. 또한 자신에게도 아무 소용이 없을 것이다. 마리아에게 자신이 정말 짐승이라는 사실을 확인시켜 주는 것 외에는.

둘의 발소리가 멀어져갔다. 마트는 침상 위에 있는 그것의 가냘픈 울음소리에 귀 기울이며 잠시 복도에 서 있었다. 그러다 문을 닫고 둘의 뒤를 따랐다.

13

연지

마트는 누군가에게 털어놓아야 했다. 그 모든 공포 앞에서 개처럼 울부짖지 않으려면 뭔가를 해야 했다. 난 클론이 아니야! 그럴 리가 없어! 어떻게 해서, 어딘가에서 실수가 있었던 거야. 전에 엿들은 의사 얘기가 떠올랐다. *클론들은 나이가 좀 들면 산산조각이 난다.* 나한테도 그런 일이 일어날까? 최후에는 침대에 묶인 채, 숨이 찰 때까지 비명을 지르게 될까?

탬 린은 엘 파트론의 곁에 있었는데, 아무리 마트라고 해도 허락이 없으면 경비가 삼엄한 그곳으로 들어갈 수가 없었다. 마트는 대신 주방으로 달려갔다. 셀리아는 아이의 얼굴을 한 번 쳐다보더니 앞치마에 손을 닦았다.

"이 수프를 마저 끝내 줘, 응?"

그녀는 보조 요리사에게 말했다. 그리고 마트의 손을 잡고 말했다.

"오후에는 휴가를 내도록 하자꾸나, 아가. 알라크란 집안 사람들이 저녁으로 저희 신발을 뜯어먹든 말든 내 알 바 아니니까."

하인들 중에서 오로지 셀리아만이 알라크란 가에 대해 마음 내키는 대로 욕을 할 수 있었고, 실제로도 그렇게 하고 있었다. 물론 면전에서 욕하는 일은 없었지만, 그녀는 다른 사람들에 비해 그 앞에서 덜 굽실거렸다. 그녀는 마트처럼 엘 파트론의 보호를 받고 있었다.

셀리아는 숙소로 들어가서 문을 닫을 때까지 더 이상 아무 말도 하지 않았다.

"됐다. 무슨 안 좋은 일이 있었구나. 마리아가 화가 덜 풀렸니?"

그녀는 말했다.

마트는 무슨 말부터 꺼내야 할지 몰랐다.

"네가 미안하다고 하면, 그 애는 용서해 줄 거야. 마리아는 착한 아이니까."

셀리아는 말했다.

"난 사과했어."

마트는 간신히 말했다.

"그런데 그 애가 그걸 안 받아 줬구나. 그래, 그런 일도 가끔 있지. 우리는 가끔은 진심을 보여 주기 위해서 무릎 꿇고 엎드려야 할 때가 있단다."

"그게 아냐."

셀리아는 아이를 번쩍 들어 무릎에 앉히고 꼭 껴안아 주었다. 아이가 부쩍 커지자 요즘 들어선 좀체 않던 행동이었다. 마트의 마음속에서 꽉 막혀 있던 둑이 터졌다. 아이는 걷잡을 수 없이 흐느끼며, 셀리아가 자신을 밀어낼까 봐 두려워하며 그녀의 품을 파고들었다.

"얘야, 마리아는 원한을 품지 않을 거다. 그 애는 삼십 분 이상 기억을 못 하잖니. 넌 그 애더러 누구한테 화가 났었는지 잘 써 놓으라고 해야 할 거야."

셀리아는 마트를 앞뒤로 흔들며 위로의 말을 속삭여 주었지만, 그 말은 마트의 귀에 잘 들어오지 않았다. 마트가 의식한 것은 음악과 같은 음성, 두 팔의 온기, 그녀가 거기 있다는 사실이었다.

드디어 마음이 진정된 아이는 병원에서 있었던 일을 빠짐없이 들려 주었다.

셀리아는 잠시 꼼짝 않고 앉아 있었다. 그녀는 숨도 쉬지 않았다.

"그…… 어린…… 새끼가."

그녀는 마침내 말했다.

마트는 불안하게 셀리아를 올려다보았다. 그녀는 창백한 얼굴로 먼 곳을 응시하고 있었다.

"말이다, 탐은 맥그리거의 아들이란다. 너 같은 아이한테 이런 얘기를 해선 안 되지만, 알라크란 집안에서는 어떤 아이도 아이답게 자라지 못하지. 그것들은 전부 전갈이다. 흥, 엘 파트론은 알라크란이란 이름을 제대로 고른 거야."

셀리아가 말했다.

"탐이 어떻게 맥그리거의 아들일 수가 있어? 펠리시아는 알라크란 씨하고 결혼했는데."

셀리아는 쓴웃음을 지었다.

"이곳 중생들에게 결혼이란 별 의미가 없단다. 펠리시아는 맥그리거를 따라 도망쳤어. 오, 그게 벌써 한참 됐지. 내 짐작으로는 여기서 지내는 게 지루했던 것 같다. 하지만 성공하지는 못했지. 엘 파트론은 펠리시아를 도로 데려왔어. 그 양반은 사람들이 자기 소유물을 가로채는 걸 좋아하지 않거든. 맥그리거는 가만히 있었단다. 펠리시아가 지루해지기 시작했거든.

알라크란 씨는 마누라가 돌아오는 걸 원치 않았기 때문에 정말 불같이 화를 냈지만, 엘 파트론은 개의치 않았어. 알라크란 씨는 펠리시아하고는 말도 않고 지낸다. 그 여자를 쳐다보지도 않지. 그 여자는 이 집에서 죄수 신세고, 하인들은 그 여자한테 별의별 술을 다 갖다 바치지. 사실을 말하자면, 엄청나게 마셔 댄단다."

"탐은 어떻게 된 거야?"

마트가 재촉했다.

"탐은 펠리시아가 돌아온 지 육 개월 만에 태어났어."

마트는 이 사실을 알고 나자 기분이 약간 나아졌다. 펠리시아가 부끄러운 짓을 했다니 기분이 좋았다. 하지만 아직도 물어볼 것이 있었다. 마트는 마음을 단단히 먹고 제일 중요한 질문을 던졌다.

"맥그리거의 클론은 뭐가 문제야?"

셀리아는 신경질적으로 주위를 둘러보았다.

"원래는 너한테 이런 얘기를 하면 안 된다. 넌 그 애에 대해서 알아서는 안 되거든."

"하지만 난 알고 있는걸."

마트는 말했다.

"그래. 그래. 그건 탐의 소행이야. 미 비다, 넌 모른다. 클론에 대해서는 얘기하지 말라고 모두에게 함구령이 내려져 있지. 또 누가 듣고 있을지도 모르고 말이야."

셀리아는 다시 주위를 둘러보았고, 마트는 문득 탬 린이 집 안에 몰래 카메라가 있다고 했던 얘기를 기억해 냈다.

"나한테 말해 줘도 그건 탐의 잘못이야."

마트가 말했다.

"그건 사실이다. 네가 눈으로 직접 보고 난 다음에 내가 어떻게 설명을 회피해야 하는지 잘 모르겠으니까."

"그래서 맥그리거의 클론은 뭐가 문제야?"

"그 애는…… 뇌가 파괴됐다."

마트는 그 말을 듣고 몸을 일으켜 세웠다.

"클론은 태어나면 어떤 주사를 맞게 되지. 그것 때문에 바보가 된단다."

셀리아는 말했다. 그리고 앞치마로 눈물을 훔쳤다.

"왜?"

"법에 그렇게 정해져 있으니까. 나한테 왜냐고 묻지 마라. 난 말할 수 없다."

"하지만 난 주사를 안 맞았어."

마트가 말했다.

"엘 파트론은 네가 그렇게 되는 걸 원치 않았다. 그 양반은 법을 어기고도 무사할 만큼 힘이 세지."

마트는 끔찍한 운명에서 자신을 구해 준 노인에 대한 감사로 가슴이 벅차올랐다. 자신은 읽을 줄도 쓸 줄도 알고, 산도 오르고, 음악도 연주하고, 진짜 인간이 하는 건 뭐든지 다 할 줄 안다. 이 모든 것이 다 엘 파트론이 자신을 사랑한 덕분이었다.

"나 같은 클론은 없어?"

아이는 물었다.

"응. 오직 너 하나란다."

셀리아는 말했다.

오직 나 하나! 나는 유일무이해. 난 특별해. 마트의 가슴은 자부심으로 부풀어 올랐다. 내가 인간이 아니라면, 더 나은 뭔가가 될지도 모르지. 집안의 치부가 된 탐보다 더 나은 뭔가. 그러다가 무서운 생각이 떠올랐다.

"그 사람들, 의사들이 나중에 주사를 놓으면 어떡하지?"

셀리아는 다시 아이를 껴안아 주었다.

"그런 일은 없단다, 아가야. 넌 그럴 걱정은 없어. 네가 살아 있는 한 그런 일은 없을 거다."

셀리아는 울고 있었고, 마트는 그 이유를 알 수 없었다. 아마 몰래 카메라 앞에서 얘기한 게 걱정되는 모양이었다.

안도감과 함께 나른함이 밀려왔다. 그 모든 사건들 때문에 지친 아이는 크게 하품했다.

"미 비다, 한숨 자려무나. 나중에 주방에서 맛난 걸 갖다 주마."

셀리아가 말했다. 그녀는 아이를 침실로 데려갔다. 그리고 에어컨을 켜고, 커튼을 닫았다.

마트는 이불 속에서 몸을 쭉 폈다. 기분 좋은 안락함이 밀려왔다. 많은 일들이 있었다. 재앙과도 같았던 파티, 재수 없는 병원, 맥그리거의 클론. 마리아가 침상 위의 그것을 보고 자신을 피해 도망쳤던 일은 가슴이 아렸다. 나중에 그 애를 찾아가서 나는 완전히 다르다는 걸 보여 줘야지.

마트는 잠이 들기 전에 맥그리거가 아들을 두었으면서도 클론을 원했던 이유가 무엇인지 곰곰이 생각해 보았다. 그것은 아마 탐을 엘 파트론에게 빼앗겼기 때문일 것이다. 그리고 탐은 어느 아버지도 곁에 두고 싶지 않은 괴상한 바구미 같은 놈이기 때문일 것이다.

하지만 그렇다면, 왜 녀석을 끔찍한 장애를 가진 클론과 맞바꾼 거지? 마트는 가물가물해지는 정신으로 생각했다.

마리아는 마트와 얘기하려 들지 않았다. 마리아는 아버지 숙소에 숨어 있거나, 아니면 마트를 볼 때는 여러 사람 속에 섞여 있거나 했다. 하지만 마트는 마리아의 생각할 줄 아는 힘에 대한 믿음을 잃지 않았다. 그 애를 따로 만나서 내가 다른 클론과 어떻게 다른지를 설명하면 이해할 거야.

맥그리거는 수술을 마치고 돌아왔다. 펠리시아의 말마따나 그는 여전히 저승사자가 깜빡 잊고 남겨 두고 간 사람처럼 보였으나, 그래도 꾸준히 좋아지고 있었다. 그는 엘 파트론과 함께 휠체어에 앉아서 옛 추억을 나누었고, 자신들이 없앤 적수들과 자신들의 손으로 뒤집어엎은 정부들을 들먹이며 낄낄거렸다.

"난 간을 새로 갈았지. 그리고 기왕 하는 김에 양쪽 신장을 다 바꿨네."

맥그리거는 배를 두드리며 말했다. 그는 탐의 눈과 너무도 흡사한 광채 나는 푸른 눈으로 마트를 지그시 쳐다보았다. 마트는 그가 구역질났다. 그가 한시라도 빨리 집에 가기만을 바랄 뿐이었다.

마리아는 곧 기숙학교로 떠날 예정이었다. 마트는 당장 행동을 개시해야 한다는 걸 알았다. 정원에서 마리아를 천천히 따라다니는데(마리아는 복슬이를 가방에 넣어 옆구리에 끼고 다니기 때문에 걸음이 느렸다.) 문득 해결책이 떠올랐다. 마리아가 항상 개를 데리고 있는 것은 아니었다. 때때로 멘도자 상원의원은 녀석을 숙소의 욕실로 추방했다. 녀석을 훔쳐 낸 다음 마리아에게 몸값 요구서를 보내는 게 어떨까?

연지 옆에는 양수장이 있었다. 커다란 등나무 덩굴이 지붕을 덮고 있는 까닭에 내부는 상당히 서늘했다. 복슬이는 그곳에 숨기면 될 것이다. 하지만 개가 깽깽거리는 건 어떻게 막을 수 있을까? 녀석은 거미 한 마리가 그네를 뛰고 있는 것만 봐도 겁을 집어먹었다.

잠이 들면 짖지 않겠지. 마트는 생각했다.

마트는 음악실 뒤의 비밀 통로에서 많은 시간을 보냈다. 적들을 습격하는 힘센 영웅 흉내를 내는 게 그지없이 좋았다. 마트의 우상은 엘 라티고 네그로에서, 국제적 스파이 돈 세군도 솜브라(제이의 그림자)로 바뀌었다. 검은 채찍은 꼬마들의 영웅이었지만, 돈은 경주용 자동차를 몰거나 비행기에서 낙하산을 타고 뛰어내리는 것 같은 어른들이 하는 일을 했다. 그보다 더 놀라운 영웅은 엘 사세르도테 볼란테(나는 신부)였다. 나는 신부는 악마들에게 성수를 퍼부어서 그들의 비늘 가죽에 구멍을 냈다.

비밀 통로로 드나들 수 있는 벽장 가운데 펠리시아의 것도 있었다. 그곳은 바닥부터 천장까지 술로 꽉 차 있었다. 보다 흥미로운(그리고 지금은 유용한) 것은 조그만 안약 병을 채워 넣은 선반이었다. 안약 병에는 아편제가 들어 있었다. 마트는 정규 가정교육의 일부로 아편 사업에 대해 공부했기 때문에, 아편제에 대해서라면 모르는 게 없었다. 아편제는 아편을 알코올에 용해시킨 건데, 약효가 대단히 강했다. 과일 주스 한 잔에 세 방울만 떨어뜨리면 사람을 여덟 시간은 인사불성으로 만들었다. 펠리시아는 벽장 안에 도시 전체를 쓰러뜨리고도 남을 만큼의 양을 저장해 두고 있었다. 그것은 그녀가 왜 그렇게 항상 멍한지를 설명해 주었다.

마트는 펠리시아가 잔디밭의 의자에 앉아서 꾸벅꾸벅 졸기를 기다렸다가, 잽싸게 비밀 통로로 들어가 작은 안약 병 하나를 훔쳐 냈다.

연지는 큰집의 드넓은 정원에 파 놓은 열두 개의 연못 가운데 하나였다. 주변에 그늘이 거의 없기 때문에 여름에는 찾는 사람이 없었다. 날지 못하게 날개를 짧게 잘린 따오기들이 파피루스 풀 사이를 거닐며 수련 잎사귀 아래의 개구리들을 사냥했다. 고대 이집트식 정원은 엘 파트론의 아이디어였다. 정원을 둘러싼 담장에는 고대 신들의 뻣뻣한 형상이 그려져 있었다.

마트는 등나무 덩굴을 헤치고 양수장 안으로 들어갔다. 그곳은 어둠침침하고 습기 찼다. 빈 마대 더미에 복슬이의 잠자리를 만들어 놓고 양재기에 물을 떠 놓았다.

밖으로 나가다가 문득 걸음을 멈췄다. 탐이 저쪽에 엎드려 있었다. 이쪽으로 등을 돌린 채 잔디 위의 무엇인가에 정신을 팔고 있었다. 마트는 조심조심 등나무 덩굴을 헤치고 나갔다. 그리고 살그머니 집 안으로 들어가기 위해 소리 죽여 파피루스 사이를 움직였다.

따오기 한 마리가 파피루스 풀숲에서 일어섰다. 그것은 불구의 날개를 퍼덕이며 뒤뚱뒤뚱 연못을 가로질렀다.

탐이 펄쩍 뛰어올랐다.

"너! 너 지금 여기서 뭐하는 거야?"

"널 지켜보고 있지."

마트는 싸늘하게 말했다.

"흥, 내 일에 상관 마! 네 구역으로 돌아가!"

"이 집 전체가 다 내 구역이야."

마트는 말했다. 그리고 탐에게서 시선을 돌려 잔디 위의 개구리를 바라보았다. 그것은 뒷다리가 땅바닥에 핀으로 고정되어 있었는데, 미친 듯이 팔짝거리며 도망치려 하고 있었다.

"이 구역질 나는 놈!"

마트는 말했다. 그리고 가서 개구리를 풀어 주었다. 녀석은 물속으로 풍덩 뛰어들었다.

"나는 과학 실험을 하던 중이었어."

탐이 말했다.

"하, 그러셔. 마리아라도 그 말은 안 믿을 거다."

탐은 화가 나서 얼굴이 새빨개졌고, 마트는 한 바탕 결전에 대비했다. 하지만 언제 화를 냈느냐는 듯, 탐은 순식간에 표정을 바꿨다. 마트는 몸을 떨었다. 탐이 그렇게 번개같이 돌변하는 것은 언제 봐도 꺼림칙했다. 꼭 자연 다큐멘터리에서 물속의 악어를 지켜보는 일과 비슷했다. 악어가 공격을 꾀하고 있다는 건 알지만, 그게 언제가 될지는 모르는 것이다.

탐은 천연덕스럽게 말했다.

"이런 장소를 연구하면 많은 걸 배울 수 있거든. 따오기는 개구리를 먹고살고, 개구리는 곤충을 먹고살고, 곤충은 서로를 잡아먹지. 그건 생명의 의미를 가르쳐 준단 말이야."

탐은 전문적으로 사용하는 '귀여운 꼬마' 미소를 지어 보였다. 하지만 그런 것에 넘어갈 마트가 아니었다.

"내가 말해 볼까. 너는 따오기 편이야."

마트의 말에 탐이 대답했다.

"당연하지. 누가 먹이 사슬의 밑바닥에 있고 싶겠어? 그게 인간과 동물의 다른 점이지. 인간은 맨 꼭대기에 있어. 그리고 동물들, 흥, 그것들은 그저 걸어 다니는 스테이크나 통닭에 불과하거든."

탐은 유유자적하게 걷기 시작했다. 그것은 마트가 자신의 못된 장난에 기분이 상했든 말든 전혀 개의치 않는다는 걸 드러내는 편안하고 태평스러운 걸음걸이였다. 마트는 탐이 집 안으로 들어가는 모습을 지켜보았다.

재수 옴 붙었군. 마트는 생각했다. 자신이 마리아에게 말을 거는 동안 탐이란 녀석이 깝죽대고 참견하는 건 원치 않았다. 저 녀석에게 아편제를 먹일 수만 있다면 얼마나 좋을까. 순간적으로 마트는 그런 상상을 즐겼지만, 그것은 지나치다는 걸 금방 깨달았다.

다음 날, 마리아는 오전 내내 그리고 점심 식사를 하는 동안에도 줄곧 개와 붙어 있었다. 드디어 멘도자 상원의원이 말했다.

"세상에, 마리아. 그 녀석 냄새난다."

마리아는 개를 안아 올려 코끝에 갖다 대고, 정이 담뿍 묻어나는 목소리로 말했다.

"너 지저분한 데서 뒹굴었구나. 그랬지? 이 귀염둥이야?"

"녀석을 치워 놔라."

아버지가 꾸짖었다.

마트는 발 뒤에서 이 장면을 지켜보고 있었다. 그리고 커튼 뒤에서 가만히 마리아를 뒤쫓아 갔다. 지금 말을 걸 수 있다면, 저 멍청한 개를 납치할 필요가 없을 것이다. 마리아는 복슬이를 숙소에 밀어 넣고 문을 닫았다. 방문 안쪽에서 애처롭게 낑낑대는 소리가 들렸다.

"마리아."

마트가 입을 열었다.

"어, 안녕. 잠깐만, 나 얼른 가 봐야 해. 늦게 가면 다다가 화를 낼 거야."

"난 그냥 얘기를 하고 싶은 거야."

"지금은 말고!"

마리아는 재빨리 옆으로 빠져나가며 외쳤다. 소녀는 바닥에 샌들 끄는 소리를 내며 복도를 뛰어갔다.

마트는 울고 싶었다. 저 애는 왜 이렇게 일을 어렵게 만드는 걸까? 내 말을 좀 들어 주면 죽기라도 하나?

마트는 냉장고에서 봐 둔 익히지 않은 햄버그스테이크를 한 사발 가지러 허둥지둥 셀리아의 숙소로 달려갔다. 그리고 다시 그곳으로 돌아와서 하인들이 복도를 내려오지 않는지 조심스레 주위를 살폈다. 마리아의 방문을 열자 복슬이가 컹컹 짖으며 소파 밑으로 쪼르르 달려가 숨었다. 잘 됐다.

마트는 마리아가 녀석을 담아 갖고 다니는 가방을 집어들었다. 그리고 보란 듯이 가방을 열고 햄버그스테이크 한 덩어리를 집어넣었다. 개는 그걸 보고 낑낑거리며 침을 흘렸다. 마리아는 수의사의 권유대로 녀석을 위해 특별 식단을 짰는데, 거기에 날고기는 없었다. 마리아는 날고기 같은 건 좋아하지 않았다.

"먹고 싶지? 먹고 싶잖아!"

마트가 말했다.

복슬이는 턱을 핥았다.

마트는 고기 한 덩어리를 집어 들고 개 쪽으로 냄새를 불어 주었다.

복슬이는 온몸을 파르르 떨더니 몇 번 침을 삼켰다. 그러다가 더 이상 참지 못하고 냉큼 뛰어나왔다. 마트는 순식간에 녀석을 가방 속에 가둬 버렸다. 복슬이는 이빨을 드러낸 채 발톱으로 할퀴며 빠져나가려고 했다. 마트는 햄버그스테이크 한 덩어리를 가방 속에 쑤셔 넣고 조금 뜯어서 피를 냈다. 복슬이는 애처롭게 울부짖었다.

"여기 있잖아! 먹어! 이 멍충아!"

마트는 고기를 한 주먹 더 넣어 주며 소리쳤다. 개가 게걸스럽게 먹고, 삼키고, 미친 듯이 할짝거리는 소리가 들렸다. 그러더니 가방 속에서 사지를 뻗고 그대로 곯아떨어졌다. 기적이었다! 마트는 확인 차 가방 속을 들여다보았다. 일이 생각보다 훨씬 수월하게 풀리고 있었다.

마트는 가방을 둘러메면서, 개가 움직임을 느끼면 화가 나서 짖어댈 거라고 예상했다. 하지만 잠잠했다. 복슬이는 가방에 담긴 채 다니는 데 익숙해져 있었다. 녀석은 가방 속에서 내처 잠을 잤는데, 그 컴컴한 작은 동굴 속에 쏙 들어가 있는 게 무척 안심되는 모양이었다. 마트는 충분히 이해가 갔다. 자신도 어두운 은신처를 좋아하니까.

아이는 마리아의 베개 밑에 쪽지를 남겨 놓았다. *자정에 연지로 나와라. 그때 개가 있는 곳을 알려 줄게. 그 다음에* 마트라고 서명했다. *추신, 아무한테도 말하지 마. 안 그러면 녀석을 다신 못 보게 될 테니까!* 마트는 마지막 줄이 비열하다고 생각했지만, 가능성을 조금이라도 높이려면 어쩔 수 없었다.

마트는 숙소를 빠져나오면서, 개가 문을 연 것처럼 보이도록 방문을 살짝 열어 놓았다. 복도는 휑하니 비어 있었다. 연지 정원에는 아무도 없었고, 개구리의 존재에 대해 명상하는 따오기들뿐이었다. 모든 일이 술술 풀리고 있었다. 복슬이는 마트가 가방을 양수장에 내려놓자 조금 움찔거렸지만, 짖지는 않았다.

마트는 복슬이를 가방 속에 그냥 넣어 두기로 했다. 언제든지 내킬 때 나올 수 있고, 그러면 물과 남은 햄버그스테이크를 놔둔 게 보일 것이다. 마트는 아편제를 선반 위에 올려놓았다. 그걸 사용할 필요가 없어서 솔직히 마음이 놓였다. 복슬이가 싫긴 하지만, 펠리시아를 좀비로 만든 바로 그 약을 개에게 먹이는 것은 나쁘게 생각되었다.

마리아는 점심 식사 직후에 복슬이가 없어진 걸 알았다. 마리아는 사람들을 있는 대로 불러 모아(마트만 빼고) 개를 찾았다. 마트는 여럿이 복슬이를 부르는 소리를 들었지만, 녀석을 웬만큼 아는 사람이라면 녀석이 대답하지 않으리란 걸 알 것이다. 복슬이는 이빨을 드러내고 물어뜯으면서 질질 끌려나오기 전까지는, 그곳이 어디가 됐든 잔뜩 웅크리고 숨어 있곤 했다.

마트가 숙소를 나올 때 셀리아는 자고 있었다. 복도의 전등은 대부분 꺼져 있어서, 불 켜진 전등 사이사이에서 시커먼 어둠이 입을 벌리고 있었다. 얼마 전이었다면, 이렇게 밤늦게 밖에 나가는 게 무서웠을 것이다. 이제는 더 이상 추파카브라나 흡혈귀를 믿지 않지만, 밤의 어둠과 정적 속에서 그것들은 도로 되살아났다. 만약에 마리아가 너무 무서워서 숙소를 나오지 못한다면? 하지만 마트는 그런 생각은 해 보지 않았다. 마리아가 오지 않는다면, 모든 계획이 도로 아미타불이 되는 것이다.

발소리가 마루 위에서 메아리쳤다. 마트는 뒤따라오는 사람이 없는지 확인하려고 여러 차례 걸음을 멈추었다. 시계를 들여다보았다. 열두 시 십오 분 전. 셀리아의 얘기에 따르면, 그것은 죽은 자들이 관 뚜껑을 담요처럼 걷어 젖히는 시간이었다. *이제 그만.* 마트는 마음속으로 말했다.

연지에는 오로지 별빛만 쏟아지고 있었고, 대기는 후텁지근했다. 고인 물 냄새가 풍겨 왔다. 야자수 잎사귀 하나 흔들리지 않았고, 모기 한 마리 앵앵거리지 않았다. 파피루스 어딘가에서 따오기들이 잠들어 있었다. 아니면 깨어서 아이의 발소리에 귀 기울이고 있는지도 몰랐다. 자신이 여기 와 있다는 걸 깨닫는다면 새들은 어떻게 할까?

겁쟁이처럼 굴지 마. 저것들은 고작 새일 뿐이야. 다리가 긴 통닭이라고. 마트는 혼잣말을 했다.

개구리 한 마리가 울음소리를 내는 바람에, 마트는 들고 가던 손전등을 떨어뜨릴 뻔했다. 아이는 연못을 비춰 보았다. 퐁당 소리, 깃털 스치는 소리가 들려왔다.

최대한 소리를 죽이고 양수장 쪽으로 걸어갔다. 바로 지금 복슬이가 낑낑대는 소리를 들으면 진짜로 끔찍할 것 같았다. 마리아는 오지 않으려고 할 것이다. 자신이 이렇게 신경과민이라면, 그 애는 겁에 질릴 게 분명하니까. 하지만 그 애는 개를 찾으러 올 것이다. 마트는 마리아가 뭔가 중요하게 생각되는 일에서는 적지 않은 용기를 낸다는 걸 알고 있었다.

마트는 등나무 앞에 이르렀다. 여기서 기다리는 게 나을까, 아니면 복슬이가 잘 있는지 확인해 봐야 할까? 컴컴한 작은 집으로 들어가고 싶은 마음은 별로 없었다. 어쨌든 내가 안으로 들어가 있으면, 마리아는 날 찾지 못할 거야. 무슨 소리가 들렸다. 서치라이트가 정원 구석구석을 환하게 밝혔다. 그것은 엘 파트론의 보안시스템이었다! 눈앞이 하나도 안 보였다. 마트는 등나무 그늘 속으로 물러서다가 힘 센 손아귀에 붙잡혔다.

"놔 줘! 난 적이 아냐! 난 엘 파트론의 클론이야!"

마트는 외쳤다.

대프트 도널드와 탬 린이 마트의 팔을 뒤로 꺾은 채 잔디밭 한가운데로 끌고 갔다.

"나야! 나라고!"

마트는 부르짖었다. 하지만 탬 린은 험악한 얼굴로 침묵을 지켰다.

멘도자 상원의원이 큰집에서 나왔다. 그는 자제하기 위해 노력이 필요한 듯 두 손을 구부린 채 마트 앞에 섰다. 한참, 아주 한참 동안 그는 침묵을 지켰다. 그러더니…….

"넌 짐승보다 더 나쁘다."

상원의원이 독기를 담아서 너무나 무섭게 말하는 바람에, 마트는 움찔하여 자신을 붙든 손들 쪽으로 물러났다.

"아, 난 너를 해치지는 않을 거다. 난 그런 사람이 아니다.

게다가 네 운명은 엘 파트론한테 달려 있으니까."

다시 긴 침묵. 저 사람은 더 이상 아무 말 안 할 거라고 생각할 무렵, 상원의원이 경멸조로 말했다.

"한 가지는 확실하게 밝혀 둘 수 있다. 넌 앞으로, 다시는…… 절대로…… 내 딸을 보지 못할 거다."

"하지만, 왜요?"

겁에 질려 있던 아이가 깜짝 놀라서 말했다.

"너는 이유를 알고 있다."

마트는 알지 못했다. 이것은 그저 끔찍한 악몽이었다. 자신은 그저 꿈에서 깨어나지 못하고 있을 뿐이었다.

"전 그냥 그 애랑 얘기하고 싶었던 거예요. 전 복슬이를 돌려주려고 했어요. 마리아를 화나게 하려고 했던 게 아닌데 정말 잘못했어요. 제발 그 애를 만나게 해 주세요. 잘못했다고 말하게요."

"그 애의 개를 죽여 놓고 무슨 사과를 한다는 거냐?"

순간 마트는 자기 귀를 의심했다. 그러다가 이 터무니없는 상황이 온전히 이해되기 시작했다.

"하지만 난 안 그랬어요! 그럴 생각 없었어요! 마리아한테 그런 짓은 못 해요! 전 그 애를 사랑해요!"

마트는 그 말을 입 밖에 내자마자 자신이 엄청난 실수를 했다는 걸 깨달았다. 멘도자 상원의원은 아이를 그 자리에서 목 졸라 죽이고 시체를 연지 속에 던져 버리고 싶은 얼굴이었다. 마트와 마리아가 얼마나 친했는지, 마트가 엘 파트론의 생일 파티 때, 모두가 보는 앞에서 딸에게 키스를 요구할 정도였다는 사실을 일깨우는 것보다 더 그의 분노를 부채질하는 것은 없을 터였다.

그것은 생각할 수도 없는 일이었다. 그것은 침팬지가 인간의 옷을 입고 사람들과 같은 식탁에 앉아서 밥을 먹겠다고 요구하는 것과 같았다. 그보다 더 나빴다. 왜냐하면 마트는 숲에 사는 보통 짐승이 아니기 때문이었다. 마트는 침상 위의 그것이었다.

"잘못했어요. 잘못했어요."

마트는 아무 생각도 안 났다. 그저 멘도자 상원의원이 자신의 말을 듣고 용서해 줄 때까지 계속 사과하자는 생각뿐이었다.

"네가 엘 파트론의 보호를 받고 있는 걸 천만다행으로 알아라."

멘도자 상원의원은 돌아서서 집 안으로 성큼성큼 걸어 들어갔다.

"걸어라."

탬 린은 대프트 도널드와 함께 마트를 정원에서 몰아내며 말했다.

"난 안 그랬어!"

마트가 소리쳤다.

"아편제 병에서 네 지문이 발견됐다."

탬 린이 말했다. 마트는 그가 이런 식으로 말하는 걸 들어본 적이 없었다. 너무도 싸늘하고, 너무도 모질고 그리고 너무도 역겨워하는 말투.

"난 아편제를 빼냈지만, 그걸 쓰지는 않았어."

그들은 빠른 걸음으로 복도를 지났다. 마트의 발은 바닥을 스치다시피 했다. 셀리아의 숙소에 도착했다. 탬 린은 문 앞에서 잠시 걸음을 멈추었다.

탬 린은 먼 길을 달려온 사람처럼 씨근거리며 말했다.

"내가 누누이 말했다. 설령 진실이 고약한 것일지라도 그것이 최선이라고, 너한테 누누이 말했다. 하수구의 쥐새끼들은 누구나 거짓말을 한다. 저희들이 바로 쥐새끼니까. 또 그래서 쥐새끼가 되는 거고. 하지만 인간은 캄캄한 곳으로 달려가 숨지 않는단 말이다. 왜냐하면 인간은 그 이상의 존재니까. 거짓말은 가장 비겁한 행동이다."

"난 거짓말을 하는 게 아냐."

마트는 우는 게 아기 같은 짓이라는 걸 알면서도 울지 않을 수 없었다.

탬 린은 말을 계속 했다.

"난 네가 실수를 했다고 믿는다. 그 병에는 세 방울이라고 써 있지. 그런데 그건 성인 남자의 용량이란 말이다. 복슬이는 개야. 그 정도면 개를 죽이고도 남지. 실제로 그렇게 됐고."

"딴 사람이 준 거야!"

마트는 소리쳤다.

"내가 마리아를 먼저 보지 못했다면 널 가엾게 여겼을 거다. 그리고 네가 앞으로 나서서 합당한 비난을 감수했다면 좀 더 마음이 누그러졌을 거고."

"난 거짓말하는 게 아냐!"

"아, 그래. 내가 너한테 너무 많은 걸 기대하고 있나 보다. 넌 마리아가 갈 때까지 집 밖으로 나와서는 안 된다. 그리고 마침 잘 됐다. 엘 파트론도 같이 떠난다는 사실을 알려 주마.

나를 데리고 간단다."

마트는 너무 놀라서 아무 말도 안 나왔다. 탬 린을 망연히 응시할 뿐이었다.

탬 린은 어조를 누그러뜨렸다.

"총각, 그건 언제고 벌어질 일이었다. 넌 이제 네 몸을 스스로 지킬 수 있어. 또 무슨 일이 있으면, 셀리아가 연락을 취할 수 있으니까."

그가 문을 열자, 방문 앞에서 기다리고 있었던 듯 셀리아가 아이를 냉큼 안아 올렸다.

아이는 셀리아에게 아무 말도 할 수 없었다. 전에 깊은 충격을 받았을 때 그랬던 것처럼 말의 힘은 떠나갔다. 아이는 다시 여섯 살 적으로 돌아갔다. 아이는 작은 방의 톱밥 속에 묻혀 있는 연골과 뼈와 썩은 과일 왕국의 주인이었다.

14

셀리아의 사연

마리아가 떠날 때 마트는 제 방에 있었다. 이륙할 채비를 하는 호버크라프트의 털털거리는 소리가 들려왔다. 휘잉휘잉 공기를 가르는 소리가 들렸고, 반중력기가 머리 위로 지나갈 때 살에서 선뜻한 감촉이 느껴졌다. 마트는 호버크라프트를 타 본 적이 없었다. 엘 파트론은 농장을 자신의 유년 시절의 추억에 가깝게 만들고 싶어 하여 그런 것들을 허용하지 않았다.

어렸을 때, 엘 파트론은 마을을 소유했던 부유한 농장주의 으리으리한 영지를 보고 자라났다. 그는 날개 달린 아기며 파랑과 녹색 타일을 깐 분수를 기억했다. 그리고 비둘기들이 돌아다니던 정원을 기억하고 있었다. 엘 파트론은 마트에게, 자신은 모든 점에서 그 기억을 재현하려고 애썼다고 했다. 다른 것이 있다면, 물론 자신이 엄청 더 큰 부자라는 것뿐이라고 했다. 엘 파트론은 조각상과 분수, 정원을 십여 개씩 갖춰 놓을 수 있었다.

알라크란 저택은 드넓은 부지 위에 설계되었다. 저택은 모든 부분이 단층으로 지어졌다. 벽은 눈부신 흰색이었고, 지붕에는 고운 붉은 기와를 얹었다. 병원 같은 특수 구역을 제외하고 문명의 이기는 최소한으로 줄였다. 그래서 셀리아는 엘 파트론이 와 있는 동안에는 장작을 때는 화덕에서 요리를 했다. 그것은 노인이 메스키트 타는 냄새를 좋아하기 때문이었다. 평소에는 전자레인지를 쓸 수 있었다.

정원에는 엷은 물안개를 뿜어 온도를 내렸고, 방은 대부분 차양을 친 베란다를 이용해서 사막의 더운 공기를 서늘하게 바꾸었다. 하지만 해마다 열리는 생일 파티 기간에는 문명의 이기들이 선을 보였다. 유명인사들은 에어컨이나 여흥 시설이 없다면 지내기가 괴로웠을 터였다.

엘 파트론이 그들의 안위에 관심이 있었던 것은 아니었다. 그저 사람들에게 강렬한 인상을 심어 주고 싶었던 것이었다.

마트는 엘 파트론의 리무진이 부릉거리는 소릴 들었다. 노인은 도로 여행을 좋아했다. 가능하기만 하다면 말을 타고 갔겠지만, 그러기에는 노인의 뼈가 너무 약했다. 엘 파트론은 뒷자리에 앉았고, 탬 린을 말동무 삼아 옆에 앉히곤 했다. 대프트 도널드는 운전대를 잡았다. 이들은 후끈하게 달궈진 긴긴 고속도로를 달려서 치리카화 산맥에 있는 별장으로 갔다.

마트는 천장을 올려다보았다. 너무 울적해서 뭘 먹고 싶은 생각도 없었고 텔레비전을 볼 기분도 아니었다. 할 수 있는 일이라곤 그저 지난 며칠 새에 일어난 사건을 마음속에서 되새김질하는 것뿐이었다. 마트는 생각하고 또 생각했다. 탐을 유아들의 테이블에 앉히지 않았던들 얼마나 좋았을까. 마리아한테 사람들이 보는 앞에서 자신에게 키스하라고 강요하지 않았던들. 병원에 가지만 않았던들.

후회는 차곡차곡 두텁게 쌓였고, 생각은 다람쥐 쳇바퀴 돌 듯 머릿속에서 빙글빙글 돌아갔다.

모두들 자신이 복슬이를 독살했다고 생각했다. 그 병에는 자신의 지문이 찍혀 있었고, 그리고 마리아의 방에는 쪽지가, 자신이 서명한(!) 쪽지가 놓여 있었다. 어떻게 그렇게 멍청할 수 있었을까? 마트는 자신에게 불리한 증거가 너무도 뚜렷하다는 걸 인정하지 않을 수 없었다.

탐은 자신이 양수장에서 나오는 걸 보고, 복슬이를 변기에 처넣었을 때 작정한 일을 해치우려고 했던 것이 틀림없었다. 하지만 어떻게 병에 지문을 남기지 않고 아편제를 사용했을까?

마트의 생각은 돌고 돌았다. 마음속의 쳇바퀴가 삐끗했다. 멀리서 차 문 닫히는 소리, 희미하게 엔진 부릉거리는 소리, 리무진이 출발하는 소리가 들렸다.

이제 엘 파트론은 갔다. 그리고 탬 린도. 그를 생각하자 마음이 아팠다. 탬 린은 말했다. *하수구의 쥐새끼들은 누구나 거짓말을 한다. 저희들이 바로 쥐새끼니까……. 하지만 인간은 캄캄한 곳으로 달려가 숨지 않는단 말이다. 왜냐하면 인간은 그 이상의 존재니까.* 마트는 언젠가 마리아를 만나면 그 애를 이해시킬 수 있다고 생각했다. 자신은 멍청한 짐승이고 그래서 바르게 행동하는 법을 모르기 때문에 그 애는 용서해 줄 것이다. 하지만 탬 린은 자신을 인간이라고 불렀고 그래서 더욱 많은 것을 기대했다. 마트는 깨달았다. 인간이란 용서하기가 훨씬 힘든 존재라는걸.

마트는 자신을 대하는 태도에 있어, 경호원과 그밖에 사람들 사이에는 엄청난 차이가 있다는 걸 처음으로 깨달았다. 탬 린은 용기와 성실함에 대해 말해 주었다. 그리고 원정을 나갔을 때는, 자신이 위험한 일을 해 볼 수 있게 해 주고 스스로 탐구할 수 있게 해 주었다. 그는 자신을 동등한 인간으로 대해 준 것이다.

탬 린은 스코틀랜드에서 보낸 어린 시절 이야기를, 어른한테 말하듯이 자주 들려주었다. 그것은 똑같은 얘기를 자꾸만 반복하는 엘 파트론의 회고담과는 달랐다. 마트는 탬 린의 이야기를 마지막 한 마디까지 마음속에 새겨 놓았다. 탬 린의 이야기는 어른으로 성장하는 과정에서 내려야 했던 어려운 결정들에 관한 거였다. 경호원은 말했다. *난 정말 바보였다. 가족에게 등을 돌렸고, 거친 패거리와 어울려 집을 나왔고, 그러다가 그 일 때문에 여기까지 오게 됐지.* 그 일이 뭔지 탬 린은 일체 언급하지 않았다.

그런 소풍의 추억을 떠올리자 눈물이 고이더니 볼을 타고 주르륵 흘러내렸다. 마트는 아무 소리도 내지 않았다. 아이는 침묵을 지키는 게 안전하다는 걸 배웠다. 하지만 눈물을 그칠 수가 없었다.

그래도 슬픔 속에서 어렴풋한 희망의 빛이 떠올랐다. 모두들 자신이 개보다 나을 것이 없다고 생각하는데, 한 사람은 자신이 그 이상의 존재가 될 수 있다고 믿어 준 것이다.

그리고 난 그렇게 될 거야. 마트는 흐린 눈으로 천장을 올려다보며 다짐했다.

모든 게 다 암울하기만 한 것은 아니었다. 탐은 집에서 쫓겨났다. 마리아는 개를 찾아다니다가 무심코 아버지에게 병원 안을 찾아봐 달라고 부탁했다. 멘도자 상원의원은 딸이 어떻게 그곳에 대해 알게 되었는지 알고 싶어 했다. 맥그리거의 클론에 대한 얘기며, 탐이 그곳으로 두 아이를 꾀어냈다는 얘기 등이 전부 쏟아져 나왔다. 엘 파트론은 방학도 없이 1년 내내 여는 기숙학교로 탐을 쫓아 버렸다.

"탐이 정말 자기 자식이라면, 맥그리거 씨는 왜 그 애를 데려가지 않는 거야?"

마트가 물었다.

"넌 이해를 못 한다."

셀리아는 디저트로 만든 싱싱한 나무딸기를 얹은 치즈 케이크를 자르며 말했다. 다른 때 같았으면, 마트는 두 조각을 달라고 했을 것이다. 이제는 한 조각도 삼킬 수 있을 것 같지가 않았다.

"엘 파트론은 일단 뭔가가 자신의 소유라고 생각하면, 절대로 놔 주는 법이 없단다."

"절대로?"

마트가 말했다.

"절대로."

"생일날 받은 선물은 다 어떡해?"

마트는 백 년이 넘는 세월 동안 사람들이 엘 파트론에게 바친 금시계며 보석, 조각상, 월석 등에 대해 생각해 보았다.

"다 갖고 계시지."

"어디에?"

셀리아는 치즈 케이크를 접시에 담고 손가락을 핥았다.

"지하에 비밀 저장소가 있단다. 엘 파트론은 그 속에 묻히길 원하신다. 성모께서 그날을 영원히 미뤄 주시기를."

셀리아는 성호를 그었다.

마트는 생각을 해야 했다.

"마치, 마치 이집트의 파라오처럼 말이야?"

"바로 그거란다. 미 비다, 치즈 케이크 먹으렴. 넌 힘을 길러야 해."

마트는 지하의 비밀 저장소를 상상하며 기계적으로 씹었다. 전에 투탕카멘 왕의 무덤 사진을 본 적이 있었다. 엘 파트론은 황금 관 속에 누워 있을 것이고, 모든 시계며 보석, 조각상, 월석 들이 주변에 쌓여 있을 것이다. 그렇지만 엘 파트론의 죽음에 대해서 생각하고 싶지 않았기 때문에 이렇게 말했다.

"그게 탐이랑 무슨 상관있어?"

셀리아는 안락의자에 등을 기댔다. 모두들 떠났기 때문에 그녀는 이제 한결 편해졌다. 그녀는 말했다.

"엘 파트론은 사람들을 집이나 차, 조각상처럼 자신의 소유물로 생각하신다. 그분은 돈을 움켜쥐듯이 사람들을 움켜쥐고 있으려고 하지. 펠리시아가 도망치는 걸 절대 방관하지 않는 이유가 바로 그거야. 모든 사람을 당장이라도 불러들일 수 있도록 힘이 미치는 범위 내에 두고 있으려는 이유가 바로 그거지. 그분은 아무리 탐이 싫더라도 맥그리거한테 내 주는 일은 절대로 없을 거다."

"아줌마랑 탬 린도 엘 파트론의 소유야?"

마트는 물었다.

셀리아는 흠칫 놀랐다.

"저런! 질문 한 번 고약하구나!"

마트는 대답을 기다렸다.

"사람들이 너한테 전후 사정을 설명해 줬다면 그렇게 힘든 일을 겪지는 않았을 텐데."

셀리아는 한숨지으며 말했다.

"난 복슬이를 독살하지 않았어."

"아가, 넌 그럴 생각이 없었던 거야. 네 마음이 착하다는 건 내가 안다."

마트는 항변하고 싶은 마음이 간절했지만, 셀리아가 자기 말을 믿어 주지 않으리란 걸 알았다. 아편제 병에는 자신의 지문이 찍혀 있었다.

그녀는 입을 열었다.

"난 아즈틀란에서 자랐단다. 엘 파트론이랑 같은 마을에서 태어났지. 그때도 가난했지만 지금은 훨씬 더 나빠졌다. 거기서는 잡초 말고는 아무것도 자라지 못했는데, 그 잡초라는 게 너무 써서 당나귀도 토해 낼 정도였단다. 하다못해 바퀴벌레조차 이웃 고장으로 달아났지. 그렇게 척박한 곳이었다.

나는 어렸을 때, 국경 근처의 공장으로 일하러 갔단다. 하루 종일 조립 라인에 앉아서 핀셋을 가지고 아주 조그만 네모를 아주 조그만 구멍에다 집어넣는 일을 했지. 난 눈이 머는 줄 알았어! 우리 계집애들은 커다란 회색 건물에서 살았는데, 거긴 밖으로 머리도 못 내밀 만큼 작은 창문이 달려 있었단다. 우리가 탈출하는 걸 막으려고 그렇게 만든 거지. 우리는 밤에 지붕으로 기어 올라가서 국경선 너머 북쪽을 바라보았다."

"우리? 국경선?"

마트가 물었다.

"그래. 농장들은 아즈틀란과 미국 사이에 있지. 밤에는 농장들이 깜깜하기 때문에 보이는 게 많지는 않았어. 하지만 그 너머, 미국 하늘은 휘황찬란했다. 우리는 그 휘황한 불빛 아래 가장 멋진 고장이 있다는 걸 알고 있었지. 그곳에서는 누구나 정원이 딸린 집을 갖고 있어. 그리고 모두들 예쁜 옷을 차려입고 제일 맛난 음식만 먹지. 하루 네 시간 이상 일하는 사람은 아무도 없고 말이다. 남는 시간에 사람들은 호버크라프트를 타고 파티에 간단다."

"그게 정말이야?"

마트가 물었다. 아이는 농장과 국경선을 맞대고 있는 나라들에 대해 아는 게 거의 없었다.

"나도 모른다. 너무 좋아서 사실일 리가 없다고 생각하지."

셀리아는 한숨을 지었다.

마트는 설거지를 도왔다. 둘은 함께 접시를 닦아서 말렸다. 그러자 마트는 오래전 양귀비 밭의 작은 집에서 살던 시절이 떠올랐다.

마트는 참을성 있게 셀리아가 다시 이야기를 시작하길 기다렸다. 너무 심하게 조르면, 그녀가 옛이야기를 관둘 거라는 걸 잘 알고 있었다.

"나는 계속 그 회색 건물에서 살았단다. 그러면서 점점 나이를 먹었지. 파티도, 남자 친구도, 아무것도 없었어."

셀리아는 접시를 정돈하고 난 뒤, 다시 이야기를 꺼냈다.

"가족한테서는 소식이 끊긴 지 오래였어. 다들 죽었겠지. 난 몰랐단다. 내 생애의 유일한 변화는 내가 요리를 배우고 난 뒤에 생겼단다. 나는 어느 늙은 마녀한테서 요리를 배웠지. 할멈은 나한테 온갖 것들을 다 가르쳐 주었단다.

난 할멈의 수제자였기 때문에 곧 조립 라인을 벗어나서 건물 식당에서 요리를 시작했지. 난 좀 더 자유를 누렸단다. 약초와 음식 재료를 사러 시장에 드나들었지. 그러다 어느 날 코요테를 만났어."

"짐승 말이야?"

마트는 어리둥절했다.

"아니란다, 아가야. 사람들을 국경 너머로 데려다 주는 사람. 그 사람한테 돈을 내면 미국으로 갈 수 있게 도와주지. 하지만 그 전에 먼저 농장을 지나가야 하지만."

셀리아는 몸을 바르르 떨었다.

"나 같은 바보 천치가 어디 있겠니! 그자들은 아무 데도 보내 주지 않는단다. 사람들을 곧장 농장 경비대에 넘겨 버리지.

난 소지품을 몽땅 꾸렸단다. 내 고향 마을에서 가져온 성모상도 잊지 않았어. 여자애들 스무 명가량이 아조 산맥으로 넘어갔는데, 코요테는 거기서 우리를 버렸지. 우리는 겁에 질린 토끼 떼처럼 우왕좌왕했다. 절벽을 내려가다가, 한 아이가 협곡으로 떨어져서 죽었어. 우리는 좀 더 빨리 행동할 수 있도록 가져온 물건을 거의 다 버렸지만, 아무 소용이 없었지. 산을 내려가니 농장 경비대가 우리를 기다리고 있더구나.

난 어느 방으로 끌려갔는데, 누군가가 내 배낭을 내동댕이쳤단다. 나는 소리쳤어. '조심해요! 성모님을 다치게 하지 말아요!' 성모상의 옷자락에 이가 빠진 건 그래서란다. 경비대가 성모님을 바닥에 내동댕이쳐서 그렇게 된 거야.

그자들은 와하고 웃었고, 그중 하나가 성모님을 밟아 부수려는데 누군가 문 앞에서 '그만!' 하고 소리쳤지. 그러자 모두들 부동 자세를 취했는데, 세상에나 그건 휠체어에 탄 엘 파트론이었어. 그 양반은 당시엔 기력이 더 좋았고, 그래서 일을 직접 챙기는 걸 좋아했단다.

'네 말투가 귀에 익구나. 어디 출신이냐?' 그분이 물었다. 내가 고향 마을 이름을 댔더니, 깜짝 놀라더구나. '거긴 내 고향이다. 그 오래된 쥐구멍이 아직도 남아 있진 않겠지.' 그분이 말했다.

난 대답했지. '아직 있답니다. 그놈의 쥐새끼들이 좀 더 나은 빈민굴로 이사 가긴 했지만요.'

그 양반은 껄껄 웃더니만 나한테 무슨 기술이 있느냐고 물었어. 그때부터 나는 엘 파트론의 소유가 됐지. 난 언제까지나 그 양반의 소유물일 거다. 절대로 날 놔 주지 않을 거야."

마트는 오싹한 느낌이었다. 셀리아가 국경을 넘어온 것은 천만다행한 일이었다. 그렇지 않았다면, 곁에서 자신을 돌봐 주지 못했을 테니까. 하지만 마지막 말 '그 양반은 절대로 날 놔 주지 않을 거다'에는 뭔가 음산한 게 있었다.

"아줌마, 사랑해."

마트는 셀리아를 얼싸안으며 충동적으로 말했다.

"나도 널 사랑한다."

그녀는 아이를 부드럽게 껴안아 주었다.

셀리아의 품속은 무척이나 아늑했다. 마트는 영원토록 셀리아의 숙소에 숨어서, 알라크란 집안 사람들과 업신여기는 하인들 그리고 맥그리거의 클론에 대해서 잊어버릴 수 있기를 바랐다.

"국경을 같이 넘어온 사람들은 어떻게 됐어?"

아이는 물었다.

"그 애들?"

셀리아는 감정이 드러나지 않은 단조로운 목소리로 짧게 말했다.

"그 애들은 전부 이짓이 됐어."

그리고 더 이상 말하지 않았다.

노년

12세에서 14세까지

15

굶어 죽은 새

 분간할 수 없을 만큼 똑같은 나날이 지나갔다. 이제 마트는 마리아가 오리라는 기대를 버렸다. 마리아와 에밀리아는 자신들을 예절 바른 숙녀로 바꿔 줄 수녀원으로 들어갔다.

 "그쪽에서 길들이려는 아이는 마리아란다. 에밀리아는 귀리죽 한 사발처럼 거친 아이니까."

 셀리아가 말했다. 마트는 마리아한테 편지를 부쳐 달라고 부탁했지만, 셀리아는 안 된다고 잡아뗐다.

 "수녀들은 네 편지를 곧장 멘도자 상원의원한테 넘겨 주고 말 거다."

마트는 마리아가 무얼 하고 있을지 상상해 보려고 했지만, 수녀원에 대해선 통 아는 게 없었다. 그 애는 날 보고 싶어 할까? 날 용서했을까? 이제는 탐을 찾아갈까?

마리아와 에밀리아가 오지 않자, 베니토와 스티븐은 다른 곳에서 방학을 보냈다. 알라크란 씨는 출장을 자주 다녔고, 펠리시아와 엘 비에호는 자기 방에 틀어박혀 있었다. 복도와 정원에는 사람 그림자가 없었다. 하인들은 여전히 제각기 맡은 일을 했지만, 목소리를 낮춰서 두런거렸다. 집 안은 꼭 배우들이 퇴장해 버린 무대 같았다.

어느 날 마트는 마구간에 가서 안전마를 신청하고, 거절당할까 봐 초조한 마음으로 기다렸다. 하지만 그렇지는 않았다. 이짓이 말을 끌고 나왔다. 마트는 마음이 불편하여 눈을 내리깔았다. 집 안에서 일하는 이짓은 거의 없었고, 마트는 되도록 그들 생각은 하지 않으려고 했다. 고삐를 받으려고 손을 내밀던 마트는 힐끗 눈을 들었다.

그것은 로사였다.

아직도 자신은 어린 꼬마이고 그녀는 간수인 것처럼 그 옛날의 두려움이 되살아나는 게 느껴졌다. 하지만 이 여인은 그 어떤 위협적인 자세도 취하지 않았다. 얼굴에 험하게 패인 굵은 주름살은 내면에서 벌어지는 일과는 무관한 듯했다. 로사는 손을 내민 채 앞만 똑바로 응시하고 있었다. 도대체 자신을 보았는지 어쩐지도 알 수 없었다.

"로사?"

마트는 말했다.

여인은 소년을 쳐다보았다.

"주인님, 말이 한 마리 더 필요하십니까?"

목소리는 똑같았지만, 예전의 분노는 흔적도 찾아볼 수 없었다.

"아니. 한 마리면 됐어."

마트는 말했다.

로사는 돌아서서 발을 끌며 마구간으로 돌아갔다. 기억 속의 그녀와는 완전히 딴판으로 그녀의 동작은 뻣뻣하기 그지없었다.

마트는 말을 타고 나갔다. 말은 안정된 걸음으로 걸었다. 자신이 오른쪽이나 왼쪽으로 가라고 말해 줄 때까지 말은 직선으로만 움직일 것이고, 또한 뇌 속에 심어진 경계선을 넘어가지 않을 것이다. *로사처럼 말이야.* 마트는 생각했다.

난생 처음으로, 이짓이 된다는 게 얼마나 끔찍한 일인가를 깨닫게 되었다. 이전에는 그들이 수술받기 전에 어떤 사람들이었는지 전혀 몰랐다. 그들은 그저 지루한 일을 하기 위해서만 존재했다. 하지만 로사는 잔인하고 폭력적이긴 했지만, 진짜 사람이었다. 이제 그녀는 생명을 빨아 먹힌 허깨비에 불과했다.

마트는 충동적으로 동쪽이 아닌 서쪽으로 말을 몰았고, 예전의 작은 집이 있으리라고 짐작되는 곳을 향해 양귀비 밭을 가로질러 갔다. 마트는 집 비슷한 것을 찾아보기 위해 이마에 손을 짚어 햇빛을 가렸다. 농장의 이쪽 부분은 양귀비 성장 주기의 초기 단계에 있었다. 양귀비는 아직 회색과 녹색의 그림자에 지나지 않았고, 스프링클러는 부드러운 물안개를 땅으로 뿜어내고 있었다. 대기는 젖은 먼지 냄새로 매캐했다.

몇몇 이짓이 밭에 엎드려 풀을 뽑고 벌레를 짓이기고 있었다. 이곳은 그들의 세상, 이짓들의 세상이었다. 마트는 그들이 갑자기 깨어나면 무슨 일이 벌어질지 궁금했다. 프랑켄슈타인 영화에 나오는 마을 사람들처럼 자신에게 덤벼들까? 하지만 그들은 깨어나지 않을 것이다. 그들은 그렇게 할 수가 없었다. 그들은 감독이 그만하라고 할 때까지 계속 풀을 뽑을 것이다.

작은 집은 어디에도 없었다. 자신과 셀리아가 떠난 뒤에 부숴 버린 것이 틀림없었다. 마트는 한숨을 쉬며 산중 오아시스가 있는 동쪽으로 방향을 바꿨다.

말구유 앞에 오자, 마트는 말에서 내려 탬 린이 늘 하던 대로 펌프로 물을 퍼 올렸다.

"마셔."

마트가 말에게 말했다. 말은 고분고분하게 물을 마셨다.

"그만."

이제 충분하다고 생각한 마트가 말했다. 그리고 말을 그늘에 데려다 놓고 기다리라고 말했다.

산속으로 들어가는데 희미한 두려움이 밀려왔다. 이번에는 혼자였다. 이번에는 바위에서 떨어지거나 방울뱀한테 물려도 도와주러 올 사람은 없을 것이다. 바위를 타고 올라가서 구멍을 통과했다. 건기의 끝 무렵이었고 아직 팔구월 폭풍우가 몰려오기 전이었으므로 웅덩이의 수위는 낮았다. 어떤 짐승이 슬금슬금 도망치는지 저편에 있는 크레오소트 덤불의 가지들이 흔들렸다. 외롭고, 구슬픈 소리를 내며 바람이 헐벗은 바위 사이를 불어갔다.

마트는 자리에 앉아서 샌드위치를 꺼냈다. 여기서 뭘 해야 할지 몰랐다.

협곡의 위쪽 끝에서는 포도 덩굴이 누군가 만들어 놓은 정자를 타고 오르고 있었다. 오래전에 여기서 사람이 살았던 것이다. 그리고 포도나무가 너무 무겁게 자라서 정자의 일부가 무너진 것이다. 마트는 정자 그늘 속으로 조심조심 들어가면서 혹시 서늘하고 어두운 곳을 좋아하는 뱀이 없는지 눈을 크게 뜨고 살폈다.

바닥에 커다란 금속 상자가 보였다. 한옆에는 돌돌 만 담요와 물병들을 담은 상자가 보였다. 걸음을 멈췄다. 가슴이 쿵덕쿵덕 뛰기 시작했다. 마트는 침입자가 숨어 있지나 않은지 주위를 두리번거렸다.

구슬픈 바람 소리와 바위틈 어딘가에 숨어 있는 선인장의 갉아 대는 듯한 외침뿐, 주변엔 아무것도 없었다.

마트는 크레오소트 덤불 속으로 기어 들어갔다. 반들거리는 나뭇잎이 몸에 닿아 부러지며 싸한 냄새를 풍겼다. 누가 감히 나만의 특별한 장소에 침입한 걸까? 미국으로 가려는 불법 입국자들일까? 아니면 이짓 중에서 누가 깨어난 걸까?

마트는 여러 가능성을 곰곰이 따져본 뒤에 어떤 불법 입국자라도 금속 상자를 끌고 셀리아가 말한 메마른 산과 들, 깊은 협곡을 지나올 수는 없었으리란 걸 깨달았다. 그리고 여태껏 깨어난 이짓은 없었다.

심장이 쿵쿵거렸지만, 마트는 용기를 내어 숨어 있던 곳에서 기어 나와 상자를 살펴보았다. 그것은 두 개의 금속 걸쇠로 고정되어 있었다. 마트는 조심조심 걸쇠를 풀고 뚜껑을 들어 올렸다.

깔끔하게 포장된 꾸러미 위에 쪽지가 놓여 있었다. *마트 봉아라.* 그것은 이렇게 시작됐다. 마트는 땅바닥에 털썩 주저앉아 충격을 억누르기 위해 심호흡을 했다. *이 물건은 나를 위한 거야.* 마음이 진정되자, 다시 쪽지를 집어 들었다.

마트애개, 나는 글이 서툴으니 짧개 쏜다. 엘 파트론이 나더러 가치 가자고 하능구나. 나로선 어쩔 수 업다. 이 상자에 식양이랑 책을 너는다. 혹시 너한태 피료할 날이 이슬지도 모르니까. 너애 친구 탬 린.

그것은 어린애 같은 삐뚤빼뚤한 글씨체로 큼지막하게 쓰

여 있었다. 마트는 탬 린의 말은 그토록 지적인데 반해, 글이 너무 형편없는 걸 보고 깜짝 놀랐다. 그는 자신이 제대로 교육받지 못했다고 말했는데, 그 증거가 여기 있었다.

마트는 얼른 꾸러미를 풀어 보았다. 쇠고기 육포, 쌀, 콩, 말린 양파, 커피, 사탕이 들어 있었다. 그리고 정수용 알약한 병, 구급상자, 주머니칼, 성냥, 점화액이 나왔다. 바닥에는 '담뇨 속애 그릇'이라고 쓴 쪽지가 한 장 더 있었다. 얼른 담요를 풀어 보니, 그 속에는 조리 기구 일체와 금속 컵 하나가 들어 있었다.

상자 맨 밑에는 책들이 놓여 있었다. 접을 수 있는 지도 하나와 『아편국의 역사』라는 책이 한 권 있었다. 캠핑과 생존 기술에 관한 지침서가 두 권 더 있었다. 맨 밑바닥에서 다음과 같은 쪽지가 나왔다. *'상자를 닿아 둘 것. 코요태가 식양을 먹는다. 책도.'*

마트는 털퍼덕 주저앉은 채 보물을 바라보며 감탄했다. 탬 린은 결국 자신을 버린 게 아니었다. 쪽지의 마지막 말을 읽고 또 읽었다. 그것은 시원한 물을 여러 잔 들이켠 것 같은 효과를 냈다. *너애 친구 탬 린.* 마트는 모든 걸 차곡차곡 담아 놓고, 상자를 그늘 속에 집어넣은 뒤에 집으로 돌아갔다.

집에 돌아가 보니 한바탕 소동이 벌어져 있었다. 호버크 라프트들이 속속 착륙했고, 하인들이 이리 뛰고 저리 뛰고 하고 있었다. 셀리아는 숙소에서 안절부절못한 채 마트를 기다리는 중이었다.

"미 비다, 어디 갔다 왔니? 난 막 수색대를 보내려고 했다. 침대 위에 네 양복 올려놨다."

그녀는 소리쳤다.

"무슨 일이 있어? 왜 이렇게 모두들 뛰어다니는 거야?"

마트가 물었다.

"아직 아무한테도 얘기 못 들었니?"

그녀는 심란한 듯이 아이의 속옷을 벗기고 수건을 건네주었다.

"얼른 샤워하고 옷 갈아 입어라. 엘 비에호가 돌아가셨단다."

셀리아는 서둘러 성호를 긋고 자리를 떴다.

마트는 멍하니 수건을 바라보며 생각을 가다듬었다. 엘 비에호의 죽음은 놀라운 것이 아니었다. 그는 몇 달 동안 방에서 나온 적이 없으니, 무척 아팠던 것이 분명했다. 안됐다는 느낌을 가져 보려 했지만, 노인에 대해서 아는 게 거의 없었다.

마트는 샤워를 하고 부랴부랴 옷을 갈아입었다.

"내가 머리 감으라는 얘기는 안 했잖니."

셀리아는 아이를 보고 앓는 소리를 냈다. 그리고 허둥지둥 머리를 빗겨 주었다. 셀리아는 앞섶을 흑옥으로 수놓은 멋진 검정 드레스를 입고 있었다. 앞치마를 벗은 셀리아가 낯설어 보였다.

"엘 파트론께서 자꾸 우리더러 참석하라고 하시는구나."

셀리아는 서둘러 복도를 지나며 말했다.

둘은 살롱으로 나갔다. 조각상들이 있던 자리에는 꽃병이 놓여 있었다. 사방의 벽에는 검은 크레이프 상장이 걸려 있었고, 끄트머리의 제단에서는 수백 개의 성스러운 촛불이 휘황하게 일렁이고 있었다. 향 냄새와 연기 때문에 마트는 발작적인 기침을 터뜨렸다. 살롱에는 적어도 오십 명은 되는 사람들이 모여 있었는데, 일제히 찌푸린 얼굴로 마트를 돌아보았다. 셀리아는 항상 휴대하고 다니는 흡입기를 건네주었다.

마트는 곧 천식 발작이 진정되어 방 안을 둘러볼 수 있었다. 우아한 조각에 청동 손잡이가 달린 관이 방 중앙에 놓여 있었다. 관 속에는 마치 굶어 죽은 새처럼 보이는 엘 비에호가 누워 있었다. 시신에는 검은 정장을 입혀 놓았는데, 상아빛 실크 안감을 배경으로 뾰족한 코가 새의 부리처럼 솟아 있었다.

셀리아는 조그맣게 흐느끼며 손수건으로 눈물을 찍어 냈다. 마트는 그걸 보자 마음이 아팠다. 셀리아가 우는 건 정말 싫었다. 조문객들은 관에서 멀찍이 떨어져 있었다. 그들은 벽 쪽에 몰려서서 낮은 목소리로 쑥덕거렸다. 베니토, 스티븐, 에밀리아가 보였다. 스티븐과 에밀리아는 손을 붙잡고 있었다.

사람들이 한데로 몰렸다. 맥그리거가 입장한 것이다. 그는 지난 번 보았을 때보다 30년은 더 젊어 보였다. 이제는 정말 탐과 닮아 보였는데, 마트는 그걸 보고 말로 설명할 수 없는 혐오감이 솟구치는 걸 느꼈다. 초가 타는 후끈하고 갑갑한 냄새 때문에 머리가 빙빙 돌았다. 밖으로 나가고 싶은 생각이 굴뚝같았다. 집 저편에는 큰 수영장이 있는데, 그곳을 주로 이용하는 사람은 정신이 맑을 때의 펠리시아였다. 마트는 지금 시원하고 푸르고 깊은 그 수영장을 생각하고 있었다. 아이는 자신이 수영장 밑바닥으로 내려가 유영하는 모습을 그려 보았다.

"아무 말도 하지 마라."

셀리아가 귓전에 대고 소곤거렸다. 셀리아의 말을 듣고 생각에서 깨어나지 않았다면, 마트는 마리아가 저쪽으로 들어오는 모습을 놓쳤을 것이다. 마리아는 키가 더 크고 더 말라서, 몸에 딱 붙는 검정 드레스를 입으니 꼭 어른 같아 보였다. 어깨 위로 치렁하게 드리운 머리는 반짝이는 베일로 감싸고 있었다. 귀에는 다이아몬드 귀고리를 했고, 다이아몬드 여러 개로 챙을 장식한 조그만 검정 모자를 쓰고 있었다. 마트는 여태껏 마리아만큼 아름다운 존재는 본 적이 없는 것 같았다.

마리아는 탐과 손을 잡고 있었다.

셀리아가 자신의 팔을 잡는 게 느껴졌다. 마트는 마리아를 뚫어지게 쳐다보며, 그 애가 자신을 쳐다보기를, 탐의 손을 놓거나 혹은 그 애를 밀쳐내기를(그러는 편이 훨씬 낫겠지만) 바랐다. 마리아는 이쪽에는 눈길 한번 주지 않고 사람들 속에 섞였다.

엘 파트론이 탬 린이 미는 휠체어를 타고 살롱으로 들어왔다. 알라크란 씨가 함께 들어왔는데, 마트는 처음으로 진짜 슬픔 어린 얼굴을 보았다. 알라크란 씨는 엘 비에호의 관으로 다가가 노인의 이마에 키스했다. 엘 파트론은 언짢은 기색을 띠고 있었다. 노인은 사람들의 인사를 받을 수 있도록 조문객들 앞으로 휠체어를 밀라고 탬 린에게 손짓했다.

마트는 초조한 마음으로 기다렸다. 탬 린에게 감사하고 싶은 마음은 간절했지만, 지금은 때가 아닌 것이 분명했다. 마트는 그 금속 상자에 들어 있던 물건들이 금지된 품목이라는 걸 대충 알고 있었다. 탬 린의 입장을 곤란하게 만들고 싶지는 않았다. 하지만 문이 열리고 의식을 집전하는 신부가 들어오자 모든 생각이 그쳤다. 향내 나는 공을 든 소년들과 어린이 합창단이 뒤따라 들어왔다.

아이들의 감미로운 목소리에 사람들의 말소리가 뚝 그쳤다. 모두가 천사의 무리처럼 흰 옷을 입고 있었다. 머리는 깔끔하게 빗어 넘겼고, 깨끗이 씻은 얼굴은 반질반질 윤이 났다. 다들 예닐곱 살쯤 됐는데 모두가 이짓이었다.

그것은 그 눈의 텅 빈 표정만 봐도 알 수 있었다. 노래는 아름다웠다. 좋은 음악을 가려낼 줄 아는 능력이 마트보다 뛰어난 사람은 없을 것이다. 하지만 아이들은 자신이 부르는 노래를 이해하지 못하고 있었다.

아이들이 관의 머리맡에 자리 잡았다.

"거기 서."

신부가 나지막하게 말했다. 마트가 신부를 본 건 오로지 텔레비전을 통해서였다. 셀리아는 양귀비 밭을 지나 1.5킬로미터가량 떨어진 곳에 있는 작은 교회에 다녔다. 일요일 아침이면 일찌감치 몇몇 하인들과 함께 그곳까지 걸어서 갔다. 셀리아는 식탁을 차리기 전에는 뭘 먹거나 심지어 커피를 마시는 것조차 허락받지 못했으므로, 그것은 굉장히 고생스러운 일이었다. 하지만 그녀가 예배를 거른 적은 한 번도 없었다. 또 마트를 거기 데려간 적도 없었다.

"그만."

신부가 어린이 합창단에게 말했다. 아이들은 즉시 침묵했다. 신부는 가락을 붙여 기도를 올린 다음 마지막으로, 엘 비에호의 몸에 성수를 뿌렸다. 텔레비전에서 나는 신부의 성수는 악마의 몸을 먹어 들어갔지만, 지금 엘 비에호의 옷에는 구멍이 나지 않았다. 마트는 성수가 무슨 산 비슷한 것인 줄로만 알고 있었다.

"우리 교우님의 삶을 추억해 보도록 합시다."

신부는 인상적인 굵은 목소리로 말했다. 그리고 좌중을

향해 손짓했지만, 아무도 반응을 보이지 않았다. 마침내 알라크란 씨가 몇 마디 말을 했다. 그러자 신부는 모두들 차례로 나와서 마지막 작별 인사를 하라고 했다. 마트는 이제 갔으면 하는 심정으로 셀리아를 올려다보았다. 그녀는 굳은 결심을 한 듯 단호한 표정이었다. 셀리아는 아이를 앞세우고, 밀치락거리며 관 앞을 지나가는 조문객들의 긴 대열에 합류했다.

난 이제 여기서 뭘 해야 하는 거지? 마트는 생각했다. 그리고 다른 사람들이 관 앞에서 무얼 하는지 보려고, 고개를 빼고 기웃거렸다. 대부분 그저 고개만 까딱하고 서둘러 살롱을 빠져나갔다. 셀리아는 관 앞에 이르자 성호를 긋고 중얼거렸다.

"신의 은총이 함께 하시기를."

누군가 마트의 어깨를 우악스럽게 움켜쥐고 대열 바깥으로 끌어냈다.

"이건 뭐지?"

신부가 성난 목소리로 외쳤다. 멀리 있던 그가 어느새 바짝 다가와 있었다.

"엘 파트론께서 데려오라고 하셨습니다."

셀리아가 말했다.

신부가 벽력같이 고함을 질렀다.

"이건 이런 자리에 와선 안 돼! 이 세례 받지 않은 사탄의 종자가 의식을 모독할 권리는 없다! 자네는 개를 교회에 데려오겠나?"

줄 선 사람들이 걸음을 멈추었다. 그들의 눈은 악의로 빛나고 있었다.

"제발. 엘 파트론께 여쭈어 보십시오."

셀리아가 사정했다.

마트는 그녀가 왜 말대답을 하는지 알 수가 없었다. 셀리아는 이기지 못할 터였고, 마트는 자신에게 쏠리는 그 모든 눈초리를 견뎌내기 어려웠다. 결국 창피만 당하고 말 터였다. 마트는 필사적으로 주위를 살폈지만, 엘 파트론은 이미 자리를 뜬 다음이었다.

"성 프란치스코라면 개를 교회에 데려가실 거예요."

쨍쨍 울리는 높은 목소리가 말했다. 그것은 마리아였다. 저 애는 어디 있다가 튀어나왔을까? 돌아다보니 마리아는 바로 등 뒤에 와 있었다. 가까이서 보니까 훨씬 더 예뻤다.

"성 프란치스코는 늑대를 교회에 데려가셨어요. 그분은

모든 동물을 다 사랑하셨습니다."

마리아는 말했다.

그리 멀지 않은 곳에 있던 에밀리아가 신음하듯 말했다.

"마리아, 다다는 네가 지금 무슨 짓을 하는지 알면 쓰러지실 거다."

"성 프란치스코는 늑대한테 설교하시며, 양을 먹지 말라고 하셨어요."

마리아는 언니의 말을 못 들은 척하고 말을 이었다.

신부는 셀리아한테와는 달리 공손히 말했다.

"멘도자 양, 아버님께서는 따님이 자신의 생각을 표현하는 걸 좋아하시겠지요. 하지만 분명히 말씀드리지만, 이 몸은 이런 문제의 전문가입니다. 성 프란치스코는 교회 바깥에서 늑대에게 말씀하셨어요."

"그럼 나도 그렇게 하지요."

마리아는 오만불손하게 말하더니, 마트의 손을 잡고 조문객들의 대열을 거슬러 올라갔다.

"너 다다가 아시면 경을 칠 거다."

에밀리아가 소리 질렀다.

"그럼 가서 일러!"

마리아가 쏘아 주었다.

마트는 어쩐지 멍한 기분이었다. 셀리아는 따라오지 않았다. 마리아와 단 둘이었고, 여러 개의 복도를 지나서 이 애가 안전하다고 생각하는 어딘가를 향해 손을 잡힌 채 따라가는 중이었다. 마트가 아는 것은 오로지 부드럽고 따뜻한 손의 감촉과 마리아의 몸에서 풍기는 향긋한 향수 냄새뿐이었다. 어느 방에 들어가 문을 닫은 뒤에야 마트는 그곳이 음악실이라는 걸 깨달았다.

마리아는 모자를 벗고 손으로 머리를 빗었다. 그러자 갑자기 다시 어린 소녀처럼 보였다.

"너무 더워! 엘 파트론은 왜 에어컨을 허락하지 않는지 모르겠어."

마리아가 투덜거렸다.

"그분은 모든 걸 옛날 고향 마을처럼 해 놓고 싶어 하셔."

마트가 말했다. 이 행운을 도저히 믿을 수가 없었다. 마리아가 여기 있다! 나랑 같이!

"그럼 왜 쥐랑 바퀴벌레는 수입하지 않는 거야? 내가 듣기로는 그 마을에는 그런 것들이 득실거렸다고 하던데."

"그분은 그중에서 좋은 것들만 원하셨을 뿐이야."

마트는 멍한 기분에서 빠져나오려고 애쓰며 말했다.

"아, 그런 것 갖고 시간 낭비하지 말자!"

마리아는 소리치며 마트를 껴안고 힘껏 뽀뽀해 주었다.

"자! 이건 널 용서했다는 뜻이야. 이야, 네가 정말 보고 싶었어!"

"정말?"

마트는 뽀뽀를 돌려주려고 했지만, 마리아는 이미 품속에서 빠져나가고 없었다.

"그런데 너는 왜 그, 그…… 병원에 갔다 와서부터 날 피한 거야?"

드디어 말했다. 마트는 마리아에게 맥그리거의 클론을 보았던 일을 상기시켜 주었다.

"난 충격 받았으니까."

마리아는 점점 엄숙한 얼굴이 되어서 말했다.

"난 알았어. 그런데 너한테 말하고 싶지 않았어."

"뭘 알았다는 거야?"

"야, 복도에 사람들 아니니?"

마트도 바깥에서 들리는 소리에 귀 기울였다. 그리고 마리아를 끌고 벽장 속으로 들어간 다음 교묘하게 숨겨진 스위치를 눌렀다. 비밀 통로가 열리자 마리아는 숨을 죽였다.
"이거 꼭 스파이 얘기에 나오는 것 같다."
마리아는 마트에게 끌려 안으로 들어가며 소곤거렸다. 마트는 문을 닫고 출입문 옆에 놓아둔 손전등을 찾아냈다. 마트가 앞장섰고, 둘은 까치발을 한 채 살금살금 통로를 따라갔다. 마침내 마트는 걸음을 멈추고 마리아에게 숨을 돌릴 수 있게 해 주었다.

16

늑대 형제

"여긴 바깥보다 더 더운데."

마리아가 얼굴을 훔치며 말했다.

"우리가 숨어 들어갈 수 있는 빈 방이 있나 찾아볼게."

마트는 말했다. 마리아에게 교묘히 감춰져 있는 창구멍을 보여 주자, 소녀는 혐오스러워하면서도 매혹되었다.

"설마 여기 앉아서 사람들을 관찰하는 건 아니겠지."

마리아가 말했다.

"아니야!"

마트는 기분이 상했다. 자신이 초대받지 못한 저녁 식사를 엿보는 일 따위는 한 적이 없었다. 그게 자신을 냉대한 사람들에게 간단하게 복수하는 방법이었다. 그런데 마리아는 열쇠 구멍으로 엿보는 일 같은 역겨운 짓을 하지 않았느냐고 말하고 있는 것이다.

"넌 내가 속물이라고 생각하는구나!"

"야, 비밀 통로를 갖고 있는 사람은 내가 아냐. 너 누가 이걸 만들었는지 아니?"

마리아의 속삭임이 마트의 귓전에서 폭발하듯 울렸다. 간지러움과 함께 목에 소름이 돋았다.

"엘 파트론이겠지."

마트가 말했다.

"그럴 듯한 얘기네. 엘 파트론은 정말 병적인 데가 있어. 항상 사람들을 염탐하고 있거든."

"그럴 필요가 있는 거겠지."

"어쨌거나 그분은 더 이상 창구멍을 이용할 수 없어. 이 좁은 데에서 기를 쓰고 휠체어를 밀고 다니는 걸 상상할 수 있니?"

마리아가 말했다.

"그분을 조롱하지 마."

"그런 게 아냐. 진짜야. 그런데 말이야, 내가 물에 빠진 생쥐 꼴이 되기 전에 방을 찾을 수 있을까?"

마트는 서너 개의 방을 그냥 지나쳤다. 전에 사람들이 안에 있는 걸 본 적이 있었기 때문이었다. 하지만 통로가 구부러지는 곳에 컴퓨터를 비롯한 여러 가지 집기를 넣어둔 창고가 있는 게 생각났다. 거긴 모든 물건이 비닐 덮개를 뒤집어쓰고 있었다. 그곳은 고풍스러운 집의 분위기를 망치지 않기 위해, 눈에 띄지 않는 곳에 치워 놓고 싶은 긴요한 물건들을 모아 놓은 장소 같았다.

마트는 마리아가 뒤엉킨 전선 뭉치를 넘어 어두운 방으로 들어갈 수 있게 잡아 주었다.

"이야! 여기는 시원한데."

마리아가 말했다.

그곳은 그냥 시원한 게 아니었다. 얼음처럼 싸늘했다. 게다가 희미한 화학 물질 냄새가 떠돌고 있었다. 팔에서 가벼운 바람이 느껴지며, 들릴락말락한 윙하는 진동음이 귓전에 와 닿았다.

"컴퓨터 때문에 에어컨이 필요한가 봐."

마트가 말했다.

"뻔한 거지. 우리들은 더워서 쪄 죽는 일이 있어도 기계는 별 다섯 개짜리 호텔 방을 차지하고 있거든."

마리아가 말했다.

둘은 발뒤꿈치를 들고 장비 주위를 돌아다니며 소곤거렸다. 비닐 덮개 밑에서 번쩍이는 불빛이 보였는데, 그렇다면 기계들은 작동 중이라는 얘기였다. 이것들은 무슨 일을 하고 있고 또 어떤 용도로 쓰이는 걸까?

"어디 앉아서 얘기나 하자."

마리아가 소곤거렸다. 마트는 덮개를 뒤집어쓴 두 대의 기계 사이에서 작은 피난처를 찾아냈다. 그곳은 좀 더 따뜻할 것 같았다. 처음에는 그토록 반가웠던 서늘함이 점점 더 불편한 것이 되어가고 있었다.

마리아가 수녀원에 가기 전에 자주 그랬던 것처럼 둘은 찰싹 붙어 앉았다.

마리아는 말을 시작했다.

"난 『성 프란치스코의 작은 꽃들』을 읽고 나서 널 용서하기로 마음먹었어. 너 내가 아까 늑대 얘기했던 거 기억나니? 음, 그 늑대는 원래 사람들을 공포에 떨게 한 괴물이었어. 하지만 성 프란치스코한테 꾸중을 듣고 나서 양처럼 순해졌어. 그리고 그 다음부터는 오직 야채만 먹고 살았대."

"늑대가 야채를 소화시킬 수 있는 줄은 몰랐는데."

이미 생물학을 공부한 마트가 말했다.

"그건 중요한 게 아냐. 성 프란치스코는 '네가 숱한 악행을 저질렀으니 나는 너를 벌하리라.'라고 말씀하지 않으셨어. 그분은 이렇게 말씀하셨어. '늑대 형제여, 오늘은 새 날이니 그대는 새 생활을 시작하리라.'"

마트는 입이 근질거리는 걸 꾹 참았다. 자신은 복슬이를 독살하지 않았고 그래서 용서받을 필요도 없다고 말하고 싶었지만, 마리아의 흥을 깨고 싶지는 않았다.

"그렇게 해서 난 내가 공평하지 않았다는 것과 널 용서해야 한다는 걸 깨달았어. 결국 늑대들은 농부를 먹으면 안 된다는 걸 몰랐으니까 말이야."

마리아는 장비실의 푸르스름한 그늘 속에서 마트에게 몸을 기댔다. 마트는 가슴이 심하게 두근거렸다. 마리아는 정말 예뻤고, 자신은 그동안 이 아이가 무척이나 보고 싶었다.

"고마워."

마트가 말했다.

"그러니까 너 착하게 살겠다고 약속해."

"좋아."

마트는 말했다. 그 순간에는 마리아 앞에서 어떤 약속이라도 했을 것이다.

"늑대 형제, 그대는 약속을 꼭 지켜야 한다. 간식을 먹으러 닭장으로 달려가면 안 돼."

"약속할게. 그런데 널 뭐라고 불러야 하지? 성녀 마리아?"

"오, 아냐! 난 성녀가 아냐. 나는 온갖 잘못을 다 저지르는걸 뭐."

마리아는 말했다.

"난 그 말 안 믿어."

마트가 말했다.

마리아는 자신이 에밀리아에게 성질을 부리지 않으려고 애쓰는 일이며, 숙제하는 걸 깜빡 잊었을 때 다른 아이의 숙제를 베꼈던 일, 그리고 단식해야 할 때 아이스크림을 먹었던 일 등을 말해 주었다. 착하게 사는 것에 대해 크게 구애받지 않는 마트는 그런 잘못을 두고 근심하는 건 시간 낭비라고 생각했다.

"넌 세례 받았니?"

마트가 물었다.

"응. 내가 아기였을 때 세례 받았어."

"그건 좋은 거야?"

"음, 물론이지. 세례를 안 받으면, 천국에 못 가."

마트는 천국에 대해서는 별로 생각해 본 적이 없었다. 텔레비전 프로그램에서는 지옥 얘기가 훨씬 자주 나왔다.

"그 신부님은 내가 세례 받지 않은 사탄의 종자라고 했는데, 그게 무슨 뜻이야?"

마리아는 마트에게 몸을 기대며 한숨을 쉬었다.

"후유, 마트. 성 프란치스코께선 분명히 그 말에 찬성하지 않으셨을 거야. 넌 악마가 아냐, 그저……."

"그저 뭐?"

"너한테는 영혼이 없어. 그래서 넌 세례를 받을 수가 없는 거야. 동물들은 다 그래. 난 그게 부당하다고 생각하고 그래서 어떤 때는 그 말을 안 믿어. 결국 새나 개나 말들이 없으면 천국이 어떤 모습이겠니? 그리고 나무나 꽃들은 어떻고? 그것들도 영혼이 없거든. 그건 천국이 시멘트로 도배한 주차장 같다는 얘기 아냐? 나는 수녀님들이 신학적 난제라고 말하는 게 바로 이런 게 아닌가 하는 생각이 들어."

"동물들은 죽으면 지옥에 가니?"

마트가 말했다.

"아냐! 물론 안 그래! 영혼이 없으면 지옥에 갈 수도 없어. 복슬이가 죽었을 때 그 문제에 대해서 많이 생각해 봤는데, 동물은 그냥 사라질 것 같아. 촛불이 꺼지듯이 말이지. 분명히 아프지는 않을 거야. 한 순간 여기 있다가 그 다음 순간에 없어지는 거지. 아, 그 얘기는 하지 말자!"

마트는 마리아가 우는 걸 알고 깜짝 놀랐다. 마리아는 원래 잘 우는 아이라는 게 기억났다. 마트는 마리아를 껴안고 눈물 젖은 볼에 뽀뽀해 주었다. 마트는 속삭였다.

"난 신경 안 써. 만약 나한테 영혼이 있다면, 어찌됐든 지옥으로 떨어질 게 분명하니까."

둘은 한참 동안 아무 말 없이 앉아 있었다. 방이 너무 추워서 둘은 덜덜 떨었다. 드디어 마리아가 입을 열었다.

"난 너랑 같이 있는 게 좋아. 우리 학교에는 마음 편하게 얘기할 사람이 아무도 없어."

"여기 다시 올 수는 없어?"

마트가 말했다.

"다다는 내가 다른 데 있어야 한대. 다다 생각에는……. 어? 또 사람 소리다."

둘은 동시에 일어나서 문 쪽으로 달려갔다. 마리아가 전선에 발이 걸리자, 마트는 마리아를 잡아 준 다음 번쩍 들어서 복도로 내보냈다. 마트가 문을 닫자마자 반대편 문이 열렸다. 둘은 숨을 고르기 위해 잠시 그 자리에 서 있었다.

"이제야 따뜻하네."

마리아는 양팔을 비비며, 흡족하게 한숨을 쉬었다. 마트는 방 안에서 들려오는 목소리에 귀 기울이고 있었다.

"탐이야."

마트는 조용히 말했다.

"정말? 구멍이 어디 있지? 한 번 보자."

"넌 사람들을 염탐하는 걸 좋아하지 않는 줄 알았는데."

"난 그냥 한 번 보고 싶은 거야. 정말 탐이네. 그리고 펠리시아도."

마리아는 구멍에 눈을 갖다 댔다. 마트는 더 잘 들을 수 있게 벽에 귀를 갖다 댔다.

"…… 여기서 찾아봐라. 만약 집 안 어딘가에…… 있다면."

펠리시아가 더듬거리는 목소리로 나지막히 말했다. 마트는 그녀가 통로에 대해 말하는 줄 알았지만, 다음 순간 의자 끌어당기는 소리, 윙하고 기계 돌아가는 소리가 들렸다.

"저거 봐, 살롱이야. 완전히 텅 비었는데. 엘 비에호 혼자뿐이야."

탐이 말했다.

"아무도 신경 안 쓴다. 그 영감…… 쓸모가 없었거든."

펠리시아가 중얼거렸다.

"그게 무슨 말이야?"

탐이 말했다.

펠리시아는 날카롭게 웃음을 터뜨렸다.

"그 영감 간은…… 맛이 갔어. 심장은…… 말라비틀어졌고. 암 환자의 장기를 이식할 수는 없는 노릇이지."

"이제는 그냥 거름이 됐네."

탐이 웃음을 터뜨렸다. 펠리시아도 웃음을 터뜨렸다.

마트는 큰 충격을 받았다. 엘 비에호를 위해 눈물을 흘릴 수는 없었지만, 비단으로 안을 댄 관 속에 굶어 죽은 새처럼 누워 있는 모습을 보니 안 된 느낌이 들기는 했었다. 마트는 살그머니 마리아를 밀어냈다. 마리아는 마트의 예상과는 달리 순순히 비켜 주었다. 방금 들은 얘기 때문에 자신 못지않게 충격을 받은 것 같았다.

대형 컴퓨터 화면에 불이 환하게 들어온 게 보였다. 그런데 알고 보니 그것은 컴퓨터가 아니라, 일종의 카메라였다. 새의 부리 같은 코가 관 밖으로 튀어나온 엘 비에호의 모습이 보였다. 영상은 흐릿했는데 움직였다. 탐이 카메라를 조작하고 있었다.

"그건 음악실이다."

펠리시아가 말했다.

그랜드 피아노, 악보 더미, 탁자 위에 놓인 마리아의 검정 모자가 보였다.

"걔네들 저기 있었어!"

탐이 소리쳤다. 탐은 카메라 렌즈를 움직여서 방 안을 모든 각도로 비춰 보았다.

이제 펠리시아가 탐과 자리를 바꿨는데, 그녀는 카메라를 움직여 본 경험이 훨씬 풍부한 것 같았다. 그녀는 집 안 구석구석을 빠른 속도로 훑고 다녔는데, 심지어 하인들의 숙소와 창고 안까지 들여다보았다. 셀리아의 숙소에서는 오래 머물렀다. 셀리아는 커다란 안락의자에 앉아 있었고 그리

멀지 않은 곳에 탬 린의 모습이 보였다.

"도대체 어디로 갔을까요?"

탬 린은 솟구치는 기운을 주체하지 못하는 듯 방 안을 오락가락하고 있었다. 그것은 마트에게 너무도 익숙한 모습이었다. 경호원의 목소리가 희미하게 들리자 펠리시아는 볼륨을 올렸다.

"집에 없는 게 아닌지 모르겠어."

셀리아가 말했다.

"마리아를 거기에 데려가지는 않을 겁니다."

탬 린이 말했다.

"어떻게 알아? 그 애가 너무도 절박한 심정에서……."

"조심해요."

탬 린이 스크린을 향해 정면으로 얼굴을 돌리며 말했다. 셀리아는 장례식 얘기로 화제를 돌렸다.

"망할! 저것들 카메라에 대해 알고 있잖아."

탐이 말했다.

"탬 린은…… 모르는 게 없지. 엘 파트론이 애지중지하는 놈이니까."

펠리시아가 말했다.

"그 애를 어디로 데려갔다는 거야?"

탬이 덮개를 뒤집어쓴 기계들이 놓여 있는 탁자를 주먹으로 쾅 내려치며 소리 질렀다. 뭔가가 떨어져서 깨졌다. 펠리시아는 아들의 손을 붙들었다.

마트는 셀리아가 무슨 얘기를 한 건지 알아들었다. 탬 린이 비밀 오아시스에 대해 말해 준 것이 틀림없었다. 자신은 처음부터 마리아를 거기 데려갈 생각이 없기도 했지만, 모두들 자신을 뒤쫓고 있는 와중에 그게 가능하지도 않았다.

"그것들…… 밖에 있을지도 몰라."

펠리시아가 중얼거렸다. 그녀는 카메라를 조작하여 마구간, 수영장, 정원을 비췄다. 연지에서 따오기 한 쌍이 게으르게 날개를 펴는 모습이 비춰지자 마트는 기겁을 했다.

"나 좀 보자."

마리아가 소곤거렸다. 마트는 옆으로 비켜나서 한 마디도 놓치지 않으려고 다시 벽에 귀를 댔다.

"여기 기억나니?"

펠리시아가 느릿느릿 의미심장한 목소리로 말했다.

"거긴 복슬이가 죽은 데잖아, 아냐?"

탬이 말했다.

마리아는 흠칫 놀랐다. 마트는 두 모자가 양수장을 보고 있다는 걸 깨달았다.

"있잖아, 난 그 날…… 그 어린 짐승을 봤단다."

펠리시아가 말했다.

"복슬이 말이야?"

탐이 말했다.

펠리시아는 킬킬거렸다.

"클론 말이다. 그 똑똑하고…… 재주 많은 마트가…… 개를 가방에 집어넣고…… 멘도자 네 숙소를 몰래 빠져나오는 걸 난 봤지. 무슨 일이지? 난 이렇게 생각하면서 녀석을 따라갔단다."

잠시 침묵이 흐른 뒤, 탐이 말했다.

"진짜 굉장하네! 양수장 안을 볼 수 있잖아!"

"카메라는 없는 곳이 없다. 엘 파트론은 모든 걸…… 관찰하곤 했지. 하지만 지금은 너무 늙었어. 그 영감은 그 일을 경호팀에 넘겼단다. 경호팀에서는…… 손님들이 있을 때만 들여다보지. 난 여기 자주 온다."

"너무 춥잖아!"

"기계란 건…… 온도가 빙점 근처까지 내려가야 효율이

높지. 외투를 걸치고 있으면 별로 추운 줄 모른다."

펠리시아가 말했다. 마트는 그 말을 믿을 수 있었다. 그녀는 마약에 찌들어 있어서 관속에 누워 있는 가엾은 엘 비에호 만큼이나 몸이 차가울 것이다.

"마트가 개 죽이는 거 봤어?"

탐이 열띤 어조로 물었다. 마트는 화들짝 놀랐다. 그 몹쓸 짓을 한 건 자기면서, 왜 저런 질문을 하는 걸까? 마리아는 화가 나서 몸을 꿈틀댔다. 마트는 마리아가 분별을 잃고 두 사람을 향해 고래고래 악쓰는 일이 없기를 바랐다.

"마트가 한 게…… 아니었다."

마리아는 벌에 쏘인 것처럼 움찔했다.

펠리시아는 말을 계속 했다.

"아, 녀석이 아편제를 가지고 있기는 했지. 하지만 녀석은…… 그걸 쓰지 않았어."

"개가 약병을 찾아서 스스로 목숨을 끊었다는 건 아니겠지!"

"아…… 아니……."

펠리시아는 침묵을 지켰다. 그녀가 생각을 정리해서 대화를 계속하는 데는 때로 몇 분이 걸리기도 했다. 마트는 뭐가 어찌 되고 있는지 보고 싶었지만, 지금 마리아를 창구멍에서 떼어 낸다는 건 가망 없는 일이었다.

펠리시아는 마침내 입을 열었다.

"난 연지로 갔다. 난…… 그 생일 파티 때 네가 푸대접 받은 것 때문에…… 정말 화가 났어……. 난 엘 파트론이 발꿈치에 붙이고 다니는 그 혐오스러운 자식을 죽이고 싶었다."

마트는 등골이 오싹했다. 펠리시아가 자신을 얼마나 증오하는지는 모르고 있었다.

"하지만 난 마리아가 개라고 부르는…… 그 불결하고, 침 질질 흘리는 쥐새끼로 만족해야 했지. 난 내 신경 때문에 아편제를 조금씩 지니고 다닌단다."

펠리시아는 벽장 안에 도시 전체를 쓰러뜨리고도 남을 만큼의 양을 저장해 놓고 있어. 마트는 생각했다.

"그래서 난 지니고 다니던 병 하나를…… 그 멍청이 클론이 남겨 놓고 간 햄버그스테이크에 들이부었지. '복슬아, 이리 와,' 난 개를 불렀어. 녀석은 가방에서 나오지 않으려고 했지만, 내가…… 녀석을 꺼내서…… 고기 덩어리에 던져 놨지. 녀석은 그걸 몽땅 먹어치웠다."

"죽는 데 시간이 얼마나 걸렸어?"

탐이 물었지만, 마트는 대답을 듣지 못했다. 마리아가 스르르 넘어졌다. 마트는 얼른 옆으로 갔다. 마리아는 아무 소리도 안 냈지만, 몸을 부들부들 떨며 슬픔에 못 이겨 고개를 휘젓고 있었다.

마트는 마리아의 몸을 붙잡고 속삭였다.

"복슬이는 고통을 겪지는 않았어. 녀석은 무슨 일이 벌어지고 있는지도 몰랐어."

마리아는 소년에게 달라붙었다. 마트가 벽에 기대 놓은 손전등에서 나온 불빛이 마리아의 얼굴에 줄무늬를 만들었다. 마리아가 겨우 진정하자, 마트는 탐과 펠리시아가 무슨 일을 하고 있는지 들여다보았다. 하지만 둘은 가 버리고 없었고, 스크린에는 비닐 덮개가 씌워져 있었다.

마트는 마리아를 데리고 통로를 거슬러 올라갔다. 마리아는 아무 말도 하지 않았고, 마트도 무슨 말을 해야 할지 몰랐다. 얼마 가지 않아서 덩치 큰 사람이 손전등을 들고 이쪽으로 오는 게 보였다. 그의 몸은 통로에 꽉 끼다시피 했다.

"이 바보 멍청이들아, 너희 때문에 온 집 안이 벌통처럼 들끓고 있다."

탬 린이 낮게 말했다.

"우리를 어떻게 찾았어?"

마트가 물었다.

"엘 파트론이 나한테 이 통로에 대해서 말해 주더구나. 엘 파트론은 네가 어떻게 해서든 여기를 발견했을 거라고 추측했지. 젠장, 마트, 마리아 좀 그만 괴롭혀라."

"펠리시아가 복슬이를 독살했어."

마리아가 말했다.

"무슨 얘기를 하는 거냐?"

탬 린은 깜짝 놀란 것이 분명했다.

"그 여자가 탐한테 하는 얘기를 들었어. 그 여자는 그 얘기를 하면서 정말, 정말 좋아했어. 난 사람들이 그렇게 악할 수도 있다는 건 미처 몰랐지."

마리아는 검은 드레스를 입은 유령처럼 보였다. 얼굴이 창백했다.

"마리아 넌 좀 누워야겠구나. 너는 나랑 같이 엘 파트론의 서재를 통해 나가야겠다. 그분은 네가 줄곧 거기 있었다고 말씀해 주실 거다. 엘 파트론은 이 일을 무척 재미있어 하지만, 멘도자 상원의원은 하나도 즐겁지 않겠지."

탬 린이 말했다.

"아. 다다."

마리아는 자신에게 아버지가 있다는 사실이 이제서야 기억난 듯이 말했다.

"마트 넌 여기서 몇 분 기다려라. 집 안이 조용해지면, 네가 들어온 곳이 어딘지 모르지만 거기로 나가려무나."

경호원이 말했다.

"음악실이야."

마트가 말했다.

"그 생각을 했어야 했는데. 마리아 모자가 거기 있었지."

마리아가 탬 린의 손을 놓고 다가와서 말했다.

"마트, 넌 네가 하지도 않은 일에 대해서 용서받았구나."

"조금 더 용서받는다고 해서 해 될 건 없으니까."

마트는 셀리아가 즐겨하는 말 중의 하나를 인용했다.

"내가 바보 천치처럼 구는 꼴이 재미있었겠구나."

마리아는 예전의 괄괄한 기질을 얼핏 드러내며 말했다.

"난 널 바보 천치라고 생각한 적 없어."

마트가 말했다.

"어쨌든 너한테 불공평한 짓을 해서 미안해."

"우리는 여기 계속 있을 수는 없어."

탬 린이 말했다.

"착하게 살겠다는 약속은 지키길 바라."

마리아는 마트를 바라보며 말을 계속했다.

"좋아."

마트가 대답했다.

"그리고 늑대 형제, 난 네가 보고 싶을 거야."

이번에 마리아는 탬 린이 이끄는 대로 서둘러 통로를 내려갔다. 마트는 아득히 사라져가는 마리아의 발소리에 귀 기울였다.

17

이짓 우리

멘도자 집안 사람들은 마리아가 창백하고 가련한 몰골로 엘 파트론의 숙소에서 나오자, 그 길로 떠났다. 엘 파트론도 그 뒤 얼마 지나지 않아서 경호원들을 데리고 별장으로 돌아갔다.

마트는 다시 혼자였다. 마리아나 탬 린과 이야기를 나눌 수는 없었지만, 그래도 둘이 여전히 자신을 좋아한다는 사실을 알게 된 것은 엄청난 차이였다. 마트는 두 사람이 마음에 들어 할 만한 것들을 공부했다. 탬 린을 위해 생존 기술

교본을 읽었고, 마리아를 기쁘게 해 주려고 성 프란치스코에 관한 두껍고, 뭐가 뭔지 모를 책을 읽었다.

성 프란치스코는 살인을 일삼는 산적 무리에서 온몸이 고름투성이인 거지들(책에는 그런 거지의 사진도 하나 들어 있었다.)에 이르기까지 모든 사람을 평등하게 사랑했다. 성인께서는 매미를 불러 손가락에 앉히고, "잘 왔도다, 매미 자매여. 너의 기쁜 음악으로 신을 찬양하라."라고 말했다. 성 프란치스코는 만물에게, 즉 태양 형제와 달 자매, 매 형제와 종달새 자매를 상대로 이야기를 했다. 온 세상이 서로 사랑하는 하나의 가족(알라크란 집안과는 전혀 딴판인) 이라는 생각은 마트에게 훈훈한 감정을 불러일으켰다.

하지만 성 프란치스코는 자신을 클론 형제라고 불렀을까?

훈훈한 감정은 증발해 버리고 말았다. 자신은 자연 질서의 일부가 아니었다. 자신은 혐오스러운 자식이었다.

어디에 있든 감시당하고 있다는 느낌을 떨쳐 버릴 수가 없었다. 경호팀이 자신을 염탐하는 것을 안 것만 해도 끔찍하지만, 펠리시아를 생각하면 더욱 그랬다. 그녀는 탐과 똑같이 무서웠지만, 너무도 유순해 보이는 외양 탓에 아무한테도 의심받지 않을 따름이었다. 마트는 그녀를 보고 텔레비전에서 본 해파리를 연상했다. 해파리 떼는 흐느적거리는 베개처럼 대양을 떠다니다가, 수영객을 마비시키고 남을 만큼의 독을 뿜어낸다. 펠리시아가 자신을 증오한다는 사실을 왜 진작 깨닫지 못했을까?

마트는 매주 한 번씩 마구간에 가서 안전마를 신청했다. 하지만 나가기 전에 나름대로 로사와 대화를 나눠 보려고 애썼다. 로사를 좋아하는 건 아니었다. 자신이 왜 그녀를 깨우고 싶은 건지는 확실치 않았고, 그저 그토록 변해 버린 여인을 보는 게 끔찍한 것 같았다. 로사에게 뭔가 남아 있는 게 있다고 해도, 그것은 무쇠 상자 속에 갇혀 있었다. 마트는 그녀가 주먹으로 벽을 쾅쾅 두들기는 데도 아무도 문을 열어 주지 않는 상태를 상상했다. 혼수 상태에 빠진 환자들도 사람들의 말을 다 들을 수 있고, 뇌를 살려내려면 말소리가 필요하다는 얘기를 어디선가 읽은 기억이 났다. 그래서 마트는 자신이 일주일 동안 보고 들은 일을 전부 말해 주었다. 하지만 로사의 반응은 언제나 똑같았다.

"주인님, 말이 한 필 더 필요하십니까?"

이렇게 한 시간 가량을 보낸 뒤, 마트는 말을 타고 오아시스로 향했다.

마트는 소리쳤다.

"안녕, 태양 형제, 조금만 시원하게 해 주면 안 될까?"

태양 형제는 못 들은 척했다.

"잘 잤니, 양귀비 자매."

마트는 눈부시게 새하얀 꽃들의 바다를 향해 소리쳤다.

"안녕, 이낏 형제자매들."

아이는 허리를 구부리고 밭에서 일하는 갈색 제복의 일꾼들에게 인사했다.

성 프란치스코와 그 제자들에게 가장 경이로운 사실은 그들이 자신의 소유물을 사람들에게 아낌없이 나눠 준 일이었다. 성 프란치스코는 옷이나 신발이 없는 가난뱅이를 볼 때마다, 몸에 걸친 것을 지체 없이 벗어 주었다. 성 프란치스코의 벗들 가운데 한 사람인 쥬니퍼 형제는 벌거벗고 집에 간 적도 무수히 많았다. 엘 파트론은 소유물을 남에게 나눠 주라는 얘기를 들으면 심장 마비를 일으킬 것이다.

일단 바위 구멍을 지나면 딴 세상에 온 것 같았다. 매들은 청명한 하늘을 게으르게 선회했고, 산토끼란 놈들은 크레오소트 덤불 속에 납작 엎드렸다. 물고기들은 자신의 손에서 빵 조각을 야금야금 떼어 먹었고, 코요테들은 샌드위치를 통째로 삼키려고 튀어나왔다. 그중에서 마트가 인간인지 클론인지에 신경 쓰는 것들은 아무것도 없었다.

마트는 포도 덩굴을 올린 정자 그늘에 침낭을 펴고 누웠다. 둘둘 만 담요는 베개 대용이었다. 그리고 손이 닿는 곳에 오렌지 주스 병을 놓아두고 책을 한 권 골라 들었다. 이것이 삶이었다! 머리 위로 희미한 크레오소트 냄새와 노란 아까시나무 꽃의 달착지근한 향내가 풍겼다. 자주색 날개를 단 커다란 검은 말벌 한마리가 먹잇감인 거미를 찾아서 모래밭 너머로 달려갔다.

"안녕, 말벌 형제."

마트는 게으르게 말했다. 말벌은 미친 듯이 모래를 팠지만, 아무것도 안 나오자 재빨리 다른 곳으로 가 버렸다.

마트는 탬 린이 상자 속에 넣어 두고 간 『아편국의 역사』를 펼쳤다. 농사법에 관한 교본인 줄 알았으나, 알고 보니 그와는 전혀 다른 꽤 흥미로운 것이었다. 책에는 이렇게 쓰여 있었다.

아편국은 온전한 하나의 나라다. 아편국은 미국과 아즈틀란 사이에 낀, 길고 좁은 띠처럼 생긴 땅이다.

백 년 전, 미국과 당시에 멕시코라고 불리던 아즈틀란 사이에는 갈등이 존재했다.

셀리아한테도 그런 비슷한 이야기를 들은 적이 있었다.

수많은 멕시코 인들이 일자리를 찾아서 물밀듯이 국경선을 넘었다. 마테오 알라크란이라는 마약상이 있었다.

마트는 똑바로 일어나 앉았다. 그것은 엘 파트론의 이름이었다! 백 년 전이라면 그는 강하고 활동적인 인간이었을 것이다.

책은 계속되었다.

이 사람은 불법적인 사업을 했지만, 그럼에도 불구하고 세계에서 가장 부유하고 힘 센 사람 중의 하나였다.

마약이 불법이라고? 거 참 이상한 생각이로군. 마트는 생각했다.

마테오 알라크란은 다른 마약상들과 동맹을 맺고 미국과 멕시코 양국 지도자에게 접근했다. 그는 말했다. "당신네한테는 두 가지 문제가 있소. 첫째, 당신들은 국경선을 통제할 수 없고, 그리고 둘째, 당신들은 우리를 통제할 수가 없소."

마테오 알라크란은 그들에게 두 가지 문제를 동시에 해결하라고 권고했다. 만약 두 나라가 공동의 국경선을 따라 땅을 떼어 준다면, 우리 마약상들은 농장을 건설하고 불법 입국자의 이동을 차단할 것이다. 그에 대한 대가로 우리는 미국과 멕시코의 시민들에게는 마약을 팔지 않겠노라고 약속하겠다. 대신 유럽, 아시아, 아프리카에 제품을 넘길 것이다.

그것은 지옥에서 체결된 협정이었다.

마트는 책을 내려놓았다. 그런 계획이 뭐가 나쁘다는 건지 통 알 수가 없었다. 약속은 철저히 이행되지 않았는가. 표지를 들춰 보았다. 저자는 에스페란사 멘도자였고, 출판사는 캘리포니아의 '노예제 반대 재단'이었다. 좀 더 자세히 살펴보니, 책은 노란 싸구려 종이에 인쇄되어 있었다. 이 책을 심각하게 받아들일 필요는 없는 듯했다. 마트는 계속 읽었다.

처음에 아편국은 그저 임자 없는 땅에 지나지 않았지만, 세월이 흐르면서 번영을 구가했다. 중세 유럽의 왕국들처럼 패밀리들이 각각 구역을 나누어 지배했다. 농부 협의회가 설립되었고, 여기서는 국제적 사안을 논의하고 다양한 농장들의 평화 공존을 추구했다. 대부분의 패밀리들이 작은 구역을 지배했으나, 두 집안은 정책 결정을 좌지우지할 만큼 덩치가 컸다. 맥그리거 가는 샌디에이고 근처의 땅을 지배했고, 알라크란 가는 중부 캘리포니아에서 애리조나를 거쳐 뉴멕시코에 이르는 거대한 제국을 소유하고 있었다.

점차로 아편국은 임자 없는 땅에서 진짜 나라로 바뀌어 갔다. 그리고 그곳의 최고 지도자, 독재자, 총통은 마테오 알라크란이었다.

마트는 그 말을 음미해 보려고 잠깐 책을 덮었다. 가슴은 자랑스러움으로 부풀어 올랐다. 총통이 뭔지는 몰랐으나, 그것은 아주 좋은 것임이 분명했다.

그보다 더 흉악하고, 부도덕하고, 이기적인 인간은 상상할 수 없을 것이다. 에스페란사는 다음 줄에 이렇게 적어 놓았다.

마트는 책을 힘껏 내던졌다. 책은 펼쳐진 채로 물 위에 떨어졌다. 어떻게 감히 엘 파트론을 모욕할 수 있단 말인가! 그분은 천재다. 맨주먹으로 나라를 세울 수 있는 사람이 얼마나 된단 말인가! 더구나 엘 파트론처럼 가난한 사람이? 에스페란사는 그저 질투심이 많을 뿐이다.

하지만 마트는 책이 완전히 못쓰게 되기 전에 건져 내려고 벌떡 일어섰다. 그것은 탬 린이 준 책이었고, 그래서 소중했다. 마트는 조심스럽게 책의 물기를 말린 다음 금속 상자에 넣었다.

돌아가는 길에는 정수 공장에서 말을 세우고 감독과 이야기를 나누었다. 탬 린이 떠난 뒤로 마트는 자신이 받고 있는 훌륭한 교육에 대해 오랫동안 곰곰이 생각해 보았다. 남은 평생을 색다른 애완동물 노릇을 하며 지낸다는 건 말이 안 되는 일이었다. 엘 파트론은 그런 일에 돈을 낭비하지는 않는다.

이제야 깨달은 거지만, 노인은 자신이 좀 더 고귀한 운명을 감당케 하려고 했던 것이다. 자신은 인간이 아니므로 베니토나 스티븐의 위치에 오를 수는 없었다. 하지만 두 형제를 도울 수는 있었다. 그래서 마트는 아편 제국을 어떻게 운영하는지에 대해 공부하기 시작했다. 아편을 어떻게 심고, 가공해서 판매하는지 알아냈다. 이짓들이 어떻게 밭에서 밭으로 이동하는지, 그들에게 물은 얼마나 자주 주고, 동글동글 빚은 사료는 어느 만큼 배급하는지를 관찰했다.

내가 책임을 맡게 되면(마트는 얼른 고쳐 생각했다.) 내가 책임 맡은 사람을 돕게 되면, 난 이짓들을 풀어줄 거야. 정상인도 아편을 재배할 수 있는 것은 분명했다. 효율성은 좀 떨어질지 모르지만, 무엇이 됐든 마음 없는 노예들의 부대보다는 훨씬 나았다. 마트는 로사를 지켜보았기 때문에 그런 사실을 이해하고 있었다.

아이는 정수 공장의 감독에게 수백 킬로미터 떨어진 캘리포니아 만에서 유입되는 지하 강에 대해 물어보았다. 지하 강을 이용해서 알라크란 영지에 물을 공급하지만, 그것은 정수되기 전에는 무척이나 고약한 냄새를 풍겼다.

공장 감독은 마트와 눈을 마주치려 하지 않았다. 대부분의 사람들처럼 그는 클론과 얘기하는 걸 좋아하지 않았지만, 엘 파트론의 심기를 건드리고 싶지도 않았다.

"물에서는 왜 그런 냄새가 나는 거야?"

마트가 물었다.

"죽은 물고기. 화학 물질."

감독은 시선을 내리깐 채 대답했다.

"하지만 그건 다 제거하잖아."

"음."

"그런 건 어디다 버려?"

"쓰레기 하치장."

사내는 북쪽을 가리키며 말했다. 그는 대답을 최대한 짧게 했다.

마트는 이마에 손을 얹고 북쪽을 바라보았다. 열파가 이글거리는 사막에는 연달아 높이 솟아오른 부분이 있었는데, 그것은 건물들 같았다.

"저기?"

아이는 의심쩍게 물었다.

"음."

마트는 기수를 돌리고 좀 더 똑똑히 보기 위해 북쪽으로 향했다. 냄새가 너무 지독해서, 천식 발작이 일어날까 봐 겁이 났다. 마트는 흡입기를 손으로 더듬어 보았다.

그것은 여러 채의 막사였다. 막사는 길게 열을 지어 서 있었는데 문과 거무스레한 작은 창문들이 드문드문 뚫려 있었다. 지붕이 하도 낮아서, 그 속에서 사람들이 똑바로 일어설 수 있는지 궁금할 정도였다. 창문에는 쇠창살이 달려 있었다. 여기가 진짜로 이짓들이 사는 곳일까? 생각만 해도 가슴이 서늘해졌다.

다가갈수록 악취는 심해졌다. 썩은 생선, 배설물, 토사물 냄새가 뒤섞여 났고, 그리고 이 모든 냄새를 다 합친 것보다 더 고약한, 들척지근한 화학 물질 냄새가 섞여 있었다.

마트는 흡입기를 움켜잡았다. 당장 이곳을 떠나야 한다는 걸 알고 있었지만 건물들이 마음을 사로잡고 놔 주지 않았다. 생선 가시와 조개껍데기가 주변의 흙에 파묻혀 있는 게 보였다. 건물 전체가 캘리포니아 만에서 건져 낸 쓰레기 더미 위에 세워진 것 같았다.

마트는 어느 막사 뒤편으로 돌아갔다가 쓰레기장으로 쓰였음에 분명한 움푹한 구덩이 속으로 말을 타고 내려갔다. 지독한 냄새 때문에 눈물이 났다. 밑바닥에 노란색의 뻑뻑한 침전물이 고여 있는 걸 간신히 알아볼 수 있었다. 갑자기 말이 비틀거리더니 다리를 꺾고 털썩 주저앉았다. 마트는 침전물 속으로 처박히지 않으려고 말 목을 두 팔로 끌어안아야 했다.

"일어나! 일어나!"

마트는 명령을 내렸지만, 말은 복종하지 못했다. 말은 다리를 접은 채 그대로 주저앉아 있었다. 현기증이 나기 시작했다. 마트는 말에서 내려 필사적으로 흡입기를 빨았다. 폐에 물이 차 있었다. 빠져 죽을 것 같은 공포가 덮쳐 왔다. 마트는 엉금엉금 기어서 웅덩이에서 빠져나가려고 하며, 생선으로 뒤덮인 썩은 흙에 손톱을 박았다.

누군가 소년을 반짝 안아 올렸다. 그는 짧은 거리를 걸어서 마트를 차 뒷좌석에 내던졌다. 차가 출발했다. 차가 달리며 흙먼지가 뿌옇게 피어오르자 마트는 콜록콜록 기침을 터뜨렸다. 마트가 일어나려고 하자 당장 부츠 신은 발이 날아와 가슴을 짓눌러 바닥에 쓰러뜨렸다.

마트는 충격을 받은 상태에서 생전 처음 보는 냉혹한 두 눈을 올려다보았다. 처음에는 탬 린인 줄 알았지만, 이 사람은 더 젊고 호리호리했다. 탬 린과 똑같은 갈색 곱슬머리에 푸른 눈, 똑같은 민첩함을 보여 주었지만, 탬 린의 얼굴에 드러나 있던 유머 감각은 흔적도 없었다.

"너 말은 어디서 났냐? 뇌 수술을 어디서 받았기에 거기로 뛰어 들어가?"

사내가 물었다.

"이봐 휴, 이 애는 이짓이 아냐."

다른 목소리가 들려왔다. 마트는 옆의 사내를 올려다보았다. 둘은 비슷하게 생겼다.

"그럼 넌 불법 입국자구나. 널 병원으로 데려가야겠다. 의사들이 네 머리 속에 꺽쇠를 박아 넣게 말이다."

휴가 딱딱거렸다.

"그렇게 해."

마트는 심장이 심하게 두근거리는 걸 느끼며 말했다. 두려웠지만, 약한 모습을 보이는 건 바보짓이라고 탬 린은 가르쳐 주었다. 경호원은 말했다. *네가 상황을 지배하고 있는 것처럼 행동해라. 십중팔구는 그게 통하니까 말이다. 대개의 사람들은 알고 보면 겁쟁이다.* 마트는 이 사내들이 농장 경비대 소속이고, 따라서 셀리아의 이야기에 따르면 위험천만한 부류라는 걸 깨달았다.

마트는 되풀이했다.

"그렇게 해. 그럼 난 의사한테 당신들이 엘 파트론의 클론을 어떻게 대했는지 말해 줄 테니까."

"뭐라고?"

휴가 마트의 가슴에서 부츠 신은 발을 치우며 말했다.

"난 엘 파트론의 클론이다. 난 정수 공장에 갔다가 길을 잃었다. 하지만 날 큰집에 데려다 주면 더 좋지. 거기서 엘 파트론께 연락을 하면 되니까."

마트는 자신만만한 것과는 거리가 먼 기분이었지만, 엘 파트론이 명령을 내리는 모습을 여러 번 보았다. 효과 만점인 싸늘하고 무서운 목소리를 어떻게 내는지, 정확하게 알고 있었던 것이다.

"맙소사! 말투조차 그 늙은 흡혈귀를 닮았군 그래."

뒤늦게 입을 연 남자가 말했다.

"입 닥쳐!"

휴가 으르렁거렸다.

"잠깐만요, 우리는 그런 데서 주인, 에, 주인님을 만나게 될 줄은 몰랐습니다. 그런데 우리가 어떻게 불러드려야 할까요?"

"난 마테오 알라크란이다."

마트는 말했다. 그리고 두 사내가 움찔하는 걸 보고 내심 만족했다.

"아, 알라크란 주인님, 우리는 주인님을 그런 데서, 이짓 우리 옆에서 뵙게 될 줄은 몰랐고, 그러니 자연스럽게 실수가……"

"내가 거기서 뭘 하고 있었는지 물어볼 생각은 안 났나?"

마트는 엘 파트론이 협박하려고 할 때 그러듯이 눈을 가늘게 뜨며 말했다.

"그랬어야 한다는 건 압니다. 정말, 정말 죄송하게 됐습니다. 주인님을 곧장 큰집으로 모셔다 드리겠습니다. 그리고 저희들을 용서해 주실 것을 엎드려 청합니다. 안 그런가, 랠프?"

"아, 예. 그렇고말고요."

랠프라는 사내가 말했다.

"내가 타고 온 말은?"

"그건 저희가 처리하겠습니다."

랠프는 트럭 운전석을 쾅쾅 두들겼다. 창문이 열리자, 그는 안에다 대고 어떻게 하라는 얘기를 고래고래 외쳤다.

"말을 수거해 가도록 경비대에 무전을 칠 겁니다. 녀석은 죽은 공기 때문에 상태가 안 좋았습니다. 아마 살아나기 힘들 겁니다."

"죽은 공기라고?"

마트는 깜짝 놀라서 엘 파트론처럼 행동하는 걸 깜빡 잊어버렸다.

"그 웅덩이 근처에서는 가끔 그런 일이 생기지요. 공기는 움직이지 않고, 이산화탄소가 올라옵니다. 갱도 속하고 비슷한 거지요."

랠프가 말했다.

"제 동생도 그래서 죽었습니다."

휴가 덧붙였다.

"상황을 깨닫고 나면 때는 이미 늦는 거지요. 그 웅덩이 근처의 우리들은 보통 때는 괜찮습니다. 하지만 바람 잔 밤에는 이짓들을 밭에서 재우지요."

랠프가 말했다.

마트는 입이 딱 벌어졌다.

"왜 그 웅덩이를 청소하지 않는 거야?"

랠프는 솔직히 그 얘기를 듣고 당황한 것 같았다.

"알라크란 주인님, 저희들은 항상 일을 그런 식으로 처리합니다. 하지만 이짓들은 신경 쓰지 않습니다."

음, 그건 사실이야. 마트는 생각했다. 설령 이짓들이 위험

을 안다고 해도 그들은 명령이 없으면 도망칠 수 없었다.

이제 마트가 사내들의 사과를 받아들인 듯한 모습을 보였으므로, 둘은 거의 친근감을 드러낼 정도가 되었다. 둘은 마트가 클론이라는 걸 알았을 때 대부분의 사람들이 보이는 것과는 다른 반응을 보였다. 조심하기는 했지만 적대적이지는 않았다. 사실, 이 둘은 탬 린 쪽에 훨씬 가깝게 행동했다.

"당신들은 스코틀랜드에서 왔어?"

마트가 물었다.

"오, 아닙니다. 이쪽 랠프는 잉글랜드 출신이고, 저는 웨일스 출신입니다. 운전석에 있는 위 윌리는 스코틀랜드 출신이고요. 하지만 우리는 모두 축구랑 머리 박기를 좋아합니다."

휴가 말했다.

마트는 오래전에 엘 파트론이 탬 린과 대프트 도널드를 두고 한 말을 기억해 냈다. *나는 이놈들을 스코틀랜드에서 뽑아 왔다. 축구장 바깥에서 머리를 들이받던 놈들이지. 마트, 경호원은 항상 다른 나라에서 골라 오너라. 그래야 저희들끼리 뭉쳐서 주인을 배신하기가 어렵지.*

"축구는 전쟁하고 아주 비슷한 것 같아."

마트가 말했다.

랠프와 휴는 웃음을 터뜨렸다.

"맞아요, 총각. 맞아요."

휴가 말했다.

랠프는 아련한 눈을 하고 말했다.

"축구에서 근사한 건, 경기만이 아니라 그밖에 양념까지 즐길 수 있다는 거지요."

"양념?"

마트가 말했다.

"아, 그래요. 경기 외적인 거 말이죠. 팬들끼리 모여서 기차에 미어지게 타고……."

"파티도."

휴가 꿈꾸는 듯한 표정으로 말했다.

랠프는 동의했다.

"파티도, 친구들이랑 술집에 몰려가서 주인장이 밖으로 집어던질 때까지 퍼마시는 거죠."

"주인한테 그럴 힘이 있다면 말이지."

휴가 정정했다.

"그리고 또, 술 마시기 전이든 후든, 상대 팀 팬들하고 부덮치거든요. 그럼 당연히 놈들한테 버릇을 단단히 가르쳐 줘야 하지요."

"그때 머리 박기를 하나 보지."

마트가 추측했다.

"그렇지요. 그보다 더 근사한 건 없죠. 특히 우리 편이 이겼을 때는 말입니다."

랠프가 말했다.

트럭은 양귀비 밭을 지그재그로 지나는 길을 따라 달렸다. 아침나절에 보았던 바로 그 이짓들이 보였다. 그들은 아직도 다 익은 열매 위로 허리를 구부리고 있었지만, 그들을 형제라고 부르고 싶은 마음은 들지 않았다. 이짓들은 형제가 아니었다. 그들 머리 속의 겨쇠를 빼내기 전까지는 절대로 그렇게 될 수 없을 것이다.

"그게 그렇게 좋았다면, 여기에는 왜 온 거야?"

마트는 휴와 랠프에게 물었다.

사내들의 얼굴에서 꿈꾸는 듯한 표정이 사라졌다. 둘의 눈빛은 차갑고 데면데면해졌다.

"어떤 때는……."

휴는 말을 시작했으나, 곧 침묵했다.

랠프가 대신 말을 맺었다.

"어떤 때는 머리 박기가 도를 넘습니다. 전쟁터에서 사람을 죽이는 건 괜찮아요. 그럼 영웅이 되지요. 하지만 축구에서는, 이건 어느 모로 보나 그 못지않게 영광스러운 건데, 경기가 끝나고 적과 악수를 하게 돼 있거든요."

"그놈들의 엉덩이에 입 맞추라는 거나 마찬가지예요."

휴가 역겹다는 듯 말을 내뱉었다.

"그런데 우리는 그러고 싶지 않았거든요."

마트는 무슨 말인지 알 것 같았다. 휴, 랠프, 운전석의 위월리는 살인범이었다. 이들은 농장 경비대의 이상적인 후보였을 것이다. 엘 파트론에게 충성을 바치지 않으면, 이들은 뒤쫓고 있는 경찰의 손에 넘겨지는 신세가 될 것이다.

큰집의 녹음이 무성한 정원과 빨간 기와지붕이 시야에 나타났다. 이짓들이 기거하는, 다시 말하면 가스에 질식할까 봐 밭에서 자는 날 외에 기거하는 길고 납작한 막사와 이보다 더 거리가 먼 것은 없을 것이다.

"탬 린은 누굴 죽였어?"

마트는 물었다. 그렇게 알고 싶은 건 아니었지만, 사실을 알아낼 수 있는 기회는 이번뿐일 터였다.

휴와 랠프는 서로 얼굴을 마주보았다.

"그 사람 대단한 사람이에요. 대단한 테러리스트지요."

랠프가 말했다.

"엘 파트론이 왜 그렇게 신임하는지 모르겠어."

휴가 말했다.

"둘이 꼭 부자지간 같거든……."

랠프가 말했다.

"그 입 다물지 못해? 지금 누구 앞인지 모르겠어?"

휴가 말했다.

집이 가까워졌고, 마트는 알고 싶은 얘기를 듣기 전에 차에서 내리게 될까 봐 두려웠다.

"탬 린은 무슨 짓을 했는데?"

아이는 재우쳐 물었다.

휴가 대답했다.

"그냥 런던의 수상 관저 앞에 폭탄을 하나 설치해 놨을 뿐이지요. 그 사람은 스코틀랜드 민족주의자였어요. 예쁜 왕자 찰리나 다른 뚱보 게으름뱅이를 다시 옹립하고 싶어 했지요. 우리처럼 술김에 그런 건 아니었어요."

"아무렴, 우리보다는 한 수 위지. 도덕성과 사회적 양심이란 걸 갖고 있으니까."

랠프가 말했다.

"하필이면 바로 그 순간에 스쿨버스가 고 앞에 멈춰 섰으니 기가 막힌 일이었지요. 그때의 폭발로 애들 스무 명이 죽었답니다."

휴가 말했다.

"그렇게 해서 사회적 양심이란 놈의 포로가 된 거지요."

랠프는 마트를 내려 주며 말했다. 트럭은 이내 출발했다. 사내들은 한시바삐 달아나고 싶은 것 같기도 했고, 아니면 엘 파트론 저택의 품위 넘치는 건물 주변에서 얼쩡거리는 게 금지되어 있는 성 싶기도 했다.

18

용의 재물

"일어나!"

셀리아가 귀에다 바짝 대고 말하는 바람에 마트는 두 팔을 허우적거리며 침대에서 떨어졌다.

"무슨 일이야?"

마트는 몸을 둘둘 만 홑이불에서 빠져나오려고 애쓰며 소리쳤다.

셀리아는 홑이불을 홱 잡아채고 마트를 일으켜 세웠다. 이제 소년의 키는 셀리아와 엇비슷했지만 셀리아 쪽이 훨씬 힘이 셌다. 그것은 주방에서 스튜 냄비를 들어 날랐던 수십 년의 세월 때문임에 틀림없었다. 그녀는 마트를 욕실로 밀어 넣었다.

"정장을 입어야 해?"

마트가 물었다.

"시간 없다. 그냥 세수만 하렴."

마트는 잠을 깨려고 노력하며 얼굴에 물을 끼얹었다. 농장 경비대의 차에서 내리자마자 마트는 침대로 직행했다. 이짓 우리의 지독한 공기 때문에 속이 울렁거렸기 때문이었다. 그들을 만나기 전까지만 해도 마트는 셀리아가 차근차근 들려준 피를 얼어붙게 만드는 이야기들밖에는 몰랐다. 셀리아의 말에 따르면, 농장 경비대는 추파카브라와 같은 밤의 자식들이었다. 그들은 아조 산맥에서 뻗어 나오는 여러 갈래 길에 출몰했고, 열 감지 고글을 쓴 채 먹잇감을 사냥했다.

마트는 트럭에서 휴가 자신을 짓밟을 때의 그 냉혹한 눈을 떠올렸다. 휴에게 자신은 발로 짓밟아 버려야 할 쥐새끼에 불과했다. 적어도 그 순간만큼은 그랬다.

그러나 자신이 마테오 알라크란이란 사실이 밝혀지자, 농장 경비대는 한 잔 걸치러(디저트로는 머리 박기를 조금하고) 술집에 들른 마음씨 좋은 청년들로 바뀌었다.

아, 그렇구나. 그럼 탐은 천사 가브리엘이네. 마트는 생각했다.

"서둘러라! 중요한 일이다!"

셀리아가 욕실 밖에서 소리쳤다.

마트는 손의 물기를 닦고 나갔다.

"케사디아를 좀 먹고 나가렴."

마트의 착각이었는지 몰라도 접시를 건네주는 셀리아의 손이 떨고 있었다.

"나 배 안 고파."

마트가 이의를 제기했다.

"먹어! 긴 밤이 될 테니까."

셀리아는 식탁에 버티고 앉아서 마트가 기계적으로 음식을 씹는 모습을 지켜보았다. 마트는 접시를 깨끗이 비우지 않을 수 없었다. 살사 소스의 맛이 괴상했다. 아니 그것은 나쁜 공기의 후유증 때문인지도 몰랐다. 아직도 구역질이 났다. 자기 전에는 입 안에서 금속성의 맛이 느껴졌었다.

둘이 숙소를 나가자, 대기 중이던 경호원 둘이 두 사람을 끌고 가다시피 서둘러 데리고 갔다. 복도에 인적이 끊긴 것으로 보아 아주 늦은 시각임에 틀림없었다.

일행은 현관 계단을 뛰어내려 구불거리는 길을 따라 어두워진 정원을 지나 사막의 가장자리에 이르렀다. 마트는 뒤쪽의 거대한 저택과 하얀 기둥, 전등으로 장식된 오렌지 나무들을 돌아보았다. 그리고 맨발로 걷다가 메기 덩굴의 가시를 밟았다.

"악!"

마트는 가시를 빼려고 쪼그리고 앉았다.

경호원들은 소년의 손이 발에 닿기도 전에 다시 일으켜 세웠다. 그제야 마트는 지금 가고 있는 곳이 어딘지를 깨달았다.

"병원이잖아!"

소년은 헐떡거렸다.

"미 비다, 괜찮다."

셀리아는 말했지만, 그 말은 하나도 괜찮게 들리지 않았다. 그녀의 목소리는 잔뜩 잠겨 있었다.

"난 안 아파!"

마트가 소리 질렀다. 침상 위의 그것을 본 다음에는 병원에 간 적이 없었다.

"아픈 건 네가 아니라, 엘 파트론이시다."

경호원 하나가 말했다.

그 말을 듣고 마트는 저항을 멈췄다. 이들이 자신을 엘 파트론에게 데려가는 건 너무도 자연스러운 일이었다. 자신은 엘 파트론을 사랑했고, 그리고 노인이 심하게 아프다면 응당 자신을 보고 싶어할 터였다.

"무슨 일이 있었어?"

마트가 말했다.

"심장 마비."

경호원이 성난 목소리로 말했다.

"…… 돌아가신 게 아니라?"

"아직."

마트는 충격과 함께 불현듯 현기증을 느꼈다. 시야는 흐려졌고 심장은 쿵쾅거렸다. 마트는 경호원의 팔에서 머리를 돌리며 토했다.

사내는 놀란 외마디 소리에 이어 욕을 한바탕 쏟아 냈다.

"아니? 망할! 이 녀석이 내 옷에다 어떻게 해 놨는지 봐!"

마트는 더 이상 발의 가시에 신경 쓰지 않았다. 훨씬 괴로운 일들이 덮쳐 왔다. 위가 꼭 선인장을 통째로 삼킨 것 같은 느낌이었다. 눈도 어딘가 이상했다. 병원 벽에 기묘한 색깔들이 꼬물거리고 있었다.

병원 잡역부들이 소년을 들것에 싣고, 재빨리 복도를 내려가 침상에 옮겨 놓았다. 누군가 소리쳤다,

"애 심장 박동이 비정상이야!"

누군가는 마트의 팔에 주사 바늘을 찔러 넣었다. 마트는 더 이상 뭐가 현실이고 뭐가 악몽인지 분간할 수 없었다. 마치 이짓 우리 옆 구덩이 속의 노란 침전물 위에 둥둥 떠 있는 듯 했다. 마트는 담즙 냄새 나는 묽은 액체가 방울방울 흘러나올 때까지 토하고 또 토했다. 복슬이가 나무라는 듯한 얼굴로 침대 발치에 앉아 있는 게 보였다. 복슬이는 그 아편제를 먹고 이렇게 괴로웠을까?

그 다음에는 성 프란치스코께서 침대 발치에 앉아 계셨다. *늑대 형제여, 그대는 그토록 많은 악행을 저질러서 모든 이들을 적으로 삼았구나. 하지만 나는 그대의 친구가 되어 주리라.* 성인께선 말씀하셨다.

좋아요, 좋고말고요. 마트는 생각했다.

성 프란치스코의 얼굴이 탬 린의 얼굴로 변해 갔다. 경호

원은 어둡고 초췌한 인상이었다. 그는 기도하는 자세로 고개를 숙이고 있었는데, 물론 마트가 아는 한 기도만큼 그에게 어울리지 않는 행동은 없었다.

창문에 푸른빛이 어렴풋이 물들었다. 동이 트고 있었고, 공포의 밤은 서서히 지나가고 있었다. 마트는 침을 꿀꺽 삼켰다. 목이 너무 따가워서 말이 나올지 자신이 없었다.

"탬 린."

마트는 쉰 목소리로 말했다. 경호원은 고개를 번쩍 들었다. 뭐라고 표현하긴 힘들었지만, 그는 안도감과 괴로움을 동시에 느끼는 것 같았다.

"총각, 필요 없는 말은 하지 마."

"엘 파트론은······."

마트는 속삭였다.

탬 린이 말했다.

"그분은 상태가 안정됐다. 의사들은 피기백 이식술을 해야 했지."

마트는 눈을 동그랗게 떴다.

"그건 심장 박동을 안정시키기 위해서, 기증자의 심장을 본인의 심장 옆에 나란히 이식하는 방법이다. 기증자의 심장이 너무 작아서 혼자 역할을 다 할 수는 없었다는구나."

마트는 과학 수업을 들었기 때문에 그 과정을 어느 정도는 이해하고 있었다. 누군가 사고로 죽으면 그 장기를 이용해서 아픈 사람들의 목숨을 구하는 것이다. 정말 엘 파트론이 기증받은 심장이 작았다면, 그것은 아이의 것이 틀림없었다. 아마 탬 린이 울적한 것은 그 때문일 것이다.

"난 이짓 우리에…… 갔었어."

마트는 이렇게 말하고, 목구멍의 통증이 가라앉을 때까지 말을 쉬었다.

"죽을 뻔 했어. 농장 경비대가…… 날 찾아냈어."

탬 린이 화를 벌컥 냈다.

"그 쓰레기 하치장에 갔었다고? 잘한다! 네 심장이 이상을 일으킨 게 당연해! 그곳의 토양에는 맹독성 화학 물질이 들어 있어. 앞으로 다시는, 다시는 거기 가지 않겠다고 내 앞에서 약속해라."

마트는 경호원이 불같이 화를 내는 바람에 기가 질렸다. 도대체 말해 주는 사람이 아무도 없는데 어디가 위험한지 어떻게 안다는 거야? 겁쟁이처럼 보이지 않으려고 노력하는데도 불구하고 두 눈에 눈물이 그렁그렁 맺혔다.

탬 린이 말했다.

"젠장, 미안하다. 아파서 누워 있는 너한테 소리 지르지 말았어야 했는데. 하지만 애야, 네가 이짓 우리 근처에서 냄새를 맡고 돌아다닌 건 정말 미친 짓이었다. 물론 그게 그렇게 엄청난 실수는 아니었는지도 모르지. 바보들의 집 앞은 수호천사들이 지켜 준다고 하니까 말이야."

사내는 생각에 잠긴 눈으로 마트를 바라보았다. 뭔가 더 말하고 싶은 눈치였다.

"미안."

마트가 속삭였다.

"당연히 그래야지. 셀리아는 몇 시간째 복도에서 무릎 꿇고 기도하고 있다. 너 지금 대성통곡이라도 하고 싶은 기분이냐?"

"내 발에서…… 가시만 빼 준다면."

마트는 목 쉰 소리로 말했다.

경호원은 이불을 들춰 보고 곧바로 문제가 뭔지를 발견했다. 그는 작은 소리로 투덜거렸다.

"바보 천치 같은 놈들, 옆에 화살표를 그려 놓지 않으면 아무것도 못 찾을 놈들."

그는 가시를 뽑아낸 뒤 알코올 솜으로 문질러 주었다.

마트는 꼭 물어보고 싶은 게 몇 가지 있었다. 예를 들면, *애들 스무 명을 죽인 것에 대해 미안한 기분이 들어?* 또는 *아저씨는 훨씬 더 나쁜 짓을 했는데 복슬이가 죽었을 때는 왜 그렇게 화를 냈어?* 하지만 마트에게 탬 린의 비위를 거스를 만한 배짱은 없었다.

대성통곡을 하는 쪽은 셀리아였다. 그녀가 너무도 슬퍼하는 바람에 마트는 거의 히스테리를 일으킬 지경이었다. 그래도 사랑받는다는 것은 역시 근사한 일이었다. 게다가 그녀는 병원 잡역부들에게 호랑이처럼 맞섰다.

"얘는 더 이상 여기 있을 필요가 없어!"

그녀는 영어와 스페인 어로 동시에 소리 질렀다.

마트는 들것에 실린 채, 신선하고 서늘한 새벽 공기 속을 지나 셀리아의 숙소로 돌아갔다. 그녀는 마트의 이불을 꼭꼭 여며 주며 하루 종일 옆에서 보초를 섰다.

엘 파트론의 피기백 심장은 용맹스럽게 작동했지만, 노인이 어떤 기로에 선 것은 명백했다. 그는 더 이상 전동 휠체어에 앉은 채 쉼 없이 흐뭇하게 중얼거리는 일이 없었다. 물리

치료사들은 근육이 소실되지 않게 노인의 팔다리를 움직여 주었지만, 어떤 생명력이라 할 만한 것은 증발해 버렸다.

예전 같았으면 미국과 아즈틀란 정부 내의 적들이 어떤 치욕을 당했는지, 혹은 어떻게 이상한 사고를 만났는지를 탬 린이 얘기하면 엘 파트론은 큰 소리로 웃음을 터뜨렸을 것이다. 지금은 그저 고개를 끄덕이고 말았다. 엘 파트론은 이제 그런 따위의 즐거움은 초월한 것이다. 148세의 나이에 충분히 남아 있는 것은 거의 없었다.

탬 린은 노인이 받은 선물을 모아 놓은 거대한 창고에서 보물을 꺼내 왔다. 엘 파트론은 매듭이 불거진 손가락으로 다이아몬드 상자를 뒤적거리다 한숨지었다.

"결국은 다 돌덩이에 지나지 않는 게야."

요즘 엘 파트론의 곁에서 많은 시간을 보내는 마트가 말했다.

"그것들은 정말 예쁜데요."

"나는 더 이상 이것들 속에서 생명력을 보지 못한다. 이걸 얻기 위해 사내들을 전쟁으로 몰아대는 그 불길이 사라진 게야."

마트는 엘 파트론이 그리워하는 것이 보석의 아름다움이

아니라, 좋은 물건을 소유하는 데서 한때 누렸던 기쁨이라는 걸 알아차렸다. 그러자 정말 안 된 생각이 들었고 어떻게 위로해야 좋을지 몰랐다.

"성 프란치스코는 가난한 사람들에게 물건을 줘 버리는 게 좋은 일이라고 하셨는데요."

마트가 의견을 내놓았다.

그러자 엘 파트론에게 평소에 보기 드문 변화가 일어났다. 노인은 자리에서 벌떡 일어나 앉았다. 두 눈은 번쩍거렸고, 어딘가에 남모르게 감춰져 있던 에너지가 부글부글 끓어올랐다. 그는 백 살은 더 젊어진 목소리로 소리 질렀다.

"재산을…… 줘…… 버리라고? 재산을 줘 버리라고? 내 귀를 의심하지 않을 수가 없구나! 그것들이 너한테 뭘 가르친 게냐!"

마트는 자신이 불러일으킨 반응에 혼비백산했다.

"그건 그냥 제 의견이었는데요. 성 프란치스코는 아주 옛날 분이거든요."

"재산을 줘 버려라? 내가 천신만고 끝에 두랑고를 빠져나온 이유가 그거였던가? 내가 엘도라도보다 더 큰 제국을 건설한 이유가 그거였던가? 엘도라도는 매일 금가루에 목욕했다. 그건 알고 있느냐?"

노인은 생각에 잠겨서 말했다.

마트는 알고 있었다. 엘 파트론은 그 얘기를 열 번도 넘게 들려주었다.

엘 파트론은 검은 눈을 번득이며 말했다.

"그는 황금으로 만든 집에서 살았다. 그 집 현관에 서면 하인들은 그의 몸이 태양처럼 빛날 때까지 금가루를 칠해 주었지. 사람들은 그를 신처럼 떠받들었느니라."

노인은 이제 환상에 빠진 채, 아련한 눈빛으로 전설 속의 왕이 살았던 머나먼 정글을 바라보고 있었다.

나중에 탬 린은 마트에게 잘했다고 칭찬해 주었다.

"영감한테 용의 재물을 남한테 주라고 한 건 장미꽃으로 뺨을 때린 격이지. 난 영감한테 너무 무르게 굴었다. 진짜 필요한 건 구둣발로 엉덩이를 한 번 걷어차 주는 거였는데 말이다."

"용의 재물이 뭐야?"

마트가 물었다. 마트와 탬 린은 숙소 앞의 정원에 앉아서 레모네이드를 마시고 있었다. 엘 파트론이 심장 수술을 받은 뒤에는 탬 린이 그곳을 찾을 시간적 여유가 거의 없었다.

하지만 마트의 경솔한 발언 때문에 노인은 지금 혼자서 집 안을 돌아다니고 있었다. 탬 린은 그가 숟가락을 세고 있을 거라고 말했다.

탬 린은 말했다.

"아, 그거. 그건 어느 용이 여러 성에서 약탈한 재물을 모아 놓은 거야. 용은 산 속에 있는 깊고 어두운 동굴에 보물을 쌓아 놓았어. 그리고 밤에는 그 위에서 잠을 자지. 보석을 박은 단검 같은 것들 때문에 불편하기는 하겠지만, 용은 온몸이 비늘로 뒤덮여서 그런 걸 느끼지 못해."

마트는 탬 린이 어렸을 때 들은 게 분명한 얘기를 해 주는 게 무척 좋았다. 그의 목소리에는 부드럽고 음악적인 가락이 스며 있었다. 마트는 그의 어릴 적 모습을 상상할 수 있었다. 그것은 코가 뭉개지고 머리끝에서 발끝까지 흉터투성이가 된 그 사건이 일어나기 훨씬 전이었다.

"그래서 용은 행복하대?"

마트는 물었다.

탬 린이 되물었다.

"그래서 용은 행복하냐고? 글쎄, 난 그런 생각은 한 번도 안 해 봤다. 아마 그럴 테지. 살면서 다른 사람을 비참하게 만드는 일밖에 못 하는 짐승한테 다른 즐거움이 뭐가 있을 수 있겠느냐? 어쨌든 얘기를 계속해 주마. 그런데 제일 놀라운 건, 뭐든지 아무리 작은 거라도 보물 더미에서 뭔가를 빼내면 용이 즉시 알아차린다는 것이다. 용은 깊은 잠을 잘 수도 있지. 하지만 어떤 바보 녀석이 한밤중에 살금살금 기어 와서 동전 한 닢이라도 빼내면, 용은 잠을 깬단다. 너라면 그런 바보짓은 하고 싶지 않을 거다. 용은 그 녀석을 활활 태워서 한 덩이 숯으로 만들어 버리지. 그리고 용의 재물을 훔치려는 실수를 저지른 다른 숯덩이들의 무더기에 던져 버린다."

따뜻한 오후의 햇볕 속에서 벌들이 꽃밭 위를 윙윙 대고 날아다녔다. 평소에 셀리아는 야채를 키우는 걸 좋아했지만, 최근에는 꽃을 가꾸는 데 흥미를 갖게 되었다. 한쪽 담장은 노랑 데이지 무리가 타고 올랐고, 다른 쪽 담장은 시계꽃 덩굴로 장식되어 있었다. 디기탈리스와 제비고깔류가 화단을 깔끔하게 수놓고 있었고, 그 둘레에는 마트가 알지 못하는 다른 식물이 자라고 있었다. 어떤 것들은 햇볕에 민감했기 때문에, 탬 린이 그늘막을 설치해 주었다. 마트는 덕분에 정원이 한결 근사해 보인다고 생각했다.

"엘 파트론은 창고에 쌓인 재물이 얼마나 되는지 알고 있어?"

마트는 용 이야기가 누구를 빗댄 건지 잘 알고 있었다.

"아마 모를 거다. 하지만 넌 그걸 알아볼 생각은 안 하는 게 좋을 거야."

탬 린이 말했다.

19
성년

 엘 파트론의 폭발적인 에너지는 오래 가지 못했다. 금방 여느 때와 다름없이 핏기 없고 허약한 모습으로 돌아갔다. 그는 어린 시절과 어려서 죽은 일곱 형제자매에 대한 얘기를 두서없이 늘어놓았다. 그리고 마트의 기타 연주에 귀 기울였다. 비록 아직은 소년의 손가락이 그렇게 길지 않아서 정말 복잡한 곡을 연주할 수는 없었지만.
 마트의 목소리는 감미로운 고음이었다. 셀리아는 천사의 목소리라며 칭찬을 아끼지 않았다. 엘 파트론은 마트의 노래를 들으면서 고요한 방심 상태에 빠져 들었다. 그럴 때, 눈을 반쯤 감은 채 입가에 부드러운 미소를 띠고 있는 노인의 모습이 마트는 정말 좋았다. 그것은 어떤 칭찬의 말보다 더 값진 것이었다.

어느 날, 스페인 민요를 부르는데 목소리가 갈라져 나왔다. 그러더니 음정이 한 옥타브 이상 떨어져서 소년의 목소리가 아니라 당나귀 꽥꽥거리는 소리가 되었다. 당황한 마트는 목청을 가다듬고 다시 노래를 시작했다. 처음에는 노래가 술술 나왔지만, 잠시 후 똑같은 일이 되풀이됐다. 마트는 어쩔 줄 모르고 서 있었다.

"그래, 그게 드디어 왔구나."

엘 파트론이 침대 속에서 중얼거렸다.

"죄송해요. 셀리아한테 감기약 달라고 할게요."

마트가 말했다.

"넌 뭐가 문제인지 모르는구나, 그렇지? 세상과 그렇게 동떨어져 살았으니, 너는 몰라."

"내일이면 괜찮아질 거예요."

노인은 웃음을 터뜨렸다. 메마르고, 탁한 목소리.

"셀리아나 탬 린한테 설명해 달라고 해라. 그리고 노래는 말고 그냥 연주나 해라. 그것도 좋으니까."

하지만 나중에 셀리아에게 물어봤을 때, 그녀는 앞치마로 얼굴을 싸쥐고 울음을 터뜨렸다.

"그게 왜 그런 건데? 뭐가 잘못된 거야?"

마트는 겁이 덜컥 나서 소리쳤다.

"넌 다 자랐어!"

셀리아는 앞치마로 얼굴을 감싸고 흐느꼈다.

"그건 괜찮은 거 아냐?"

겁에 질린 마트의 목소리가 베이스 드럼처럼 웅웅 울렸다. 셀리아는 앞치마로 눈물을 닦고 억지 미소를 지으며 말했다.

"미 비다, 물론 괜찮다. 어린 양한테 뿔이 돋아서 크고 잘생긴 숫양으로 변하는 건 항상 충격이지. 하지만 애야, 그건 좋은 일이란다. 정말이다. 우리 축하 파티를 열자꾸나."

마트는 방에서 기타를 껴안은 채, 셀리아가 주방에서 그릇을 탕탕 내려놓는 소리에 귀 기울였다. 어른이 되는 게 좋은 일이란 얘기는 믿어지지 않았다. 셀리아가 아무리 웃고 있어도 그녀의 기분을 읽어 내는 건 쉬웠다. 마트는 그녀가 내심 심란해하는 걸 알고 있었고, 그 이유가 궁금했다.

자신은 이제 어른이 된 것이다. 아니, 그것은 틀렸다. 애당초 아이였던 적이 없는데, 어른이 될 수는 없다. 자신은 성인 클론이 된 것이다. 해묵은 추억이 떠올랐다. 의사는 로사에게 클론들은 나이가 들면 산산조각이 난다고 했었다. 이제는 자신이 정말로 산산조각 날까 봐 두려워하지는 않았다. 하지만 어떤 일이 생기는 걸까?

마트는 얼굴에서 최초로 돋아나는 구레나룻의 징후를 느꼈다. 지난번에 났던 여드름은 얼굴에 두어 개의 뾰루지를 남겼을 뿐 깨끗이 없어졌다. *어쩌면 일시적인 현상인지도 몰라.* 마트는 생각했다. 그리고 아까 그 민요를 다시 불러 보았다. 하지만 겨우 첫 소절을 부르자 목소리는 주인을 배신했다. 그것은 말할 수 없이 실망스러운 일이었다. 새 목소리는 예전 것만 못했다.

마리아도 목소리가 변할까? 마트는 궁금했다.

그날 밤 파티 분위기는 잔뜩 가라앉아 있었다. 셀리아와 탬 린은 안뜰에서 어른이 된 마트를 축하해 주기 위해 샴페인을 앞에 놓고 앉았다. 마트는 특별 대우를 받았다. 셀리아의 고집으로 레모네이드를 타서 묽게 만들긴 했지만, 그래도 샴페인을 한 잔 마실 수 있었던 것이다. 마트가 카탈로그를 보고 주문한 개똥벌레들이 따뜻하고 습기 찬 정원을 반짝거리며 날아다녔다. 셀리아가 새로 심은 다소 음습한 식물들이 담장으로 둘러싸인 공간에 강한 냄새를 퍼뜨리고 있었다. 셀리아는 그것들을 아즈틀란의 마녀에게서 주문했다고 했다.

마트는 문득 무슨 생각을 했다.

"나 몇 살이야?"

마트는 잔을 다시 채우려고 빈 잔을 내밀며 물었다. 셀리아는 탬 린이 얼굴을 찌푸리는 걸 못 본 척하고, 소년에게 샴페인 대신 레모네이드를 따라 주었다.

"나한테는 인간과 같은 생일이 없다는 건 알고 있어. 하지만 난 태어났잖아. 그래도."

마트는 말했다.

"넌 채취됐어."

탬 린이 말했다. 그의 혀가 꼬였다. 그는 혼자서 술 한 병을 다 비웠는데, 마트는 이제야 경호원이 술 마시는 모습을 한 번도 본 적이 없다는 걸 깨달았다.

"난 암소의 몸속에서 자랐어. 암소가 송아지를 낳듯이 날 낳은 거야?"

마트는 마구간에서 태어나는 게 전혀 잘못된 거라고 생각하지는 않았다. 예수는 그게 할 만하다는 걸 알아내지 않았는가.

"넌 채취됐어."

탬 린이 되풀이했다.

"이 애는 그렇게 자세히 알 필요가 없어."

셀리아가 말했다.

"난 그럴 필요가 있다고 생각합니다!"

사내는 고함을 지르며 주먹으로 탁자를 쾅 내리쳤다. 셀리아와 마트는 동시에 움찔했다.

"그렇지 않아도 이놈의 집구석에는 비밀이 너무 많아요! 거짓말이 너무 많아!"

"제발, 카메라가……."

셀리아가 다급히 말하며 탬 린의 팔에 손을 얹었다.

"카메라 같은 건 지옥 불에 타 버리라고 해요. 난 신경 안 쓰니까! 날 봐라, 이 가련한 거짓말쟁이 염탐꾼들아! 이거나 먹어라!"

사내는 한쪽 담장을 덮고 있는 노랑 데이지를 향해 무례하기 짝이 없는 몸짓을 해 보였다. 마트는 전에 그런 몸짓을 따라했다가 셀리아에게 야단맞은 적이 있었다.

"제발. 자신을 생각하지 않는다면 우리 생각을 좀 해 줘."

셀리아는 무릎걸음으로 경호원에게 다가갔다. 그녀는 기도할 때처럼 두 손을 마주 잡고 있었다.

탬 린은 개처럼 부르르 떨었다.

"아흐! 난 지금 술 때문에 횡설수설하고 있어요!"

그는 술이 남아 있는 샴페인 병을 움켜쥐더니 벽에 내던졌다. 파편이 노랑 데이지 위로 우수수 떨어지는 소리가 들렸다.

"총각, 이거 하나는 말해 주마."

탬 린은 마트의 멱살을 잡고 들어 올렸다. 셀리아는 겁에 질려 창백한 얼굴로 지켜보고 있었다.

"넌 아홉 달 동안 그 가엾은 암소의 몸속에서 자라났고, 그 다음에 소의 배를 가르고 밖으로 나왔다. 넌 채취됐어. 암소는 희생되었지. 그건 그자들이 가엾은 실험동물을 죽일 때 사용하는 용어다. 너의 대리모는 시뻘건 티본스테이크가 되고 말았지."

탬 린은 마트를 내려놓았다. 그러자 마트는 그의 팔이 안 닿는 곳으로 뒷걸음질쳤다.

"탬 린, 괜찮아."

셀리아는 부드럽게 말했다. 그녀는 그의 곁으로 다가가 앉았다.

사내는 얼굴을 두 팔에 묻고 탁자에 엎드렸다.

"괜찮은 게 아니에요. 이놈의 데에서 우리는 실험동물일 뿐이에요. 우리는 용도가 있는 동안에만 대접을 받는 거라고요."

"저들이 영원토록 권세를 누릴 수는 없을 거야."

셀리아는 소곤거리며 그를 얼싸안았다.

탬 린은 여전히 두 팔에 얼굴을 묻은 채 고개를 약간 돌리고 그녀를 곁눈질했다. 그는 말했다.

"난 당신이 무슨 마음을 먹고 있는지 알아요. 하지만 그건 너무 위험해요."

셀리아는 그에게 몸을 기댄 채 크고 부드러운 손으로 등을 쓰다듬어 주었다.

"이 농장은 백 년 동안 여기 있었어. 양귀비 밭에 묻힌 이 짓들이 얼마나 될 것 같아?"

"수천 명. 수천 수만 명."

탬 린의 목소리는 신음에 가까웠다.

"그만하면 충분하다고 생각하지 않아?"

셀리아는 경호원의 등을 문질러 주며 마트를 향해 미소 지었다. 이번에 그것은 진짜 미소였고, 그래서 정원의 침침한 조명 속에서 그녀는 아름다워 보였다. 그녀는 말했다.

"미 비다, 들어가서 자려무나. 이따가 들어가 볼게."

마트는 두 사람이 이게 자신의 파티, 자신의 성년 파티라는 걸 잊어버린 것 같아서 언짢았다. 마트는 뾰로통한 얼굴로 침실에 들어갔다. 그리고 기타를 딩딩 울리며, 정원에 앉아 있는 두 사람에게 방해가 되기를 바랐다. 하지만 한참 지나자 화난 마음은 감쪽같이 사라졌다.

대신 자신이 뭔가 중요한 것을 그냥 지나쳤다는 느낌이 찾아왔다. 단서는 앞뜰을 날아다니는 반딧불이 무리만큼이나 많았다. 그것들은 가능성으로 빛을 내고 있었다. 그것들은 마트가 그게 뭔지 알아챌 수 있을 정도로만 빛을 냈다. 하지만 그러고 나면 반딧불이가 그런 것처럼 흔적 없이 사라져 버렸다. 탬 린과 셀리아는 지나치게 조심성이 많았다.

몇 년 동안 그런 식이었다. 마트는 자신이 핵심적인 정보를 놓치고 있다는 걸 알고 있었다. 그것은 클론과 상관있는 게 분명했다. 자신은 클론이 어떻게 만들어지는지 알아서는 안 되었다. 자신만 빼고 클론들 전부가 뇌가 죽었다는 걸 알아서는 안 되었다.

마트는 괴물을 만들어 내는 이유에 대해 백번 째로 생각해 보고 있었다. 그게 사랑하는 아이를 대신하는 것일 수는 없었다. 애완동물을 만들기 위한 것일 리도 없었다. 어떤 애완동물도 전에 병원에서 본 그 무섭고, 끔찍한 것을 닮지는 않았다.

마트는 맥그리거와 엘 파트론이 수술을 마친 뒤에 휠체어를 타고 만났던 일을 기억해 냈다. 맥그리거는 배를 두드리며 말했다.

"난 간을 새로 갈았지. 그리고 기왕 하는 김에 양쪽 신장을 다 바꿨네."

그는 탐의 눈과 너무도 흡사한 광채 나는 푸른 눈으로 이쪽을 지그시 쳐다보았는데, 그때 자신은 구역질이 났다.

아냐! 그럴 리가 없어!

마트는 엘 파트론이 갑자기 정신을 온전히 되찾고 나타났던 그 생일 파티를 떠올렸다.

"태아 뇌 조직 이식이라, 언젠가는 그걸 해 봐야겠군. 자네는 놀라운 효과를 보았구먼."

맥그리거는 말했었다.

엘 파트론은 대답했다.

"수술을 너무 오래 미루지는 말게. 의사들이 주문을 받아서 그걸 키우는 데 적어도 다섯 달은 필요하지. 여덟 달이면 더 좋고."

그럴 리가 없어! 마트는 방금 떠오른 생각을 머릿속에 꼭꼭 숨겨 놓으려고 양쪽 관자놀이를 눌렀다. 생각을 안 하면 그건 현실이 되지 않을 것이다.

하지만 그 생각은 손가락 사이로 술술 빠져나왔다. 맥그리거가 클론을 만든 것은 필요할 때 이식 수술을 받기 위해서였다. 병원의 그것은 울부짖을 이유가 충분히 있었던 것이다! 그런데 엘 파트론은 태아 뇌 조직이 어디서 났을까? 또 질금질금 새는 고물 심장을 버틸 수 있게 해 준 그 피기백 심장은?

증거는 사방에 널려 있었다. 자신은 앞을 보지 못하는 그 맹목성 때문에, 그리고 그것에 대해 생각하지 않으려는 마음 때문에 진실을 보지 못했을 뿐이었다. 자신은 모자라는 아이가 아니었다. 클론들은 항상 거기 있었다. 진실의 무게는 견디기 힘들 정도였다.

엘 파트론 또한 자신에게 이식용 장기를 공급해 줄 클론들을 만들어 냈다. 그는 맥그리거와 똑같았다.

아냐, 똑같지 않아. 왜냐하면 난 다르니까. 마트는 침대에 누운 채 천장을 올려다보며 필사적으로 생각했다. 천장에는 셀리아가 붙여 놓은 야광별이 가득했다. 마트는 이곳 숙소에 들어오게 된 그날부터 별들이 희미하게 반짝이는 천장 아래서 잠을 자게 되었다. 이제 별들의 존재가 소년을 달래고 위로해 주었다.

난 달라. 난 여분의 장기를 공급하기 위해 만들어진 게 아니야.

엘 파트론은 의사들이 자신의 뇌를 파괴하지 못하게 했다. 그리고 자신을 보호해 주었고, 셀리아와 탬 린을 보내 주었다. 또한 오르테가 씨를 자신의 음악 교사로 채용해 주었다. 노인은 자신이 이룬 성취를 무척이나 자랑스러워했다. 그것은 나중에 자신을 살해할 계획을 세운 사람이 할 만한 행동은 아니었다.

마트는 의식적으로 호흡을 늦췄다. 마치 방에 갇힌 새처럼 할딱거리고 있었던 것이다. 닫힌 창문을 뚫고 나가지 못해 퍼덕거리다가 공포 때문에 죽는 새들을 본 적이 있었다.

이 상황을 철저하게 논리적으로 따져 봐야 했다. 가엾은 다른 클론들이 무슨 일을 당했던 간에, 자신이 그중 하나가 되지 않으리란 건 명백했다.

엘 파트론은 맥그리거와는 전혀 다른 동기를 갖고 움직였다. 마트는 그것이 단순한 허영심이라는 걸 깨달았다. 노인은 소년을 볼 때마다, 젊고 튼튼하고 정신이 맑은 자신의 모습을 보는 것이다. 그것은 거울을 들여다보는 일과 같았다. 만약에 마트가 병원 침상 위의 그것처럼 침을 질질 흘리며 비죽비죽 운다면, 그런 효과는 나지 않을 것이다.

마트는 예전에 곰 인형을 껴안았던 것처럼 베개를 끌어안았다. 이제 그런 걸 껴안고 있을 나이는 지났지만, 높은 낭떠러지에 서 있다가 뒤로 끌려간 느낌이었다. 다른 클론들의 끔찍한 운명에 대해서는 아직 생각해 봐야 했다.

내 형제들. 마트는 생각했다.

그리고 몸을 떨며 자신을 창조한 인간에게 자신이 얼마나 헌신했는지 돌이켜 보려 애썼다. 엘 파트론은 자신을 사랑했지만, 그는 악인이었다. *그보다 더 흉악하고, 부도덕하고, 이기적인 인간은 상상할 수 없을 것이다.* 에스페란사는 아편국에 대한 저서에다 이렇게 썼다. 자신은 그걸 읽고 책을 힘껏 던져 버렸다. 하지만 자신은 그때 아이였다. 이제는 남자, 아니면 그 비슷한 거였다. 탬 린은 남자란 눈앞에 있는 것을 직시할 용기를 갖고 있다는 말을 자주 들려주었다.

"열이 높구나!"

탬 린과 함께 잘 자라는 인사를 하러 온 셀리아가 소리쳤다. 그녀는 얼른 약초 차를 끓이러 나갔다. 탬 린이 문 앞에 서서 지켜보고 있었다. 경호원의 그림자는 무시무시해 보였다. 마트는 그가 영국 수상을 폭사시키려고 했다가 애들 스무 명을 죽였던 일을 기억해 냈다. 사내는 천장에서 내려오는 희미한 별빛을 모조리 빨아들이는 듯했다.

셀리아가 찻잔을 들고 돌아왔을 때, 탬 린은 어깨를 들썩하고 말했다.

"총각, 아까 그 질문에 대답하자면, 넌 열네 살이다."

그런 다음 그는 경비가 삼엄한 엘 파트론의 숙소를 향해 휘적휘적 가 버렸다.

20

에스페란사

 마트는 아프고 신열이 나는 상태에서 의식이 돌아왔다. 돌덩이 하나가 가슴을 짓누르고 있는 기분이었다. 돌을 치울 수 있는 길은 자신의 두려움이 근거 없다는 걸 확인하는 것뿐일 것이다. 셀리아에게 물어볼 수도 있었지만, 그녀는 대답하는 걸 두려워할 것이다.

 마트는 자신에게 달라붙은 보이지 않는 시선을 느꼈다. 누군가 카메라를 통해 감시하고 있을 수도 있었고, 혹은 정탐실이 비어 있을 수도 있었다. 알아낼 길은 없었다. 펠리시아가 털 코트로 몸을 감싼 채, 거기서 자신을 없앨 방법을 열심히 찾고 있는지도 몰랐다.

탬 린에게 물어보는 거라면, 얘기를 어떻게 꺼내야 할지 엄두가 안 났다. *있잖아, 누가 날 토막내서 티본스테이크로 만들 계획을 짜고 있어?* 한층 더 끔찍한 것은 그가 이렇게 대답할지도 모른다는 거였다. *총각, 정곡을 찔렀구나. 내가 항상 그랬지, 넌 단추처럼 반짝거리는 아이라고 말이야.*

나는 어느 만큼의 진실을 감당할 수 있을까?

하지만 몸이 회복되자, 마트는 기분도 가벼워졌다. 뜨거운 물 샤워와 프렌치토스트 아침 식사는 두려움을 가셔내는 데 도움이 되었다. 엘 파트론이 여분의 장기로서 가치밖에 없는 누군가를 교육하는 데 큰돈을 낭비했다는 것은 말이 되지 않았다. 장기 이식에 전 과목 A의 성적이 필요한 것은 아니었다. 마트는 마구간에 가서 안전마를 신청했다.

안개가 낮게 깔린 양귀비 밭을 말을 타고 지나갔다. 스프링클러가 토양 표면의 서늘한 대기를 적셔 주는 이른 아침이면 안개는 잦았다. 나중에 태양은 안개를 말려 버릴 테지만, 지금 그것은 우윳빛 바다를 이루어 말에 올라탄 소년의 다리를 반쯤 삼키고 있었다. 말 등과 머리만 겨우 보이는 이런 안개 속을 지나자니 기분이 짜릿했다. 꼭 마술에 걸린 호수에서 헤엄치는 것 같았다.

난 열네 살이야, 난 어른이야. 마트는 생각했다.

그러자 강하고 대담해진 기분이 들었다. 중세의 왕자들은 열네 살, 혹은 그보다 훨씬 어린 나이에도 전쟁터에 나갔다.

오아시스는 그늘에 잠겨 있어 서늘했다. 최근 내린 비로 웅덩이의 물이 불어나 포도 정자 바로 앞에서 찰랑거리고 있었다. 마트는 금속 상자를 좀 더 높은 곳에 끌어다 놓았다. 그리고 옷을 벗고 물속으로 걸어 들어갔다. 소년에게 상당히 위험한 활동을 몇 가지 허용했던 탬 린도 여기서 헤엄치는 건 말렸는데, 그것은 진흙 바닥의 깊이를 알 수 없었기 때문이었다. 마트에게 위험은 매력의 일부였다.

마트는 개구리헤엄을 쳐서 웅덩이를 건넜다. 작은 물고기 떼들이 손을 피해 달아났다. 건너편에 닿자 크레오소트 덤불 옆의 바위 위로 올라갔다. 몸이 조금 떨려왔다. 조금 있으면 금방 더워질 테지만, 지금 사막의 공기에는 밤의 냉기가 스며 있었다.

하늘을 올려다보았다. 하늘은 너무도 푸르러서 눈이 다 아플 지경이었다. 비가 내려 먼지를 말끔히 씻어 내린 탓에 공기가 아주 맑고도 순수하여 마치 빛 속에서 숨을 쉬는 느낌이었다. 마술에 걸린 듯한 느낌이 점점 커갔다.

저 산을 올라가서 아즈틀란이 있는 남쪽으로 가면 어떨까? 셀리아는 아즈틀란이 가난한 나라라고 했지만, 그곳 얘기를 할 때 그녀의 얼굴은 환하게 피어났다. 또 그곳에는 사람들과 생명력이 넘친다고 했다. 아즈틀란은 사방에 널린 카메라와 펠리시아의 악의를 피해 달아날 수 있는 신세계였다. 타인의 장기로 몸을 누덕누덕 기운 맥그리거와 마주칠 필요도 없으리라.

하지만 나는 셀리아와 탬 린이 없는 곳에서 살고 싶은 걸까? 마리아는?

저 회갈색 산을 넘어서 여행할 생각을 하자, 더욱 용기가 치솟았다. 벌써 결정을 내릴 필요는 없었다. 엘 파트론은 몇 년은 더 살 수 있었다. 몇 년은 더 살 거라고 소년은 스스로를 안심시켰다. 결국 노인에게는 세계 최고의 의료진이 있지 않은가. 자신은 조심스럽게 행동 계획을 세울 수 있고, 어쩌면 마리아도 데려갈 수 있을지 모른다. 전날 밤의 메스꺼운 두려움은 사라졌고, 왕이 된 기분이었다. 정복 왕 마트.

마트는 다시 오아시스를 헤엄쳐 건넜다. 협곡에 햇살이

퍼지기 시작할 무렵 탬 린이 준 책과 지도를 꺼냈다. 이제는 이들의 용도를 알았으니, 장래에 탈출할 때를 대비해서 이것들을 주의 깊게 공부해 둘 요량이었다.

마트는 에스페란사의 저서를 읽기 시작했다. 아편국의 역사에는 피와 공포가 스며 있다. 소년은 식은 프렌치토스트를 한 조각 들고, 둘둘 만 담요에 비스듬히 기댔다. 저자의 설교조의 태도는 아직도 비위에 거슬렸지만, 책에 쓰인 얘기들은 논박할 여지가 없는 사실이었다.

곧 엘 파트론이라는 이름으로 알려지는 마테오 알라크란은, 페코스 강에서 살튼 해에 이르는 땅에 아편을 심었다. 그에게는 아편을 재배할 엄청난 노동력이 필요했다. 이 문제는 쉽게 해결되었는데, 멕시코에서 매일같이 수천 명의 사람들이 국경을 넘어왔기 때문이었다. 그들을 붙잡아 놓기만 하면 됐다.

이러한 목적을 위해 그는 농장 경비대를 창설했다. 그는 세계 도처의 부패한 감옥에서 토해 낸 흉악범들을 긁어 모아 군대를 만들었다.

마트는 책을 탁 덮었다. 에스페란사는 또다시 장황하게 엘 파트론을 비난하고 있었다. 그 여자는 완전히 마녀임에 틀림없다. 마트는 집에서 가져온 주스 한 병을 꿀꺽꿀꺽 마시고 다시 읽어 보았다.

그렇게 했는데도, 엘 파트론은 불법 입국자를 관리하는 게 힘들다는 사실을 알았다. 그들은 용케 감시망을 빠져나갔다. 그들은 서로 서로 탈주를 도왔다. 사람들은 아편국을 가로질러 미국 국경으로 쇄도했고, 그러자 미 정부는 엘 파트론에게 사업에서 손 떼게 만들겠다고 으름장을 놓았다.

'마약의 폭군'이 노예 제국을 잃어버릴까 봐 두려워하여 이짓을 생각해 낸 것은 바로 그때였다.

겉으로는 그보다 더 인간적으로 보이는 것은 없을 것이다. 결국 고통이란 고통의 자각에 지나지 않는 것이니 말이다. 이짓들은 추위도 더위도 갈증도 외로움도 느끼지 못한다. 그들의 뇌 속에 심어진 전자 칩은 감각을 제거한다. 그들은 일벌과 같은 끊임없는 헌신성으로 수고한다. 누구라도 그들이 불행하지 않다는 걸 알 수 있을 것이다. 그런데 어느 누가 그들이 학대받고 있다고 말할 수 있겠는가?

나! 나는 할 수 있다! 엘 파트론은 그들의 영혼을 악마에게 팔아 버렸다! 그들이 죽으면 그는 그들의 시체를 비료 삼아 땅에 묻었다. 아편의 뿌리에는 피로 물을 주니, 그 더러운 물건을 사는 이들은 인육을 먹는 식인종과 다름없는 것이다.

이 정도면 하루치 분량으로 충분했다. 마트는 책을 상자 위에 내려놓고 에스페란사의 얼굴을 마음속에 그려보았다. 그 여자는 분명 늙은 마녀처럼 사마귀투성이일 것이다. 그리고 노란 송곳니에 두 뺨은 썩은 호박처럼 푹 꺼졌겠지. 마트는 그 여자의 사진을 찾아서 팔랑팔랑 책을 넘겼다.

사진은 247쪽에 있었다. 그 여자는 검은 정장에 진주 목걸이를 걸고 있었다. 검은 머리가 빛나는 베일처럼 아름답고 창백한 얼굴을 감싸고 있었다.

그녀는 마리아와 아주 비슷해 보였다. 소년은 사진 밑의 설명을 읽었다.

에스페란사 멘도자 멘도자 상원의원의 전부인. 현재 캘리포니아 노예제 반대 재단의 이사. 베스트셀러가 된 수많은 책을 집필했다. 또한 노벨 평화상을 수상하고…….

마트는 책을 떨어뜨렸다. 마리아가 이 일에 대해 알고 있을 리가 없었다. 그 애는 자기 엄마가 죽은 줄로만 알고 있었다. 에스페란사는 마리아가 다섯 살 때 집을 나가서 다시는 돌아오지 않았다. 어린 소녀는 엄마가 사막에서 길을 잃었다고 상상했고, 밤마다 잠을 깨어 엄마의 목소리가 들린다며 울었다. 마리아가 물건에 그렇게 필사적으로 매달리는 것도 다 그 때문이었다. 그 애는 자신이 사랑하는 것들을 잃을까 봐 겁냈다.

그런데 그 동안 아이 엄마는 쭉 캘리포니아에서 인생을 즐기고 있었다. 마트는 그 여자뿐 아니라 멘도자 상원의원에 대해서도 깊은 분노가 끓어올랐다. 멘도자 상원의원은 자초지종을 뻔히 알면서도, 괴로워하는 마리아를 그냥 내버려두었다. 흥, 자신은 더 이상 이런 상황을 방치하지 않을 생각이었다. 다음번에 마리아가 오면(두 달 뒤에 있을 스티븐과 에밀리아의 결혼식에는 반드시 올 테니까.) 이 증거를 직접 보여 줄 것이다.

마트는 탬 린이 오아시스에서 헤엄치는 걸 금지시킨 이유를 알게 되었다. 그날 밤 여태까지 겪어 본 것 중에서 가장

심한 배앓이가 찾아왔다. 마트는 몇 시간 동안이나, 목구멍이 불 붙은 것처럼 따가워질 때까지 양동이에 대고 토했다. 셀리아는 자신이 직접 치료하겠다고 고집했다. 그녀는 우유를 연달아 몇 잔씩 마시게 했고, 일분일초도 곁을 떠나지 않았다. 발작이 일어나는 사이사이에, 마트는 셀리아의 손이 자신의 손과 마찬가지로 차갑고 축축한 걸 느낄 수 있었다.

드디어 마트는 자리에 누워 있을 수 있을 만큼 좋아졌다. 셀리아는 침대 곁에 의자를 갖다 놓고 밤새도록 곁을 지켰다. 마트는 잠이 들었다 깨다를 반복했는데, 한번은 눈을 떠 보니 탬 린이 자신의 얼굴에 코를 박다시피하고 있었다. 경호원은 고개를 들고 말했다.

"숨결에서 마늘 냄새가 나는군요."

마늘 냄새가 왜 안 나겠어? 마트는 혼곤하게 생각했다. 셀리아는 무슨 요리에건 마늘을 듬뿍 집어넣는다.

"그 방법은 시도하지 말라고 말씀드리지 않았습니까. 우리 얘기를 좀 해 봅시다."

탬 린이 셀리아에게 말했다.

"다음번에는 용량을 잘 지킬게."

셀리아가 말했다.

"일을 다 망치고 싶으세요?"

"당신 계획이 실패할지도 모르잖아. 우리한테는 제이의 계획이 필요해."

셀리아가 말했다.

"그러다 애를 잡겠습니다."

셀리아는 비밀 카메라를 올려다보았다.

"내가 죽으면 죽었지 그런 일은 없을 거야."

말소리가 뚝 그쳤다.

마트는 정신을 똑바로 차리고, 두 사람의 비밀 대화를 들어 보려고 했지만, 몸이 말을 듣지 않았다.

병을 앓고 나서 마트는 며칠간 신경과민과 두통에 시달렸다. 이제 괜찮아지려나 보다고 생각한 바로 그 때에, 다시 발작적인 구역질이 찾아왔다. 두 번째 발작은 첫 번째만큼 지독하지 않은 것으로 보아 병은 물러가고 있는 듯했다. 마트는 셀리아가 왜 의사를 부르지 않는지 의아하면서도 동시에 감사했다. 의사를 부른다는 건 병원에 다시 가야 한다는 걸 의미했는데, 그것은 무슨 수를 쓰더라도 피하고 싶었다.

몸이 충분히 회복되자, 마트는 다시 엘 파트론 곁에서 노인이 두서없이 지껄이는 얘기를 들으며 시간을 보냈다. 안

개가 서서히 노인의 기억을 휘감는 것 같았다. 그는 이따금씩 마트를 다른 이름으로 불렀고, 어떤 것들에 대해서는 혼동을 일으키기도 했다.

"난 내 손으로 이 오두막을 지었다."

그는 말했다. 마트는 주위를 둘러보았다. 정원과 분수가 여럿 딸린 대저택을 오두막이라 부르다니, 하나도 어울리지 않았다.

엘 파트론은 말했다.

"나는 포도 덩굴도 올렸다. 그건 아주 잘 자랐지. 겨우 두 해만에 정자를 뒤덮었으니까. 그건 아마 물 때문일 게다. 이런 사막에 물웅덩이보다 더 좋은 건 없거든."

지금 오아시스 얘기를 하는구나. 마트는 오싹한 기분이 들었다. 엘 파트론은 오래전에 거기서 살았던 게 틀림없었다. 오두막은 무너진 지 오래지만, 포도 덩굴은 아직도 무성했다.

"그 바위 구멍 뒤 말이에요?"

마트는 자신의 생각이 맞는지 확인해 보려고 물었다.

엘 파트론은 지체 없이 대답했다.

"물론이다, 펠리페! 넌 하루도 빼놓지 않고 매일 같이 그

구멍을 타 넘고 있잖느냐."

그는 다시 몽상에 빠져들어 아무도 보지 못하는 것들을 보고 있었다. 그는 한숨지으며 말했다.

"여기가 세상에서 제일 아름다운 곳이다. 만약에 천국이란 데가 있어서 내가 그곳에 들어갈 것을 허락받는다면, 거기에는 분명히 이 웅덩이와 포도 덩굴이 있을 것이다."

그러고 나서 엘 파트론은 한층 더 오래된 기억 속으로 들어갔다. 그는 아주 오래전, 축제가 열린 농장주의 집에 갔던 일을 말해 주었는데, 목소리에는 경탄이 가득했다.

"그 집에는 분수가 있었지. 물소리는 음악 소리 같았고, 분수 한가운데 작은 천사 조각상이 있었단다. 천사는 너무도 시원하고 깨끗해 보였다. 펠리페, 넌 거기에 어떤 음식이 나왔는지 상상도 못할 거다. 누구든 원하는 만큼 집을 수 있는 타말레와 갈비 통구이! 유카탄에서 비행기로 날아 온 칠레스 레예노스*와 모로 게가 있었고, 작은 접시에 하나씩 담은 캐러멜 푸딩이 식탁 가득히 차려져 있었단다."

---

*고추 속을 파내고 각종 야채와 고기를 넣은 후 밀가루를 묻혀 튀긴 멕시코 요리―옮긴이

마트는 천국이 있다면 그곳에는 유카탄에서 가져온 모로게와 캐러멜 푸딩이 한 상 가득 차려져 있을 거라고 생각했다. 하지만 문득 엘 파트론의 목소리가 슬픔에 젖었다.

"엄마는 어린 누이동생들을 축제에 데리고 가셨다. 한 아이는 엄마한테 안기고, 한 아이는 엄마 치마꼬리를 붙잡고 뒤에서 졸졸 따라갔지. 그 애들은 장티푸스에 걸려서 한날한시에 죽었단다. 그 애들은 그때 너무 작아서, 발뒤꿈치를 들고서도 창밖을 넘겨다보지 못할 정도였다."

마트는 문득 엘 파트론이 과거를 회상하는 동안에는 훨씬 부드러워진다는 사실을 깨달았다. 그때만큼은 좀 더 따뜻하고 민감해 보였다. 마트는 여전히 노인을 사랑했지만, 그가 악인이라는 것은 의문의 여지가 없는 사실이었다.

"펠리페가 누구야?"

마트는 장작을 팰 때는 저택의 커다란 주방에서 셀리아에게 물었다.

"소스 담당 요리사나 정원사를 말하는 거니?"

그녀는 물었다.

"분명히 딴 사람일 거야. 엘 파트론이 날 항상 그렇게 부르거든."

셀리아는 파이 반죽을 주무르다가 일손을 멈추고 중얼거렸다.

"오, 그러면 안 되지. 펠리페는 그 양반 아들이란다. 죽은 지가 거의 팔십 년은 되지."

"그럼 왜?"

"미 비다, 어떤 이들은 그렇단다. 처음에는 점점 나이를 먹다가, 나이 먹는 걸 멈추고, 도로 어려지지. 엘 파트론은 지금 당신이 서른다섯 살쯤이라고 믿고 계신 거야. 그러니 네가 당신 아들, 펠리페라고 생각하는 거지. 네가 진짜로 누군지 알 수가 없는 거다."

"왜냐하면 나는 그로부터 백 년 뒤에나 존재하게 되니까."

"그 말이 맞다."

셀리아가 대답했다.

"그럼 난 어떻게 해야 해?"

"그 양반을 위해 펠리페가 되어 드리렴."

셀리아는 간단하게 대답했다.

마트는 마음을 진정시키려고 음악실에 가서 피아노를 연주했다. 엘 파트론의 정신이 오락가락한다면, 그것은 태아

뇌 조직 이식 수술이 다시 필요하다는 얘기가 된다. 그것은 어느 암소의 뱃속에서 태아, 즉 자신의 형제가 자라고 있다는 의미였다. 태아는 죽음을 이해할 수 있을까? 두려움을 느낄 수는? 마트는 부서져라 건반을 두들기며 모차르트의 「터키 행진곡」을 연주했다. 소리가 하도 커서 복도를 지나던 하인이 깜짝 놀라 쟁반을 떨어뜨릴 정도였다. 마트는 연주를 마친 다음 다시 연주를 시작했다. 그리고 또다시. 모차르트의 질서는 자신이 자신의 인생을 지배하고 있다는 느낌을 안겨 주었다. 음악은 소년을 저택의 숨 막히는 세계에서 꺼내 주었다.

탈출하고 싶은 욕구는 점점 강해졌다. 오아시스에서 한번 가능성을 떠올리고 나자, 열망은 자꾸만 되돌아와 끊임없이 쑤셔 대는 아픔이 되었다. 마트는 호두 껍데기 속에 갇힌 한 마리 벌레 같은 기분이 들었다. 소년은 에스페란사의 책 덕분에 엘 파트론이 건설한 제국의 비참함에 눈을 뜨게 되었다. 뿐만 아니라 어둡고 야트막한 관이나 마찬가지인 이짓들의 거처를 직접 보기까지 했다.

난 오아시스를 둘러싸고 있는 회색 산맥을 넘어서 달아날 수 있어. 아즈틀란으로 갈 수 있어. 탬 린이 지도와 비상식량을 넣은 상자를 준 것은 바로 그러한 목적 때문이야. 마트는 이렇게 확신했다.

하지만 스티븐과 에밀리아의 결혼식 전에는 떠날 수 없었다. 마리아가 참석할 텐데, 그 애를 보지 않고 떠날 수는 없었다.

21

피의 결혼식

저택은 이런 저런 일들로 분주하게 돌아갔다. 오렌지 나무 화분들이 실려와 살롱 주위에 둥그렇게 배치되었다. 집 안에 오렌지 꽃향기가 가득 찼다. 정원에는 재스민, 인동, 대나물이 심겼다. 여러 종류의 진한 향내에 마트는 속이 메슥거렸다. 오아시스에서 헤엄친 다음부터는 위장도 정상이 아닌 것 같았다.

주방 옆의 냉장고마다 얼음 조각이 가득 채워졌다. 마트가 냉장고 속을 들여다보니 인어, 사자, 성, 야자수 들이 소용돌이치는 안개에 휩싸여 있었다. 그것들은 결혼식 피로연에서 펀치에 쓰이게 될 것이다.

오래된 커튼과 융단은 치워졌고, 흰색, 분홍색, 황금색의 새것들이 그 자리를 차지했다. 벽에는 페인트를 다시 칠했고, 붉은 기와지붕은 깨끗이 청소한 다음 윤을 냈다. 집은 장식을 얹은 거대한 생일 케이크처럼 보였다.

마트는 이러한 축제 분위기에서 멀찍이 비켜서 있었다. 자신은 파티가 열리는 동안 셀리아의 숙소에 틀어박혀 있으리라는 걸 알고 있었다. *별 거 아냐.* 소년은 새로 깔아 놓은 하얀 카펫 위로 발을 질질 끌고 다니며 생각했다. 어쨌거나 그 멍청한 결혼식에는 가고 싶지 않았다. 스티븐과 에밀리아가 결혼하게 되리라는 건 진작부터 모르는 사람이 없었다. 엘 파트론이 그렇게 선언했다. 그는 알라크란 가문과 멘도자 상원의원이 지배하는 미국의 강력한 정치 기구를 결합시키기를 원했다. 스티븐과 에밀리아가 서로 좋아하는 건 단순한 요행이었다. 서로 좋아하지 않는다 해도, 그것은 문제되지 않았을 것이다.

스티븐의 형 베니토는 나이지리아 대통령의 딸과 결혼했는데, 그것은 나이지리아가 세계에서 가장 부유한 국가 중

하나이기 때문이었다. 베니토와 그의 신부 파니는 상대방이 눈에 띄는 것조차 못 견뎠다. 하지만 엘 파트론은 나이지리아의 돈을 좋아했고, 그래서 당사자들의 마음은 개의치 않았다.

결혼 예정일이 가까워 올수록, 마트는 점점 더 고립감을 느꼈다. 셀리아는 정신을 딴 데 팔고 있어서 대화하기가 힘들었다. 탬 린은 손님 접견도 못할 만큼 건강이 안 좋은 엘 파트론과 함께 격리 상태에 있었다. 오아시스에 갈 수는 있었지만 이상한 피로감이 엄습해 왔다. 일찌감치 잠자리에 들었지만 밤마다 악몽에 시달렸다. 낮에는 입에서 쇠 맛이 났고 머리가 띵했다. 그래서 오아시스에는 에스페란사의 아편국에 관한 책을 가지러 잠깐 다녀왔을 뿐이었다.

집 안에는 손님들이 가득 찼다. 맥그리거는 새 아내와 같이 왔는데, 마트는 이번이 일곱 번째라고 생각했다. 이번 여자는 에밀리아 또래였다. 그리고 펠리시아는 술에 절어 있다시피 해서 가는 곳마다 위스키 냄새를 풀풀 풍기고 다녔다. 그녀는 야외 파티장을 이리저리 옮겨 다니며, 열에 들뜬 번쩍거리는 눈으로 사람들을 빤히 쳐다보곤 했다. 그러면 사람들은 불편해하며 자리를 떴다.

맥그리거에 대해 말하자면, 그는 무척 기분이 좋았다. 그는 모발 이식술을 받고 왔다. 탐과 꼭 닮은 붉은 곱슬머리가 제멋대로 뻗쳐 있었는데, 그는 쉼 없이 머리를 쓰다듬었다. 마치 모근을 밀어 넣어 주지 않으면 빠지기라도 할 것처럼.

마트는 기둥이나 벽걸이 장식 뒤에서 모든 걸 지켜보았다. 누구든 자신을 손가락질하며 '이게 누구야? 누가 이런 짐승을 사람들이 모이는 곳에 데려왔어?'라고 말하는 소리는 듣고 싶지 않았다.

결혼식 당일에 베니토, 파니, 스티븐을 태운 나이지리아 호버크라프트가 착륙했다. 알라크란 씨가 맞으러 나가 파니에게 키스하자, 파니는 불결한 것이 몸에 닿은 것처럼 인상을 썼다. 그녀는 고통스럽고 굳은 표정을 하고 있었고, 베니토는 배가 나오기 시작했다. 그와 대조적으로 스티븐은 동화 속의 왕자님처럼 미남이었다.

마트는 스티븐을 다른 알라크란들만큼 싫어하지는 않았다. 양귀비 밭의 작은 집에서 자신을 들고 온 사람이 바로 스티븐이었다. 그 다음부터 스티븐과 에밀리아는 자신을 본체만체했지만, 그렇다고 유별나게 잔인하게 굴지도 않았다.

마트는 북적거리는 하객들을 지켜보며, 그들의 이름, 사업상의 관계, 스캔들을 하나하나 기억해 냈다. 마트는 자신이 알라크란 제국을 스티븐만큼이나 훤히 꿰뚫고 있다고 자부하고 있었다. 마트는 자신과 인류를 갈라놓은 심연을 다시 한번 사무치게 느꼈다. 이 많은 사람들이 스티븐을 축하하기 위해 여기 모였다. 하지만 자신을 축하해 줄 사람은 아무도 없을 것이다. 자신이 결혼하는 일도 없겠지만.

낯익은 호버크라프트가 착륙했다. 마트는 심장이 세차게 뛰었다. 착륙장으로 몰려든 하객들이 신부를 보기 위해 목을 빼고 기웃거렸다. 에밀리아는 사람들을 실망시키지 않았다. 그녀는 은은하게 빛나는 푸른 드레스 차림으로, 시중드는 어린 소녀들의 무리에 둘러싸여 있었다. 소녀들은 장미꽃잎을 담은 바구니를 하나씩 들고 있었고, 신부는 꽃잎을 한 줌씩 집어 사람들에게 뿌렸다. 마트는 그 모습이 한 폭의 그림처럼 예쁘다고 생각했지만, 어린 소녀들이 이짓이라는 걸 깨닫자 그런 마음은 싹 가셨다.

신부가 멘도자 상원의원의 손에 이끌려 살롱으로 가는 계단을 오르는 동안 모두들 박수갈채를 보냈다. 하지만 마트는 그들을 쳐다볼 여유가 없었다. 마트가 관심을 가진 단 한 사람은 팡파르 같은 것 없이 헬기에서 내렸다. 마리아가 군중 사이를 빠져나가 언니와는 전혀 다른 방향으로 향하는 걸 눈치 챈 사람은 아무도 없었다. 하지만 마트는 그 의미를 이해하고, 사람들을 피해 음악실 쪽으로 남몰래 발걸음을 옮겼다.

대부분의 사람들이 음악실을 피했다. 하인들은 겨우 청소할 때나 드나들었고, 펠리시아는 피아노 연주를 아주 그만두었다. 그 방은 마트의 영역이었고 그래서 오염됐기 때문이었다.

마트는 문을 닫고 벽장으로 직행했다. 마리아가 비밀 통로에서 기다리고 있었다.

"드디어 만났네! 내가 보고 싶었니?"

소녀는 소리치며 마트를 끌어안았다.

"언제나, 난 매일같이 네 생각을 했어. 편지를 쓰고 싶었지만, 방법을 몰랐지."

마트는 말하고, 소녀를 포옹해 주었다.

"난 끔찍한 수녀원에 있단다."

마리아는 마트의 포옹을 풀고 바닥에 털썩 주저앉았다.

"아, 뭐 그렇게 나쁜 곳은 아니야. 그저 나한테 맞지 않는 거지. 난 마을에서 자선 활동을 하고 싶었지만, 수녀님들이 못 하게 해. 생각해 봐! 수녀들은 자기들이 성 프란치스코의 가르침을 따른다고 생각하지만, 거지의 고름을 닦아 주느니 구역질을 하고 죽어 버리고 말걸."

"나라도 거지의 고름을 닦아 주고 싶지는 않을 거야."

마트가 말했다.

"그건 네가 늑대니까 그래. 넌 거지의 고름을 닦아 주는 대신 꿀꺽 삼켜 버리겠지."

"그전에 난 몸이 말짱한 거지를 찾아보겠어."

마트가 말했다.

"넌 아무도 먹어서는 안 돼. 그동안 뭘 하고 지냈는지 말해 줘. 아유, 다른 여자애들은 정말 지루하단다! 걔네들은 순정 만화 읽는 거하고 초콜릿 먹는 거밖에 모르거든."

마리아는 마트에게 몸을 바짝 기댔고, 마트는 말할 수 없을 만큼 기분이 좋았다. 마트는 지금 행복하다는 것과 오랫동안 그런 감정을 느껴 보지 못했다는 걸 깨달았다.

"순정 만화?"

마트가 캐물었다.

"늑대들은 그런 게 별로 재미없을 거야. 텔레비전에서 뭘 봤는지 얘기 좀 해 줘. 우리는 우리의 영혼을 고양시켜 주는 프로그램이 아니면, 텔레비전도 못 봐."

"나한테는 영혼이 없어."

마트가 말했다.

마리아는 말했다.

"난 너한테 영혼이 있다고 생각해. 난 생태학에 관한 현대 교회의 교리를 읽고 있거든. 최근의 연구에서는 성 프란치스코를 최초의 생태주의자로 본단다. 그분은 동물들한테도 설교했는데, 그건 동물들이 더 크게 자라날 수 있는 작은 영혼을 갖고 있기 때문이래. 노력만 하면 참새나 매미조차 천국에 갈 수 있단다."

"아니면 지옥에 가겠지."

마트가 말했다.

"삐딱하게 생각하지 마."

그러더니 마리아는 자신의 새로운 견해와, 수녀원 윤리 교사와 논쟁한 얘기를 떠들어 댔다. 그 다음에는 화제를 바꿔서 텃밭 가꾸기는 정말 좋지만 가엾은 작은 식물들을 수확하는 건 너무 싫다는 얘기, 또 자신이 수학에서 일등을 했지만 지붕에서 발가벗고 일광욕을 했다는 이유로 성적이 깎였다는 얘기 등을 늘어놓았다.

마리아는 몇 달간 쌓인 얘기 거리를 모조리 풀어놓지 못해 안달하는 것 같았다. 마트는 개의치 않았다. 마리아의 머리를 자기 가슴에 기대 놓은 채, 어두운 데 앉아 있는 게 좋기만 했다.

"아! 그런데 나만 얘기하고 너한테는 한 마디도 말할 기회를 안 줬구나! 그게 내가 항상 반성하는 것 중의 하나야. 하지만 수녀원에서는 너처럼 내 말을 들어 주는 사람이 아무도 없다는 게 다르지."

마리아가 드디어 외쳤다.

"난 네 얘기를 듣는 게 좋아."

마트가 말했다.

"이제부터는 입을 다물게. 그러니까 그동안 뭘 했는지 네가 말해 봐."

마리아는 마트를 얼싸안았고, 마트는 향수 냄새를 맡았다. 그것은 따스하면서도 어딘가 자극적인 카네이션 향이었다. 마트는 언제까지나 그렇게 있고 싶었다.

마트는 이짓 우리에 갔다가 농장 경비대를 만난 일, 그리고 병원에 끌려간 경위를 말해 주었다. 엘 파트론이 심장 마비를 일으켰던 일을 말하자 마리아는 몸을 떨었다. 마리아는 중얼거렸다.

"그분은 너무 늙었어. 그게 뭐 나쁘다는 건 아니지만, 그분은 너무 늙었어."

"그 피기백 심장이 오래 갈 것 같지가 않아."

마트는 말했다.

"이젠 심장 이식을 받지 말아야 해."

마리아가 말했다.

"그 심장 어디서 났는지 아니?"

"난, 난…… 난 그런 이야기를 하면 안 돼. 하지만 그래, 난 그게 어디서 났는지 알아! 그건 죄악이야!"

마리아는 혼란스러운 것 같았다. 마리아는 마트를 껴안은 팔에 더욱 힘을 주었다. 마트는 무슨 말을 해야 할지 몰랐다. 억지로 밀어냈던 두려움이 되돌아왔다. 마트는 마리아에게 그게 무슨 말이냐고 묻고 싶었지만, 무슨 대답이 나올지 두려웠다.

마트는 그 무엇보다 스스로를 안심시키기 위해 말했다.

"난 다른 클론과는 달라. 엘 파트론께서는 날 최고로 교육시켰어. 악기니, 컴퓨터니, 내가 원하는 건 뭐든지 다 사주셨지. 그리고 내가 A를 받거나, 새로운 피아노 곡을 연주하면 정말 기뻐하셨어. 그분은 내가 천재래."

마리아는 아무 말이 없었다. 마리아는 마트의 가슴에 얼굴을 묻고 있었는데, 앞섶이 축축한 것으로 보아 우는 것 같았다. 잘 한다. 대체 뭣 때문에 우는 거야?

"그분은 내가 아주 오래 살지 못할 거라면, 내 교육 같은 거에는 별로 신경 쓰지 않았을 거야."

마트는 이 점을 아주 조심스럽게 짚고 넘어갔다.

"그건 사실이야."

마리아는 축축한 목소리로 말했다.

마트는 단호하게 말했다.

"물론 그건 사실이야. 난 스티븐보다 더 나은 교육을 받았어. 언젠가는 스티븐이 영지를 운영하는 걸 도울 수 있을 거야. 물론 장막 뒤에서 말이지. 아편국은 큰 나라고, 여기를 운영하는 건 간단한 일이 아니야. 베니토는 너무 멍청하고, 그리고 탐은, 글쎄, 걸리는 게 한두 가지가 아니지. 우선, 엘 파트론은 그 애를 꼴도 보기 싫어하시거든."

마리아는 몸이 굳어졌다.

"엘 파트론은 네가 생각하는 것만큼 그 애를 싫어하지는 않아."

"탐은 알라크란의 피를 이어받지도 않았어. 그 애가 여기 있는 건, 엘 파트론께서 일단 수중에 들어온 건 놓치지 않으려고 하기 때문이야."

"거짓말이야! 탐도 상속자야. 그리고 그 애는 멍청이가 아냐!"

마리아가 흥분해서 말했다.

"그 애가 멍청하다고 한 적은 없어. 그저 사악한 거지."

"그 애는 내 결혼 상대로 충분할 만큼 착하다고 인정받았어!"

마리아가 말했다.

"뭐라고?"

마트는 자신의 귀를 의심했다. 마리아는 아직 아이였다. 앞으로 몇 년, 몇 십 년 새에는 결혼하지 않을 터였다.

마리아는 괴롭게 말했다.

"아, 싸우지 말자. 우리들 중에서 그 문제에 대해 선택권이 있는 사람은 아무도 없어. 베니토하고 파니를 봐. 파니는 베니토랑 결혼하느니 차라리 청산가리를 마시겠다고 공언했지만, 그게 무슨 소용 있었는지 보라고. 엘 파트론은 명령을 내렸고, 파니의 친정아버지는 딸한테 약을 먹여서 자신에게 무슨 일이 벌어지는지 알 수 없게 만들었어."

마트는 말이 안 나왔다. 어떻게 마리아하고 탐이 결혼하길 바라는 사람이 있을 수 있을까? 탐은 그런, 그런 썩어 빠진 고름덩어리였다! 그것은 생각할 수도 없는 일이었다! 마트는 언제나 통로에 놓아두는 손전등을 켜서 벽에 기대 놓았다. 마리아의 핏기 없는 얼굴이 그늘 속에 떠올랐다.

"스티븐하고 에밀리아는 서로 좋아하고 있어. 그리고 난 탐을 그렇게 꺼리지는 않아. 그 애는 점점 더 맥그리거를 닮아가지만, 내가 바꿀 수 있을 거야."

"넌 탐을 바꾸지 못해."

마트가 말했다.

"인내와 사랑은 무엇이든 할 수 있단다. 어쨌든 결혼은 한참 뒤의 일이야. 어쩌면 엘 파트론이 걔 마음을 바꿔 놓을지도 모르지."

그러나 마리아의 말은 희망적으로 들리지 않았다.

마트의 마음은 절망으로 무감각해졌다. 그동안은 미래에 대해 생각하지 않으려고 애썼다. 마음속으로는 마리아가 언젠가 결혼해야 한다는 걸 알고 있었다. 마리아가 결혼하면 다신 만나지 못하게 되리라. 하지만 아무리 어두웠던 순간에도 이 아이가 그런 괴물의 손에 넘어가리라고 생각해 본 적은 없었다.

마트에게 문득 어떤 생각이 떠올랐다.

"잠깐, 너한테 줄 게 있어."

"선물?"

마리아는 놀란 얼굴을 했다.

마트는 미리 숨겨 놓은 『아편국의 역사』를 꺼냈다. 그리고 247쪽을 펴고 에스페란사 멘도자의 사진을 손전등으로 비쳤다.

마리아는 숨을 멈췄다.

"어, 엄마?"

"너 엄마 얼굴을 기억하고 있구나?"

"다다가 사진을 갖고 계셔."

마리아는 책을 빼앗아 들고, 책과 그 밑의 약력을 뚫어지게 쳐다보았다. 마치 돌이 되어 버린 것 같았다.

"엄마가 노벨 평화상을 받았구나."

마리아는 한참 만에 들릴락말락하게 속삭였다.

"그뿐만이 아냐."

마트가 말했다.

"하지만 엄마는 도, 돌아오지 않았어."

마리아의 얼굴이 너무도 외로워 보여서, 마트는 가슴이 무너져 내렸다.

"아가야, 너희 엄마는 어쩔 수가 없었어."

마트는 무의식적으로 셀리아한테 자주 듣는 말을 입에 올렸다.

"너희 엄마는 아편국뿐만 아니라 너희 아버지가 대표하는 모든 것을 철두철미하게 반대하고 계셔. 너희 아버지가 엄마를 집에 들여 주었을 것 같니? 아니 엘 파트론은?"

마트는 엘 파트론이 에스페란사의 살해를 지령할 수도 있었다는 사실을 조용히 깨달았다. 엘 파트론이 적수를 제거한 일이 그게 처음은 아니었을 것이다.

"엄마는 나한테 편지 한 통 쓴 적 없어."

마리아가 중얼거렸다.

"모르겠어? 너희 아버지는 네 엄마가 보낸 거라면 뭐든지 다 없애 버렸을 거야. 하지만 넌 지금 엄마한테 연락할 수 있어. 네가 있는 수녀원, 그게 어디 있지?"

"아즈틀란의 콜로라도 강 입구. 산 루이스라는 마을에 있어."

"난 너희 엄마가 쓴 책을 읽었어."

마트는 마리아의 차가운 손에서 『아편국의 역사』를 받아 들고 바닥에 내려놓았다. 그리고 찬 손을 데워 주려고 마리아의 두 손을 잡았다.

"너희 엄마가 그러는데, 아즈틀란 사람들은 아편국을 좋아하지 않아서 여기를 없애기 위해서라면 뭐든지 다 할 거래. 수녀원에는 너희 엄마한테 편지를 보내 줄 사람이 있을 거야. 너희 엄마는 꼭 널 찾고 싶어 할 거야. 너희 엄마는 네가 탐하고 결혼하는 걸 막아 줄 거야."

그리고 너희 엄마는 널 어딘가로 데려가겠지. 그럼 나는 네 얼굴을 다시는 보지 못할 거고. 이런 생각에 마트는 목이 메었다. 하지만 그건 중요하지 않았다. 결국은 헤어져야 할 테니까. 지금 중요한 건 이 아이를 구하는 일이었다.

마리아가 불쑥 말했다.

"나 가 봐야 해. 언니가 날 찾을 거야."

"널 언제 다시 볼 수 있을까?"

"내일이 결혼식이라 난 일 초도 시간을 낼 수 없을 거야. 난 신부 들러리거든. 네가 올 수는 없니?"

마트는 쓰게 웃었다.

"혹시 내가 이짓 화동으로 분장한다면 모르지."

"나도 알아. 정말 끔찍한 일이지. 난 언니한테 진짜 아이들을 쓰면 안 되겠느냐고 했지만, 언니는 진짜 애들은 믿을 수가 없어서 일을 못 맡기겠다고 했어."

"내가 초대받지 못할 거라는 건 너도 알잖아."

마트가 말했다.

"모든 게 정말 불공평해. 할 수만 있다면, 난 결혼식은 빼먹고 네 곁에 있고 싶어."

마리아는 한숨을 쉬었다.

마트는 이 말을 듣고 가슴이 뭉클했지만, 그럴 가능성은 없다는 걸 알고 있었다. 마트는 말했다.

"여기서 널 기다리고 있을게. 이 책 가질래?"

"아니. 다다가 이 책을 보면 어떻게 나올지 상상이 안 돼."

마리아는 마트의 뺨에 살며시 키스했고, 마트도 똑같이 키스해 주었다. 마리아가 간 뒤에도 마트의 입술에는 그 뺨의 감촉이 오래도록 남아 있었다.

그것은 맨 앞좌석은 아니었지만, 마트가 구할 수 있는 최고의 자리였다. 마트는 휴대용 망원경을 들고 창구멍 앞에 자리 잡았다.

기계실이 비어 있기를 바랐지만, 그곳은 꽉 차 있었다. 스크린마다 고릴라 같은 경호원들이 적어도 둘씩은 달라붙어 지켜보고 있었다. 그들은 이곳저곳을 쉼 없이 비춰 보고, 기둥이나 커튼 뒤와 같은 지루한 공간을 들여다보며 많은 시간을 보냈다. 마트는 자신이 그런 곳에 숨어 있는 모습을 이들이 보았을지 궁금해졌다.

하지만 예식 시간이 가까워지자, 사람들의 관심은 살롱에 집중되었다. 제단이 만들어져 있었고, 사제가 한쪽에서 오락가락하고 있었다. 이짓 합창단은 기계 장치로 움직이는 인형들처럼 나란히 서 있었고, 누군가가 마트의 피아노 앞에 앉아 있었다. 마트는 망원경의 대안렌즈를 조절했다. 창구멍을 통해 망원경을 보는 게 익숙지 않아서, 목이 뻣뻣하게 아파왔다.

오르테가 씨가 보였다. 마트는 먼지투성이의 작은 남자에게 연민을 느꼈다. 마트는 이미 오래전에 오르테가 씨의 수준을 넘어섰지만, 그것을 모두에게 비밀로 하고 있었다. 엘 파트론이 사실을 알게 되면 음악 교사도 로사와 똑같은 일을 당하게 될까 봐 두려웠던 것이다.

또 다른 화면에는 맨 앞줄에 앉아 있는 엘 파트론의 모습이 비춰지고 있었다. 그 옆을 어색한 정장 차림의 탬 린과 대프트 도널드가 지키고 있었다.

에밀리아는 분장실에서 대기 중이었다. 신부는 하얀 드레스 차림이었고, 진주로 수놓은 긴 옷자락을 이짓 소녀들이 들고 있었다. 셀리아는 그 드레스가 300년 전 스페인 왕비가 입었던 옷이라고 했다. 이짓들의 얼굴은 집 안 곳곳의 기둥 위에 놓인 날개 달린 아기들을 연상시켰다. 이짓 아이들의 눈은 대리석으로 빚은 것처럼 생명력이 없었다.

마리아는 온 방을 통통 뛰어다니며 기세 좋게 떠들어 대고 있었다. 마리아가 하는 말은 들리지 않았지만, 흥분에 들떠 있는 것만은 틀림없었다. 마트는 그게 바로 마리아와 그 밖에 모든 사람들 간의 차이라고 생각했다. 그 애는 생명력이 넘쳐흘렀다. 무엇을 보든 기뻐하거나, 깊이 좌절하거나 혹은 매혹되거나 했다. 중간 지대란 건 없었다. 마리아 옆에서는 에밀리아도 빛이 바랬고, 구석에서 브랜디를 병째로 들이켜고 있는 파니는 확실히 우중충해 보였다.

경호원들이 볼륨을 높였다. 결혼 행진곡이 들려오면서, 멘도자 상원의원과 신부가 팔짱을 낀 채 나타났다. 이짓들은 긴 드레스 자락을 붙들고 있었고, 마리아와 파니는 신부 뒤에 서 있었다. 이들은 위엄에 넘치는 인상적인 걸음으로 행진했다. 속삭이는 소리가 사람들 사이로 퍼져 나갔고, 사제는 모두에게 일어서라는 신호를 보냈다.

스티븐은 제단 앞에서 기다리고 있었고 베니토와 탐이 그 옆에 서 있었다.

탐.

순간적으로 마트의 눈앞에는 탐의 거짓말하는 얼굴뿐이었다. 탐은 겉과 속이 다른 아이였다. 그 천사 같은 외모 뒤에는 힘없는 아이에게 콩알 총을 쏘아 대고, 엘 비에호가 앉으려던 의자를 잡아 빼고, 잔디밭에 개구리를 못 박아 놓아서 따오기에게 잡아먹히도록 하는 소년이 숨어 있었다. 탐의 옆에 연약한 것들을 놓아두고 싶어 하는 사람은 없었다.

어느 경호원이 순간적으로 마트의 시야를 가로막았다. 마트는 속으로 욕을 했다.

그 다음에 본 것은 에밀리아가 아버지와 팔짱을 끼고 제단을 향해 다가가는 모습이었다. 마리아는 파니가 흔들거리지 않도록 팔을 꼭 붙잡고 있었다. 베니토의 아내 파니는 거의 펠리시아만큼 취해 있었다. 펠리시아는 알라크란 씨가 잡아 준 덕에 간신히 서 있었다. *무슨 이런 집안이 다 있담?* 마트는 생각했다. 여자들은 알코올 중독이고, 베니토는 붕어만큼 멍청하고, 탐은 양심의 블랙홀이었다. 하지만 스티븐은 괜찮았다. 제아무리 알라크란 가문이라 해도 100퍼센트 안타를 칠 수는 없는 노릇이다.

아버지는 딸의 손을 신랑에게 건네주었다. 스티븐은 신부의 손가락에 반지를 끼워 주고 면사포를 걷어 올리고 키스했다. 둘은 즐거울 때나 괴로울 때나, 건강할 때나 병들 때나, 죽음이 두 사람을 갈라놓을 때까지 부부로 살게 되었다.

하지만 마트는 죽더라도 둘이 헤어질 일은 없을지도 모른다고 생각했다. 둘은 알라크란 집안을 위해 예비된 특별한 날개에 실려, 함께 천국으로 올라갈지도 모른다. 알라크란 집안 사람들은 모로 게와 캐러멜 푸딩을 먹게 될 것이고 펠리시아는 위스키를 한 통 가득 차지하게 될 것이다.

"이런 우라질! 저놈의 늙은 흡혈귀가!"

경호원 하나가 욕설을 내뱉었다.

마트는 창구멍에 눈을 바짝 갖다 댔다. 그리고 화들짝 놀라 망원경을 떨어뜨렸다.

멀찍이, 하지만 소름끼치도록 선명하게, 엘 파트론이 갑자기 휠체어에서 일어서는 게 보였다. 노인은 심장을 움켜쥔 채 고꾸라졌다. 탬 린이 재빨리 노인을 붙잡았다. 알라크란 씨가 도와 달라고 소리쳤다. 윌럼을 비롯해서 얼마 전부터 집에 머무르고 있는 몇몇 의사들이 군중 속을 헤치고 나왔다. 의사들이 엘 파트론의 주변에 둘러앉자, 노인의 모습은 시야에서 완전히 사라졌다. 마트는 이들의 모습을 보고 영양 위로 몰려든 독수리 떼를 연상했다.

경호원들이 기계실에서 썰물처럼 빠져나가더니, 잠시 후 그들의 모습이 스크린 위에 나타났다. 경호원들은 살롱으로 뛰어 들어가 결혼식 하객들을 밖으로 내몰았다.

의사들이 둘러싸고 있는 가운데 갑자기 탬 린이 엘 파트론을 안고 일어섰다. 마트는 노인이 얼마나 작고 쪼그라들었는지를 보고 충격에 빠졌다. 탬 린이 의사들을 뒤에 달고 달려 나갈 때, 노인은 마치 경호원의 가슴팍에 매달린 마른 나뭇잎처럼 보였다.

살롱은 텅 비었다. 신랑 신부만이 사람들에게 잊혀진 채 제단 앞에 서 있을 뿐이었다.

22

배신

"어떡하지? 어떻게 해?"

마트는 어두운 복도에서 제 몸을 껴안고 몸을 앞뒤로 흔들며 속삭였다. 소년은 엘 파트론을 사랑했다. 그래서 병원에 가서 곁에 있어 주고 싶었고, 옆에서 간호하며 어서 건강을 되찾으라고 응원해 주고 싶었다. 하지만 그와 함께 마리아가 엘 파트론이 이식받은 장기가 어디서 났는지 안다고 했던 얘기가 생각났다. *그런데 그건 죄악이야!*

셀리아는 자신을 찾아 헤매고 있을 터였다. 또 다른 기억이 저절로 떠올랐다. 셀리아는 한참 전의 생일 파티 때 자신이 입고 나갈 정장을 붙잡고 씨름하고 있었다. *뭔가 안 좋은 일이 있으면, 곧장 나한테 오너라. 주방 뒤쪽의 식기실로 말이다.*

안 좋은 일이라니, 그게 무슨 말이야? 자신은 그렇게 물었었다.

그건 말할 수 없다. 내 말을 잊지 않겠다고 약속하기만 하면 돼.

그리고 그 이전에, 자신이 로사의 손아귀에서 빠져나온 직후에 탬 린이 들려준 얘기가 떠올랐다. *이거 하나는 말해주마. 엘 파트론한테는 좋은 면과 나쁜 면이 같이 있단다. 마음먹기에 따라서 우리 전하께선 진짜 음흉한 사람이 될 수 있지. 젊었을 때 그 양반은 선택을 했다. 이쪽으로 가지를 뻗어야 할지 아니면 저쪽으로 가지를 뻗어야 할지 판단하는 나무처럼 말이다. 그런데 그 양반은 점점 무성해져서 숲 전체를 자기 그림자로 뒤덮을 정도가 되었지만, 그 가지들은 대부분 뒤틀려 있단다.*

수많은 실마리! 수많은 단서들! 자갈 하나가 눈사태를 불러오는 것처럼, 마트의 두려움은 점점 더 많은 기억들을 불러냈다. 탬 린은 왜 나한테 비상식량과 지도를 넣은 상자를 주었을까? 병원에서 맥그리거의 클론을 봤을 때 마리아는 왜 나를 피해 달아났을까? 왜냐하면 그 애는 알고 있었으니까! 모두들 알고 있었다! 자신의 교육과 성취는 속임수였다. 자신이 얼마나 총명한지는 중요한 게 아니었다. 결국 중요한 것은 자신의 심장이 얼마나 튼튼한지였다.

그런데 마트는 아직, 확실히 단정하지 못했다.

만약에 내가 틀렸다면? 엘 파트론이 정말로 날 사랑한 거라면? 마트는 노인이 병원 침상에 누워 젊은 날의 한때를 돌이키게 해 줄 한 사람을 기다리고 있는 모습을 상상했다. 그것은 너무도 잔인한 일이었다! 마트는 통로에 그대로 쓰러졌다. 수십 년간 어두운 비밀 공간에 켜켜이 쌓인 고운 먼지 층 위에 뻗어 버렸다. 이집트의 파라오나 칼데아의 왕처럼 오래된 무덤의 거주자가 된 기분이었다. 엘 파트론은 그런 얘기를 무척이나 즐겼다.

노인은 늙은 왕들이 사후에 쓸 수 있도록 피라미드에 채워 넣은 재물에 대해 열띤 어조로 설명해 주었다. 그는 고대 칼데아의 무덤을 훨씬 더 좋아했다. 그곳에는 옷과 음식뿐 아니라, 음침한 죽은 자들의 세계에서 수송을 담당할 말들까지 도살해서 넣어두었다. 고고학자들은 어느 무덤에서 병사와 하인들, 심지어 무희들까지 잠자듯이 누워 있는 걸 발견한 적도 있었다. 한 무희는 얼마나 서둘렀는지, 머리를 묶으려고 했던 푸른 리본이 아직 주머니 속에 들어 있었다.

엘 파트론은 이생에서 지배했던 왕이 조신들을 몽땅 데려가 내생에서도 봉사를 받는다는 게 얼마나 근사한 일이냐고 말했다. 그러는 편이 엘도라도처럼 자신의 저택 발코니에서 금가루로 몸을 칠하는 것보다 훨씬 낫다고 했다.

마트는 먼지 때문에 숨이 막혀서 똑바로 일어나 앉았다. 아무 소리도 내고 싶지 않았다. 어떻게 할 건지 결정을 내리기 전까지는 누구한테도 발각되고 싶지 않았다. 마트는 벽에 몸을 기댔다. 자신의 내면의 어둠은 통로의 어둠과 엇비슷했다. 어떻게 해야 할까? 난 무얼 할 수 있을까?

통로를 뛰어오는 발소리에 마트는 깜짝 놀라 일어섰다. 자그마한 사람이 손전등의 불빛을 까딱거리며 다가왔다.

"마리아."

마트는 나직이 속삭였다.

"오, 하느님 감사합니다! 난 네가 어딘가 딴 데로 숨으러 갔을까 봐 무서웠어."

마리아도 소곤거렸다.

"숨으러?"

마트가 말했다.

"사람들이 사방에서 널 찾고 있어. 셀리아의 숙소를 발칵 뒤집어 놨고, 집 안의 방이란 방은 다 찾아다니고 있어. 또 지금 경호원들이 마구간하고 밭을 이 잡듯이 뒤지고 있단 말이야."

마트는 마리아의 양어깨를 붙잡고 얼굴을 자세히 들여다보았다. 희미한 불빛 속에서 눈물 젖은 얼굴이 보였다.

"왜 날 찾는 거야?"

"넌 알고 있잖아. 탬 린은 네가 총명한 아이라서 모를 리가 없다고 했어."

마트는 돌처럼 굳어졌다. 탬 린은 자신에게 분에 넘치는 신뢰를 쏟아 준 것이 틀림없었다. 불과 몇 분 전까지만 해도 자신은 진실을 제대로 이해하지 못하고 있었다.

"사람들은 내가 방에서 히스테리 발작을 일으키고 있는 줄 알아. 언니가 그러는데 난 툭하면 흥분한대. 그리고 너는 복슬이 사건의 최신판에 불과하대. 하지만 그건 틀렸어! 넌 개가 아냐. 넌 개하고는 비할 수도 없을 만큼 소중한 존재야."

다른 때라면 마리아의 그런 말에 오싹한 감동을 느꼈겠지만, 행복해하기에는 지금의 상황이 너무 긴박했다.

"탬 린이 그러는데 넌 지금은 가만히 숨어 있어야 한대. 탬 린은 네가 안전마를 타고 미국이 있는 북쪽으로 떠났다는 소문을 퍼뜨릴 거야. 그렇게 하면 농장 경비대가 바빠질 거래."

마트는 이런 사태의 진전 앞에서 멍해졌다. 도대체 아무 생각도 나지 않았다.

"엘 파트론은 어때?"

마트는 물었다.

"그건 왜 신경 써? 넌 엘 파트론이 죽기를 기도해야 해."

마리아가 버럭 화를 내며 말했다.

"난 그렇게 못 해."

마트는 중얼거렸다. 그리고 그건 사실이었다. 엘 파트론이 아무리 이중적으로 행동했어도 자신은 노인을 사랑했다. 이 세상에서 그보다 더 가까운 사람은 없었다. 자신을 그보다 더 잘 이해해 주는 사람은 없었다.

"넌 탬 린하고 꼭 같아. 탬 린은 엘 파트론이 태풍이나 화

산 같은 자연력하고 비슷하다고 했어. 설령 자기가 죽게 되더라도 경외심을 느끼지 않을 수가 없대. 난 그런 게 몽땅 헛소리라고 생각해!"

마리아가 말했다.

"난 어떻게 해야 하지?"

마트는 몸에서 의지력이 쭉 빠져나가는 기분이었다.

"여기 있어. 난 가서 다들 알고 있는 대로 히스테리 발작을 일으킬 테니까. 어두워지면 그때 다시 올게."

"우리가 어디로 갈 수 있지?"

마트는 말했다. 생각나는 건 오로지 오아시스뿐이었지만, 안전마를 타지 않는다면 길이 너무 멀었다.

"우리는 다다의 호버크라프트를 타야 해."

마리아가 말했다.

마트는 눈이 휘둥그레졌다.

"너 조종하는 법 알아?"

"아니, 하지만 결혼식이 끝난 뒤에 조종사가 나를 도로 수녀원으로 데려다 주게 돼 있어. 난 조종사한테 둘이 갈 거라고 말해 놨어."

"나에 대해서는 어떻게 설명할 건데?"

"넌 내가 새로 얻은 애완용 이짓이야! 언니한테는 열 명도 넘게 있잖아. 난 조종사한테 샘이 나서 나도 하나 달라고 했다고 할 거야. 이짓들에 대해서는 아무도 안 물어봐. 이짓은 가구에 불과하니까."

마리아는 어두운 통로로 킥킥거리는 웃음소리가 새나가지 않도록 입을 막았다.

마트는 기다리는 동안 내내 자다시피 했다. 요즘 들어 몸이 안 좋았던 데다가 그 모든 사건들 때문에 녹초가 되었던 것이다. 입이 바싹바싹 마르고 갈증이 나서 잠을 깬 뒤에야 여기에 물이 없다는 걸 깨달았다.

통로는 건조한 데다 먼지투성이였다. 마트는 타는 듯한 목을 축이려고, 침을 꿀꺽 삼켰다. 요즘은 목이 마르든 안 마르든 항상 목이 아팠다.

기계실에는 경호원들이 득실거리고 있었다. 스크린마다 사람들이 달라붙어 있었다. 마트는 집 안에서 안전한 곳은 단 한 군데도 없다는 걸 깨달았다. 물을 가지러 밖으로 나갈 수는 없었다. 슬슬 마리아가 걱정되기 시작했다. 아까는 어떻게 저들의 눈을 피해 왔는지, 그리고 이제 어떻게 다시 들어올 건지? 마트는 벽에 기댄 채 아득한 절망에 빠졌다.

시간은 천천히 지나갔다. 마트는 셀리아가 항상 냉장고에 넣어 두던 레모네이드를 생각하고, 목구멍을 타고 흘러내리는 레몬즙을 상상했다. 공기가 점점 서늘해진 다음에는 레모네이드 대신 뜨거운 초콜릿을 생각했다. 셀리아는 뜨거운 초콜릿에 계피 가루를 뿌려 주었다. 소년에게 남아 있는 최초의 기억 중 하나는 자신의 입가에 컵을 갖다 댄 셀리아의 손과 코앞에서 소용돌이치는 근사한 톡 쏘는 향이었다.

마트는 고통스럽게 침을 삼켰다. 목이 마를 때 마실 것에 대해 생각하는 건 아무 도움이 되지 않았다. 오래전에 양귀비 밭에서 죽은 이짓을 본 적이 있었다. 탬 린은 그 남자가 갈증으로 죽었다고 했다. 마트는 그가 얼마나 오래 갈증에 시달리다 죽었는지 궁금했다.

발소리가 났다. 마트는 용수철이 튕기듯 일어섰다. 곧 어지러움이 몰려왔다. 생각보다 탈수가 심한 게 틀림없었다.

"미안. 물을 깜빡했어."

마리아가 물병을 내밀자, 마트는 낚아채듯 받아 들어 벌컥벌컥 들이켰다.

"엘 파트론은 어때?"

마트는 물 한 병을 다 마시고나서 물었다.

"좋아졌어, 불행히도."

"넌 그분이 회복하길 원하지 않는 것처럼 말하는구나."

"물론 난 그런 거 원치 않아!"

"목소리 낮춰. 그분이 살아나면, 난 밖으로 나갈 수 있어."

마트가 말했다.

"아니, 넌 못 나가. 엘 파트론이 살아나려면 심장이 필요한데, 그걸 얻어 낼 곳은 오직 한 군데뿐이야."

마트는 휘청거리지 않도록 손을 내밀었다. 자신의 운명에 대해 머리로 아는 것과 마리아의 입을 통해 분명하게 듣는 것은 전혀 달랐다. 마트는 말했다.

"그분은 날 사랑하고 있어."

마리아는 못 참겠다는 듯 코웃음을 쳤다.

"엘 파트론은 네가 자기한테 해 줄 수 있는 것을 사랑하는 거야. 이젠 시간이 별로 없어. 여기 이짓 제복 가져왔어. 탬린이 얻어다 준 거야. 잘 기억해 둬. 누굴 만났을 때 넌 한 마디도 하면 안 돼."

마트는 재빨리 옷을 갈아입었다. 제복에서는 땀내와 화학 물질 냄새가 풍겨 나와 고약한 기억을 일깨웠다. 그 쓰레기 하치장이 떠올랐다. 이 옷의 주인은 이젓 우리 근처에 악취가 진동하는 바람 잔 밤이면, 밭에서 누워 자곤 했을 것이다.

"여기 모자."

마리아가 말했다.

마리아는 앞장서서 걸었다. 둘은 엘 비에호의 옛 숙소를 지났다. 마트는 지금 엘 비에호의 숙소에 누가 살고 있을지, 아니면 봉인되어 있을지 궁금했다. 저택에 방들은 무척 많았지만, 비어 있는 곳은 없을 터였다.

둘이 도착한 곳은 마트가 아직 창구멍을 찾아내지 못한 구역이었다. 마리아는 벽에 손전등을 비췄다.

"여기는 아무것도 없어."

마트가 말했다.

"기다려 봐."

마리아는 손전등에 붉은 비닐을 씌웠다. 사방의 벽이 말라붙은 핏빛으로 돌변했다. 그곳은 더욱 어둡고 음산한 장소가 되었다. 공기는 갑자기, 아주 오랫동안 밀봉된 무덤 속처럼 퀴퀴해진 것 같았다.

"저기!"

마리아가 소리쳤다.

조금 전 마트가 아무것도 없다고 장담했던 그 벽 한복판에 붉게 빛나는 그림이 나타났다. 마트는 허리를 구부리고 얼굴을 바짝 갖다 댔다. 그림은 사라졌다.

"네가 불빛을 가리잖아."

마리아가 말했다. 마트가 뒤로 물러서자 그림이 다시 나타났다.

마트는 그걸 보고 셀리아가 자기 방 천정에 붙여 놓은 작은 별들을 떠올렸다. 하지만 이것은 색깔이 달랐고, 또한 별이 아니었다.

"전갈이다!"

마트가 소리쳤다.

"알라크란 집안의 상징이지. 탬 린이 말해 줬어. 이건 붉은빛 속에서만 보인다고."

마리아가 말했다.

"이게 무슨 뜻이지?"

"이게 출구가 아닌가 싶어. 또 그러길 바라고."

마트는 전갈을 만져 보려고 손을 내밀었는데, 마리아가 팔을 붙들었다.

"잠깐! 먼저 설명할 게 있어. 그동안 나는 엘 파트론의 침실을 통해 이 통로를 드나들었어. 탬 린이 그러는데 그 방에는 카메라가 없대. 하지만 방 주위는 촘촘하게 감시할 수 있지. 그러니까 넌 거기로 도망칠 수는 없어."

마트는 붉은 전갈에 매혹됐다. 그것은 자체의 생명력으로 은은히 빛나는 것 같았다.

"이건 또 다른 출구야. 난 엘 파트론이 사람들을 염탐할 목적으로 이 통로를 만든 줄 알았어. 물론, 그 양반은 사람들을 염탐했지. 탬 린이 그러는데 엘 파트론은 그게 자신만의 텔레비전 드라마라고 했대. 하지만 엘 파트론이 이 터널을 만든 진짜 목적은 비상시 탈출을 위한 거였어. 그 양반한테는 적이 많잖아."

마리아가 말했다.

"나도 알아."

마트가 말했다.

"문제는, 네가 위험을 무릅쓰고 한번 해볼 생각이 있는지 모르겠다는 건데……."

"뭘 말이야?"

마트는 성급하게 물었다.

"이 문은 오직 엘 파트론만이 열 수 있어. 적들이 몰래 잠입하는 걸 막기 위해서 이렇게 만든 거야. 엘 파트론이 붉은 전갈을 손으로 누르면 벽이 움직여. 그러면 그 양반은 남들 눈에 띄지 않고 집 안을 드나들 수 있지. 탈출로는 헬리콥터 착륙장으로 이어진대. 하지만 만약에 엉뚱한 사람이 전갈을 누르면, 손에 치명적인 전기 충격을 받게 되고 통로 전체에는 독가스가 가득 차게 된대. 적어도 탬 린의 말은 그랬어. 물론 탬 린이 여기 손대 본 적은 없지만 말이야."

마트는 마리아를 응시했다.

"네가 날 구하려고 세운 계획이 이거니?"

"글쎄, 잘 될 수도 있어. 탬 린이 그러는데 전갈은 엘 파트론의 지문과 DNA를 인식한대. 그런데 넌 그의 클론이잖아."

소녀는 말했다.

마트는 불현듯 현기증을 느꼈다. 마리아의 말이 옳았다. 자신은 엘 파트론의 클론이었다. 지문이 같고, DNA도 일치할 것이다. 마트는 마리아에게 말했다.

"만약 네가 잘못 알고 있는 거라면, 우리는 둘 다 죽어."

"우리는 같이 죽을 거야, 아가야."

마트는 아가야라는 말에 가슴이 덜컥 내려앉았다.

"너까지 죽게 할 수는 없어. 난 혼자 갈 거야. 난 아무도 모르는 은신처를 알고 있어."

"오아시스 말이니? 넌 거기 가기도 전에 농장 경비대에 붙잡힐걸."

마리아가 말했다.

거기에 대해서도 알고 있다는 거군. 마트는 생각했다. 탬린이 마리아에게 모든 얘기를 다 한 게 틀림없었다.

"한번 해볼 수는 있어."

"그럼 나도 해볼래."

마리아의 두 눈에 마트가 잘 알고 있는 예의 고집스런 표정이 떠올랐다.

"네 손으로 전갈을 누르고 같이 도망가던지, 아니면 계속 여기 있다가 같이 굶어 죽던지 둘 중 하나야. 난 너만 두고 가지는 않을 거야! 앞으로 언제까지나!"

"사랑해."

마트가 말했다.

"나도 사랑해. 난 이게 죄라는 걸 알아. 나중에 지옥에 가겠지."

마리아가 말했다.

"만약 나한테 영혼이 있다면, 나도 같이 갈게."

마트는 약속했다. 그리고 마음이 바뀌기 전에 은은히 빛나는 전갈을 손으로 눌렀다. 수백 마리의 작은 개미들이 팔을 기어오르는 듯한, 야릇한 감각이 전해져 왔다. 손등의 털이 곤두섰다.

"도망가! 이게 말을 안 들어!"

마트는 고함을 질렀다. 마리아는 도망치는 대신, 마트의 팔을 붙잡았다.

눈앞에서 문이 열리며, 어둡고 긴 터널이 드러났다.

"낭비할 시간이 조금만 있었어도, 그냥 기절해 버리는 건데."

마리아는 한숨을 내쉬고, 드러난 구멍 속으로 손전등을 비췄다.

터널에는 통로보다 퀴퀴한 냄새가 훨씬 강했는데, 아주 오랫동안 사용한 적이 없는 게 분명했다. 바닥은 다져진 흙바닥이었는데, 굴을 파는 동물이 들어와 있었는지 여기저기 외로운 흙무더기가 조그맣게 쌓여 있었다. 하지만 지금 터널 안에는 쥐든 거미 새끼든, 하다못해 독버섯 같은 것조차 살아 있는 것이라고는 없었다. 그걸 보자 마트는 소름이 끼쳤다.

발소리는 지워졌다. 숨소리 또한 생명 없는 싸늘한 공기 속에서 죽어 버린 것 같았다. 마트는 문득 터널 안에 산소가 그리 많지 않으리라는 생각이 들어, 서둘러 마리아를 따라갔다.

한참 뒤 또 하나의 벽이 앞을 가로막았다. 마리아는 손전등에 다시 붉은 비닐을 씌워서 은은히 반짝이는 또 한 마리의 전갈을 드러냈다. 마트는 이번에는 망설이지 않았다. 벽에 손을 대자 개미가 기어가는 듯한 똑같은 감각이 느껴졌다. 문이 스르륵 열렸다.

그것은 출구였고, 무성한 관목 속에 감춰져 있었다. 마트는 마리아를 위해 가지를 조심스레 옆으로 밀어 주며 나아갔는데, 가다 보니 어느새 헬리콥터 착륙장 가장자리였다.

"저게 우리 비행기야."

마리아는 소곤거리며 이륙등을 켠 작은 호버크라프트를 가리켰다. 마리아가 앞장서고, 마트는 뒤따르며 얼굴을 가리기 위해 챙이 넓은 솜브레로*를 푹 눌러썼다. 둘은 걸음을 늦췄다. 마트는 자신들 둘이 세상에서 가장 한가로워 보이기를 바랐다. 만약 경호원들이 이 구역을 지켜보고 있다면, 그들은 이짓을 대동한 귀한 손님만을 보게 될 터였다. 이짓은 개만큼도 사람들의 이목을 끌지 못했다.

마트는 긴장으로 땀을 뻘뻘 흘렸다. 무뇌아처럼 행동하는 건 상상보다 더 어려웠다. 주위를 둘러보고 싶었지만, 이짓들은 그런 행동을 하지 않기 때문에 참았다. 그러다가 돌부리에 발이 걸려서 넘어질 뻔했지만 중심을 잡았다. *실수했어.* 마트는 생각했다. 진짜 이짓이라면 배를 깔고 납작하게 뻗을 것이다. 이짓들은 아프면 소리 지를까? 그건 알 수 없었다.

"여기 있어."

마리아가 말했다. 마트는 걸음을 멈췄다. 마리아는 호버크라프트에 올라타고 마트에게 들어오라고 명령했다. 마리아가 조종사에게 뭐라고 말하는 소리가 들렸다.

"앉아."

마리아는 의자를 가리키며 말했다. 그리고 안전띠를 매

---

*멕시코나 미국 남서부에서 쓰는 테가 넓고 높은 모자—옮긴이

주고, 조종사를 상대로 쉼 없이 수다를 떨었다. 기숙학교 애기며, 다시 돌아가게 돼서 너무 좋다는 얘기 등.

"멘도자 양, 말씀 중에 대단히 실례합니다만, 하지만 저 이짓은 허락을 받으신 겁니까? 아즈틀란에서는 별로 환영받지 못할 텐데요."

조종사는 깍듯이 예의를 갖추며 말했다.

"수녀원장님한테 줄 거야."

마리아는 쾌활하게 말했다.

"그랬으면 좋겠군요. 그렇지 않으면, 안락사시켜야 할 테니까요. 멘도자 양처럼 예민한 아가씨는 그런 걸 좋아하지 않을 겁니다."

사내가 말했다.

마리아는 창백해졌다. 마트는 마리아가 그런 규정이 있다는 걸 몰랐음을 깨달았다.

"우리는 에밀리아 양이 타자마자 이륙할 겁니다."

"에밀리아?"

마리아의 목소리는 비명에 가까웠다.

침착, 침착하자. 마트는 필사적으로 생각했다.

"내가 작별 인사도 없이 널 보낼 거라고 생각하지는 않았겠지."

에밀리아가 조종실에서 나오며 말했다. 옆에는 스티븐과 두 경호원이 있었다. 마트는 경호원들이 문 앞에 자리 잡는 동안, 고개를 숙인 채 꼼짝 않고 앉아 있었다. 아무 생각도 나지 않았다.

"언니구나, 정말 반가워."

마리아가 힘없는 목소리로 말했다.

"수녀원 원장님한테 진짜 이짓이 필요할 거라는 생각은 안 드는데."

에밀리아가 말했다.

"내 일에 참견 마."

"네가 또 말도 안 되는 계획을 짜는데 내가 왜 그걸 도와 줘야 하니? 솔직히 말해서, 너는 수녀원의 웃음거리야. 네가 지난번에 나환자를 돌봐 주고 싶다고 했을 때처럼 말이야. 수녀들도 그건 바보짓이라고 비웃었어. 아즈틀란에는 나환자라곤 없으니까. 네 말대로 하려면 나환자를 수입해 와야 할걸. 그런데 너는 지금 클론을 구하려고……."

"이짓이야."

마리아가 재빨리 끼어들었다.

"클론이야."

스티븐이 나서서 마트의 모자를 잡아챘다. 그러더니 뭔가 불결한 것을 만진 것처럼 모자를 바닥에 떨어뜨렸다.

마트는 고개를 들었다. 이제는 아닌 척해 봤자 소용없었다. 마트는 말했다.

"내가 마리아한테 시켰어."

"넌 그동안 저 애를 괴롭혀 왔어. 저 애가 너한테 음식을 갖다줬던 그 첫날부터, 넌 저 애를 이용해 먹은 거야."

에밀리아가 말했다.

"아냐!"

마리아가 소리 질렀다.

"넌 너무 마음이 약해. 넌 항상 약한 동물이나 노숙자들을 보면 끈적한 감상에 빠졌어. 조심하지 않으면 엄마처럼 될 거야."

에밀리아가 말했다.

마리아는 숨을 헐떡였다.

"엄마, 언니한테 말 안 한 게 있어. 시간이 없었으니까. 엄마는 살아 계셔!"

"그래서? 난 진작부터 알고 있었어."

에밀리아가 말했다.

마리아는 방금 독거미라도 본 것처럼 자매를 응시했다.

"알고…… 있었다고?"

"당연하지. 내가 너보다 나이가 많다는 걸 잊었니? 난 엄마가 떠나는 걸 봤어. 그러자 다다는 이제 우리한테 엄마는 죽은 거라고 소리 질렀어. 널 이해시키자면 그렇게 하는 게 제일 간단했을 테니까."

"난 엄마가 사막에서 길을 잃은 줄 알았어. 언니는 그렇지 않다는 말을 안 했잖아."

에밀리아는 어깨를 들썩했다.

"그게 무슨 차이라고? 엄마는 우리를 내팽개쳤어. 엄마는 패배자들을 돌보는 게 더 중요하다고 생각했지."

"중요한 건 이 클론을 병원에 데려가는 거야. 거기서 쓸모가 있을 테니까."

스티븐이 말했다.

"스티븐."

마트가 속삭이듯 말했다. 그동안 스티븐과 에밀리아는 자신의 친구도 아니지만, 적도 아니라고 생각해 왔다. 그리고 스티븐에게는 감탄을 금치 못했다. 스티븐은 여러 측면에서 자신과 비슷했다.

"데려가."

스티븐은 경호원들에게 신호를 보냈다.

"잠깐! 이럴 수는 없어! 마트는 짐승이 아니야!"

마리아가 악을 썼다.

스티븐은 싸늘한 미소를 띠고 말했다.

"얘는 가축이야. 법에 명시돼 있지. 모든 클론은 암소의 뱃속에서 자라기 때문에 가축으로 분류된다. 암소가 인간을 낳을 수는 없다."

"난 보고만 있지 않겠어! 보고만 있지 않을 거야!"

마리아가 경호원들에게 달려들자 두 사람은 유순히 고개를 숙여 소녀의 주먹을 피했다. 조종사가 뒤에서 마리아를 붙잡고 잡아당겼다.

"윌럼을 불러야겠어. 저 애를 수녀원으로 돌려보내려면 그전에 진정제가 필요할 것 같으니까."

스티븐은 말하며 조종실로 향했다.

"언니! 날 도와줘! 저 애를 도와줘!"

마리아가 비명을 질렀지만, 아무도 쳐다보지도 않았다.

마트는 경호원들에게 둘러싸여 걸어갔다. 싸워 봤자 이길 가망도 없었고, 마리아에게 발버둥치며 도살장으로 끌려가는 겁먹은 가축의 인상을 남겨 주고 싶은 생각은 추호도 없었다. 마트는 뒤를 돌아보았지만, 마리아는 조종사에게 벌컥 성을 내며 싸우느라 여길 쳐다볼 틈이 없었다.

경호원들은 마트의 팔을 잡았지만, 굳이 끌고 가려 하지는 않았다. 마트는 밤공기 속에서 결혼식을 앞두고 정원 곳곳에 심어 놓은 재스민과 치자꽃 향내를 맡았다. 사막 냄새도 아련히 풍겨왔다. 그 속에는 오아시스를 둘러싸고 있는 메스키트 냄새도 섞여 있는 것 같았다. 밤이면 냄새는 더욱 멀리까지 흘러 다녔다.

큰집의 환상적인 정원 풍경이 시야에 들어왔다. 날개 달린 아기들의 조각상, 자잘한 전구로 꽃줄 장식을 한 오렌지 나무. 이것이 지상에서의 마지막 밤이었고, 모든 걸 빠짐없이 기억해 두고 싶었다.

무엇보다 셀리아와 탬 린을 기억하고 싶었다. 그리고 마리아를. 이들을 다시 만날 날이 있을까? 아니면 천국의 문 앞에서 쫓겨난 라 요로나처럼 영원히 잃어버린 무언가를 찾아 밤새도록 배회하게 될까?

14세

23

죽음

 마트는 삑삑거리는 기계들이 가득한 방에서 침대에 묶여 있었다. 경비 둘이 문 밖에 앉아 있었고, 다른 둘은 쇠창살이 쳐진 창가에서 대기 중이었다.

 마트는 완전히 공포에 질려 있었다. 이곳은 맥그리거의 클론이 갇혀 있던 곳이었다. 이곳은 흉한 일들이 벌어졌던 곳이었다.

 마트는 생각했다. *기회가 있을 때 탈출했다면 얼마나 좋았을까, 모든 게 준비돼 있었어. 탬 린은 지도와 식량을 주었*

고 산을 오르는 법을 알려 주었지. 하지만 난 이해하지 못했어. 이해하고 싶지 않았던 거야.

두려움으로 속이 울렁거렸다. 복도에서 무슨 소리가 들려올 때마다 마트는 몸부림을 쳤다. 한번은 윌럼과 처음 보는 의사 둘이 나타나서 배를 꾹꾹 눌러보고 피를 뽑아 갔다. 의사들이 병에 오줌을 눌 수 있게 결박을 풀어 주자 마트는 달아날 기회를 잡았다. 하지만 겨우 2미터를 도망치고 경비한테 붙잡혔다.

바보, 바보, 바보, 왜 기회가 있을 때 탈출하지 않았을까? 마트는 속으로 말했다.

한참 뒤 윌럼과 다른 의사들이 소년의 상태에 대해 의논하러 돌아왔다.

의사 하나가 말했다.

"이건 빈혈이 약간 있습니다. 간 기능이 조금 비정상이고요."

"이식에는 문제가 없을까요?"

윌럼이 물었다.

"문제될 건 없다고 봅니다."

낯선 의사가 차트를 들여다보며 말했다.

의사들이 가고 나서 마트는 혼자 남아 두려움과 공상에 젖어 들었다.

마리아는 지금 뭘 하고 있을까? 그들은 마리아에게도 약물을 주사했을 것이다. 파니가 베니토와 강제로 결혼을 하기 전에 주사를 맞았던 것처럼. 펠리시아에게는 아마 처음부터 아편제를 놓았겠지. 고분고분하게 만들 목적으로. 언젠가는 마리아와 탐의 결혼식이 성대하게 치러질 테지. 마리아는 넘어지지 않고 제단 앞까지 가려면 부축을 받아야 할 것이다.

난 그 애를 구할 수 없어. 마트는 생각했다. 그래도 그 애를 구할 수 있는 일 하나는 했는지도 몰랐다. 마리아는 지금 자기 엄마에 관해서 알고 있다. 도움을 청할 수 있을 것이다. 그리고 에스페란사, 『아편국의 역사』를 쓴 여성에 대해 자신이 알고 있는 게 조금이라도 있다면, 그것은 그녀가 불을 뿜는 용처럼 수녀원으로 돌진하리라는 것이다.

문이 열리고, 경호원 둘이 들어와서 결박을 풀어 주었다. *이젠 뭐지?* 마트는 생각했다. 이것은 좋은 신호일 리가 없었다. 더 이상 좋은 일은 없다, 자신에게는.

경호원들은 양쪽에서 소년의 팔을 단단히 붙들고 복도를

지나 병원의 다른 방들과는 완전히 딴판으로 꾸며진 방으로 들어갔다. 방은 멋진 그림들과 우아한 가구, 카펫으로 장식되어 있었다. 맨 끝에, 키 큰 창문 옆에 작은 탁자가 있었고 그 위에 찻주전자, 찻잔, 과자를 담은 은쟁반이 놓여 있었다.

그리고 그 옆의 병원 침대에 엘 파트론이 누워 있었다. 그는 무척 쇠약해 보였지만, 새까만 두 눈은 여전히 생명력으로 반짝거렸다. 어찌해 볼 도리 없이, 마트는 애정이 끓어오르는 걸 느꼈다.

"미 비다, 가까이 오너라."

늙은 목소리가 속삭였다.

마트는 가까이 갔다. 경호원들이 그늘 속에 서 있고, 셀리아는 커튼 틈새로 비쳐 들어오는 햇살을 받으며 서 있는 게 보였다. 마트는 셀리아가 한 바탕 울고불고 할 것 같아서 마음의 준비를 했지만, 그녀는 물기 없는 눈에 단호한 표정을 짓고 있었다.

"미 비다, 앉아라. 내가 기억하는 한, 넌 과자를 좋아한다."

엘 파트론이 탁자 옆의 의자를 가리키며 말했다.

내 나이 여섯 살 적에는 그랬지. 마트는 속으로 생각했다.

여기서 무슨 일이 벌어지려는 걸까?

노인이 말했다.

"고양이가 네 혀를 물어 갔니? 꼭 우리가 처음 만났을 때 같구나. 셀리아가 널 닭장에서 구해 냈을 때 말이다."

노인은 빙그레 웃었다. 마트는 웃지 않았다. 기분 좋을 일이 아무것도 없었다.

엘 파트론은 한숨을 쉬었다.

"아, 그래. 결국에는 항상 이렇게 되는구나. 내 클론들은 나한테 받은 멋진 세월, 선물, 오락, 맛있는 음식은 까맣게 잊고 말더구나. 너도 알다시피, 내가 꼭 그렇게 해 줄 필요는 없었는데도 말이다."

마트는 앞만 보고 있었다. 말을 하고 싶었지만, 목구멍이 꽉 막혀 있었다.

"내가 만약 맥그리거처럼 농부로서는 훌륭하지만 인간으로서는 악취가 났다면, 네가 태어났을 때 뇌를 망가뜨렸을 것이다. 하지만 나는 내가 한 번도 누리지 못한 어린 시절을 너한테 주는 게 즐거웠다. 난 그놈의 옥수수 가루 한 자루를 얻을 때마다 땅 임자인 농장주의 발밑을 기어 다녀야 했지."

셀리아는 침묵을 지켰다. 그녀는 마치 돌을 깎아 세운 것 같았다.

엘 파트론은 말했다.

"하지만 해마다 한 번은 달랐다. 5월 5일 축제 때 농장주는 잔치를 열었다. 나와 다섯 형제들은 구경하러 갔지. 엄마는 어린 여동생들을 데려갔다. 한 아이는 엄마한테 안기고, 한 아이는 엄마 치마꼬리를 잡고 뒤에서 졸졸 따라갔지."

마트는 그 얘기를 너무나 잘 알고 있었으므로 비명이라도 지르고 싶은 심정이었다. 엘 파트론은 익숙한 길을 따라가는 당나귀처럼 힘들이지 않고 그 얘기로 돌아가곤 했다. 그리고 한번 얘기를 시작하면, 무슨 일이 있어도 끝까지 다 하고야 말았다.

노인은 두랑고의 먼지 날리는 옥수수 밭과 황토색 산들에 대해 얘기했다. 그의 번쩍거리는 검은 눈은 병실 안이 아니라, 연중 두 달은 물이 콸콸 흐르고 열 달은 뼈다귀처럼 바싹 말라붙은 시내를 바라보고 있었다.

"우리 마을의 시장은 말이다. 멋진 검은색 정장 차림으로 백마에 올라타서, 사람들에게 돈을 뿌리며 다녔다. 그 동전을 주우려고 우리는 얼마나 아귀다툼을 했는지! 우리는 돼지처럼 흙바닥에서 굴렀다! 하지만 우리는 돈이 필요했다.

우리는 너무 가난해서 손에 쥐고 비벼 볼 단돈 2페소도 없었으니까. 이날 농장주는 큰 잔치를 베풀었다. 누구나 양껏 먹을 수 있었기 때문에 위장이 쪼그라들어서 칠리 콩도 줄을 서야 들어가는 그런 배를 가진 사람들한테는 더할 나위 없는 기회였지.

어느 해인가 그 잔치에 갔다가 여동생들이 장티푸스에 걸렸다. 그 아이들은 한날한시에 죽었지. 그 애들은 너무 작아서, 발뒤꿈치를 들고서도 창밖을 넘겨다보지 못할 정도였다."

밤은 죽은 듯이 고요했다. 병원 지붕에서 비둘기 울음소리가 들려왔다. 노 호프, 노 호프, 노 호프.

"그 뒤로 몇 년 동안 다섯 형제가 차례차례 죽었다. 둘은 물에 빠져 죽고, 하나는 맹장이 터졌는데 우리한테는 의사를 부를 돈이 없었지. 남은 둘은 경찰에게 맞아 죽었다. 우리 형제는 모두 여덟이었다. 그런데 나 하나만 살아서 어른이 되었다. 너는 내가 그들에게 빚이 있다고 생각하지 않느냐?"

엘 파트론이 갑자기 날카롭게 묻는 바람에 마트는 의자에 앉은 채로 흔들거렸다. 이야기는 예상과 다르게 끝나고 있었다.

"우리는 모두 여덟이었다. 모두가 자라서 어른이 돼야 했지만, 살아남은 건 나뿐이었어. 그래서 내가 형제들의 삶을 살아 주려고 한다! 난 정의를 세우려고 한다!"

노인은 소리쳤다.

마트는 일어서려고 했다. 경호원들이 소년을 도로 눌러앉혔다.

"정의?"

셀리아가 말했다. 그녀가 처음으로 한 말이 그것이었다.

"셀리아 너도 거기가 어땠는지 잘 알고 있다. 너도 그 마을 출신이니까."

엘 파트론은 조금 전의 폭발로 진이 다 빠졌는지 소곤거렸다.

"당신은 수많은 목숨을 거둬 갔어요. 헤아릴 수 없이 많은 이들이 양귀비 밭에 묻혔으니까요."

셀리아가 말했다.

"아, 그것들! 그것들은 더 푸른 풀밭을 쫓아서 달리는 가축이나 같다. 그것들은 내 땅을 지나서 북으로 남으로 허둥지둥 달아나지. 아무렴, 그렇고 말고."

엘 파트론은 경멸조로 말했다. 엘 파트론의 말에 마트는 눈을 동그랗게 떴다.

"처음에는 물결이 완전히 한쪽으로만 흘러갔다. 아즈틀란 사람들은 멋진 할리우드식 생활 방식을 찾아서 북으로 달려갔지. 하지만 미국은 지금, 과거와는 달리 풍요에 넘치는 천국이 아니거든. 지금 미국인들은 아즈틀란에 대한 영화를 보고 거기서는 인생이 더 달콤할 거라고 생각한다. 나는 이쪽으로 가는 치들 저쪽으로 가는 치들을 똑같이 잡아들인다."

셀리아가 말했다.

"이 집안에서 착한 사람은 엘 비에호뿐이었어요. 그분은 신이 주신 것을 받아들였고, 신께서 갈 때가 됐다고 말씀하시자 그렇게 했지요."

마트는 셀리아의 용기에 놀라움을 금치 못했다. 사람들은 제명에 살고 싶으면 엘 파트론과 맞서지 않았다.

"엘 비에호는 바보였다."

엘 파트론이 속삭였다. 그리고 잠시 말을 쉬었다. 의사가 다가와서 심장을 청진했다. 그리고 주사를 한 대 놓았다.

"수술 준비가 끝났습니다."

의사가 나지막하게 말했다. 마트는 얼음처럼 싸늘한 공포에 사로잡혔다.

"잠깐 기다려라."

노인이 말했다.

"10분 더 기다리겠습니다."

의사가 말했다.

엘 파트론은 마지막으로 사력을 다해 힘을 모으는 것 같았다.

"미 비다, 나는 너를 창조했다. 신이 아담을 창조한 것처럼 말이다."

셀리아는 성난 듯 코웃음 쳤다.

"내가 없었다면, 넌 아름다운 일몰도 못 봤을 테고, 바람에 실려 온 비 냄새도 못 맡았을 것이다. 더운 여름날의 시원한 물맛도 보지 못했겠지. 또 음악도 못 들었을 테고, 그걸 창조하는 놀라운 기쁨도 미처 몰랐을 게다. 미 비다, 난 너에게 그런 것들을 주었다. 넌…… 내게…… 빚을 졌다."

"걔는 당신한테 빚진 거 아무것도 없어."

셀리아가 말했다.

마트는 셀리아에게 닥칠 일을 생각하고 두려움을 느꼈다.

엘 파트론은 자신을 화나게 한 사람을 없앨 수 있는 능력이 있었다. 하지만 노인은 슬며시 미소 지을 뿐이었다.

"우리는 한 쌍의 멋진 전갈이다. 안 그러냐?"

"입이 있으면 말해 봐. 마트는 당신한테 빚진 게 아무것도 없으니, 당신한테 갚을 것도 없어. 당신은 저 애를 이식 수술에 이용할 수 없어"

셀리아가 말했다.

이 말을 들은 경호원들이 동요의 빛을 보였다. 모니터를 들여다보던 의사는 고개를 들었다.

"당신이 처음 심장 마비를 일으켰을 때, 난 마트한테 정원에 심어 놓은 디기탈리스를 먹였어. 당신도 알다시피, 난 요리사면서 마녀야. 난 마트의 심장을 이식하지 못하도록 불안정하게 만들었어."

셀리아가 말했다.

엘 파트론의 눈이 튀어나올 듯했다. 그는 입을 딱 벌렸지만, 아무 말도 나오지 않았다. 의사가 곁으로 달려갔다.

"하지만 나는 저 애한테 디기탈리스를 계속 줄 수는 없었어. 그건 너무 위험하니까. 난 애를 아프게, 하지만 너무 아프지는 않게 만들어 줄 뭔가가 필요했어. 그런데 누군가 모나크 나비 얘기를 해 주더군."

마트는 벌떡 일어났지만, 경호원들이 어깨를 눌러 주저앉혔다. 마트는 그 모나크 나비 얘기를 알고 있었다. 자신이 성년이 된 걸 축하하던 밤에 탬 린이 정원에서 그 얘기를 꺼냈다. 그때 셀리아가 새로 심은 꽃들이 공중에 진한 향내를 퍼뜨리고 있었는데, 그중 어떤 것은 상쾌했지만, 어떤 것은 그렇지 않았다. 셀리아는 노랑 데이지, 제비고깔, 디기탈리스, 밀크위드*를 입에 올렸는데, 탬 린은 밀크위드라는 이름에 동요의 빛을 보였다. 그는 말했다. *그건 모나크 나비들이 먹는 식물입니다, 그 녀석들은 아주 영리하지요. 제 몸을 독으로 채워서 누구도 저를 못 잡아먹게 만듭니다.*

당시에 마트는 그 얘기를 대수롭지 않게 들어 넘겼다. 탬 린은 걸핏하면 그토록 천천히 하지만 꼼꼼하게 읽는 자연 서적들에서 여러 가지 이야기를 끄집어내곤 했다.

"나한테 필요한 건 모나크 나비의 몸속에 있는 독과 비슷한 거였어. 그래서 난 저 애한테 비소를 먹이기 시작했지."

셀리아의 말소리를 듣고, 마트는 상념에서 깨어났다.

---

*유액을 분비하는 박주가릿과의 식물 — 옮긴이

"비소!"

의사가 부르짖었다.

셀리아는 말을 계속했다. 그녀의 눈은 뱀처럼 차가웠다.

"비소는 전신에 침투하거든. 그건 머리칼에도 쌓이고, 손톱에는 하얀 줄을 만들지. 그건 심장에도 침투해. 난 마트가 죽지 않을 만큼, 난 그런 일은 절대로 안 할 테니까! 하지만 저 애의 심장을 훔치려고 하는 쇠약한 노인네를 죽이기에는 충분한 양의 비소를 투여했어. 엘 파트론, 당신은 여덟 생명을 앗아갔어. 이제는 하느님 곁에서 평화를 누릴 때가 된 거야."

"이 마녀!"

엘 파트론이 고함을 질렀다. 노인의 두 눈은 죽일 듯한 분노로 타올랐다. 얼굴은 화가 나서 시뻘개졌다. 그는 손톱을 세운 채 침대에서 일어나려고 발버둥쳤다.

의사가 외쳤다.

"응급 상황이다! 이 분을 수술실로 옮기시오! 빨리! 빨리! 빨리!"

경호원들이 침대를 밀고 나갔다. 의사가 옆에서 엘 파트론의 가슴을 누르며 달려갔다. 갑자기 건물 전체가 벌집을 쑤셔 놓은 듯 들끓었다. 경비들이 한 부대는 됨 직하게 나타났다. 그중 둘이 셀리아를 끌고 나갔다. 마트가 막으려고 해 봤지만 소용없었다. 의료 기사가 소년의 머리칼을 뽑아 가지고 나갔다.

마트는 혼자였다. 혼자란, 말하자면 창밖에 앉아 있는 건장한 사내 넷과, 문 밖에 몇 명이나 있는지 모를 경호원을 빼면 그렇다는 거였다. 그 방은 아름다웠다. 바닥에 깔린 카펫의 무늬는 오아시스 색깔이었다. 소년은 카펫에서 협곡 벽의 빨간색과 크레오소트의 짙은 녹색, 높다란 절벽 사이에 낀 하늘의 파란색을 보았다. 눈을 반쯤 감으면 그곳, 아조 산맥의 고요한 그늘 속에 있는 자신의 모습을 상상해 볼 수도 있었다.

마트는 기다렸다. 엘 파트론이 실려 나간 건 아침이었다. 이제는 오후였다. 바깥의 난리법석은 가라앉았고, 복도는 거의 조용해졌다. 병원은 우아한 특실의 포로에게는 손대지 않은 채 일을 처리했다.

마트는 차를 다 마시고 과자를 몽땅 집어 먹었다. 완전히 기진맥진한 느낌이었다. 모든 게 완전히 뒤죽박죽이 됐으므로, 엘 파트론의 죽음이 무사함을 의미하는지 아니면 정확히 그 반대인지 알지 못했다.

마트는 자신의 팔을 들여다보며 그 속에 숨어 있는 비소에 대해 생각해 보았다. 모기들이 나를 물면 죽을까? 내가 다른 것들한테 침을 뱉으면 그것들이 죽을까? 생각해 보니 흥미로웠다. 마트는 처음에는 아무리 겁을 집어먹어도, 계속 겁먹고 있는 것은 불가능하다는 사실을 깨달았다. 머릿속에서 이런 말이 들려오는 듯 했다. *괜찮아. 그만하면 됐어. 뭔가 다른 할 일을 찾아보자.*

마트는 이제 마리아를 생각했다. 그 애는 아마 수녀원으로 돌아갔을 것이다. 마리아가 초콜릿을 먹는다는 것과 벌거벗고 지붕에서 일광욕한다는 걸 빼면, 거기서 뭘 하는지 알지 못했다. 벌거벗고 일광욕이라, 정말 미친 짓이군. 하지만 진짜 재미있겠어. 그 생각을 하자 얼굴이 화끈 달아올랐다. 미술 시간에 벌거벗은 풍만한 여신들을 그린 로마의 그림을 본 적이 있었다. 정말 멋있다는 생각이 들었지만, 실생활에서는 그런 식으로 하고 다니는 사람이 없었다. 아니, 사람들은 그렇게 하고 다닐까? 마트는 외부 세계의 사람들이 어떻게 행동하는지 알지 못했다.

어쨌든 마리아는 그런 행동 때문에 혼이 났다. 몸에서 열이 났는데, 몸에 비소가 가득 차 있는 걸 생각하면 그리 놀라운 일은 아니었다. 마트는 셀리아가 정원에다 키우는 것 중에서 또 어떤 걸 자신에게 시험했을지 궁금했다.

문이 벌컥 열렸다. 알라크란 씨가 탬 린과 함께 방 안으로 들어왔다.

순간적으로 시간의 흐름이 멈추었다. 마트는 다시 여섯 살로 돌아가 피투성이가 된 채 누워 있었고, 로사가 발에서 유리 조각을 뽑아 주고 있었다. 사나운 남자가 방 안으로 뛰어 들어와 소리 질렀다. *네가 감히 이 집을 더럽혀? 그 짐승을 당장 밖에 내다 놓아라!*

그때 처음으로 마트는 자신이 인간이 아니라는 걸 깨달았다. 그 사나운 남자가 바로 알라크란 씨였고, 지금 마트를 바라보는 그의 얼굴에는 그때와 똑같은 혐오스러운 표정이 떠올라 있었다.

"내가 여기 온 건, 더 이상 네 서비스가 필요 없게 됐다는 사실을 알려 주기 위해서다."

알라크란 씨가 말했다.

마트는 숨을 멈췄다. 그것은 엘 파트론이 죽었다는 뜻이었다. 그런 상상을 자주 해 보기는 했어도 현실은 충격으로 다가왔다.

"스…… 슬퍼요."

눈물방울이 마트의 뺨을 타고 소리 없이 흘러내렸다. 엉엉 울고 싶은 걸 참을 수는 있었지만, 마음속에서 솟구쳐 오르는 슬픔은 어찌해 볼 도리가 없었다.

"아마 그럴 것이다. 그건 이제 네가 더 이상 쓸모가 없다는 뜻이니까."

알라크란 씨가 말했다.

천만에, 나는 쓸모가 많아. 마트는 생각했다. 자신은 아편국을 다스리는 일을 스티븐 못지않게 잘 알고 있었다. 자신은 아편의 재배 기술, 물을 정수하고 사료를 배분하는 데 있어서의 일상적인 문제들을 공부했다. 외국의 밀정 조직이나 부패한 관리들에 대해서는 누구보다 훤히 꿰고 있을 터였다. 또 엘 파트론의 얘기에 귀 기울여 온 세월 덕분에 알라크란 제국에 대한 일종의 감을 터득했는데, 그것은 그 누구에게도 가능하지 않은 일이었다.

"이걸 안락사시켜라."

알라크란 씨가 탬 린에게 지시했다.

"예, 알겠습니다."

탬 린이 말했다.

마트가 소리쳤다.

"그게 무슨 뜻이에요? 엘 파트론께서는 그렇게 하는 걸 원치 않으실 거예요! 그분은 절 교육시키셨어요. 제가 나라를 다스리는 일에 보탬이 되기를 원하셨다고요."

탬 린은 가엾다는 듯 소년을 바라보았다.

"이 바보야. 엘 파트론께서는 너하고 똑같은 클론을 일곱을 두었는데, 모두들 교육을 시켜 놓으니 장차 나라를 다스리게 될 거라고 착각하더구나."

"난 그 말 안 믿어!"

"솔직히 말해서 음악적 재능을 보여 준 건 네가 처음이다. 하지만 우리는 음악이 듣고 싶으면 라디오를 켜면 된다."

"이럴 수가 없어! 우리는 친구야! 당신이 그랬잖아! 당신은 나한테 쪽지를 남겼……."

마트는 한 방에 나가떨어졌다. 눈앞에서 별이 번쩍거렸다. 그동안 자신을 때린 사람은 아무도 없었다. 그건 금지되어 있었다. 마트는 턱을 감싸 쥔 채 바닥에 무릎을 짚었다. 한층 더 충격적인 것은 그런 행동을 한 당사자였다.

탬 린.

탬 린은 과거에 테러리스트였다. 그는 스무 명의 아이들의 죽음에 책임이 있었지만, 아무렇지도 않은 모양이었다. 정말 이럴 줄은 몰랐다.

"이봐, 총각. 나 같은 사람을 보고 용병이라고 하지. 난 오랫동안 엘 파트론 밑에서 일했어. 그분이 영원하실 줄 알았지. 하지만 지금 일자리를 잃어버릴 판이었는데, 너그럽게도 알라크란 씨께서 다시 일을 맡겨 주셨다."

탬 린은 마트가 홀딱 반한 그 노래하는 듯한 목소리로 말했다.

"셀리아는?"

마트가 속삭이듯 물었다.

"셀리아가 한 짓이 있는데 설마 무사할 거라고 생각하지는 않겠지? 지금쯤은 아마 이짓이 돼 있을 거다."

하지만 모나크 나비 얘기는 당신이 한 거잖아. 당신이 셀리아를 함정에 빠뜨린 거야. 마트는 마음속으로 말했다.

"이쯤에서 끝내면 안 되겠나? 난 할 일이 있으니까 말일세."

알라크란 씨가 말했다.

"이 클론은 제가 처리하겠습니다. 이것을 묶으려면 대프트 도널드의 도움이 필요할 것 같습니다."

탬 린이 말했다.

날 클론이라고 불렀어. 날 '이것'이라고 불렀어. 마트가 생각했다.

"잊지 말게, 오늘 밤의 경야*에는 자네가 있어 주길 바라네."

알라크란 씨가 말했다.

"무슨 일이 있어도 참석하겠습니다."

탬 린이 거짓말하는, 믿을 수 없는 눈을 반짝이며 말했다.

---

*초상집에서의 밤샘 — 옮긴이

24

마지막 인사

대프트 도널드가 마트를 꽉 붙잡고 있는 동안, 탬 린은 포장용 테이프로 칭칭 동여맸다. 그리고 소년을 말 잔등에 실으며, 마구간 근처에서 어슬렁거리는 엘 파트론의 다른 사병들과 인사를 나누었다.

"그건 어디로 데려가나?"

한 남자가 큰 소리로 물었다.

"이짓 우리 근처에 버리고 오려고."

탬 린이 대답했다. 그 남자의 웃음소리는 지축을 울리는 말발굽 소리에 묻혀 버렸다.

이 짐승은 안전마와는 달랐다. 이것은 더 빠르고 예측 불허였다. 심지어 냄새조차 달랐다. 마트는 말의 뱃가죽에 코를 박고 있었는데, 그걸 알아채기에 아주 적합한 자세였다. 안전마한테서는 희미한 화학 물질 냄새가 났지만, 이 말은 햇빛과 땀 냄새를 풍겼다.

마트는 불현듯 탬 린이 자신을 이짓 우리 옆에 갖다 버린다고 했던 말의 의미를 깨달았다. 그것은 자신이 웅덩이 속에 고인 노란 침전물 속에 던져질 거라는 얘기였다. 그에 대한 공포와 자신이 알아왔던 거의 모든 사람들의 부당하고 기만적인 태도를 생각하자 머리로 피가 솟구쳤다. 하지만 이번에는 두려움이 아닌 순수한 동물적 분노가 치솟는 게 느껴졌다. 나는 살 자격이 있다! 나는 그토록 우연히 주어진 이 삶에 빚이 있고, 그래서 만약 죽어야 한다면 최후의 순간까지 저항을 멈추지 않을 테다.

마트는 팔 다리를 묶은 테이프가 어떤지 시험해 보았다. 단 1센티미터도 움직일 수 없었다. *좋아 그럼, 몸을 굴려서 그 침전물 구덩이에서 빠져나와야지.* 마트는 생각했다. 말발굽 아래로 지면이 휙휙 지나가는 게 보였다. 배가 말 잔등에서 통통 튈 때마다 무척 아팠다. 이 짐승은 안전마처럼 살살 달리지 않았다.

드디어 말은 걸음을 멈췄고, 탬 린은 마트를 내려놓았다. 소년은 몸을 반으로 접었다가 잽싸게 사내의 복부에 머리를 박았다.

"악! 이 새대가리가! 그렇게 어리석은 계략을 쓰기 전에 주위를 좀 둘러봐라!"

탬 린이 욕을 퍼부었다.

마트는 벌렁 드러누워 발을 들어 올리고 걷어찰 태세를 갖췄다. 푸른 하늘과 바위 한 덩어리가 시야에 들어왔다. 부패한 악취가 아니라 크레오소트 향기에 젖은 상쾌하고 깨끗한 공기가 코끝에 와 닿았다. 이것 우리 옆이 아니었다. 자신은 아조 산맥으로 가는 길에 있었다.

"거 봐! 나한테 골백번도 더 사과해야 할 거다."

탬 린이 툴툴거리며 마트의 몸에 붙은 테이프를 그다지 부드럽지는 않은 손길로 떼 내 주었다.

"대신 나를 오아시스에 빠뜨려 죽이려고 하는 거지?"

마트는 성난 목소리로 대들었다.

"총각, 정신 차려라. 좋다, 네가 그렇게 의심할 만한 이유가 있다는 건 알겠다만, 조금 더 너그러운 마음으로 날 믿어라."

"애들 스무 명을 죽인 사람을 어떻게 믿으라는 거야?"

마트가 말했다.

"그 얘기를 너도 들었구나."

탬 린은 무척 슬퍼 보였고, 마트는 그에게 쪼끔, 하지만 아주 쪼끔 미안한 생각이 들었다.

"그게 사실이야?"

마트는 따지고 들었다.

"아, 그래. 사실이지."

탬 린은 테이프를 뚤뚤 뭉쳐서 말안장 속에 우겨넣었다. 그리고 배낭을 꺼내 둘러메었다.

"가자. 시간이 별로 없으니까."

그는 뒤도 돌아보지 않고 산길을 걸어 올라가기 시작했다. 마트는 잠시 망설였다. 말을 훔쳐서 북쪽으로 달아날 수도 있었다. 농장 경비대는 자신이 제거 대상이라는 걸 아직 모를지도 모른다. 제거라, 마트는 분노가 치밀었다. 하지만 이 말은 만만치 않아 보였다. 안전마와는 달리 녀석은 나무에 묶여 있었다. 마트가 가까이 가려고 하자 녀석은 눈알을 희번덕거리며 콧구멍을 벌름거렸다.

한편으로는 탬 린의 우정이 변치 않았기를 기대하며 그의 뒤를 쫓아 산으로 들어갈 수도 있었다. 탬 린은 바위틈으로 사라졌다. 그는 구태여 마트가 따라오는지 보려고 뒤돌아보지도 않았다.

세상 천지에 나 같은 바보는 없을 거야. 마트는 생각하며 산길을 터벅터벅 올라갔다.

오아시스는 만수위에서 찰랑거리고 있었다. 가을 비 덕분에 팔로베르데 숲은 고운 노랑과 오렌지색의 꽃으로 환한 생명력을 드러내고 있었다. 포도 덩굴은 지난번에 보았을 때보다 훨씬 무성했다. 마트가 접근하자 조그만 오리가 뒤뚱거리며 물을 헤엄쳐 건넜다.

탬 린은 바위에 앉아 있었다. 그는 말했다.

"저게 검둥오리다. 저것들은 연중 이맘때 미국에서 아즈틀란으로 이동하지. 저것들이 어떻게 온통 메마른 사막에서 이렇게 작은 물웅덩이를 찾아냈는지 궁금할 거다."

마트는 너무 가깝지 않은 곳에 있는 바위를 골라 걸터앉았다. 해가 뉘엿뉘엿 산을 넘으며 협곡은 그늘 속에 잠기고 있었다.

"이곳이 없었다면, 난 벌써 오래전에 미친 듯이 짖어 대며 도망쳤을 거다."

경호원이 말했다. 마트는 작은 오리가 건너편 물가에서 유유히 움직이는 모습을 지켜보았다.

"난 처음에 엘 파트론의 밑으로 들어갔을 때 반쯤 미친 상태였다. *여기는 은신처다. 경찰이 날 추적하다가 지쳐 나가떨어지면 그때 떠나자.* 그때는 그렇게 생각했지. 하지만 물론 만사가 내 생각대로 풀리지는 않더구나. 무엇이든 한번 엘 파트론의 수중에 들어가면 영원히 그의 것이 되고 마니까."

"그런데 당신은 애들을 죽였어."

마트가 말했다.

"그건 사고였다고 말할 수 있다. 사실이 그랬지. 하지만 그렇다고 해서 그 공포가 사라지는 건 아니거든. 난 수상을 폭사시키려고 했다. 그자는 그런 일을 당해도 싼 살진 두꺼비였지. 나는 그저 다른 사람들이 접근할지도 모른다는 사실을 염두에 두지 않았던 거다. 솔직히 말해서, 난 저 잘난 맛에 사는 바보였고, 그런 거에 신경 쓰지 않았다. 내 몸에 생긴 상처는 대부분 그때의 폭발로 생긴 거지. 그때 대프트 도널드는 목에 자상을 입었다. 그 때문에 그 친구는 말을 못 하게 됐다."

그동안 마트는 대프트 도널드가 왜 말을 안 하는지에 대해서는 생각해 본 적이 없었다. 큰 덩치에 말없는 사내가 사교성이 모자란다고 추측했을 뿐이었다.

"엘 파트론한테는 노예로 삼을 수 있는 이들을 알아보는 본능이 있어. 그 양반은 정말 강한 존재였지. 총각, 권력이란 야릇한 거다. 그건 일종의 마약과 같아서 나 같은 사람들은 깊이 빠져들거든. 나는 셀리아를 만나기 전까지는 내가 어떤 괴물이 되었는지 깨닫지 못했어. 엘 파트론의 그림자 속에서 거들먹거리고 다니는 게 못 견디게 행복했으니까."

탬 린은 말했다.

"하지만 당신은 의사들이 셀리아를 이짓으로 만들게 내버려뒀잖아."

마트가 말했다.

"천만에! 난 셀리아의 이마에 수술이 끝난 것처럼 표시해 놨어. 그리고 로사가 있는 마구간에 데려다 놨지."

마트는 오아시스에 도착한 뒤 처음으로 탬 린을 똑바로 쳐다보았다. 가슴에서 큰 돌 하나를 내려놓은 듯 했다.

"셀리아는 좀비처럼 행동하는 걸 잊지 않는 한 안전할 거야. 그러니 이제 나는 너한테 골백번도 더 사과를 받아야 할 것 같은데."

경호원이 말했다.

그래서 마트는 무척 길게 그리고 진심으로 사과했다.

"난 셀리아를 여기로 데려오려고도 했지만, 절벽을 오르는 게 쉽지 않아서."

탬 린이 한숨을 쉬었다.

둘은 오후의 하늘이 수면을 은빛으로 물들이고 있는 오아시스를 바라보았다. 검둥오리가 둑 위로 뒤뚱거리며 올라와 부리로 깃털을 다듬었다.

"난 여기서 살게 되는 거야?"

마트가 물었다.

탬 린은 화들짝 놀랐다.

"아! 내가 잠깐 딴 생각을 하고 있었다. 난 제비들이 저렇게 땅에 곤두박질칠 것처럼 내리꽂다가 마지막 순간에 슬쩍 방향을 트는 게 정말 좋아. 아니, 넌 여기서는 살아남지 못할 거다. 아즈틀란으로 가는 게 좋아."

아즈틀란! 마트는 가슴이 내려앉았다.

"나랑 같이 갈 거야?"

"그렇게는 안 된다. 너도 알다시피, 난 살아오는 동안 나쁜 짓을 많이 했고, 그래서 그 업보를 피할 수가 없구나."

탬 린의 목소리는 슬펐다.

"그건 아냐. 경찰은 아마 오래전에 추적을 중단했을 거야. 사람들 앞에서 가명을 쓰면 돼. 그리고 턱수염을 기르고 머리를 미는 거야."

마트가 말했다.

"물론 그렇게 할 수는 있지. 그런데 넌 상당히 무법자 같은 기질을 보여 주는구나. 엘 파트론을 빼닮았어. 하지만 안 된다. 내가 말하는 건 도덕적 책임이야. 난 오랫동안 아편국의 비극으로부터 이득을 취해 왔는데, 이제야 사태를 바로잡을 기회를 갖게 됐다. 그걸 날려 버릴 수는 없어. 셀리아가 내 눈을 뜨게 해 주었지. 너도 알다시피, 셀리아는 아주 엄격한 여자다. 악을 참아 내지 못하지."

"알아."

마트는 셀리아가 엘 파트론과 맞섰던 일을 생각했다.

탬 린은 메고 있던 배낭을 내려놓으며 말했다.

"내가 짐을 꾸려 왔다. 지도는 상자 속에 있다. 물병은 들

수 있을 만큼 최대한 챙겨 가고, 아즈틀란 국경에 도착하면 난민이라고 말해라. 부모는 농장 경비대에 붙잡혔다고 해. 바보같이 굴어라. 그건 문제될 리 없을 테니까. 그리고 아무한테도 네가 클론이라고 말하지 마."

"그 사람들이 알아차리지 않을까?"

마트는 아즈틀란 사람들이 속았다는 걸 깨닫는 순간 얼마나 화를 낼지 상상해 보았다.

"내가 더러운 비밀을 하나 알려 주마."

탬 린은 제비와 오리, 잠자리 들한테 정보가 새어 나가면 안 된다는 듯, 허리를 구부리고 소곤거렸다.

"클론과 인간의 차이를 구별할 수 있는 사람은 아무도 없다. 왜냐하면 둘 사이에는 어떤 차이도 없기 때문이지. 클론이 열등하다는 건 추잡한 거짓말이다."

탬 린은 입이 쩍 벌어진 마트를 본체만체하고, 금속 상자를 향해 성큼성큼 걸어갔다. 마트는 사내가 물병과 지도를 꺼내는 모습을 지켜보았다. 어떻게 클론이 인간과 같을 수 있다는 거지? 그간 경험한 모든 것들이 그게 아니라고 소리쳤다.

탬 린은 배낭 주머니를 열더니 종이를 한 뭉텅이 꺼내 들었다.

"봐라, 이게 돈이다. 진작 이것에 대해 가르쳐 줬어야 했는데. 이게 100페소짜리 지폐고, 이건 50페소짜리다. 뭘 살 때는 항상 값을 먼저 물어본 다음에 반값을 제시해라. 아이쿠! 이걸 당장 배우기는 힘들 거다. 그냥 한 번에 한 장씩 꺼낸다는 것과 네가 몇 장이나 갖고 있는지 남한테 보여 줘서는 안 된다는 것만 기억해라."

해는 벌써 졌고 빠른 속도로 땅거미가 내리고 있었다. 탬린은 모닥불을 지피고 근처에 마른 나무를 쌓아 놓았다.

"넌 아침에 일어나자마자 출발해야 한다. 국경선까지 열두 시간이 걸릴 거다. 농장 경비대는 저택에서 경야에 참석하니까 알맞은 시간이지. 또 하나, 엘 파트론은 지난 100년 동안 아편국의 시계를 멈춰 세웠다."

"무슨 말인지 모르겠어."

마트가 말했다.

"아편국은 많은 것들이 엘 파트론이 젊었을 때 그대로다. 셀리아는 장작불에 요리하고, 집 안에서는 에어컨을 틀지 않고, 밭에서는 기계가 아니라 사람들이 수확을 맡지. 로켓을 쏘아 올리는 것도 금지돼 있다. 그러한 규정을 꼭 지키지 않아도 되는 곳은 병원과 경비 부서뿐이지. 그건 사신을 따돌리는 엘 파트론의 여러 가지 방식들 중의 하나였다."

"하지만 텔레비전에 나오는 것도 다 그렇던데."

마트가 따졌다.

탬 린은 웃음을 터뜨렸다.

"엘 파트론은 텔레비전 방송도 조작했지. 엘 라티고 네그로가 마지막으로 채찍을 휘두른 것은 벌써 1세기 전의 일이었어. 그게 재방송이라는 거다. 넌 많은 측면에서 아즈틀란이 무척 혼란스럽게 느껴질 거다. 하지만 그쪽 사람들도 최근에는 보다 단순했던 시대로 돌아가자는 운동을 하고 있지. 그들은 기계에 기반을 둔 경제에서 예전의 멕시코 문화로 돌아가려 하고 있단다. 넌 낯익은 것들도 발견하게 될 거야."

"잠깐! 여기 있으면 안 돼?"

경호원이 가려고 하자 마트가 외쳤다. 친구를 잃어버린다는 것과 그를 다시는 보지 못할 거라는 생각에 눈앞이 캄캄해졌다.

"난 경야에 참석해야 해."

탬 린이 말했다.

"그럼 셀리아를 여기 데려와. 절벽을 오르는 건 내가 도와주면 돼."

"그건 네가 그 절벽을 보지 못해서 하는 소리다. 안 된다. 셀리아는 거기까지 가기에는 너무 나이가 많아. 셀리아는 내가 힘닿는 데까지 지켜 줄게. 그 문제에 대해서라면 내 말을 믿어라."

"난 아즈틀란에서 뭘 해야 해? 난 어디로 가지?"

마트는 점점 공포에 질렸다.

"아차, 내 정신 좀 봐라!"

탬 린이 모닥불 가장자리에서 걸음을 멈추었다.

"제일 중요한 걸 빼먹었구나. 아즈틀란에 도착하자마자 너는 산 루이스행 호버크라프트를 잡아타고 산타클라라 수녀원이 어느 방향인지 물어봐야 한다. 내 짐작이 틀리지 않다면 마리아는 네가 정문으로 들어오는 걸 보면 춤을 추면서 네 옆을 맴돌 거다."

마트는 이번에는 그를 다시 불러 세우지 않았다. 탬 린은 앞장서서 성큼성큼 걸어갔고 소년은 종종걸음으로 뒤를 따랐다. 바위 구멍 앞에 왔을 때, 경호원은 뒤돌아서 마트의 어깨에 손을 얹었다.

"난 작별 인사를 길게 하는 걸 좋아하지 않는다."

"우리 다시 만날 수 있어?"

탬 린은 잠시 뜸을 들였다가 말했다.

"아니."

마트는 숨이 턱 막혔다.

"난 너한테 거짓말한 적이 한 번도 없는데, 새삼스레 이제 와서 시작할 생각은 없다. 중요한 건, 넌 탈출했다는 거야. 넌 엘 파트론이 놓쳐 버린 유일한 소유물이다."

"이제 난 어떻게 되는 거지?"

마트가 말했다.

"넌 마리아를 찾게 될 거다. 그리고 일이 제대로만 풀린다면, 그 애 엄마도."

"에스페란사를 알아?"

"아, 그럼. 그녀는 저택에도 오곤 했었지. 너 그 공룡 나오는 영화 본 적 있지? 벨로시랩터가 나오는 거?"

마트는 긴 발톱을 가진 유별나게 역겨운 공룡을 기억해 냈다. 그것은 먹이를 사냥하기 위해서라면 바위라도 뚫고 나가려고 했었다.

"음, 대의의 편에 서 있을 때 에스페란사의 모습이 그와 같단다. 그 여자는 네 편을 들어줄 좋은 사람이다."

탬 린은 바위 구멍을 빠져나가 점점 짙어지는 어둠 속으로 걸음을 옮겼다. 그는 뒤돌아보지 않았다. 마트는 그를 비추던 손전등의 불빛을 거두어 들였다.

25

농장 경비대

마트는 오아시스로 돌아가는 동안 머리가 어질어질했다. 그토록 많은 일들이 그토록 빠르게 일어났다. 그토록 많은 것들이 변했다. 조그만 모닥불이 못 견디리 만큼 외로워 보였다. 마트는 불꽃을 키웠지만 농장 경비대가 볼지도 모른다는 걱정이 들었다. 그래서 나뭇가지 몇 개를 차 내 버렸다. 그 다음에는 동물들이 밤중에 물가를 찾아올지도 모른다는 생각이 들었다. 코요테는 확실했고, 살쾡이는 가능성이 있었다. 재규어는 안 나타날 것 같긴 했지만, 탬 린은 놈들을 본 적이 있었다. 그래서 다시 불을 키웠다.

마트는 금속 상자에서 쇠고기 육포와 말린 사과를 찾아냈다. 결혼식 날 아침 식사를 한 뒤에 과자 말고는 전혀 먹은 게 없었으므로 무척 허기가 졌다. 음식을 먹고 기운이 나자 곧 깜빡거리는 불빛 속에서 지도를 꼼꼼히 뜯어보았다. 그것은 온갖 모험으로 가득 찬 재미난 소설 같았다. 탬 린은 빨간 펜으로 루트를 표시하고, 자신만의 독창적인 철자로 주의 사항을 적어 놓았다. 예를 들면, 역이에 방울뱀, 나무 밑애서 곰을 봉았음. 디저트로는 땅콩 한 줌과 초콜릿 하나를 먹었다.

마트는 배낭을 금속 상자에 넣고 잠근 다음 평평한 바위 위에 침낭을 폈다. 탬 린이 '나무 밑에서 곰을 봉았'던 곳에서는 멀어서 비교적 마음이 놓였다. 소년은 벌렁 드러누워 별들을 쳐다보았다.

보금자리가 없이 땅바닥에 누워 있는 것은 묘하게 무서웠다. 하늘은 무척 까맸고 별들은 정말 많고도 밝았다. 몸이 땅에서 떨어져 나갈 것만 같았다. 나뭇가지를 붙잡지 않으면, 둥둥 떠내려가서 저 밝고 비인간적인 빛 속으로 아주 빨려 들 것만 같았다.

그래서 침낭과 나무를 로프로 연결했다. 됐다. 그런 걱정을 하는 건 바보 같은 짓이었지만 조심해 둔다고 해될 건 없었다. 언젠가 셀리아는 고향 마을의 인디언들이 하늘에 딸려가는 일이 없도록 부적을 갖고 다닌다는 얘기를 들려주었다. 그들은 집 있는 사람들은 모르는 뭔가를 아는지도 모르는 것이다.

마트는 그 모든 사건들 때문에 녹초가 되어 꿈도 없는 깊은 잠을 잤다. 동이 트기 직전, 무슨 일인지 대기가 진동했다. 그것은 무슨 소리에 가까웠지만 확실치는 않았다. 마트는 벌떡 일어나서 로프를 움켜잡았다. 잠시 땅이 울리더니 잠잠해졌다. 나뭇가지에 앉아 있던 까마귀 한 쌍이 푸드덕 날아올라 사납게 울며 오아시스 주위를 빙빙 돌았다. 물을 마시던 코요테 한 마리가 주둥이에서 물을 뚝뚝 떨어뜨리며 그대로 얼어붙어 있었다.

마트는 귀를 기울였다. 그 소리(만약 그게 소리였다면)는 사방에서 왔다. 그것은 그동안 경험한 그 어떤 것과도 달랐다. 까마귀는 저희들끼리 투덜대며 도로 가지에 앉았고, 코요테는 바위 틈새로 도망쳤다.

마트는 배낭에서 찾아낸 라이터로 다시 불을 지폈다. 금속 상자 둘레에 코요테의 발자국이 찍혀 있는 게 보였다. 뭔가가 자물쇠를 물어뜯은 흔적도 남아 있었다.

부리나케 아침 식사를 마치고 들고 갈 수 있을 만큼의 물병에 물을 채운 뒤 그 속에 요오드 정제를 떨어뜨렸다. 지난번에는 오아시스의 물을 마시고 나서 죽도록 앓았다. 하지만 이제 알았지만 그것은 비소 때문이었다. 셀리아는 잘 있을까? 마트는 궁금했다. 마구간에 먹을 것은 충분할까? 그리고 오랜 세월을 그렇게 살아야 한다면 좀비처럼 행동하는 것은 실제로 좀비가 되는 것만큼이나 괴로운 일이 아닐까?

에스페란사한테 셀리아가 탈출하게 도와 달라고 부탁해야지. 마트는 생각했다. 출발 시간이 되자, 마트는 자신이 시간을 끌고 있다는 걸 깨달았다. 비상식량은 두 번이나 점검했다. 책 한 권을 추가한 다음 배낭의 무게를 확인하고 나서, 도로 그걸 뺐다. 골짜기는 아직도 그늘에 잠겨 있었지만, 해는 이미 높이 솟아 있었다. *여기서 하룻밤 더 잘 수도 있어.* 소년은 생각했다. 하지만 엘 파트론이 세상을 떠난 지금 오아시스는 안전하지 못할 터였다.

마트는 배낭을 어깨에 메고, 여분의 물통을 허리띠에 매단 다음, 포도 덩굴 정자 밑을 지나갔다. 탬 린처럼 뒤돌아보지 않고 갈 작정이었다.

산길의 첫 부분은 쉬웠다. 거기는 벌써 여러 차례 와 봤다. 하지만 곧 관목이 빽빽하게 들어찬 협곡이 나왔다. 관목 숲을 뚫고 나가야 했다. 가다 보니 머리끝에서 발끝까지 온통 나뭇잎 먼지로 뒤덮이고, 가루는 폐 속까지 들어왔다. 그래서 마른 도랑에서 휴식을 취하며 호흡을 조절해야 했다. 고작 한 시간이 지나갔다. 앞으로도 계속 이런 식이라면 아즈틀란에 도착하기까지 한 달은 걸릴 것이다.

마트는 배낭을 뒤졌다. 안쪽 주머니에서 흡입기가 나왔다. 그것 덕분에 고통 받던 폐는 마치 천국과도 같은 평온을 되찾았다. 또한 가죽 칼집에 든 무시무시한 마체테*도 발견했다. 좀 더 일찍 찾아냈으면 그렇게 고생하지는 않았을 텐데. 마트는 생각했다.

휴식을 끝낸 뒤에 마체테를 휘둘러 관목 숲에 길을 냈다. 아침 내내 얼굴과 팔을 긁어 대던 나무들에게 복수하는 기분은 통쾌하기 짝이 없었다.

골짜기 끄트머리에 다다르자 까마득히 높은 화강암 절벽

---

* 라틴 아메리카에서 쓰는 벌채용 칼 — 옮긴이

이 앞을 가로막았다. 지도를 확인해 보았다. 있었다. 붉은 선이 절벽 꼭대기까지 직선으로 표시돼 있었다. 그것은 마트가 올라가 본 적 있는 그 어느 절벽보다 높았다. 다른 루트를 찾아보았지만, 지도는 그 점에 대해서는 요지부동이었다. *다른 길 없슴. 너도 할 쑤 있다.* 탬 린의 조언은 그것이었다. 마트는 까마득히 높은 벼랑 꼭대기에서 아래를 굽어보는 관목을 현기증이 날 때까지 올려다보았다. 단 하나 좋은 게 있다면 셀리아를 밀어 올리며 갈 필요가 없다는 거였다.

마트는 바위틈에서 틈으로 조금씩 기어올랐다. 피로로 다리가 후들거리기 시작했다. 반쯤 올라가자 이제 1센티미터도 더 못 올라갈 것 같은 느낌이 들었다. 소년은 화강암 바위면을 껴안은 채 다리가 풀려서 떨어질 때까지 이렇게 얼마나 더 버틸 수 있을지를 생각해 보았다. 필경 뾰족한 바위 위로 떨어지게 되리라. 거기서 죽게 되리라. 의사들이 심장을 채취하도록 해 주는 게 나았을지도 모른다. 어떤 그림자가 마트의 몸을 스쳐갔다가, 잠시 후 되돌아왔.

이렇게 외진 곳에서 절벽 면에 그림자를 드리울 만한 것은 오직 하나뿐이었다. 마트는 불현듯 마음속에 격렬한 분노가 차오르는 걸 느꼈다. 그것은 분화구 속의 용암처럼 깊숙한 곳에서 솟구쳐 오르는 듯했다. 더 이상 피로도 낙담도 느껴지지 않았고, 그저 생존에 대한 뜨거운 욕망만이 맹렬히 솟구칠 뿐이었다. 마트는 힘겹게 발판에서 발판으로, 바위에서 바위로 옮겨 갔다. 그리고 마침내 꼭대기에 기어오른 뒤 벌렁 드러누운 채 숨을 헐떡이며, 자신이 해낸 일에 스스로 경악을 금치 못했다.

눈이 시리도록 푸른 하늘을 올려다보았다. 공중에서 빙빙 돌고 있는 새의 날개 치는 소리가 들렸다. *난 해내고야 말았다. 이 못생기고 쓸모없는 독수리야.* 마트는 속으로 중얼거린 다음 슬그머니 웃었다. 자신이 꼭 엘 파트론처럼 말한다는 생각이 든 것이다.

마트는 물 한 병과 과자 한 꾸러미로 성공을 자축했다. 그리고 대머리수리에게 돌멩이를 냅다 집어던졌다. 지도상으로는 그동안 10킬로미터가량 왔고 앞으로 10킬로미터 더 남아 있었다. 뉘엿뉘엿 해가 지고 있어서 어두워지기 전에 국경까지 가기는 힘들 것 같았다. 특별히 걱정되지는 않았다. 식량은 넉넉했고, 절벽과 한판 승부를 끝낸 뒤끝이라 무척 흐뭇했다.

마트는 능선을 향해 기어올랐다. 길은 훨씬 쉬워졌고 전망은 끝내줬다. 탬 린이 짐 속에 작은 망원경을 꾸려 넣었으므로, 자주 걸음을 멈추고 아편국을 돌아보았다. 아즈틀란 쪽의 땅은 여전히 산맥에 가로막혀 있었다.

길고 평평한 양귀비 밭이 보였고, 이짓의 무리로 추정되는 갈색 얼룩도 보였다. 정수 공장과, 이짓 사료 및 비료를 쌓아 놓는 창고 건물들이 눈에 들어왔다. 저택의 빨간 기와 지붕이 펼쳐져 있었고, 그 주변을 짙은 녹음이 둘러싸고 있었다. 마트는 뱃속에서 야릇한 감각이 스멀거리는 걸 느꼈다. 마트는 그게 슬픔이라는 걸 깨달았다.

아조 산맥의 봉우리 위에서 마트는 슬픔에 몸을 내맡겼다. 마구간에 갇힌 셀리아와 그와는 다른 방식으로 갇혀 있는 탬 린을 생각하며 울었다. 알라크란 집안이나 그 집안의 노예인 펠리시아, 파니, 에밀리아를 위해서는 한 방울의 눈물도 낭비하지 않았다. 하지만 엘 파트론을 위해서는 눈물을 흘렸다. 그는 눈곱만치도 동정 받을 가치가 없었지만, 그래도 이 세상에서 자신과 제일 가까운 사람이었다.

얄궂게도 엘 파트론이 아직 살아 있는 듯한 느낌이 들었는데, 어떤 의미에서 그것은 사실이었다. 왜냐하면 자신이 아직 존재하고 있으니까. 자신이 살아 있는 한, 엘 파트론은 세상에서 완전히 소멸하는 것은 아니었다.

마트는 봉우리의 정상에서 야영했다. 최근에 내린 비로 바위의 오목하게 패인 부분에는 빗물이 고여 있었고, 작은 계곡에서는 녹색 실유카가 자라고 있었다. 흙이 조금이라도 붙어 있는 곳에선 사막 당아욱의 연분홍 꽃이 만개해 있었다. 그리고 느지막이 꽃을 피우는 절벽 장미에 사방에서 벌들이 덤벼들고 있었다. 탬 린과 함께 다닐 때보다 더 많은 짐승들을 보았지만, 그래도 무서운 생각은 들지 않았다.

꼬리가 하얀 사슴이 저녁 햇살을 받으며 덤불을 뜯어 먹고 있었다. 수사슴 한 마리가 나무에 뿔을 비벼 대는 게 보였는데, 그것은 뿔을 갈려고 하는 것일 수도 있고 아니면 그저 가려워서 그러는 것일 수도 있었다. 알 수 없는 노릇이었다. 긴꼬리미국너구리 한 무리가 꼬리를 빳빳이 세우고 긴 코로 바닥을 가리키며 달려가는 게 보였다.

모든 게 살아 움직이는 것 같았다. 모든 게 종종걸음치고, 날아다니고, 굴을 파고, 갉아먹고, 그게 아니면 재잘거리고 있었다. 보이지 않는 물구멍 속에서 개구리가 개굴거렸고, 붉은꼬리매가 지나가자 바위다람쥐가 휘파람 소리를 냈다.

메스키트 꼭대기에 흉내지빠귀 한 마리가 앉아서 온갖 노래를 불러 재꼈는데, 그중에는 마트가 들어 본 것도 있었고, 녀석이 직접 작곡했음에 틀림없는 노래도 몇 곡 있었다.

뭐니 뭐니 해도, 마트에게 가장 인상적인 것은 야생의 음악이었다. 그것은 두렵거나 외로울 때 피아노를 연주하는 것과 똑같은 효과를 냈다. 그것은 오로지 아름다움만이 존재하는, 그리고 증오와 실망과 죽음으로부터 자유로운 또 다른 세계로 소년을 데려다 주었다.

마트는 아편국의 까마득한 불빛을 바라보면서 오래오래 앉아 있었다. 불빛은 많지 않았다. 저택은 어둠의 바다 속에 홀로 서 있었다. 공장, 창고, 이짓 우리는 모두 어둠에 잠겨 있었다. 바람 한 점 없는 날이라 이짓들은 필경 밭에서 잠을 자리라. 먼 곳의 들판에서는 아무 소리도 들리지 않았다. 그것은 진짜 풍경이 아니라 그림인지도 몰랐다. 가까운 곳에서 수리부엉이의 울음소리와 그칠 줄 모르고 이어지는 귀뚜라미 울음소리가 들려왔다. 산은 들판보다 더 어두웠지만, 살아 있었고 실제였다.

푹 자고 아침에 일어나자 힘과 자신감이 솟구쳤다. 아편국에는 낮은 안개가 깔려 있었는데, 그것은 가을에는 흔한 현상이었다. 눈길이 닿는 곳마다 온통 새하얀 연무로 뒤덮여 있어서 아무것도 보이지 않았다.

마지막으로 지도를 한번 들여다보고, 산길을 걷기 시작했다. 두 개의 봉우리를 잇는 길은 오르락내리락하면서 서서히 올라갔다. 고원의 초지 어딘가에서 누가 야구공을 때리는 듯한 소리가 들려왔다. 그 소리는 자꾸 자꾸 들려왔다. 사람들이 매와 대머리수리만이 구경하는 가운데, 저 위에서 정말로 야구를 하고 있을 리는 없었다.

가까이 다가갈수록 그것은 농익은 수박 두 개를 부딪치는 듯한 소리로 변했다. 어느 관목 주위를 유심히 살펴보니 큰뿔양 두 마리가 두 대의 트럭처럼 서로를 향해 돌진하는 게 보였다. 녀석들은 정면으로 박치기를 하고 비틀거리며 물러났다가 빠른 걸음으로 후퇴했다. 그리고 잠시 후 똑같은 행동을 되풀이했다. 한 무리의 암양들이 너무 바빠 구경할 새가 없다는 듯 바위틈에서 풀을 뜯고 있었다. 마트는 너무 기뻐서 큰 소리로 웃음을 터뜨렸다. 그러자 물론 양들은 바위에서 바위로 껑충껑충 건너뛰며 안전한 곳으로 달아났다.

정상 밑의 바위틈을 향해 걷는데, 이상한 소음이 다시금 들려왔다. 그것은 셀리아의 아궁이에서 불길이 맹렬히 타오르는 소리 같았다. 소음은 점점 커져서 이제는 소리를 하나 하나 구분할 수 있을 정도였다. 기계 돌아가는 소리, 경적 소리, 심지어는 놀랍게도 음악 소리까지.

마트는 또 다른 세계로 들어섰다. 발밑에는 아까와 똑같은 고요한 산이 누워 있었고, 수목이 우거진 골짜기를 매들이 순시하고 있었다. 하지만 그 너머에는 공장 단지와 마천루들의 소용돌이가 펼쳐져 있었다. 도로가 땅 위뿐 아니라, 빌딩들 사이의 허공을 느슨한 나선형으로 감아 오른 것이 보였다. 수많은 호버크라프트들이 쉼 없이 공중을 돌고 있었다. 눈길이 닿는 곳까지 건물들이 빽빽이 서 있었지만, 더러운 갈색 안개가 모든 것을 뒤덮고 있는 것으로 봐서 가시거리가 그다지 길 것 같지는 않았다. 웅웅거리고, 철컥거리고, 천둥치는 소리가 다 거기서 났다. 마트는 하도 놀라서 길바닥에 털썩 주저앉아 생각에 잠겼다.

태양은 중천에 떠 있었다. 마트는 탬 린이 준 모자를 찾아 배낭을 뒤졌다. 그래, 여기가 바로 아즈틀란이라는 곳이로군. 그곳은 상상했던 것과는 전혀 달랐다. 셀리아한테서는 마킬라도라 얘기를, 그리고 엘 파트론한테서는 두랑고에 대한 얘기를 들었고, 그 얘기들은 마음속에서 엘 라티고 네그로의 모험담과 뒤섞였다. 그 결과 마트의 머릿속에는 구질구질한 공단과 초라한 오두막집들, 그리고 예쁜 딸을 둔 악당 두목 소유의 멋진 농장들이 자리 잡았다.

사람들이 어떻게 저런 소음 속에서 살 수 있지? 어떻게 저런 데서 숨을 쉬지? 마트는 생각했다. 한눈에 알아볼 수 있는 울타리는 없었지만, 울타리를 떠받칠 수 있을 만한 장대들이 일렬로 서 있는 게 보였다. 국경선을 경계로 아편국 쪽 땅에는 개미 새끼 한 마리 얼씬거리지 않았다. 누군가 '위험! 방사능 물질!'이라고 쓴 커다란 입간판을 세워 놓기라도 한 것 같았다.

마트는 큰뿔양들이 서로 들이받던 풀밭을 향해 산길을 되밟아갔다. 거기서 쇠고기 육포와 마른 치즈로 간단하게 점심 식사를 했다. 여기서 오래 머물 수는 없었다. 아조 산맥의 우기는 극히 짧다. 마트는 작은 개구리 연못과 숨은 동굴들이 얼마나 금세 말라 버리는지 똑똑히 알고 있었다.

또한 저택으로 돌아갈 수도 없었다. 나가는 길은 오직 아즈틀란의 국경 너머에 있었다. *넌 할 수 있어.* 마트는 탬 린이 이렇게 말하는 걸 상상했다. *하지 않을 수가 없는 것 같아.* 마트는 생각했다. 그리고 고요한 풀밭, 실유카의 하얀 털, 나무 사이를 날아다니는 검은목참새들을 마지막으로 한 번 더 바라보았다.

마트는 모래가 깔린 가파른 구역을 미끄럼을 타고 내려갔다. 산 밑에 내려갔을 때는 덥고 먼지투성이인데다 내려오는 길에 촐라선인장 가시 십여 개가 몸에 박혀서 가렵기 짝이 없었다. 마트는 바위 그늘 속에 웅크리고 앉아 마지막 남은 물을 마셨다.

가시를 빼내는 건 불가능했다. 그것은 뽑으려고 하면 할수록 살 속 깊숙이 파고드는 것 같았다. 게다가 내려오는 길 어딘가에서 바지가 찢어지고 배낭 끈 하나가 떨어졌다.

망원경으로 국경선을 관찰했다. 눈에 보이는 것은 하나같이 귀에 들리는 소리만큼이나 추했다. 일렬로 서 있는 공장들이 공중으로 뭉클뭉클 연기를 내뿜었다. 그 너머로 국경선에는 버려진 기계류와 바닥에 검은 액체를 흘리는 탱크들이 뒤엉켜 있었다. 건물과 길게 늘어선 장대들 사이의 비좁은 공간에는 검은 액체가 고인 웅덩이들이 널려 있었다. 그런데 뭔가가 훨씬 가까운 곳에서 시야를 가로질렀다.

마트는 렌즈를 조절했다. 그것은 말 탄 사람이었다. *바로*

농장 경비대원이었다! 망원경으로 죽 살펴보니, 더 많은 경비대가 눈에 띄었다.

마트는 바위 틈새로 도로 몸을 숨겼다. 농장 경비대는 경야를 마친 뒤에 다시 업무에 복귀한 것이 틀림없었다. 저들은 내가 미끄러지고 넘어지며 산을 내려오는 걸 보았을까? 너무 무서워서 갈 수가 없었다. 안 가자니 그것도 무서웠다. 다행히도 지금 숨어 있는 우묵한 구멍은 꽤 깊었다. 긴장으로 팽팽해진 시간이 30분가량 흐른 뒤, 마트는 농장 경비대가 아무것도 못 봤으리라는 결론을 내렸다. 아니면 자신이 갈증에 시달리다가 기어 나오기를 그냥 기다리고 있는 건지도 몰랐다. 시간이 흐를수록 갈증이 점점 심해졌다. 끔찍할 정도였다.

세어 보니 경비대원은 총 여섯 명이었다. 그들은 말을 타고 천천히 오락가락했다. 국경선에 경비대가 보이지 않는 때는 없었고, 그래서 마트가 남은 몇 백 미터를 달려서 자유를 찾을 수 있는 기회는 없었다. 해가 서쪽으로 떨어지고 있었다. 그림자들이 길어졌다. 마트는 갈증을 달래려고 바위를 핥았다.

해가 졌다. 땅거미가 내리며 동쪽 하늘 위쪽은 옅은 파랑,

아래쪽은 회색으로 나뉘었다. 햇빛이 아직도 공기 중의 먼지층을 비추는 경계선은 장미 빛을 띠었다. 갑자기 소동이 일어났다. 한 무리의 남자들이 웬 고철 더미에서 튀어나와 국경선을 넘어 달려갔다. 사내들이 장대들의 선을 지나자마자 사이렌이 일제히 울려 퍼졌다. 농장 경비대가 그들을 붙잡기 위해 전속력으로 달려갔다.

마트는 즉시 다른 방향으로 튀어나갔다. 반응하는 데 일 초도 걸리지 않았다. 이것은 기회였다. 마트는 있는 힘을 다해 달음박질쳤다. 왼쪽에서 고함 소리와 함께 빛이 번쩍하며 딱 하는 소리가 크게 울렸다. 그것은 엘 파트론의 생일 파티 때 본 적이 있는 무기였다. 그것은 불법 입국자들의 머리칼을 태우고 심장 박동을 정지시키는 최고급 스턴 총이었다. 대개 멈추었던 심장은 다시 뛰고, 그래서 불법 입국자들을 이짓으로 탈바꿈할 수 있었다.

말발굽 소리가 들려왔다. 마트는 몇 사람이나 뒤따라오는지 돌아볼 엄두가 나지 않았다. 유일한 기회는 국경선을 넘는 것이었으므로, 큰뿔양도 놀래 자빠질 만큼 날쌔게 내달렸다. 말 한 마리가 다가오는 게 눈에 들어왔다. 마트는 말머리를 향해 망원경을 던졌다. 그러자 말이 방향을 틀었다.

기수는 말을 세운 다음 억지로 다시 방향을 틀었다.

장대들이 가까워졌다. 바닥이 흙에서 시멘트로 바뀐 것이 보였다. 마트는 조금 더 속도를 높였지만, 농장 경비대원이 배낭을 움켜잡고 말고삐를 잡아당겼다. 마트는 허리띠를 풀고 배낭을 벗어던졌다. 몸이 갑자기 가벼워지는 바람에 소년은 국경선을 통과하면서 기름기 도는 검은 웅덩이 위로 고꾸라졌다. 그리고 끈적한 자국을 남기며 건너편으로 주욱 미끄러졌다.

마트는 미친 듯이 눈을 비비며 일어섰다. 농장 경비대원이 되돌아가는 걸 확인한 다음 자신의 몰골을 살펴보았다. 아즈틀란 사람들에게 자신이 난민이라는 확신을 심어 주는 것은 식은 죽 먹기일 듯했다. 배낭도 없고, 돈도 없고, 머리 끝에서 발끝까지 온통 시꺼먼 기름투성이였다.

두 번째 삶

26

미아 소년들

"정말 용감한 꼬마군!"

한 사내가 말했다. 마트는 머리칼에서 흘러내리는 끈적한 기름을 닦아 냈다. 제복을 입은 사내 둘이 고철과 탱크 사이로 다가오는 모습이 보였다.

"얘, 꼬마야! 이름이 뭐냐?"

한 사내가 물었다.

마트는 순간적으로 어쩔 줄 몰랐다. 사실 그대로 털어놓을 수는 없었다.

"마, 마트 오르테가."

마트는 음악 선생의 성을 훔쳤다.

"넌 진짜 용사다! 난 그 자식이 네 배낭을 붙잡았을 때 꼭 붙잡히는 줄 알았다. 나머지 식구들도 오늘 저녁에 넘어왔느냐?"

국경 수비대원이 말했다.

"아, 아뇨. 우리 식, 식구들은……."

흥분이 가라앉고 나자 허탈감이 몰려왔다. 마트는 제 몸을 껴안고 이빨을 딱딱 마주쳤다.

수비대원이 부드럽게 말했다.

"얘야, 지금 당장 설명할 필요는 없다. 넌 방금 혼쭐이 났지 않느냐. 아이고! 너를 보면서 조마조마해서 혼났다. 안으로 들어와서 목욕도 하고 뭘 좀 먹으려무나."

마트는 시멘트 바닥에서 미끄러지지 않도록 조심조심 뒤를 따라갔다. 온몸이 기름 찌꺼기투성이였고, 아슬아슬하게 도망치면서 간이 콩알만 하게 오그라들어 있었다.

수비대원들은 소년을 커다란 콘크리트 세면장으로 데려갔다. 사방의 벽에 샤워기가 붙어 있었다. 그들은 솔과 녹색 비누를 한 덩어리 내 주었다.

"바구니에서 깨끗한 속옷을 한 벌 꺼내 입어라."

한 사람이 이렇게 가르쳐 주었다.

이건 꿈이 아닐까. 마트는 김이 피어오르는 더운 물을 틀어 놓고 몸을 닦고 또 닦았다. 아즈틀란에서 환영받을 수 있을지 걱정했는데 사람들은 자신을 손님처럼 깍듯이 대해 주었다. 자신을 보고 놀라는 기색이 조금도 없는 듯했다.

그리 허름해 보이지 않는 짙은 올리브색 작업복을 찾아냈다. 옷감은 바닥 솔처럼 거칠었으나 남들과 어울리는 데는 도움이 될 터였다. 자신은 인간으로 통할 수 있었다.

마트는 욕실을 나가 식탁 앞에 앉았다. 한쪽 소매에 벌집 모양의 기장을 단 검은 제복의 사나이가 토르틸라와 콩이 담긴 접시를 가져다주었다.

"감사합니다. 정말 맛있겠네요."

마트가 말했다.

"호오! 여기 귀족이 와 있네 그려. 라울, 파수꾼을 하면서 누구한테 고맙다는 말을 들어본 게 얼마 만이지?"

수비대원 하나가 말했다.

"아메리카가 콜럼버스를 발견한 뒤[*]로 처음이지 아마."

라울이 말했다. 그는 의자를 끌어당겼다.

"좋다, 꼬마야. 넌 국경에서 무얼 하고 있었느냐?"

마트는 콩을 우물우물 씹으며, 탬 린이 미리 가르쳐 준 대로 말했다. 부모는 농장 경비대에 붙들려 갔다. 자신은 겁이 나서 도로 국경선을 넘어왔다. 산 루이스로 가고 싶다.

"부모를 그렇게 잃다니 정말 힘들겠구나. 너 산 루이스에서 왔니?"

라울이 말했다.

"거기에는 내…… 친구가 있어요."

마트는 마리아를 정확히 뭐라고 설명해야 할지 몰라 더듬거렸다.

사내는 어깨를 들썩했다.

"넌 무슨 일을 할 수 있느냐?"

일이라고? 마트는 어리둥절했다. 아편 제국을 다스리는 법은 알고 있지만, 사내가 듣고 싶어 하는 게 그런 얘기 같지는 않았다.

"난 피아노를 칠 수 있어요."

---

*서구에서는 콜럼버스가 아메리카를 '발견'했다고 하지만 이는 사실이 아니다. 아메리카 대륙에는 이미 원주민들이 살고 있었기 때문이다. 그래서 아메리카가 콜럼버스를 발견했다는 농담이 나오는 것이다.

마트는 드디어 대답했다. 라울은 폭소를 터뜨렸다.

"이제 보니 정말 귀족일세 그려."

다른 수비대원이 말했다.

라울은 마트가 우거지상을 하는 걸 보고 말했다.

"오해하지 마라. 우리는 미술과 음악을 좋아한다. 하지만 새 아즈틀란에서 우리는 취미 생활을 할 여가가 없다. 우리는 인민의 공동 선에 기여해야 하거든."

"그것은 힘들지만 공정하다."

다른 사내가 거들었다.

"그러니 자기 코일의 균형을 잡는다거나 양전자 정화기 관리 같은 특별한 기술이 있다면, 우리한테 말해 달라는 거다."

양전자 정화기라, 난 그게 뭔지도 모르겠는데. 마트는 생각했다. 마트는 머리를 쥐어짰다.

"난 정수에 관해 배웠어요."

마트는 드디어 입을 열었다. 그건 사실이 아니었다. 정수 공장을 견학한 적은 있었다. 하지만 충분히 써먹을 수 있을 만큼 기억이 날 것 같았다.

"그런 공장은 자동화가 다 됐잖아."

국경수비대가 말했다.

"잠깐, 방금 그럴듯한 생각이 났다."

라울이 말했다.

"그게 달아나기 전에 얼른 밟아."

수비대원이 말했다.

"됐네, 이 사람아. 산 루이스의 플랑크톤 공장에서는 항상 일손이 딸리거든. 거기서 하는 일이 정수하고 비슷한 거지. 그런데 이 꼬마가 가고 싶어 하는 데가 바로 거기란 말이야."

사내들은 그게 기발한 아이디어라고 생각하는 것 같았고, 그리고 마트는 그들이 무슨 얘기를 하는지 알 턱이 없었으므로 플랑크톤 공장이 괜찮은 것 같다고 말했다. 어쨌든 그것은 산 루이스에 있으니까. 얼른 그만두고 산타클라라 수녀원을 찾아가면 되는 것이다.

마트는 초소에서 그날 밤을 보내고, 아침에 라울을 따라 커다란 회색 건물로 갔다. 높직이 뚫린 창문마다 빈틈없이 쇠창살이 쳐 있었다.

라울이 말했다.

"꼬마야, 넌 운이 좋다. 마침 내일 산 루이스행 호버크라프트를 띄울 예정이었으니까."

그는 철문을 열쇠로 땄다. 조명이 희미한 복도가 나왔다. 국경 수비대원 둘이 강화 유리로 된 문 앞에서 탁자를 사이에 두고 비스듬히 앉아 있었다. 그들은 마트가 한 번도 본 적이 없는 게임을 하고 있었다.

작은 사람들이 탁자 위의 공중에 떠 있는 것 같았는데 나무와 건물들, 모닥불 위에서 부글부글 끓는 냄비도 있었다. 마트는 냄비와 불에 매혹됐다. 그것은 정말 진짜 같아서, 불꽃 위로 물이 튀는 소리까지 들리는 것 같았다. 작은 사람들의 절반은 짐승 가죽을 몸에 두르고 창을 들고 있었다. 나머지 절반은 사제복 차림이었다. 두 국경 수비대원은 은빛 장갑을 끼고 있었는데, 손가락을 써서 게임의 말을 움직였다.

"산 루이스 하나 더."

라울이 말했다. 두 사내는 마지못해 게임을 껐다.

"그림이 다 어디 갔어요?"

마트가 말했다.

"꼬마야, 홀로 게임 처음 봤니?"

"물론 처음은 아니에요."

마트는 거짓말했다. 괜한 의심을 사고 싶지 않았다.

"아, 알겠다. 이 게임을 처음 봤구나. 하긴 아주 오래된 거니까. 크롯 같은 정부가 우리한테 보내 준 게 다 이따위란다."

국경 수비대원 하나가 말했다.

"애 앞에서 그런 상스러운 말은 쓰지 말게."

라울이 말했다.

"미안하네."

수비대원이 말했다. 그가 게임을 켜자, 조그만 사람들이 다시 나타났다.

"봐라, 저쪽은 식인종이고 이쪽은 선교사란다. 식인종들의 목표는 선교사를 끓는 냄비 속으로 밀어 넣는 거지."

"그럼 선교사는요?"

마트가 물었다.

"식인종을 교회로 밀어 넣어야 해. 하지만 그 전에 먼저 세례를 해 줘야 하지."

마트는 작은 선교사가 고함을 지르는 식인종을 잡아 누른 채 머리 위에 물을 뿌리는 모습을 홀린 듯이 지켜보았다. 그래, 저게 바로 세례라는 거군.

"재미있겠는데요."

마트는 말했다.

"아무렴. 이걸 이천 번 정도 해 보지 않은 사람은 그렇게 말하지."

사내는 게임을 끄고 유리문의 잠금 장치를 푼 다음 라울과 마트를 들여보냈다.

"왜 문을 다 잠가 두는 거예요?"

마트가 물었다.

"정연한 물자 생산은 인민의 공동 선에 지극히 중요하니까."

라울이 말했다.

거 참, 얘기를 괴상하게 하는군. 마트는 생각했다. 하지만 마트의 시선은 작업대 앞에서 일하는 소년들로 가득 찬 방에 못박혔다. 모두들 하던 일을 멈추고 마트를 돌아보았다.

마트는 아이들과 놀아 본 적이 한 번도 없었다. 학교에 가 본 적도, 운동을 해 본 적도, 마리아 말고는 같은 또래의 친구를 사귄 적도 없었다. 대부분의 사람들이 자신에게 보이는 반응은 증오였다. 그래서 수많은 소년들 속으로 갑자기 떠밀려 들어간 경험은 피라니아가 들끓는 웅덩이에 빠진 것과 비슷했다. 마트는 아이들이 자신에게 덤벼들 거라고 지레짐작했다. 그래서 탬 린에게 배운 가라테 자세를 취한 채 꼼짝 않고 서 있었다.

소년들이 앞으로 몰려나오며 앞 다투어 말을 걸었다.

"너 이름 뭐니? 넌 어디로 가게 됐니? 돈은 있니?"

라울은 마트의 기묘한 자세를 눈치 챘는지 아이들을 밀어냈다.

"됐다, 애들아. 애 이름은 마트다. 잠시 혼자 있게 놔둬라. 얼마 전에 꿈나라에서 부모님을 잃었으니까."

소년들은 작업대 앞으로 되돌아갔지만, 호기심 어린 눈으로 마트를 힐끗거렸고 그중 한둘은 웃음을 지으며 마트를 꾀어내려고 했다.

마트가 문 앞에 서 있는 동안 라울은 실내를 돌아다니며 소년들의 작업에 대해 평가했다. 어떤 아이들은 작은 기계 부품을 조립하고 있었고, 어떤 아이들은 기다란 플라스틱을 샌들에 끼워 넣고 있었다. 또 어떤 아이들은 무슨 가루를 계량해서 캡슐에 담은 다음, 완성된 캡슐을 세어 병에 담고 있었다.

라울은 덩치 큰 소년 앞에서 걸음을 멈추었다. 소년은 구부러진 나무 조각을 사포로 문지르고 있었다.

"차초, 우리는 취미 활동을 할 여가가 없다. 정연한 물자 생산은 인민의 공동 선에 극히 중요하다."

"크롯 같은 공동 선."

차초는 여전히 나무를 문지르며 중얼거렸다.

라울은 그런 욕설(마트는 그게 무슨 뜻인지 몰랐지만, 그게 욕이라는 것만큼은 의심하지 않았다.)을 듣고 화가 났는지 모르겠지만, 밖으로 드러내지는 않았다. 그는 차초의 손에서 나무 조각을 빼앗았다.

"국가의 번영에 몸 바치는 것은 시민이 소망할 수 있는 최고의 미덕이다."

차초가 말했다.

"예, 맞아요. 노동은 자유다. 자유는 노동이다. 그것은 힘들지만 공정하다."

"그것은 힘들지만 공정하다. 그것은 힘들지만 공정하다."

소년들이 따라 외쳤다. 아이들은 박자에 맞춰 탁자를 두드렸고, 소리는 점점 크고 소란스러워졌다. 드디어 라울은 두 손을 들어 그만하라는 신호를 보냈다.

그는 빙그레 웃으며 말했다.

"너희들의 기백이 높은 걸 보니 기분이 좋구나. 너희들은 내가 지루한 늙다리 파수꾼이라고 생각할지 모르겠지만, 언젠가는 이런 교훈의 중요성을 이해하게 될 거다."

그는 마트를 방 한가운데로 데려갔다.

"이 아이는 산 루이스로 갈 거다. 모두들 이 아이를 환영해 주길 바라지만, 얘가 혼자 있고 싶어 하면 귀찮게 굴지 마라. 이 아이는 불과 얼마 전에 끔찍한 이별을 경험했으니까 말이다."

라울은 방을 나간 다음, 마트가 눈치 채기 힘들 정도로 슬그머니 문을 잠갔다. 저 사람들은 왜 문을 잠그는 걸까? 그런데 파수꾼이란 뭘까? 마트가 파수꾼이란 말을 들은 것은 이번이 두 번째였다.

마트는 소년들을 쨰려보았다. 이제 감시하는 사람이 없어지자 일하는 속도는 느려졌다. 엘 파트론은 누구한테도 빈틈을 내보이지 말고 먼저 자신의 권위를 세우라는 얘기를 입버릇처럼 했다. 마트는 자신이 이곳의 주인이나 되는 양 일하는 소년들을 향해 걸어갔다.

"이거 같이 할래?"

캡슐을 만들던 말라깽이 꼬마가 말했다. 마트는 당당하게 방 안을 둘러보았다. 그리고 짧게 고개를 끄덕였다.

"원한다면 내 일을 도와줘도 돼."

꼬마가 제안했다.

"내가 충고 하나 하겠는데, 기회가 있을 때 엉덩이 붙이고 앉아."

차초가 방 저쪽에서 말했다. 덩치 큰 소년은 기다란 플라스틱을 샌들에 끼워 맞추고 있었다. 마트는 샌들 만드는 작업대로 느릿느릿 걸어갔다. 엘 파트론은 절대로 불안하거나 뭐가 모자란 티를 내지 말라고 했다. 사람들은 불안하거나 뭐가 모자란 이들을 이용해 먹는다.

"그건 왜?"

마트는 어지럽게 쌓인 긴 플라스틱 조각을 내려다보며 물었다.

"왜냐하면 내일부터 파수꾼들이 일 하라고 엉덩이를 걷어찰 테니까."

차초가 말했다. 차초는 몸집이 크고, 우락부락하게 생긴 소년이었다. 손은 큼직했고 검은 머리를 오리털처럼 매끄럽게 뒤로 넘기고 있었다.

"난 산 루이스로 가는 줄 알았는데."

"아, 그건 맞아. 나하고 피델리토도 거기 가지."

차초는 여덟 살쯤밖에 안 돼 보이는 말라깽이 꼬마를 가리켰다.

"하지만 내가 장담하는데 우리는 호버크라프트에 타기 전에, 그리고 거기 타고 있는 동안, 그리고 그 크롯 같은 호버크라프트에서 내린 다음에도 일하게 될 거야. 두고 봐."

그래서 마트는 어슬렁거리고 돌아다니며 아이들이 잡다한 일들을 하는 걸 지켜보았다. 결국은 피델리토 옆에 자리를 잡았는데, 꼬마는 신입자한테 인정받은 걸 뛸 듯이 기뻐했다. 피델리토는 방 안에서 모자라는 게 제일 많은 아이였고, 그래서 당연히 모두에게 얕보였다.

"그건 무슨 약이야?"

마트는 물었다.

"비타민 B. 이건 원래 몸에 좋은 거래. 하지만 한 번에 열 개나 열두 개를 먹으면 병 나."

피델리토가 말했다.

"네가 무슨 마약 중독자냐? 비타민제를 열댓 개씩 먹는 사람이 어디 있어?"

차초가 말했다.

"난 배가 고팠어."

피델리토가 말했다.

마트는 깜짝 놀랐다.

"그건 여기서 먹을 걸 안 준다는 뜻이니?"

"물론 주기야 주지, 생산량이 충분하면. 그저 내가 그렇게 빠르지 못한 것뿐이야."

"넌 아직 어리잖아."

마트는 열을 내어 말하는 어린 소년이 가여워졌다.

"그건 중요한 게 아냐. 원래 모두가 똑같은 양을 생산하게 돼 있어. 여기 있는 동안 우리는 평등하거든."

피델리토가 설명했다.

"그것은 힘들지만 공정하다."

차초가 방 저쪽에서 노래하듯 말했다.

다른 아이들도 따라 외우며, 온 방이 들썩들썩할 때까지 작업대를 두들겼다. 국경 수비대원 하나가 확성기를 통해 입 다물라고 말했다.

"너 부모님이 잡혀가는 거 봤니?"

소란이 가라앉자 피델리토가 물었다.

"입 다물어! 그 애를 그냥 내버려둬!"

몇몇 아이들이 외쳤지만, 마트는 라울이 하던 대로 조용히 하라는 뜻으로 손을 들었다. 흐뭇하게도 소년들은 순순히 따랐다. 엘 파트론이 알려준 권위를 세우는 방법은 정말로 통했다.

"그 일이 일어난 건 어제 아침이었어."

마트는 즉석에서 얘기를 꾸며냈다. 그러면서 농장 경비대의 주의를 분산시켰던 불법 입국자의 무리를 떠올렸다.

"빛이 번쩍하는 게 보였어. 아빠가 나한테 국경으로 돌아가라고 소리쳤어. 엄마가 쓰러지는 게 보였고, 그 다음에 어떤 남자가 내 배낭을 붙잡았어. 난 배낭을 벗어던지고 뛰었지."

슬픈 얼굴을 한 소년이 말했다.

"난 그 번쩍거리는 빛이 뭔지 알아. 그건 무슨 총 같은 건데, 맞으면 죽어. 우리 엄마는……."

소년은 목이 메어 더 이상 말하지 못했다. 피델리토는 작업대에 엎드렸다.

"혹시, 혹시 부모님을 잃어버린 애들이 더 있니?"

마트는 더듬거렸다. 마트는 자신의 탈출에 대해 극적인 이야기를 꾸며내려고 했었다. 이제 보니 그것은 너무 가혹한 일 같았다.

"우리는 다 그래. 넌 아직 모르는 모양인데, 여기는 고아원이야. 이제는 국가가 우리 가족이야. 국경 수비대가 국경에서 대기 중인 이유가 바로 그거지. 그들은 국경을 향해 달아나는 돌대가리들의 애들을 잡아다가 파수꾼들한테 넘기는 거야."

차초가 말했다.

"할머니는 돌대가리가 아니었어."

피델리토가 두 팔에 얼굴을 묻고 말했다.

차초가 말했다.

"너희 할머니. 오, 젠장, 피델리토, 너희 할머니는 미국으로 도망치기에는 너무 늙으셨어. 너도 그건 알잖아. 하지만 너희 할머니는 널 무척 사랑하셨어."

차초가 이렇게 덧붙이자 꼬마는 훌쩍거렸다.

"그러니 너도 어떻게 된 건지 알겠지. 우리는 모두 크롯 같은 인민의 공동 선을 위한 크롯 같은 물자 생산의 일부라고."

차초는 마트에게 말했다.

"라울이 들으면 어쩌려고."

누군가 말했다.

"난 그 자식더러 읽으라고 내 엉덩이에 문신이라도 해 놓고 싶어."

차초는 말하고, 작업대 위에 어지럽게 쌓인 플라스틱 더미에 다시 손을 내밀었다.

27

다리가 다섯 개 달린 말

 그날 하루는, 마트의 관점에서는, 아주 좋았다. 마트는 작업대를 이리저리 돌아다니며 아이들끼리 나누는 대화에 귀기울이며 정보를 수집했다. 혹시 누가 자신이 왜 그렇게 모르는 게 많은지 의아해할까 봐서, 질문은 많이 하지 않았다. 알고 보니 파수꾼들은 스스로를 돌볼 능력이 없는 사람들을 책임진다고 한다. 그들은 고아, 노숙자, 미치광이들을 데려다가 훌륭한 시민으로 개조시킨다고 했다. 고아들을 가리켜 미아 소년, 혹은 미아 소녀들이라고 하는데, 소년 소녀들은 서로 다른 건물에서 살았다. 모두들 파수꾼을 싫어하는 듯했다. 마트는 그 이유가 궁금했지만, 그나마 자신의 감정을 솔직하게 털어놓는 아이는 차초뿐이었다. 라울은 괜찮은 사람 같았는데.

마트는 또한 여기서는 아편국을 꿈나라라고 부른다는 것도 알았다. 국경 너머에 뭐가 있는지 제대로 아는 사람은 아무도 없었다. 좀비 노예와 성에 사는 흡혈귀 대왕에 관한 얘기만 숱하게 나돌았다. 그곳의 산에 사는 추파카브라들은 이따금씩 염소 피를 마시러 아즈틀란으로 건너온다고 했다.

부모들이 잡히는 장면을 보지 못한 아이들은 그들이 무사히 미국으로 건너갔다고 믿었다. 몇몇 아이들은 확신에 찬 어조로 자신들은 그저 부모님이 데려갈 날만 기다리고 있다고 말했다. 꿈나라 너머에 있는 황금 천국에 가면 모두들 부자가 되어 행복하게 살 거라고 했다.

마트는 회의적이었다. 농장 경비대는 대단히 유능했다. 게다가 엘 파트론이 들려준 얘기에 따르면, 미국에서 도망쳐 나오는 사람들의 수는 거기로 가는 사람들의 수와 맞먹는다고 했다. 과거에는 북쪽에 황금 천국이 있었는지 모르겠지만, 지금은 더 이상 그런 건 없었다.

마트는 피델리토가 캡슐을 만드는 걸 도와주었다. 꼬마가 큰 애들보다 속도가 느리다는 이유로 음식을 빼앗기는 건 말할 수 없이 불공평한 일로 보였다. 하지만 피델리토가 너무도 열렬한 숭배로 반응하는 바람에 마트는 자신의 선행을 후회하게 되었다. 피델리토라는 꼬마 녀석은 복슬이를 연상시키는 데가 있었다.

점심 시간은 30분간이었다. 먼저 수비대원들이 아이들의 오전 작업량을 점검했다. 그 다음에 김이 무럭무럭 나는 콩 요리가 담긴 솥을 가져와서 토르틸라를 나눠 주었다. 아이들은 누구나 음식을 먹기 전에 '훌륭한 시민의 다섯 가지 원칙'과 '올바른 정신 집중에 이르는 네 가지 태도'를 암기해야 했다. 음식은 저마다 할당량을 채웠는지 여부에 따라 달리 분배되었다. 피델리토는 자신의 그릇이 가득 채워지자 빛나는 눈으로 마트를 바라보았다.

점심 식사 뒤에 다시 작업이 시작되었다. 마트는 잠시 피델리토의 일을 돕다가 기분 전환을 위해 차초의 작업대로 갔다. 마트는 샌들에 어떤 모양을 짜 넣어야 하는지 금방 이해했다.

"가능할 때 즐겨라."

차초가 투덜대듯 말했다.

"뭘 즐기라는 거야?"

마트는 완성된 샌들을 들어 올리며 말했다.

"이 일 저 일 옮겨 다니는 짜릿한 흥분 말이야. 일단 자리를 잡으면, 파수꾼들은 너한테 똑같은 일만 시킬 거다. 그게 효율적이거든."

마트는 플라스틱을 짜 맞추며 방금 들은 얘기를 되씹어 보았다.

"다른 일을 시켜 달라고 부탁하면 안 돼?"

차초는 웃음을 터뜨렸다.

"물론 부탁할 수는 있어. 하지만 그런 부탁을 들어주는 일은 없지. 라울 얘기로는, 꿀벌들은 무슨 일이 주어지든 최선을 다한대. 그 사람 표현을 빌리면 이런 식이지, '이 자식아, 어림 반 푼 어치도 없는 소리 하지 마라.'"

마트는 더 오랫동안 생각에 잠겼다.

"아까 문지르던 그 나무 조각은 뭐였니?"

순간적으로 마트는 소년이 대답해 주지 않을 거라고 생각했다. 차초는 플라스틱 조각을 세차게 꺾었고, 그것은 툭 부러졌다. 차초는 새 것을 가지고 다시 시작해야 했다. 소년은 마침내 입을 열었다.

"그 나무를 찾아내는 데 몇 주일이 걸렸어. 그건 낡은 나무 상자에서 떨어져 나온 조각 같았지. 난 그걸 윤을 내고 사포로 문질렀어. 조각을 좀 더 모아서 아교로 붙일 생각이었지."

차초는 다시 침묵했다.

"그런데 뭘 만들려고?"

마트가 얘기를 재촉했다.

"아무한테도 말 안 할 거지?"

"물론이야."

"기타."

그것은 전혀 예상치 못한 답이었다. 차초의 손은 너무 투박해서 악기를 다룰 수 있을 것 같지가 않아 보였다.

"기타 연주할 줄 아니?"

"우리 아버지만큼 잘 하지는 못해. 하지만 아버지한테 기타 만드는 법을 배웠는데, 그것만큼은 정말 솜씨가 있었어."

"너희, 너희 아버지는 꿈나라에서 붙잡혔니?"

마트가 물었다.

"뭐라고! 넌 내가 이 낙오자들하고 똑같은 줄 아니? 난 못생겨서 갇혀 있는 거야. 난 고아가 아니라고! 우리 아빠는 미국에서 살고 계셔. 우리 아빠는 주머니에 다 집어넣지도 못할 만큼 돈을 많이 버셨어. 이제 집만 사면 당장 나를 데려가실 거야."

차초는 무척 화가 난 듯했지만, 마트는 그 목소리를 듣고 그 애가 울음이 터지기 직전이라는 걸 알 수 있었다.

마트는 차초를 쳐다보지 않고, 샌들 만드는 일에 집중했다. 다른 아이들도 제각기 맡은 일에 몰두하고 있었다. 모두들 차초의 아버지가 누군가를 데려가는 일은 절대 없으리라는 걸 알고 있었고, 또 알아야만 했다. 차초의 아버지는 뜨거운 태양 아래서 하루 종일 허리를 구부렸다 폈다 하며 양귀비 열매에 상처를 내고 있을 것이다. 그리고 바람 잔 밤이면 구덩이에서 올라오는 악취에 질식하지 않도록 밭에서 잠을 잘 것이다.

저녁때도 점심때와 똑같은 절차가 반복되었다. 음식은 똑같았다. 식사 후에 소년들은 설거지를 하고, 작업장을 정리하고, 작업대를 한쪽으로 옮겨 놓았다. 그리고 창고에서 침대를 끌어내 3단으로 쌓았다.

"피델리토 거는 맨 밑에다 놔."

누군가 마트에게 말했다.

"그게 어느 건데?"

마트가 물었다.

"매트리스 냄새를 맡아 봐."

차초가 말했다.

"나도 어쩔 수가 없어."

꼬마가 항변했다.

아이들은 국경 수비대의 지휘에 따라 공동 세면장으로 줄지어 들어갔다. 마트는 텔레비전 미술 수업 시간 외에는 누가 벌거벗고 있는 모습을 본 적이 없었다. 그런데 그건 무안하기 짝이 없는 일이었다. 마트는 자신이 클론이란 걸 밝혀 놓은 글을 아무도 읽지 못하게 오른발을 바닥에 딱 붙이고 있었다. 마트는 거친 잠옷을 향해 어깨를 들썩해 보이고 기쁜 마음으로 이제는 침실이 된 작업장으로 돌아갔다.

"이제부터 자는 거야?"

마트는 물었다.

"이제부터 이야기를 듣게 되지."

차초가 말했다. 소년들은 무엇 때문인지 신이 나는 듯했다. 모두들 창가의 침상 주변으로 몰려들자, 차초는 벽에 귀를 갖다 댔다. 잠시 후 소년은 창문을 가리키며 고개를 끄덕였다.

피델리토가 새끼 원숭이처럼 3단 침대를 기어오르더니 잠옷을 들어올렸다. 꼬마에게는 지극히 영광스러운 순간이었다.

"내가 그놈한테 세계 지도를 보여 주리라."

피델리토가 큰 소리로 선언했다.

마트는 생각했다. 그놈이라니 누구? 그리고 세계 지도란 뭘 말하는 거야? 피델리토는 높직이 뚫린 창문의 쇠창살 틈으로 깡마른 엉덩이를 밀어넣고 흔들어댔다. 1분 뒤 라울의 목소리가 들려왔다.

"언제 한번 새총을 가져와야겠어."

피델리토는 다른 소년들의 환호를 받으며 침대를 타고 내려왔다.

"이렇게 할 수 있을 만큼 작은 애는 나밖에 없어."

피델리토는 마치 싸움닭처럼 으쓱거리며 돌아다녔다.

라울이 들어왔을 때, 그는 방금 전에 놀림 받은 일에 대해 아무 말도 하지 않았다. 그는 의자를 가져다 놓았고, 소년들은 침상에 앉아서 귀 기울였다. 오늘 이야기의 제목은 '개인주의는 왜 다리가 다섯 개 달린 말과 같은가'였다. 라울은 사람들이 협동할 때만 만사가 술술 풀린다고 설명했다. 사람들은 목표를 정한 다음에 그것을 성취하기 위해 서로 돕는다고 했다. 파수꾼은 소년들에게 말했다.

"한번 생각해 봐라. 너희들이 한 배를 탔는데, 반은 이쪽으로 가고 싶어 하고, 반은 저쪽으로 가고 싶어 한다면 어떻게 될까?"

라울은 기대에 찬 얼굴로 기다렸고, 잠시 후 누군가 손을 들고 말했다.

"배가 제자리에서 빙빙 돌 거예요."

"바로 그거다! 우리는 해안에 닿으려면 힘을 합쳐 노를 저어야 한다."

라울은 아이들을 향해 웃음을 지으며 말했다.

"해안에 닿고 싶지 않으면 어떡해요?"

차초가 말했다.

"아주 좋은 질문이다. 우리가 몇 날 며칠 동안 배에서만 있다면 어떻게 될지, 누구 말해 볼 사람?"

라울은 대답을 기다렸다.

"우리는 굶어 죽을 거예요."

한 아이가 대답했다.

라울이 말했다.

"차초, 잘 들었지? 우리는 모두 굶어 죽을 거다. 이제 다리가 다섯 개 달린 말의 문제를 생각해 보자. 말은 네 다리로 아주 잘 뛴다. 말은 그러라고 생겼지. 그런데 말한테 저밖에 모르는 다리가 하나 더 생겼다고 가정해 보자. 다른 네 다리는 달리고 또 달리는데, 새로 생긴 다리는, 우리는 이걸 개인주의라고 부른다, 아름다운 풀밭을 즐기기 위해 천천히 걷고 싶을 수도 있고, 아니면 낮잠을 자려고 할 수도 있다. 이렇게 되면 가엾은 짐승은 쓰러지고 말 거다! 우리가 불쌍한 말을 수의사한테 데려가서 새로 생긴 다리를 잘라 내야 하는 이유가 바로 그거지. 가혹하게 들릴 수도 있지만, 새 나라 아즈틀란에서는 모두가 협동하고 있다. 그렇지 않으면 결국 땅에 쓰러지고 말 테니까. 누구 질문 있는 사람?"

라울은 한참을 기다렸다.

드디어 마트가 손을 들고 말했다.

"그 말의 머리 속에다 컴퓨터 칩을 집어넣지 그래요? 그러면 다리가 몇 개든 문제가 안 될 텐데요."

놀람의 물결이 방 안에 퍼져나갔다.

파수꾼은 도저히 못 믿겠다는 듯 말을 잇지 못했다.

"너 지금 그게……? 너 우리더러 말을 좀비로 만들라는 얘기냐?"

"그거하고 남는 다리를 잘라 내는 거하고 무슨 차이가 있는지 모르겠는데요. 아저씨가 바라는 건 말이 꽃을 쳐다보면서 시간 낭비를 하지 않고 죽어라 일만 하는 거잖아요."

마트는 말했다.

"햐, 죽이는데!"

차초가 말했다.

"하지만 넌, 넌 그 차이를 모르겠냐?"

라울은 말을 잇지 못할 만큼 격노했다.

마트가 설명했다.

"우리는 밥을 먹고 싶을 때 항상 훌륭한 시민의 다섯 가지 원칙과 올바른 정신 집중에 이르는 네 가지 태도를 암송하잖아요. 그리고 아저씨는 자원의 정연한 생산이 인민의 공동선을 위해 극히 중요하다는 얘기를 되풀이하고 있고요. 우리가 규칙을 따라야 하고 풀밭에서 천천히 걸어 다녀서는 안 된다는 건 분명하잖아요. 하지만 말은 사람만큼 똑똑하지 못해요. 그러니까 컴퓨터 칩으로 녀석들을 프로그램시켜 놓는 게 합리적인 거죠."

마트는 이게 기막힌 의견이라고 생각했기 때문에 파수꾼이 그렇게 화내는 이유를 알 수 없었다. 엘 파트론이라면 자신의 얘기가 논리 정연하다는 걸 금세 알아차렸을 것이다.

라울이 굳은 목소리로 말했다.

"우리가 너한테 꼭 맞는 일을 찾아냈다는 걸 알겠다. 네가 인민의 의지에 대해 교육받을 필요가 있는 불쾌한 귀족 녀석이라는 걸 알겠어!"

마트는 사내의 그런 반응에 아연실색했다. 질문하라고 말한 건 파수꾼이었다. 사실 거의 다그치다시피 했다.

라울은 뭔가 불결한 것에 몸이 닿은 것처럼 제복을 탁탁 털며 말했다.

"맞아! 저 불쾌한 귀족 녀석을 플랑크톤 공장에 빨리 데려다 줄수록 좋은 것이지. 내가 할 말은 이것뿐이다."

그리고 그는 쿵쾅거리며 방을 나갔다.

당장에 모두들 몰려와서 마트를 에워쌌다.

"야호! 네가 그놈한테 본때를 보여 줬어!"

아이들은 소리쳤다.

"네가 나보다 훨씬 잘 곯려 줬어."

피델리토는 침대 위에서 깡충깡충 뛰며 말했다.

"우리한테 좋은 시민의 다섯 가지 원칙하고 올바른 정신 집중에 이르는 네 가지 태도를 암기시키는 것도 잊어버렸어."

한 아이가 신이 나서 외쳤다.

"참나, 난 네가 계집애 같은 놈인 줄 알았는데. 이제 보니 황소 떼보다 더 간이 크구나."

차초가 말했다.

"뭐라고? 내가 무슨 짓을 했기에?"

마트는 전혀 갈피를 잡지 못하고 물었다.

"넌 그놈한테 파수꾼들이 우리를 크롯 무리로 만들려고 한다고 했을 뿐이야!"

그날 밤 늦게 마트는 맨 위의 침대에 누워서 그날 있었던 일들에 대해 곰곰이 생각해 보았다. 자신이 어떤 곤경에 빠진 건지, 어떤 보복이 자신을 기다리고 있는지 알 수 없었다. 라울이 싫은 건 아니었다. 그저 그 사내가 바보라고 생각할 뿐이었다. 마트는 아무것도 아닌 얘기에 노여움을 타는 사람들 앞에서는 조심하는 게 낫다는 걸 깨달았다. 말이 무슨 해를 끼칠 수 있다고? 탬 린은 유익한 논쟁을 좋아했는데, 논쟁이 가열될수록 더 좋아했다. 그는 그게 일종의 두뇌 운동 같은 거라고 했다.

마트는 꺼끌꺼끌한 모직 담요 속에서 오른발을 느껴 보았다. 그것이 유일한 약점이었고, 그걸 언제까지나 감출 수는 없었다. 탬 린은 인간과 클론은 전혀 다르지 않다고 말했지만, 자신이 경험한 모든 것은 그게 아니라고 주장하고 있었다. 인간은 클론을 미워한다. 그것이 사물의 자연스러운 질서이고, 그리고 라울은 그것을 이용해서 자신을 파괴할 수 있다. 자신을 꿈나라와 그리고 그곳의 성에 사는 흡혈귀와 연결시켜 주는 문신은 아무한테도 보이지 말아야 한다. *흡혈귀!* 마트는 생각했다. 엘 파트론은 그런 표현을 좋아할 것이다. 그는 남들에게 공포를 불러일으키는 걸 무척 즐겼다.

마트는 자신이 몸담게 된 이 새로운 세계에 관해 남몰래 쌓아 올린 정보에 몇 가지를 더 추가했다. 귀족이란 가장 열등한 생활 방식이었고, 정직한 농부를 노예로 부리려 드는 기생충이었다. 사람이 입 밖에 낼 수 있는 가장 더러운 욕인 크롯은 마트의 기억 속에 있는 풀을 베고, 바닥을 청소하고, 양귀비를 수확하는 수천 명의 사람들과 같은 단순하고, 무해한 이짓을 가리켰다. 이들을 지칭하는 순화된 말이 좀비였다. 그들을 무엇이라 부르든, 마트는 그들이 증오가 아닌 동정 받아 마땅한 존재라고 생각했다.

마트는 셀리아와 탬 린을 떠올리지 않을 수 없었다. 슬픔이 목구멍까지 차올랐지만, 어린애처럼 흐느껴 우는 모습을 들키고 싶지는 않았다. 그래서 산 루이스에 가는 생각을 했다. 거기 가면 곧장 산타클라라 수녀원을 찾아가서 마리아를 만나리라. 마리아를 생각하자 기분이 좋아졌다.

마트는 새로 만난 친구들에게서 인정받았다. 그것은 지금껏 경험한 일 중에서 가장 멋진 일이었다. 아이들은 자신을 진짜 인간처럼 받아 주었다. 살아오는 동안 내내 걸어서 사막을 횡단하는 기분이었는데 이제 세상에서 가장 크고 좋은 오아시스에 도착한 것이다.

28

출랑코튼 공장

아침에 라울은 소년들에게 인상적인 연설을 했다. 그것은 온통 귀족에 대한 이야기였는데, 귀족들이 겉으로는 아무리 매력적으로 보여도 사실 속으로는 악독하기 짝이 없다는 거였다. 말할 필요도 없이 그것은 마트를 두고 하는 얘기였다. 나이 어린 소년들 몇몇은 불안해 보였으나, 차초와 피델리토는 파수꾼이 나간 뒤에 마트를 국민 영웅이라고 공공연히 말하고 다녔다.

마트는 연설이 끝나자마자 일을 배정 받았다. 꼬마들과

함께 약을 계량하는 일을 하게 되었지만, 할당량은 두 배였다. 그것은 마트에게 '노동의 가치를 가르치기 위한' 것이었다. 마트는 걱정하지 않았다. 산 루이스에 가기만 하면, 피델리토가 '그것은 힘들지만 공정하다.'를 끝까지 외우기도 전에 수녀원으로 튈 것이다.

아침 식사로는 겨우 콩 반 그릇과 토르틸라를 여섯 개가 아닌 세 개 받았다. 차초는 큰 아이들에게 음식을 한 숟가락씩 덜어 주라고 말했고, 그래서 마트는 어찌됐든 한 그릇 가득 먹게 되었다.

정오가 되기 전에 라울은 산 루이스로 가는 세 소년을 불러 호버크라프트로 몰고 갔다. 라울이 말했다.

"너희들은 그동안 여기서 편안하게 지냈다. 여기는 너희들이 가는 곳에 비하면 놀고먹는 데라고 할 수 있지. 하지만 너희들이 열심히 일해서 깨끗한 기록을 유지하면, 열여덟 살이 됐을 때 정식 시민으로 승격할 수 있다."

"크롯 같으니라고."

차초가 중얼거렸다.

"쯧쯧, 시작이 좋아야지, 시작이 좋아야해."

라울이 말했다.

마트가 호버크라프트에 타 본 건 딱 한 번, 스티븐과 에밀리아에게 배반당한 그 재앙의 밤에였다. 이것은 그렇게 좋지는 않았다. 안에는 딱딱한 플라스틱 좌석뿐이었고, 시큼한 땀 냄새와 곰팡내가 풍겼다. 라울은 소년들을 창문에서 뚝 떨어진 가운데 좌석에 앉혔다. 그리고 샌들에 끼워 넣을 플라스틱 조각이 든 자루를 건네주었다.

"내가 우리는 일해야 할 거라고 그랬지?"

차초가 입속말로 중얼거렸다.

파수꾼은 소년들을 안에 묶어 놓고 말없이 가 버렸다. 주변에는 플라스틱 샌들을 담은 상자가 높다랗게 쌓여 있어서, 창밖을 내다보는 것은 불가능했다. 몸이 묶여 있어서 돌아다닐 수도 없었다. *이들은 대체 어떤 사람들일까?* 마트는 생각했다. 그들은 완벽하게 통제하지 않으면 마음이 편치 못한 듯했다.

호버크라프트가 이륙하자 피델리토는 자기는 비행기만 타면 항상 멀미를 한다고 큰 소리로 말했다.

"나한테 토하기만 해 봐라, 도로 먹여 줄 테니까."

차초가 엄포를 놓았다.

마트는 플라스틱 조각이 든 자루를 꼬마의 무릎에 올려놓는 것으로 문제를 해결했다.

"넌 천재구나. 피델리토, 얼른 토해. 화끈하게 몸을 풀어."

차초가 말했다.

스티븐과 에밀리아는 지금 무얼 하고 있을까? 마트는 호버크라프트를 타고 가는 동안 생각해 보았다. 스티븐은 이제 아편국의 황태자였다. 떠들썩하게 축하할 테지. 학교 친구들이 올 거고, 그러면 엘 파트론이 생일 파티를 열던 정원에 식탁을 늘어놓을 것이다. 에밀리아는 이짓 화동들의 시중을 받을 테지. 아니면 그 애들을 밭으로 보내 버렸는지도 모른다. 그것 말고는 할 수 있는 일이 많지 않았다.

그 이짓 소녀들은 부모와 함께 도망치려고 했던 게 틀림없다. 마트는 오싹한 기분으로 생각했다. 그 애들은 겨우 피델리토 또래였다. 피델리토는 멀미와의 전투에서 패하고, 반쯤 소화된 콩과 토르틸라로 플라스틱 조각을 코팅하고 있었다.

"아침에 널 굶겼어야 하는데."

차초가 말했다.

"나도 어쩔 수가 없어."

피델리토가 입을 싸쥐고 말했다.

남은 비행 시간은 천만다행으로 짧았지만, 시큼한 토사물 냄새와 함께했다. 냄새를 피해 보려고 마트는 이쪽, 차초는 저쪽으로 몸을 돌렸지만 소용없었다. 다행히 호버크라프트는 금방 착륙했다. 조종사는 사태를 알아차리고, 좌석 벨트를 풀고 아이들을 밖으로 끄집어냈다.

마트는 뜨거운 모래 위에 털썩 무릎 꿇었다. 그리고 숨을 힘껏 들여 마셨다가 금방 후회하고 말았다. 바깥의 냄새는 훨씬 지독했다. 뜨거운 태양 아래서 수천 마리의 생선이 물을 질질 흘리며 썩어 가는 것 같았다. 마트는 더 이상 참지 못하고 속에 든 것을 게워 냈다. 그리 멀지 않은 곳에서 차초가 똑같은 짓을 하고 있었다.

"아까는 연옥에 있었는데, 이제는 지옥에 왔어."

차초가 신음했다.

"그만해 둬."

피델리토가 흐느꼈다.

마트는 억지로 일어나서 꼬마를 끌고 열파 속에서 아른거리는 건물을 향해 걸어갔다. 주위를 둘러보니, 눈부시게 하얀 산들과 주홍빛 물이 든 더께가 낀 웅덩이들이 보였다. 차초가 비틀거리며 뒤를 따라왔다.

마트는 피델리토를 끌고 건물 안으로 들어가서 정신이 들 때까지 벽에 기대고 앉았다. 건물 안의 공기는 조금 더 시원하고 약간 더 상쾌했다. 안에는 거품이 부글거리는 탱크들이 가득했는데, 그 앞에서는 소년들이 시무룩하게 그물로 물을 훑고 있었다. 소년들은 신참들을 본체만체 했다.

잠시 후 마트는 좀 나아진 걸 느끼고 일어섰다. 다리는 후들거렸고 속은 뒤집혔다.

"책임자가 누구니?"

마트가 물었다. 한 소년이 어느 문을 가리켰다.

마트는 노크하고 방 안으로 들어갔다. 라울과 똑같은 까만 제복에 소매에는 벌통 기장을 단 남자들이 보였다.

"저 놈이 내 호버크라프트에 악취를 풍겨 놓은 해충들 중의 하날세."

조종사가 말했다.

"네 이름이 뭐냐?"

어느 파수꾼이 물었다.

"마트 오르테가."

마트는 대답했다.

"아, 그 귀족."

쳇, 라울이 소문을 퍼뜨려 놓은 게 틀림없어. 마트는 생각했다.

"글쎄, 여기서는 너의 잘난 척이 안 통할 거다. 여기에는 다들 공동묘지라고 부르는 데가 있는데, 어떤 말썽꾼도 거기를 거치면 어린 양처럼 순해져 나오거든."

사내가 말했다.

"그 녀석은 먼저 내 호버크라프트를 청소해 놔야 해."

조종사가 말했다. 그래서 마트는 차초와 함께 곧장 호버크라프트의 바닥과 벽을 문지르게 되었다. 마지막으로 양동이의 뜨거운 비눗물로 미끈거리는 플라스틱 조각을 하나씩 닦아야 했는데, 이게 가장 끔찍했다.

공기는 아까만큼 냄새가 지독하지는 않았다.

"공기가 안 좋은 건 똑같다. 여기 있을수록 점점 익숙해지는 거지. 공기 중에 사람들의 후각을 마비시키는 뭔가가 있는 거야."

조종사가 좌석에 앉아 플라스틱 차양을 내린 채 말했다.

"피델리토한테 이걸 마시라고 하자."

차초가 양동이의 내용물을 느릿느릿 씻으며 말했다.

"일부러 그런 건 아니잖아."

마트는 말했다. 가엾은 피델리토는 무척 괴로운 듯 땅바닥에서 뒹굴고 있었다. 두 소년은 차마 꼬마에게 일을 시키지 못했다.

일을 마치자 카를로스라는 파수꾼 책임자가 공장을 견학시켜 주었다.

"이건 바닷물 탱크다. 너희들은 이걸로(그는 그물을 들어 보였다.) 탱크 속에서 방귀벌레를 제거해야 한다. 그리고 플랑크톤이 성숙해지면 채취해야 하지."

"플랑크톤이 뭐예요?"

마트는 용기를 내어 물어보았다.

카를로스는 그 질문을 무척이나 기다렸다는 듯이 열렬히 말했다.

"플랑크톤! 고래가 바닷물에서 걸러 먹는 게 바로 이거다. 플랑크톤은 바다의 표층수에서 떠다니는 동식물성 미생물이지. 너희들은 집채만 한 고래가 이렇게 작은 걸 먹고 산다는 게 믿기 어렵겠지만, 놀랍게도 그것은 사실이다. 플랑크톤은 세계의 여덟 번째 불가사의지. 그 속에는 단백질, 비타민, 섬유질이 잔뜩 들어 있다. 플랑크톤은 고래가 행복해지는 데 필요한 것 전부, 그리고 사람에게 필요한 것도 전부 다 갖고 있다. 우리가 여기서 생산하는 플랑크톤은 햄버거, 핫도그, 부리토*로 만들어진다. 곱게 갈아 내면, 엄마 젖을 대신하지."

카를로스는 말을 계속했다. 그의 필생의 과업은 사람들이 플랑크톤을 사랑하고 플랑크톤에 감사드리게 만드는 데 있는 것 같았다. 이제 그들은 밖으로 나왔는데, 카를로스는 주변의 황량한 사막은 눈에 보이지 않는 듯했다.

마트는 멀찍이 서 있는 높다란 울타리를 보고, 가슴이 철렁 내려앉았다. 공기는 지독했고, 날은 찌는 듯이 무더운 데다 습도가 높아서 옷이 제이의 피부처럼 몸에 찰싹 들러붙었다. 바로 이곳이 자신이 열여덟 살이 될 때까지 살아야 할 곳이었다.

"산 루이스는 어디예요?"

마트가 물었다.

카를로스가 말했다.

"그건 네가 알 필요가 있느냐의 문제다. 그게 너한테 필요

---

*고기나 콩, 치즈, 사워크림 등을 토틸라로 싼 멕시코 요리— 옮긴이

한 정보라고 생각되면, 그때 가서 알려 주마. 행여 울타리를 넘어갈 생각은 꿈에도 하지 마라. 철조망 맨 꼭대기에는 너를 수박 씨처럼 도로 뱉어 낼 정도로 강한 전기가 흐르니까. 저기 있는 게 소금 산이다."

그는 마트가 보고 있는 하얀 사구를 가리켰다.

"플랑크톤을 채취한 뒤에 바닷물을 증발시키면, 판매용 소금이 정제된다. 여기 있는 건 세계에서 가장 높은 소금 산이지. 이 장관을 보려고 전 세계에서 사람들이 몰려온단다."

어떤 사람들? 마트는 울적한 풍경을 바라보며 생각했다.

사이렌이 길게 울렸다.

"이제 첫 번째 점심 식사를 할 때가 됐구나!"

카를로스가 말했다. 그는 소년들을 데리고 언덕 위로 올라갔다. 그곳은 보기보다 훨씬 단단했다. 맨 꼭대기에는 식탁을 놓아 야외 식사를 할 수 있게 만들어 놓았다. 가장자리에는 조화가 빙 둘러 꽂혀 있었고, 중앙에 서 있는 풍향계 꼭대기에는 물을 뿜는 고래 한 마리가 얹혀 있었다. 마트는 산들바람에 실려 온 미세한 소금 가루를 살갗에서 느꼈다.

카를로스가 긴 의자에 털썩 주저앉으며 말했다.

"야외에서 점심을 먹는 건 내 아이디어였지. 난 그 덕분에 모두들 사기가 올라갔다고 생각한다."

냄비와 접시를 들고 터벅터벅 경사면을 올라오는 소년들은 그다지 행복해 보이지 않았다. 소년들은 손에 든 걸 내려놓고, 도열한 병사들처럼 식탁 사이에 줄을 섰다. 카를로스는 마트, 차초, 피델리토에게 맨 끝에 가서 서라고 말했다. 모두 좋은 시민의 다섯 가지 원칙과 올바른 정신 집중에 이르는 네 가지 태도를 암송했고, 그 다음에 여드름이 잔뜩 난 둔한 표정의 소년이 음식을 배급하기 시작했다.

"이게 뭐지?"

차초가 앞에 놓인 그릇을 냄새 맡으며 말했다.

"맛있고 영양 많은 플랑크톤."

음식을 퍼 준 소년이 성난 음성으로 말했다.

"고래가 행복해지는 데 필요한 모든 것."

다른 소년이 토하는 흉내를 내며 말했다. 카를로스가 언짢은 표정으로 쳐다보자 모두들 차렷 자세를 취했다.

파수꾼이 말했다.

"너희들이 음식을 모욕하는 걸 묵과하지 않겠다. 음식은 놀라운 것이다. 수백만의 사람들이 먹을 게 없어서 굶어 죽는데, 너희 행운아들은 하루 세끼를 꼬박꼬박 찾아 먹고 있다. 과거에 귀족들은 꿩고기와 새끼돼지구이로 포식했지만, 농민들은 풀과 나무껍질을 먹고 살아야 했다. 새나라 아즈틀란에서는 모든 것을 평등하게 나눈다. 단 한 사람이라도 꿩고기와 새끼돼지구이를 빼앗긴다면, 우리들은 그런 음식을 단호히 거부해야 한다. 모두가 함께 나눌 때 플랑크톤은 세계에서 제일 맛난 음식이다."

그 다음에는 아무도 아무 말도 하지 않았다. 마트는 꿩고기와 새끼돼지구이를 실제로 먹어 본 사람은 아마 자기밖에 없을 거라고 추측했다. 모두가 싫어하는데 어째서 플랑크톤의 맛이 더 낫다고 그러는 건지 도무지 알 수가 없었다. 그것은 끈적하면서도 바삭거렸고, 맛이 고약한 풀처럼 입 안에 들러붙었다.

높은 지대에 올라서니 보안 장벽이 잘 보였다. 마트는 눈을 가늘게 뜨고 눈부신 빛을 들여다보았지만, 그 너머에 있는 것이 잘 보이지는 않았다. 서쪽 멀리에서 반짝이는 물이 언뜻 보인 것 같았다.

"저건 캘리포니아 만이다."

마트의 시선을 따라간 카를로스가 손으로 햇빛을 가리며 말했다.

"저기에도 고래가 있어요?"

마트가 물었다.

"저기서 고래가 살려면 욕조가 따로 있어야 할걸."

한 소년이 말했다.

카를로스는 서글픈 표정을 지었다.

"예전에는 고래가 있었단다. 과거에는 이 일대가 전부 바다였지."

그는 동쪽의 소금 산맥을 손가락질했다.

"저기가 해안선이었다. 콜로라도 강에서 흘러나오는 물이 점점 심하게 오염되면서, 고래들은 죽어 버렸지."

"캘리포니아 만은 어떻게 됐어요?"

차초가 물었다.

카를로스는 자랑스레 말했다.

"그건 아즈틀란의 위대한 공학 기술의 승리라고 할 만하다. 우리는 콜로라도 강의 물줄기를 꿈나라로 들어가는 지하 수로로 돌려놓았다. 일단 오염원이 제거되자 우리는 플랑크톤을 채취하기 위해 바닷물을 끌어들였다. 신선한 바닷물은 남쪽에서 흘러들어온다. 하지만 바닷물을 퍼내고 강물이 없어지면서, 캘리포니아 만은 좁은 해협으로 줄어들고 말았지."

아하, 아편국의 물은 바로 거기, 고래도 살지 못할 만큼 오염된 강에서 온 거였구나. 마트는 비로소 깨달았다. 마트는 엘 파트론이 이 사실을 알고 있었는지 궁금했다. 십중팔구는 알고 있었을 거야, 마트는 이렇게 단정했다. 그 물은 공짜였고, 그리고 엘 파트론은 공짜를 좋아했다.

점심 식사 후, 마트와 차초, 피델리토는 새우가 든 바닷물 탱크를 관리하는 일을 배정받았다. 이들 탱크는 중앙 공장의 서쪽으로 줄지어 뻗어 있었는데, 한쪽으로는 바닷물이 통하는 파이프라인이 달리고 있었다. 탱크마다 새우가 팔딱팔딱 오글오글거리고 있었다. 새우들은 온몸이 핏빛으로 물들 때까지 빨간 해조류를 게걸스레 뜯어 먹었다. 마트가 처음 와서 보았듯이 웅덩이를 벌겋게 물들인 건 바로 이놈들이었다.

마트에게 일은 재미있었다. 부산스러운 작은 생물들이 좋았고, 깃털 같은 아가미를 고물거리는 조그만 몸뚱이들이 어느 것이나 꽃같이 예뻐 보였다. 마트는 다른 소년들과 함께 벌레를 그물로 걸러 내고, 필요하면 바닷물을 더 부어 주었다. 그러나 불행히도 탱크들은 수킬로미터에 걸쳐 늘어서 있었고, 자멸의 길을 택한 벌레들은 수천 마리나 됐다. 몇 시간이 지나자 팔이 아프고, 등은 뻣뻣하고, 눈은 소금기로 따끔거렸다. 피델리토는 징징 울면서 걸어 다녔다.

앞에 펼쳐진 사막에는 그늘을 드리워 줄 죽은 나무 한 그루 없었다. 탱크들은 마트가 점심 식사 때 본, 멀리 있는 해협까지 뻗어 있는 것 같았다. 해협은 이제 수평선에서 번쩍거리는 빛이 아니라 완연한 푸른빛을 띠고 있었다. 바닷물은 시원하고 깊어 보였다.

"너 헤엄칠 줄 아니?"

마트는 차초에게 물었다.

"내가 그렇게 잘난 걸 어디서 배웠겠어?"

차초는 몸이 피곤하자 심술을 부렸다. 마트는 그 잘난 게 악하고, 부패하고, 타락한 귀족이나 할 만한 어떤 거라는 걸 알았다.

"난 헤엄칠 줄 알아."

피델리토가 큰 소리로 말했다.

"너처럼 쪼끄만 이류 시민이 그건 어디서 배웠냐? 새우 탱크에서?"

차초가 이죽거렸다.

피델리토는 화를 내는 대신, 차초의 의견을 진지하게 검토했다. 마트는 이 꼬마가 놀랍도록 착하다는 걸 이미 눈치채고 있었다. 꼬마는 침대에 오줌을 싸고 걸핏하면 토하는지 몰라도, 그 착한 마음은 그 모든 걸 보상하고도 남았다.

"난 쪼끄매, 그렇지? 그러니까 이런 탱크에서도 헤엄칠 수 있을 것 같은데."

"그래, 그럼 새우들이 네 고추를 따먹을 거다."

피델리토는 차초에게 놀란 시선을 던졌다. 피델리토는 말했다.

"으윽. 난 그런 생각은 안 해 봤어."

"너 헤엄치는 건 어디서 배웠니?"

마트는 화제를 바꾸려고 물었다.

"할머니가 유카탄에서 살 때 가르쳐 줬어. 우리 집은 바닷가에 있었거든."

"거기는 좋았니?"

"좋았냐고? 거기는 천국이었어! 우리는 작고 하얀 초가집에서 살았어. 우리 할머니는 시장에서 생선 장사를 하셨는데, 쉬는 날이면 나를 카누에 태워 주셨어. 할머니가 나한테 헤엄치는 법을 가르쳐 준 이유가 바로 그거야. 혹시 뱃전 너머로 떨어지는 일이 있더라도 빠져 죽지 말라고."

피델리토가 외쳤다.

"거기가 그렇게 대단했다면, 왜 국경으로 달아났지?"

차초가 말했다.

꼬마가 말했다.

"폭풍이 불었기 때문이야. 그건 허리, 허리……."

"허리케인?"

마트가 넘겨짚었다.

"맞아! 그래서 바다가 몰려와서 모든 걸 다 쓸어갔어. 우리는 난민촌에 들어가서 살아야 했어."

"아하."

차초는 이해가 간다는 듯 말했다.

"우리는 큰 방에서 많은 사람들이랑 같이 살아야 했어. 그리고 무슨 일이든지 일제히 똑같은 방법으로 해야 했지. 거기는 나무 한 그루 없었고, 너무 지저분해서 할머니는 병이 났어. 통 드시려고 하지를 않아서, 사람들이 강제로 음식을 먹였어."

"살아남아서 공동 선에 기여하는 건 모든 시민의 의무다. 그 얘기를 귀청이 떨어지도록 이백만 번은 들었지."

차초가 말했다.

"그 사람들은 왜 너희 할머니를 바닷가로 돌려보내지 않았지?"

마트가 물었다.

"넌 이해를 못 하는 거야. 그들은 얘 할머니를 가둬 놔야 도와줄 수 있어. 가난뱅이들을 몽땅 놔 주면 더 이상 도와줄 사람이 없게 되고, 그러면 크롯 같은 파수꾼들의 존재 이유가 없어지게 될 테니까."

차초가 말했다.

마트는 간담이 서늘해졌다. 그것은 정말 어디서도 들어 본 적 없는 터무니없는 얘기였지만, 말이 됐다. 그렇지 않고서야 왜 아이들을 가둬 놓겠는가? 누가 문을 열어 놓기만 하면 아이들은 도망쳐 버릴 것이다.

"아즈틀란이 전부 이런 식이니?"

"물론 아냐. 대부분은 괜찮아. 하지만 일단 파수꾼들의 손에 떨어지면, 이류 시민이 되는 거지. 봐, 우리는 증명된 이류 시민이야. 우리는 집도 없고 직업도 없고 돈도 없어. 그래서 우리는 보호를 받아야 하는 거야."

차초가 말했다.

"너는 수용소에서 자랐니?"

피델리토가 마트에게 물었다. 그것은 무심코 던진 질문이었지만, 마트가 말하고 싶지 않은 것들로 통하는 문을 열었다. 다행히도 카를로스가 작은 전기차를 타고 오는 바람에 마트는 구원받았다. 전기차는 소리 없이 움직였기 때문에, 소년들은 그게 거의 도착할 때까지 눈치 채지 못했다.

"난 15분 동안 너희들을 지켜보았다. 너희들은 게으름을 피우고 있어."

카를로스가 말했다.

"피델리토가 열을 견디지 못해요. 우리는 애가 기절하는 줄 알았어요."

차초가 재빨리 말했다.

카를로스가 꼬마에게 말했다.

"소금을 먹어라. 소금은 만병통치약이다. 이제 너희는 돌아가야 한다. 안 그러면 집에 가기도 전에 해가 질 테니까."

카를로스는 차를 출발시켰다.

"잠깐만요! 피델리토를 태워 주시면 안 될까요? 애는 정말 지쳤어요."

차초가 말했다.

카를로스는 전기차를 세운 다음 후진시켰다.

"얘들아, 얘들아, 얘들아! 노동이란 평등한 사람들이 평등하게 나누는 거라는 얘기를 아직 못 들었느냐? 한 사람이 걸어야 한다면, 모두가 다 걸어야 하는 거다."

"아저씨는 타고 가잖아요."

마트가 지적했다.

카를로스의 얼굴에서 순식간에 웃음기가 걷혔다.

"그래, 귀족께서 우리한테 감히 평등에 대해 연설하겠다는 거로군. 그런데 그 귀족이란 게 고작 자기가 우리보다 잘났다고 생각하는 버릇없는 애 녀석이란 말이야. 나는 진짜 시민이다. 나는 고된 노동과 복종을 통해 특권을 얻어 냈어. 오늘 너한테는 저녁밥 없다."

"크롯 같으니라고."

차초가 말했다.

"너희들 모두 저녁밥 굶어! 너희들이 인민의 의지에 복종하는 걸 배우려면 앞으로 50년은 걸릴 거다."

카를로스는 먼지와 소금을 흩날리며 쌩하니 가 버렸다.

"피델리토, 미안하다. 너는 아무 짓도 안했는데 우리 둘이랑 같이 도매금으로 넘어갔으니."

차초가 말했다.

"난 너희들 옆에 있는 게 자랑스러워. 너희들은 나의 동지야! 크롯 같은 카를로스! 크롯 같은 파수꾼들!"

피델리토가 앙상한 가슴을 들썩이며 온몸에서 혁명의 불길을 뿜어내는 게 자못 사나워 보였으므로, 마트와 차초는 허리를 꺾으며 신경질적인 웃음을 터뜨렸다.

29

마음의 때 씻기

"왜 모두들 나를 자꾸 '귀족'이라고 부르는 거야?"

마트는 일렬로 늘어선 새우 탱크를 따라 터덜터덜 걸으며 물었다.

차초는 옷소매로 얼굴의 땀을 닦아 냈다.

"모르겠어. 어느 정도는 네가 말하는 방식 때문이야. 그리고 넌 항상 생각을 하잖아."

마트는 자신이 받은 교육에 대해 생각해 보았다. 자신은 산더미 같은 책을 읽었다. 그리고 엘 파트론이 세계에서 가장 힘 있는 사람들과 주고받는 대화에 귀 기울여 왔다.

"너는 꼭, 어떻게 표현해야 할지 모르겠는데……. 우리 할아버지 같아. 내가 말하는 건, 예절에 대한 거야. 넌 음식을 게걸스럽게 먹거나 바닥에 침을 뱉지 않잖아. 욕하는 것도 한 번도 못 들어 봤어. 그건 좋은 거지만, 우리랑 다르지."

마트는 등골이 서늘해졌다. 자신은 항상 엘 파트론을 흉내냈는데, 물론 그는 백오십 년이나 시대에 뒤떨어진 노인이었다.

"나는 그게 멋지다고 생각하는데."

피델리토가 말했다.

"물론 멋있기야 하지. 내가 말하는 건, 그저……."

차초는 마트를 돌아다보았다.

"음, 너는 더 나은 것이 몸에 익었던 것처럼 보여. 우리들은 진흙탕에서 태어났고, 그리고 우리는 거기서 절대로 벗어나지 못할 거라는 걸 알고 있거든."

"우리는 여기에 같이 있잖아."

마트가 뜨거운 사막을 가리키며 말했다.

"그래. 지옥의 막내 동생한테 잘 왔다."

차초는 소금 덩어리 위로 발을 질질 끌며 말했다.

그날 저녁 식사는 플랑크톤 파이와 삶은 해초였다. 마트는 자신이 굶는 건 개의치 않았지만, 피델리토가 안 된 생각이 들었다. 어린 소년은 너무도 깡말라서, 한 끼라도 거르면 살지 못할 것처럼 보였다. 차초는 불안해 보이는 어느 꼬마를 계속 째려봄으로써 문제를 해결했다. 꼬마는 음식의 반을 나눠 주었다. 차초는 마음만 먹으면 늑대 인간처럼 행동할 수도 있었다.

"먹어."

차초가 피델리토에게 말했다.

"너희들이 아무것도 못 먹는데 나 혼자 먹으라고?"

어린 소년이 따지고 들었다.

"네가 시식해 봐. 난 독이 들었는지 알고 싶으니까."

그래서 피델리토는 억지로 파이를 씹어 삼켰다.

지난 번 수용소에서와 마찬가지로 자기 전에 파수꾼이 교훈적인 이야기를 들려주러 왔다. 이번 사람의 이름은 호르헤였다. 라울, 카를로스, 호르헤, 이들은 전부 마트의 마음속에서 한 덩어리가 되었다. 모두들 소매에 벌통 기장이 붙은 검은 제복을 입고 있었고, 한결같이 바보들이었다.

호르헤의 이야기 제목은 '마음은 왜 오래된 방처럼 때가 끼나' 였다.

"우리가 온종일 땡볕 속에서 일한다면, 몸이 어떻게 될까?"

그는 라울이 그랬던 것처럼 기대에 찬 얼굴을 하고 기다렸다.

"더러워져요."

한 아이가 말했다.

파수꾼은 활짝 웃으며 말했다.

"맞았다! 우리 얼굴에는 때가 끼고, 손에도 때가 끼고, 온몸에 때가 낀다. 그럼 우리는 어떻게 할까?"

"목욕을 해요."

좀 전의 소년이 말했다. 훈련이 잘 되어 있는 듯했다.

"그렇다! 그 때를 씻어 내면, 우리는 다시 기분이 좋아진다. 깨끗한 건 좋다."

"깨끗한 건 좋다."

마트와 차초, 피델리토를 빼고 모두들 합창했다. 소년들은 셋이 가만히 있는 걸 보고 깜짝 놀랐다.

"새로 들어온 형제들이 배울 수 있도록 천천히 말하자. 깨끗한 건 좋다."

호르헤가 말했다.

"깨끗한 건 좋다."

마트, 차초, 피델리토를 포함하여 모두가 합창했다.

파수꾼은 말을 계속했다.

"우리들의 마음과 우리들의 일에도 때가 끼어 청소가 필요할 수 있다. 예를 들면, 쉼 없이 여닫는 문은 경첩이 절대로 녹슬지 않기 때문에 삐걱거리는 법이 없다. 일도 마찬가지다. 너희들이 게으름을 피우지 않는다면(호르헤는 마트, 차초, 피델리토를 쏘아보았다.) 너희는 좋은 습관을 갖게 된다. 너희들의 일은 절대로 녹슬지 않는다."

잠깐만, 마트는 생각했다. 셀리아 숙소의 부엌문은 항상 사용하는데도, 비오는 날에는 나무가 부풀어서 어깨로 밀어야 간신히 열렸다. 탬 린은 그럴 때마다 무척 짜증을 내더니, 그예 주먹으로 문짝을 뚫어 놓고야 말았다. 그래서 문짝을 교체할 수밖에 없었고, 그러자 문은 훨씬 말을 잘 듣게 되었다. 마트는 이런 것들을 생각했지만, 입 밖에 내어 말하지는 않았다. 한 끼 더 굶고 싶은 생각은 없었다.

호르헤가 말했다.

"그래서 꾸준히 일하고 게으름을 피우지 않으면, 우리의 일에는 때가 낄 여가가 없다. 하지만 우리의 마음은 먼지와 병균투성이가 될 수도 있지. 우리 마음을 어떻게 깨끗이 지킬 건지 아는 사람?"

차초가 킬킬거렸으므로, 마트는 팔꿈치로 옆구리를 쿡 찔렀다. 이 자리에서 절대로 해서는 안 되는 것이 빈정거림이었다.

몇몇 소년들이 손을 들었지만, 파수꾼은 외면했다.

"나는 새로 온 형제들 중에서 한 사람이 이 질문에 대답할 수 있다고 본다. 마트, 네가 한번 대답해 볼래?"

당장 모두의 시선이 마트에게 쏠렸다. 마트는 엘 파트론의 경비용 서치라이트에 걸린 느낌이었다. 마트는 말을 더듬거렸다.

"저, 저요? 전 여기 온 지 얼마 안 됐는데요."

"하지만 너는 생각이 아주 많잖아. 물론 우리한테도 좀 나눠 주겠지."

호르헤가 만족스럽게 말했다.

마트는 파수꾼이 방금 주장한 내용을 얼른 떠올렸다.

"마음을…… 깨끗이…… 지킨다는 건 문의 경첩에 녹이

슬지 않게 하는 것과 같은 거지요? 쉼 없이 머리를 쓰면 병균이 묻을 틈이 없을 거예요."

마트는 자신에게 느닷없이 던져진 질문에 비추어, 이건 정말 기가 막힌 대답이라고 생각했다.

하지만 그것은 틀린 대답이었다. 마트는 다른 소년들이 긴장하는 걸 보았다. 호르헤는 막 미소를 지으려다가 입술을 바르르 떨었다. 그는 자세를 고쳤다.

"인민의 공동 선에 부적합한 병든 의견은 자기비판으로 쓸어 내야 한다. 이걸 어떻게 해야 하는지 마트에게 보여 줄 사람?"

호르헤는 득의양양하게 말했다.

"저요! 저요!"

몇몇 소년들이 손을 흔들며 외쳤다. 파수꾼은 목과 귀를 뒤덮은 여드름이 정말 볼 만한 소년을 지목했다. 모두들 피부가 안 좋았지만, 이 아이는 단연 으뜸이었다. 심지어 머리칼 속에도 여드름이 돋아 있었다.

"좋아, 톤톰. 네가 먼저 말해라."

호르헤가 말했다.

톤톰은 벽에 얼굴을 부딪치기라도 한 것처럼 심한 들창코였다. 마트는 소년의 콧구멍을 통해 머리 속까지 들여다볼 수 있겠다고 생각했다.

톤톰은 진지하게 말했다.

"저는, 어, 저는 오늘 아침에 음식을 훔칠 생각을 했어요. 요리사가 잠깐 자리를 비웠는데, 저는, 저는, 어, 팬케이크가 먹고 싶었어요. 하지만 저는, 어, 참았어요."

"그래서 너는 인민의 공동 선에 반하는 생각을 품었다는 거지?"

호르헤가 말했다.

"저는, 어, 네."

"그런 생각을 한 사람은 무슨 벌을 받아야 할까?"

여기서는 도대체 무슨 언어를 쓰는 걸까? 마트는 의아했다. 말 한 마디 한 마디는 똑똑히 들렸지만, 그 전체적 의미는 도통 잡히지 않았다.

"전, 전 다음에, 어, 밥 먹기 전에, 훌륭한 시민의 다섯 가지 원칙하고 올바른 정신 집중에 이르는 네 가지 태도를 두 번 외워야 해요."

톤톰이 말했다.

"참 잘했다!"

호르헤가 소리쳤다. 파수꾼은 그 다음에 손 든 아이를 몇 명 더 지명했고, 아이들은 저마다 괴상한 것들을 고백했는데, 이를테면 그것은 담요를 제대로 개지 않았다거나 비누를 너무 많이 썼다는 내용이었다. 그에 대한 벌은 모두 훌륭한 시민의 다섯 가지 원칙과 올바른 정신 집중에 이르는 네 가지 태도를 암송하는 거였는데, 세 시간 동안 낮잠을 즐겼다고 고백한 한 소년의 경우는 예외였다.

호르헤는 얼굴을 찌푸렸다.

"그건 심각하군. 넌 아침에 굶어라."

그는 말했다. 소년은 풀이 죽었다.

더 이상 손이 올라가지 않았다. 파수꾼은 마트를 돌아보았다.

"이제 새로 온 형제는 자기비판의 의미에 대해 단단히 교육받았으니, 자신의 개인적 결함에 대해 털어놓고 싶을 거다."

그는 기다렸다. 톰톰과 다른 소년들은 목을 빼고 있었다.

"어서?"

잠시 후 호르헤가 말했다.

"전 나쁜 짓한 거 없어요."

마트가 말했다.

숨 막히는 두려움이 방 안에 퍼져 나갔다.

"나쁜 짓한 거 없어?"

파수꾼이 목소리를 높였다.

"나쁜 짓한 거 없어? 죄 없는 말의 머리 속에 컴퓨터 칩을 집어넣고 싶어 한 건 뭐냐? 샌들 만들 때 쓰는 플라스틱 자루를 더럽힌 건 뭐고? 그리고 새우 탱크를 청소해야 할 때 형제들을 꼬드겨 게으름을 피우게 만든 건 뭐냐?"

"플라스틱 조각을 더럽힌 건 저예요."

피델리토가 간신히 말했다.

어린 소년이 겁에 질려 제 정신이 아닌 걸 보고, 마트는 얼른 말했다.

"그건 저 애 잘못이 아녜요. 제가 저 애한테 자루를 줬어요."

"이제야 바른 말이 나오는군."

호르헤가 말했다.

"하지만 제가 토했어요."

어린 소년이 고집 부렸다.

파수꾼은 말했다.

"형제, 그건 네 잘못이 아니다. 이 귀족이 너를 잘못된 길로 이끈 거야. 가만히 있어!"

피델리토가 다시 죄를 뒤집어쓰려는 눈치를 보이자, 그는 화난 기색을 띠었다.

"너희들은 이 귀족의 태도에서 뭐가 그릇된 건지 알 수 있게 도와줘야 한다. 그렇게 하는 것은 우리가 이 형제를 사랑하기 때문이고 이 형제가 벌통 속에 들어오는 걸 환영하고 싶기 때문이다."

그러자 모두들 마트를 공격했다. 차초와 피델리토를 빼고, 방 안에 있던 모든 소년들이 마트에게 비난을 퍼부었다. 너는 귀족처럼 말한다. 너는 담요를 개는 것도 잘난 방법으로 한다. 너는 손톱 밑을 청소한다. 너는 사람들이 이해할 수 없는 말을 쓴다. 차초가 이미 언급한 것에 더해, 많은 얘기들이 쩍쩍 달라붙는 진흙 덩이처럼 마트에게 날아왔다. 마트가 크게 상처받은 것은, 그러한 비난의 부당함이나 그 속에 숨어 있는 독기 때문이 아니었다. 마트는 자신이 받아들여진 줄 알았다. 자신은 드디어 사람들에게 환영받는 오아시스, 더럽고 불편하지만 그래도 오아시스임에 틀림없는 곳을 만났다고 생각하고 있었다.

하지만 그것은 완전히 가짜였다. 그들은 자신이 누군지 알고 있었다. 자신이 얼마나 무시무시하게 다른 존재인지는 몰라도 자신이 그들과 같은 편이 아니라는 건 알고 있었다. 그들은 자신이 그 무게에 깔려 질식할 때까지 진흙 덩이를 내던질 것이다.

마트는 소년들이 물러가는 소리를 들었다. 침대로 올라가라는 명령이 떨어지자 차초가 욕설을 내뱉는 소리가 들렸다. 마트는 홀로 남겨진 채, 괴이한 짐승처럼 방 한가운데서 몸을 움츠리고 있었다. 하지만······.

마음 깊은 곳, 마트가 미처 알지 못했던 자리에서 어떤 목소리들이 솟아올랐다.

내가 더러운 비밀을 하나 알려 주마. 클론과 인간의 차이를 구별할 수 있는 사람은 아무도 없다. 왜냐하면 둘 사이에는 어떤 차이도 없기 때문이다. 클론이 열등하다는 건 추잡한 거짓말이다. 탬 린이 소곤거렸다.

그 다음에는 자신을 포옹하는 셀리아의 두 팔이 느껴졌고, 셀리아가 요리할 때 다져 넣는 고수 잎 냄새가 풍겨왔다. 그녀가 포근히 안아 주며 말했다. *사랑한다, 내 아가. 그걸 절대 잊지 마라.*

다음에는 엘 파트론이 마디가 불거진 손을 머리에 얹으며 말했다. *시장이 던져 준 그 동전을 주우려고 얼마나 아귀다툼을 했는지! 우리는 돼지처럼 흙바닥에서 굴렀다! 하지만 난 그 돈이 필요했지. 나는 너무 가난해서 손에 쥐고 비벼 볼 단돈 2페소도 없었다. 너는 그 나이 때의 나를 닮았다.*

마트는 몸을 떨었다. 엘 파트론은 자신을 사랑하지는 않았지만, 노인이 전해 준 감정은 그토록 강렬했다. 살려는, 숲 전체에 그늘을 드리울 때까지 가지를 뻗으려는 의지. 마트는 엘 파트론에게서 몸을 돌린 다음 마음속에서 마리아를 쳐다보았다.

정말 보고 싶었어! 마리아는 키스하며 말했다.

"사랑해."

마트가 말했다.

"나도 사랑해. 난 이게 죄라는 걸 알아. 나중에 지옥에 가겠지.

마리아가 대답했다.

"만약 나한테 영혼이 있다면, 나도 같이 갈게."

마트는 약속했다.

마트는 일어나서 방의 불이 꺼져 있는 걸 보았다. 차초와 피델리토가 천정에 가까운 맨 위 침대에서 자신을 지켜보고 있었다. 피델리토를 맨 위 침대에서 재운 것에 대해 누군가 단단히 후회하게 될 것이다. 차초는 문을 가리키며 무척 무례한 제스처를 해 보였다. 피델리토는 방을 나간 호르헤에게 엉덩이를 까 보였다.

마트는 눈물을 삼키기 위해 무척이나 애를 써야 했다. 자신은 결국 혼자가 아니었다. 이런 친구들과 함께라면 승리할 것이다. 아주 오래전, 엘 파트론이 가난과 죽음에 대해 승리를 거두었던 것처럼.

30

고래의 다리가 없어졌을 때

 한 가지는 틀림없는 사실이었다. 이곳에는 뭔가 후각을 마비시키는 게 있다는 것. 마트는 더 이상 지독한 공기를 느끼지 못했다. 음식도 맛이 한결 나아졌다. 좋지는 않았지만, 아주 구역질나는 것도 아니었다. 매일같이 마트와 차초, 피델리토는 길게 늘어선 새우 탱크를 따라 걸으며 벌레를 잡아냈다. 저녁이면 터덜터덜 되돌아가서 플랑크톤 버거나 플랑크톤 파스타 혹은 플랑크톤 부리토로 식사했다. 카를로스는 플랑크톤으로 만들 수 있는 음식에 대한 아이디어가 끊임없이 샘솟는 듯 했다.

새우가 다 자라면, 톰톰이 느릿느릿 움직이는 거대한 수확기를 타고 왔다. 그것은 관절염에 걸린 공룡처럼 신음하며 탱크 속의 내용물을 그 동굴 같은 배 속에 쓸어 담았다. 마트는 캘리포니아 만에서 끌어온 파이프의 물로 다시 탱크를 채웠다.

새우 농장의 서쪽 끝으로 가면, 철조망 울타리 사이로 한때는 바다처럼 넓었던 해협이 바라다보였다. 그것은 검푸른 색이었고, 그 위로 갈매기가 날아다녔다. 차초는 좀 더 멀리 보기 위해 탱크의 가장자리에 올라가 균형을 잡았다.

철망 아래쪽은 만져도 괜찮지만, 맨 꼭대기에는 전기가 흘러 웅웅거렸다. 피델리토는 조금만 애쓰면 그 유혹적인 푸른색을 만져 볼 수 있기라도 하다는 듯 철망 사이로 두 팔을 뻗었다. 마트는 울타리의 약한 부분을 찾아보았다. 항상 탈출을 염두에 두고 있었던 것이다.

"저게 뭐지?"

차초가 북쪽을 가리키며 물었다.

마트는 햇볕을 가렸다. 땅이 움푹 들어간 곳에서 뭔가 하얀 것이 삐쭉이 나와 있는 게 보였다.

"나무 같지는 않은데. 한번 보고 싶지 않니?"

차초가 말했다. 해가 서쪽으로 기울고 있었지만, 새로운 어떤 것의 유혹은 저항할 수 없을 만큼 강렬했다.

"시간이 좀 걸릴 테니까, 넌 여기서 기다려."

마트는 피델리토에게 말했다. 꼬마는 조금이라도 더 걸을 힘이 없다는 걸 잘 알고 있었던 것이다.

"나 혼자 남으라니 말도 안 돼. 우리는 동지잖아."

피델리토가 말했다.

"넌 우리 물건을 지키고 있어야 해. 혹시 누가 훔쳐가려고 하면, 내가 가르쳐 준 데를 걷어차라고."

차초가 말했다.

피델리토는 씩 웃고 꼬마 병정처럼 경례를 부쳤다.

마트와 차초는 제염소 근방보다 더 황량한 풍경을 지나갔다. 제염소 근방은 비라도 오면 땅바닥에 붙은 잡초가 키를 늘이려고 애썼다. 이곳은 하얀 소금 덩어리 말고는 아무것도 없었다. 조개껍데기들이 여기저기 흩어져 있었는데, 그것은 한때 이 지역 전체를 뒤덮었던 살아 있는 바다의 증거였다.

"그냥 소금층이 아닌지 모르겠다."

차초가 말했다.

가까이 다가갈수록 야릇한 형체가 솟아올랐다. 어떤 것은 주걱 모양이었고, 어떤 것은 가늘고 구부러져 있었다. 마트는 그렇게 이상한 것은 본 적이 없었다. 그것들은 깊은 구렁 속에서 슬그머니 솟아올라 바깥을 내다보고 있었다. 구렁 속에는 온통 뼈가 가득했다.

잠시 동안 차초와 마트는 구렁의 가장자리에 서서 말을 잃었다. 드디어 차초가 중얼거렸다.

"누가 저 밑에서 엄청 많은 가축 떼를 잃어버린 거야."

"저건 가축이 아냐."

마트가 말했다. 두개골은 거대했고, 턱뼈는 괴물 새의 부리 모양이었다. 갈비뼈 하나만 해도 웬만한 소보다 더 길었다. 그 사이에 식탁이나 침대라도 만들 수 있을 만큼 거대한 주걱 모양의 뼈들이 섞여 있었다. 너무도 많은 해골이 뒤죽박죽으로 쌓여 있어서, 마트는 세어 볼 엄두를 내지 못했다. 수백 개는 될 터였다. 아니 수천 개.

"저거 사람 해골 아니니?"

차초가 말했다.

마트는 눈을 가늘게 뜨고 그늘에 잠긴 아래쪽을 살피다가 차초가 가리키는 걸 보았다.

"생각해 봐. 누가 저기 떨어지면, 다시는 못 나올걸."

덩치 큰 소년이 말했다.

마트는 생각해 보았다. 큰 나무를 타고 내려가듯이 뼈와 뼈를 디디며 구렁 속을 조사해 보려던 참이었다. 하지만 이제 보니 구렁 전체가 아슬아슬한 균형을 이루고 있었다. 한 발 잘못 디디면, 구조물 전체가 무너지고 말 터였다. 마트는 자칫하면 벌어졌을 일을 생각하고 이를 악물었다. 속이 울렁거렸다.

"돌아가는 게 좋겠다. 피델리토가 이 근처를 쑤시고 다니는 건 별로 안 좋으니까."

차초가 말했다.

피델리토는 새우 탱크에 발을 담근 채 물장구를 치며 놀고 있었다. 차양 삼아 그물을 머리 위에 드리우고 있었다.

"뭐가 있어?"

어린 소년이 마트와 차초를 향해 소리 질렀다.

마트는 뼈에 대해 설명해 주었는데, 놀랍게도 피델리토는 그게 뭔지 알았다.

"그건 고래야. 내가 살던 유카탄에서 고래 여덟 마리가 뭍에 올라왔어. 걔네들은 해안으로 헤엄쳐 올라와서는 돌아가지 못했지. 할머니 얘기로는 고래들이 육지에서 걸어 다녀 버릇했기 때문에 이제 다리가 없어졌다는 걸 깜빡한 거래. 으왝! 그 고래들한테서는 호르헤의 신발 냄새가 풍겼어! 마을 사람들은 걔네들을 모래 속에 묻어 줘야 했어."

피델리토는 공장으로 돌아가는 동안 쉬지 않고 썩은 고래에 관해 재잘거렸다. 할머니에 관한 얘기만 나오면 어린 소년은 기가 펄펄 살았다.

저 많은 고래들이 도대체 무엇에 홀렸기에 저렇게 죽게 되었을까? 마트는 늘어선 새우 탱크를 따라 터덜터덜 걸어가며 생각했다. 캘리포니아 만이 말라붙는 동안 그 구렁 속에는 여전히 물이 차 있었는지도 모른다. 고래들은 비가 와서 바다가 다시 차오를 때까지 기다리기로 했는지도 모른다. 바다는 차오르지 않았고 고래 다리는 예전에 없어졌기 때문에 고래들은 고향으로 걸어 돌아갈 수 없었으리라.

밤마다 자기 전에 호르헤는 이야기를 하고 그 다음에는 소년들에게 죄를 고백하도록 유도했다. 밤마다 소년들은 톤톰을 필두로 마트에게 비난을 퍼부었다. 그것은 마트에게 치욕을 안겨 주기 위한 것이었지만, 묘하게도 시간이 갈수록 그러한 공격이 가져다주는 아픔은 줄어들었다. 마치 안마당에 가득한 칠면조들이 꽥꽥거리는 소리를 듣는 기분이었다. 엘 파트론은 파티를 하기 전에 가끔 그 우스꽝스러운 새들을 십여 마리 주문할 때가 있었는데, 마트는 울타리 너머로 녀석들을 구경하는 걸 좋아했다. 탬 린은 칠면조가 세상에서 가장 멍청한 새라고 했다. 녀석들은 만약 비가 올 때 고개를 들고 있으면 물에 빠져 죽을 거라고 했다.

어쨌거나 칠면조들은 붉은꼬리매가 덮쳐 오면 눈알을 희번덕거리고, 고개를 홰홰 저으면서 허둥댔다. 보글 오글 오글 오글, 매보다 덩치가 다섯 배는 커서 매를 바닥에 짓이기고도 남을 녀석들이 비명을 질러 댔다. 아이들이 자신의 범죄 행위를 나열할 때 마트의 귀에 들리는 것은 바로 그 소리였다. 보글 오글 오글 오글.

마트가 고백을 거부할 때면, 호르헤의 눈은 샐쭉해지고 입은 한일자로 굳어졌다. 차초와 피델리토는 고생을 더는 가장 손쉬운 방법을 재빨리 터득하고 파수꾼이 원하는 대로 해 주었다. 둘은 온갖 종류의 창조적 범죄 행위를 고백했고, 호르헤는 기쁜 나머지 거의 벌을 내리지도 않았다.

마트는 고래 구렁까지 걸어갔다 왔으므로 오늘 밤에는 유난히 피곤했다. 그래서 훌륭한 시민의 다섯 가지 원칙과 올바른 정신 집중에 이르는 네 가지 태도는 대충 웅얼거리고 말았다. 호르헤의 이야기는 거의 귀담아 듣지 않았다. 그것은 피아노를 치는 데 왜 열 손가락이 전부 필요한지에 관한 얘기였다. 손가락들은 서로 도와야 하고 개인주의적인 태도로 자신을 과시하려 들어서는 안 되었다.

피델리토는 플랑크톤에다 밀크셰이크를 게워 냈다는 걸 인정했고, 차초는 기상 벨이 울릴 때 나쁜 말을 썼다고 했다. 파수꾼은 웃으며 마트를 바라보았다. 하지만 마트는 묵묵부답이었다. 자신이 바보같이 굴고 있다는 건 알고 있었다. 뭔가 작은 걸 고백하기만 하면 됐지만, 호르헤 앞에 억지로 굴복할 수는 없었다.

"알겠다. 우리 귀족께서 교육이 좀 더 필요하다는 거구나."

파수꾼이 말했다. 그가 모여 있는 소년들을 휙 둘러보자, 순식간에 방 안 분위기가 일변했다. 모두들 바닥을 내려다보고 있었고, 아무도 손을 들지 않았다. 마트는 사태를 파악하기 위해 애써 무감각 상태에서 깨어났다.

"너!"

호르헤가 갑자기 짖어 대자 몇몇 아이들이 움찔했다. 그는 톤톰을 가리켰다.

"저, 저요?"

톤톰이 믿어지지 않는다는 듯 가까스로 말했다.

"너 파수꾼들 구역에서 홀로 게임을 훔쳤지! 우리는 그걸 주방의 누더기 더미에서 찾아냈다."

"저는, 어, 저는, 어."

호르헤가 고함을 질렀다.

"파수꾼들 구역을 청소하는 건 특권이야! 그것은 복종과 올바른 행동을 통해 얻을 수 있는 것인데. 하지만 너는 네 의무를 저버렸다. 살금살금 다니며 남들이 갖지 못한 걸 훔치는 아이를 어떻게 해야 하지?"

파수꾼들은 남들이 갖지 못한 걸 갖고 있어. 마트는 생각했다. 하지만 입 밖에 내서 말하지는 않았다.

"일을 더 많이 해야 해요."

한 소년이 추측했다.

"아냐!"

호르헤가 소리 질렀다.

"사과, 사과하면 안 될까요."

다른 아이가 더듬거리며 말했다.

파수꾼이 고함을 쳤다.

"넌 그동안 뭘 배웠냐? 일벌들은 벌통 전체에 대해 생각해야 한다. 만약에 일벌들이 꿀을 모아서 저 혼자 먹어 버리고 집에 아무것도 가져오지 않는다면, 추운 겨울이 닥쳤을 때 그 벌통의 벌들은 굶어 죽을 것이다. 일꾼들은 그렇게 하지 않는다. 그건 수벌들이나 하는 짓이지. 수벌은 남의 것을 훔친다. 하지만 겨울이 오면 수벌들은 어떻게 되지?"

"좋은 꿀벌들이 죽여 버려요."

한 소년이 피델리토만큼 가냘픈 목소리로 말했다.

잠깐, 지금 얘기가 어떻게 돌아가고 있는 거지? 마트는 생각했다.

"맞았다! 좋은 꿀벌들은 나쁜 수벌을 침으로 찔러 죽인다. 하지만 우리가 그 정도로 하려는 건 아니다."

호르헤가 말했다.

마트는 참고 있던 숨을 내쉬었다. 아편국에서 살인은 일상적인 일이었다. 이곳의 규칙이 어떤 건지는 아직 알지 못했다.

이제 톰톰은 완전히 공포에 질려 있었다. 소년의 못생긴 얼굴은 눈물 콧물로 범벅이 되었다. 마트는 불쌍한 생각이 드는 걸 깨닫고 깜짝 놀랐다. 톰톰은 무슨 일을 당해도 싼 비열한 아첨꾼이었다.

"자세를 취해라."

호르헤가 말했다.

톰톰은 비칠거리며 벽 쪽으로 다가갔다. 그리고 두 팔을 벌려 손바닥을 벽에 붙이고 다리를 벌렸다.

"몸을 움직이면 큰일 난다는 걸 명심해라."

톰톰은 고개를 주억거렸다.

파수꾼은 작은 벽장문을 열고 회초리를 골랐다. 마트는 그 안에 온갖 크기의 회초리가 다 들어 있는 걸 볼 수 있었다. 호르헤는 회초리를 고르며 시간을 끌고 있었다. 톰톰이 조그맣게 흐느꼈다.

드디어 파수꾼은 자신의 엄지손가락 굵기의 회초리를 꺼냈다. 그리고 강도를 시험하려는 듯 침대를 홱 내리쳤다. 톰톰의 훌쩍거리는 소리를 빼고, 방 안은 물을 끼얹은 듯 조용했다.

호르헤는 천천히 방 안을 오락가락했다. 어디를 때려야

할지 고심하고 있는 듯했다. 팔다리가 너무도 심하게 떨려서, 소년은 호르헤가 손을 대기도 전에 쓰러질 것 같았다. 마트는 눈앞에서 벌어지는 일을 도저히 믿을 수 없었다. 그것은 너무도 잔인하고, 너무도 무의미한 일이었다. 톤톰은 열과 성을 다해 복종했다. 파수꾼들이 무슨 요구를 하든 겸손하게 따랐다. 하지만 문제는 바로 그것이었는지도 몰랐다. 엘 파트론은 자신이 아직 맞붙을 준비가 안 돼 있는 적에게 겁을 주기 위한 방편으로 쉬운 목표물을 이용할 수 있다고 말했다.

그게 바로 나야. 호르헤가 겁주고 싶은 적은 바로 나야. 마트는 생각했다.

갑자기 파수꾼이 방 저쪽에서 걸음을 뚝 멈추더니 비호같이 달려들었다. 바로 그 순간 톤톰은 공포에 질려 도망쳤다. 호르헤는 단숨에 소년을 덮쳤다. 그는 닥치는 대로 소년을 매질했다. 회초리에 선혈이 낭자할 때까지 그는 때리고 또 때렸다. 피델리토가 다가와 마트의 가슴에 얼굴을 묻었다.

마침내 파수꾼은 숨을 헐떡이며 뒷걸음질 쳤다. 그리고 문가에서 움츠리고 있는 소년들을 가리켰다.

"이 놈을 양호실에 데려다 줘라."

파수꾼이 명령을 내렸다. 소년들은 명령에 따라 얼른 톰톰에게 달려들었다. 그리고 빨래처럼 축 늘어진 톰톰을 끌고 방을 나갔다.

호르헤는 침대에 회초리를 기대 놓고 수건으로 얼굴을 훔쳤다. 움직이거나 말하는 사람은 아무도 없었다. 모두들 숨조차 쉬지 못할 만큼 겁에 질린 듯했다. 잠시 후 호르헤는 애정이 넘치는 교사답게 친절한 표정으로 소년들을 바라보았다. 탐이 그랬던 것처럼 그의 얼굴에서는 씻은 듯이 분노가 사라졌다. 그런 변화는 성을 내는 것보다 훨씬 섬뜩했다.

"이제는 우리들의 어린 귀족께서 교훈을 배웠을 것 같은데. 자, 마트. 너는 어떤 잘못을 고백하고 싶으냐?"

그는 온화하게 말했다.

"전 할 말 없어요."

마트는 피델리토가 해를 입지 않도록 멀찍이 밀어 놓고 말했다. 모두들 숨을 삼켰다.

"뭐라고?"

"전 잘못한 거 없어요."

마트는 교훈을 제대로 이해했다. 그것은 이런 것이었다. 노예처럼 복종해도 처벌을 모면할 수는 없다는 것.

"알겠다. 그렇다면 할 수 없지. 나와서 자세를 취해라."

파수꾼은 한숨을 쉬었다.

"그게 무슨 차이가 있는지 모르겠는데요. 톰톰은 바닥에 쓰러진 채 맞았잖아요."

마트는 말했다.

"시키는 대로 해. 조금이라도 덜 맞으려면."

누군가 대담하게 속삭였다. 호르헤는 휙 돌아보았지만 말한 사람을 끄집어내지는 않았다.

마트는 팔짱을 끼고 서 있었다. 속으로는 두려움에 떨고 있었지만, 겉으로는 엘 파트론이 하인들을 위협할 때처럼 파수꾼을 향해 차갑고 거만한 표정을 지어 보이고 있었다.

"어떤 애들은 말이다."

호르헤는 가느다란, 거의 구슬리는 듯한 음성으로 말했다. 마트는 등골이 서늘해졌다.

"어떤 애들은 힘들게 배워야 한다. 시키는 대로 따르는 걸 배울 때까지 부러지고 깨져야만 하지. 마루를 닦는 것처럼 간단한 일이라도, 다시 깨지지 않기 위해서 열심히 하게 되거든. 그리고 살아 있는 한 영원히 그렇게 하는 거다."

"다른 말로 하면, 날 좀비로 만들고 싶다는 거죠."

마트가 말했다.

"안 돼!"

몇몇 아이들이 소리쳤다.

"감히 나를 그런 식으로 비난하다니!"

호르헤는 회초리를 집어 들었다.

"제가 대신 고백할게요! 제가 고백할게요!"

피델리토가 악을 쓰며 방 한가운데로 뛰어나왔다.

"쟤는 세면실에서 비누를 떨어뜨리고 줍지 않았어요. 그리고 죽을 버렸어요, 방귀벌레가 들어 있다고요."

"피델리토, 저 바보!"

차초가 신음했다.

"쟤가 그랬어요. 정말이에요!"

어린 소년이 외쳤다.

호르헤는 흥미로운 듯 피델리토와 마트를 번갈아 바라보았다.

"가서 앉아."

마트가 나지막하게 말했다.

파수꾼이 고함을 쳤다.

"가만히 있어! 여기서 제일 악질적인 계급이 어떻게 집단을 오염시켰는지 알겠구나. 귀족이 이 아이를 하인으로 삼았다. 그러니 벌을 받아야 하는 건 하인이다."

"쟤는 맞으면 죽을 거예요."

마트가 말했다.

"교육의 가치를 배우지 못할 만큼 어린 아이는 없다. 제아무리 어린 왕들이라고 해도 공공 집회에서 울지 않는 법을 배울 때까지 매질을 당하고는 했지. 육 개월짜리도 말이다."

호르헤가 말했다.

내가 졌어. 마트는 생각했다. 아무리 호르헤의 권위에 저항하고 싶다 해도, 피델리토를 희생시키며 그렇게 할 수는 없었다.

"좋아요, 고백할게요. 난 세면장에 비누를 떨어뜨리고 줍지 않았어요. 난 방귀벌레가 들어 있는 죽을 버렸어요."

마트는 말했다.

"그리고?"

파수꾼은 즐거운 듯이 말했다.

"새우 탱크에 쉬를 했어요. 어느 건지 묻지는 마세요. 기억을 못 하니까요. 그리고 주방 싱크대의 수돗물을 잠그지 않았어요."

"자세를 취해라."

마트는 그렇게 하면서, 그렇게 하는 자신이 증오스러웠고 파수꾼은 한층 더 증오스러웠다. 호르헤가 마트의 신경을 긁으려고 거들먹거리며 방 안을 활보하는 동안, 마트는 돌같은 침묵을 지켰다. 그리고 사내가 방 저쪽에서 비호같이 달려와 아픔으로 기절할 만큼 모질게 매를 내리쳤을 때도 비명 소리가 새어 나오는 걸 꿀꺽 삼켰다.

마트는 똑바로 서서 한 대, 한 대 매질을 견뎌 냈다. 여섯 대를 때린 후에 호르헤는 충분하다고 판단했다. 아니, 톤톰을 때리는 데 이미 기운을 다 쓴 것이 분명했다. 마트는 자신이 운이 좋았다는 걸 알았지만, 앞길에 더한 괴로움이 있으리라는 걸 믿어 의심치 않았다. 호르헤는 그렇게 쉽사리 포기할 위인이 아니었다.

마트는 비틀거리며 침대로 돌아가 푹 쓰러졌다. 호르헤가 방을 나가는 걸 어렴풋이 의식했는데, 문이 닫히자마자 아이들이 침대에서 내려와 마트를 구름처럼 에워쌌다.

"너 진짜 대단했어!"

소년들이 외쳤다.

"호르헤가 졌어."

플라코라는 바짝 마른 꺽다리 소년이 말했다.

"호르헤가 졌다고? 진 쪽은 나야."

마트가 끊어질 듯한 목소리로 말했다.

"그건 절대로 아냐! 오늘 밤 호르헤는 규정을 어겼어. 이 소식이 파수꾼들의 본부에 전해진다면, 놈은 모가지야."

플라코가 말했다.

"거기 가서 말할 사람은 아무도 없을걸. 여기는 달나라나 마찬가지니까."

차초가 비웃었다.

"나는 곧 나이가 차서 여기를 나가게 돼. 그럼 난 본부에 찾아가서 다 말할 거야."

플라코가 말했다.

"난 그때까지 숨죽여 기다릴 생각은 없어."

차초가 말했다.

"어쨌든 피델리토를 대신해서 맞은 너는 정말 용감해. 우리는 네가 겁쟁이 귀족인 줄 알았는데, 사실은 우리하고 똑같은 애였어."

플라코가 마트에게 말했다.

"내가 계속 그랬잖아."

피델리토가 조잘거렸다.

그러자 모두들 마트가 겁쟁이 귀족이 아니라 대단한 녀석이라는 사실을 안 게 언제인지를 놓고 다투기 시작했다. 아이들에게 인정받았음을 느끼자 마트는 마음이 따뜻이 젖어들었다. 고통으로 머리가 빙빙 돌기는 했지만, 남들이 자신을 좋아해 준다면 그것으로 충분한 보상이 되었다.

"얘들아, 우리는 얘가 치료받게 해 줘야 해."

플라코가 말했다. 소년들은 먼저 복도에 사람이 있는지 확인했다. 그런 다음, 마트를 양호실로 떠메고 갔다. 톰톰은 거기서 벌써 깊이 잠들어 있었다. 녹색 제복을 입은 곰보 소년 하나가 마트의 상처에 붕대를 감고 숟가락에 세 방울의 액체를 떨어뜨렸다.

저건 아편제야. 마트는 병에 붙어 있는 라벨을 보고 그 사실을 깨달았다. 그래서 약을 먹지 않으려고 도리질을 쳤다. 펠리시아처럼 좀비가 되거나 불쌍한 복슬이처럼 죽고 싶지는 않았다. 하지만 너무 지쳐 있어서 오랫동안 저항할 수는 없었다. 마트는 마약이 유발한 몽롱한 상태로 빠져들면서 자신이 죽는다면 어떻게 될지 궁금해했다. 인간 아닌 존재들이 가게 되는 사후 세계에서 복슬이를 만나게 될까? 그러

면 복슬이는 저를 마리아한테서 떼어냈다고, 와서 발목을 물어 뜯을까?

31

톤톰

"아, 죽겠어."

톤톰이 머리맡에 놓인 물잔을 더듬으며 신음했다.

"네 몰골이 끔찍해 보인다."

곰보 소년이 말했다.

"너, 어, 너 그 말 취소해, 루나. 난 아직도 너를 흠씬 패 줄 수 있으니까."

"난 파수꾼이니까 그렇게는 못 할걸."

루나는 거만하게 말했다.

"그래 봤자 넌 견습생이잖아."

톰톰은 간신히 물잔을 잡았지만, 물을 마시려다가 절반은 가슴에 쏟고 말았다.

"잠깐만."

마트는 말했다. 목은 무척 말랐지만, 물잔 쪽으로 손을 뻗고 싶지는 않았다. 조금이라도 움직이면 엄청나게 아플까 봐 지레 겁을 먹고 있었다.

"너 파수꾼이 되는 훈련을 받고 있는 거니?"

"아, 응. 결국은 모두가 다 그렇지."

루나가 말했다.

조금 떨어진 곳에 놓인 물잔이 빛을 반사하고 있었다.

"하지만 이곳의 파수꾼은 스무 명밖에 안 돼. 그런데 애들은 전부 몇 명이지?"

"현재 인원 이백열 명."

루나가 말했다.

"그 애들이 모두 다 파수꾼이 될 수는 없어. 자리가 모자란다고."

마트가 말했다.

톰톰과 루나는 서로 얼굴을 마주 보았다.

"카를로스가 그러는데 열여덟 살이 될 때까지 훌륭한 시민의 다섯 가지 원칙과, 어, 올바른 정신 집중에 이르는 네 가지 태도를 잘 지키는 애들은 모두 파수꾼이 된대."

톤톰이 말했다.

마트는 이백열 명의 구직자와 고작 스무 개뿐인 일자리의 차이에 대해 누누이 설명했지만, 말이 먹히지 않았다.

"넌, 어, 넌 샘이 나서 그러는 거야."

톤톰이 말했다.

하지만 톤톰은 어딘가 총기가 있었다. 높은 담장으로 둘러싸인 파수꾼들의 구역 내에서 벌어지는 일을 소상히 알고 있었다. 파수꾼들에게는 홀로 게임과 텔레비전과 수영장이 있다고 했다. 그들은 맛난 음식을 먹으며 밤샘 파티를 열었다. 그리고 톤톰은 이 모든 걸 다 알고 있었는데, 마트가 이제야 알게 된 사실이지만, 그것은 톤톰이 파수꾼들의 방 청소와 설거지를 도맡아하기 때문이었다. 마트는 파수꾼들이 톤톰의 출입을 허락한 것은 톤톰이 우둔해서 눈에 보이는 것의 의미를 이해하지 못할 거라고 생각하기 때문이라는 걸 간파했다.

하지만 셀리아가 자주 말했다시피, 어떤 사람들은 둔해서 생각이 느릴지는 몰라도 일단 생각을 시작하면 아주 철저하게 파고든다. 마트는 톤톰의 말에 귀 기울이는 동안, 톤톰이 멍청하지 않다는 걸 깨달았다. 톤톰은 파수꾼들의 행동거지에 대한 관찰과 공장의 기계류에 대한 이해에서는 지적인 정신이 느껴졌다. 톤톰은 단지 자신의 의견을 갖는 데 신중할 뿐이었다.

마트는 톤톰이 전날 밤에 벌 받은 일로 인해 마음 깊이 동요하고 있다는 걸 알 수 있었다. 톤톰은 상처 딱지에 계속 손이 가는 것처럼 자꾸만 그 생각으로 돌아갔다.

톤톰은 고개를 설레설레 저으며 말했다.

"난 이해를 못 하겠어. 난, 어, 아무 잘못도 안 했어."

"네가 무슨 짓인가를 했겠지. 그래서 호르헤가 뒤지게 팬 거잖아."

루나가 말했다.

"아냐, 어, 난 안 했어."

마트는 톤톰의 머릿속에서 톱니바퀴가 서서히 맞물리고 있는 걸 볼 수 있었다. 호르헤가 하는 얘기는 다 옳다. 자신은 호르헤가 시키는 대로 했다. 따라서 자신의 행동은 다 옳다. 그런데 왜 호르헤한테 뒤지게 맞아야 했단 말인가?

"호르헤는 완전히 괴짜야."

루나가 말했다.

"아냐, 그렇지는 않아."

톤톰이 고집스레 말했다.

마트는 톤톰이 어떤 결론을 향해 가고 있는지 짐작도 할 수 없었다.

"구역 안은 어때?"

톤톰의 눈이 반짝거렸다.

"넌, 어, 넌 못 믿을 거야! 파수꾼들은 구운 쇠고기하고 돼지갈비하고 파이 아 라 모드를 먹어."

"파이 아 라 모드가 뭐야?"

루나가 물었다.

"위에 아이스크림을 얹은 거야! 녹거나 그런 게 아냐."

"나도 아이스크림 먹어 본 적 있어. 우리 엄마가 줬어."

루나가 꿈꾸는 듯한 목소리로 말했다.

"파수꾼들은 또, 플랑크톤 가루가 아니라 진짜 우유를 먹는다. 그리고 금박 종이에 싼 초콜릿을 먹어."

톤톰은 한 번 초콜릿을 훔쳐 먹은 적이 있었다. 마트가 어렸을 때 침대에 누워 있으면 과달루페의 성모상이 아른거렸던 것처럼, 그때의 기억이 톤톰의 마음속에서 아른거렸다.

"우리들이 못 먹는 걸 파수꾼들만 먹는데 넌 아무렇지도 않니?"

마트가 말했다.

톤톰과 루나는 성난 방울뱀처럼 꼿꼿이 머리를 들었다. 루나가 말했다.

"그 사람들은 노력해서 얻은 거야! 그 사람들은 시간을 투자했어. 그리고 우리도 시간을 투자하면 나중에 그런 걸 먹게 될 거야!"

"맞아."

톤톰은 말했지만, 마음 한구석에서는 뭔가 석연치 않은 듯 보였다.

"알았어, 알았다고. 난 그냥 궁금해서 물어본 거야."

마트는 말했다. 그리고 마음의 준비를 단단히 하고 물잔을 향해 손을 뻗었다. 고통은 예상보다 지독했다. 마트는 헉 하고 숨을 들이켜고 도로 누웠다.

"무지 아프지, 응? 아편제 좀 더 줄까?"

루나가 마트의 손에 물잔을 쥐어 주었다.

"싫어!"

마트는 펠리시아가 좀비가 되는 꼴을 오랫동안 지켜봐 왔다. 그녀의 본보기를 따르고 싶은 생각은 추호도 없었다.

"마음대로 해. 나로 말할 것 같으면, 이거 없으면 못 살지."

"왜 그러는데? 어디가 아파서?"

마트가 물었다.

루나는 마트가 바보스럽기 짝이 없는 말을 한 것처럼 낄낄거렸다.

"얘야, 이건 여행이야. 이건 여기를 빠져나가는 티켓이라고."

"넌 그래 봤자 견습생이야. 넌 구역 안으로 들어갈 때까지는, 어, 바깥 여행을 못 하게 돼 있어."

톤톰이 비웃었다.

루나는 아편제 병을 집어 들고 마구 흔들어 댔다.

"누가 그래? 그 사람들이 여기 이게 전부 몇 방울인지 세고 앉아 있겠니? 이건 내가 양호실을 관리하는 데 대한 보상이라고."

"잠깐만, 그럼 파수꾼들도 이걸 먹는단 말이야?"

마트가 말했다.

"당연하지, 그 사람들이 노력해서 얻어 낸 건데."

톤톰이 말했다.

마트의 머리가 바쁘게 돌아갔다.

"그중에 몇 사람이나? 그리고 언제?"

"모두 다. 어, 그리고 밤마다."

마트는 현기증이 났다. 그것은 밤이면 밤마다 파수꾼들이 좀비로 돌변한다는 의미였다. 그것은 공장이 무방비 상태가 된다는 의미였다. 울타리에 전기를 공급하는 발전소가 무방비 상태가 된다. 마트의 마음속에 자유라는 글자가 커다랗게 떠올랐다.

"너희들 혹시 산 루이스가 어디 있는지 아니?"

마트가 물었다.

알고 보니 둘 다 알고 있었다. 톤톰은 거기서 자랐다. 톤톰은 더듬거리며 산 루이스의 하얗게 회칠한 집들과 기와지붕, 담장 너머로 흐드러진 포도 덩굴, 번화한 시장과 아름다운 정원 들에 대해 설명했다. 그것은 듣기만 해도 기분이 좋았으므로, 마트는 톤톰이 왜 거기로 돌아가고 싶어 하지 않는지 궁금해졌다. 톤톰은 왜 구역 안에서 아편제와 벗하는 삶을 그리는 걸까? 그것은 완전히 미친 짓이었다.

"산 루이스는 정말 멋진 곳 같아."

마트가 말했다.

"어, 맞어."

톰톰은 이제야 생각났다는 듯 말했다.

마트는 훌륭한 시민의 다섯 가지 원칙과 올바른 정신 집중에 이르는 네 가지 태도 같은 건 집어치우고, 철조망을 넘어 산 루이스로 가라고 말해 주고 싶어서 온몸이 근질거렸다. 하지만 그것은 어리석은 짓일 터였다. 톰톰은 탱크 옆으로 새우 채취기를 몰고 갈 때와 똑같이 느릿하고 신중한 태도로 결론을 향해 나아가고 있었다. 무슨 일이 있어도 서두르지 않을 터였다. 그래서 마트는 무슨 일이 있어도 톰톰이 옆길로 새지 않기를 희망했다.

마트는 비틀거리며 욕실에 갔다가 거울을 보고 충격을 받았다. 누구나 여드름이 나 있었다. 마트는 자신의 얼굴에도 여드름이 났다는 걸 알고 있었지만, 그게 얼마나 심한지 자세히 본 것은 이번이 처음이었다. 합숙소에는 거울이 없었다. 얼굴이 꼭 고명을 빵빵하게 얹은 피자 같았다! 마트는 회색 해초 비누로 얼굴을 문지르고 또 문질렀지만 피부만 빨개질 뿐이었다.

톰톰과 루나는 마트를 보고 박장대소를 했다.

"그건 아무리 해도 안 씻어져."

루나가 말했다.

"난 꼭 플랑크톤 버거 같아."

마트가 한탄조로 말했다.

"하! 넌, 어, 갈매기가 게워 낸 다음에, 어, 햇볕에 말라붙은, 어, 플랑크톤 버거처럼 보여."

톰톰이 평소에 보기 드문 시적인 비유를 써서 말했다.

"무슨 말인지 알겠어!"

마트는 괴롭게 침대 속으로 기어 들어갔다. 그리고 등의 상처를 건드리지 않으려고 모로 누웠다.

"우리는 누구나 여드름이 있어. 그건 플랑크톤하고 관계된 일을 한다는 표식이야."

루나가 말했다.

훌륭하군. 마트는 생각했다. 이제 와서 생각해 보니, 파수꾼들은 얼굴에 약간의 자국만 남아 있을 뿐, 소년들의 얼굴을 뒤덮은 것과 같은 활동적인 고름의 소화산은 없었다. 어쩌면 그것은 음식과도 관련이 있는지 몰랐다. 돼지갈비와 파이 아 라 모드 그리고 초콜릿 식단은 영양 많은 건강식 플

랑크톤보다 피부에 훨씬 좋다는 것이 자명했다.

호르헤는 이튿날 마트와 톤톰에게 작업에 복귀하라는 명령을 내렸다. 톤톰은 진짜로 양호실에서 하루 더 있어야 했지만, 군말 없이 복종했다. 마트는 얼른 돌아가지 못해서 안달했다. 탈출 계획을 세우는 데 한시도 지체할 수 없었던 것이다. 전에는 그것이 가망이 없는 일로 보였다. 이제는 산 루이스가 낮은 산을 넘어 북쪽으로 몇 킬로미터 떨어진 곳에 있다는 걸 알고 있었다.

탬 린의 말마따나 교도관은 백 가지 일들을 마음에 품고 있지만, 죄수는 오로지 한 가지 생각뿐이었다. 탈출. 그 집중된 관심은 강철 벽을 녹이는 레이저 총과도 같았다. 탬 린의 배경을 생각해 보고, 마트는 그가 탈옥에 대해 풍부한 지식을 갖고 있다고 판단했다.

탈출하기 위해 해야 할 일은 울타리에 흐르는 전기를 차단하는 것뿐이었다. 그 다음에 그걸 넘어가면 끝이었다. 그것은 간단해 보였지만, 실상은 그렇지 않았다. 해가 진 후에는 발전소의 문을 잠갔다. 파수꾼들은 매일같이 밤 열 시, 그리고 아침 다섯 시에 소년들을 점호했다. 그러면 울타리까지 10킬로미터를 걷고(전력 공급이 재개되지 않았기를 바라면서), 또 어둠 속에서 산 루이스까지 30킬로미터 이상을 걸어갈 시간은 고작 일곱 시간뿐이었다. 만약에 가는 길이 선인장으로 뒤덮여 있다면, 시간은 더 걸릴 터였다.

마트는 차초와 피델리토를 데려갈 생각이었다. 파수꾼들은 세 소년이 없어졌다는 사실을 알면 어떻게 나올까? 호르헤가 호버크라프트를 타고 추격해 올까? 피델리토는 아마 남겨 놓고 가야 할 것이다. 40킬로미터를 걸을 수는 없을 테니까. 하지만 어떻게 그 아이를 버리고 간단 말인가?

우정이란 괴로운 거군. 마트는 생각했다. 그동안은 친구를 간절히 원했지만, 이제 보니 셋은 하나로 묶여 있었다. 좋아, 마트는 피델리토를 데려가기로 마음먹었다. 하지만 시간이 더 필요할 터였다. 만약 파수꾼들의 구역 옆에 있는 보일러에 과부하를 걸면, 그것은 폭발할 테고, 그러면…….

스무 명의 사람들을 산산조각 내는 건 나쁜 일일까? 엘 파트론이라면 눈 하나 깜빡하지 않을 것이다. 탬 린은 영국 수상을 폭사시키려다 애꿎은 아이들 스무 명을 죽였다.

늑대 형제, 살인은 나쁜 거야. 마트의 마음속에서 어떤 목소리가 들려왔다. 마트는 한숨을 쉬었다. 그것은 십중팔구

마리아가 양심이라고 부른 것임에 틀림없었다. 그것은 우정보다 더한 괴로움을 가져다주었다.

"우리가 왜 저 놈을 기다려야 하지?"

차초는 물었다. 세 소년은 새우 채취기가 덜덜거리며 이쪽 탱크를 향해 서서히 다가오는 모습을 지켜보고 있었다.

"왜냐하면 저 애는 우리한테 필요한 정보를 갖고 있으니까."

마트는 끈기 있게 설명했다. 그들은 제일 멀리 있는 탱크 옆에 앉아 있었다. 철조망 울타리가 등 뒤에 버티고 있었고, 맨 위의 철망은 건조한 대기 속에서 웅웅거리며 불꽃을 튀겼다.

"저 놈은 아첨꾼이야. 밤마다 우리한테 욕을 하잖아."

"맞고 난 뒤에는 안 그러잖아."

마트가 지적했다.

"글쎄, 그건 저 놈이 휴가 중이라서 그런 거지."

차초는 톰톰에게 조금이라도 좋은 점이 있다는 걸 믿지 않으려고 했다.

"쟤한테 잘해 줘야 해. 알았지?"

"할머니는 사람들의 영혼이 정원과 같다고 했어. 어떤 사람의 정원에 잡초가 무성하다고 해서, 그 사람한테 등을 돌리지 말아야 한대. 그 사람한테 물을 주고 햇볕을 듬뿍 비춰 줘야 한대."

피델리토가 명랑하게 말했다.

"어이구 지겨워."

차초는 이렇게 말했지만, 어린 소년과 말싸움을 벌이지는 않았다.

새우 채취기 뒤쪽으로 먼지가 자욱이 피어올랐다. 먼지는 황량한 땅 위로 서서히 내려앉았다. 바람 한 점 없이 고요한 날이어서 먼지 구름은 도로 저편으로 날려가지도 않았다.

"너희, 어, 너희들 일 안 하고 뭐하니?"

톤톰은 기계를 덜커덩 세우며 말했다.

"저 새우 탱크에 처박히고 싶은가 보지."

차초가 중얼거렸다.

마트는 차초를 걷어찼다.

"너희들이 만약, 어, 날 때리려고 기다린 거라면, 어서 덤벼. 나는, 어, 너희들을 뒤지게 패 줄 테니까."

톤톰이 말했다.

"너는 왜 아무 죄 없이 길가에 앉아 있는 사람들이 너한테 덤벼들 거라고 생각하는 거냐? 물론 네 생각이 맞을 수도 있지만."

차초가 말했다.

"우리는 그냥 친해지고 싶어서 그러는 거야."

마트는 차초를 향해 인상을 쓰며 말했다.

"왜?"

톤톰은 의심스럽다는 듯 눈을 가늘게 떴다.

피델리토가 조잘거렸다.

"왜냐하면 할머니는 사람들을 정원처럼 잘 가꿔야 한다고 했으니까. 사람들은 햇볕하고 물이 필요하대. 그리고 영혼의 잡초는…… 잡초는……."

"뽑아줘야 한다는 거지."

차초가 말을 맺었다.

톤톰은 눈이 휘둥그레져서, 이 기이한 이야기를 마음속으로 처리했다.

"우리는 그냥 친구가 되고 싶은 거야, 알겠니?"

마트가 말했다.

톤톰은 일 분쯤 더 생각해 보고, 채취기에서 내렸다.

"너 산 루이스에 마지막으로 가 본 게 언제니?"

마트가 물었다.

톤톰은 그 질문을 듣고 놀랐을지도 모르지만, 겉으로 표내지는 않았다.

"한, 어, 한 일 년 전에. 호르헤랑 같이 갔었어."

"거기에 식구들이 있어?"

"우리 어, 엄마는, 몇 년 전에, 그, 어, 국경선을 넘어갔어. 우리 아, 아버지는, 어, 엄마를, 어, 찾으러 갔어. 다시는 돌아오지 않았지."

마트는 톤톰이 부모님 얘기를 할 때 말을 더욱 심하게 더듬는다는 걸 눈치 챘다.

"할머니는 없어?"

피델리토가 물었다.

"어, 이, 있어. 아, 아직도 거기 사실 거야."

톤톰은 풀이 죽었다.

"그런데 왜 할머니를 만나러 가지 않는 거야? 이봐! 만약에 우리 할머니가 북쪽으로 겨우 30킬로미터 떨어진 곳에 살고 계신다면, 난 이 철조망을 찢어 버리고 할머니를 찾으러 가겠다! 맙소사, 넌 어떻게 된 애냐?"

차초가 말했다.

"차초, 그만해."

마트는 차초의 어깨에 손을 얹으며 말했다.

"너희들, 어, 너희들은 몰라. 호르헤는 내가 국경 너머에 있는 걸 봤어. 거기에는 농장 경비대하고, 어, 개들, 이빨도 몸집도 큰 누렁개들이 있었어. 그 개들은 무조건 농장 경비대가 시키는 대로 하는데, 그런데, 어, 그 놈들이 개들한테, 날 먹어 버리라고 명령했어."

톤톰은 그때의 기억을 떠올리고 몸을 부르르 떨었다.

"그런데 호르헤가 국경을 넘어와서 개들을 쏴 죽였어. 그것 때문에 큰 고초를 겪었지. 그 사람, 어, 그 사람은 내 목숨을 구해 줬어. 모든 게 다 그 사람 덕분이야."

"호르헤가 너한테 할머니를 찾지 말라고 했니?"

마트가 말했다.

"그 사람은 내가 타고난 파수꾼이라고 그랬어. 파수꾼한테는 가족이 없대. 서로뿐이지. 하지만 그게, 어, 훨씬 나아. 왜냐하면 가족들은 서로를 버리고 도망갈 뿐이니까."

"하지만 너희 할머니는 네가 집에 돌아오지 않아서 엉엉 울었을 거야."

피델리토가 말했다.

"이 촌놈아! 난 집에 갈 수 없었어! 난 개의 배 속에 들어갔을 거라고!"

톤톰이 고함을 질렀다.

"피델리토, 이제 됐어. 잡초는 하루에 이 정도만 뽑으면 돼."

마트가 어린 소년에게 말했다. 마트는 톤톰에게 산 루이스에 대해 물었고 톤톰은 신이 나서 말해 주었다. 톤톰은 말을 하면 할수록 말 더듬는 증상이 덜해졌다. 찡그렸던 얼굴은 활짝 펴졌다. 톤톰은 나이가 훨씬 덜 들어 보였고 더 행복해 보였다.

톤톰은 산 루이스에 대해 속속들이 설명해 주었다. 마치 마음속에 지도를 펼쳐 놓은 것 같았다. 아주 사소한 것들, 예를 들면 연분홍 꽃이 피는 협죽도, 팔로베르데 나무 그늘 밑의 벽돌 담장, 구리 연못 속으로 떨어져 내리는 분수들까지 하나하나 기억해 냈다. 마치 거리를 비추는 카메라를 따라가는 것 같았다. 그리고 점차로 방어적 태도를 누그러뜨리더니, 엄마와 아빠 얘기를 할 정도가 되었다. 톤톰은 고모와 삼촌 그리고 사촌형제들과 같이 한 집에서 복작거리며 살았다고 했다. 자그마한 할머니가 집안을 다스렸다. 비록 가난하긴 했어도, 불행하지는 않았다.

마침내 톤톰은 맛있는 음식을 먹고 난 것처럼 기지개를 펴고 활짝 웃었다.

"난, 어, 난 우리가 왜 늦었는지 아무한테도 말 안 할게. 수확기가 고장났었다고 할게."

톤톰은 말했다. 또 톤톰은 돌아가는 길에 피델리토를 태워 주겠다고 했다. 파수꾼들 구역에서 보이는 곳에 가기 전에 내려 주면 된다고 했다.

"난 정말 이해를 못 하겠어."

수확기가 덜덜거리며 출발하자 차초가 소곤거렸다. 두 소년은 먼지 구름을 피해 한쪽으로 비켜서 걸었다.

"네가 저 애 머릿속에 불을 켜 놓은 것 같거든. 난 톤톰이 저렇게 똑똑한 줄은 몰랐어."

마트는 빙긋이 웃었다. 거구의 소년에 대한 판단이 들어맞은 게 못내 기뻤다.

"셀리아는 느린 사람들은 유심히 관찰하는 것뿐이라고 입버릇처럼 말했어."

"셀리아가 누구야?"

마트는 하마터면 길바닥에 쓰러질 뻔했다. 마트는 아즈틀란에 오기 전의 생활에 대해서는 전혀 드러내지 않으려고 조심했다. 하지만 톰톰의 추억에 귀 기울이다 보니 절로 경계심이 풀린 것이다.

"아, 셀리아……. 셀리아는 우리, 우리 엄, 엄마야."

마트는 그게 사실이라는 걸 깨달았다. 그녀가 자신을 엄마로 생각하지 말라고 누누이 타이르던 시절은 아주 가 버렸다. 마트를 그렇게 아껴 준 사람은 없었다. 그렇게 자신을 감싸주고 사랑해 준 사람은, 탬 린을 빼면 아마 셀리아뿐일 것이다. 그리고 탬 린은 아버지나 같았다.

불현듯 새로운 삶을 시작하면서 꼭꼭 눌러두었던 그 모든 추억이 한꺼번에 돌아왔다. 그동안 마트는 셀리아와 탬 린을 생각하지 않으려고 의식적으로 노력해 왔다. 그것은 너무도 고통스러운 일이었다. 그러나 이제는 더 이상 어쩔 수가 없었다. 마트는 땅바닥에 쪼그리고 앉아 눈물을 펑펑 쏟았다. 그러면서 소리 내어 울지 않으려고, 차초 앞에서 완전히 체면을 구기지 않으려고 이를 악물었다.

하지만 차초는 이해했다. 차초는 마트 곁의 먼지 구덩이에 쪼그리고 앉아서 말했다.

"내가 요놈의 주둥이를 잘못 놀렸어. 네가 마음의 준비가 될 때까지는 절대로 해선 안 될 얘기였는데 말이야. 쳇, 난 처음 몇 주 동안은 눈알이 빠지도록 울었어."

"어디 아파?"

피델리토가 채취기에 올라탄 채 멀리서 소리 질렀다.

"그래, 너도 새우 한 줌을 날로 먹으면 이렇게 될 거다."

차초가 말했다. 그리고 마트가 마음을 진정하고 다시 일어설 때까지 아무도 보지 못하도록 앞을 막아 주었다.

32

발각

 그날 밤, 남의 약점에 대해 본능적 감각을 갖고 있는 호르헤는 또다시 마트에게 덤벼들었다. 그는 죄를 더, 더 고백하라고 다그쳤고, 마트는 곧 자신이 같은 얘기를 되풀이하고 있다는 걸 깨달았다. 자신은 아무렇게나 지껄이고 있었다.
 마트의 마음속은 멍들어 있었다. 이상한 것 같지만 마트는 호르헤와 같은 방에 있는 것도 아니었다. 왜냐하면 마음이 엘 파트론의 저택에 가 있었기 때문이었다. 마트는 셀리아의 숙소에 있었다. 금방이라도 셀리아가 저녁 먹으라고 부를 것 같았고, 그러면 탬 린과 셋이 식탁 앞에 둘러앉게 될 것 같았다. 그것은 너무도 고통스러운 환영이었지만, 현재의 생활과는 비교도 안 되게 좋은 것이었다.

"귀족이 말을 안 들으려고 하니, 그 하인한테 말해야겠군."

호르헤의 번지르르한 목소리가 들렸다.

몽상에서 깨어난 마트는 피델리토가 방 한가운데로 끌려나가는 모습을 보았다. 어린 소년은 겁에 질려 있었다.

"넌 나쁜 짓을 했어, 그렇지?"

호르헤가 만족스럽게 말했다.

"아주 나쁜 짓은 아니에요."

피델리토는 회초리가 든 벽장을 힐끗거리며 말했다.

"그런 판단은 네 몫이 아니다, 안 그러냐?"

파수꾼이 말했다.

"맞아요."

피델리토가 말했다.

마트는 눈앞에서 심상치 않은 일이 벌어지고 있다는 걸 알고 있었다. 그래서 그것에 정신을 쏟으려고 했지만, 마음은 자꾸만 셀리아의 숙소로 되돌아갔다.

호르헤는 말했다.

"나는 귀족이 자신의 행동이 통제받아야 하는 이유를 이해할 필요가 있다고 생각한다. 일벌들은 자신의 모든 행동이 벌통 전체에 영향을 미친다는 걸 알고 있지. 만약에 게으러빠진 일벌이 하루 종일 잠을 자고도 벌을 받지 않는다면, 그건 다른 벌들에게 그놈의 본보기를 따르라고 가르치는 셈이 된다. 많은 일벌들이 그런 본보기를 따르면, 그 벌통은 망할 거다."

피델리토의 얼굴은 그게 무슨 말인지 전혀 이해하지 못하고 있다는 걸 드러내고 있었다.

"그래서 우리는 나쁜 본보기를 따르는 걸 재미있어 하는 작고 약한 하인들을 교정해야 하는 거다. 그렇지 않느냐?"

"모, 모르겠어요."

마트는 억지로 현재에 집중했다. 마트는 말했다.

"나한테 벌을 주고 싶다면, 그냥 그렇게 하지 그래요?"

"그래 봤자 소용이 없으니까."

호르헤가 대꾸했다. 그의 얼굴은 기쁨으로 환해졌는데, 자신이 발견한 놀라운 진실을 한시 바삐 모두에게 보여 주고 싶어서 안달하는 것 같았다. 마트는 다시 한번 탐을 떠올렸다.

"제가 고백할게요. 시키는 대로 할게요. 제가 벌을 받겠어요."

마트는 말했다.

"그래, 하지만 그건 진심이 아니지. 너는 어떤 행동을 하든지 간에, 마음속으로는 여전히 귀족이야. 난 그것 때문에 한참 고심했지. 그러다가 귀족을 만들어 내는 건 하인의 존재라는 걸 깨달았다. 만약 하인을 제거한다면, 후! 더 이상 귀족은 없는 거다. 피델리토, 자세를 취해라."

그는 손가락을 투둑 꺾었다.

마트는 충격으로 얼어붙었다. 이번에는 자신의 고백으로 어린 소년을 구해 내지 못하리라는 게 분명했다. 마트는 다른 아이들을 힐끗 쳐다보았다. 모두 아연실색한 표정들이었다. 지난번에 호르헤가 피델리토를 협박했을 때, 마트가 나서서 구해 주었다. 하지만 이번에는 달랐다. 파수꾼은 어떤 보이지 않는 선을 넘은 것 같았고, 소년들은 바야흐로 눈앞에 벌어지려는 일에 겁을 집어먹고 있었다. 톤톤이 아무 이유 없이 맞은 것은 괜찮았다. 톤톤은 덩치가 컸고, 매를 견뎌 낼 수 있었다. 피델리토는 용기는 가상하지만 말라깽이에다 약골이었다. 그리고 이제 겨우 여덟 살이었다.

피델리토는 자신이 본 대로 했다. 다리를 벌리고 서서 벽에 손바닥을 붙였다. 소년들이 술렁거렸다. 마트의 귀에는 다른 애들이 하는 얘기가 하나도 들어오지 않았다.

호르헤는 벽장으로 다가갔다. 마트는 둥둥 떠 있는 기분이었다. 전에 견디기 힘든 일들이 벌어졌을 때 그랬듯이, 자신만의 왕국으로 달아나 숨고 싶었다. 만약 셀리아의 숙소에 가 있는 것을 골똘히 상상했다면, 실제로 그렇게 됐을지도 모른다.

호르헤는 회초리를 휘두르며 왔다 갔다거렸다. 이제 당장이라도 돌진할 터였다. 그는 걸음을 뚝 멈추었다. 그리고 첫 번째 매를 위해 힘을 모았다. 그러다가 비호같이 몸을 날려…….

마트는 파수꾼에게 덤벼들었다. 호르헤의 배를 머리로 들이받고 사내의 손에서 회초리를 빼앗았다. 호르헤는 숨이 막혀 뒷걸음질을 쳤다. 마트는 회초리로 사내의 어깨를 힘껏 내리쳤다. 두 번째 매에 파수꾼은 바닥에 쓰러졌다. 어디선가 차초가 나타나 전투에 뛰어들었다. 차초는 호르헤를 향해 연방 주먹을 날렸다.

"이놈의, 새끼들이, 날, 쳐! 너희들, 무사, 하지, 못할 ,거다!"

호르헤는 얻어맞는 사이사이에 고함을 질렀다. 다른 소년들이 소리를 지르며 응원하고 있었다. 소년들은 앞으로 몰려나와 파수꾼과 두 싸움꾼을 에워쌌다. 플라코는 피델리토를 싸움판에서 끌어냈다.

마트는 머리가 빙빙 돌았다. 호르헤는 동그랗게 몸을 말고 있었다. 중상을 입었는지도 몰랐다. 소년들은 흥분해서 날뛰고 있었고, 마트는 그들이 당장이라도 합세할지 모른다고 생각했다.

"그만!"

마트는 회초리를 버리고 외쳤다. 그리고 차초의 팔을 잡고 뒤로 끌어냈다.

"이러다가 사람 죽이겠어!"

"그러면 안 돼?"

차초가 맞받았다. 하지만 마트가 말리자 금세 이성을 되찾았다. 차초는 숨을 거칠게 몰아쉬며 주저앉아서 두 주먹을 부르쥐었다. 다른 아이들은 실망한 듯 툴툴거렸지만, 호르헤가 벌벌 기어서 문을 향해 달아나자 길을 비켜 주었다.

입을 여는 사람은 아무도 없었다. 차초는 털썩 주저앉아 숨을 몰아쉬고 있었다. 피델리토는 플라코에게 단단히 붙잡힌 채, 구석에서 훌쩍거리고 있었다. 마트는 고열에 시달릴 때처럼 몸이 부들부들 떨렸다. 이제 어떤 일이 생길지 상상조차 할 수 없었다.

하지만 오래 기다릴 필요는 없었다. 복도에서 발소리가 요란하게 울리더니, 문이 벌컥 열리며 파수꾼들의 무리가 방 안으로 뛰어들었다. 스무 명 전원이 다 왔다. 그들은 스턴 총으로 무장하고 있었고, 소년들은 주춤주춤 벽을 향해 물러섰다. 먼저 마트가, 다음에는 차초가 붙들렸다. 파수꾼들은 두 소년의 팔을 등 뒤로 돌려서 묶었고 입에는 테이프를 붙였다.

"너희 둘을 감금하겠다."

카를로스는 나머지 아이들을 향해 고래고래 소리 질렀다.

"너희들을 어떻게 할 건지는 내일 결정하겠다. 하지만 우리는 이런 폭동을 절대로, 다시 말한다, 절대로 묵과하지 않을 거라는 걸 명심해라."

"호르헤가 어떻게 했는지 알고 싶지 않으세요?"

플라코가 말했다.

"너희들의 행동이 훨씬 나쁘다!"

카를로스가 고함을 질렀다.

"호르헤가 피델리토를 죽이려고 했어요."

카를로스는 흠칫 놀란 듯했다. 그는 묵묵히 플라코 뒤에 숨어 있는 어린 소년을 바라보았다.

"거짓말이야."

호르헤가 다친 어깨를 한 손으로 감싸 쥔 채 말했다.

"여기 우리는 이백 명이에요. 우리 모두가 목격자라고요."

플라코가 말했다.

마트는 그 말 속에 일종의 협박이 숨어 있다는 걸 깨달았다. 합숙소에는 이백 명의 소년들이 있었다. 파수꾼들이 아무리 무장을 하고 있다 해도, 그만한 수의 군중을 제압하기는 힘들 터였다.

카를로스한테도 같은 생각이 떠오른 모양이었다. 그는 문 쪽으로 물러서며 동료들에게 따라오라고 손짓했다. 하지만 바깥의 메마른 소금 사막에서 먼지가 소용돌이치듯, 소년들이 잽싸게 달려가 출구를 가로막았다. 이제 파수꾼들은 사방에서 포위되었다.

"난 당신들이 우리 얘기를 들어야 한다고 생각해요."

플라코가 말했다.

"얘기는 내일 하자."

카를로스가 말했다.

안 돼. 마트는 마음속으로 생각했다. 내일로 미루면 안 돼. 파수꾼들은 방을 나가자마자 문을 잠글 거야. 사실이 어떤 건지 결코 들으려 하지 않을 거야. 하지만 마트는 테이프에 입이 막힌 까닭에 한 마디도 할 수 없었다.

"지금이 더 나을 것 같은데요."

플라코가 말했다.

카를로스는 침을 꿀꺽 삼켰다. 그는 스턴 총을 만지작거렸다.

"저 귀족 때문에 애들이 타락했어요. 저 건방진 돼지가 오고 난 다음부터 일이 꼬이기 시작했습니다. 저놈이 앞장서 덤벼들었고, 나머지가 뒤를 따랐어요. 저놈이 우두머립니다. 나머지는 저놈의 오물을 주워 먹는 하인들이고요."

호르헤가 말했다.

"사태를 악화시키지 말게."

카를로스가 말했다.

호르헤는 아랑곳하지 않았다.

"양호실의 루나한테 흥미로운 얘기를 들었습니다. 귀족이 양호실에 실려 왔을 때, 루나는 녀석이 침대에 눕는 걸 거들었답니다. 그러다가 녀석의 오른발에 글씨가 쓰여 있는 걸 봤답니다."

오, 안 돼, 오, 안 돼. 마트는 생각했다.

"발바닥에는 오래전에 생긴 흉터가 있었는데, 그래도 그럭저럭 읽을 만했답니다. '알라크란 가의 자산'이라고 써 있다던가요."

"알라크란이라고? 그건 꿈나라를 다스리는 늙은 흡혈귀 이름이잖아."

카를로스가 말했다.

"그렇지요. 나는 어떻게 한 인간이 영지의 재산일 수 있는지 의문스럽습니다. 만약 거기서 일하지 않았다면 말이지요. 아니면 저 녀석은 탈출한 크롯일까요?"

호르헤가 흐뭇하게 말했다.

웅성거림이 방 안에 퍼져나갔다.

"그런 더러운 말은 입에 올리지 말게!"

카를로스가 말했다.

호르헤는 씩 웃었다.

"죄송합니다. 난 그저 애들이 알아듣기 쉬우라고 그 말을 빌린 것뿐입니다. 난 아까 문제가 생겼을 때, 그런 정보를 어떻게 처리해야 하는지 고심하고 있었지요. 여기 있는 하인들이 진짜 귀족이 아니라 냄새나는 크롯, 실례, 좀비한테 충성을 맹세했다니, 우스운 노릇 아닙니까."

안 돼, 안 돼, 안 돼. 마트는 생각했다. 자신의 약점을 발각당한 것이다. 파수꾼이 문신에 대해 엉뚱한 결론을 끌어내긴 했지만, 그것은 충격적이긴 마찬가지였다.

"전 그 말 안 믿어요."

플라코가 말했다.

"네가 직접 보는 게 어떠냐?"

호르헤가 권유했다. 플라코는 앞으로 나와서 마트의 옆에 무릎 꿇고 앉았다. 그리고 미안하다는 듯 마트를 올려다보았다. 마트는 저항하지 않았다. 그래 봤자 소용없을 터였다. 플라코는 마트의 발을 잡고 불빛 쪽으로 돌렸고, 마트는 가만히 서서 다가올 일을 기다렸다.

"호르헤의 말이 맞네요. 발에 '알라크란 가의 자산'이라고 써 있어요."

플라코가 말했다.

그러자 소년들의 반항적인 태도는 순식간에 누그러졌다. 마트는 소년들이 복종하는 데 너무 익숙해져서, 아주 사소한 것으로도 소년들을 충분히 진압할 수 있다는 걸 깨달았다. 소년들은 문 앞에서 물러나 천천히 각자의 침대로 돌아갔다.

"자, 잠깐만, 누구, 어, 누구든 꿈나라에서 포로가 될 수 있어. 그렇다고 해서, 어, 저 애가 나쁜 사람이 되는 건 아냐."

마트가 전혀 예상치 못했던 목소리가 튀어나왔다.

"톰톰, 조용히 해라. 네가 무슨 생각을 할 줄 안다고."

호르헤가 말했다.

"난 계속, 어, 계속 생각하고 있었어요. 우리 부모님은, 어, 꿈나라로, 달아났다가, 조, 좀비가, 되, 되셨어요."

덩치 큰 소년이 말했다. 그것은 톰톰에게 정말 하기 힘든 얘기임이 틀림없었다.

"우리 아버지는 아냐. 우리 아버지는 미국에서 인생을 즐기고 계셔. 영화 촬영소를 운영하고 계시는데, 돈을 많이 벌면 날 데리러 오실 거야."

플라코가 항변했다.

"우리는, 어, 다들 그, 그런 식으로 생각하지. 하지만 그건 사, 사실이 아냐. 우리 부모님은 다 크롯이야."

톤톰은 더듬거렸다. 여기저기서 입 다물라는 고함 소리가 터져 나왔다. 소년은 특유의 고집으로 말을 이어갔다.

"우리 엄마하고 아빠 들은 나, 나쁜 게 아니라, 그저 운이 없는 거야. 그러니까 마, 마트도 나쁜 게 아냐!"

"으이그, 가서 잠이나 자라. 여기서 네 헛소리를 듣고 싶은 사람이 있는 줄 아냐? 넌 항상 모자랐으니 앞으로도 계속 그럴 거다. 네가 어떤 등신인지 알기 전에 내가 널 꿈나라에서 끌어내 준 걸 천만다행으로 알아라."

호르헤가 말했다.

"난 드, 등신이 아냐!"

톤톰이 외쳤지만, 귀 기울이는 사람은 아무도 없었다. 소년들은 마트가 불결한 물건이나 되는 것처럼 피해서 지나갔다. 파수꾼들은 얼른 마트와 차초를 데리고 나갔고, 카를로스는 방을 나간 뒤 문을 잠갔다.

두 소년은 누울 공간도 없는 작은 벽장에 갇혔다. 그 안은 어둡고 답답했다. 바닥은 차가웠다. 밤새도록 둘은 벽에 기대고 앉아 있었는데, 마트는 어두운 데다 입이 테이프로 막혀 있는 게 오히려 기뻤다. 차초가 자신을 크롯이라고 부르거나, 그런 괴물로 여기고 몸을 사린다면 견딜 수 없을 것 같았다.

33

공동묘지

문틈으로 희미한 빛이 새어 들어올 무렵, 젊은 파수꾼 둘이 두 소년을 데리러 왔다. 마트는 몸이 너무 뻣뻣해서 일으켜 세우자마자 그대로 쓰러지고 말았다.

"읍!"

입에 테이프가 붙어 있는 차초의 입에서도 그런 소리가 새어 나왔다.

두 소년은 밖으로 끌려 나간 뒤, 파수꾼들이 공장 주변에서 기자재를 나를 때 쓰는 작은 차에 태워졌다. 호르헤가 담배를 입에 물고 운전석에 앉아 있었다. 파수꾼들은 두 소년의 발목에 테이프를 더 감았다.

처음에 차는 천천히 굴러갔는데, 그것은 차량이 태양열로 작동하기 때문이었다. 하지만 해가 점점 높이 떠오르며 소금 사막에 골고루 빛을 뿌리자, 차는 속도를 높이기 시작했다. 새우 탱크가 뒤로 휙휙 지나가는 게 보였다. 마트는 지금 서쪽 울타리 쪽으로 가고 있다는 걸 깨달았다. 차바퀴가 자갈길을 따라 소리 내며 달렸고, 이른 아침의 산들바람에 모래가 스스스 날려갔다.

목이 말랐다. 배도 고팠다. 호르헤가 어깨에 석고 붕대를 한 걸 보니, 쓰라린 기쁨이 느껴졌다. 마트는 파수꾼이 무척 많이 아프기를 바랐다.

한참을 달린 뒤, 차는 방향을 바꿔서 더 거친 땅을 덜컹거리며 지나갔다. 이제는 울타리와 나란히 달리고 있었다. 하얀 갈매기 떼가 캘리포니아 만에서 날아올랐다가 다시 내려앉는 모습이 보였다. 먼지 바람에 갈매기 끼룩거리는 소리가 실려 왔다.

차는 쉬지 않고 달려갔다. 모래에 바퀴가 빠졌을 때는, 사내들이 뛰어내려 크레오소트 가지를 바퀴 밑에 밀어 넣어야 했다. 드디어 차가 멈춰 섰고, 젊은 파수꾼 둘이 마트를 끌어 내렸다.

이들은 언덕 위로 올라갔다. 언덕 아래는 한때는 생명이 살아 있는 바다였으나 이제는 죽은 고래로 가득 찬 넓은 구렁이었다. 고래 뼈는 거대한 그릇에 든 가시처럼 서로 달라붙어 있었다.

마트는 처음 여기 왔을 때, 누군가한테 들은 얘기를 떠올렸다. 여기서는 너의 잘난 척이 안 통할 거다. 여기에는 다들 공동묘지라고 부르는 데가 있는데, 어떤 말썽꾼도 거기를 거치면 어린 양처럼 순해져서 나오거든.

"이제 테이프를 뗄까요?"

젊은 파수꾼 하나가 물었다.

"입에 붙은 것만 떼라."

호르헤가 말했다.

"하지만 그러면 밖으로 못 나올 텐데요."

"그 놈은 날 죽이려고 했어! 살인자가 다시 기어 나와서 혁명을 선동하기를 바라나?"

호르헤가 고함을 쳤다.

"카를로스가 좋아하지 않을 텐데요."

"카를로스는 나한테 맡겨."

호르헤가 말했다. 마트는 테이프가 입에서 뜯겨 나가는 걸 느꼈다. 마트는 입을 움직여 본 다음, 퉁퉁 부어오른 입술을 혀로 핥았다.

"이제 목이 마를 거다. 내일까지 기다려라."

호르헤는 웃으며 말했다.

"살인자는 이 사람이에요."

마트는 외쳤지만, 더 이상 말할 틈이 없었다. 파수꾼들은 소년을 번쩍 들어서 밑으로 내던졌다. 마트는 쿵 소리와 함께 떨어졌다. 뼈들이 자리를 바꿨고 소년은 그 사이로 떨어져 내렸다. 마트는 이쪽저쪽으로 구르며 떨어지다가, 드디어 해골들의 고원에서 멈추었다. 마트는 뼈들의 바다 중간에 걸려 있었다. 갈비뼈와 등뼈가 그려 내는 무늬 사이로 푸른 하늘이 보였다. 조심조심 고개를 돌려 보았다. 아래는 깊이를 헤아릴 수 없는 어두운 심연이었다.

몇 분 뒤 차초가 그리 멀지 않은 곳에 떨어지는 소리가 들렸다. 거대한 구조물은 다시 움직였고, 그 바람에 마트는 몇 미터 더 아래로 미끄러졌다. 갈비뼈 하나가 등을 찌르는 게 느껴졌다. 소금과 모래로 된 고운 먼지가 얼굴 위로 자욱이 떨어져 내렸다. 차초의 기침 소리가 들렸다. 사내들이 저벅저벅 걸어가는 발소리가, 그 다음에는 차의 엔진 소리가 들렸다. 그것은 점점 희미해지다가 아주 사라졌다.

"너 괜찮니?"

차초가 소리질렀다.

"괜찮다는 게 무엇을 말하느냐에 달려 있지. 아프지는 않니?"

마트는 자신이 아직도 웃을 수 있다는 게(비록 힘없는 웃음이긴 했지만) 놀랍기 그지없었다.

"뭐, 그럭저럭 참을 만해. 그럴듯한 탈출 계획은 세워 놨고?"

"지금 세우고 있어."

마트는 말했다. 소금 먼지가 얼굴에 내려앉으며 입 속으로 들어왔다.

"물 한 잔 마시면 좋을 텐데."

"그 얘기는 하지 마! 뾰족한 뼈를 찾을 수만 있으면 이 테이프를 끊어 낼 수 있을 것 같은데."

차초가 말했다.

"내 등을 찔러 대는 놈이 하나 있어."

마트는 길고 고통스러운 죽음에서 탈출하려는 게 아니라, 몰래 10분 더 잘 수 있는 방법을 궁리하는 사람처럼 유쾌하게 말했다.

"누구는 복도 많다니까."

차초는 짐짓 가볍게 말했지만, 마트는 친구가 겁을 집어먹은 게 아닌지 의심했다.

마트는 두 손목이 뾰족한 뼈에 닿을 때까지 몸을 꿈틀거렸다. 그리고 톱질을 시작했지만, 뭔가 성과를 내기도 전에 뼈들이 움직였고, 그 바람에 더 깊은 어둠 속으로 미끄러져 내려갔다.

"마트!"

차초가 공포에 질린 목소리로 외쳤다.

"나 여기 있어. 아, 잘 안 되네. 너도 한번 해보는 게 어떠니?"

사실인즉슨, 마트는 심장이 쿵쾅거리고 무서워서 움직일 수가 없었다. 분지 전체가 진동을 일으켰는데, 맨 밑바닥으로 떨어지면 어떻게 될지 알 수 없었다.

"젠장! 오, 젠장!"

차초가 고함을 질렀다. 마트는 친구가 뼈들 사이로 미끄러지는 소리를 들었다.

"우리는 시간이 많아. 서두를 필요 없어."

마트가 말했다.

"닥쳐! 이 구렁 속에 뭔가 다른 게 있는 것 같아."

어떤 고음의 소리가 난 듯 했다. 이 밑의 어둠 속에서 뭔가가 살고 있는 걸까? 그런데 도대체 어떤 생물이 이런 곳을 집으로 삼는단 말인가?

"박쥐다! 소름끼치는, 끈적한 박쥐!"

차초가 비명을 올렸다.

"박쥐는 끈적거리지 않아."

마트는 마음을 놓으며 말했다. 진짜 생물이 상상 속의 괴물들보다 훨씬 나았다.

"농담 그만해! 저게 우리 피를 빨아 먹을 거야!"

"아니야, 그렇지 않아. 탬 린하고 나는 박쥐를 열 번도 넘게 관찰했어."

마트는 말했다.

"저것들은 어두워지기를 기다릴 거야. 난 영화에서 봤어. 어두워지기를 기다렸다가 우리한테 날아와서 피를 빨아 먹을 거야."

차초는 지독하게 겁을 냈는데, 두려움은 전염성을 갖고 있었다. 마트도 점점 무서워지기 시작했다.

"템 린이 그러는데 박쥐는 그냥 날개 달린 쥐래. 박쥐들은 우리가 저희를 무서워하듯이 사람들을 무서워해."

"나한테 하나 날아온다!"

차초가 비명을 질렀다.

"조용히 해! 움직이지 마!"

마트가 소리 질렀다. 방금 끔찍한 생각이 떠올랐는데, 무슨 일이 생기기 전에 차초에게 먼저 경고해야 했다.

차초는 계속 비명을 질렀지만, 몸부림을 치지는 않는 걸 보니 자신의 충고를 알아들은 모양이었다. 잠시 후 차초는 아우성을 그치고 흐느껴 울기 시작했다.

"차초!"

마트가 소리 질렀다. 차초는 대답하지 않았다. 차초는 딸꾹질을 하며 계속 울었다. 마트는 조심스럽게 몸을 돌리며, 뾰족한 뼈가 더 없는지 찾아보았다. 아래쪽, 암흑에 가까운 그림자 속에서 조그만 박쥐들이 퍼덕거리며 찍찍거렸다. 녀석들은 구렁 속이 동굴처럼 편안한 모양이었다. 박쥐들은 바다 속의 물고기처럼, 뼈와 뼈 사이를 지나 이리저리 날아다녔다. 박쥐의 날갯짓 때문에 밑에서 시큼한 냄새가 일어 올라왔다.

"차초? 나 여기 있어. 박쥐들은 밑에 있고. 다시 테이프를 끊어 볼게."

마트가 소리쳤다.

"우리는 다시는 못 나갈 거야."

차초가 신음했다.

"우리는 꼭 나갈 거야. 하지만 우리는 아주, 아주 조심해야 해. 더 이상 밑으로 떨어지면 안 돼."

마트가 말했다.

"우리는 죽을 거야. 우리가 만약에 위로 올라가려고 하면, 뼈들이 움직일 거야. 여기에는 뼈가 몇 십, 몇 백 톤이 쌓여 있어. 만약에 바닥으로 떨어지면 위에 있는 뼈들이 우리를 덮칠 거야."

차초가 말했다.

마트는 아무 말도 하지 않았다. 마음속에 있던 생각이 바로 그거였다. 잠시 동안, 마트는 생각을 분명하게 할 수 없을 만큼 자포자기에 빠졌다. 탬 린과 셀리아에게서 받은 삶의 기회가 이렇게 종말을 맞는 걸까? 두 사람은 자신에게 무슨 일이 생겼는지 영영 알지 못하리라. 그들은 완전히 잊혀졌다고 생각할 것이다.

마트는 자신의 목소리가 괜찮겠다는 확신이 들 때까지 한참 마음을 가라앉힌 뒤에 말했다.

"탬 린이 그러는데 토끼는 코요테한테 잡히면 포기한대. 걔네들은 짐승이고 희망이라는 걸 알지 못하기 때문에 죽음을 받아들이는 거래. 하지만 인간은 달라. 인간은 상황이 아무리 나빠 보여도 죽음과 맞서 싸워. 그리고 어떤 때는 가능성이 전혀 없어도 이기는 일이 있어."

"그래. 백만 년에 한 번쯤은 그럴 수도 있겠지."

차초가 말했다.

"백만 년에 두 번이야. 우리는 둘이잖아."

마트가 말했다.

"넌 바보 토끼야."

차초는 말했지만, 울음은 그쳤다.

태양은 궤도를 따라 서서히 움직였고, 갈증은 점점 심해졌다. 그 생각은 하지 않으려고 했지만, 어쩔 수가 없었다. 혀가 입 안에 쩍쩍 달라붙었다. 목구멍은 모래가 끼어 서걱거렸다.

"나 뾰족한 뼈를 찾았어. 꼭 이빨 같아."

차초가 말했다.

"잘 됐다."

마트는 고래의 갈빗뼈에 손을 묶은 테이프를 문지르며 말했다. 테이프는 놀랍도록 신축성이 좋았다. 문지르고 또 문질렀지만, 그저 늘어나기만 할 뿐 끊어지지는 않았다. 하지만 한참 뒤 그것은 점점 느슨해졌고 마트는 드디어 손을 뺄 수 있었다.

"나 해냈어!"

마트는 소리쳤다.

차초가 말했다.

"나도, 난 지금 발을 풀고 있는 중이야."

처음으로 진짜 희망이 느껴졌다. 마트는 조심스레 발을 끌어올린 다음 뼛조각으로 발을 묶어 놓은 테이프를 콕콕 쪼았다. 무지하게 피곤했다. 더 이상 미끄러져 내려가는 일이 없도록 아주아주 천천히 움직여야 했고, 일 분마다 동작을 멈추고 쉬어야 했다. 마트는 점점 힘이 빠지고 있다는 걸 깨달았다.

차초 또한 쉬는 시간이 점점 길어지는 것 같았다.

"탬 린이 누구야?"

휴식을 취하던 차초가 질문을 던졌다.

"우리 아버지."

마트는 말했다. 이번에는 말이 술술 나왔다.

"부모를 이름으로 부르다니, 거 웃기네."

"그분들이 그러기를 원했어."

긴 침묵이 흘렀다. 차초가 말했다.

"너 정말로 좀비니?"

"아냐! 정말 그렇다면 내가 이렇게 말할 수 있을 것 같아?"

마트가 말했다.

"하지만 넌 좀비들을 봤잖아."

"그래."

마트가 말했다.

바람은 어느새 가라앉았고, 공기는 무겁고 고요하게 느껴졌다. 기분 나쁜 침묵이 흘렀다. 사막은 무슨 일인가 일어나기를 기다리고 있는 것 같았다. 박쥐들도 이제는 찍찍거리지 않았다.

"좀비 얘기 좀 해 줘."

차초가 말했다.

그래서 마트는 밭에서 끝없는 노역에 시달리는 갈색 옷의 남녀들과 엘 파트론 영지의 드넓은 잔디밭을 전지가위로 다듬는 정원사들에 대해 설명해 주었다.

"우리는 그 사람들을 이짓이라고 불렀어."

"거기 오래 있었나 보구나."

차초가 말했다.

"거기에서 태어났지."

마트는 한 번쯤은 솔직해지기로 마음을 먹고 말했다.

"너희 부모님도…… 이짓이었니?"

"아마 그분들을 노예라고 부를 수 있을 거야. 정상적인 지능을 가진 사람들이 해야 할 일도 많거든."

차초는 한숨을 쉬었다.

"그럼 우리 아버지도 무사할지 모르겠네. 거기에도 음악가들이 있었니?"

"응."

마트는 오르테가 씨를 생각하며 말했다. 하지만 오르테가 씨가 차초의 아버지일 리는 없었다. 그는 상당히 오랫동안 거기 있었다.

이제 서쪽으로 해가 지고 있었다. 마트는 구덩이 속으로 빛이 적게 들어온다는 걸 감안해도, 하루의 이맘 때 치고는 너무 어둡다고 생각했다. 다시 산들바람이 일었다. 바람은 뼈들 사이에서 길 잃은 유령처럼 신음했는데, 놀랄 만큼 차가웠다.

"꼭 라 요로나가 우는 소리 같네."

차초가 말했다.

"그건 그냥 얘기야."

마트가 말했다.

"우리 엄마는 나한테 그 얘기를 해 주셨어. 그런데 우리 엄마는 거짓말 같은 건 안했어."

자기 엄마에 대해 뭐라고 한 것도 아닌데, 차초는 민감한 반응을 보였다. 마트는 차초가 여섯 살 때 엄마가 돌아가셨다는 걸 알고 있었다.

"좋아. 만약 네가 박쥐가 위험하지 않다는 걸 믿으면 나도 라 요로나를 믿을게."

"왜 또 박쥐 얘기는 하는 거야?"

차초가 말했다. 바람은 점점 거세지며, 구렁 위로 먼지의 소용돌이를 몰고 왔다. 맨 꼭대기의 뼈들이 덜그럭거리더니, 갑자기 눈부신 빛이 번쩍하며 꽝하는 천둥소리가 뒤를 이었다.

"폭풍이야."

마트가 경탄해서 말했다. 싸늘한 바람이 비 냄새를 몰고 오자, 갈증은 참을 수 없을 만큼 심해졌다. 팔구월이 아니라면 사막의 폭풍이 드물기는 했지만, 전혀 못 들어 본 것은 아니었다. 폭풍은 갑자기 찾아와서 지상을 쑥대밭으로 만들고, 올 때와 마찬가지로 순식간에 사라졌다. 이번 폭풍은 대단할 것 같았다. 하늘은 하얘졌다가 석양빛을 받아 연분홍색으로 변했다. 엄청난 구름장이 머리 위를 뒤덮었다. 번개가 하늘을 찢었다. 마트는 번개와 천둥 사이의 간격을 따져보고, 그것이 여기서 얼마나 떨어져 있는지를 계산해 냈다. 1.5킬로미터, 1킬로미터, 500미터 그리고 바로 머리 위. 구름 바닥이 열리며, 체리만 한 우박이 쏟아졌다.

"손으로 받아!"

마트는 고함을 질렀지만, 태풍의 부르짖음 소리가 하도 커서 차초한테 들리지는 않았을 것 같았다. 마트는 뼈들 사이로 후드득 떨어지는 우박을 손으로 받아 입에 쑤셔 넣었다. 연달아 비가 내렸다. 비는 양동이로 퍼붓는 것 같았다. 입을 벌리고 빗물을 받아마셨다. 번개가 치며 뼈에 매달려 있는 박쥐들이 드러났다. 구렁 가장자리로 빗물이 콸콸 흘러내리는 소리가 들렸다.

그러더니 폭풍은 물러났다. 천둥은 사막 저쪽으로 후퇴했다. 번개는 점점 약해졌지만, 물은 여전히 구렁 속으로 쏟아지고 있었다. 마트는 셔츠를 움켜잡고 물기를 최대한 빨아먹었다. 비 덕분에 살아나기는 했지만, 물을 양껏 마신 것은 아니었다.

하늘은 이제 거의 완전히 어두워졌다.

마트는 차초를 향해 큰 소리로 말했다.

"아직 뭐가 보일 때 제일 가까운 가장자리로 방향을 잡아 둬. 난 다리도 풀었어. 너는 어떠니?"

소년은 대답이 없었다.

"괜찮아?"

마트는 섬뜩한 생각이 들었다. 격렬한 폭풍우가 치는 동안 차초는 바닥으로 떨어졌는지도 모른다.

"차초! 대답 좀 해!"

"박쥐들."

소년이 텅 빈 목소리로 말했다. 차초는 아직도 근방에 있었다. 마트는 안도의 물결이 밀려오는 걸 느꼈다.

"너한테 해를 끼치지는 않을 거야."

마트는 말했다.

"지금 내 몸에 잔뜩 달라붙어 있어."

차초가 기묘한 목소리로 말했다.

마트는 문득 작은 생물이 몸을 기어 다니는 걸 의식했다.

"나도 그래. 그건, 그건 비를 피하려고 그러는 거야. 애들은 지금 보금자리에 홍수가 났어. 그리고 애들은 지금 따뜻한 데를 찾는 것 같아."

마트는 자신의 말이 사실이기를 바라며 더듬거렸다.

"박쥐들은 어두워지기를 기다리고 있어. 이따가 우리 피를 빨아먹을 거야."

차초가 말했다.

"바보 같은 소리 작작 좀 해! 이 애들은 지금 겁을 먹은 데다 추위를 타는 거야!"

마트가 꽥 소리 질렀다. 그렇지만 박쥐들이 슬금슬금 움직이자 본능적인 공포가 느껴졌다. 먼 곳에서 번개가 치며 마트의 가슴에 달라붙어 있는 작은 생물이 드러났다. 그것은 납작한 코에 잎사귀 같은 귀를 갖고 있었고, 입을 벌려 섬세하고, 바늘처럼 뾰족한 이를 드러내고 있었다. 하지만 그것은 또한 한쪽 날갯죽지 밑에 새끼를 끼고 있었다. 그것은 자식을 홍수에서 지켜 내려 하는 어미 박쥐였다.

"너 나 안 물을 거지? 응?"

마트는 어미 박쥐를 향해 소곤거렸다. 그리고 서서히 몸을 돌리다가 뼈들이 움직이려고 하자 그대로 꼼짝 않고 있었다. 그러다 다시 미리 봐둔 제일 가까운 가장자리를 향해 몸을 돌렸다. 박쥐는 잠깐 셔츠에 달라붙어 있다가 어둠 속으로 날아가 버렸다.

그것은 무섭고 이상한 바다에서 헤엄치는 것 같았다. 앞으로 나갈 때마다, 조금씩 밑으로 가라앉았다. 한번은 뼈가 등을 누르는 바람에 그대로 갇히는 줄 알고 겁을 먹기도 했다. 하지만 뼈들은 조금씩 자리를 바꿔서 계속 나갈 수 있게 해 주었다. 하지만 해안을 향해 팔을 저을 때마다 뼈들은 점점 무게를 더해 갔다. 얼마 안 있으면 움직이지 못하게 될 터이고, 그렇게 되면 호박에 갇힌 벌레처럼 죽음이 찾아오기만을 기다려야 할 것이다.

손에 뼈가 아니라 바위가 닿았을 때 분지는 칠흑같이 어두웠다. 마트는 바위벽을 붙잡고 조금씩 기어 올라가서 마침내 돌 위에 단단히 발을 붙일 수 있었다. 이제 뼈들은 더욱 무겁게 느껴졌는데, 그것은 마트가 그 사이를 뚫고 억지로 위로 올라가려고 했기 때문이었다. 마트는 기진맥진한 채, 숨을 헐떡이며 바위에 몸을 기댔다. 아직도 빗물 한줄기가 흘러내리는 게 보이자, 개처럼 할짝할짝 핥았다. 물은 시원했고 광물질이 녹아 있었다. 맛이 기똥찼다.

마트는 소리쳤다.

"차초? 여기가 가장자리니까, 나 있는 쪽으로 와. 여기에는 물이 있어."

하지만 소년은 대답이 없었다.

"방향이 어딘지 알 수 있게, 내가 계속 말을 할께."

마트는 말했다. 그리고 자신의 어린 시절에 대해, 설명하기 힘든 것들은 빼고 이야기했다. 셀리아의 숙소에 대해 자세히 설명하고, 탬 린과 산에 갔던 일들을 말해 주었다. 이짓 우리와 그것을 둘러싸고 있는 아편 밭 얘기도 했다. 마트는 차초가 자신의 말을 들을 수 있는지 어떤지는 알지 못했다. 차초는 기절했는지도 모른다. 아니면 진짜로 박쥐한테 피를 빨렸는지도 모르고.

마트가 구렁 위로 올라가 젖은 땅 위에 쓰러진 것은 한밤중이 되어서였다. 꼼짝도 할 수 없었다. 구렁을 벗어날 수 있게 해 준 의지력은 완전히 소진되었다. 마트는 얼굴의 반을 진흙 속에 묻은 채 모로 누워 있었다. 호르헤가 파수꾼들을 떼거지로 데리고 나타난다고 해도 움직이지 못했을 것이다.

마트는 깜빡깜빡 의식이 돌아올 때마다, 구덩이에서 올라오는 야릇한 소리를 들었다. 마트는 어떤 짐승이 그런 소리를 내는지 생각해 내려고 애쓰며, 가만히 귀 기울였다. 그러다 그게 뭔지 깨달았다. 차초가 코를 골고 있었다. 완전히 탈진해서 잠이 든 거였다. 아직 구덩이 속에 갇혀 있긴 해도 차초는 살아 있었다. 그러니 결국 박쥐한테 피를 빨리지는 않은 것이다.

34

새우 채취기

마트가 땅바닥에서 몸을 일으켰을 때, 하늘은 검푸른 빛을 띠었고 진흙 바닥에는 가루 같은 서리가 깔려 있었다. 마트는 체온이 더 떨어지는 걸 막으려고 몸을 잔뜩 옹송그렸다. 사막 여기저기에 고인 자그마한 물웅덩이에 바람이 물결 무늬를 수놓았다. 동쪽 하늘은 분홍과 노랑으로 불이 붙었다.

평생 이렇게 추워 본 적이 없었다. 이빨이 딱딱 마주쳤다. 몸뚱이 자체가 거대하게 돋아난 소름 같았다. 부옇게 밝아오는 빛 속에서, 옷이 십여 군데나 찢어진 게 보였다. 구렁에서 기어 나오다가 이렇게 된 것이었다. 팔다리는 온통 긁힌 자국 투성이였다. 살기 위해 기를 쓰는 동안에는 어디를 다친 줄도 몰랐지만, 이제는 온몸이 다 아파왔다.

마트는 동이 트자 회색빛을 띠어 가는 뼈들의 바다를 향해 소리쳤다.

"차초? 차초!"

마트의 목소리는 산들바람에 날아가 버렸다.

"나 밖으로 나왔어. 난 괜찮아. 너도 나올 수 있어. 이쪽으로 오면 돼."

대답이 없었다.

"넌 약간 내려가게 될 거야. 하지만 조금 더 가면 가장자리가 나와. 그때는 내가 도와줄 수 있어."

마트가 외쳤다.

대답이 없었다.

마트는 구렁 가장자리를 따라 왔다 갔다 했다. 차초가 어느 쪽에 있는지는 똑똑히 알고 있었지만, 찾을 수가 없었다.

"여기에는 빗물이 있어. 내가 너한테 물을 줄 수는 없지만, 네가 여기로 올 수는 있잖아. 이걸 마시면 훨씬 나아질 거야. 차초, 제발! 포기하지 마!"

하지만 아무 응답이 없었다. 마트는 빗물이 고인 바위 구멍을 발견하고 머리가 찌르는 듯이 아파올 때까지 꿀꺽꿀꺽 마셨다. 물은 얼음처럼 차가웠다. 마트는 구렁 가장자리로 되돌아가서 소리 지르고, 애원하고, 아무 반응이라도 얻어 내려고 욕을 하기까지 했다. 반응은 전혀 없었다.

태양이 지평선 위로 떠올라 사막의 작은 모래 산들과 관목을 빛으로 흥건히 적셔 주는 동안, 마트는 바위 뒤에 숨어 몸을 웅크린 채 엉엉 울었다. 뭘 해야 좋을지 아무 생각도 안 났다. 차초는 저기 있지만, 도무지 찾을 수가 없었다. 설령 찾아낸다 해도, 가까이 갈 수가 없었다. 그리고 사막에는 밧줄로 삼을 만한 식물 같은 것도 없었다.

마트는 기운이 다할 때까지 흐느꼈는데, 이미 지쳐 있었기 때문에 그렇게 되기까지 별로 오래 걸리지는 않았다. 햇볕은 공기에 약간의 온기를 가져다주었지만, 마트가 일어서자마자 순식간에 바람이 채 가 버렸다.

어떻게 해야 할까? 어디로 가야 할까? 호르헤가 상황을 파악하러 올 때까지 여기 있을 수는 없었다. 하지만 차초를 두고 갈 수도 없었다. 마트는 다리를 절며 구렁으로 돌아가 그 앞에 쪼그리고 앉았다. 그리고 말을 하고 또 했다. 차초에게 이리로 오라고 간곡히 부탁하기도 하고, 자신의 어린 시절에 대해 무작정 떠들어 대기도 했다.

마트는 엘 파트론의 환상적인 생일 파티에 대해 이야기했다. 마리아와 복슬이 얘기도 했다. 목이 따갑도록 이야기했지만, 자신이 차초에게 던질 수 있는 밧줄은 오직 이것뿐이라고 느끼고 있었으므로 말을 그칠 수가 없었다. 차초가 이 말을 들을 수만 있다면, 자기가 완전히 혼자는 아니라는 걸 느끼고 어떻게든 살아보려고 할지 모른다.

태양이 점점 고도를 높이며 구덩이 속을 비추었다. 그리 멀지 않은 곳에 갈색 옷자락이 보였다. 그것은 공장에서 일하는 소년들이라면 누구나 입고 있는 제복이었다.

"차초, 이제 네가 보여. 너 있는 데가 가장자리에서 별로 멀지 않아. 조금만 오면 돼."

마트가 말했다.

멀리서 육중한 기계음이 들려왔다. 그것은 호르헤의 차 소리는 아니었지만, 그가 좀 더 튼튼한 걸 빌려 왔을 수도 있었다. 마트는 이마에 손을 얹었다. 숨고 싶었지만, 실망스럽게도 자신의 흙투성이 발자국이 사방에 찍혀 있는 게 보였다. 누군가가 오기 전에 그걸 다 지우는 것은 불가능했다.

마트는 희망을 버리고 파수꾼이 오기를 기다렸으나, 놀랍게도 덜덜거리며 사막을 건너오는 것은 톤톰의 새우 채취기였다. 피델리토가 보닛에 앉아 있었다. 어린 소년은 마트를 보자마자 차에서 뛰어내리더니 마구 달려왔다.

꼬마가 소리 질렀다.

"마트! 마트! 밖으로 나왔구나! 차초는 어딨어?"

피델리토가 덤벼드는 바람에 마트는 하마터면 넘어질 뻔했다.

"아이 좋아라! 이렇게 살아 있다니! 내가 얼마나 걱정했다고!"

마트는 피델리토가 깡충거리다 구렁 속으로 빠지지 않도록 꼭 붙들었다.

새우 채취기가 덜커덩 소리와 함께 멈추었다.

"난, 어, 난 너희들한테 도움이 될까 해서 왔어."

톤톰이 말했다.

마트는 웃음을 터뜨렸다. 아니 그것은 웃음이라기보다는 발작에 가까웠다.

"도움이 될까 해서? 그렇게 말할 수도 있겠지."

마트는 목쉰 소리로 말했다.

"난 분명히 그렇게 말했어."

톤톰이 어리둥절한 표정으로 말했다.

마트는 부들부들 떨기 시작했다. 웃음은 이제 통곡으로 바뀌었다.

"그러지 마!"

피델리토가 울부짖었다.

마트가 흐느끼며 말했다.

"차초 말이야, 지금 이 구덩이 속에 있어. 그런데 말을 안 해. 죽은 거 같아."

"어디?"

톤톰이 말했다. 마트는 갈색 제복을 가리키는 한편, 피델리토의 팔을 계속 붙잡고 있었다. 꼬마가 구렁 속으로 떨어질까 봐 두려웠다.

톤톰은 채취기를 구렁 가장자리에 대 놓았다. 그리고 새우 탱크를 비울 때 쓰는 기계 팔을 고래들의 공동묘지에 집어넣었다. 기계 팔 끝에는 큼지막한 집게발이 달려 있었다. 톤톰은 서두르지 않고 차근차근 맨 위의 뼈들을 치웠다. 마침내 차초의 얼굴이 드러났다. 소년은 눈을 감고 있었다. 톤톰이 뼈를 더 치우자 드디어 소년의 가슴이 나타났다. 제복은 찢어진 채 피가 묻어 있었지만, 소년은 숨을 쉬고 있었다.

"쟤가, 어, 협조를 해 주면 좋을 텐데."

톰톰이 말했다. 톰톰은 수술하는 외과의사처럼 섬세하게 기계를 조작했다.

"내가 저 팔을 타고 내려가서 차초의 가슴을 밧줄로 묶을까?"

마트는 울음은 그쳤으나, 떨림은 진정되지 않았다.

톰톰이 뚱하게 말했다.

"흥, 너는, 어, 죽은 소를 치우려고 하는, 어, 술 취한 독수리만큼은, 도움이 될 거다."

톰톰은 마트가 비명을 지르고 싶을 만큼 천천히, 그리고 신중하게 작업을 계속했다. 그러나 그것은 현명한 판단이었다. 자칫 하나라도 잘못 건드렸다가는 뼈들이 도로 차초를 덮칠 판이었다.

마침내 톰톰은 차초의 몸을 새우 채취기의 집게발에 집어넣었다. 집게발은 바위를 으스러뜨릴 수 있을 만큼 튼튼했지만, 톰톰은 마치 달걀이라도 집듯이 소년을 살며시 들어올렸다. 그리고 기계를 후진시킨 다음, 기계 팔을 빙 돌려서 차초를 바닥에 내려놓았다. 그리고 기계 팔을 들어서 새우 채취기 위에 올려놓은 다음, 팔을 차곡차곡 접어서 제 위치에 갖다 놓았다. 톤톰은 어느 한 부분도 소홀히 하는 법 없이 모든 일을 조심스럽게 처리했다.

마트는 차초 옆에 무릎 꿇고 앉아서 맥박을 만져 보았다. 맥은 느리지만 강했다. 피델리토가 차초의 얼굴을 톡톡 두드렸다.

"왜 안 깨어나는 거야?"

톤톰이 기계에서 내려오며 말했다.

"걔는, 어, 쇼크에 빠진 거야. 전에 본 적이 있어. 사람은 지나치게 무서운 일을 겪으면, 어, 일종의 잠에 빠지게 돼. 걔를 좀 일으켜 줘 봐. 물을 좀 먹여야겠다."

마트가 차초를 일으켜 앉히자, 톤톰이 페트병에 든 붉은 액체를 차초의 입에 흘려 넣어 주었다.

"이건 딸기맛 주스야. 파수꾼들은 항상 이걸 마셔. 이 속에는 전해질이 들었거든. 탈수에 좋아."

톤톰이 설명해 주었다.

마트는 톤톰의 의학 지식에 깜짝 놀랐다. 물론 톤톰은 자신이 들은 모든 이야기를 머릿속에 차곡차곡 담아 놓은 것이다. 양호실의 루나가 탈수에 대한 얘기를 해 주었음에 틀림없었다.

차초는 기침을 터뜨리고, 입술을 핥더니, 꿀꺽꿀꺽 주스를 받아 마셨다. 그리고 눈을 반짝 뜨고는, 병을 움켜쥐고 벌컥벌컥 들이켜기 시작했다.

톤톰은 병을 빼앗으며 말했다.

"천천히 마셔! 그렇게 빨리 마시면, 너는, 어, 토할 거야."

"더 줘! 더!"

차초는 목 쉰 소리로 아우성을 쳤지만, 톤톰은 조금씩만 마시게 했다. 차초는 뭐라고 욕을 했지만, 형뻘 되는 톤톰은 어깨를 들썩하고 말았다. 그리고 차초가 충분히 마셨다고 판단될 때까지, 딸기맛 주스를 계속해서 찔끔찔끔 주었다.

톤톰은 한 병을 더 꺼내 마트에게 주었다. 천국이라도 이보다 더 좋지는 않을 거야. 마트는 이렇게 생각하며, 시원하고 달콤한 액체를 입 안에서 굴렸다. 딸기맛 주스의 맛은 유카탄에서 날아 온 엘 파트론의 모로 게와 함께 하늘나라에 있어야 했다.

"이제 가는 게 좋겠다."

톤톰은 새우 채취기의 시동을 걸며 말했다.

마트의 행복감은 산산조각이 났다.

"거기로 다시 돌아간다고? 호르헤가 우리를 죽이려고 할 거야. 난 그 사람이 그렇게 말하는 걸 직접 들었어."

"흥분하지 마. 우리는 지금 우리 할머니를 찾으러 산 루이스로 갈 거야."

톤톰이 말했다.

"그건 내 아이디어야."

피델리토가 말했다.

"그건 내 아이디어야."

톤톰이 단호하게 말했다. 마트는 피델리토가 더 이상 말하지 못하게 입을 틀어막았다. 톤톰이 딴 데로 새지만 않는다면 그게 누구 생각인지는 중요하지 않았다.

"난 내가 얼마나 걸을 수 있는지 모르겠어."

차초가 중얼거렸다. 소년은 멍한 얼굴이었다.

"내가, 어, 새우 채취기를 몰고 온 이유가 바로 그거야. 너랑 마트는 탱크에 타면 돼. 피델리토는, 어, 내 앞에 앉으면 되고."

톤톰이 말했다.

톤톰에 관한 한, 토론은 그것으로 끝이었다. 마트는 따지지 않았다. 느리고 신중한 어떤 과정을 거쳐 톤톰은 탈출하기로 마음먹은 것이다. 그가 시속 5킬로미터의 속도로 탈출하기로 결정했다면, 자신이 무슨 말을 해도 결심을 바꾸지는 않을 터였다. 마트는 톤톰이 어떻게 파수꾼들을 피할 수 있다고 생각하는 건지 궁금하기 짝이 없었다.

마트는 차초가 금속 사다리를 타고 탱크 바닥으로 내려갈 수 있게 도와주었다. 이미 물을 빼냈는데도, 탱크 속에서는 썩은 새우 냄새가 풀풀 났다. 마트는 토하고 싶었지만, 토할 게 없었다. 적어도 가는 길에 배가 고프지는 않을 터였다.

차초는 젖은 바닥에 쓰러져 그대로 잠이 들었지만, 마트는 사다리를 올라가 얼굴에 바람을 쏘였다.

시속 5킬로미터! 마트는 자신이 지나치게 낙관적이었다는 걸 알았다. 피델리토가 뛰어도 새우 채취기보다는 빠를 터였다. 톤톰은 채취기를 몰고 바윗덩이를 돌아가고 구덩이를 피해야 했다. 기계는 몇 번이나 전복될 뻔했지만, 완강하게 땅에 도로 발을 붙이고 자세를 바로 잡았다.

소년들은 뼈가 쌓인 거대한 구렁을 돌아서 북쪽으로 가다가, 다시 서쪽으로 방향을 틀었다. 바닥은 돌투성이였고 그 사이의 공간은 푹푹 빠지는 모래땅이었는데, 모래에 빠지면 채취기는 심하게 요동치며 부릉거리다가 다시 출발하곤 했다. 간신히 울타리 앞에 도착하자 톤톰은 차를 세웠다.

"다들 내려."

톤톰이 큰 소리로 말했다.

마트는 차초를 탱크에서 끌어낼 때 톤톰의 도움을 받아야 했다. 차초는 서 있지도 못할 정도로 쇠약했다. 피델리토가 바짝 붙어서 졸졸 따라오는 가운데, 둘은 소년을 부드러운 모래땅으로 옮겨 뉘었다.

톤톰이 피델리토에게 말했다.

"여기 가만히 있어. 정말이야. 만약에, 어, 채취기 근처로 왔다가 걸리면, 내가, 어, 뒤지게 패 줄 테니까."

"진짜로 때리지는 않을 거야."

나이 든 소년이 성큼성큼 가 버리자 피델리토가 마트에게 소곤거렸다.

"파수꾼들은 어쩌고? 파수꾼들한테 잡히면 어쩌지?"

마트가 말했다.

"그런 일은 절대 없을 거야! 파수꾼들은 구내에 갇혀 있어. 문이랑 창문을 소금 자루로 막아 놨어. 소금을 산더미처럼 쌓아 놓았다고! 애들이 다 도와줬어."

피델리토는 흥분한 나머지 몸을 비비 꼬았다.

"파수꾼들이 가만히 있었어?"

"그 사람들은 자고 있었어. 톤톰 얘기로는 우리가 아무리 시끄럽게 굴어도 파수꾼들은 깨지 않을 거래."

피델리토가 말했다.

마트는 이 얘기를 듣고 불길한 기분이 들었지만, 지금 톤톰이 하는 일을 보고는 눈이 튀어나올 만큼 놀라서 더 이상 아무 질문도 하지 못했다. 톤톰은 새우 채취기의 집게발로 철조망 울타리를 한 가닥 물었다. 그리고 서서히 후진해서, 귀를 찌르는 끔찍한 소리를 내며 철사 줄이 딱! 하고 끊어질 때까지 잡아당겼다. 그 다음에 다른 가닥, 또 다른 가닥에 덤벼들었다. 철사 줄을 많이 끊어 낼수록 울타리를 벗어나는 것이 쉬워졌다. 톤톰은 곧 채취기가 넉넉히 드나들 수 있을 만한 구멍을 큼직하게 뚫어 놓았다.

마트는 걱정스레 철조망 꼭대기를 쳐다보았다. 저 위에는 몹시 신경 쓰이는 전선 한 가닥이 여전히, 산들바람을 맞으며 웅웅거리고 있었다. 톤톰이 전선의 피복을 건드리지 않는 이상, 별 일은 없을 터였다.

"좀 어떠니?"

마트가 차초에게 물었다.

소년은 꺼질 듯한 목소리로 말했다.

"모르겠어. 뭐가 문제인지 알 수가 없어. 어젯밤에 너 있는 데로 가려고 하는데, 갑자기 뼈들이 덮쳐서, 숨 쉬기도 힘들었어. 꼭 바윗덩어리에 짓눌린 기분이었지."

차초는 말을 멈췄다. 말을 계속할 힘이 없는 듯 했다.

"가슴을 다친 거야?"

마트는 말했다. 차초가 왜 한 번도 대답을 안 했는지 이제야 알게 된 것이다.

"조금. 하지만 뭐가 부러지거나 한 것 같지는 않아. 그냥 좀…… 숨 쉬기가 힘들어."

"말하지 마. 산 루이스에 도착하자마자 병원에 데려다 줄게."

마트는 무척 걱정됐지만, 뭐가 문제인지는 역시 알지 못했다.

톤톰은 방금 만든 구멍으로 채취기를 몰고 나간 다음, 마트와 함께 차초를 부축해서 탱크에 태웠다. 그 다음부터 길은 훨씬 순조로웠다. 도로가 울타리 옆으로 나란히 달리고 있었으므로, 새우 채취기는 훨씬 빨리 움직일 수 있었다. 이따금씩 톤톰은 다리를 펴고 피델리토가 잠시 에너지를 발산할 수 있도록 채취기를 멈추었다.

"너 말이야, 어, 내 자리에서 한 번만 더 뛰면, 나는, 어, 널 뒤지게 패 줄 거야."

톤톰은 사납게 말했다. 꼬마는 일 이 분 정도는 가만히 있었다.

모두들 딸기맛 주스를 마셨다. 톤톰은 그걸 상자째 짐칸에 싣고 왔다. 점심때는 차초와 피델리토는 구경도 한 적 없는 그런 기막힌 음식을 내놓았다. 그것은 페퍼로니 소시지와 치즈, 병조림한 올리브, 크림 크래커였다. 그리고 음식을 먹고 갈증이 나더라도 전혀 문제될 게 없었다. 왜냐하면 모두가 마시고도 남을 만큼의 딸기맛 주스가 있었기 때문이었다. 디저트로는 금박 종이에 싼 초콜릿을 먹었다.

"난 굉장히 행복해, 훨훨 날아갈 것 같아."

피델리토는 흡족하게 한숨을 쉬며 말했다.

마트는 이렇게 느리고, 한가롭게 가는 게 염려스러웠다.

"파수꾼들이 뚫고 나올까 봐 걱정되지 않아?"

마트는 톤톰에게 물었다.

"내가 소금 자루 얘기 했어."

피델리토가 말했다.

"그들, 어, 그들은 자고 있어."

나이든 소년이 말했다.

"여태까지 자지는 않을 거 아냐. 혹시……, 오, 톰톰! 파수꾼들한테 아편제를 준 건 아니지?"

마트가 말했다.

"그 사람들은 노력해서 그걸 얻어 낸 거야."

톰톰은 양호실에서 파수꾼들의 편을 들 때처럼 고집스레 말했다.

"얼마나?"

"넉넉히."

톰톰이 말했다. 마트는 톰톰이 더 이상 정보를 주지 않으리라는 걸 알 수 있었다.

"진짜 멋있었어! 톰톰은 우리가 너희들을 구해 낼 거라고, 해 뜰 때까지만 기다리면 된다고 그랬어."

피델리토가 재잘거렸다.

"채취기는, 어, 태양 에너지로 움직이거든."

톰톰이 말했다.

"그래서 플라코가 파수꾼들이 진짜로 잠들었는지 확인했

어. 그리고 다른 애들이랑 같이 식량을 옮겨 놓고, 소금 자루를 있는 대로 가져다가 건물 주변에 쌓아 놓았어. 플라코는 화물용 호버크라프트를 기다렸다가 그걸 타고 파수꾼들의 수뇌, 수뇌……."

"수뇌본부."

톤톰이 말했다.

"맞아! 거기로 간다고 그랬어. 그리고 호르헤가 한 짓을 다 말하겠대."

"플라코는 수뇌본부를 철썩 같이 믿고 있어. 난 안 믿어."

톤톰이 말했다.

"나도 안 믿어."

차초가 중얼거렸다. 차초는 주스 병을 들고 채취기에 기대앉아 있었다. 가까스로 깨어 있는 듯했다.

"우리 서둘러야 할 것 같아."

마트는 차초를 쳐다보며 말했다.

"맞아."

톤톰이 동의했다.

그래서 새우 채취기는 계속 굴러갔고 드디어 울타리가 오른쪽으로 꺾이는 모퉁이에 이르렀다. 도로는 야트막한 산들을 향해 계속 북진하고 있었다. 왼쪽으로는 과거에 캘리포니아 만이 있던 곳이지만, 지금은 자취만 남고 움직이는 사구가 그 자리를 차지하고 있었다. 고약한 냄새를 풍기는 바람이 채취기 위로 불어왔다. 그것은 이짓 우리 근처의 쓰레기 하치장에서 나던 냄새랑 똑같았지만, 여기 냄새가 좀 더 강하고 고약했다.

뉘엿뉘엿 해가 졌다. 그림자들이 사막 위로 길어지기 시작했다. 새우 채취기는 느릿느릿 산길을 올라갔지만, 도로가 완전히 그늘 속에 잠기는 고개 밑에 이르자, 그만 서 버리고 말았다. 톤톰이 운전석에서 뛰어내리며 말했다.

"이제 끝이야. 동이 틀 때까지 더 이상 움직이지 않을 거야."

마트는 톤톰과 함께 차초를 탱크에서 내려 주었다. 그리고 차초를 톤톰이 가져온 담요로 싸서 도로 옆에 눕혀 놓았다. 마트는 톤톰과 고갯마루로 올라가 쭈그리고 앉아서, 태양이 보랏빛 안개 속으로 잠겨드는 모습을 지켜보았다.

"여기서 산 루이스까지 얼마나 돼?"

마트의 물음에 톤톰이 대답했다.

"5킬로미터. 어쩌면 6킬로미터 정도. 콜로라도 강을 건너야 해."

"차초가 내일 아침까지 견디지는 못할 것 같아."

톤톰은 지는 해를 바라보고 있었다. 마음속으로 무슨 생각을 하는지 통 알 수가 없었다. 톤톰은 안개 속을 가리켰다.

"난, 어, 난 부모님을 따라 저 너머 꿈나라로 들어갔어. 호르헤가 개 떼한테서 날 구해 줬어. 난 그 사람이, 그 사람이…… 멋지다고 생각했어. 하지만 기껏 나를 등신이라고 생각하고 있었던 거야."

톤톰은 고개를 숙였다.

톤톰은 우는 듯 했지만, 마트는 그가 무안해할까 봐 모르는 척 했다.

"나한테도 그런 비슷한 일이 있었어."

한참 뒤에 마트가 말했다.

"그래?"

톤톰이 말했다.

"내가 정말정말 좋아했던 사람이 날 죽이려고 했어."

"이야! 정말 힘들었겠구나."

톤톰이 말했다.

둘은 한동안 침묵을 지켰다. 피델리토가 차초에게 별빛

아래 야영하는 게 얼마나 재미있는지 모른다는 둥, 자기는 예전에 집이 허리케인에 쓸려갔을 때 할머니랑 같이 야영을 해 봤다는 둥의 얘기를 하는 게 들렸다.

"내 생각에는 말이야, 어, 네가 피델리토를 데리고 산 루이스까지 걸어가는 게 나을 것 같아. 의사를 찾을 수 있으면, 이리 데려와. 만약 네가, 어, 새벽까지 오지 않으면, 그냥 출발할게."

톤톰이 말했다.

톤톰은 마트와 피델리토에게 손전등을 하나씩 주었다. 그리고 추위를 막아 줄 담요와 냄새를 물리쳐 줄 레몬도 하나씩 건네주었다. 톤톰은 경고했다.

"콜로라도 강은 지, 지독해. 그건, 어, 도로와 만나기 전에 배수관으로 들어가지만, 그, 그래도 아주 위험해. 강가에 다가가지 마. 그리고 피델리토, 정신 바짝 차려. 안 그러면, 어……."

"뒤지게 패준다는 거지."

어린 소년이 까불거리며 말했다.

"이번에는 정말이야."

톤톰이 말했다.

35

사자의 날

내리막길은 쉬웠지만, 마트는 자주 걸음을 멈추고 쉬지 않을 수 없었다. 지난밤의 시련으로 온몸이 다 쑤셨고, 긁힌 상처의 일부는 곪아 있었다. 뒤를 돌아보니 톤톰이 어두운 고갯마루에 서서 심각하게 쳐다보고 있었다. 새우 채취기의 앞부분이 어렴풋이 보였다.

피델리토는 손전등을 흔들며 깡충깡충 뛰었다.

"저기서 내가 보일까?"

"그럴 거야, 아마."

마트는 말했다. 가끔씩 피델리토의 넘치는 에너지가 피곤하게 느껴졌다.

길을 걷는 동안, 피델리토는 지금 누구를 만나러 가는지에 대해 질문을 퍼부었다. 마트는 마리아와 산타클라라 수녀원 얘기를 들려주었다. 수녀원이 어떻게 생겼는지는 몰랐지만, 꼬마를 즐겁게 해 주려고 얘기를 꾸며냈다.

"그건 언덕 위의 성이야. 모퉁이마다 빨간 지붕을 한 탑이 서 있어. 여학생들은 아침마다 정원에 깃발을 게양해."

"파수꾼들처럼."

피델리토가 말했다.

"맞아."

마트는 말했다. 파수꾼들은 아침마다 소년들을 줄 세워 놓고, 공장 앞에 벌통 문양이 그려진 깃발을 게양했다. 소년들은 훌륭한 시민의 다섯 가지 원칙과 올바른 정신 집중에 이르는 네 가지 태도를 암송한 뒤에 플랑크톤 죽을 먹으러 간이식당으로 줄지어 들어갔다.

"그 깃발에는 과달루페의 성모가 그려져 있어. 여학생들은 자기들이 좋아하는 노래 '안녕, 비에 젖은 비둘기야'를 부르고, 그 다음에 벌꿀 바른 토스트로 아침 식사를 해."

피델리토는 한숨을 쉬었다.

마트는 지금쯤 파수꾼들이 마약의 잠에서 깨어났는지 궁금해졌다. 모두들 불쌍한 복슬이처럼 쓰러져 죽었을까? 그럼 톰톰은 살인죄로 체포될까?

"파수꾼들은 구내에서 물을 구할 수 있나?"

마트가 물었다.

"플라코가 그러는데 화장실 물을 마시면 된대."

피델리토가 말했다.

그것은 힘들지만 공정하다. 마트는 냉혹한 미소를 지으며 생각했다.

"이 냄새 때문에 구역질이 나."

피델리토가 말했다.

마트는 고개를 들었다. 악취가 점점 심해지고 있었지만, 미처 못 느끼고 있었다.

"가까이에 강이 있는 게 틀림없어."

마트는 말했다. 그리고 레몬 껍질을 긁은 다음 피델리토의 코에 대 주었다.

"냄새를 아주 없애지는 못하겠지만, 토하지는 않게 해 줄 거야."

왼쪽 어딘가에서 쏴아 하며 꿀렁거리는 소리가 나자, 마트는 그쪽을 손전등으로 비춰 보았다. 폭 넓은 검은 물줄기가 거대한 배수관으로 흘러들고 있었다. 그것은 기름기로 번들거렸고, 여기저기서 어떤 형체들이 표면으로 떠오르려고 안간힘을 쓰다가 도로 밑으로 쓸려 내려갔다.

"저건 물고기인가?"

피델리토가 소곤거렸다.

"아닌 것 같은데."

마트는 기름이 번질거리는 기다란 더듬이를 비추며 말했다. 그것은 뭍에 붙어 있으려고 거세게 몸부림을 치다가 격류에 휩쓸려 내려갔다.

"톤톰이 너한테 강가에 가까이 가지 말라고 한 이유가 바로 저것 같아."

전투에서 패한 더듬이는 꿀렁꿀렁 빨아들이는 섬뜩한 소리를 내는 배수관 속으로 사라졌다.

"뛰어가자, 응?"

꼬마가 애원했다.

도로 밑으로 큰 강이 흐르는 부분은 땅이 흔들렸다. 마트는 냄새 때문에 기절할 것만 같았다. *공기가 나빠, 공기가 나*

빠. 마트는 미친 듯이 생각했다. 만약 여기서 기절한다면, 구해 줄 사람은 아무도 없을 것이다.

"더 빨리!"

마트는 숨을 헐떡이며 말했지만, 사실 느린 쪽은 마트였다. 피델리토는 앞에서 원숭이처럼 잘도 뛰어갔다.

두 소년은 언덕을 올라갔다. 미풍이 불어와서 구역질나는 강물의 악취를 걷어갔다. 그러자 마트는 가슴이 빵빵해진 채 픽 쓰러지고 말았다. 기침이 터져 나왔다. 꼭 목을 졸린 기분이었다. 아, 안 돼. 지금 천식 발작을 일으킬 수는 없어. 마트는 생각했다. 아편국에서 떠나온 뒤로 천식이 재발한 적이 없는데, 강물 냄새 때문에 고질병이 도진 것이다. 마트는 허리를 꼬부리고, 숨을 들이마시려 애썼다.

피델리토가 허둥지둥 레몬 껍질을 긁어서 마트의 코에 대주었다.

"냄새 맡아! 냄새!"

어린 소년이 외쳤다. 하지만 소용없었다. 마트는 온 몸이 땀투성이가 된 채 숨을 들이쉬려 애쓰고 있었다.

"내가 사람들을 불러올게."

피델리토는 마트가 귀가 먹기라도 한 것처럼, 귓가에 입을 바짝 대고 소리 질렀다. *안 돼, 그건 위험해.* 마트는 말하고 싶었다. 하지만 꼬마가 가든 안 가든 위험하긴 마찬가지일 것이다. 자신이 피델리토를 보호하기 위해 할 수 있는 일은 아무것도 없었다.

시간이 얼마나 흘렀는지 마트는 알지 못했다. 세계는 도로 위의 작디작은 공간으로 쪼그라들었고, 자신은 그 위에서 살려고 몸부림치고 있었다. 그런데 갑자기 누군가 자신을 일으키더니 흡입기! 흡입기를 얼굴에 대 주었다. 마트는 그걸 움켜잡고 가쁜 숨을 몰아쉬었다. 발작은 사라졌다. 세계는 다시 커졌다.

굵은 주름살이 팬, 쪼글쪼글한 갈색 얼굴이 보였다.

"과포, 강이 뭘 토해 냈는지 좀 봐요."

여인이 말했다.

과포(미남이라는 뜻의 이름)는 길 옆에 쭈그리고 앉아서 마트를 향해 이빨이 죄다 빠진 입으로 헤벌쭉 웃어 보였다. 나이가 적어도 팔십 살은 돼 보였다.

"꼬마가 아주 지저분한 데를 골라서 헤엄을 쳤구먼."

"농담이란다. 저 강에서 헤엄치고 살아난 사람은 없지. 너 걸을 수 있겠니?"

그녀가 마트에게 물었다.

마트는 일어섰다. 그리고 휘청거리며 몇 걸음 걷고 난 다음 고개를 끄덕였다.

"우리랑 같이 가자꾸나. 보아하니 오늘 밤 엄마가 집에서 널 기다리고 있을 것 같지는 않구나."

여인이 말했다.

"얘는 고아원에서 도망친 애야. 저 제복을 좀 보라고."

과포가 말했다.

"오라버니는 이런 넝마를 제복이라고 부르우?"

여인이 깔깔거렸다.

"아이야, 걱정 마라. 아무한테도 말 안 할 테니까. 우리도 너만큼이나 파수꾼을 싫어한단다."

"차초는……."

마트는 간신히 말을 입 밖에 냈다.

"그 애 얘기는 꼬마한테 벌써 들었다. 봐라. 앰뷸런스가 출동했잖니."

과포가 말했다. 그는 머리 위를 손가락질 했고, 마트는 호버크라프트 한 대가 상공을 지나는 걸 보았다. 반중력기가 팔의 솜털을 일으켜 세웠다.

과포와 그의 여동생이라는 콘수엘라의 부축을 받으며, 마트는 길을 걸었다. 현기증이 났다. 모든 게 비현실적으로 느껴졌다. 어두운 도로, 별이 총총한 하늘, 길을 안내하는 노인과 여인.

이내 세 사람은 높은 벽 앞에 도착했다. 콘수엘라가 단추를 누르자, 문이 활짝 열리며 전혀 예상치 못한 광경이 나타났다. 마트는 이게 꿈인지 생시인지 헷갈렸다.

안에는 기품 있는 팔로베르데 나무가 주위를 둘러싼 가운데, 무덤들이 끝없이 늘어서 있었다. 무덤들 하나하나가 야자수 잎, 꽃, 사진, 조각상, 불 켜진 수백 개의 양초로 장식되어 있었다. 초는 빨강, 파랑, 녹색, 노랑, 자주색 유리잔에 담겨 있어서 마치 땅 위에서 춤추는 무지개의 파편들 같아 보였다.

무덤 앞에 제물이 차려져 있는 데도 있었다. 토르틸라, 칠리 사발, 탄산음료, 과일, 패스트리나 설탕으로 빚은 조그만 당나귀, 말, 돼지 떼. 어느 무덤에는 아름다운 작은 고양이가 놓여 있었는데, 코는 분홍 설탕으로 빚었고, 꼬리를 다리 사이에 말아 넣고 있었다.

사람들이 그늘 속에 앉아 수군거리는 게 보였다.

"여기가 어디예요?"

마트가 중얼거렸다.

"꼬마야, 여긴 공동묘지란다. 설마 공동묘지를 처음 본 건 아니겠지?"

콘수엘라가 말했다.

이런 건 처음이에요. 마트는 속으로 말했다. 알라크란 가는 병원에서 그리 멀지 않은 곳의 대리석 능에 묻혔다. 능은 집채만 했는데 수많은 천사로 장식되어 있어서, 마치 천사들의 집회장처럼 보였다. 정문을 통해서 서랍장처럼 생긴 관들이 양 옆으로 늘어서 있는 게 보였다. 마트는 셀리아가 셔츠와 양말 등을 넣어 두는 자기 방의 서랍장처럼 그걸 잡아 뺄 수 있을 거라고 생각했다.

물론 이짓들은 사막에 집단으로 매장되었다. 탬 린은 이 짓들의 안식처는 쓰레기 하치장과 구별이 안 된다고 했다.

"이건 꼭, 파티 같아."

마트는 더듬거렸다.

"맞아."

피델리토가 소풍 바구니를 풀고 있는 여자들 틈에서 불쑥 나타나며 소리쳤다.

"우리는 정말 운이 좋아! 우리는 하고 많은 날들 중에서 사자의 날을 골랐어. 사자의 날은 내가 제일 좋아하는 명절이야!"

피델리토는 샌드위치를 한 입 뭉텅 베어 물었다.

마트는 통 이해가 안 갔다. 셀리아는 달력에 표시된 명절은 빠짐없이 챙겼지만, 이 날에 대해서는 한 번도 말한 적이 없었다. 그녀는 크리스마스 때면 현자들에게 선물을 놓고 가라고 양말을 내놓았다. 부활절에는 달걀에 물을 들였다. 추수 감사절에는 칠면조 구이를 내놓았고, 성 밸런타인데이 때는 하트 모양의 케이크를 구웠다. 자신의 수호성인 산 마테오와 셀리아의 수호성인 산타 세실리아를 기리는 특별한 의식을 치르기도 했다. 그리고 물론 엘 파트론의 생일 파티가 있었다. 하지만 절대로, 절대로, 절대로 죽음의 신을 위한 파티 같은 건 꿈도 꾸지 않았다!

하지만 여기서는 무덤 위와 뒤에서 해골 인간들이 기타를 치거나 춤을 추거나 작은 플라스틱 호버 카를 타고 돌아다니고 있었다. 해골 엄마들이 해골 아이들을 데리고 산책을 했다. 해골 신부들이 해골 신랑들과 결혼식을 올렸다. 해골 개들이 가로등 밑에서 킁킁거렸고, 해골 말들이 죽음의 신을 태운 채 질주했다.

그리고 마트는 이제 어떤 냄새를 의식하게 되었다. 코를 찌르는 강물의 악취는 장벽이 막아 주었지만, 공기는 또 다른 냄새로 가득 차 있었고, 그로 인해 마트는 온몸의 신경이 팽팽하게 긴장했다. 그것은 펠리시아한테 풍기는 냄새와 똑같았다! 마치 펠리시아의 혼령이 떠돌아다니며, 코앞에 지독한 위스키 냄새를 뿜어내는 것 같았다. 마트는 갑자기 현기증이 나서, 털썩 주저앉았다.

"어디 아파?"

피델리토가 물었다.

"과포, 내 가방에서 흡입기를 하나 더 찾아봐."

콘수엘라가 말했다.

"아니, 아니에요······. 전 괜찮아요. 여기 냄새를 맡으니까 뭐 생각나는 게 있어서요."

마트는 말했다.

"이건 우리가 영전에 사르는 코펄 향이야. 어쩌면 이 냄새 때문에 엄마나 아빠 생각이 날지도 모르겠지만, 그렇게 슬퍼할 필요는 없단다. 오늘 밤은 돌아가신 분들을 초대해서 우리가 어떻게 지내는지를 보여드리고, 또 즐겨 드시던 음식을 공양하는 날이란다."

콘수엘라가 말했다.

"그분들이…… 먹어요?"

마트는 타말레와 칠리 사발, 분홍 설탕으로 장식된 빵을 바라보았다.

"아가야, 우리들처럼은 아니란다. 그분들은 냄새 맡는 걸 좋아하지. 우리가 냄새 좋은 음식을 이렇게 많이 차려 놓는 이유가 바로 그거란다."

콘수엘라가 말했다.

"할머니는 죽은 사람들이 비둘기나 생쥐로 돌아온다고 했어. 그러니 누가 뭘 먹으려고 해도 쫓아내면 안 된댔어."

"그것도 맞는 얘기지."

콘수엘라는 어린 소년을 안아 주며 말했다.

마트는 대리석 능의 알라크란 가에 대해 생각해 보았다. 아마 엘 파트론은 거기 있을 것이다. 물론 맨 위 서랍을 차지했겠지. 그런데 셀리아한테 엘 파트론은 자신이 받은 모든 생일 선물과 함께 지하 저장실에 묻히고 싶어 한다던 얘기를 들은 기억이 났다. 오늘 밤에는 누가 엘 파트론을 위해 음식을 차릴까? 셀리아는 타말레와 메누도를 준비했을까? 하지만 셀리아는 지금 마구간에 숨어 있다. 그리고 알라크란 씨는 엘 파트론을 무척 싫어했으니까 칠리 고추 한 개도 내놓지 않을 것이다.

마트는 눈물을 흘리지 않으려고 눈을 깜빡거렸다.

"어떻게 죽음을 축하할 수가 있어요?"

"왜냐하면 죽음은 우리들의 일부니까."

콘수엘라가 부드럽게 말했다.

"할머니는 해골을 무서워하면 안 된다고 했어. 왜냐하면 우리가 몸속에 그걸 넣어 가지고 돌아다니기 때문이래. 그러니까 자기 몸속의 갈비뼈를 만지면서 그것과 친구가 되래."

피델리토가 말했다.

"네 할머니는 아주 현명한 분이었구나."

콘수엘라가 말했다.

"난 이제 축제가 열리는 시내로 나간단다. 가는 길에 너희 꼬마들을 어디서 내려 줄까?"

과포가 멋진 검정 솜브레로를 쓰고 기타를 둘러멘 채 말했다.

콘수엘라가 깔깔거리고 웃었다.

"이 늙은 악당 같으니라고! 오라버니는 여자들 뒤꽁무니를 쫓아다니고 싶은 거군요."

"난 누굴 쫓아다닐 필요가 없어."

노인은 거드름을 피우며 말했다.

"무사히 다녀와요. 난 오라버니가 걱정돼요."

그녀는 노인에게 키스하고 솜브레로를 바로잡아 주었다.

"어떠냐, 애들아? 차초한테 데려다 줄까? 그 애는 산타클라라 수녀원 부속 병원에 있단다."

"우리가 가려던 데가 바로 거기예요!"

피델리토가 외쳤다.

"파수꾼들은 어떻게 해요?"

마트가 말했다.

콘수엘라가 말했다.

"그이들은 파티가 있을 때는 거리에 나다니지 않는단다. 너무 재미있으니. 하지만 혹시 모르니까……."

그녀는 커다란 가방을 뒤져서 가면 두 벌을 꺼냈다.

"이건 우리 손자들한테 주려고 준비해 놓은 건데, 그 애들한테는 다른 걸 주기로 하자꾸나."

그녀는 피델리토의 얼굴에 가면을 씌워 주었다.

마트는 피델리토의 여윈 몸뚱이에서 자신을 응시하는 해골바가지를 보고 이상스레 가슴이 옥쥐는 느낌이 들었다.

"너도 얼른 써."

어린 소년이 재촉했다. 마트는 꼼짝도 하지 않았다. 피델리토의 얼굴에서 눈을 뗄 수가 없었다.

"내 것도 하나 있지."

과포가 말하며 가면을 썼다.

"그걸 쓰니 훨씬 낫네요. 정말이에요."

콘수엘라가 말했다. 과포가 장난스레 팔짝팔짝 뛰자, 검은 솜브레로가 해골바가지 위에서 까딱거렸다. 마트는 사람들이 자신의 기분을 돋워 주려고 애쓴다는 걸 알고 있었지만, 그저 무섭기만 할 뿐이었다.

"미 비다, 내 말 좀 들으렴."

콘수엘라가 말했다. 마트는 자신의 옛 이름이 불리는 걸 듣고 움찔했다.

"너한테 어떤 나쁜 일들이 있었는지는 모르겠다만, 지금 가면을 쓰는 건 안전 문제 때문이란다. 네가 의상을 갖추고 있으면 파수꾼들이 귀찮게 굴지 않을 거야."

마트는 그것이 현명한 제안이라는 걸 깨달았다. 그래서

쭈뼛쭈뼛 가면을 뒤집어썼다. 그것은 제이의 피부처럼 찰싹 들러붙었고, 눈, 코, 입을 내놓는 구멍이 있었다. 꼭 산 채로 매장된 기분이었으므로, 공포에 사로잡히지 않도록 무진 애를 써야 했다. 마트는 심호흡을 하며 공포심을 몰아내려고 했다.

"정말 감사합니다."

마트가 말했다.

"천만에."

콘수엘라가 대답했다.

36

언덕 위의 성

　과포를 따라가면서, 마트는 어느 무덤에나 황금빛 꽃이 놓여 있다는 걸 눈치 챘다. 도로로 나가니 환한 꽃잎들이 묘지에서부터 죽 뿌려져 있는 게 보였다.
　"저게 뭐야?"
　마트는 피델리토에게 소곤거렸다.
　"셈파수칠 꽃. 죽은 사람들이 집에 가는 길을 찾을 수 있게 뿌려 놓은 거야."
　마트는 먼지 구덩이의 섬세한 꽃잎들을 밟으며 섬뜩함을

느끼지 않을 수 없었다.

　노인은 자그만 자가용 호버 카를 갖고 있었는데, 그것을 얼러 공중에 띄우는 데만 시간이 한참 걸렸다. 공중에 뜬 다음에도, 그것은 지상에서 불과 몇 미터 위에 떠 있었다.

　과포는 눈금판과 단추를 이것저것 만지작거리며 중얼거렸다.

　"싸구려 반중력기. 난 이걸 깎아서 샀거든. 전자가 뒤죽박죽이 된 게 분명하구나."

　차는 공동묘지를 떠나 최초의 마을에 닿았다. 집집마다 문 앞에 꽃길이 나 있었다. 마트가 깜짝 놀란 것은 그 집들이 너무도 아름답다는 거였다. 집들은 전에 텔레비전에서 봤던 누추한 오두막들과는 완전히 딴판이었다. 그것은 반짝거리는 재료를 환상적인 형태로 성형해서 만든 것이었다. 어떤 집들은 작은 성 모양이었고, 어떤 것들은 배나 우주 정거장 모양이었다. 또 어떤 것들은 나무처럼 생겼는데 예쁜 발코니와 옥상 정원이 딸려 있었다.

　호버 카가 다가가면 앞마당에서 홀로그램 영상들이 켜졌다. 해골 인간들이 로켓을 타고 날아들었다. 해골 결혼식도 열렸는데, 사제와 화동들까지 완벽하게 갖추고서, 신랑 신부가 잔디밭을 행진했다. 피델리토는 창밖으로 몸을 내밀고, 그것들을 만져 보려고 애썼다.

멀리서 음악 소리, 타닥타닥 폭죽 터지는 소리가 들려왔다. 피델리토는 공중에서 쏟아져 내리는 빨강과 녹색 불꽃들을 손가락질했다. 곧 도로는 파티에 나가는 사람들의 무리로 꽉 차서 호버 카는 옴짝달싹 못 할 지경이 되었다. 호버 카가 좋은 것이었다면 사람들의 머리 위로 날아오를 수 있었을 것이다. 하지만 과포는 기껏 경적이나 울려 대며 군중들 사이를 뚫고 나갈 수밖에 없었다. 음악 소리와 고함 소리로 사방이 떠들썩했기 때문에, 경적에 신경 쓰는 사람은 아무도 없었다.

마트는 놀란 눈으로 사람들의 물결을 바라보았다. 평생 이렇게 많은 사람들을 본 건 처음이었다. 사람들은 노래하고 춤을 추었다. 아이들은 목말을 탄 채 밤하늘을 수놓은 불꽃놀이를 구경하고 있었다. 과포가 소리 지르면 사람들은 장난스럽게 호버 카를 잡고 흔들어 댔다. 그리고 그 의상들이란! 고릴라, 카우보이, 우주인들이 음식 좌판 앞에 떼 지어 모여 있었다. 조로가 앞줄에 서 있는 외계인 삼인조를 향해 채찍을 휘둘렀다. 라 요로나와 추파카브라들이 맥주병을 들고 왈츠를 추고 있었다. 하지만 대부분의 사람들은 해골로 분장하고 있었다.

마트는 과포의 어깨를 붙잡고 외쳤다.

"저 사람 누구예요?"

노인은 검은 정장을 입은 인물을 힐끗 쳐다보았다.

"저놈? 별거 아니다, 꿈나라의 흡혈귀지."

마트는 갈색 옷에 해골바가지를 뒤집어쓴 이짓들이 열을 지어 무섭도록 진짜 같은 엘 파트론의 뒤를 비칠거리며 따라가는 걸 보았다. 소년은 앉은 자리에서 몸을 움츠렸다. 충격을 이겨내기 위해 심호흡을 해야만 했다. 어처구니없게도 가슴을 쥐어짜는 듯한 상실감이 느껴졌다. 만약 엘 파트론이 죽지 않았다면, 자신이 죽었을 것이다.

"파수꾼이다."

피델리토가 소곤거렸다. 마트는 일단의 남자들이 길가에 서 있는 걸 보았다. 그들은 흥청대는 군중을 향해 인상을 쓰고 있었다. 마치 이렇게 말하는 것 같았다. *너희는 모두 수벌들이다. 겨울이 닥쳐오면 일벌들은 너희를 죽으라고 눈 속에 던져 버리고 말 것이다.*

"내가 저들한테 세계 지도를 보여 줄 거야."

피델리토가 큰 소리로 말했지만, 마트는 어린 소년을 붙들어 앉혔다.

"너희 꼬마들, 그 뒤에 앉아서 툭탁거리지 마라. 너희들 때문에 마그네틱 코일이 과열되고 있으니까."

과포가 말했다.

마침내 호버 카는 부글부글 끓어오르는 축제를 빠져나갔다. 카니발 부스가 멀어지고, 튀긴 고기와 맥주 냄새가 사라지면서, 호버 카는 어느 언덕 밑에 도착했다. 석류나무들이 줄지어 서 있는 예쁘고 평화스러운 오솔길이 언덕 위로 구불구불 나 있었다. 가스등이 드문드문 서서 발치에 새하얀 빛을 던지고 있었다.

과포가 말했다.

"호버 카는 저 위로 못 올라간단다. 하지만 꼭대기까지 그리 멀지는 않아. 병원의 수녀님들한테 안부 전해다오. 지난번 축제가 끝났을 때 수녀님들이 상처를 꿰매 주면서, 공짜 설교도 듬뿍 안겨 주었거든."

노인은 마트를 보고 음흉하게 웃었다.

마트는 노인이 가는 걸 보자 마음이 언짢았다. 과포와 콘수엘라 남매를 오랫동안 알고 지낸 건 아니었지만, 둘이 무척 마음에 들었다. 마트는 자신의 가면을 벗고 피델리토 것도 벗겨 주었다.

"마리아가 사는 데가 저기야?"

어린 소년이 목을 빼고 언덕 위를 기웃거리며 물었다.

마트는 가슴이 철렁 내려앉았다. 그동안 마리아를 찾고 싶은 마음은 굴뚝같았다. 몇 주 동안 거의 그 생각뿐이었다. 하지만 마리아도 나를 보고 싶어 할까? 그저 동정심에서 내게 친구가 되어 주었던 것은 아닐까? 마트는 자신이 그야말로 박해받는 약자였고, 마리아는 참지 못하고 십자군 노릇에 나섰다는 걸 알고 있었다.

하지만 그때는 적어도 매력적인 약자였다. 지금은 얼굴이 온통 여드름 투성이였다. 몸에는 호르헤에게 맞서서 생긴 상처는 물론, 고래들의 공동묘지에서 긁혀 곪은 자국으로 말이 아니었다. 옷은 구질구질하기 짝이 없었다. 그리고 몸에서는 썩은 새우 냄새가 풍겼다. 마리아가 이런 모습을 보고 당황한 나머지 코앞에서 문을 닫아 버리면 어떡하지?

"저기가 그 애가 사는 데야."

마트는 피델리토에게 말했다.

"여학생들은 지금 파티를 하고 있지 않을까."

피델리토가 말했다.

나도 그 생각을 하고 있었어. 마트는 가파른 언덕을 걸어 올라가며 생각했다. 수녀원의 여학생들은 에밀리아 결혼식 때의 들러리처럼 고운 옷을 입고 있을 것 같았다. 손가락으로 머리를 빗질하는 데 모래와 소금이 두텁게 더께가 진 게 느껴졌다. 피델리토를 보고 판단해 보면, 자기들 둘은 한 쌍의 옴 오른 코요테처럼 매력적일 터였다. 그런데 이 꼬마는 적어도 기본적으로 귀엽기는 했다.

"진짜 성이다."

피델리토가 감탄했다. 산타클라라 수녀원의 하얀 벽과 탑들이 보라와 진홍색 꽃들이 가득 핀 부겐빌레아 울타리 너머로 솟아 있었다. 구불구불한 오솔길에 서 있는 것과 똑같은 밝은 가로등이 담장 너머에서 빛나고 있었다. 건물은 산루이스의 집들처럼 반짝거리는 재료로 지어져 있었다. 그게 뭔지 알 수는 없었지만, 그것은 비단처럼 은은히 빛을 냈다.

"그 애들은 아침으로 꿀 바른 토스트를 먹는다며. 우리한테도 좀 줄까?"

피델리토가 중얼거렸다.

"우리는 먼저 문을 찾아야 해."

마트는 말했다. 둘은 판석이 깔린 길을 따라 건물을 한 바퀴 돌았다. 벽에는 창문들이 높직이 뚫려 있었지만, 문은 없었다.

"여기서 어딘가로 통하는 길이 있을 텐데."

마트는 말했다. 바로 그 순간, 불이 켜지더니 벽이 열렸다. 마치 누군가 커튼을 열어 제친 것 같았다. 불 켜진 마당으로 통하는 아치형 문이 보였다. 마트는 심호흡을 하며 피델리토의 어깨에 손을 얹었다.

어린 소년은 몸을 떨고 있었다. 소년은 속삭였다.

"이거 마술이지?"

"홀로그램이야. 보안 시스템의 일부지. 멀리서 보면 벽이 단단해 보이지만, 일단 저 프로젝터들을 지나면……."

마트는 나무에 매달린 카메라들을 가리키며 말했다

"홀로그램은 사라지지."

"이거 괜찮은 거야? 내 말은, 저게 다시 켜지면, 우리는 안에 갇히는 거 아니냐고?"

마트는 빙그레 웃었다.

"이건 진짜 안전한 거야. 난 전에 살던, 전에 살던 데서 이런 걸 봤어."

피델리토는 마트를 올려다보았다.

"네가 좀비였을 때 말이야?"

"어휴, 이런! 너 호르헤의 거짓말을 다 믿는 거니?"

마트가 말했다.

"물론 아냐."

피델리토는 이렇게 말했지만, 마트는 어린 소년이 눈에 띄게 안심하는 걸 눈치 챘다.

마트는 피델리토를 데리고 아치 문 아래를 지나, 비둘기에게 모이를 주는 성 프란치스코의 새하얀 대리석 동상 앞을 지나갔다. 맨 끝에 복도가 나왔다. 간호사와 조무사들이 붕대와 약을 든 채 이리 뛰고 저리 뛰고 하고 있었다. 복도에 줄지어 늘어선 침대에는 부상자들이 가득했는데, 대부분의 사람들이 축제 의상을 입고 있어서, 침대는 마치 해골들한테 점령당한 것 것처럼 보였다.

"너희들 여기서 뭐하니?"

두 소년과 부닥친 남자 간호사가 흥분한 목소리로 소리쳐 물었다.

"부탁입니다. 우리는 차초를 만나러 왔어요."

마트가 말했다.

"그리고 마리아도요."

피델리토가 덧붙였다.

남자 간호사가 말했다.

"오늘 밤 여기에는 마리아가 백 명은 된단다. 해마다 이놈의 축제 때만 되면 으레 벌어지는 일이지. 너나없이 술을 마시고 싸움질을 해 대니. 그놈의 것을 아예 금지시켜야 하는데……. 하지만 차초라면……."

그는 말을 멈추고 두 소년을 유심히 살폈다.

"내가 아는 차초는 단 한 명뿐인데, 지금 중환자실에 있단다. 너희들 혹시 같은 고아원 출신은 아니겠지?"

"그럴 거예요."

마트는 신중하게 말했다.

간호사는 목소리를 낮췄다.

"너희들 조심해야 한다. 파수꾼들이 냄새를 맡으면서 돌아다니고 있어. 제염소에서 폭동이 일어난 것 같더라."

"차초는 어떻게 됐어요?"

피델리토가 물었다.

"썩 좋지는 않아. 내가 아무도 안 다니는 길로 안내해 주마."

간호사는 조명이 희미한 통로로 난 문을 열었는데, 그곳은 창고로 이용되고 있는 듯 했다. 마트는 그곳을 지나면서 침구와 비품 상자들이 산더미 같이 쌓여 있는 걸 보았다.

"나도 고아원에서 자랐다. 지금도 훌륭한 시민의 다섯 가지 원칙과 올바른 정신 집중에 이르는 네 가지 태도를 암송하다가 식은땀을 흘리며 잠을 깨곤 한단다."

간호사가 말했다.

일행은 또 다른 인적이 없는 복도로 나왔다. 간호사가 설명했다.

"여기는 회복 병동이지. 여기서 수녀님들이 중환자를 돌본단다. 차초는 오른쪽 맨 끝 방에 있다. 그 애가 자고 있으면 깨우지 마라."

남자 간호사는 두 소년을 남겨 놓고 환자를 돌보러 되돌아갔다.

복도 맨 끝에서 사람들의 목소리가 들려오고 있었다. 피델리토가 앞장서 달려갔다.

"차초!"

어린 소년이 큰 소리로 외쳤다.

"깨우지 마!"

마트가 말했다. 하지만 피델리토가 얼마나 시끄럽게 구는지는 별로 중요하지 않았다. 왜냐하면 방 안에 있는 사람들이 훨씬 큰 소리로 다투고 있었기 때문이었다. 마트는 수녀 둘이 침대를 지키고 있는 걸 보았다. 그 앞에는 파수꾼 둘이 서 있었고, 그 옆에는 꽁꽁 묶인 톤톰이 커다란 짐짝처럼 바닥에 팽개쳐져 있었다. 톤톰은 소리 내지 않고 입 모양으로 "도망쳐."라고 말했다.

"만약 이 아이를 옮기면 죽을 거예요."

한 수녀가 소리쳤다.

"이네스 수녀, 우리는 하고 싶은 대로 하겠소."

파수꾼 하나가 으르렁거렸다. 마트는 당장 그 목소리를 알아들었다. 그는 카를로스였다. 그리고 또 한 사람은 어깨에 부목을 대고 있는 걸로 봐서, 호르헤가 분명했다.

"이 녀석들은 살인을 하려고 했수다. 이해가 되쇼?"

카를로스가 말했다.

"난 당신네들이 자존심에 상처를 입었다는 걸 알아요. 또 내가 들은 바에 따르면, 치욕을 못 이겨 죽은 사람은 아무도 없고요. 하지만 차초를 옮긴다면, 그건 틀림없이 살인 행위가 될 거예요. 난 그런 일은 승낙할 수 없어요."

이네스 수녀가 말했다.

"그렇다면 우리는 당신 허락을 받지 않고 애를 데려가겠소."

카를로스가 말했다. 마트는 이네스 수녀가 하얗게 질리는 걸 보았지만, 그녀는 물러서지 않았다.

"그렇다면 우리를 먼저 밟고 지나가야 할걸요."

수녀가 말했다.

"그리고 우리도요."

마트가 말했다. 파수꾼들이 홱 돌아보았다.

"저 망할 귀족 녀석이!"

호르헤가 소리쳤다. 그는 마트를 움켜잡으려고 했지만, 성한 팔이 하나뿐이라 중심을 잃고 톤톰의 몸 위로 쓰러졌다. 톤톰은 즉각 호르헤의 옆구리를 머리로 받았다.

"그만! 그만! 여기는 수녀원이에요. 폭력을 쓰는 건 허락할 수 없습니다."

이네스 수녀가 소리쳤다.

"이 사람들한테 그렇게 말하세요!"

마트는 소리치며, 자신을 덮쳐 온 카를로스의 다리를 걷어차려고 했다. 호르헤가 쓰러지자 카를로스는 지체 없이 싸움판에 뛰어들었던 것이다. 자신이 이길 가망은 없었다. 그동안의 시련으로 몹시 허약해진 데다가, 상대는 자신보다 20킬로그램이나 더 나가는 어른이었다. 하지만 숨고 도망 다니는 건 지긋지긋했다. 싸워 보지도 않고 파수꾼들에게 굴복할 생각은 없었다. 그들은 탬 린이었다면 두 번 생각할 것도 없이 폭탄으로 날려 버렸을 살진 두꺼비들이었다. 마트는 얼굴이 후끈 달아올랐다.

"당장 그만들 둬요!"

마트의 마음을 둘러싼 붉은 안개를 뚫고 날카로운 목소리가 날아들었다. 카를로스가 자신의 몸에서 손을 떼는 게 느껴졌다. 마트는 자기도 모르게 털썩 무릎을 꿇었다. 피델리토가 흐느끼는 소리가 들려왔다.

"부끄러운 줄 아세요!"

예의 그 날카로운 목소리.

마트는 고개를 들었다. 상황이 그렇게 긴박하게 돌아가지만 않았어도 눈앞의 장면은 우스꽝스럽게 느껴졌을 것이다. 이네스 수녀는 두 손으로 카를로스의 머리채를 붙든 채 얼어붙어 있었다. 또 다른 수녀는 두 손으로 호르헤의 멱살을 틀어쥐고 있었고, 호르헤는 막 톰톰의 복부를 걷어차려던 참이었다. 피델리토는 자신의 가냘픈 몸뚱이로 차초를 보호할 수 있다는 듯이, 온몸을 내던져 차초의 앞을 가로막고 있었다. 그리고 가엾은 차초는 용이 문 앞에 나타나기라도 한 것처럼 멀뚱멀뚱 쳐다만 보고 있었다.

작지만, 무척 사나워 보이는 여인이 두 손을 허리에 얹고 서 있었다. 그녀는 검정 드레스 차림에 검은 머리를 땋아서 무슨 왕관이나 되는 것처럼 정수리에 틀어 올리고 있었다. 체구는 자그마했지만, 온몸에서 풍기는 분위기는 남들의 복종을 받는 데 익숙하다는 것과 그렇게 하지 않는 사람은 후회하게 되리라는 것을 강하게 암시하고 있었다.

"도, 도나 에스페란사."

이네스 수녀는 말을 더듬었다. 마트는 입을 딱 벌렸다. 그렇다면 마리아의 엄마다! 그녀는 생각보다 나이가 들어 보였지만, 마트는 사진을 통해 알고 있던 얼굴을 금세 알아보았다.

"일어나세요, 모두들."

에스페란사가 명령했다. 카를로스, 호르헤, 두 수녀, 피델리토 그리고 마트는 애써 몸을 일으켰다. 톰톰조차 똑바로 일어나 앉으려고 했다.

"이 일이 어떻게 된 건지 설명해 주시기 바랍니다."

에스페란사가 말했다.

그러자 모두들 앞 다투어 말을 하려고 했지만, 그녀는 자신이 지명할 때까지 입을 다물고 있으라고 딱 잘라 말했다. 그녀는 방에 있는 사람들을 하나씩 쳐다보았는데, 오로지 차초를 볼 때만 눈길이 부드러워졌다. 그녀는 톰톰을 가리키며 말했다.

"너! 이 구역질나고 믿을 수 없을 만큼 무식한 일이 왜 일어났는지, 네가 그 이유를 말해 봐라."

그러자 톰톰은 단 한 마디도 빼먹지 않고, 피델리토가 매질을 당하게 된 일부터, 마트와 차초가 고래들의 묘지로 던져진 일, 고아들이 복수를 위해 들고일어난 일, 자신이 새우채취기를 몰고 나간 일, 그리고 마침내 차초와 함께 호버크라프트 편으로 병원에 수송된 일을 차근차근 털어놓았다. 에스페란사가 얼마나 무서웠던지 톰톰은 단 한 번도 말을 더듬지 않았다.

톰톰이 말을 마친 다음, 아무도 입을 열지 않았다. 침묵은 길게 이어졌다. 마트는 톰톰을 편들어 말하고 싶었지만, 그 사나운 검은 눈을 보자 가만히 있는 게 낫다는 걸 깨달았다.

드디어 호르헤가 입을 열었다.

"도나 에스페란사, 제 의견을 말씀드릴 테니 부디 너그럽게 들어 주시기 바랍니다. 저는 먼저 이 아이가 저능아라는 걸 설명드려야겠습니다. 몇 년 전에 저는 농장 경비대의 손에서 이 아이를 구해 냈지만, 이 아이는 그동안 지능이란 걸 보여 준 적이 한 번도 없습니다."

"지능에는 아무 문제가 없는 것 같은데요."

에스페란사가 말했다.

"이 녀석은 남의 말을 앵무새처럼 따라할 줄밖에 모릅니다. 대개는 한 문장도 제대로 말하지 못하지만요."

"난 하, 할 수 이, 있어."

톤톰이 중얼거렸다.

에스페란사가 인상을 쓰자 톤톰은 입을 다물었다. 그녀는 다시 호르헤를 쳐다보았다.

"당신은 아이들을 매질한 적이 한 번도 없다고 말하는 건가요?"

"물론 그런 일은 없었습니다. 아이가 잘못을 저지르면 하루 정도 음식을 줄이기는 해도, 체벌을 가한 적은 없습니다. 그것은 파수꾼의 신념에 전적으로 위배되는 행동이니까요."

파수꾼이 말했다.

"알겠어요. 그럼 고래들의 묘지 얘기도 근거가 없다는 것이지요."

에스페란사가 말했다.

"당신께서도 상황이 어떤지 아시잖습니까. 애들은 어두워지면 그런 얘기로 서로 겁주는 걸 좋아하지요. 애들은 흡혈귀하고 추파카브라 얘기를 합니다. 자연스러운 일이기는 하지만, 가끔은 그게 도를 지나치지요."

호르헤가 천연덕스럽게 말했다.

마트는 가슴이 철렁 내려앉았다. 에스페란사는 호르헤의 말에 동의하는 것처럼 고개를 끄덕였다. 애들은 저희들끼리 무서운 얘기를 하고, 없는 얘기를 꾸며낸다는 것이다. 그런데 그녀가 이렇게 말했다.

"아편제를 가득 쌓아 놓은 창고도 근거 없는 얘기인가 보군요?"

호르헤는 움찔했다.

"아편제라니요?"

"아즈틀란 경찰은 이 나라에 어떤 경로로 마약이 유통되는지를 몰라 오랫동안 골치를 썩여 왔어요. 그래서 제염소에서 찾아낸 물건에 상당히 흥미를 느끼고 있지요."

"그건 악질적인 거짓말입니다! 누군가 파수꾼들을 모함하려고 하는 거예요! 고아들이 응석받이 고양이처럼 누워서 빈둥거리게 만들려고 어떤 바보들이 그런 소문을 퍼뜨린 겁니다. 우리는 고아들이 지저분한 기생충이고, 훌륭한 시민으로 재교육 받아야 한다는 걸 알고 있습니다. 혹시 아편제가 조금이라도 나왔다면, 그건 경찰이 거기에 심어 놓은 겁니다!"

카를로스가 외쳤다.

"좋아요. 그럼 당신들은 마약 테스트를 받는 것에 별 이의가 없겠군요."

에스페란사가 말했다. 그녀가 옆으로 비켜서자, 느닷없이 푸른 제복의 사내들이 쏟아져 들어왔다. 그들은 보이지 않는 곳에서 대기하고 있었던 것이 틀림없었다. 호르헤와 카를로스는 대경실색한 얼굴로 끌려 나갔다.

에스페란사는 허드렛일 하나를 막 끝낸 것처럼 손을 털며 말했다.

"난 오랫동안 이 날을 기다려왔습니다. 우리는 파수꾼들이 마약을 밀매하고 있다는 걸 알고 있었지만, 톤톰이 파수꾼들의 구역에서 목격한 걸 말해 주기 전까지는 합법적으로 수색 영장을 받을 수가 없었지요."

그녀는 이네스 수녀에게서 가위를 빌려 톤톰의 몸을 칭칭 감은 테이프를 잘라내기 시작했다.

"전에는, 어, 아무도 내 말을 듣지 않았어요."

톤톰이 말했다.

"너희들은 그렇게 지독하게 취급받은 얘기를 들려줄 사람이 없었던 거야. 그동안 플랑크톤을 먹고 살았다니! 우리는 그걸 동물 사료로만 쓰는데."

이네스 수녀가 말했다.

마트는 자신의 운이 급속히 달라지는 걸 보고 멍해졌다. 너무 오랫동안 상황이 나쁘게만 돌아갔기 때문에, 이렇게 일이 잘 풀릴 수도 있다는 게 믿어지지 않았다.

"우리 차초랑 같이 있어도 돼요?"

피델리토가 수줍게 물었다.

"그 전에 할 일이 좀 있다. 너희들은 우선 목욕부터 해야겠다."

이네스 수녀가 말했다. 여자들이 와르르 웃음을 터뜨렸다. 그러자 에스페란사는 거의 정다워 보이기까지 했다.

갑자기 꺅 하는 비명 소리가 끼어들었다. 하얀 파티용 드레스를 입은 소녀가 방 안으로 뛰어들더니 마트의 품속으로 달려들었다.

"오, 엄마! 오, 엄마! 얘가 마트예요! 얘가 살아 있어요! 얘가 여기 왔어요!"

"맙소사, 마리아. 좀 자제하지 않으면, 그 드레스에 새우 냄새가 배서 절대로 안 빠질 거다."

에스페란사가 말했다.

37

귀향

마트는 깨끗한 하얀 시트, 부드러운 담요, 정원에서 풍겨 오는 꽃향기를 마음껏 즐겼다. 이네스 수녀는 마트의 곪은 상처를 살펴본 뒤에 침상에서 안정할 것을 지시했다. 피델리토와 톤톰은 수녀원에서 운영하는 기숙학교에 수용되었지만, 매일같이 마트와 차초를 찾아왔다.

불쌍한 차초. 마트는 생각했다. 차초는 찾아온 사람도 제대로 알아보지 못했다. 비몽사몽간을 헤매며, 어떤 때는 아버지를 부르고, 어떤 때는 박쥐가 어쩌고저쩌고 헛소리를 했다. 이네스 수녀는 차초가 끔찍한 시련에서 회복하기 위해서는 시간이 필요하다고 했다. 차초는 무거운 고래 뼈에 눌려 숨을 제대로 쉬지 못했다. 그 애의 몸은 산소 결핍 상태에 있었고, 갈비뼈 몇 대는 압력을 못 이겨 부러졌다.

마트의 하루 중에서 가장 좋은 부분은 마리아가 찾아오는 시간이었다. 마트는 얘기를 듣는 게 좋았고, 반면에 마리아는 얘깃거리가 떨어지는 법이 없었다. 소녀는 자신이 구해 낸 떠돌이 고양이 얘기며, 혹은 케이크 반죽에 설탕 대신 소금을 넣었다는 등의 실수담을 늘어놓았다. 마리아의 삶은 드라마로 가득 차 있었다. 정원에 피어난 꽃 한 송이와 유리창에 달라붙은 나비 한 마리가 흥분할 이유가 되었다. 마리아의 눈을 통해서 마트는 세계를 무한히 희망찬 곳으로 바라보았다.

방금 복도에서 마리아의 목소리가 들려왔으므로 마트는 목을 빼고 문만 쳐다보고 있었지만, 마리아가 엄마와 함께 들어오는 걸 보고 실망했다. 에스페란사는 푸른 기가 도는 회색 옷을 입고 있었다. 그녀는 엘 파트론이 생일날 선물로 받은 유도 미사일을 떠올렸다.

"너한테 주려고 구아바를 좀 가져왔어. 이네스 수녀님이 그러는데 구아바에는 비타민 C가 많이 들어 있대. 그리고 네 피부를 깨끗이 하는 데는 비타민 C가 도움이 된대."

마리아는 침대 옆 탁자에 바구니를 내려놓으며 말했다.

마트는 얼굴을 찡그렸다. 자신의 여드름이 끔찍할 정도라는 건 알고 있었다. 이네스 수녀는 그게 파수꾼들이 플랑크톤을 키우는 데 사용했던 오염된 물 때문이라고 말했다.

"이제 건강해 뵈는구나."

에스페란사가 말했다.

"감사합니다."

마트는 말했다. 마음속에 그녀에 대한 신뢰는 없었다.

"일어나도 될 만큼 건강해."

"오, 엄마! 얘는 적어도 일주일은 더 누워 있어야 해."

마리아가 말했다.

"너, 이 청년을 그런 병자로 만들면 안 된다. 난 다리 하나 없는 고양이들하고 배를 뒤집고 둥둥 떠다니는 물고기들한테 아주 질려 버렸다. 마트는 지금 펄펄 날 때잖니. 그리고 꼭 해야 할 중요한 일이 있으니까."

에스페란사는 딸에게 말했다.

아하. 마트는 생각했다. 에스페란사가 이제 무엇을 생각

해 낸 걸까?

"무척 걱정되는 일이 있어."

마리아가 엄마의 말을 인정했다.

에스페란사는 특유의 냉혹한 말투로 이야기했다.

"걱정되는 정도가 아니란다. 아편국에서 뭔가 안 좋은 일이 생겼다. 하긴 신이 버린 그 불모지에서 좋은 일이 있었던 적은 한 번도 없지만 말이다. 어쨌든 엘 파트론은 적어도 외부 세계와의 연결을 끊지는 않았다. 그런데 그 노인네가 사망한 뒤로 그곳 소식을 들은 사람이 아무도 없구나."

마리아가 설명했다.

"에밀리아 언니는 아직도 아편국에 있어. 그리고 다다도. 난 다다랑 언니가 너를 대했던 태도를 생각하면 아직도 화가 나지만, 그래도 그 둘한테 무슨, 무슨 안 좋은 일이 생기는 건 원치 않아."

마리아의 눈에 눈물이 고였다.

에스페란사는 혀를 끌끌 찼다.

"네 다다한테 무슨 일이 생겼다 해도 난 눈 하나 깜짝하지 않을 거다. 오, 마리아, 고장 난 수도꼭지처럼 그렇게 질질 짜지 좀 마라. 그건 어리석은 습관이야. 자꾸 울어 버릇하면 판단력이 흐려지게 돼. 네 아버지는 악인이다."

"나도 어쩔 수가 없어."

마리아는 코를 훌쩍거렸다. 마트는 화장지를 한 장 건네주었다. 내심 에스페란사의 의견에 동조했지만, 가슴은 마리아 편이었다.

"아편국은 지금 봉쇄 상태에 있다. 내가 기억하는 한, 과거 백 년 동안 그런 적은 단 세 번뿐이었어. 그건 아편국의 입출국이 완전히 금지됐다는 뜻이다."

에스페란사는 말했다.

"그쪽에서 우리한테 접촉해 올 때까지 그냥 기다리면 안 되나요?"

마트가 말했다.

"전에 봉쇄령이 내려진 것은 고작 몇 시간이었지. 지금은 벌써 세 달이 지났다."

마트는 그 말의 의미를 깨달았다. 제국에 돈이 계속 돌게 하려면 아편을 매일같이 밖으로 내보내야 했다. 아프리카, 아시아, 유럽에서 상인들이 아편을 공급해 달라고 아우성을 치고 있음에 틀림없다. 맥그리거와 다른 농부들은 그 부족분을 메울 수가 없었다. 그들은 대부분 코카인과 하시시의원료가 되는 작물을 재배했다.

"제가 어떻게 하면 되죠?"

마트가 말했다. 에스페란사는 방긋 웃었고 마트는 자신이 덫에 걸린 걸 알았다.

그녀는 말했다.

"입국하는 모든 항공기들은 보안 시스템의 신원 확인을 거쳐야 하지. 조종사는 조종실에 있는 신분 확인 판에 손을 올려놓는다. 그러면 조종사의 지문과 DNA형이 지상으로 전송되지. 이때 신분이 확인되면, 항공기는 착륙 허가를 받는다. 하지만 그렇지 못할 경우에는……."

"비행기는 공중 폭파돼. 엄마, 이 계획은 너무 끔찍해."

마리아가 말했다.

에스페란사는 딸의 말을 들은 체 만 체 하고, 말을 계속했다.

"봉쇄 기간에는 어떤 비행기도 착륙 허가를 받지 못한다. 하지만 예외가 있지. 엘 파트론 본인이라는 것이 확인되면 보안 시스템은 해제된다."

마트는 즉각 이해했다. 자신의 지문과 DNA는 엘 파트론과 똑같다.

"그새 보안 시스템이 바뀌지 않았다는 걸 어떻게 알죠?"

"난 모른다. 하지만 난 알라크란 가가 시스템을 바꾸는 걸 잊어버렸을 거라고 믿는다. 그들은 지금 모종의 곤경에 처해 있는 게 분명해. 그렇지 않고서야 스스로를 유폐시켰을 리가 없지."

에스페란사가 말했다.

어떤 곤경? 마트는 생각했다. 이짓들이 봉기를 일으킨다거나, 농장 경비대가 들고 일어난다는 게 가능할까? 어쩌면 알라크란 씨가 스티븐, 베니토와의 권력 투쟁 과정에서 감금당했는지도 모른다. 마트는 말했다.

"제 생각에는 말이죠, 저는 공중 폭파될 거예요. 어떻게 살아남는다고 해도 알라크란 가에서는 저를 늙은 개처럼 안락사 시킬 거예요. 잊으셨나 본데, 저는 클론이거든요. 전 가축이에요."

마리아는 움찔했다. 마트는 개의치 않았다. 자신에게 요구하는 게 뭔지 분명히 이해시키도록 하자. 에밀리아나 저 애의 다다가 무사한지 여부는 관심 없었다. 그런데 그 때 마리아가 흐느낌을 삼키는 소리가 들려왔다.

"그래, 잘 하는 짓이다! 난 더 이상 여분의 장기로는 쓸모가 없어. 그러니까 이런 일에 내던져지는 게 낫겠지."

마트는 성난 목소리로 말했다.

"난 널 내던지고 싶은 게 아냐."

마리아가 울면서 말했다.

에스페란사가 말했다.

"모두들 심호흡을 하고 얘기를 다시 시작하자. 마트, 우선 너는 클론이 아니다."

마트는 놀란 나머지 벌떡 일어나 앉았다.

"아, 너는 클론이야. 그 점에 대해서는 의문의 여지가 없지. 하지만 지금 우리가 말하고 있는 건 국제법이란다. 국제법은 내 전문 분야다. 먼저, 클론은 존재해서는 안 된다."

에스페란사는 학생들에게 강의를 할 때처럼 방 안을 왔다 갔다 했다.

"퍽도 도움이 되는 얘기군요."

마트가 말했다.

"하지만 만약 클론이 존재할 경우에는 네가 말한 대로 가축이다. 그 때문에 클론들은 닭이나 소처럼 도살될 수 있는 거지."

마리아는 신음하며 침대에 얼굴을 파묻었다.

에스페란사는 말을 계속 했다.

"한 인간에 대해 두 가지 판형이 동시에 존재할 수는 없다는 거야. 둘 중 하나, 즉 복사본에 대해서는 비인간으로 선언해야 해. 하지만 원본이 사망했을 경우에는 복사본이 그 자리를 대신하지."

"그게 무슨…… 뜻이죠?"

마트가 말했다.

"그건 네가 진짜 엘 파트론이라는 얘기야. 너는 그의 육체와 특징을 그대로 갖고 있어. 너는 그가 소유했던 것과 지배했던 것 일체를 물려받는다. 그건 네가 아편국의 새 주인이라는 뜻이야."

마리아는 고개를 들었다.

"마트가 인간이야?"

소녀의 엄마가 대답했다.

"마트는 항상 인간이었어. 클론을 장기 이식에 이용하는 걸 허용한 법은 부도덕한 제도지. 하지만 악법이든 아니든 우리는 지금 그걸 이용할 거야. 마트, 네가 착륙에 성공한다면 나는 너를 아편국의 새로운 제왕으로 만들기 위해 나의 권한 내에서 모든 일을 다 할 거다. 나는 이 문제에 대해 아즈틀란과 미국 정부의 지지를 받아 냈다. 너는 일단 권력을 손에 넣으면 아편 제국을 무너뜨린다는 것과 아즈틀란과 미국을 그토록 오랫동안 갈라놓은 장벽을 없애겠다는 것을 약속하기만 하면 된다."

마트는 자그마한 체구의 맹렬 여성을 응시하면서, 자신의 운이 갑작스럽게 변한 것을 이해해 보려고 애썼다. 에스페란사에게는 딸들보다는 아편국을 파괴하겠다는 욕망이 더 중요했을 것이다. 그녀는 마리아가 겨우 다섯 살 때 뒤도 한 번 안 돌아보고 떠나 버렸다. 그 후 그렇게 긴 세월이 흐르는 동안, 그녀는 딸에게 연락 한 번 하지 않았다. 그러다가 마리아가 먼저 편지를 보내자 돌아와서 주변의 모든 이들에게 명령을 내리기 시작한 것이다.

마트는 그녀가 목표를 이루기 위해서라면 자신을 아무렇지도 않게 희생시킬 수도 있다고 생각했다. 하지만 엘 파트론이 빚어낸 그 끔찍한 고통을 보면서 어떻게 거절할 수 있겠는가? 마트는 그러한 고통이 어떤 것인지 이제 속속들이 알고 있었다. 그것은 단지 전 세계에 만연한 마약 중독이나 노예로 전락한 불법 입국자들에게만 해당되는 얘기는 아니었다. 그것은 또한 고아가 된 아이들의 문제이기도 했다. 엘 파트론은 파수꾼들에 대해서도 책임이 있다고 말할 수 있었다. 자신이 엘 파트론이 된다면, 꾸러미를 한꺼번에 건네받는 셈이 된다. 부와 권력, 그리고 그것을 빚어낸 악.

"할게요."

마트는 말했다.

호버크라프트는 지상의 전파탐지 장치가 스캐닝을 하는 동안 공중에서 부들부들 떨고 있었다. 마트는 조종사를 힐끗 쳐다보았다. 사내의 얼굴은 잔뜩 굳어 있었다.

"붉은 빛이 켜지면, 신분 확인 판에 오른손을 대십시오."

그는 말했다.

경고! 지상 포대 배치. 계기반에 경고문이 떠올라 깜빡거렸다.

포를 먼저 발사하고, 질문은 그 다음에 하겠지. 마트는 생각했다. 아즈틀란과 미국의 양국 대통령이 보내온 메시지를 가지고 있었지만, 자신이 공중 폭파된다면 그것은 아무 소용없을 것이다.

"신호가 들어왔다!"

조종사가 소리쳤다.

신원 확인 판에 불이 들어왔다. 마트는 손바닥을 꽉 내리눌렀다. 저택의 비밀 통로 입구에 있는 번쩍거리는 전갈에 손을 댔을 때처럼 찌릿한 느낌이 전해져 왔다. 붉은 빛은 사라지고, 신원 확인 판은 환영의 뜻을 담은 산뜻한 초록빛으로 바뀌었다.

"해내셨군요, 각하! 잘 하셨습니다!"

조종사는 착륙을 준비하며 반중력을 낮추기 시작했다.

훈훈한 행복감이 느껴졌다. 사내는 자신을 '각하'라고 불렀다!

마트는 걱정스레 밖을 내다보았다. 전에 보지 못했던 건물들이 보였다. 정수 공장은 멀리 동쪽에 자리 잡고 있었고, 셀리아가 다니던 작은 교회(그녀는 이짓 행세를 하며 계속 교회에 나갈 수 있었을까?)는 서쪽에 있었다. 그 사이에 창고, 아편 정제소, 이짓 사료를 만드는 공장이 있었다. 약간 북쪽으로는 모양 없는 회색 병원 건물이 서 있었다. 여기서 봐도 그것은 불길해 보였다. 그 옆으로는 알라크란 가 사람들이 대리석 서랍에 잠들어 있는 능이 있었다.

밑으로 수영장이 햇빛에 반짝거렸다. 마트는 사람들을 찾아 땅 위를 살펴보았다. 이짓들이 잔디밭 옆에 쭈그리고 앉아 있는 게 보였다. 밖에 나와 빨래하는 하녀들이 보였고, 누군가 지붕을 고치고 있는 듯했다. 위를 올려다보는 사람은 아무도 없었다. 이제 막 지상에 착륙하는 호버크라프트에 관심을 보이는 사람은 아무도 없었다.

"환영 위원회는 어디 있지?"

마트는 중얼거렸다. 항상 경호원 일개 소대가 손님을 맞으러 뛰어나왔었다.

항공기는 가뿐히 내려앉았다.

"무기가 필요하지 않으십니까, 각하?"

조종사가 총을 건네주며 물었다. 마트는 당황해서 그것을 쳐다보았다. 농장 경비대는 그런 총으로 차초, 플라코, 톤톰 그리고 다른 고아들의 부모를 기절시키고 죽였다.

"우호적으로 보이는 편이 나을 것 같은데요."

마트는 무기를 되돌려 주며 말했다.

"저는 여기서 이륙 모드로 대기하고 있겠습니다. 혹시 빨리 떠나야 할 일이 생길지도 모르니까요."

조종사가 말했다.

마트는 문을 열고 내려갔다. 착륙장은 텅 비어 있었다. 들리는 건 새 소리, 분수물 떨어지는 소리, 그리고 잠깐이지만 지붕을 고치는 사내의 망치질 소리뿐이었다.

마트는 정원의 구불거리는 오솔길을 따라갔다. 자신의 임무는 알라크란 가에 맞서 봉쇄를 끝내는 일이었다. 봉쇄 시스템을 발견하면 그것을 직접 해제할 수도 있었다. 탬 린이나 대프트 도널드는 그것의 위치를 알고 있을 것이다. 봉쇄 시스템이 해제되면 국경에서 대기 중인 에스페란사와 양국의 고위 관료들이 아편국으로 들어와 자신을 지도자로 임명할 것이다.

차라리 고래들의 공동묘지에서 살아 나오는 게 쉬웠지. 마트는 생각했다. 비둘기 한 마리가 잔디밭을 종종거리고 지나가는 게 보였다. 붉은어깨검은새 한 무리가 나무에 가득히 내려앉아 요란하게 우짖었다. 날개 달린 아기가 분수대 위에서 이쪽을 지켜보고 있었다.

신경이 곤두섰다. 당장이라도 알라크란 씨가 집에서 성큼성큼 걸어 나와 소리칠 것 같았다. *이 짐승을 데려가! 당장 없애 버려!* 수많은 추억이 한꺼번에 밀려왔다. 셀리아를 보면 어떻게 해야 좋을지 몰랐다.

살롱으로 이어지는 넓은 계단을 올라갔다. 아주 아주 오래전에 엘 파트론이 자신을 가족에게 인사시켰던 곳이 바로

이 살롱이었다. 엘 비에호가 굶어 죽은 새처럼 누워 있던 곳도 여기였고, 에밀리아가 이짓 화동들에게 둘러싸여 스티븐과 결혼식을 올렸던 곳도 바로 여기였다. 커다란 홀에는 유령들이 득실거리고 있는 것 같았다. 그들은 하얀 대리석 기둥 뒤에서 얼쩡거렸다. 유령들은 새하얀 수련으로 뒤덮인 검은 연못 위에서 숨 쉬고 있었다. 늙은 물고기 한 마리가 수면 위로 올라와 똥그란 노란 눈으로 이쪽을 쳐다보는 게 보였다.

마트는 걸음을 멈추었다. 누군가 피아노를 치고 있었다. 여자인지 남자인지는 모르겠으나, 상당히 익숙한 솜씨이긴 해도 미쳤나 싶을 만큼 격렬하게 건반을 두들겨 대고 있었다. 마트는 소리가 나는 쪽으로 줄달음질쳤다. 그 시끄러운 소리는 음악실에서 밀물처럼 흘러나오고 있었고, 마트는 귀를 막아야 했다.

"그만!"

마트는 악을 썼다. 하지만 그 사람은 아무 반응이 없었다. 마트는 단숨에 뛰어가서 사내의 팔을 움켜잡았다.

오르테가 씨가 고개를 획 돌렸다. 그는 마트를 보자마자 도망쳐버렸다. 그의 발소리가 복도 저쪽으로 사라졌다.

"내가 그렇게 나쁜 학생은 아니었는데."

마트는 중얼거렸다. 하지만 물론 오르테가 씨는 자신이 죽은 줄만 알고 있었을 것이다. 그는 필경 온 집 안에 다 들릴 만큼 큰 소리로 아우성을 치고 있을 터였다. 이제 누가 나타나는 건 시간 문제였다.

마트는 의자에 앉았다. 소금 공장에서 일하느라 손에 울퉁불퉁하게 매듭이 생겨 있었다. 중노동 때문에 손가락이 둔해졌을까 봐 걱정스러웠다. 하지만 베토벤의 「피아노 협주곡 5번 아다지오」를 연주하기 시작했을 때, 어색한 느낌은 사라졌다. 온몸에 음악이 넘쳐 흐르며, 지난 몇 달 간의 끔찍한 기억들이 말끔히 지워졌다. 마치 오아시스 위로 드높이 비상하는 한 마리 매처럼 가벼움이 느껴졌다. 한창 연주하고 있는데 누군가 어깨에 손을 올려놓았다.

마트는 여전히 음악에 취한 채, 고개를 돌렸다. 셀리아가 기억에도 생생한 꽃무늬 드레스를 입고 거기 서 있었다.

"내 아기!"

그녀는 외치며, 소년을 힘껏 끌어안았다.

"오, 우리 아기, 정말 말랐구나! 그동안 무슨 일이 있었니? 어떻게 돌아왔어? 얼굴은 어떻게 된 거냐? 정말 마른 데다가 그리고, 그리고……."

"여드름 투성이지 뭐."

마트는 숨을 쉬려고 애쓰며 말했다.

"아, 그래, 그게 다 크느라고 그런 거란다. 음식만 제대로 먹으면 없어질 거다."

셀리아는 단호하게 말했다. 그녀는 마트를 저만치 떼어놓고 바라보았다.

"그새 키가 자랐구나."

"아줌마는 괜찮아?"

마트는 말했다. 셀리아의 갑작스러운 출현으로 충격을 받은 상태였다. 울음이 터질까 봐 무서웠다.

"그럼. 하지만 오르테가 씨는 너 때문에 십년감수했단다."

"그런데 어떻게…… 내 말은, 탬 린 말로는 아줌마가 숨어 있어야 한다고……."

마트는 더 이상 말을 잇지 못했다.

"탬 린. 오, 세상에. 여기는 몇 달째 봉쇄돼 있어서 우리는 소식을 전할 수가 없었단다."

셀리아는 문득 무척 피로해 보였다.

"알라크란 씨나 스티븐은 왜 가만히 있었던 거야?"

마트가 말했다.

"나랑 같이 가는 게 낫겠다."

셀리아는 마트의 손을 잡고 복도로 나갔는데, 온 집 안이 쥐죽은 듯 고요한 것에 마트는 다시 한번 충격을 받았다.

주방에 들어가자, 마침내 마음이 놓일 만큼 정상적인 광경이 나타났다. 요리사 보조 둘이 빵을 반죽하고 있었고, 하녀 하나는 야채를 다듬고 있었다. 마늘과 고추를 매단 줄이 천장에서 늘어져 있었다. 나무를 때는 커다란 화덕에서 구운 통닭 냄새가 흘러나왔다.

오르테가 씨와 대프트 도널드는 커피 잔과 휴대용 컴퓨터를 하나씩 앞에 놓고 앉아 있었다.

"봤지? 내가 꾸며낸 얘기가 아닐세."

오르테가 씨가 말했다. 대프트 도널드는 앞에 놓인 컴퓨터에 무슨 말을 입력했다.

"그래도 난 병아리 새끼 모양 뛰어다니지는 않아요."

오르테가 씨가 자신의 컴퓨터 화면에 뜬 글을 소리 내어 읽었다.

"유령이 자네 어깨를 움켜잡는다면, 아마 자네도 어쩔 줄 모를걸."

대프트 도널드는 빙그레 웃었다.

마트는 그들을 멀뚱멀뚱 쳐다보았다. 두 남자에 대해 음악 선생과 경호원 이외의 모습으로 생각한 적은 한 번도 없었다. 두 사람과 대화를 나누려고 시도한 적도 없었고, 게다가 대프트 도널드에 대해서는 항상 똑똑하지 못할 거라는 억측을 했었다.

"내가 시작하는 게 낫겠구나."

셀리아는 한숨지었다. 그리고 마트를 두 남자 사이에 앉히고 뜨거운 코코아를 한 잔 갖다 주었다. 그 냄새는 아득히 잊혀졌던 추억들을 불러일으켰다. 마트의 눈앞에서 방이 흔들거렸다. 다음 순간 마트는 양귀비 밭의 작은 집으로 돌아가 있었다. 밖에는 폭풍이 몰아치고 있었지만, 집 안은 따뜻하고 아늑했다. 하지만 그런 광경은 곧 사라지고, 마트는 다시 주방에 와 있었다.

"내가 엘 파트론은 절대로 아무것도 놔주지 않는다고 하던 얘기 기억나니?"

셀리아는 말문을 열었다. 마트는 고개를 끄덕였다.

"탬 린은 종종 그런 말을 했었지. 사람들을 비롯해서 모든 게 다 엘 파트론의 용의 재물이 될 거라고 말이야."

그런 얘기를 종종 했어. 마트는 이렇게 생각하며 섬뜩한 기분이 들었다. 그게 무슨 뜻일까?

"그 양반이 펠리시아가 도망치는 걸 한사코 막고, 탐을 그렇게 싫어하면서도 옆에 붙들어둔 이유가 바로 그거였단다. 우리 모두가 그 양반의 소유물이었다. 알라크란 가, 경호원들, 의사들, 나, 탬 린 그리고 너. 그중에서도 마트 너 말이다."

38

영원의 집

마트는 지난 저녁 때 셀리아와 두 남자가 얘기하던 모습을 떠올렸다. 셀리아가 말을 더듬으면 대프트 도널드가 컴퓨터 화면에 이야기를 띄우곤 했다. 오르테가 씨도 불쑥불쑥 껴들어 의견을 내놓았다.

자신이 오아시스에서 별을 보며 노숙하던 날, 탬 린을 필두로 모두가 다 경야에 불려갔다. 셀리아는 공식적으로 이 짓이었으므로 제외되었다. 오르테가 씨는 귀가 안 들렸기 때문에 빠졌다. 게다가 그는 오랜 세월 동안 너무도 조용히 지내왔으므로 모두들 그의 존재에 대해서는 까맣게 잊고 있었다.

농장 경비대원들은 황혼 속에서 차렷 자세로 서 있었다. 탬 린과 대프트 도널드를 포함한 여섯 명의 경호원들이 병원에서 관을 들고 나와 능을 지나서 사막으로 갔다. 엘 파트론의 시신은 혼자서도 거뜬히 들 수 있었지만, 관에 금을 잔뜩 입혀 놓았기 때문에, 장정 여섯이서 간신히 들고 갔다.

운구 행렬이 천천히 걸어가는 동안, 이짓 어린이 합창단은 오페라 「나비 부인」에 나오는 「허밍 코러스」를 불렀다. 그것은 엘 파트론이 좋아하던 곡 중의 하나였는데, 이짓 아이들의 목소리는 감미롭게 높이 올라갔다.

"난 마구간에서 그 노래를 들었단다. 그 노인네가 아무리 악인이었어도 음악을 들으니 가슴이 미어지더구나."

셀리아는 눈물을 훔치며 말했다.

지하로 들어가는 문이 활짝 열려 있었다. 경사로를 따라 내려가니 지하 깊은 곳에 드넓은 방이 나왔다. 촛불로 환하게 밝혀진 그 방은 지하에 만들어진 수많은 방들 중의 맨 첫 번째였다. 대프트 도널드는 지하에 방이 몇 개나 되는지는 자기도 모른다고 했다.

엘 파트론의 관은 한 마디로 경이로웠다. 대프트 도널드는 컴퓨터 화면에 그렇게 썼다. 관 뚜껑에는 엘 파트론의 얼굴이 이집트 파라오의 초상처럼 조각되어 있었다. 엘 파트론의 나이는 스물다섯으로 보였다. 대프트 도널드는 마트의 얼굴을 힐끗 쳐다보며, 마트 너와 아주 비슷해 보인다는 점을 빼면 도저히 알아보지 못할 정도였다고 썼다.

마트는 기분이 오싹했다.

경호원은 계속 자판을 두드렸다. 모두가 지하로 내려갔다. 바닥에는 금화가 수북이 깔려 있었다. 바닷가의 모래처럼 그걸 밟고 지나가야 했지. 대프트 도널드는 몇몇 경호원이 금화를 한 움큼 집어서 몰래 주머니에 감추는 걸 보았다. 신부가 장례식을 진행했다. 식이 끝난 뒤 이짓 합창단과 농장 경비대는 물러갔다. 이제 경야 시간이었다.

"그걸 다른 말로 하면 파티라고 하지. 고인의 삶, 아니, 이런 경우에는 고인의 여덟 번의 삶을 축하하는 거야. 마트, 너는 원래 그 아홉 번째 삶이 될 예정이었다."

오르테가 씨가 끼어들었다.

마트는 더욱 섬뜩했다.

모두들 음식과 포도주를 들며 기분이 들떠 있었다. 엘 파트론이 어떻게 생겨 먹은 늙은 짐승이었는지, 그 노인네가 죽어서 얼마나 기쁜지에 대해 너도 나도 떠들어 댔지. 대프트 도널드는 썼다.

몇 시간이 그렇게 흐른 뒤, 탬 린은 엘 파트론이 태어난 해에 담갔다는 귀한 포도주를 꺼내 왔다. 포도주 병은 곰팡이가 슬고 거미줄로 뒤덮인 나무 상자에 담겨져 있었는데, 상자는 알라크란의 전갈 문장으로 봉인되어 있었다.

알라크란 씨가 큰 소리로 말했다.

"이건 엘 파트론이 백오십 세 생일을 위해 비축해 놓은 것입니다. 혹시 백오십 살까지 살지 못할 경우에는 장례식 때 마시도록 되어 있지요. 나는 이 포도주로 늙은 독수리의 죽음을 축하할 것을 제의합니다!"

"옳소! 옳소!"

너도 나도 소리쳤다.

스티븐이 첫 병을 따고 킁킁 냄새 맡고 말했다.

"누가 천국의 창문을 열어젖힌 것 같은 냄새가 나는데요."

"그럼 여기 있는 사람들을 위한 게 아니잖아!"

탐이 외쳤다. 모두들 와르르 웃었다. 고운 크리스털 잔이 좌중에 하나씩 돌아갔다. 알라크란 씨는 모인 사람들에게 엘 파트론을 위해 동시에 건배를 한 다음, 잔을 관에 던져서 깨어 버리자고 말했다.

나는 잔을 받았어. 하지만 탬 린이 다가와서 말하더군.

"총각, 자네는 마시지 마. 이 포도주가 아무래도 느낌이 이상해."

그래서 난 마시지 않았지. 대프트 도널드는 썼다.

우리는 건배하려고 잔을 높이 들었어. 알라크란 씨가 그러더군.

"내일은 여기로 트럭을 내려 보내서 이걸 다 끝어낼 겁니다! 자, 탐욕을 위하여!"

모두들 환성을 지르고 잔을 기울였지. 나만 빼고. 다음 순간, 모두들 그 자리에 쓰러졌어. 그렇게 된 거야. 꼭 누군가 몸속에 손을 집어넣고 스위치를 내린 것 같았지.

"어떻게 된 거예요?"

마트가 숨 가쁘게 물었다.

나는 사람들을 하나씩 깨우려고 해 봤어. 하지만 모두 다 죽었어. 대프트 도널드가 썼다.

"죽었다고요?"

마트가 외쳤다.

"정말, 정말 마음 아픈 일이지."

셀리아가 말했다.

"탬 린은 아니에요!"

"독은 무척 작용이 빨랐다. 그 친구는 아무것도 느끼지 못했을 거다."

"하지만 탬 린은 포도주가 이상하다는 걸 알고 있었어요. 그런데 그걸 왜 마셔요?"

마트는 아우성을 쳤다.

셀리아는 말했다.

"내 말 좀 들어 봐라. 엘 파트론은 백 년 동안 제국을 지배해 왔단다. 그 동안 쉼 없이 용의 재물을 불렸고, 그것과 함께 묻히고 싶어 했지. 그런데 안타깝게도……."

셀리아는 말을 멈추고 눈물을 훔쳤다.

"안타깝게도 그 용의 재물에는 사람도 포함돼 있었어."

마트는 오싹한 마음으로 노인이 칼데아의 왕 얘기를 얼마나 자주 했는지 기억해 냈다. 칼데아 왕들의 무덤에는 의복과 음식뿐 아니라, 어두운 죽은 자의 세계에서 교통수단이 되어 줄 말들이 도살된 채 함께 매장되었다. 인류학자들은 어느 무덤에서 병사와 하인들, 심지어는 무희들까지 잠자듯이 누워 있는 것을 발견했다. 한 소녀는 얼마나 서둘렀는지 머리에 두르려고 했던 푸른 리본을 아직도 주머니에 집어넣고 있었다.

엘 파트론은 처음부터 그런 계획을 세우고 있던 것이 틀림없었다. 애초부터 그는 알라크란 씨나 스티븐에게 왕국을 물려줄 생각이 추호도 없었다. 그들이 받은 교육은 마트가 받은 교육과 마찬가지로 무의미한 것이었다. 살아날 사람은 아무도 없었다.

"탬 린은 무슨 일이 생길지 알고 있었어. 엘 파트론한테 얘기를 다 들었으니까. 탬 린은 아마 너를 빼고는 노인네하고 가장 가까웠을 거다."

셀리아는 말했다.

나는 할 수 있는 한 많은 시신들을 바로 눕혀 놓았다. 그러면서 난 울었지. 난 그걸 아무렇지도 않게 인정할 수 있어. 너무도 순식간에 일이 벌어졌다. 정말 끔찍했지. 난 밖으로 나가서 창고에서 다이너마이트를 꺼내 왔어. 그리고 그걸 출입구에 설치하고 폭파시켰지. 대프트 도널드는 썼다.

"난 폭음을 듣지는 못했지만, 몸으로 느꼈다."

오르테가 씨가 말했다.

"모두들 무슨 일이 생겼는지 보려고 밖으로 뛰쳐나갔어. 보니까 통로는 흙에 묻혀 있고 도널드는 정신을 잃은 채 바닥에 누워 있더라."

셀리아는 말했다.

"나도 폭발을 느꼈어. 둥트기 직전에 땅이 진동했어. 그러는 바람에 잠을 깼지."

마트는 중얼거렸다.

"탬 린은 그때가 이짓들을 해방시켜 줄 절호의 기회라고 믿었지. 그 포도주에 대해 도널드 말고는 아무한테도 경고하지 않은 이유가 바로 그거란다. 끔찍한 말이긴 하지만, 달리 어떤 방법으로 알라크란 가의 권력을 뒤엎겠니? 엘 파트론은 백 년 동안 이 나라를 지배해 왔다. 그 자손들이 백 년을 더 이어갈 참이었어."

셀리아가 말했다.

마트는 흙더미에 묻힌 무덤이 눈앞에 선했다. 깨진 포도주 잔, 관 뚜껑에서 천정을 응시하는 엘 파트론의 초상, 검은 정장 차림으로 누워 있는 경호원들. 그들의 주머니에는 리본 대신 금화가 들어 있을 뿐이었다.

탐도 거기 있었다. 거짓말을 일삼는, 아 정말 믿음이 가지 않는 그 목소리는 영원히 잠잠해졌다. 자신은 얼마나 여러 번 탐의 몰락에 대해 생각하는 것으로 위안을 삼았던가? 이제 그런 일이 생겼지만, 그저 멍할 뿐이었다. 자신이 자기 운명의 주인이 아니라는 점에서는 탐이나 가장 멍청한 이짓이나 마찬가지였다.

셀리아가 말했다.

"탬 린은 하고 싶은 일을 한 거야. 그 사람은 젊었을 때 지은 끔찍한 죄 때문에 죄책감을 느끼고 있었어. 그리고 그 부분에 대해서는 자신을 절대로 용서하지 못했지. 그 사람은 이 마지막 행동이 그 모든 것에 대한 속죄가 될 거라고 믿었단다."

마트가 소리쳤다.

"흥, 아냐! 탬 린은 바보였어! 멍청한, 크롯 같은 바보 천치!"

마트는 벌떡 일어섰다. 오르테가 씨는 소년을 붙들려고 했지만, 셀리아는 고개를 설레설레 저었다.

마트는 정원을 통해 마구간으로 뛰어갔다.

"말 줘!"

마트는 소리쳤다.

잠시 후 로사가 발을 끌며 나왔다. 그녀는 말했다.

"주인님, 안전마로 할까요?"

순간적으로 마트는 탬 린이 타던 군마를 달라고 할까 하는 유혹을 느꼈으나, 자신은 그것을 탈 만한 기술이 없었다.

"안전마."

소년은 말했다.

마트는 곧 전에 수없이 그랬던 것처럼 밭을 지나가고 있었다. 어떤 밭은 어린 아편의 짙은 녹색으로 흐려져 있었다. 또 어떤 밭은 양귀비꽃이 만개하여 눈이 부실 정도였다. 희미한 썩은 냄새가 공중에서 떠돌고 있었다.

처음으로 일꾼들이 보였다. 그들은 천천히 움직이며, 허리를 구부린 채 작은 칼로 양귀비 열매에 상처를 내고 있었다. 저들을 어찌해야 할까? 자신은 이제 저들의 새 주인이었다. 이 엄청난 군대의 지휘자였다.

마트는 맥이 탁 풀렸다. 내심으로는 모든 일이 잘 풀리기를 기대하고 있었다. 언젠가는 마리아, 탬 린 그리고 셀리아와 함께 행복하게 살게 되기를 바랐다. 이제는 그 모든 게 다 물거품이 됐다.

"이 바보!"

마트는 이 세상에 없는 탬 린을 향해 고래고래 악을 썼다.

이짓 수술을 복원할 수는 있을까? 병원에 다시 의사들을 불러온다 해도, 족히 몇 년은 걸릴 것이다. 말하자면, 전임자들이 어떤 일을 당했는지 아는 의사들을 설득해서 아편국으로 데려올 수 있다손 쳐도 그렇다는 것이다. 또한 농장 경비대를 제거해야 했다. 그들은 세계 각국에서 수배 중인 흉악범들이었다. 각국의 경찰들에게 와서 그들을 데려가라고 하면 될 것이다. 이짓들은 명령을 받지 못하면 존재할 수 없기 때문에, 그들을 대신할 덜 폭력적인 사람들을 채용해야 할 것이다.

문제는 간단한 게 아니었다. 경호원도 다시 채용할 필요가 있을 터였다. 아편국이 소유한 정도의 부는 범죄자들을 끌어들이고도 남았다. 엘 파트론이 소곤거렸다. *경호원은 항상 다른 나라에서 골라 오너라. 그러면 저희들끼리 뭉쳐서 주인을 배신하기가 어려우니까.*

좋아. 마트는 생각했다. 그 문제에 대해서는 내일 대프트 도널드에게 물어봐야지. 스코틀랜드 출신의 축구광 한 무리가 적당할 것 같았다.

마트는 말에게 물을 먹이고 산으로 들어갔다. 오아시스 위로 맑고 푸른 하늘이 펼쳐져 있었다. 물가의 모래밭에는 짐승 발자국이 찍혀 있었고, 포도 덩굴을 인 정자 밑에는 아직도 금속 상자가 숨겨져 있었다. 마트는 상자 속을 뒤져서 탬 린이 예전에 쓴 쪽지를 찾아냈다.

마트애개, 나는 글이 서툴으니 짧개 쓴다. 엘 파트론이 나더러 가치 가자고 하능구나. 나로선 어쩔 수 업다. 이 상자에 식양이랑 책을 너논다. 혹시 너한태 피료할 날이 이슬지도 모르니까. 너애 친구 탬 린.

마트는 종이를 접어서 호주머니에 넣고, 날이 어두워질 때를 대비해서 손전등을 꺼냈다. 모닥불을 피워 놓고 불을 쬐면서 오아시스에서 나는 소리에 귀 기울였다. 헤엄을 치기에는 너무 추웠다.

앞으로는 밭에서 양귀비를 뽑아 버리고 보통 작물을 심을 것이다. 이짓들의 치료가 끝나면, 그들에게 고향으로 돌아가거나 여기 남아 일을 계속하는 것 중에서 선택하게 해 줄 작정이었다. 또 그들이 자식을 찾을 수 있게 도와줄 것이다.

마트는 자세를 고쳤다. 물론 차초, 피델리토 그리고 톤톰을 불러서 여기서 같이 살자고 해야지. 피델리토가 깜짝 놀라 눈을 동그랗게 뜨는 모습이 떠올랐다. 이게 정말 네 거야? 네가 꾸며낸 얘기 아니지? 꼬마는 아우성을 치겠지.

잘 됐구나. 차초는 태연을 가장하며 말할 것이다. 차초한테는 그 애가 좋아하는 기타를 줘야지. 오르테가 씨한테 음악을 배울 수도 있을 것이다. 톤톰한테는 기계 수리점을 맡겨야지. 그 애는 앞으로 새로운 농장을 만드는 데 필요한 장비를 유지 보수할 수 있을 거다.

마리아한테도 같이 살자고 하고 싶다. 에스페란사가 어딘가 다른 곳에서 바쁘게 지내면 참 좋겠다. 마리아는 이짓들과 그 자식들 간의 상봉을 주선해 주는 걸 무척 좋아할 것이다. 그리고 같이 소풍도 가고 말도 타야지. 다리 하나 없는 고양이도 마음껏 모을 수 있게 해 주고.

하늘을 올려다보았다. 바야흐로 해가 지고 있었다. 햇빛은 황금색으로 바뀌었다. 저녁 빛이 산봉우리 사이의 작은 틈으로 새어 들어와, 오아시스 바로 위의 암벽에 긴 빛줄기를 드리웠다. 뭔가 번쩍하는 게 보였다.

마트는 벌떡 일어나서 햇볕이 산 너머로 아주 사라지기

전에 그곳으로 달려갔다. 거기 가 보니, 그늘에 잠기다시피 했지만 지는 해의 붉은 빛을 받아 전갈 한 마리가 빛을 내고 있는 게 보였다. 마트는 전갈에 손을 올려놓았다.

천천히 소리 없이 암벽 속의 문이 열렸다. 암벽을 만져 보았다. 알고 보니 그것은 돌이 아니라, 정교하게 만들어진 가짜였다. 문이 열리자 지하로 내려가는 어두운 통로가 나타났다. 손전등으로 안을 비춰 보았다.

바닥에서 금화가 번쩍거리고 있었다. 좀 더 들어가자, 이집트의 신처럼 보이는 기묘한 조각들이 서 있었다. 마트는 숨을 몰아쉬며, 암벽에 등을 기댔다. 그것은 엘 파트론의 용의 재물의 일부였다. 그것은 엘 파트론의 관과 시종들이 있는 곳까지 계속 이어지는 지하 방들 중 맨 첫 번째 방이었다.

노인의 주변에는 죽은 자들의 어두운 세계에서 자신을 보호해 줄 경호원들이 있었다. 의사들은 건강을 살펴 줄 터였다. 알라크란 씨는 사업상의 문제로 즐겁게 해 줄 테고, 스티븐은 양귀비 농장의 운영에 관해 의견을 낼 수 있을 것이다. 엘 파트론의 천국에는 분명히 아편 농장이 있을 터였다. 펠리시아, 파니, 에밀리아는 모로 게와 캐러멜 푸딩이 가득 쌓인 식탁에 앉아 노인을 찬양하겠지.

그럼 탬 린은? 마트는 다시 쪽지를 꺼냈다. 엘 파트론이 나더러 가치 가자고 하능구나. 나로선 어쩔 수 업다.

"어쩔 수 없는 게 아니었어. 싫다고 말할 수도 있었잖아."

마트는 소곤거렸다. 밖으로 물러나자, 문이 도로 스르르 닫혔다. 암벽 표면을 손으로 훑어보았다. 문이 있던 자리를 분간할 수는 없었지만, 붉은 빛이 있으면 다시 찾아낼 수 있을 것이다.

마트는 그날 밤 늦도록 모닥불 앞에 앉아서, 별이 총총한 하늘로 모락모락 피어오르는 향긋한 메스키트 냄새를 맡았다. 내일부터는 아편 제국을 무너뜨리는 과업을 시작하리라. 그것은 무시무시한 대사업이었지만, 자신은 혼자가 아니었다. 차초, 피델리토, 톤톰이 옆에서 응원해 줄 터였다. 셀리아와 대프트 도널드는 조언을 아끼지 않을 터이고, 마리아는 만인의 양심이 될 것이다. 또 에스페란사가 있었지만, 그녀에 대해서는 어떻게 해야 할지 몰랐다.

모든 이들의 도움을 받아 일을 이뤄 내리라.

넌 할 수 있어. 탬 린이 모닥불 너머 어둠 속에서 말했다.

"나도 알아."

마트는 그를 향해 마주 웃어 보였다.

옮긴이의 말

참 이상하지요? 하룻밤, 열 밤, 스무 밤을 자고 일어나도 세상은 그대로인 것 같은데, 사실 이 세상에 변하지 않는 것은 없다고 하니까요. 그래서 과거가 지금과 영 딴판이었던 것처럼, 우리의 미래도 지금과 완전히 달라져 있을 거라고 해요.

우리의 미래는 과연 어떤 모습일까요? 사람들이 미래 소설을 쓰고, 또, 읽는 것은 이런 궁금증과 호기심 때문일 거예요. 낸시 파머가 쓴 이 소설은 미래 소설이면서, 과학적 상상력을 바탕으로 쓴 것이므로 SF라고도 할 수 있답니다. 미래 소설이 대부분 SF인 까닭은, 과학 기술의 발전 없는 미래를 상상하기란 힘들기 때문일 거예요.

이 소설의 주인공 마트는 클론, 즉 복제인간이에요. 복제양 돌리나 황우석 박사의 송아지처럼, 엄마 아빠가 따로 없이 실험실에서 태어난 거지요. 아편국의 제왕 엘 파트론이 자신의 복제인간을 만든 것은 이식 수술을 받을 때 필요한 여분의 장기를 마련하기 위해서였어요. 이 욕심 많은 노인은 무수한 클론들을 희생시켜서 140세가 넘도록 살 수 있었지요.

엘 파트론은 자신의 유전 정보를 고스란히 물려받은 마트를 아직은 어린 또 하나의 나로 생각하지만, 몸을 복제했다고 마음까지 복제할 수는 없는 법이에요. 아무리 클론이라고 해도 마트는 전혀 다른 영혼을 가진 또 하나의 인간일 뿐이지요.

그래도 남의 피부 세포에서 태어나 암소의 뱃속에서 자란다는 건 슬픈 일임에 틀림없어요. 마트는 착하고 영리한 소년이지만 남과 다르게 태어났다는 이유만으로 온갖 모욕과 천대를 다 견뎌야 했답니다. 무엇보다 슬픈 것은, 다른 클론들과 똑같이 14세가 넘으면 엘 파트론에게 장기를 제공하고 죽을 운명이었다는 거예요.

하지만 마트에게는 온 세상이 다 등을 돌린다 해도 절대로 곁을 떠나지 않을 천사 같은 보호자 겸 친구들이 셋이나 있어요. 요리사, 경호원, 소녀. 하는 일도 나이도 저마다 다르지만 클론도 인간이라는 걸 알아본 지혜롭고 따뜻한 이들이지요.

이 소설에서 그리는 미래가 그다지 밝지는 않아요. 명령에 순종하는 것밖에 모르도록 뇌에 컴퓨터 칩을 이식받은 인간 로봇 '이짓'들이 땡볕 아래서 기계적으로 일하는 풍경이나, 몸이 산산이 뜯겨나가는 운명이 코앞에 다가온(장기 제공을 위해) 클론들이 수술대에 누워 비명을 지르며 몸부림치는 광경은 상상조차 하기 싫을 만큼 끔찍하지요. 하지만 그럴수록 역경을 헤쳐 나가는 선량한 이들의 모습은 더욱 아름다워 보여요. 그런 이들이 있기에 우리는 우리들의 미래가 밝고 환하리라 확신하며 살 수 있는 건지도 모르겠어요. 마트와 그 친구들은 바로 우리들 속에 있으니까요.

거창에서 백영미

블루픽션 11

The House of the Scorpion
전갈의 아이

1판 1쇄 펴냄—2004년 11월 15일
1판 35쇄 펴냄—2024년 5월 31일
지은이/ 낸시 파머
옮긴이/ 백영미
펴낸이/ 박상희
펴낸곳/ (주)비룡소
출판등록/ 1994. 3. 17. (제16-849호)
주소/ 06027 서울시 강남구 도산대로1길 62 강남출판문화센터 4층
전화/ 02)515-2000
팩스/ 02)515-2007
홈페이지/ www.bir.co.kr
제품명 어린이용 반양장 도서 제조자명 (주)비룡소 제조국명 대한민국 사용연령 3세 이상

ISBN 978-89-491-2064-5 44800
ISBN 978-89-491-2053-9 (세트)

| 블루픽션 시리즈

1. 스켈리그 데이비드 알몬드 글/ 김연수 옮김
안데르센 상, 엘리너 파전 문학상, 카네기 상, 휘트브레드 상, 마이클 L.프린츠 상,
어린이도서연구회 권장 도서, 책교실 권장 도서, 중앙독서교육 추천 도서

2. 운하의 소녀 티에리 르냉 글/ 조현실 옮김
소르시에르 상, 어린이도서연구회 권장 도서

5. 희망의 섬 78번지 우리 오를레브 글/ 유혜경 옮김
안데르센 상 수상 작가, 밀드레드 L. 배첼더 상, 머더카이 상, 아침햇살 선정 좋은 어린이 책,
중앙독서교육 추천 도서, 책교실 권장 도서, 책따세 추천 도서

6. 뤽스 극장의 연인 자닌 테송 글/ 조현실 옮김
프랑스 '올해의 청소년 책', 소르시에르 상, 어린이도서연구회 권장 도서, 열린 어린이가 뽑은 좋은 책

7. 시인 X 엘리자베스 아체베도 글/ 황유원 옮김
카네기상, 내셔널 북 어워드, 마이클 L. 프린츠 상, 보스턴 글로브 혼 북 상, 골든 카이트 어워드,
아침독서 추천 도서

9. 이매지너리 프렌드 매튜 딕스 글/ 정회성 옮김

10. 초콜릿 전쟁 로버트 코마이어 글/ 안인희 옮김
미국 도서관 협회 선정 도서, 뉴욕타임스 선정 도서, 어린이도서연구회 권장 도서

11. 전갈의 아이 낸시 파머 글/ 백영미 옮김
뉴베리 상, 국제 도서 협회 선정 도서, 마이클 L. 프린츠 상, 책교실 권장 도서, 어린이도서연구회 권장 도서

13. 나의 산에서 진 C. 조지 글/ 김원구 옮김
뉴베리 상, 미국 도서관 협회 선정 도서, 어린이도서연구회 권장 도서,
열린 어린이가 뽑은 좋은 책, 책교실 권장 도서

15. 우리 형은 제시카 존 보인 글/ 정회성 옮김
줏대있는 어린이 추천 도서

18. 킬리만자로에서, 안녕 이옥수 글
학교도서관저널 추천 도서

20. 기억 전달자 로이스 로리 글/ 장은수 옮김
뉴베리 상, 보스턴 글로브 혼 북 명예상, 어린이도서연구회 권장 도서,
열린 어린이가 뽑은 좋은 책, 교보문고 추천 도서

22. 내 인생의 스프링캠프 정유정 글
세계청소년문학상, 문화관광부 교양 도서, 어린이도서연구회 권장 도서,
교보문고 추천 도서, 학도넷 추천 도서

23. 줄무늬 파자마를 입은 소년 존 보인 글/ 정회성 옮김
아일랜드 '오늘의 책', 행복한 아침독서 추천 도서, 교보문고 추천 도서

25. 파랑 채집가 로이스 로리 글/ 김옥수 옮김
어린이도서연구회 권장 도서

26. **하이킹 걸즈** 김혜정 글
   블루픽션상, 한국문화예술위원회 우수문학도서, 책따세 추천 도서, 학도넷 추천 도서

27. **지구 아이** 최현주 글
   제11회 블루픽션상 수상작

28. **나는 브라질로 간다** 한정기 글
   황금도깨비상 수상 작가, 소년조선일보 추천 도서, 중앙일보 추천 도서

29. **키싱 마이 라이프** 이옥수 글
   한국문화예술위원회 우수문학도서, 어린이도서연구회 권장 도서, 교보문고 추천 도서, 전국독서새물결모임 추천 도서, 학교도서관저널 추천 도서

30. **꼴찌들이 떴다!** 양호문 글
   블루픽션상, 행복한 아침독서 추천 도서, 교보문고 추천 도서, 책따세 추천 도서, 경기도학교도서관사서협의회 추천 도서, 중앙일보 북클럽 추천 도서

31. **우연한 빵집** 김혜연 글
   문학나눔 선정 도서, 학교도서관저널 추천 도서, 책따세 추천 도서, 아침독서 추천 도서, 어린이도서연구회 추천 도서

32. **생쥐와 인간** 존 스타인벡 글/ 정영목 옮김
   미국 도서관 협회 선정 도서, 국립어린이청소년도서관 추천 도서

33. **두 개의 달 위를 걷다** 샤론 크리치 글/ 김영진 옮김
   뉴베리 상, 미국 어린이 도서상, 스마티즈 북 상, 영국독서협회 상 수상작, 경기도학교도서관사서협의회 추천 도서, 학도넷 추천 도서

36. **서쪽 마녀가 죽었다** 나시키 가오 글/ 김미란 옮김
   소학관 문학상, 일본 아동문학가협회 신인상, 한국간행물윤리위원회 청소년 권장 도서, 어린이도서연구회 권장 도서, 아침독서 추천 도서, 책따세 추천 도서

37. **닌자걸스** 김혜정 글
   전국학교도서관담당교사모임 추천 도서, 아침독서 추천 도서

38. **첫사랑의 이름** 아모스 오즈 글/ 정회성 옮김
   안데르센 상, 제브 상

39. **하니와 코코** 최상희 글
   블루픽션상, 사계절문학상 수상 작가, 학교도서관저널 추천 도서

40. **파랑 치타가 달려간다** 박선희 글
   제3회 블루픽션상 수상작, 학교도서관저널 추천 도서, 아침독서 추천 도서, 어린이도서연구회 권장 도서, 책따세 추천 도서, 문화체육관광부 우수교양도서

41. **나는, K다** 이옥수 글
   학교도서관저널 추천 도서

42. **어쩌자고 우린 열일곱** 이옥수 글
   한국도서관협회 우수문학도서, 학교도서관저널 추천 도서

43. **앉아 있는 악마** 김민경 글

44. 최후의 Z 로버트 C. 오브라이언 글/ 이진 옮김
뉴베리 상 수상 작가

46. 줄리엣 클럽 박선희 글
제3회 블루픽션상 수상 작가, 대한출판문화협회 선정 올해의 청소년 도서,
한국도서관협회 선정 우수문학도서

47. 번데기 프로젝트 이제미 글
제4회 블루픽션상 수상작

49. 파랑 피 메리 E. 피어슨 글/ 황소연 옮김
미국학교도서관저널, 미국도서관협회 선정 청소년 분야 '최고의 책',
학교도서관저널 추천 도서, 책따세 추천 도서

50. 판타스틱 걸 김혜정 글
제1회 블루픽션상 수상 작가, 대한출판문화협회 선정 올해의 청소년 도서,
고래가 숨쉬는 도서관 선정 도서, 한국도서관협회 선정 우수문학도서,
경기도학교도서관사서협의회 추천 도서

51. 어쨌거나 스무 살은 되고 싶지 않아 조우리 글
제12회 블루픽션상 수상작

52. 우리들의 짭조름한 여름날 오채 글
마해송 문학상 수상 작가, 한국도서관협회 선정 우수문학도서,
국립어린이청소년도서관 추천 도서, 경기도학교도서관사서협의회 추천 도서,
2017 순천시 One City One Book 선정 도서

53. 웰컴, 마이 퓨처 양호문 글
제2회 블루픽션상 수상 작가, 대한출판문화협회 선정 올해의 청소년 도서,
경기도학교도서관사서협의회 추천 도서

56. 메신저 로이스 로리 글/ 조영학 옮김
뉴베리 상, 보스턴 글로브 혼 북 명예상 수상 작가, 경기도학교도서관사서협의회 추천 도서

61. 개 같은 날은 없다 이옥수 글
2013 서울 관악의 책, 목포시립도서관 추천 도서, 울산남부도서관 올해의 책,
책따세 추천 도서, 한국간행물윤리위원회 청소년 권장 도서, 한국도서관협회 우수문학도서,
국립어린이청소년도서관 추천 도서

63. 명탐정의 아들 최상희 글
제5회 블루픽션상 수상 작가, 문화체육관광부 우수교양도서

68. 반드시 다시 돌아온다 박하령 글
제10회 블루픽션상 수상작, 학교도서관저널 추천 도서, 세종도서 문학나눔 선정 도서

69. 원더랜드 대모험 이진 글
제6회 블루픽션상 수상작, 국립어린이청소년도서관 추천 도서, 아침독서 추천 도서

71. 칸트의 집 최상희 글
제5회 블루픽션상 수상 작가, 아침독서 추천 도서, 세종도서 문학나눔 선정 도서

72. 태양의 아들 로이스 로리 글/ 조영학 옮김
뉴베리 상, 보스턴 글로브 혼 북 명예상 수상 작가

73. 마법의 꽃 정연철 글
푸른문학상 수상 작가, 세종도서 문학나눔 선정 도서, 학교도서관저널 추천 도서

74. 파라나 이옥수 글
학교도서관저널 추천 도서, 사계절문학상 수상 작가, 책따세 추천 도서, 국립어린이청소년도서관 추천 도서, 세종도서 문학나눔 선정 도서, 아침독서 추천 도서

75. 그 여름, 트라이앵글 오채 글
마해송 문학상 수상 작가, 국립어린이청소년도서관 추천 도서, 아침독서 추천 도서

76. 밀레니얼 칠드런 장은선 글
제8회 블루픽션상 수상작, 학교도서관저널 추천 도서, 아침독서 추천 도서

77. 아르주만드 뷰티 살롱 이진 글
블루픽션상 수상작가, 한국출판문화진흥원 우수 콘텐츠 제작 지원 당선작

78. 굿바이 조선 김소연 글

80. 당첨되셨습니다 – SF 앤솔러지 길상효 오정연 전혜진 정재은 홍준영 곽유진 홍지운 이지은 이루카 이하루 글

81. 순례 주택 유은실 글
2021 중구민 한 책 선정, 2022 광주시 동구 올해의 책, 2022 미추홀구의 책,
2022 양주시 올해의 책, 2022 원 북 원 부산 올해의 책, 2022 원 북 원 포항 올해의 책,
2022 원주시 한 도시 한 책 읽기 선정 도서, 2022 익산시 올해의 책,
2022 전남도립도서관 올해의 책, 2022 전주시 올해의 책, 2022 평택시 올해의 책,
국립어린이청소년도서관 추천 도서, 문학나눔 우수문학 도서,
서울시 교육청 어린이도서관 추천 도서, 아침독서 추천 도서, 2022 대구 올해의 책,
2023 청주, 구미, 금산군 올해의 책

82. 녀석의 깃털 윤해연 글
학교도서관저널 추천 도서, 문학나눔 우수문학 도서

83. 모두의 연수 김려령 글
2023년 올해의 청소년 교양 도서, 문학나눔 우수문학 도서, 학교도서관저널 추천 도서, 아침독서 추천 도서

⊙ 계속 출간됩니다.